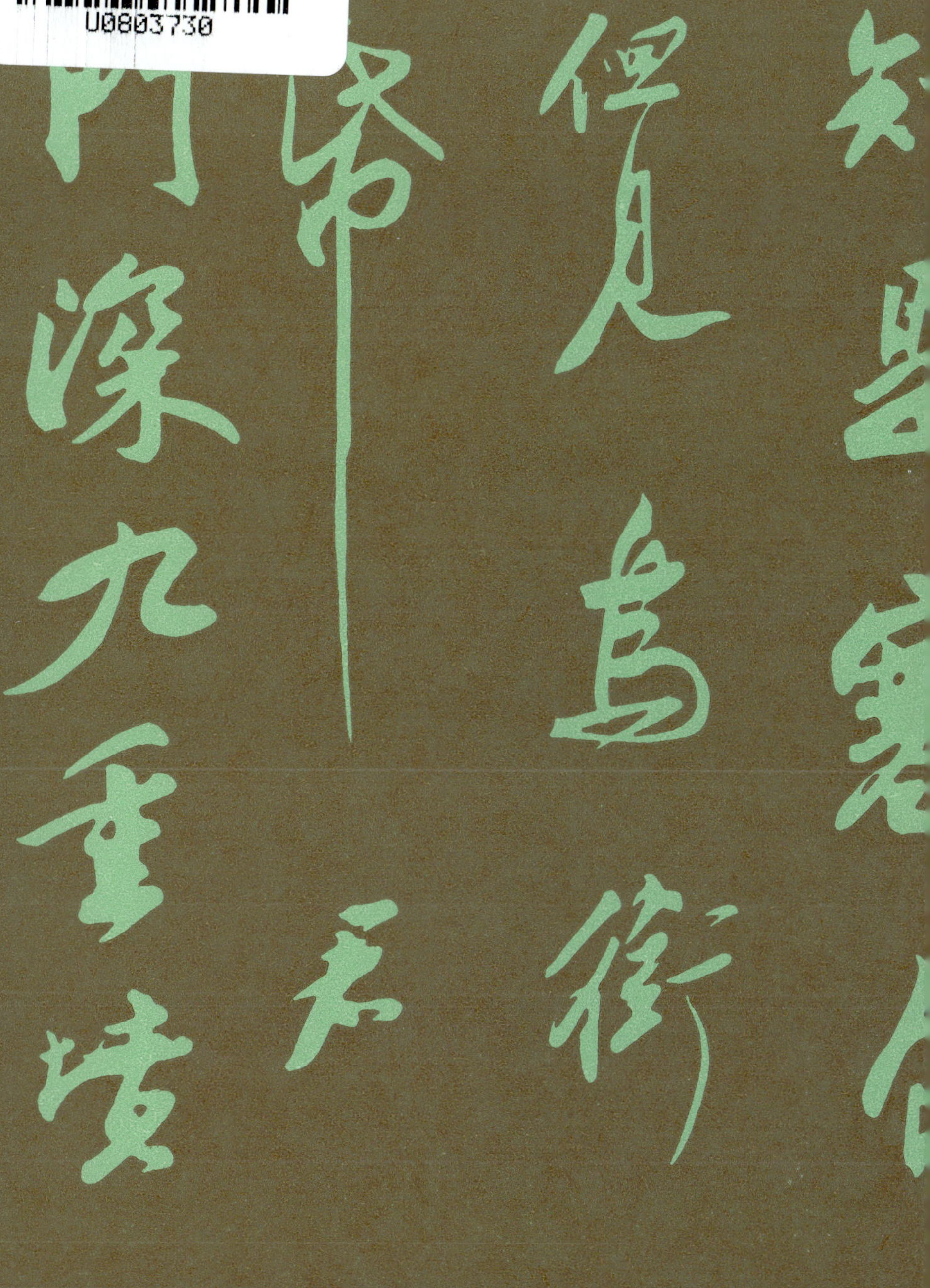

# 全宋詩

## 第四九册

北京大學古文獻研究所編
傅璇琮　倪其心　許逸民
孫欽善　陳　新
主編

北京大學出版社

全國高等院校古籍整理研究工作委員會重點項目

## 編纂委員會顧問



## 編纂委員會

本册資料人員

朱寶模　孟憲忠　姚兆寧　徐永强　崔　岩　崔庚昌

劉　雯

參加本册整理者

于博文　王德保　李　更　岳仁堂　孟憲忠　查九星

徐永强　陳曉蘭　聞　賢

（以上均以姓氏筆劃為序）

本册責任編委

劉　瑛　李　更

# 第四九册詩人總目

# 第四九册目次

## 全宋詩卷二六一六



## 全宋詩卷二六一七

## 全宋詩卷二六一八

## 全宋詩卷二六一九

## 全宋詩卷二六二〇

## 全宋詩卷二六二一

## 全宋詩卷二六二二

## 全宋詩卷二六二三

## 全宋詩卷二六二四

## 全宋詩卷二六二五

## 全宋詩卷二六二六

## 全宋詩卷二一六二七

## 全宋詩卷二六二八

## 全宋詩卷二六二九

## 全宋詩卷二六三〇

## 全宋詩卷二六三一

## 全宋詩卷二六三一

## 全宋詩卷二六二三

## 全宋詩卷二一六三四

## 全宋詩卷二六三五

## 全宋詩卷二六三六

## 全宋詩卷二一六三七

## 全宋詩卷二六三八

## 全宋詩卷二六三九

## 全宋詩卷二六四〇

## 全宋詩卷二六四一

## 全宋詩卷二一六四二

## 全宋詩卷二六四三

## 全宋詩卷二六四四



## 全宋詩卷二六四五

# 全宋詩卷三二六一六

## 趙　蕃一

趙蕃（一一四三—一二二九），字昌父，號章泉，原籍鄭州，南渡後僑居信州玉山（今屬江西）。早歲從劉清之學，以曾祖暘致仕恩補州文學，調浮梁尉、連江主簿，皆不赴。爲太和主簿，調辰州司理參軍，因與知州爭獄罷。時清之知衡州，求爲監安仁贍軍酒庫以卒業，至衡而清之罷，遂從之歸。後奉祠家居三十三年。年五十猶問學于朱熹。理宗紹定二年，以直秘閣致仕，同年卒，年八十七。謚文節。蕃詩宗黃庭堅，與韓淲（澗泉）有二泉先生之稱。著作已佚，清四庫館臣據《永樂大典》輯爲《乾道稿》二卷、《淳熙稿》二十卷、《章泉稿》五卷（其中詩四卷）。事見《漫塘文集》卷三二《章泉趙先生墓表》，《宋史》卷四四五有傳。

趙蕃詩，以影印文淵閣《四庫全書》本爲底本，參校清武英殿聚珍版（簡稱殿本）、《永樂大典》殘本等。新輯集外詩編爲第二十七卷。

**東坡在惠州窘於衣食以重九近有樽俎蕭然之歎和淵明貧士七詩今去重九三日爾僕以新穀未升方絶糧是憂至於樽俎又未暇計也因誦靖節貧士詩及坡翁所和者輒復用韻**

故鄉墮渺茫，迺此窮山依。力業困乏資，蕭颯如秋暉。人生初無根，歲月著翼飛。更堪幾寒暑，蔓草真同歸。與懷死後名，不補身前饑。已矣勿多譚，寧能置深悲。淵明生亂世，何意爭鶴軒。念歸非一日，寓説因田園。不嗟瓶儲空，寧歎竈絶烟。聲名向千載，誰得加磨研。孟軻論尚友，我亦佩此言。古人未易誣，今代無玆賢。誰云鍾期死，伯牙遂忘琴。淵明出晉宋，東坡作知音。究其出處間，岨峿皆直尋。和詩固亡恙，端若一手斟。我時誦其集，危坐常加欽。緬懷兩先生，千古同此心。四皓逃商原作南，據殿本改山，下視衣褐婁。不知建成客，孰與封君酬。夷齊古逸民，食粟猶耻周。何曾墮人計，圖安卒成憂。不然靖節翁，那與沮溺儔。顧于一日間，無羨斯無求。去年迫重九，倦遊正長干。税駕僧屋古，無從借船官。今年山中居，朝暮無續餐。朔身謾九尺，何時辭餒寒。貨殖賜何有，簞瓢未臞顔。因知昔人意，道勝貧非關。閒居起常早，倦巾首如蓬。偶繙西都書，意外文字工。清名誰為高，凛凛惟楚龔。當時豈無人，罕與二子同。乃知士生世，不貴侯籍通。九原如可作，何憚執鞭從。昔在龐德公，有足不入州。鸞鳳殿本作凰自有志，燕雀安可儔。迺知金石堅，不逐萬物流。當時天下事，固為長者憂。未易一木支，殺身何能酬。令人為短氣，哀哉融與修。

## 謁文叔于松谷

鷄鳴戒柴車，月落到林寺。先生方睡美，童子驚客至。晨霜粲屋瓦，初日照平地。雖非贅公宿，似是超師誼。分携屬秋風，倏忽竟此歲。相望不為遠，數見良不易。公行立朝班，我政親農耜。自玆出處殊，寧使心迹異。歡華一朝寵，風節千古事。要令松谷名，因公表於世。

## 自玉山歸竹隱投宿廣平院

久客倦城市，薄言歸田廬。秣馬待日斂，顛風忽來俱。橫策徑成去，撲撲埃滿鬚。晴雷隱虛空，數雨如投珠。渴甚念茗飲，遲回尋梵居。少焉復前邁，行行過烟墟。但驚田疇間，有似槁復蘇。及經道途衢，殿本作衢餘流尚通渠。乃悟適來雨，咫尺或有無。天公本何心，分龍信非誣。自兹到吾棲，崗嶺更複迂。山窮偶逢寺，可以休僕痡。投鞍議食事，僅具粥一盂。道人吾故人，問我來崎嶇。既能設瓜果，村酒亦復沽。我愧非淵明，僧誠遠公徒。停杯竟高枕，夢境知何如。明當帶星起，草露徒侵裾。還家一何忙，視竹齊架書。優哉且自適，休問瓶無儲。

## 遣興二首

秋清意自佳，況此山崦静。今晨風日暖，亦復起我病。叢深木樨多，激烈香成陣。何必薝蔔林，方能明佛性。

西風何從來，驚我庭下緑。竹君了不知，儼立若帶束。山居陋無友，弔影唯吾僕。得此助婆娑，寧能嘆幽獨。

## 寒夜曉起呈斯遠

黄昏月甚佳，夜半風忽起。直疑天又變，況覺寒逾水。破衾不能温，曲身豈復論。窗明亟問似，霜裏明朝暾。梅開何處樹，索莫誰能顧。被褐復扶筇，從君覓詩去。

## 晨 起

布衾失餘温，紙窗啟微明。霜粲萬瓦白，江可一葦横。故園菊應荒，郢岸梅且榮。客遊胡滯留，歲事行峥嶸。

## 幽居

窗前亦何有，有槐儼而長。植之自誰歟，花開幾經黄。那知窗中人，不作昔日忙。但戀六月蔭，超然傲羲皇。

## 得晴欲過江訪梅已忽病作天亦復陰悵然有賦

立春數日間，梅花未多睹。書窗有折枝，每浸則微吐。殘編宵未眠，卯酒朝自舉。時聞遞幽香，似接譚妙語。林園何人家，厥地非容與。曾知將軍祠，老木瞰江滸。時中幾及之，欲往遭雪阻。莫要居士麯，但費先生楮。前朝得霜霽，决意唤鳴櫓。肩輿已出門，邂逅謁吾侶。忽焉頭岑岑，歸卧更侵膂。或者瘧為祟，又意瘴莫禦。杯鐺且棄置，藥餌事煎煮。豈唯病獨然，陰雲重彌宇。羲之嗜山水，誓墓不自許。涪翁訪岑公，亦歎連朝雨。世人肆貪求，妄意輒簪組。寧知一笑適，亦自有從拒。天雲會當開，我病亦應愈。但恐梅之花，蹁躚如化羽。

## 從孫一昆仲求毗陵筆

宣城死諸葛，管城不中書。我無操舟長，顧病河流紆。朝來罷茶甌，閑詩念追摹。毛錐不勝任，一戰驚摧車。孫郎吴中回，此物富有餘。自云得祕法，蠹口絶覬覦。君今英妙年，賦成似相如。自宜給筆札，奏技承明廬。非如寒窗人，章句分錙銖。多貯竟胡為，何妨稍遺余。

## 遠齋作十二辰歌見贈且帥殿本作屬同作

蟲臂鼠肝能幾許，何如徑駕牛車去。虎頭未必果癡絶，死穴舊來輸狡兔。先生端是人中龍，為蛇畫足吾何功。士窮有愧食穀馬，况乃爛羊關内封。春風開花到猴李，白酒黄雞思下里。賦因狗監笑相如，猪肝不食寧為説。

## 題歸去來圖

淵明豈樂居巖藪，逢此百罹聊飲酒。龔生未免不食亡，孔融竟落姦雄手。想見龍眠下筆時，佇目精神思尚友。開圖我亦有遺恨，不得執屨從其後。

## 送周仲材罷官還婺女侍旁仲材名楠，湖州人，嘗尉玉山

天風索索鳴枯桑，天寒自兹繁雪霜。故人别我向何許，蘭溪水深葦可杭。憶初識君上君堂，論交許參鴻雁行。三年還往少間斷，惠好如此宜毋忘。人生會合胡能常，君行我留增慨慷。雖云吴楚數驛地，書札便恐疎寄將。君才有如玉截肪，不待雕琢成文章。一官婆娑百僚底，衆謂寶器横道旁。問君此去何其忙，金尊綵服樂未央。他年盛事一門見，父子持橐俱明光。

## 張信州禱晴輒應以詩賀之

舍東舍西繅車鳴，陂南陂北秧壠平。共期今年好春事，自兹無苦惟須晴。如何忽作十日雨，農夫輟耕病紅女。爾曹惴惴何足云，忍使憂形使君慮。人言水旱有常數，豐凶不假祈禳助。那知使君為民爾，一念未萌神固許。朝來風色端何祥，溪流復故山屏張。欣然此屋盡和氣，使君之賜真無央。

## 喜晴

春風吹晴簷雨止，蘭芽半吐梅堆委。階前背蔭苔蘚深，曳杖不妨成細履。浮生憂喜均何如，誰能役役愁其軀。時閒意適且自慰，莫問詰朝瓶乏儲。

## 樂歲歌

早禾登場無餘粒，晚禾結穟俱全實。如聞自入夏秋來，十日一雨晴殿本作風五日。去年夏旱秋與同，早禾半穫晚禾空。未云收獲告畢工，十家九家愁歎中。豈知今年有豐殖，父子相安妻反室。東坡先生故嘗言，民自天民天定邺。我今千里方來歸，釋擔先題樂歲詩。其誰傳似閭里兒，乘時閉糴將安施。

## 落星寺

我自廬山十五載，犇走坐受世迫隘。今年一夢落星灣，遥賞意短終不快。褰裳高步千仞岡，下視城郭等蓬塊。陰風遠來龍噫吟，大江東下波滂湃。遠游止為兩眸計，扶杖深歎造物大。五老自是吾故人，一笑却恨浮雲礙。欲搜短句記來游，倚檻孤嘯上方外。

## 過女兒浦

青山宬宬聳髻鬟，流水瑟瑟鳴佩環。朝雲暮雨在何許，秋月春風空自閒。予今老矣鬢且斑，行役殆遍江之南。舊遊渺邈大姑石，吾家側近丫頭巖。康州涪翁我所師，借問遺碑悉安在。

## 抵南康

江天漠漠江雲濕，江波浩浩江鷗急。二十年間幾經歷，欲論舊事俱陳迹。舟人漁子笑且語，不知客子行路苦。今夜解帆落星渚，典衣市酒寬久旅。

## 成父以子進釀法爲酒酒成許分貺趣之以詩併呈子進昆仲

蘇仙盡飲不滿勺，平生願求酒方略。空山松桂不使閒，必使捐糜效斟酌。自言坐客有酣適，己雖獨醒同醉樂。是心可以付調元，歎息鄉來湖海著。邇來繼有孫夫子，文高飲少俱蘇若。如何喜釀又相似，叔敖典型亂今昨。談間快説酒中病，鏖戰如遇將軍霍。至其妙處殆神授，后稷播種神農藥。冬篘近撇不老泉，石室蘭溪望風却。我時籃輿適過之，静掃玉亭供偃薄。呼童洗觴置我前，謂我多寡隨人各。詎須珠玉始脩容，濡唇頓爾忘諸譃。我云此乃酒御史，徑取橄欖充咀嚼。庶幾正味兩相類，袪我沉痾屏無作。我家是邦陋隨俗，白酒釀來纔宿諾。彼人固肯號茅柴，此意豈復知京洛。阿連聞道愈於我，换米急抛居士屩。不勞火齊撓妻孥，要與論功上麟閣。祇今旬月計已熟，沾溉况自有夙約。醉鄉道路久生梗，愁城疆界思開拓。便須健步速持似，預恐肴核窮搜索。梅公不與俗子對，我亦竹門無鎖鑰。但判醉倒更微吟，萬事休休還莫莫。

## 近乏筆託二張求之于市殊不堪也作長句以資一笑

詩老作詩窮欲死，序詩迺得歐陽氏。序言人窮詩迺工，此語不疑如信史。少陵流落白也竄，郊島摧埋終不起。是知造物惡鐫鑱，故遣饑寒被其體。嗟我少小不解事，失身偶落翰墨裏。年來百念已灰滅，只有宿心猶在此。後來不作諸老亡，冥行恐墮澗谷底。雖云黄卷可尚友，糟粕詎能臻妙理。率然有作每自厭，一紙真成再三毁。庶幾穮蔉望豐年，亦學乘流到涯涘。那知事迺有大繆，藝未及成窮已至。皆言詩工固可俟，窮為先兆自應爾。坐兹不復置追悔，志在温飽誠足鄙。玄泓管楮日相從，固異小人甘若醴。竭來中書忽告老，一朝左右手俱廢。嘲風咏月不耐閒，按圖姑聽求諸市。我詩縱不稱犀象，葦管雞毛那慣使。紛紛著墨與水浮，勢如絲亂安得治。戲題滿几輒大笑，翻憶兒詩汙窗紙。操舟無長病河紆，我詩固説當罪己。自注：僕舊詩云：我無操舟長，顧病河流紆。又聞工欲善迺事，未有不先資利器。作牋搜乞累朋友，往往猶吾歎崔子。錦囊藤篋世不乏，鼠齧蟲攻誰料理。那知我輩有百艱，此事且然他可比。

## 郡檄子肅檢視旱田以詩寄之

是邦且熟無多收，況於水旱相為憂。使君奏課避非實，檄公按視臨田疇。民聞公來相告語，活國憂民公自許。平時愛我如恐傷，今胡不能為輕賦。人生衣食固有端，作苦寧敢求自安。分當戮力給公上，何意年歲逢艱難。吾君德盛過文景，詔書屢下民惟省。公其為我謝使君，考雖下下民安枕。　以上《乾道稿》卷上

趙　蕃二

### 題江貫道江行晚日圖

霞尾千山赤，雲腰幾樹連。若非彭蠡正，當是洞庭偏。歲月驚飛鳥，功名憶墮鳶。開圖若有感，歸思忽無邊。

### 晨　起

人語村村好，雞聲處處聞。樹猶埋宿雨，山未釋停雲。俯仰夏已度，屈伸秋又分。平生燈火念，牢落嘆離羣。

### 幽居多暇風雨兼旬山色菁葱禽聲在樹顧而樂之因賦此

林雪乾留凍，巘雲行帶昏。幽人貪熟睡，簷鵲故多言。宿潤微侵屨，晨光漸滿軒。倦能行竹逕，閑且灌蘭盆。

### 有以靈壽杖爲貺周旋累年忽爾摧折感而賦之

度嶺且萬里，友于凡幾年。忽驚同拉朽，何敢恃扶顛。躋勝亡行具，結趺聊坐禪。山南與山北，從此罷蹁躚。

### 山　行

晨起雨間雪，晚行風送晴。梅殘冰玉瘦，林遠畫圖呈。賈客嗟長路，農夫樂早耕。余懷獨無累，徙倚待詩成。

## 清　明

寒食又清時，連陰得蹔晴。欲知春事晚，已見緑陰成。蝶有俱飛逐，鳥仍求友聲。春衣期暖至，短褐尚寒生。

## 徙居祖印寺

十載依脩竹，今秋始一辭。琴書與俱載，風月故長隨。四海均為寓，旁觀莫浪疑。全家肯同住，未媿鹿門期。

## 郊居秋晚五首

舊歲旱為虐，今年雨以時。如聞諸郡國，可脱半寒饑。我自無田者，空成樂歲詩。誰官太史氏，直筆要無遺。

祇道秋蕭索，木犀能再開。驚看倚修竹，便恐滿蒼苔。花瘦非疇昔，香深有自來。微吟真浪爾，細折為誰哉。

庭菊種匪晚，秋風開爾遲。人嗟地力薄，我有歲寒期。蘭芷元同類，蒿萊敢肆欺。懷哉非失所，社老謾銜悲。

松柏有正性，風霜無横侵。南方異摇落，衆木共青森。曲士應懷悦，我曹嘗感心。詩成誰和者，絃絶未忘琴。

霜雨飛何密，窮秋易作悲。長身竹孤瘦，短髮草黃萎。漸邇風霜迫，誰無裘褐思。向惟逃夏日，今已念朝曦。

## 催租人至作

竹屋煎茶罷，風床散帙餘。花殘蜂不至，食盡雀來疏。無客對揮塵，有筇扶遶除。茲時潘處士，詩敗為催租。

## 端峰往還三首

振衣猶户内，發興已雲端。問路非生境，逢人若素歡。行知近林邃，望覺遠峰攢。顧可資瞻眺，胡能邺髀髖。

甚厭窮居陋，聊為佛界遨。追隨有逢掖，應對屬方袍。褊性便幽隱，畏途思避逃。明當與山別，回首念塵勞。

蹔住已積日，此生知幾來。斂容看夭矯，側足避崔嵬。隨意從登降，無心計挽推。雲寒易成晚，家近故須回。

## 小園早步

今朝欣雨止，天氣漸清《瀛奎律髓》卷一〇作柔和。籬落小桃破，階除馴雀多。占方移果樹，帶土原作玉，據《瀛奎律髓》改數蔬科。農務侵尋及，吾寧久卧痾。

## 閏月二十日離玉山八月到餘干易舟又二日抵鄱陽城追集途中所作得詩十有二首

擢輪荒水磨，漲潦失連湖。縱使非長路，能忘去此都。未應為物役，真復坐饑驅。好在佳山水，懸應識故吾。

草草朝成市，匆匆客繫船。荒雞亂人語，細雨雜炊煙。歲月真前夢，江山殆宿緣。沙鷗應笑我，踈鬢異當年。

岸盡催撐渡，風橫促解橋。傳聞記常歲，偉觀得今朝。時有踈鐘度，誰云隔岸遥。明當絶溪去，應為好山招。

下水有放溜，泝流多哭灘。人能等遲速，事豈病艱難。返照千山赤，春風兩鬢寒。生平慣行役，無復漫悲酸。

汭口成孤泊，章巖説舊遊。征商毋見挽，日暮自應休。煙暝棲鴉樹，沙昏宿鷺洲。浮生真泛泛，吾道莽原作本，據《永樂大典》卷八〇九三改悠悠。

借石誰為主，叫應呼莫譍。樓高才隱約，樹遠更崚嶒。掛席凡三過，停橈欠一登。扁舟向何許，漂泊傍漁罾。

樓殿何年寺，檣帆別郡船。溪山妙圖畫，井邑盛人煙。未覺鄉音改，空驚歲事遷。桃花知不遠，底處覓真僊。

不見千株樹，空留百尺臺。仙人定無有，行客自裴回。更欲危欄倚，生嫌莫色催。病僧多不出，門外長蒼苔。

望望龜峰寺，行行番國船。林深寒日薄，沙迥晚風顛。能賦思孫楚，同行有惠連。好詩相撥觸，才盡不能宣。自注：孫子進、子儀屢欲游龜峰，不果。經行溪上，恨不同載，故及之。

喚渡風殊懷，穿林日向中。飛泉半崖落，峭壁與天通。往者名猶在，仙人事已空。徐巖不為遠，歸去若匆匆。

試登雲錦閣，還上揖仙亭。棟宇雖摧落，江山自典型。衡風聊策杖，晚日更揚舲。要寫吴江《永樂大典》作江吴，注中同句，初無六尺屏。自注：孫子肅有「揖仙亭上觀秋漲，坐我吴江雲水鄉」之句。

草草天涯棹，悠悠江上鷗。琵琶千古恨，蓑笠十年游。莫向官亭泊，閑為佛界流。明朝更西去，依舊覓扁舟。

## 定詩浦

棹掠湖邊浦，帆收柳外橋。蒲深映鳧没，浪静覺魚跳。紗帢原作恰，據殿本改因眠側，霜豪倚醉摇。春風空浩蕩，客思只蕭條。

## 富陽道中遇風感歎作

回首江山舊，他年來往頻。人誰無一飽，汝獨值多辛。泛泛將何往，悠悠媿此身。懷哉松與菊，白露及時新。

## 將宿天心寺以失路遂止野人家

一出有百阻，吾生何太艱。問途迷野寺，積潦落前山。勢以鷄晨待，聊安虎落間。濁醪無路覓，破衲與渠闗。

## 喜公擇之歸兼懷子崧三首

曾因避仇去，竟作倦遊歸。梅蕊經青眼，緇塵染素衣。湖山新有得，歲月舊成非。小定能來否，柴闗夜啟扉。子去吾誰與，諸孫共此悲。幾經行役苦，還讀寄來詩。事要規摹立，寧憂寒餓爲。安知造物意，於爾不吾私。建德老斯立，近來雙鯉魚。殷勤數稱子，交友未慚予。多病誰如我，微官政浼渠。吾君方鋭治，何乃緩徵車。

## 悼亡

死别生難見，生離死會逢。休憑海山信，浪覓少翁容。春院無新跡，羅衣有舊縫。昨朝桃李豔，今日緑陰重。

## 悼劉仲遠名慤，時待次濠州别駕

平生遠齋老，爲説惠連賢。制行有成德，工詩稱舊聯。幾年徒慕想，十載獲周旋。别去吴中遠，書無雁足傳。朝共阿戎飯，暮同烏戍舟。新詩蒙惠好，顧我闕賡酬。化鶴驚何往，觀魚事已休。音容無日見，巾屨想神游。不念廼兄老，忍遺諸子才。結交予最晚，聞訃亦深哀。銘志誰爲作，松杉何地栽。堂堂那復有，皎日竟浮埃。

## 竹隱新籬

地迴闕虎落，秋來逢鼠偷。貧居乏給使，力作費營謀。鄰近俱相集，讙言卒未休。濁醪澆渴肺，香飯飽饑喉。密篠分新翠，深林失故稠。斬除才就束，委積動成丘。經布潛依塹，蛇行曲過溝。周遭類屏障，森列勝戈矛。黄耳斯逃責，青氈好在不。幽棲知有託，高枕得無憂。

**呈趙叔侍郎子直二首**

憶昨才聞召節趨，江湖日月誦除書。政途去此不容咫，物望在廷誰得如。豈但疲民望蘇醒，更知寒士待吹噓。所期異日施行次，不負于今拜獻初。

潦倒三年白下官，畏途常以此心觀。求為廟令直不易，翻入帝城良獨難。落落白頭游且倦，悠悠青眼刺空漫。文章功用知無補，保此不渝惟歲寒。

**侍郎周公不赴富沙士論推高以詩寄呈**

人誰不慕直言名，未有保持終不傾。可使濁涇侵渭水，信於落月見長庚。要令國有九鼎重，自是身如一葉輕。常病此風今寂寞，古涂荆棘賴公行。

**新淦道中呈運使錢侍郎**

幾日陰霾闢不開，今晨萬頃静無埃。山楓借潤旌旗色，江鳥忘機鼓吹猜。詔獄務平勤駐節，閫符兼總待還臺。扁舟又邇東隨檄，借此餘波亦快哉。

**同謝丈簽判送趙台州至靈鷲簽判丈道中有詩蕃同賦**

朝來細雨又微風，遲我山行盡日中。莫嘆籃輿礙泥淖，也勝策馬犯塵紅。欲知風俗家家厚，看取耕桑處處同。更訪百年垂白叟，要聽舊事説元豐。自注：是日同訪進士周仁於玉田，周以百年(殿本作歲)得官云。

**訪梅殊未有開意**

不憚朝寒起杖藜，問梅隨往到山蹊。枯根半死苔痕剥，細蕾深藏藤刺迷。倚市懸知無正態，入空還恐見深擠。幽居空谷端可愧，顧歎詩無老手題。

**次韻子肅秋日感興兼懷公擇二首**

炎冷財分覆手間，化機於爾見深慳。歸歟君釣荆溪水，已矣我耕懷玉山。幾羡脩翎辭世網，絶憐駿足老天閑。區區莫有窮途歎，了了要從初地還。

秋盡誰無狐貉思，一年行矣又垂垂。顧慚志行如山立，敢為推遷作浪悲。貧賤已知安少壯，功名何有望衰遲。長安此際尤蕭索，坐念故人應窘炊。

**十三日逆風舟行甚遲**

昨夜縱風幾喪生，今朝泝水頗留行。細看洶湧收帆脚，孰若夷猶聽槳聲。客路了知難數儌，長年謂我勿多驚。世間遲速元同致，莫問到衢今幾程。

**寒食前一日發黄堰明日抵定誇連日逆風吹沙不可渡湖**

故人留我過寒食，意重寧同所歷家。苦信長年貪道里，翻成五日滯風沙。擬從塔上占鈴語，又見雲間起砲車。立遍津頭無數柳，亂絲頻擺失棲鴉。

**兩日隨錢丈放舟恬無風浪今日别歸仍值逆風作長句寄錢丈**

大舸帆高掠浦飛，小舟笪短泝灘歸。雖云來去難俱遂，自是神人相不違。賴得好山看要熟，不妨晚雨落仍微。遲回半日夫何歎，於此因知造物機。

**雨中遣興呈遠齋父子孫丈昆仲**

睡思昏然晝掩門，覺來山雨已翻盆。黃梅應熟騷人念，緑野可耕田父言。林外竹鷄時自語，階前花鴨故相喧。詩材滿眼費驅使，此事合輸劉與孫。

**趣成父釀酒用子進家法故及其昆仲**

入眼江梅皆好枝，是中勞我幾懷思。詩聲何止一頭出，酒事乃稱百室師。自注：百室之醅，醇碧惟師。涪翁語。聞道名方曾口授，定應買秫趁冬炊。小須旬月釀當熟，寄我茅齋不可遲。

**感　懷**

憶在兒童聞混融，江湖老矣再能逢。潮音遁伏門間虎，神骨峥嶸霜後松。粥飯暫應隨願力，井春終可聽吾從。蕭灘灘上風帆發，引領白雲何處峰。

**清明懷成父**

只道今年寒食晴，那知風雨在清明。異鄉逢節自感動，何况此身今老生。為底輕辭墳墓去，不敢回首弟兄情。悠然强作江東望，雲湧如山白浪横。

**喜　晴**

地雖湖北稻為鄉，歲比曾微一報穰。望望雨晴求屢告，欣欣守尉德俱良。共期負籠争晴割，敢愛當檠滴夜凉。更擬年豐酒初賤，鈎藤免飲澀如棠。

**漁村落照**

落日千山赤，平林一帶青。翁方賣魚去，孤檝自横汀。

**以坡公君如大江日千里我如此水千山底爲韻作小詩十四首重送在伯蓋深有**

## 感于斯句云

落此甝䶂野，宜從麇鹿群。何知交友内，而乃得夫君。
何氏之從學，源流遠有餘。窮經類元凱，能賦似相如。
梗柟霜雪餘，用之可以大。蓬蒿束縛之，世亦安取代。
楚國千年藪，岷山萬里江。胡為入吟筆，政以落蓬窗。
游從二年中，離闊三百日。政自迹如疏，不妨心故密。
今日東陽郡，城南尺五天。胡為五溪行，道里踰幾千。
重湖岳陽樓，五柳淵明里。定復有佳人，與之同徙倚。
生兒思稱家，人孰不欲可。門户冷如冰，其尤莫如我。
曾聞一夕語，可勝十年書。同舟數月程，其得當何如。
明經取青紫，此諺亦已鄙。至哉師初録，棄彼嘗在此。
頻登采芹亭，所樂非山水。君今去我東，愁絶重來倚。
聞君射策日，落筆字數千。行看玉堂試，闊步躡英躔。
君行過吾里，艤舟並南山。王郎兩徐子，非必素往還。
崎嶇千萬山，踏破青鞋底。何似引章泉，同耕老兄弟。

## 題釣雪圖

一日得此圖于表弟劉和叔許，弟令予作詩，因題數語，竟未識舟中垂釣者果誰何耶。跋詩多矣，而予之所知者四人：曾丈宏父，寓居上饒溪南，與先君游甚厚；謝公景思，於予為表伯父；德莊趙公，嘗與武義叔祖同僚雅，多見其詩文；劉丈凝遠，則予之所願學者。遂表而出之。趙號介庵，劉丈號遠齋云。

空濛天外林，璀璨岸頭石。何許放舟回，寂然方自得。

沙鷗故飛飛，湖雁更歷歷。顧我亦忘機，相看同一適。

畫師端為誰，釣者亦安在。我不識若人，相望大千內。

曾恨固無遺，謝興亦不淺。人言介庵介，我謂遠齋遠。

## 二十三日早霽

晴雲如衣如絮，落月似鈎似梳。鸕鷀鸂鶒未覺，一段併能屬予。

## 喜晴

雨脚昏昏掃不空，柴門未覺有春風。晚晴驟喜窗明處，猶倚蒲團附火紅。

梅花已逐凍泥空，留得餘香傲晚風。春事十分財入手，只原作與，據殿本改愁病眼眩青紅。

掃除詩癖未能空，從使人譏手病風。事業深虞一無就，壯顔都有幾時紅。

兩公賢比道州陽，總為勤民鬢已蒼。喜雨喜晴俱有賦，樂憂寧止為詩昌。

## 晚霽

雨歇蟬聲抱木悲，茅簷獨立看雲移。一陰十日不見月，想見清光分外奇。

## 帖俞王諸君求筆

顔公筆法有家法，豪錐料得皆千金。聞道分張遍親友，可能乞我助呻吟。

**成父期以十八日至已而爽約**

已是跫然誤足音，更堪疎雨過平林。呼燈自舉一卮酒，顛倒海濤尋破衾。自注：子肅常令成父見問，老杜海波濤乃在短褐，疑僕為誤。僕笑曰：褐且可用，衾豈不可耶？

**雨後晨起懷斯遠**

夢過百花蝴蝶飛，可堪朝暮子規啼。山中有屋不歸去，想見當門碧草齊。

百鳥喧嘲工敗眠，静聽黄鳥獨清圓。何云絲竹不如肉，佳處政因出自然。

**泊舟西村見居民云數里間有梅訪之殊未花**

漠漠煙村四五家，水清霜落路平沙。我來欲問梅消息，地冷年年未放花。

**文殊院晨起**

山禽百族自呼名，撩我僧窗睡不成。縱汝多言吾自喜，了知今日十分晴。

**舟中清明**

三日舟行風打頭，春愁那更值羈愁。一年誰似清明節，忍向天涯除破休。

**離　家**

饑來驅我去何之，束擔垂行却住時。幼女亦知離别感，挽衣端欲問歸期。

**靈鷲道間**

霏霏小雨濕松株，疑是初成道士圖。我亦搜詩要窮底，此時幽思不枝梧。

**竹巖道間**

前山後山異夷險，昨日今日分炎凉。人間萬事祇如此，那似一杯真意長。

## 尹丈少稷舊作借竹軒詩數首如雨重時驚入屋梢風微亦得聽蕭騷之句尤爲警拔雨中看竹因用其語作兩絶句

山居面面皆脩竹，雨重時驚入屋梢。坐誦方齋舊詩句，人間那有續絃膠。

離立何妨出屋高，風微亦得聽蕭騷。南山昨夜新雷起，行有横鞭破土膏。

## 答施榮甫

昨韻村中好客稀，今吟臨水送將歸。笑談未了風吹斷，何日重來款竹扉。

以上《乾道稿》卷下

# 全宋詩卷二六一八

## 趙　蕃三

### 碧　雲并序

碧雲，思親友也。孫、鄭曁徐期以入山，既期而愆，聊發我言。

碧雲散舒，合且復離。皓月湧照，圓而不虧。嗟我所期，曷云不來。
翳翳村巷，遥遥犬聲。肅肅庭樹，啾啾鳥鳴。所期不來，實關我情。
寒鐙既張，幽室有光。豈無他人，惟子之良。閉彼柴荆，今夕斯長。

### 三月十三日夜五更聞杜鵑時成父欲入浙因賦六章章四句以送之

不如歸去，蒼山茂樹。獨胡為乎，空此號訴。
歸去來兮，斯言可師。我今已歸，胡能不知。
不如歸去，春且云莫。山中之樂，豈同岐路。
歸去來兮，言發動隨。古之逸民，舍陶而誰。
不如歸去，載丁載寧。勸子勿去，子寧我聽。
不如歸去，子寧肯住。歸去來兮，早歌式微。

### 山行見月作

有風肅然，落於樹巔。使我沈痾，不藥而痊。意行何之，陟此雲嶺。如夢而覺，如昏而醒。東坡老翁，有言莫酬。凉天佳月，即為中秋。恨我無酒，負爾一醉。酌玆寒泉，兀爾忘睡。

## 古意二首

齊王昔好竽，有客工鼓瑟。持之立王門，三年不得入。不知所好異，卒致遭怒叱。我今幸早計，歸去無自逸。

曾聞蜀道難，難於上青天。蜀道難何以，嵯峩劍門關。未抵鄱陽湖，無風浪掀船。脱身其早歸，無汙蛟鰐涎。

## 擬古

松柏抱奇姿，自應能歲寒。籬菊蓋小草，後雕良獨難。誰云一時芳，顧將比春蘭。蘭開桃李際，菊傲風霜闌。

## 呈尤運使袤延之五首

往者江次對，不妄出薦口。門無雜遝賓，麟角鼈肋九。斯文獨許公，是謂言可否。幾年闕通謁，今乃獲拜手。

今時使者中，所進非一律。學術用其長，公獨名副實。江左更江右，非為循更迭。政以歲方艱，當遣德星出。

少年見公文，大類韓退之。集古一千卷，復楷歐少師。楷歐亦類韓，萬頃定渺瀰。於今到收斂，寧易窺涘涯。

翰墨有先達，知己僅三數。省齋憐其貧，晦庵過其譽。懷哉介庵老，先我騎鯨去。公如幸教之，豈歎歲不與。

青衿詩學為，白髮步乃却。茫茫悟中入，了了難邊覺。抱痾每向人，誰有如神藥。公乎有異聞，蘄為啟玄鑰。

## 常州先生以太守入對五首

皇皇幾甸符，郁郁容臺禮。固殊彼奏召，有待今沃啟。上能格君心，次可裨國體。俗吏急簿書，細務紛鹽米。

争觀蘇翰林，未識李北海。獨能親話言，異彼想風采。徬徨計拍馬，殿本作相鳥留滯搴蘭茝。匹馬候南還，輕舟即東匯。

一州固匪輕，四海豈不重。與其事扶疎，孰若深培壅。驥不取德稱，馬多求駕泛。偉哉底柱功，障彼百川汹。

青氈非舊物，喬木豈故國。家傳墨莊書，人嗣文靖德。欲知治興衰，是繫道滋熄。愚獨愧衣冠，身宜親稼穡。

姑蘇訪虎丘，西庵作清遊。能談著書人，老僧非黑頭。義興望荆溪，景坡亦前脩。不能乘桴者，滄波没白鷗。自注：西庵有僧，猶及和靖，解孟子諸事。潘友恭云：景坡堂，蔣宣卿所築。

## 送趙叔自吏部知福州四首

當年治安策，通達如賈誼。汲黯不留內，似非朝廷美。得非蕭望之，政事要詳試。兩州已有聲，刺史還連帥。

人從閩中來，盡道閩中樂。舊穀既年豐，今雨還時若。公行亦何事，重赴三山約。我乃願從之，微官還見縛。

公雖去朝廷，祕殿通班在。不應獻納忠，於爾分內外。而況我此州，甘棠存蔽芾。旱疫苦相仍，要當蒙大賚。

憶昨過辭公，云有湖外役。遲遲未能去，乃此困艱食。湖外米雖賤，旱歲賈者多。賈多米必貴，吾飢其奈何。

## 呈陸嚴州五首

江山不因人，何以相發揮。人而非江山，興亦無所歸。是故新定郡，得公倍光輝。豈惟江山然，鷗鳥亦依依。

簿領古白下，檄書走臨川。陳詩道所懷，奈此巍巍然。臨分得聞見，語以故有連。此意亦厚矣，乖離今十年。

會稽巖壑林，新定山水藪。一焉喚來居，一焉煩出守。人言公未遇，我獨以為不。得失彼此間，於兹分薄厚。

一代文翰主，百年風月懷。於今則所獨，視古良與偕。試評雲霧窗，孰與山水齋。況我方與嚴，身沈名不埋。

往游金陵都，始攀石湖仙。為我談公詩，大雅後有焉。謂我欠公詩，勉哉成其天。此語久不理，今朝墮公前。

## 聞克齋舅氏除江東提舉以此寄賀

春風桃李花，開落幾許時。諒彼松柏質，動有千歲期。舅氏早負名，不作窈窕姿。冰霜飽摧剥，未覺明堂遲。小休朱兩轓，四牡已載馳。歛散有常度，刺舉由我施。過家得上冢，偃薄寧久為。又意漢廷上，鼓舞須厥辭。文章豈憎命，窮人詎因時。賤子盍自勉，毋庸罪毛錐。

## 寄賀周子充除左相留正除右相王謙仲除參政

淳熙十六年，正月十九日。雪餘雨更作，有客方抱疾。忽傳底處書，昏暮叩蓬蓽。問之何許人，乃是吾家姪。書中道何為，除目報甲乙。要令二父知，此意深所悉。我方盤谷歸，詎應聞黜陟。雖云在田野，又可忘輔弼。況於鄉里賢，與夫舊連率。及其先友家，投分亦頗密。恭惟三君子，德盛難具述。要皆由從官，以至秉政筆。於今天下事，孰得復孰失。仰思與夜繼，想不遑暇逸。置郵速傳命，頌口當四出。而我病不能，欲置還未畢。要歌夔皐詩，稱美寧敢溢。願觀勳業成，公論斯可必。曾聞鳥鳴春，氣應還唧唧。喜甚屐且折，憂深緯寧恤。

## 子暢尉曹秩滿侍親攝户掾於上饒賦詩二首以送之

遊君父子間，情誼等骨肉。那知三年度，但謂一日足。今晨復何事，溪頭有行舳。臨别慘莫言，裴回謾瞻矚。

平生幾游居，有親亦有故。一飯或相忘，素書不能屢。心知世情薄，但益古人慕。如君父子賢，百蓋一二數。

## 寄曾運使

知名必曹劉，乃可暗中索。無聞若我遭，過眼誰復憶。如何十年後，姓名猶見識。當時所陳詩，亦復能道說。豈我能致然，先生自為德。維時歲云莫，歸路千山隔。見公不三四，身已限南北。迨兹去無由，乃悔來卒迫。况今落蠻夷，公且天咫尺。猶擬信州船，看竹茶山宅。

## 謝王使君

卧痾衡茅下，誰顧疾作門。忽傳故人書，犬吠雞争喧。書陳使君賢，有好罔不惇。念子藥物須，萬錢致深恩。我未謁使君，此饋曷見存。是風久寂寥，當於古人論。亟起欲下拜，展轉足但捫。事殊送酒家，孤負老瓦盆。食粥已數月，政類顔平原。呼僮糴新粳，洗甑汲井渾。鄰蔬價不二，取足充盤飧。豈止飽妻孥，自可留弟昆。聊寬口腹累，姑置襦袴温。惟我困流落，寄跡無田園。東南數十州，遍走如乞墦。今者屬有役，病縛不得犇。幾思出入勞，復慮霜雪繁。使君儻加惠，兹又何足言。屢將入城府，跼蹐駒在轅。因風道感謝，情至筆載援。

## 送劉得華赴漢陽教授二首

昔公去太學，士曰奪我師。今公去皇閣，里閭極公思。公何德於人，曰公勇於義。使其用於時，其效何止是。

漢陽在何許，越在河之北。聖朝富文物，要使均萬國。輟我學省彦，以為遠方重。化成亟歸來，明堂待梁棟。

## 席上奉呈教授歐陽丈時併餞戴兄故其中及之

良由姿不敏，所以須朋友。朋友多得人，不忍相瑕垢。萬安初經過，渝水重邂逅。君今分教來，我政官曹守。何期逃虚中，乃值平生舊。蠻山雖云荒，蠻水亦頗秀。功名漢將餘，草木騷人後。春園縱芳歇，夏屋屬陰茂。官池荷卷舒，野寺泉波驟。追隨方自兹，留落復何有。合者故慰心，離者頻回首。聊歌五字詩，以侑一杯酒。

## 送施教授

盛心蓋俗忘，姦聲其道傷。摻别伊何吟，停杯慨以慷。君官上饒郡，分教明虞唐。俄而及瓜代，朝天架康莊。巖廊冠劍地，學省翰墨場。失人易揣摩，失己勞酌量。情融香梅葩，玉水春茫茫。鴻毛遇順風，市朝在錢塘。

## 送彭孚先赴辰州教授

因行碧湘門，倏念黄草尾。曩辭戴安道，同者歐陽子。那知三年過，僅謂一日爾。惟辰雖陋邦，分教多名士。前瞻固高明，後至復奇偉。天將惠其俗，賢者不自鄙。流傳幾人説，邂逅一見喜。談論未云終，别袂已復起。勿謂隔沅湘，因來致蘭芷。

## 送梁仁伯赴江陵丞三首

往者左司公，會作荆州牧。君時雖從行，所志惟聖讀。今焉去為吏，與昔當異躅。試以身所經，參之耳曾熟。

直道多不容，枉道夫豈可。直道誠忤人，枉道還喪我。如君直有餘，為計亦多左。而我枉未能，若為逃轗軻。

君搴澧之蘭，我擷沅之茝。邂逅桃花源，一笑若相待。那知青草湖，追隨復連載。南浦問何邊，冰谿復安在。

**挽宋柳州綬**

少陵在大曆，涪翁在元祐。相去幾百載，合若出一手。流傳到徐洪，繼起鳴江右。遂令風雅作，千載亡遺究。猗歟宋柳州，有志諸公後。作詩匪雕琢，氣質先忠厚。鋭鋒深自斂，至寶不輕售。行年且半百，纔為嶠南守。嶠南山水佳，中州未曾有。慨然遠游意，不憚萬里走。下車甫朞年，已上政成奏。無何天作孽，一病藥莫救。跖壽回乃夭，天理果大謬。諸郎有家法，處己知孝友。崎嶇窮川陸，寓郡還公匶。卜龜得安宅，厥後斯雲覆。自憐蹤迹脱，敢叙親且舊。作詩寫餘哀，清淚空如霤。

**讀吕益卿所寄詩編明日四月一日也**

舊雨連今雨，空庭斷行跡。有時出門看，平湖四無壁。忽傳何處書，令我喜折屐。新知吕夫子，寄我詩滿册。是時羊牛下，携之就簷隙。首披山居賦，奇字多莫識。徐徐見關鍵，坦若由户出。定師離騷經，不入相如室。秋懷似選詩，法嚴仍事實。白沙龍陽作，如杜紀行役。卒至同谷吟，三讀淚横臆。君何知之晚，今古蓋一律。兒曹苦問爺，何事爾不懌。徑卧忘解衣，中夜猶太息。曉窗啼鴂喧，今日復何日。和以扶疎篇，吾馭真可叱。

**五月下旬夢趙文鼎書寄斯遠**

我不見君死，直疑君固生。賦詩無所寄，始復為失聲。雞窗已三號，不但當既鳴。恍云秋之中，取酒相與傾。坐有饋生魚，歡言事煎烹。飲我謂杯小，何翅一再行。落月落未落，猶疑見鮮明。已焉覺夢爾，起坐神未平。滄波渺萬里，底處尋騎鯨。悵望莫子語，徘徊空思盈。

**重陽近矣風雨驟至誦邠老滿城風雨近重陽之句輒爲一章書呈教授沅陵**

好詩不在多，自足傳不朽。池塘生春草，餘句世無取。詩家黄州潘，蘇黄逮師友。六義極淵源，一貫相授受。秋風有奇思，簞瓢忘巷陋。奈何催租人，敗之不使就。我謂此七字，已敵三千首。政使無敗者，意盡終難又。縱令葺成章，未免加飣餖。衣錦欲尚絅，何嘗炫文繡。一洗凡馬空，浪説充天廄。重陽晴則已，雨必風在口。今兹季月來，陰雨變時候。愔愔爵羅門，寂寂鳥噪牖。黄花冷未芳，黄葉掃復有。頗將寫吾懷，渠在那出手。併想東籬人，瞻前忽焉後。

**重賦畏知寓齋**

君昔少年日，起家官帝城。諸公盛稱許，往往動得名。夷途一步趨，可到公與卿。永懷松柏堅，高謝桃李榮。謚齋迺曰漸，毫髮無妄行。惟時尹夫子，猶躬南山耕。是公妙言語，一字與不輕。銘能為君述，君志益以明。蹉跎才幾何，白髮殆數莖。低回尚前銜，牢落方南征。瀟湘清絶地，屈賈放逐情。感今重惻古，慨嘆識此生。究竟漸之義，顧未忘蘗萌。彼哉少年事，老矣夫何營。徹之易以寓，俯夢仰輒驚。何止宦為客，身悟浮雲更。南軒子張子，好學如玄成。奮然吐長句，真覺萬户輕。尹張志則異，與君盡同盟。見君極空洞，不比小器盈。嗣宗絶臧否，白眼常若瞠。司馬萬事好，是中差自宏。看君接物際，二士蓋熟評。君今家山居，扁榜猶在桁。傍陳漆園書，立參與倚衡。因兹大有得，居窮亦如亨。嗟我道學晚，頗困塵網攖。性又多忤物，舉足逢溝阬。誓將過君齋，指南問初程。但恐持寸莛，莫致洪鐘鳴。

**有懷子肅讀其詩卷因成數語**

退之以文鳴，餘事尤長詩。名家賈孟流，未必踰於斯。淵明工五言，亦有歸來辭。迺知意到處，百發無一虧。孫侯絶人才，詩文俱中規。究其所源流，蓋匪一日基。有如審言門，遂至杜拾遺。餘波被芝蘭，同功有塤篪。嗟予晚聞道，未易等級推。劇談每從容，瞠若莫可追。閑窗念從公，兩脚如縶維。探囊獲新句，亦足慰所思。

**將謁介庵以詩先之**

溪山故無盡，隨取隨以足。平生笑賀監，敕賜鏡湖曲。今代介庵老，未歸先築屋。一區占何地，琵琶欣在目。是洲出誰氏，詩自隨州續。當年名絶唱，今也安可獨。溪如益彎環，山為增隱伏。以知得所託，水潤由韞玉。一朝起乘傳，屢疏乞祠禄。俞音落天上，裝行不待束。還家謝溪山，拄杖巾一幅。開堂會賓友，快語瀉醽醁。我時得得來，奉屨期追逐。維摩適示病，對客倦冠服。悠然失前瞻，重諧規再卜。尺書往問訊，勞公手親復。愛我誨我至，敬拜不敢瀆。自憐生無資，是役尤僕僕。轅駒豈忘遠，歸棹戒已宿。但乞老先生，一言壯空麓。

**書田中問**原作門，據殿本改**示成父**

每逢田中來，必問田中事。言者為蹙頞，聽者為酸鼻。皆云水節愆，所以陂修廢。田栽未曾了，旱勢已復至。承天無可說，有淀亦將既。早禾以日論，晚禾尚月計。原作許，據殿本改餓莩已五六，疫死又三四。自茲儻無雨，何以能卒歲。時成道危苦，示爾應歔欷。

## 送逸歸上饒赴試

謂汝可勿去，汝去意已堅。念欲終不遣，汝請倍諄然。平時父母傍，一事略不與。及今身自行，凡百誰汝護。况當苦炎熱，道遠不可説。晚須背斜陽，曉要踏殘月。墟落乃可爾，陂湖深戒之。藥物務頻進，童馬勿過疲。得失渠有命，勉旃非日競。汝解事文科，吾其老三徑。汝歸見吾友，見叔仍見舅。為道糠覈肥，無奈相思瘦。

## 寄在伯三首後一首併示逸

出門欲尋巖，聞君已行舟。川遠不可涉，佇立空夷猶。雨風既冥冥，離思復幽幽。人生苟無別，安能成白頭。

君行日已遠，我思日益長。何物可諭此，山高水茫茫。人生要有別，男兒志四方。奈此老多感，况於朋友良。

兒行欣得師，爺往愁欠友。去爺勿惘然，得師知慰否。有時頻執經，無事莫多酒。無謂數月程，秋風在回首。

## 寄主管舅二首

少公上黄扉，長公思玉局。恭惟我舅氏，出處似前躅。潯陽開三徑，鏡湖賜一曲。是為千載人，何有萬鍾禄。新詩久不誦，妙墨時在目。黄落又秋風，林空見松竹。

甥官楚西南，舅住天尺五。安否候何如，歲月曠如許。阿兄有書來，報道安輿舉。東閣故莫留，西湖要為主。寥寥和靖君，遺跡墮榛莽。咫尺到梅花，追隨悵脩阻。

## 寄衡州舅氏

西山有喬松，蒙附百畝陰。蓬蒿宅其下，旅生亦髮髮。永懷豫章公，斯文金玉音。徐洪蓋自出，原作出自，據殿本乙源流高以深。吾舅之於黄，端若一體臨。媿我望數子，引尺那及尋。弱冠誦流傳，蒼蒼且垂簪。前帆去已駛，後舟政憂沉。憶昨送弟行，作詩道離襟。末篇何所言，志我念母心。豈知辱貺答，碔砆致璆琳。退之贈郊籍，少陵寄高岑。我固解公意，誨我力自任。不惟書諸紳，起居見前參。幾思侍公側，取酒親酌斟。積荒賴鋤耰，痼疾蘄砭鍼。涉湘定何時，紙貴行見今。勿繼屈賈詞，起和南風琴。

## 寄劉叔驥

朝行巴陵帆，暮泊漢陽鼓。胡為我所思，祇説在何許。折麻念離居，搴若懷遠渚。望望莫致之，江頭漫延佇。

## 寄鄭舜舉

吾友歐陽生，詩律雜郊島。相逢每談君，必謂詩太好。送行許長句，兼復書小草。鴻鴈儻不來，何由慰懷抱。

## 寄懷在伯三首

沅水與湘水，合流俱洞庭。如何君於我，迺隔影與形。滄江鷗鷺野，殿本作静深林蘭蕙馨。含章斯發發，遂性逐冥冥。

我苦千里役，兒荒三月書。役苦殆委頓，書荒廑墾鋤。夜雨倒湖水，春耕競田廬。事貴在勇決，爾胡但居諸。

倏爾聽鳴鴂，慨然悲衆芳。春事且衰歇，吾行可相羊。問年踰不惑，嘐嘐斯謂狂。益矣多聞友，從之道阻長。

**十月八日聞鷄鳴即起案上偶有陶集繙閲數詩有懷斯遠三首**

衾寒數窺窗，窗暗鷄已號。比鄰遞東西，我起披緼袍。始占霜檐粲，忽聽風林鏖。迺知中夜雨，吾念亦良勞。

寒缸燭餘膏，破爐明宿火。嬾復布衾眠，遂作藜牀坐。默坐亦何為，姑取陶詩課。我友安在哉，良思與之和。

聞君治書樓，誦書仍課文。古人不朽計，政在三冬勤。今時獨不然，白屋期青雲。君豈斯人歟，大雅迥不羣。

**冬至後五夕頻夢陳擇之**

所見日雜遝，寧復當我思。我此僻且陋，三夜頻夢之。遣騎告欲行，手持一通詩。發緘與兒讀，絶妙解人頤。我欲留君飯，顛倒裳與衣。宛如快閣日，不似南浦時。到蜀今幾日，首議何所為。一儉勝百奢，徐公亦安施。幕府足閒暇，浣花有餘嬉。謫仙縱多才，蜀道無險巇。微痾固除洗，起居當具宜。蜀中富名士，匪卜亦隱醫。秘方茍有傳，寄我無或遺。寄我亦何用，多病成早衰。歸哉復歸哉，秣馬車載脂。上君白玉堂，王人亦黄扉。

**雨中憶花寄懷曾季永嚴從禮二首**

餘寒苦淹留，破衲無遽棄。欣聞好雨來，正念春耕未。瀕南花退早，何止桃李事。牡丹及酴醿，錦碎仍玉委。流年定何之，嘆息付流水。想像田廬中，桑柔麥如尾。白下古聚落，種花成土風。貧者籬疎薄，富家欄檻重。嚴曾蓋甥舅，交友著我中。牡丹大盤盂，酴醿鬱蛟龍。走觀仍折送，憶費詩酒供。今年百里外，此事不得同。坐病風雨惡，因之懷二公。

## 湖州親舊二首

憶昔倚少壯，不畏離別苦。及今更中年，頗識謝公語。連朝接殷勤，故已辦茲去。今晨竟不免，況此風更雨。夾溪誰家柳，向我强作舞。汝且不自持，寧能留我住。

舟行風打頭，苦恨行不駛。今晨得順風，亦自非所喜。溪山如許佳，欲畫無絶藝。要當稍收拾，一一付詩裏。近看忽成遠，得此已失彼。但令人此心，惘惘不足耳。

## 寄孫子進昆仲

霜風入枯葦，客枕那能安。起尋短燈檠，捐書復慵看。緬思平生遊，平陸多奔湍。懷哉豈無人，荆吴路漫漫。大孫行秘書，今古靡不觀。天文號隱奥，坐使十載殫。溢而為文章，卷舒見波瀾。丞哉亦奇士，老不卑小官。詩成太白豪，笑殺東野寒。酒酣或看劍，肯為無魚彈。儀也節更苦，凛若誰能干。譬之於草木，青松蔽春蘭。不願太官賜，自愛苜蓿盤。相携住荆溪，冥鴻渺雲端。釀泉飲佳客，採溪薦朝餐。不負風月佳，始知天地寬。我欲往從之，買船斬釣竿。富春訪嚴陵，吴淞覓張翰。人生鮮如意，高趣況易闌。君毋輕此樂，此樂非游般。

## 寄李晦庵

昔我曾大父，高交世無倫。晚生不盡得，所知三數人。堂堂贊皇公，實能繼張陳。自注：謂無盡、了齋。諫垣磨薦墨，許之以經綸。江陵竟連蹇，翰墨留餘珍。晦庵乃其季，英氣蓋八垠。家世斯文事，屬付真不泯。我亦早聞義，中年見天津。委曲問先世，與成傾蓋親。公故鼎富貴，我乃困賤貧。有詩猥蒙誦，顧乏佳句新。往過龔州庵，涷筆書吟呻。公來辱繼作，春氣動壁塵。去年濡須家，墨妙出傾囷。乍疑何人書，老大能精神。熟視乃鄙作，愧汗幾拭巾。已焉忽語此，知公蓋深仁。憫我抱奇疾，不救死且瀕。稍加匕寸施，庶使屈得伸。寧知茶然姿，攣拳殆終身。一官胡為哉，鴻毛等千鈞。野馬窘受駕，白鷗悲就馴。五斗未及飽，已遭窮鬼嗔。劍津駭騰變，牛衣泣酸辛。非惟糟糠念，要是無補紉。朝餐罷舉案，寒日空懸鶉。舍公竟誰訴，尺書走踆踆。如聞著書餘，抄經窮夕晨。儻匪官閑散，那得了此因。楓香出楚地，茗椀寧加闖。水屏供倦息，枕流絶緇磷。獻芹則小小，用意誰諄諄。秋風日夜急，木落知松筠。竚立不可見，悠然漫溪濱。

## 寄施進之

我遊尖峰回，一步成數憩。仰攀松夭矯，俯睨石贔屭。路窮入平野，飛鳥迎决眥。廬舍半茅瓦，阡陌相櫛比。謂皆耕稼徒，不復問名字。那知君子居，迺在青山際。聽君談所宅，悟我曾略至。時猶未識面，豈得漫通刺。都城一邂逅，草木同臭味。我旋反林棲，君適寓古寺。肯來穉子師，歷歲殆逾二。既均手足親，又篤朋友義。去年君還歸，城闉直童騎。楮生分草餘，鰐鮓動食指。今年我屬疾，故舊多遐棄。愧君不憚勞，衝暑到溪次。買肉烹伏雌，芼薑仍著豉。無資鹿脯求，竟是豬肝累。以我病苦原作若，據殿本改渴，榴實富汁滓。纍纍解包裹，其大蓋絶市。勸我養形神，勉我進藥餌。裴回晝難别，展轉宵失寐。分携六十日，顧我病祇爾。雖云間何闊，戀戀曾莫置。惟君名家駒，少日便千里。賦成驚老生，謂敵相如誼。姜侯號博學，自注：凱德安。無忌稱酷似。我嘗叩疑闕，應答罔不記。江流濫觴來，層臺累土起。如君之於學，何但一第已。獨聞家素貧，慈親下妻子。躬耕不自給，負米常遠致。願君力勉旃，事固有堂陛。高賢昔未遇，勤苦類如此。我行下吴會，破橐且料理。念將一過君，薄酒期共醉。又恐飯與芻，未免為君費。不然君即我，會於章老氏。素書久不往，往亦難盡意。詩以道鄙懷，因焉論夙契。

## 寄雷丈朝宗

憶我前年秋，驅羸赴行在。凄涼醴陵門，公獨枉軒蓋。客中遇還使，素書僅一通。計之曾未達，公起使廣東。而我困流徙，日月無定止。逮今得還山，莽莽舟在水。長沙公寓鄉，來往維其常。儻復後此使，音問政渺茫。如公所抱負，外斂中甚富。遄歸定非晚，入侍帝左右。車行過懷玉，寄聲到林谷。容我復驅羸，胥征戒童僕。

## 寄范建康

平生聞石湖，謂是千載人。去年此何緣，乃獲身造門。公蓋廊廟貴，我乃裋褐貧。既以賓客見，復叨尊俎陳。談間必文字，媿我非比論。雖知媿公厚，猥誦終憖新。别來才一書，無使無由頻。河内聞發粟，原思闕周鄰。江東且云然，湖外將何因。再拜謝洪喬，浮沉問水濱。

## 頃見迂齋談游子明不容口且誦其詩恨未遂傾蓋之願前年一見既慰我心所恨俱匆遽不得款語近過迂齋聞寄書又復訪問死生顧屏竄林壑逃死無日何以辱盛意如此輒成一詩奉寄

平生施迂齋，劇談高安郡。山川固清遠，得士且韻勝。就中拔其尤，游子蓋袖領。長哦唱酬詩，使我醉復醒。前年客游杭，冰雪滯歸艇。相逢逆旅間，一笑交已定。近聞寄書來，諄復問名姓。如公真騏驥，顧我乃下乘。歲晚儻不遺，庶幾望三徑。

**寄謝新安豐守胡達孝見遺近詩一軸便呈甘叔異章夢與**

向子識損益，揚雄愛清静。我行蕭灘上，二宅駕輒命。而於酬唱中，又得胡安豐。詩作文選體，字有眉山蹤。掃門今已後，傾蓋非敢望。談間問先世，蓋乃丈人行。歸州片時程，乃復來高軒。從容僅數刻，傾倒貽百篇。平生嗜江山，到處須著語。及兹足漫摇，久乃舌自拄。時惟桂林掾，與彼新喻丞。俱以行卷來，暴富如不勝。

**代書寄吴仲權**

長沙失會面，龍陽將叩門。君行黄鶴樓，我乃桃花源。裴回遂兩月，問訊非一言。時時得新作，日日思高軒。寧知竟相失，有抱闕細論。聞君方被薦，清廟陳璵璠。而我政落南，空江擷蘭蓀。雖云出處異，得以書疏存。言之有不盡，筆兮還載援。惟當道情愫，故爾略寒暄。

**潘恭叔欲歸壽其母夫人謝子暢以事客其館辭病在告騎招周文顯爲别僕不得與也作詩寄三兄**

伏暑推不去，秋風來何暮。深居謝巾幘，適意親杖屨。緬懷江湖遊，悵望南北路。舊交已如隔，新知孰成故。龐公非浪出，東野方廢務。共餞獻觴人，我病不得與。

**簡寄潘恭叔**

物生懼焦枯，吾身困蒸煮。起占天外雲，坐隔空中雨。故人住吴越，一别幾寒暑。今焉在咫尺，何事復間阻。緬思冰雪容，重想金玉語。可但發其蒙，端能病斯愈。

## 寄懷章衢州辛越州

江東去江西，道阻而且長。懷我金石交，每瞻鴻鴈行。信州去衢州，道阻而匪脩。黃花遂九日，明月負中秋。江東去浙東，江表邈剡中。莫云巖壑異，固有丘壑同。一出與一處，或嘿而或語。行步澀如棘，欲飛恨無羽。風高已木落，薄寒能中人。室邇人甚遠，不孤必有鄰。

## 發隆興後寄宋茂叔趙然道昆仲併屬達後篇於待制侍郎二首

連朝南浦亭，繫此一葉舟。未去已欲動，既行奚復留。篙撑尚依岸，風至忽打頭。中宵渺無際，清曉浩莫收。行止固有定，淹速寧與謀。我友邈難見，西山澹凝秋。

晁君父之舅，徐子我之友。晁詩紫微來，徐學新安後。徐固困簞瓢，晁復厭奔走。當今諸侯賢，孰愈豫章右。經行見雖屢，款語不能又。煩君因几席，為我探懷袖。

## 寄徐斯遠并成父弟

淅瀝夜來雨，蕭條林下秋。因之憶我弟，重以思吾儔。農工方鼎來，蠶事已告休。得無陰寒妨，知復多寡收。微官本為貧，中道成倦游。洪波政稽天，險路新摧輈。吾儔與我弟，既喜應見憂。憂我困一簞，喜我歸故丘。付與有定分，短長寧自謀。相期黃髮保，共勉素風脩。

## 得友人俞玉汝書云客遊建業月嘗能致錢十萬時方客溧陽感假尉事作詩寄玉汝

士有孟東野，薦乃韓退之。五十纔一尉，俸錢仍半支。嗟予亦蹇者，白髮方糟醨。因聲謝吾友，十萬亦多為。

## 寄答潘文叔并屬恭叔五首

人生無友朋，何以攻短闕。我交君弟兄，意合非固結。奈何不須臾，已復經歲月。葉落政知秋，竹新還縹節。

君家舍人公，世謂王楊作。誰知所傳授，白首終林壑。至今有源流，涇渭分清濁。豈比世上兒，風姿矜濯濯。自注：王、楊，謂黄州、文公。

主簿舍徒説，御史身耻呈。夫豈為異與，義理可不明。嗟哉後來者，窺踰多喪貞。所以使古人，炯炯長擅名。

平生蔣詡徑，家傍原作老，據殿本改揚雲宅。木老夏敷陰，泉疏春動脈。索居每懷弟，斗食身久客。况乃蒲柳姿，茂悦非松柏。

斯文吕與張，用世故落落。年來踵蒿原，天意亦已虐。君嘗登其門，如户發管籥。何當傳相授，此道得深酌。

## 贈曾槃樂道

我居懷玉山，茶山非一游。每觀文清竹，凛若人好修。往來道嘉禾，詩曾長公投。十年再建業，問勞加綢繆。中歌殄瘁詩，尺疏去莫由。雖微荆州論，感歎自不休。今日復何日，蘭溪繫歸舟。典型君尚有，一見寫余憂。

## 贈路芾德章

憶昔介菴老，視我猶子弟。於今於越州，必灑西州涕。重憶郎中公，契與外氏通。慨我未知學，一見寧發蒙。公於介菴老，筆硯相親友。而於郎中公，學問躬授受。與我非素交，有兒仍甚愚。辱公收教之，舉俗有是夫。辱書示深眷，未報無加讁。平日但聞風，今朝真識面。

**贈孫從之**

吏事要及民，何假須緣飾。是故西都儒，往往名背實。萍鄉孫明府，抱負惟儒術。起家長此邦，為政皆有述。催科非我急，急民使滋殖。今夏戒艱食，粒米勸蓄積。種麥責宿耕，禾孫視前績。是我賢弟昆，三市俱鼎立。正之官南昌，大吏遭絲刻。為陳先世事，稍稍從吾律。竊嘗歎斯人，當補諫争缺。如何即九原，我為長太息。叔也今王官，路以雲霄逼。才難未易識，屢薦今始入。贛川與洪州，目見非耳得。使之佐廟謨，彌縫寧闕職。公行被裏言，步武俱文石。為移一縣政，於以均萬國。我雖落蠻夷，歸來豈無日。儻遂樂耕耘，於焉吾事畢。

**贈耆英**

用世故欲巧，拙者終近德。人皆笑髯曾，我獨長太息。貧吾豈人為，問天天不癡。君看松柏受，寧與春風期。

**贈尤檢正四首**

多書如鄴侯，讀書如張巡。一代信不數，吾身見能親。門牆雖云舊，蹤跡乃若新。政以沅湘遠，無由書疏頻。

往焉石灰橋，粲粲方秘書。近者南浦亭，皇皇乃軺車。遄歸今幾年，人望益以儲。俱期白獸省，共傒玉堂廬。榜舟浙江潮，戧屋長安雪。寒濤幸少年，積凍還復結。雖逃蛟鰐虞，未免薪芻絶。噂喈悵難登，囁嚅羞妄悦。季秋過廬陵，客有示新録。尤楊兩詩翁，間以嚴州陸。澧蘭與沅茝，頓覺無芬馥。何況破囊中，欲探還自忸。

**呈嚴黎二師并寄韓季蕭**

名者世公器，丈也寧取虚。我聞曾嚴黎，蓋自入學初。每繙東萊集，出門思税車。一見良不易，寒暑三十餘。前年太和官，遣書叩曾廬。得報副以詩，妙處真起予。更有嚴黎在，因曾庶幾歟。驟聞鄂渚殁，經年為欷歔。嚴黎固老矣，我亦雪滿梳。奈何苦傴仄，決焉不躊躇。嚴師雖龍鍾，眸子炯炯如。縱云昏忘集，解記韓吕徐。黎君更强健，白髮盡掃除。豈非仙人家，服食信有諸。我詩燕石爾，報以瓊與琚。便當與曾作，編聯世行於。季蕭陵陽孫，與嚴並門居。棄捐舉子業，盡讀先世書。時從二老遊，不曳王門裾。我言無可采，殷勤乃來渠。二老已知名，保此良不疎。惟我與爾者，勉哉涼入墟。

**次韻斯遠見寄**

天地如許寬，出門自無之。筠窗書味長，靠壁笻一枝。吾曹本通脱，孰謂書有色。但取翰墨娱，且然相主客。霜簷曉皚皚，落葉擁不開。門開有行迹，元是題詩來。

**次韻馬莊父問行期之什**

日日言歸去，年年事遠遊。世態甘若醴，我曹和不流。殷勤枉詩問，準擬繫帆留。

## 次韻斯遠二十七日道中見懷二首

去冬黄公亭，咏詩看梅花。深行或山崦，縱步亦水涯。雖知追隨樂，固有間闊嗟。詞鋒君莫當，鋭甚如莫邪。我欲尾其後，志局道苦遐。千年定藏山，一世斯名家。

我姿甚不敏，與俗仍倍殊。難貪太常酒，願歸陶令廬。山中亦何有，寂寞誰與娱。晤言闊無友，展卷聊得書。人生七十稀，我今半已餘。百里九十戒，躊躇重躊躇。

## 次韻審知遣興

沉綿既逾時，生死誰或訪。殷勤惠之書，疇昔固有望。載觀近賦詩，頗復獻窮狀。功名岐則多，究竟策非上。賈誼卒避灌，晁錯終死盎。孰愈安一區，隨事享三當。嗟我信畸人，逐食無定向。轉蓬真飄風，斷綆遭逆浪。悠悠任通塞，冉冉失少壯。志願老棲遲，耕寛築夷曠。

以上《淳熙稿》卷一

# 全宋詩卷二六一九

## 趙蕃四

### 與蘇運使詡四首

筠陽有賢牧，典選得望郎。漢廷急獻納，使節乃輝光。翰墨一門盛，人才當代良。平生願識面，今日獲升堂。

培塿無大木，溝瀆無巨魚。窈然澗壑深，渺若江海瀦。澗壑雖云深，蕭艾寧廢諸。江海雖云廣，蛭螾亦與居。

昔在元祐初，重選館閣才。時我高王父，實與數子偕。黄門任言事，薦口曾為開。有孫不能振，白髮自興哀。

草木日摇落，道路方阻長。豐年米故賤，逆旅錢自荒。暝宿村舍烟，朝行板橋霜。豈不願息肩，於此增徬徨。

### 閨怨二首

維南有佳人，實秉絶代色。幼聞妾婦道，不肯傾人國。幽居今過時，行媒迥無迹。世方求冶容，孰能知婦德。

東鄰有賢女，膏沐不加原作如，據殿本改御。朝惟躬奉養，莫且趣機杼。曰賢嫁何晚，政坐一貧故。誰能幣聘之，此女非傲婦。

## 檢校竹隱竹數三首

憶昔山中居，朝莫惟脱粟。何以居之安，賴此猗猗緑。一朝顧舍去，夢寐勞心目。今晨忽在眼，如客得歸宿。

竹雖不解語，風能為之言。斧斤伐我本，畜牧踐我孫。戕者可以隄，踐者可以藩。我顧不忘汝，汝言毋重煩。

錢多論以屋，畜多論以谷。我獨何為者，箇箇數脩竹。竹箇雖不多，是亦我所欲。於以盗之防，盗防寧此足。

## 移松原作送，據殿本改與斯遠同賦

垂垂白髮侵，落落青松愛。協趣在山林，移根出蓬艾。逝矣我何悲，蒼然渠可耐。

## 舂米方歸瑞峰寺僧送菜適至遂成晚饋

香秔出村舂，晚菘來野寺。八珍不吾易，一飽有餘味。鳴鐘與列鼎，飯蔬仍飲水。此道本平觀，在人安擇爾。

## 栽田行

早田栽已成，晚田耕未遍。風吹苗已長，汝事不可緩。邇來雨況足，高下通溉灌。雖云手足瘇，孰愈溝壑患。自茲日不百，早稻期入爨。晚禾雖云晚，霜肅但秋半。我昔山中居，升没每關歎。及今食官倉，謂得度昏旦。那知不足飽，過午或空案。尚言工吟哦，猶説鄙計算。那知汝田翁，栽種日月斷。但懼政或疵，因之罹水旱。

## 成父送梅一株

無竹恐人俗，無梅憂竹孤。阿連解我意，為致三尺株。蒔之西窗前，青白相與扶。梅瘦竹亦瘠，豈唯人獨癯。終年厄貧病，藉爾得暫愉。索酒莫計錢，瓶罄當續沽。

## 得蕙數本有懷斯遠二首

幽蘭一收馨，餘卉無足睨。今晨採樵子，貽我以數蕙。風氣固王謝，兄弟猶魯衛。雨合打窗深，於余真得計。

酒熱無共酌，詩成欠同哦。況此春旦莫，忽來蕙成窠。樵蘇尚知貴，採掘能異科。安得同心人，與之酣且歌。

## 賦滕彦真家玉桂

伏暑不可耐，所思惟執冰。常時月桂紅，乃作素色凝。維南實炎方，草木氣所憑。素馨與茉莉，玉色俱相仍。得非因月感，光射尚能乘。

## 掃桂

年年賦木犀，獨未到此樹。信知官舍居，更甚此身寓。黄葉滿堦除，蔓草委霜露。相逢每變色，此樹獨如故。殷勤為掃除，不必但花務。風月四時佳，吾其枉幽步。

## 對菊有作

草木均是體，顧有幸不幸。故侯住瓜田，四皓卧芝嶺。譬如佳山川，何地乏幽屏。居然說終少，籍甚談箕潁。得非以人重，後世聞之警。維菊本甚微，在昔曾莫省。羅生蓬蒿間，自分託地冷。一趨騷人國，再墮淵明境。遂同隱居者，身晦名獨耿。何當園五畝，不覬田二頃。秋風及春雨，採擷花與穎。既充天隨飢，亦望南陽永。有志未能攄，對花徒引領。

## 周江州有靈壁石趙蘄州名以玉芝周索詩爲賦一首

論石如論玉，貴德不貴名。形似偶爾同，未妨聊置評。嗚呼禹甸破，土貢久莫并。問公安取此，萬里隨南征。向來四方遊，束書與俱擎。愧彼錢馬癖，寄我山林盟。風流蘄州守，夙有能詩聲。見之謚以芝，用意真不輕。謂公許器質，一再臨專城。宜為齋房秀，作瑞于聖明。未應如商山，寂寞身中清。須公力勉旃，石亦當與榮。念我匪能賦，徵索見公情。又惟此必詩，落筆空汗生。傳聞南池上，有石來自英。我雖未識面，想像猶弟兄。自注：李丈提點有英石，名千巖萬壑石。

## 詠隔塹梅

叢篁亂臨溪，叢樹深隔塹。愛之不能即，玩之寧有厭。五字遣誰哦，一杯頻爾念。幸勿折新開，留將遂幽占。

## 題廳後梅樹

移梅初有詩，梅開重成賦。豈問耳目謀，蓋珍貞白故。花宜倚竹妍，陰稱巡簷步。或嫌太幽閟，結實每慾御。我非調鼎手，何暇為此慮。但取冰玉姿，不遭桃李污。

## 明叔送一丈黄菊

菊開本叢叢，此種乃樹樹。嘗聞一丈黄，直謂莊周寓。及兹鋤移來，信可繩尺度。乃知太華蓮，十丈語非誤。陳君怯風景，酒盡不能酤。遺我遺我愁，仍須墮言句。更念貧無帷，何以致調護。

**除草**

入門空榛蕪，半死猶未槁。清霜且零落，縱蔓那得保。奈何刺吾眼，快意思一掃。童來乃鈍鍤，兀兀日又了。蘭枯艾長壯，亂多治則少。君子小人歟，幽憂挂懷抱。

**賣花行**

頳肩負薪行，所直不滿百。大舸載之來，江頭自山積。不如花作稇，先後價增損。身逸得錢多，人寧知務本。

**投宿廣平道上逢梅懷斯遠**

驅羸度斜影，恨不與子俱。梅花忽照眼，烱若冰玉臞。暝投佛寺宿，憶子曾寄躅。摩挲壁間詩，雖昏尚能讀。

**出北門記所見二首**

浮雲冒山頂，横碧門與直。所嗟籃輿駛，令我頭屢側。前瞻亦何有，浮圖梯七級。彷彿記遺基，當年居皖伯。

我行舒州來，觸目歎荒棘。今經北門道，麻麥殊翳密。乃知人力愆，地固有遺殖。安得遍厥耕，疲羸當少息。

**將行示遠父秉文四八弟**遠父，王彦博所改字

鷄啼午方停，蟬噪暑未秋。寓居雖市近，適意如林投。可人誰能來，王徐真勝流。王居近官道，樹林間

田疇。徐居復何如，老木蔭濁溝。我往必竟日，不為有魚留。我有長安行，食謀非道謀。王郎上冢去，決焉問吴舟。令弟飢所驅，迤邐從此由。徐郎獨不出，于世罕所求。念當為此别，要歷山寺幽。令弟既泣女，原作汝，據《永樂大典》一三四五〇改我亦病未瘳。是事且若此，其他當罷休。中秋與重九，預作離闊憂。惟其梅花時，醉之此山頭。

## 别齊之

新月浄林木，微風動菰蒲。客子不能寐，拊身念艱虞。忽思騎鯨翁，已去不可呼。樂哉今夕境，忍令墮空虚。南都李文學，豪氣老不除。將為章江行，值我彭蠡湖。一見如平生，健論真起予。座間誦新作，峥嶸突黄初。携酒夜過我，烹鷄仍鱠魚。快飲不記琖，耳熱歌烏烏。乘墜俱大謬，醉倒不用扶。幾夢即了我，此身無復餘。勝踐無古今，人事自作疎。東西南北人，何必懷此都。明朝兩茫茫，危途各崎嶇。語離有遺恨，更起捋君鬚。

## 贈别吴仲權三首

英英延陵家，藹藹宜章縣。政用魯諸生，俗今齊一變。諸公競推轂，天子思晚見。用捨有是夫，交親誰不羡。

昔在山水樂，往往失意人。公今絃歌餘，迺復於此親。搜羅既奇勝，落筆為寫真。文章復何似，高處殆先秦。

移舟漢將祠，躡屐秦人洞。一别幾何時，酒杯還此共。前途或追隨，衹恐終倥傯。要是策羸驂，無繇躡飛鞚。

## 答周允升留别

客居江之南，未識衡嶽大。長於想象中，便作登臨外。南游悵不已，病目恍增快。要窮山水原，靡問仙靈態。鎸鑱雅未能，造物底不貸。欣逢人中龍，一掃胸次隘。偕為青雲期，豈顧白眼怪。多聞與多識，幾别復幾會。籓籬我妄窺，根柢君有在。自慚非孟嘉，直恐誤郭泰。蕙蘭被餘薰，珠玉覺非對。兹方賦歸來，與乃别所愛。於今未深悲，後日當重慨。江流固滔滔，山木亦旆旆。煙霞既有疾，風月豈無債。相與詠和平，無庸發噍殺。

## 用程季儀送行之韻爲别

過江今幾年，遺俗不屢見。縱餘門户稱，直有冠裳變。惟君河洛間，南走楚粤遍。雖從科詔求，未脱褐衣賤。芬然蘭三薫，粹矣金百鍊。潭潭務中澄，熤熤鄙外絢。遂登南軒門，如識伊川面。周旋茍有得，喜躍幾成抃。淵深保戰兢，鴆毒戒安宴。於今過城南，政似趨無倦。儒冠蓋多端，劇論如合戰。試評季路勇，孰與之反殿。前日我辭君，炎風尚交扇。衹今君别我，餘暑已堪餞。歲序急推遷，吾行甚流轉。爝火詎當陽，雨雪寧待晛。孤唳豈潛聲，卑飛終掛罥。小令泊扁舟，暫為瀝破研。我如浩然歸，君異方朔薦。契闊方自兹，追隨復何便。

## 平江尋吴恭叔不獲

皋橋在何許，往者郊送翺。自注：孟東野《送李習之詩》云：贈君雙履足，一為上皋橋。我行姑蘇城，半日空遡遭。惟君昔我契，義不減同袍。珠林一杯酒，明朝隔江濤。年來尺書絶，目斷飛鴻高。我今换一官，五溪當不毛。君行官王都，雜遝從英髦。城中十萬户，歷問無乃勞。兹焉失一見，使我心忉忉。

## 冲谷道章少隱還自上饒不見過而遂歸懷玉作詩十二韻奉寄併煩送似寓齋也

幽居非不佳，竹屋静以深。春歸遽亡蹤，草木成嘉陰。天氣殊未快，令人頭岑岑。忽思從公譚，微風動衣襟。白雲何許在，引領勞我心。平生誦佳句，三歎有遺音。端如猛虎嘯，百獸藏中林。交游一周子，自昔已至今。論道若有合，根源要追尋。文章固定價，美玉同精金。窮通我均樂，兹事要力任。通脱不累物，賢哉阮瞻琴。自注：僕以軸紙從師乞詩，未諾，故云。

## 送公擇入浙

日者君過我，今焉我辭君。楚荆易得秋，霜霰行在辰。我車甫來歸，君騎已在門。喜我更安健，勞言再三陳。已焉忽謂我，我行不逡巡。問君何因爾，欲語聲輒吞。我自解君意，操袂增酸辛。男兒志四方，懷安實敗名。不見折脅睢，慷慨西入秦。君行其有合，宿憤當一伸。造物固甚巧，頗解戲弄人。願君稍安之，無為自傷神。諸孫君好交，送君必以文。可慰别後覽，何憂去裝貧。

## 送昭禮還金陵四首

上饒去金陵，道里何其遼。俱為江東郡，各在天一角。君行寧知遠，我住若有縛。何以見相思，書來不嫌數。

君似原作詩，據殿本改便風船，千里纔一瞬。我如久眢井，湮没不可浚。愧君力推挽，令原作今，據殿本改我去鄙吝。加我以數年，庶幾乎少進。

松巒特立士，君也為之子。異同誚歆向，父子自知已。向來知名人，得此多失彼。願君考其然，九十半百里。

誦君贈遺詩，吃吃口不倦。相從曾未款，取别寧我願。竟乖卜鄰約，遂作摶沙散。君如不我忘，我復何所恨。

**茂德行亟不及作昭禮書姑此問訊**

憶昔相從初，二十有三年。别日更莫紀，少壯成華顛。中間何不有，匪但歲月遷。幾尋長安居，莫訪新市船。尺書且難寄，再面端何緣。今晨大阮來，倒屣不待前。問君比安否，談君語蟬連。短髮尚短褐，青箱保青氈。吾人相從初，情與兄弟肩。蘭陵折梅贈，虞山聽鷄眠。如何一分首，遂作胡越然。詩以道所懷，寧寫宣城箋。

**蕃與斯遠季奕同生於十二月蕃初五日季奕初十日斯遠十八日近辱季奕貺詩猶未獲報兹及斯遠之壽併此奉頌二首**

徐子崖根竹，風雪不掩緑。鄭子谷中蘭，冰霜已騰馥。二子有此風，宜爾生窮冬。我獨何為者，飄然直轉蓬。

鄭子才不疎，徐子文甚勇。一旦召嚴徐，一旦策晁董。去年蕭寺中，杯酒兼旬同。間闊見難合，況乎分悴豐。

**次韻和答斯遠見過書所見**

來歸僅兼旬，來過已云屢。共耽林刹深，同賞溪亭露。濁清一再行，俊逸今古句。或哦山更幽，或詠舟横渡。竟日為之留，曛黑始能去。昔人物外游，隱遯亦數路。於今區中緣，向背豈同趣。我非韓伯休，莫嗟聲氣卑，但恐歲月遽。解嘲乃文嬉，賓戲蓋言諭。陶寫固不惡，沈溺斯

原作林，據殿本改君殆黄叔度。

可懼。人雖或我寬，我則難自恕。望望獨行憂，瘽瘽良友助。

明叔每見過不久輒去仲威尤難招致索居書事呈二君

可人費招呼，柰此陳與胡。問事失昏忘，論詩辨精粗。清風不可絆，白日易成晡。欲睡難安枕，繙書得踞爐。聒人紛宿鳥，對面走飢鼯。啁哳聊容汝，睢盱反闖吾。寧無捕黄口，亦有聘貍奴。

仲威復枉粥字韻詩見屬甚厚不可不答

盛時無窮民，漢詔優廪粥。邇來詔書行，亦賚帛與肉。薦才職諸侯，因異駕徵卜。共思急賢治，惟日有不足。士生幸斯時，詎應隱巖谷。盍出致吾君，堯舜其爾俗。餘孽何足云，況説故地復。堂堂胡澹庵，夫子乃其族。看君妙人物，門户真不辱。必殿本作少須長養成，明顯待拭目。而我本散材，謬賦支離粟。宜從力田科，邂逅賦取菽。敢如陶淵明，歸歟托松菊。亦有父時書，續將教人讀。

子肅以古風見還詩軸頗述歸田之樂次韻答之

春風忽滿目，感嘆離羣居。郊行竟何之，野蔓徒侵裾。仰看嶺頭雲，片段隨卷舒。悠然若有得，似我心地初。乃愧學道晚，何時悟真如。自茲稍鞭策，齒髮及未疎。有兒幸成丁，可以親犁鉏。要同商州民，窮功治山畬。自注：事見《王黄州集》。王租及時了，優游伴樵漁。時乘少游馬，或卧淵明輿。所過輒就醉，其他焉取餘。此計儻遂心，誰能更淫書。公詩胡為哉，指南實前車。事貴在勇決，駸駸歲將除。

夜讀子肅詩再用前韻

棲鴉既投林，蕭然野人居。獨立茅簷下，依依月生裾。涉春抱煩痾，茲夕稍自舒。誦公寄來詩，何啻超黄初。正聲久欲絶，作者徒紛如。得公振頽波，如漢有二疏。擬欲躡其跡，荒棘廢墾鉏。譬由治田人，必待三年畬。敢矜一日功，草草同獵漁。窮通固定分，往者悲接輿。百年等夢間，壽夭誰贏餘。如何彼虞翻，惋歎輒著書。人生貴適意，安步可當車。玆道儻與聞，他焉從破除。

## 向監税以前韻見貽復用韻答之

鄱陽困游梁，自喻託枯朽。功名彼何能，慷慨終無取。寧知古君臣，義蓋存師友。高謝亦有人，班班推廣受。先師有遺言，何有居夷陋。歎息柳儀曹，枉尺贊五就。詩書自青衿，事業見白首。基本苟不定，歲月寧能又。煌煌瀟湘姿，肯雜樝梨飣。而彼倚市門，詎復工刺繡。騏驥伏鹽車，駑駘空滿廐。置是勿易談，舊矣憎多口。君詩定自佳，官乃等尉候。詩成不自足，乃復過我牖。同官有歐沈，一時真頗有。要加萬鎰彫，必待無價手。君其往從之，我亦瞠其後。

## 答審知見貽

昔我墮極南，去玆千萬山。見面夫豈易，附書良亦難。官今聽之歸，連日乃獲語。洗蘇塵埃懷，如久旱得雨。君才日蒼蒼，略已千丈長。計其所功用，可中棟與梁。如我蓬艾等，怒長不尺寸。秋風一摧折，僅可供束藴。宜君有聲名，光彩益以新。而我復何事，强謂詩窮人。春秋了集義，詩箋復編類。建有朱校書，婺有吕正字。二公今儒先，名滿天地間。勿謂東家丘，睎顔人亦顔。

## 晦日用陶靖節蜡日韻

正月忽已晦，惠風亦全和。更留十日晴，桃李當有花。病夫不知春，但覺所感多。東軒對深樾，日暮鳥猶歌。

## 晚立偶作

晨雨濕木蘭，夕風吹紫荊。江南異中州，春晚猶秋清。壯年不可恃，老態忽已生。柴門立久倦，濁醪歸徐傾。

## 晨起見牧牛者

前者蓑而眠，後者笠而坐。陂長不待鞭，草軟無用莝。蚤耕塹塵力，午放長逸臥。薄暮翁洗犁，兒歌互相和。

## 晚立有作

朝暉熏我肌，不飲類酣適。夕陰慘我顏，所抱非隱戚。晝夜無停機，日月布常職。浮生任變滅，一者互出没。汝憂何從生，汝喜何自得。陰晴況莫料，暄暖難屢必。顧雖甚蒙昧，詎敢規造物。衾裯欠宵具，薪炭乏預積。未免形語言，寧知見顏色。

## 書事

長年穫稻時，人盡趨南畝。束薪固圖售，求益敢屢拒。念昔居田園，連林恣斤斧。炊飲煮坡羹，徒聞亂風雨。

山谿急宵春，野市赴朝糴。人言非躋貴，富者猶露積。豐年且不飽，惡歲真可戚。懸釜以待炊，衾裯寧許直。

貧非事烹煎，病止治藥物。烏薪爨之市，束縛論寸尺。煙浮多穉松，質重非老櫟。熾焰忽復然，寒灰已成積。

久旱始足雨，畦圃新料理。秋茄尚入饌，晚菘能敗齒。萬錢固無相，三韭聊自詭。抱甕豈忘勤，移家嫌近市。兒童不知憂，度日長戲劇。忽傳山中訊，欣喜沾柿栗。為物雖甚微，貴是家所植。何當携爾曹，遶樹親尋摘。

東街鼓坎坎，西街鼓鼕鼕。市酒倚法禁，椎牛聚羣凶。差事驚父老，狂歌走兒童。此俗苟不止，斯民始終窮。

早禾雖登場，春簸纔足食。晚禾尚棲隴，登減未可必。吏持與催符，官趣違限責。為政本憂民，民憂政何德。

兒啼宵不飽，女訴夏無衣。幾載宦遊倦，素來生事微。詩書須自勉，紉補莫多違。我亦田園去，終難粟肉希。

北風卷湖水，萬里雪欲狂。乘勢不自止，雲開日垂光。風伯益振厲，行子立欲殭。青女探其機，變作明日霜。湖水凍成坼，層冰傲朝陽。松柏愁悴死，寧云草蒼蒼。哀哉羈栖人，破褐無幾長。塞向亦墐户，退憐無地藏。緬思六月中，誓言望清商。及今玄冬時，懔懔反莫當。流金與折膠，事乃旦暮常。安時輔爾躬，毋為徒自傷。

我行一何忙，羽檄來星犇。忙行抑何事，列境備戍屯。賊犯連英郴，江右聲已宣。往年縛李金，此邦蓋晏然。而今獨胡為，騷驛窮朝昏。政坐茶賊時，曾窺此邦藩。茶賊異此賊，本皆商販民。忽當法令變，州縣復少恩。求生既無路，冒此圖或存。此賊據巢穴，其徒況是繁。萌芽手可拔，不拔生惡根。雖云巢穴深，豈離率土濱。彼猶蠹蟻聚，我軍貔虎羣。彼積鼠壤餘，我粟多腐陳。彼乃寇攘爾，我蓋仁義云。邊庭尚思犁，此又何足言。何當快除掃，聽民樂耕耘。我亦得拋官，歸舟趁春渾。胡為故使我，駒局仍鴟蹲。更慮一朝焚，硋砆同璵璠。

## 久不作詩詩思甚涸春物日盛漫興三章用常德秉心筆書本不工重復加弱似亦與詩相稱云

威嚴退冰霜，清潤歸梅柳。少時騁青春，老至傷白首。日長卷添書，病倦盃費酒。姑置鴈鶩行，顧慚牛馬走。

庭行看萌芽，簷立聽呼應。在物且云然，於我可不競。青衫戀五斗，白髮間三徑。是豈人之為，絶知吾有命。

春回溪山姿，候趣農桑務。自知盍歸來，人歎推不去。順心豈故違，宿諾寧久負。既已媿淵明，又應慚季路。

## 即事二首

問薪薪已無，問米米已空。假貸愧鄰里，犇走愁僕童。乞食陶徵君，乞米平原公。昔人有如此，吾今未為窮。

廢圃失不治，委積成荆杞。何敢問嘉蔬，亦無馬牙齒。舊聞苦行僧，破鐺煮糙米。我今頗似之，但未除髮耳。

## 雜興四首

家居百金貨，富可千金敵。持行鬻於市，曾微一錢直。人或不汝知，汝售無固急。邂逅識真者，百金還復得。

蘭生深林中，故與蕭艾同。春風披拂之，芳氣何冲融。宜有同心人，採擷佩厥躬。採擷苟不至，依然守荒叢。

不見澗底松，樹子元楚楚。長大今幾年，植立無風雨。一朝建明堂，未免斤斧苦。斤斧不為傷，掄材固其所。

良農之於田，曾匪一日力。耕耘各以時，志在秋有穫。其間罹水旱，亦是天地德。汝不替厥功，後當值豐殖。

## 旅中雜興五首

炯炯冰玉姿，落落山林相。問渠坐何事，斬伐傷神王。更加束縛之，求市朱門傍。渠雖不解言，我為成惆悵。

英英深林蘭，發發不自閟。誰遣入市門，樵夫强解事。渠雖賞芬芳，我自羞嫵媚。懷哉山中人，紉結參珮璲。

屢雪不一雪，雲脚何時絶。春風雖云來，積凍吹又結。未論芻薪價，曳履凍欲裂。苦欲作商音，聲寒還復輟。

舊雪固已多，新雪翻增劇。立春已涉五，太昊猶辟易。長安有羈旅，無以度朝夕。所願見白日，歸舟泛深碧。

少慕隱逸人，開口談四皓。及今聞其風，尚愧劉德老。詔恩雖與官，辭避猶却掃。不應吏部門，皇皇踏泥潦。

## 晚晝二首

落月不可駐，落日不可揮。豈昧白晝長，畏此餘暑威。人生延促頃，光景變滅微。水霧已似合，山烟亦成霏。

抱道等金玉，乃不知自珍。終朝噂喈間，叩門復隨塵。那知江湖叟，生計竿與綸。逢人問售否，或至生怒嗔。此理何謂然，即我我即人。

## 酬季原作李，據殿本改益

君家三尺窗，盡著溪上山。怪君坐其中，舉世招不還。餘嬉到五言，時許見一斑。顧我僅曹鄶，季孟胡可問。比年爾何緣，迺復羅閶闔。試問蓬蒿居，孰愈轍迹環。古來千里足，未必十二閑。是故東方士，長飢猶好顏。

## 十三夜招全真沅陵

昨朝熱如焚，今日涼如水。豈惟悟天機，政自知物理。黄華一月晼，桂子數夕事。已辦烹伏雌，相期泛浮蟻。

## 中秋以山居不得與周文對飲况子暢在數百里外也悵然有懷

山林遠俗人，風月親我輩。涼秋半今夕，痼疾况少退。詩懷客子哦，酒欠伯仁對。百年等夢幻，一笑有成敗。秃巾倚枯松，赤脚踏斷瀨。何當約二叟，勝踐同一會。

## 秋日獨飲二首

秋風何時來，庭樹非昨好。樹猶不自持，况問青青草。人生甚草木，閲世安可保。賴此忘憂物，陶公蓋知道。

素懷樂清曠，長言待秋風。及兹摇落初，感歎如有攻。長卿既倦遊，嗣宗復途窮。苟無杯中物，何以娱我躬。

## 李聲父唐德輿程士和梁和仲過飲

相期本林園，相厄乃霰雪。不難屐齒去，所怕巾角折。香燒古銅鼎，囊貯今墨帖。欲醉竟不能，匆匆謝車轍。

## 病中寄呈王信州老謝丈

韓詩不可犯，顔字不可瀆。舊言驅瘧癘，其效甚符籙。追慕記初學，諷誦懷三復。如何且逾月，此物猶肆毒。得非緣法異，無迺災釁酷。推移自前後，進退亦淹速。豈惟搜脂髓，直覺憎面目。醫方戒山果，牙頰怕臠肉。味嫌東野薺，餒厭平原粥。莫知所生理，真恐遂鬼録。屬時秋已季，更值雨相續。卧聞掃空階，起步驚隕木。蛩號故亡賴，蚊豹成暗逐。未資卒歲計，頗病嚴霜促。幸遭賢使君，立政匪今俗。教微下黄堂，惠已周白屋。論情素有托，謁見慚未卜。詎應四壁立，久作窮途哭。謝公方在郡，薦士宜首牘。疇能借齒牙，價可重金玉。自憐非道謀，觸事先顔恧。病倦不成書，書成況難讀。

## 初三日晚題

浮雲晚陸離，巨浪朝澎湃。櫓摇雖甚亟，岸遠不可届。巴丘兩日中，湖路千里外。月上照遥山，修眉雨新畫。

## 是夕微雨

臘雪財覆地，春雨不溜瓦。天公務塞責，人意自嫌寡。豈惟田未耕，況是麥在野。安得三日霖，滂沱徧天下。

## 連日雨作頓有秋意懷感之餘得詩七首書呈教授知縣

小雨洗清晝，幽花耀寒廳。雲間返微照，風薄成細零。蟬悽如欲收，蟲咽無暫停。渠將趣寒事，我自感頹齡。

頹齡不可羈，寒事亦已迫。女褐破未紉，兒襦短仍窄。杜陵歎女癡，淵明更兒責。返念田家翁，囷禾與機帛。

牆根數席地，聊爾遺耘治。年豐菜亦熟，採掇斯及時。拔葵媿公儀，學圃非樊遲。幸逃肉食鄙，用補囊粟飢。

淵明抱羸疾，猶復歸田園。安能為五斗，折腰若拳拳。簞瓢非可樂，不改迺稱賢。夫子故不死，仰鑽高且堅。

我官雖云薄，廩粟猶有繼。懷哉江東弟，餬口當何計。風悲隕高梧，雨歎凋碧蕙。富合與貧離，怛然撫身世。

聞兒誦書聲，兩耳輒為明。青紫云乎哉，老我愧此生。家聲寒如冰，奔走霜鬢盈。束書故好在，淹泊諒無成。

沈侯賦郊居，歐公賦鳴蟬。誰謂遠莫繼，有孫筆翩翩。我獨歌骯髒，世憎還自憐。秋風鳴不已，如欲相和然。

## 趣章永豐祈雨

高田卷蒼埃，下田積荒穭。頻聞父老嘆，似訴車戽苦。吾鄉地猶薄，有類家素窶。旱踰十日晴，潦自三尺雨。吏斯靡常禱，神得誇屢許。近雖略豐稔，曾不享倉庾。桑麻籍銖兩，門户强撑拄。往時屬初夏，插秧未終畝。甘膏偶愆候，人意已深阻。沛然天為賜，翕爾農遂舉。沉憂釋阽危，樂事覬安堵。迨今幾何日，所歷無廢土。豈惟勞手足，殆欲病腰膂。早禾穗且實，晚稻花半吐。更寬經旬虞，當作有歲取。奈何又觖望，嗟爾復奚補。雲師匪云怠，風伯敢固拒。烹鵝竟何術，象龍恐非古。精誠苟潛運，響應猶或俯。誰能任此責，再拜謝明府。

## 初六日雨而甚微

旱勢若燎火，雨粒如投珠。望望恐不及，嗷嗷欲成呼。叩龍探古湫，號佛喧通衢。山川禱斯必，社稷報不渝。古人之所是，今人之所迂。龍神與社鬼，其事亦區區。

## 雨二首

旱極乃得雨，凄然天已秋。譬如病且革，藥劑方一投。不猶愈於無，庶幾千一瘳。未聞失東隅，果有桑榆收。

得雨天忽秋，起我凄其悲。凄其亦何悲，歲晏霜雪期。壯志久已謝，白髮來及時。絺綌與裘褐，棄置復營為。

## 悶　雨

青山本無垢，坐受瘴霧侵。馬倦不加鞭，暑氣令人昏。去年蝗為災，千家百不存。流亡不自保，聚掠連諸村。閔閔望一雨，可招若敖魂。旱勢復如此，早禾空如雲。豐登數有常，赤子皆天民。惜此三尺雨，龍師恐不仁。禳禬古有法，至和格神人。不見東海郡，孝婦冤欲伸。

## 閏月二日雨三日復雨寄斯遠三首

大雨固霶霈，小雨更霢霂。蕭然涼已生，隱若雷未伏。前時歷月陰，邇日連朝暴。早田有愁乾，菜本亦恐縮。居閑苦無事，憂國願時熟。老翠上松篁，餘滋到蘭菊。

夏雨多驟止，晚灑苦易乾。陰乎不能釋，膏爾殊未闌。疎疎政簷溜，浩浩忽木端。沈痾頓如失，甘寢不自安。遲明復大集，平地如湧湍。戲作擁鼻調，以歌田父歡。

無人南澗遊，老我北窗卧。雨為洗炎蒸，身成起頹惰。幽花曜叢叢，新竹排箇箇。是中有餘詩，獨唱誰其和。懷君固非遠，念我當數過。蟬噪晚聲清，螢飛新月破。

## 閏七月五日雨中記所見

雨來山為昏，雨罷山如洗。秋風欻已高，長空澹如水。其誰知此樂，勝處屬幽子。登臨無所詣，溪樓成徙倚。沙鷗意氣逸，衝烟棲復起。是身困羇束，沿戲直愧爾。平生耽佳句，此癖殆至死。得酒忽詩成，頹然自醒醉。

## 連雨獨飲偶書四首

緣山灌木長，遶舍芳草積。敢希陶淵明，自謂張仲蔚。出門無所詣，閉户聊自得。簡編或倦紉，壺觴恣酣適。

自昔嗜酒徒，往往皆能詩。詩亦何與酒，胡為必相資。我詩既不工，我酒還復漓。頹然亦復醉，信筆輒書之。

人無送酒錢，官無種秫田。鄰家賴可賒，醉過春風顛。春風急雨顛，梅黄更連連。不念陋巷士，其貧類顔淵。

伯倫原誤作倫無他文，一頌自不朽。淵明飲酒詩，乃至二十首。未易多寡論，俱能金石壽。我乏二子辭，徒然老耽酒。

**寒雨感懷呈斯遠三首**

窮冬固多悲，凍雨仍併作。真成晝連夜，直欲寐無覺。其陰似春仲，其令豈天錯。林棲未歸休，蕭寺猶旅泊。孰寬留滯懷，政賴朋友樂。梅華開且半，芒屨曾未著。溪亭縱微吟，破屋成細酌。悠然起遐心，彼哉羞好爵。淵明念田園，幼輿志丘壑。坐釣有羊裘，峩冠自麟閣。

少讀隱逸傳，雅意煙霞人。居官早自縛，半世幾没身。青衫類枯葉，兩鬢如爛銀。人知趨走苦，已重疾病湮。歸微三徑資，尚竊太倉陳。鄰里有伏臘，弟兄無越秦。况此交友高，而能朝夕親。君還志遠遊，所願猶逡巡。我乃歎寡與，未易論苦辛。勿道車馬乏，勿嫌風雨頻。

平生幾交游，念往常恍惚。始從五州數，却自他邦述。徐州殞川魚，葉縣飛鳧舄。吳興罷童迎，漢殿空履跡。鯨魚渺洪波，長城墮立壁。元龍漫豪氣，子雲終執戟。詩壇絶韓吕，詩友無道釋。文章固能傳，事業竟何得。是皆我深知，半亦君舊識。更將寫其心，悲甚不能筆。自注：謂賈季承、周畏知、賈元放、施文叔、趙文鼎、韓南澗、趙介庵、劉遠齋、陳擇之、陳明叔、楊壽岡、楊無逸、曾艇齋、嚴、黎二師，他蓋不能一一。

**是夕雨大作復呈潘提舉**

雲行方陸離，月出重蔽虧。旋聽隱其響，已見沛然馳。信有誰能禦，那云鼓再衰。天瓢快傾瀉，旱魃勇鞭笞。卧想歌謡疾，頓寬車戽疲。中宵猶颯沓，既曉尚紛披。五日能如一，有年端可期。旱頭今已破，雨脚不難垂。使者豈為德，天心兹可知。在予非赫赫，於汝要熙熙。始急救荒法，終傳喜雨詩。但須觀氣象，不必問蓍龜。米賤行當復，物生斯得宜。寧容倦游者，侘傺獨天涯。

## 招明叔

平原拙生事，數月且食粥。蠲也巧於貧，晚食以當肉。士窮見節義，不以富貴卜。用志苟如此，寧有憂不足。我生本寒士，犁鉏起窮谷。顧惟疎野姿，動輒當忤俗。得禄本甚微，奪去蓋聊復。雖云出無車，定免赤其族。在我無所念，於君果何辱。而君終日間，惘惘形面目。幼穉悉遺歸，不慮瓶無粟。大兒頗類吾，藜羹甘半菽。庭前既除草，窗外亦栽菊。屬君早來過，東書期共讀。

## 再用前韻

田家雖賤勞，豐歲飽餐粥。儒士筆以耕，相形無食肉。我生文字盟，向日交友卜。自從此邦來，得君一夔足。作詩非野格，悟坡更參谷。字法皆有師，翩翩信超俗。誰云前輩遠，解使神觀復。鸞乃鳳之徒，蕙乃蘭之族。惟我甚亡賴，於何能見辱。又何與於人，嗔君刺在目。寒窗夜沉沉，燈燼落金粟。芻薪價益高，窘狀稽然菽。相看一何有，有子所送菊。何以得今夕，把君詩過讀。

## 十四日二首

梅開在高岡，仰望不可攀。微風一動摇，落片紛斕斑。下者隱幽閟，叢然榛棘間。著根近溪流，墮地即水灣。是物佳莫匹，在處堪解顔。扶藜曳芒屩，永日不得還。

窮冬無苦寒，寬我欠裘褐。裘褐苟不備，道有猶絺葛。童奴忽告言，薪盡米復竭。市糴不可賒，囊錢顧安得。詩成詎堪煮，梅望當止渴。一笑謝兒曹，爾飢由我拙。

## 十二月七日病題四首

曉枕聞屐聲，方知夜來雨。遥憐江南梅，玉立勝越女。林深笑成暗，溪淺照亦俯。想象不勝情，吾寧久羈旅。

前朝困壺觴，昨日强撑拄。今晨不能支，謁告報公府。噤瘁苦春寒，廉纖真雪雨。病狀雖摧頹，猶思鷗鷺舉。

一代數百年，作者不數人。桃李非不芳，梅花獨清真。是故吾黨士，愛之踰等倫。詩成欲何屬，目斷楚江濱。

酒亦不難止，無以寄吾興。縱然酒可止，詩恐不受命。二者必相須，未易相負勝。所以千載人，不能除此病。　以上《淳熙稿》卷二

趙蕃五

### 天帚竹

自離竹隱居，借宅亦多種。周旋雖不乏，瀟灑常入夢。猗歟此窗緑，輟自口腹奉。别之亦幾年，似困鳥雀鬨。兹晨蹔來歸，溉掃何妨痛。竹隱從未還，風猷入吾用。

### 悼竹

此君如高人，風節常凌厲。雖經隆冬中，正色不少替。春今盡正月，萌蘖且次第。天公出奇手，白晝變昏翳。初飛佛埸花，繼灑鮫人涕。羣兒顧驚走，老眼亦睥睨。是時凡草木，掩抑若自衞。惟君獨傲然，略不威嚴霽。太剛竟摧折，乃悟非善計。追懷周旋久，於此增懍悷。其生既冤死，其死可輕弊。當為殺青簡，更以色絲綴。盡書卓行人，出入生死際。作我座右銘，蘄能免於戾。

### 次韻斯遠投宿招賢道店對竹再用前韻見懷二首

興懷王子猷，匪但一朝夕。看君愛主意，與渠蓋連壁。詩成辱持贈，絶勝梧桐滴。我句本非儔，分光藉鄰壁。

君行日未昏，意適先投宿。世有疾走人，奔波寧自足。遥知琢詩際，聲韻驚鄰曲。寄謝主人翁，取將宜刻竹。自注：來詩述店旁大竹可愛。

**明叔以僕護筍不除作長句爲調次韻**

春風逞夭邪，爛漫吹已足。維暮筍乃生，如亂更約束。吾人為之寄，詎可謾弗録。況其耿介姿，政已不可辱。去云殿本作停當解籜後，為我呈新緑。新詩急拜賜，句解先我欲。我豈兒女曹，撫玩斯同俗。又殊市井輩，狥利蘄盡劚。要當去留間，明見妨意曲。分餉可得多，但令春脱粟。

**有懷竹隱之筍復用前韻**

我家章泉旁，生事苦不足。惟餘數畝地，有竹森似束。别來夢寐之，詩語見編録。況當萌茁時，孰杜樵採辱。官居亦何有，有此數竿緑。定應好事人，知我來此欲。不然朝暮間，何計能醫俗。尚嫌地形淺，筍夥當掘斸。不能助幽深，何況增詰曲。袖短舞難長，吾儕五斗粟。

**徐提幹爲沈運使種竹於上饒新居昭禮有詩蕃同作**

玉谿佳山水，不減閬州南。新居助幽深，所欠萬竹參。徐郎亦好事，知公幽趣耽。過溪買龍雛，雲根破烟嵐。地形擇便宜，土壤泉亦甘。春雷一番筍，要戒園翁饞。鄰里約來往，要須開徑三。風月無常主，平分未為貪。定有王子猷，造門不興藍。嘯詠忘主賓，用意端不凡。政爾功名迫，此事未易譚。待公幅巾歸，我亦脱青衫。

**至節矣猶未見梅頗形思渴書呈斯遠滕兄主簿前日書來亦問梅花消息併此奉簡**

言歸雖故棲，雅志亦良友。奈何數詩筒，不得屢杯酒。縱云三十里，每見莫能久。是以朝暮間，相思輒成又。去年梅花作，佳處猶在口。今年梅花期，撫事緲轉首。翩思接中履，兀若限林藪。君行集彤庭，我政安甕牖。西湖覓林逋，東閣懷杜叟。寒歲識松堅，同心見蘭臭。前朝習鑿齒，書來問安否。併話羅浮山，抗塵應抖擻。

### 三月三十日余有章貢之役陳明叔嚴從禮載酒見餞於白泉張伯永繼至

相從數月間，已復兩為別。此身竟何有，百年終是客。近役不隔州，音問可絡繹。江南虛成市，白泉强名刹。何勞共追餞，令我滋不悦。觴行期月上，月上尊已側。我卧四壁空，君歸度舟闊。

### 僕自北門放舟過溥子而告行坐間出示上蔡景迂兩先生墨帖具道先世契之詳原作許，據殿本改益重其別爲成是詩

扁舟過辭君，落日繫高柳。愧君惜遠別，留我飲以酒。夜深不知罷，感歎屢執手。書題見晁謝，光怪森在牖。憶昔蓬山老，實與文靖友。同登靖康朝，諫疏猶在不。吾人世其家，樹立敢自後。君才真杞梓，如我乃枯朽。漂流偶相值，稱我不容口。君今非少壯，我亦驚老醜。相逢定何日，相勉敢不厚。老農誠有言，良田務除莠。

### 中秋無月呈審知

前年中秋月，痁鬼方見虐。徹曙不得眠，揞爐親煮藥。子時過橋來，勞我非赴約。評詩雜精粗，有味勝大嚼。去年中秋月，應候痁復作。少休塘下寺，欲進悲足弱。喬松接修竹，聽雨仍落落。自注：喬松、聽雨，俱二堂名。徘徊亦忘寐，孤詠同緯絡。漂流到今年，高興屬快閣。何期悼亡歸，舟並南山泊。前年呻吟地，追隨恍原作光，據殿本改如昨。天公似憐我，為遺雲垂幕。那知千家墀，慘澹對杯酌。不然適與值，用趣則相各。人世夫何常，明年定憂樂。

**邂逅孫子儀於臨安喜而賦詩併懷子進子肅**

車塵高没人，欲障無能施。忽逢故人面，如濯清漣漪。客居縱荒凉，聊復具酒卮。勞苦數語外，論事仍索詩。長年口欲棘，一笑為解頤。懷哉二難兄，何由會塤箎。

**次韻斯遠入城見迎**

舟纔汭口過，山已鵝湖出。檣隨鴉鵲興，纜與鷗鷺夕。青青玩魚藻，爛爛數灘石。經行盡吾舊，佳處悉不宅。有身漫漂流，有志空鬱積。題詩喜將見，重子深垂憶。吾儕信老大，觸事異疇昔。君能師友偕，我媿灑掃役。歲月又何如，駸駸戒輕擲。

**九月晦日艤舟浴於昭真既罷同方元直成父弟兒姪遊徐巖南禪之新亭已乃絶溪而還**

客子下水船，幽士登山屐。二事莫與謀，聊復盡此日。山房富薪水，泥墐仍紙羃。沈痾快一洗，清吹生兩腋。徐巖舊所訪，舉步能歷歷。樹樹雖剪伐，苔蘚更襞積。蓋可買以居，惜哉無巨力。旁誰斫幽徑，復道精廬立。新亭踞其上，遠水山四壁。驟來落日挂，忽去昏鴉集。不惟我友俱，携子仍弟姪。民生固常苦，此適未易得。物役不可留，溪流還汰擊。

**文叔兄以泉州丈之亡自萍鄉奔赴歸途以書約相見會蕃留邑中得以合并時復聞袁州先生之訃哀傷之餘詩以叙别**

一雪五日陰，冰凍吹不裂。今晨定何朝，萬里來霽色。我將還山中，已駕還復輟。故人有書至，會面不可失。故人江西吏，何為浙東役。慟哭竹林廻，我實門下客。去年送朝天，除書報三易。心知以病辭，豈料成死隔。東懷喪未赴，西望訃復得。追惟平生遊，語淚相隕雜。僧房幸小駐，聊以舒鬱結。酒固不成懽，梅開況當説。

## 水淺

歲暮百日晴，江水三寸淺。褰裳步可涉，石子大如繭。沙乾蒲茭死，穴邃魚龍偃。會看桃浪來，一碧千里遠。

## 贛縣道中有懷晦庵用江東日暮雲爲韻作五詩寄之

我行向何許，貢江與章江。悠悠異所見，俗變服亦龐。定遷本中州，來南已殊邦。況此接荒服，寸心那得降。

此心如江水，日夜東復東。不惟愛吾廬，顧瞻幾臨風。今者款段馬，向來御史驄。在我何得失，人自分悴豐。

自往一寄書，俯仰又許日。豈無東歸便，值遇多卒卒。昔如馬口銜，欲去隨緩疾。今者身屬人，動步窘刀筆。

去年過辭公，忽忽值春暮。及今復茲時，而公在何處。荆溪坡之居，瀨上郊所賦。公能躡高蹤，我豈遺野趣。

半出未吐日，徐行欲歸雲。豈惟陰晴殊，政自凉燠分。物態故應爾，天機寧亦云。安得變淑氣，盡為除楚氛。

## 晚行

侵晨畢先祀，將午趣疏飯。中途往固宿，顧影日未晚。逶迤行不盡，登頓力苦倦。馬言雖不通，吾意其自赧。

## 施衢州除浙西提刑以詩寄錢三首

昔公立螭坳，秉筆罔不書。及乎上諫坡，論議無日虚。直言有不讎，柴桑念歸歟。高卧屬幾日，朱轓起閭閻。政成合入奏，返直承明廬。如何更持節，未使經綸攄。上心豈無謂，勞公重皇居。吏惡必剪刈，士良必吹噓。此自宰相事，於公定何如。

六飛駐吴中，地實三輔比。擇守固甚艱，况於部刺史。惟公治衢州，他郡蓋無是。豈惟教條清，坐見風俗美。邦畿四方本，王化所自始。俾公按連城，此責亦重矣。繡衣非古官，漢乃有直指。於今盜賊清，所繫獄事爾。讞議苟以平，遺公孫若子。

我客懷玉山，有如梓與桑。地故隸江東，與衢蓋鄰疆。自公剖符來，亦既閲雨霜。非惟衢人安，我民亦小康。去年旱無收，閭里驚欲惶。匪藉衢粟輸，烏能免流亡。嗣聞被災郡，誅賞率亦當。况於惠比境，於今見何嘗。事雖鬱上聞，我民不公忘。自注：去年玉山大旱，賴衢粟以濟。

## 偶詠原作用，據殿本改不才明主棄多病故人疏之句感孟浩然事作孟浩然詩一首

吾評孟浩然，雅意作詩人。死經四百載，賦詩名愈新。爵禄豈不賞，殿本作貴不義寧賤貧。身雖遭放還，未必非得仁。

## 次韻全真所感

淡交異甘醴，雲雨相覆翻。二者固殊轍，終當戒多言。所遇既混殽，所防難每存。懷哉古之人，閉門或

踰垣。

### 宿汪山之福田院

前身雲水僧，今世山林士。遊方未能遍，行脚方自此。朝行或官程，夜宿必野寺。我自幽有期，人言癡了事。

### 聞潘衡有婢出適安福傳其法造墨甚精孫温叟捧檄其縣詩從乞之

如聞墨潘氏，一派傳婢子。世上多徇名，我曹寧貴耳。公其品題之，為我致窗几。定知青出藍，未信橘為枳。升堂與入室，亦喻接花理。又如淮王仙，鷄犬悉飛逝。况茲薪水供，得法信有是。我書初不工，為詩長費紙。筆墨倘精妙，尚可令予起。誓將掃竈煤，頓頓燒寒葦。度日有不煩，掃煤復何自。公聞應大笑，士窮乃如此。非但我有求，知名渠自爾。

### 久不看鏡鬚之白者衆矣得數語寄成父兼示兒姪

始白纔二三，今白乃四五。蕭蕭十數莖，底用更縷數。年來悼亡原作忘，據殿本改悲，老至作詩苦。外形雖由中，不應遽如許。歎息計此身，幾何不埋土。而此尚低回，悄悄受羣侮。弟能教兒書，兒足事吾圃。吾豈不可歸，茲為寄門戶。

### 用前韻寄明叔

鬚白底用悲，我十君二五。亦莫問此身，寒暑堪幾數。別君春已夏，往往疏勞苦。况說買江天，重聽誦詩許。君德故有基，層臺繇累土。不問鴟鴞詩，猶謂民或侮。如我乃宜歸，舍農即為圃。永與世俗辭，君來當勿戶。

## 曉晴

蓬窗昧陰晴，布衾寒氣穿。起視天正霜，璧月儼似懸。空濛十日雨，冰天湛相連。氛翳一洗去，舊觀還山川。

## 冬晴三首

冰雪四十日，朝光開曉霜。短褐忘藍縷，茅檐失荒凉。緬思江南梅，安得置汝傍。明朝儻更晴，一葦聊可杭。

吾家章泉村，有竹數十百。平時愛不伐，雪後多摧折。江東絶近書，未省有無雪。頗復念此君，誰歟撫霜節。

我家讀書堂，堂下才幾席。常年曝背地，兄弟兼子姪。長者坐藜床，稚者把書帙。此段不可忘，何時復能集。

## 斯遠生日

下湖有隱人，卜築自厥先。官曾駕高車，屋乃無修椽。究觀諸郎貧，固知大夫賢。籯雖乏黄金，家故餘青氈。其季我與遊，於今幾何年。文得南澗賞，經從晦翁傳。味有陸子同，譽由吾輩宣。其人可知已，忤俗何病焉。今逢初度日，為頌初度篇。君非黄叔度，殆似元魯山。見之意輒消，坐久歸忘旋。是資薫陶益，能使鄙吝捐。冲風足披挹，好句寧引牽。况復兩玉兒，共嬉郎罷前。潛魚必求深，鳴鶴終聞天。君當茂明德，食菊仍佩荃。我亦願黄髮，挹袂仍拍肩。濯足冰水流，振衣懷玉巔。世苟混氛濁，神其歆吉蠲。我老不足道，君乎斯勉旃。

## 歐陽全真生日

舊聞新喻學，面勢如眉州。宜有妙人物，舉世讓一頭。君於文忠公，譜牒明派流。當時山公啟，有言曾未雠。在今人與門，推君兩俱優。分教固罔外，首善乃所由。南見屬初度，杯酒相獻酬。願君雲間鵠，聽我江上鷗。

## 題鄭季奕火閣

朝來日當窗，晚矣猶未落。梅開怪璀璨，信是日初薄。勿云丈席地，可詠亦可酌。歲月與情懷，寧須問今昨。

## 養源齋

紅源初濫觴，其末千萬里。婆娑數畝陰，歲月拱把爾。士之於為學，豈得獨異彼。巋然九層臺，亦自抔土累。平生養源齋，曾詩與王記。二公死何年，夫子蓋老矣。向來之滔滔，今乃見涯涘。木殖《永樂大典》卷二五三九作值歲云秋，實落材《永樂大典》作村則美。

## 本齋

王子母之弟，徐子父之友。徐學自贛翁，王則因病叟。遊目鄉閭中，孰若二士秀。為汝名本齋，乞言置汝右。如病資藥石，如饑待糧糗。嗟余亦老矣，門户百年舊。躬耕貧無田，為圃聖所陋。家携一束書，勉汝期日楙。

## 虛白

陳君作齋舍，謚之以虛白。惟虛白故生，此義無二説。人言莊周愚，我愛莊周達。東坡老仙翁，出語世津杙。亦嘗為虛白，是乃道所集。莊蘇一等人，夫子蓋三益。惟虛定何虛，而室又何室。是取此蘧廬，而謂無一物。鑑明塵垢去，水静鬢眉出。是中可觀妙，無但充遊息。何當過夫君，相與以終日。賓主兩嗒焉，不言而目擊。

**二十六日與公擇步松嶺而返**

青山招我來，松風送我去。白髮頫脱幘，足適欲忘屨。春初更和悦，我亦除疾痼。莫作倥偬歸，兹遊已成屢。

**橋上聞薝蔔香**

曾聞薝蔔林，自是佛世界。何許郁若風，飄颻能自在。不然山之靈，作意現奇怪。於此證香嚴，通途蓋亡礙。

**十有二月二日晚同向景先閱江船忽雨作從教授假蓋繼以詩來次韻**

誰令類癡兒，乃是妨日假。君方遡歸鴻，我政專野馬。成詩忽能送，有酒胡不瀉。此段亦可傳，誰與妙揮灑。

**挽胡澹菴二首**

憶昔樂全公，暮為老蘇表。載其辨姦論，此老一生了。澹庵夫何如，書有斬檜草。顧豈無他皦，言大可略小。

昔我曾大夫，嘗作春陵適。時惟蕭子荆，袖書實見客。公經本蕭自，於義豈秦越。三年期掃門，竟欠今生識。

## 簡彦博審知

朝昏困薪水，寒暑念裘葛。度日少復佳，此歲又已卒。崎嶇向行旅，蹭蹬遭羈縶。故人肯留連，客况免羞澀。陰天苦錯莫，梅事去飄忽。要尋幽遐地，共作須臾集。徐陵峻詩壇，王衍深理窟。我獨媿其家，徒窮賴如壹。

## 用招明叔之韻簡胡兄仲威并屬明叔

一白不盡茶，妙試在茗粥。相馬不舉肥，幹也更畫肉。士當何如觀，一語可以卜。我生嗜朋友，有餘補不足。要求棟梁具，必問澗與谷。瑟兮本希聲，何能娱世俗。陳君於為文，筆力見往復。劇稱南郡胡，曰此吾類族。輿籃昨過之，懷刺今來辱。談間不須臾，未暇問以目。陳君有江閣，曠瞻不遺粟。非如味者徒，白晝迷麥菽。何當約夫君，載酒擷杞菊。我記不足云，渠詩當細讀。

## 泊舟叫巖入法林院訪洪駒父留題

溪邊遵微徑，林下陟荒級。逢僧衣藍縷，對面日曛黑。堂空若無人，巖淺僅容席。流傳昔聞詩，求訪今罔獲。

## 次韻斯遠三十日見寄

窗明内晴景，書味真雋永。長年悔遠遊，紛蠹几莫整。子猷調固疏，竹可一日無。看渠姿爾瘦，瘦而何用腴。因兹想風度，朝夕如相晤。豈不欲就之，身羈未能去。詩來政此時，好處無涯圻。吟哦不自已，亭午墅雞啼。

## 次韻在伯送行

白石何鑿鑿，白鳥何鶴鶴。吾行甚悠悠，物境自廓廓。緬思友生良，頓使懷抱惡。別辭固丁寧，醒矣轉寂寞。近猶已欄檻，遠乃失城廓。重惟始相遇，夫豈世所樂。逮今信素交，是果天所酢。相期振古風，相與務天爵。興時山水憑，意或風月託。君亭足鷗鷺，我砌下鳥鵲。詩盟寄閒嬉，筆勢異强弱。君詩似陳黄，君字如張索。悠然正前瞻，渺矣已後落。嘗猶層臺登，亦類中流泊。憐我狂而疏，誨我詳不略。是行亦流轉，敢謂逃束縛。移官儻可歸，故免聽鄰柝。閑員苟得去，自此投遠壑。要期終身遊，豈但今日約。吾曹念元賓，學子慕有若。至味匪鹽梅，至樂非管籥。四三分喜怒，非是論今昨。擾擾與膠膠，休休仍莫莫。

## 奉思斯遠兄成詩以寄

叢叢庭前萱，葉葉簷外蕉。何曾百憂釋，但覺中心焦。故人在何許，山川極吴楚。大江湧奔騰，重湖互吞吐。別來書不至，更望詩能寄。相從志若何，相去有如此。普天仰何大，一己俯何隘。胡為自羅網，無事忽投械。憑高跂悠悠，思遠忽不收。歸來重有感，立壁成幽幽。萱叢暗已歛，蕉葉抽未展。百憂攻余心，舐筆空喁噞。

## 以予與斯遠倡酬詩一卷寄錢伯同運使郎中二首

公作廣信牧，我為辰陽掾。長沙趣歸程，臨汝甫再見。我今華嶽祠，公乘江東傳。雖能遞尺書，未易重會面。錢晁固世親，貴賤寧異眷。復此候寒温，因之致詩卷。

我家懷玉居，蓋自南渡初。元無五畝宅，僅保一束書。不調如釋之，何翅十年餘。但有四壁在，倦遊亦相如。况此方病卧，殿本作卧病何繇瞻使車。所徯公噸笑，以為民慘舒。

## 次韻王照鄰去秋送行併呈滕彦真

風人伐木歌，詠寫求友聲。亦有脊令賦，月邁而日征。平時朝夕居，一旦離合情。何以著此情，賦詩兼軸盈。自注：蕃湖南之歸送行詩凡二卷。怪來擔肩重，忘去破橐輕。時時一披展，絶勝五色盲。今日復何日，霜檐曉爭明。青天盡開露，如見心目誠。鄙夫獨何為，似覺幽憂攖。緬懷平生遊，多留定王城。晨出湘霧濕，夕歸湘浪平。王滕唱酬詩，我亦濫一名。别之今幾何，秋枯復春榮。素書渺不來，嘆我無魚烹。要賡舊貽詩，餖飣仍經營。定知他年見，不復刮目驚。檐前坐久如，四體醺欲酲。夢作扁舟去，湘西尋舊盟。曾微白首哀，但作青眼横。山鳥何自鳴，欠伸巾尚傾。

## 次韻酬吴德夫去秋送行之作

湘西一盃酒，渺渺紅葉换。江東千里雲，落落黄犬歎。人生七十稀，百里九十半。初期枉車馬，近迺遺札翰。小遲君不肯，一出我豈憚。雖微辦雞黍，豈乏具薪炭。古風久不作，我友當力讚。舊詩况瓊玖，觸目屢璀璨。中馨稱蘭佩，外飾匪玉冠。初年已飛騰，中道翻歎惋。恐遺知己羞，遂許獨力斷。於兹樹風聲，何止評月旦。君如渥洼種，可以羈縶絆。我異淇園姿，猶睎歲時貫。君乎甚英爽，我也終浪漫。自應殊顯晦，寧復待剖判。湖山冰玉明，樓閣丹青焕。叩舷或乘舟，曳杖或登岸。君行定有得，我去何可愞。與想悠然時，却憶蒼然觀。

## 次韻和答周伯壽送行

秋月日以明，秋風日以清。秋今且云暮，而我遄東征。雖云别寓邦，且復遵故程。久結山水念，况關朋友情。惟昔未識初，聞風已先傾。一見辱與交，再焉許同盟。吾徒務切磋，俗士資飛鳴。我事太鹵莽，君為久專精。我行政依劉，君言將入衡。要期一見重，可使萬户輕。春風一轉首，南山各歸耕。君亦竟閉户，坐閱水火争。臨分枉題贈，至味如太羹。此意可虚辱，不然詎為榮。去去復去去，行行重行行。

## 次韻沈司法送行

坐上着孟嘉，不問知小異。豈其眉睫殊，儻或偶相值。余生慕名流，得見忘履屣。雅聞東嘉州，儒服類洙泗。於今師友間，授受由原委。沈君蓋其徒，往往無不肄。嚮雖未云識，早已知名字。胡為冠惠文，更復倉庫吏。人之不相知，擊磬與荷蕢。至其移怒時，水蟹或遭忌。人誰不君知，相與共愕眙。君方繫官曹，我乃赴幽事。别語縱可佳，離愁渺無地。

## 次韻潘端叔送行二首

君公隱牛儈，文休食馬磨。身則困空乏，道為如切磋。味者不知此，輕受鄭灼唾。遑乎欲奚為，况覓陽春和。余惟素賤貧，學晚仍廢惰。念將求歲餘，要必取日課。向來四方遊，不辦一室坐。已深蕪穢遭，更值雪霜挫。兹行自棲遲，詎得嗟轗軻。固殊南山歸，敢曰東山卧。胡為論知仁，乃復稱同過。我無歸去辭，君有歸來些。自注：仁過之語，南紀之論也。

君言不為詩，乃有如許味。詩亦何與人，政恐傷吾氣。中懷松柏堅，外暴丹雘塈。君雖不我語，我亦長自畏。不惟費口頰，政爾悲腸胃。良由習未除，匪是真為貴。君言固鄒魯，君筆猶漢魏。絶倒豈自文，善謔非加誹。贈言要有益，佩服當無既。勝私與致果，曰克仍曰毅。曾聞鄭渠鑿，終有秦畝溉。閔閔望其成，悠悠勿虚費。

## 次韻劉先生送行并令諸友及子侄同賦

斗食綴散吏，幽棲還故山。平生讀書志，欠此歷年閑。馬倦政長路，鷺饑方淺彎。吾師與吾友，高處若為攀。

## 呈趙常德四首

東南米最賤，舊説湖南北。及今身見之，價豈下江國。此行為米來，對此增歎息。人謂使君賢，寧慮有失職。

朝廷不忘遠，徒欲得公重。不然如公賢，久合居侍從。少須歲和豐，歸騎承天寵。看取武陵原，田耕麥米壟。

豐年易為政，凶年易為德。政本拙催科，德乃足民食。蠻貊忠信行，田里愁歎息。德政祇如斯，何用求赫赫。

將身付銓選，乃奉蠻府檄。蠻語初未學，嶮絶聞人説。進前退不可，信有難如棘。所賴使君賢，餘波能普及。

## 呈游子明二首

安仁山水縣，令君文章伯。林深蘭自吐，川媚珠所宅。絃歌導斯民，傳舍閲過客。口雖絶雌黄，眼顧分青白。

頻乘信州船，屢泊雲錦驛。登臨有勝絶，偃蹇費收拾。令君名能詩，公事多暇日。儻可付篇章，大勝資粟帛。

## 呈段元衡

君從桂林來，我欲衡陽去。邂逅一尊同，飄流數年敘。我未長沙去，君復衡陽來。還思數年隔，更遣五言裁。我歸玉溪傍，君向靈山側。來往方自玆，飄流勿多惜。

## 呈賈新之兼簡謝子暢

擁衾困朝酲，著帽從宿諾。我家附東溪，君住窮北郭。俱悲壹無錢，獨媿喜好學。詩聲漫天壤，頭白尚丘壑。去鄉今幾年，末路得其託。相望固非遠，相見每不數。所思聞清談，何意發狂藥。

## 呈程可久

微風送落日，餘霞雜停雲。陟彼山之巔，誰識我與君。彭蠡咫尺見，匡廬毫髮分。波瀾似吴淞，岡巒殊勝雲。是間豈無詩，愧我初不文。圖畫亦足寫，摩詰居離羣。裴回竟何得，指點徒加勤。回憩僧所廬，幽閴令人欣。談鋒壯鏖戰，茗椀頻策勳。交游數伯厚，文字從右軍。自注：君與王性之、米新仲為文字遊。我是漫矊若，莫能窺厥垠。少焉復來過，凛然落衣帉。江山恍疑非，林空月紛紜。旁有博士湖，姓名未前聞。何年隱君子，高棲辭世氛。得非羊裘漁，當是植杖耘。至今宴息地，離離幽草薰。人生七十稀，過眼俱蟲蟁。適意何必多，悠悠幾朝曛。君明履霜畦，我正坐水濆。會合且不常，使我生憂慬。何當十日款，誦説心為醺。庶如逢豫章，其藁一以焚。

## 呈壽岡先生

我行上蕭灘，慘澹無與適。肩輿問何詣，揚雄一區宅。地雖占城隅，野濱遶修碧。主人誰何輩，蓋代文章伯。喜我過其廬，倒屣相應接。似聞杜陵翁，一飯無俗客。如何重留我，更道雞黍窄。談間雖文字，往往先名節。我語固多狂，公亦不我折。為言古今人，耽詩信癡絶。身名兩棄置，死若墮霜葉。公言蓋有激，我亦因啟發。莫將夢中事，重對癡人説。此語竟云何，梵志翻著襪。

## 次韻元衡送别

老馬千里志，老鶴萬里心。武夫用清廟，珍材卧中林。進寸輒退尺，枉尺寧直尋。桃李本無言，山水乃有音。靡不競盛麗，疇能聽幽深。平生文字遊，幾作南北襟。清宵寄明月，遠望傷遥岑。悠悠歸計晚，卒卒年事侵。狗監薦相如，將軍知杜欽。彼哉竟何處，已矣真難任。乖離歎每昔，邂逅期豈今。贈别枉古調，和之徒苦吟。我何一錢直，君自抵千金。

## 留别成父弟以貧賤親戚離爲韻五首

秋日苦易暗，秋宵苦難晨。蟲號雞不已，我亦長吟呻。哀哉念何深，出處累一貧。在家庸可忍，行旅計愁人。

今年歲大熟，穀價率以賤。富家積囷倉，貧自無飽飯。悲哉五斗圖，去矣千里遠。四民士為先，今乃媿工販。

木落山有骨，水落河有津。扁舟所常經，大半迹已陳。身非鴻鵠舉，心乃鷗鷺親。勝處自屬我，塵事勿敗人。

我家如陶舍，幼稚有盈室。汝家亦十口，持去何可得。嗟我寡兄弟，至此得無戚。雖爾敢或忘，呴濡期沫濕。

人事苦好乖，咫尺當語離。及乎中年後，畏與親友辭。陶謝得道者，其言且如斯。況我乃畸人，嗚呼得無悲。

以上《淳熙稿》卷三

# 全宋詩卷二六二二

## 趙蕃六

### 咏古

按《陶淵明傳》，為彭澤令。在縣公田悉令種秫，曰：「令吾常醉於酒，足矣！」妻子固請種秔，迺使二頃五十畝種秫，五十畝種秔。淵明為令在晉安帝義熙元年乙巳，是年三月，淵明猶為建威參軍，仲秋到彭澤，在官八十餘日。又傳解印去縣，迺賦歸去來，本集亦云十一月也。則淵明去官當在十月，而賦歸去來在十一月耳。仲秋到縣，非下種時，秔秫之語豈舉案間戲語耶？因賦詩以紀之。

淵明欲弦歌，為酒利公田。到縣十餘日，歸意已拳然。一稔且莫待，遥遥問歸船。是事可質信，考之歸來篇。種秔與種秫，夢語落何邊。

### 和陶淵明乞食詩一首并序

自八月來，日以抱衣易米為事，衣且竭矣，米卒亡術可繼。因讀東坡《和陶乞食詩》有「幸有餘薪米」之句，則知坡之貧，蓋不至於陶，而陶雖貧，猶有可乞食之家。僕今縱欲乞食，將安之耶？輒亦次韻。

我生墮貧中，欲避將安之。去年未是貧，假貸猶有辭。親朋戒今年，相與謝往來。朝昏曷以度，半菽藜羹杯。原作懷，據殿本改大笑不知悔，且和淵明詩。兒曹相與語，我幸乏此才。聊為一飽謀，餓死無自貽。殿本按：淵明《乞食詩》第三韻押期，此用來字，與原韻參互。

## 和陶淵明己酉歲九日詩一首并序

立冬十日矣，所至菊皆開。今日讀東坡和陶詩有《十月初吉菊花始開與客作重九因次韻陶淵明己酉歲九月九日》詩一首，輒亦次韻。

山中無曆日，不知冬已交。起行視林園，草木如半凋。黄花獨何為，亭亭有餘高。俯不媿轉蓬，仰何羨凌霄。當其雜衆芳，開落真謾勞。豈若稍退步，坐閲枯與焦。建中方死蘇，元嘉迺終陶。二老蓋巋然，所歷匪一朝。自注：淵明元嘉四年卒，年六十有三。坡建中靖國元年卒，年六十有六。

## 重九纔四日爾風雨如此病卧殊亡聊小兒輩取酒飲予且索作詩强和淵明九日閒居一首

久不觀陶詩，彷彿如前生。忽此迫重九，意是渠所名。我方卧病中，齋居忘昏明。不知簷雨落，但覺奔濤聲。兩兒絶可憐，弱者纔五齡。深憫乃翁憊，取酒前為傾。歲月已如許，我衰難復榮。但願此可安，閭里無異情。何必議徙居，終焉計將成。

## 九日用靖節己酉歲韻

宿雨曉未止，紛紛雲氣交。秋令迫凄厲，草木無多凋。去年當兹晨，採菊踰山高。晚上寶公塔，徘徊意干霄。今年此幽居，粗免出入勞。茅簷縱偪仄，亦類蝸廬焦。舊醅更可漉，幽憤斯能陶。莫問無窮事，人生如露朝。

## 人愛九日多以靖節之故僕以邠老七字爲可以益其愛者且連日不雨即風尤覺此句妙處賦詩八韻

東籬滿把菊，柯山一句詩。四時皆有節，九日獨如斯。潘子夙所尚，陶翁何敢師。是故逢此日，愛慕仍凄悲。所願學淵明，歸去了不疑。松菊儻猶存，田園隨事為。亦願如邠老，白首邱壑期。人窮與詩長，得失其在兹。

## 拜嚴方范祠

東都重風節，先生實啟之。有士蓋如此，不拯家國危。迺知大厦傾，未易一木支。我讀黨錮傳，涕流每交頤。往來桐江船，必拜嚴子祠。俯誦宛陵句，仰觀文正碑。禹稷與顏回，千載同其師。數公固天人，可望不可追。但願如玄英，隱居名能詩。

## 讀阮嗣宗傳見其醉六十日免求昏之言與醒忘作勸進辭據案便書何乃異同耶

## 作阮嗣宗詩

善觀阮嗣宗，醒醉俱托狂。廣武歎已絶，蘇門嘯何長。昏既以醉免，辭寧不終忘。又疑殺青上，闕文今或亡。不然竹林遊，何獨棄山王。

## 論詩寄碩父五首

詩人例多窮，我窮亦何因。頻年走道路，一饑累其身。簞瓢豈非福，天理元自均。俯仰苟不媿，此心猶昔人。

我詩元不佳，病後日益退。年來窮到骨，未可專詩罪。故人周與施，愛我不我費。歲晚短書稀，相望千里外。

學詩如學道，先須養其氣。植苗無它術，務在除荒穢。滔滔江漢流，源從濫觴至。要作千里行，無為半途滯。

東萊老先生，曾作江西派。平生論活法，到底無窒礙。微言雖可想，恨不床下拜。欲收一日功，要出文字外。

溧陽罕賢才，兩沈好兄弟。讀書不求功，其涯未可既。古人豈難到，顧我力行爾。玆道果何如，在此不在彼。

## 雜詠

蘭生雜蓬藋，匪願為世採。一朝落城市，未免論金賣。金輕孰見多，棄不待其艾。抔（原作杯，據殿本改）土儻與期，含熏歲猶再。

鳥雀雖微物，頗知庇其身。育雛並庭宇，用意蓋即人。即人亦何為，吞噬防暮晨。巢空儻不救，豈曰近乎仁。

婦有居冢亞，冢富亞則貧。貧知敬尊章，富不親補紉。尊章愛貧婦，富婦讒生鬩。讒巧偽若真，兩婦俱遭訴。貧婦自修飭，富乃計之得。日復鬩其間，衆謂貧當出。尊章賴深慈，不納富婦詞。貧婦亦勿疑，但瘽前所為。纔言有時辨，富婦何施面。貧婦貧無歸，尊章願終眷。

## 令逸作歲寒知松柏題詩因作

不有歲寒時，若為松柏知。南方故多暖，此物寧能奇。漫道同生植，何云盛衰齊。不臣真浪說，難用空增悲。匠石今孰是，明堂那覺遲。玄都種桃者，一笑已前期。

## 嚴山

巖山多嵯峨，婺水争平遠。山如古屏張，水似横軸展。世絶郭熙畫，我無摩詰詩。熟視眼中景，偃蹇不得追。

春風吹桃花，適與流水會。流水固無心，桃花亦何意。如何武陵人，便至神仙家。神仙不可見，回首空煙霞。

**范湘監務許惠其父盤溪居士詩先往數語焉**

國朝幾名家，在蜀蘇與范。斯文何與人，竟作南荒竄。盤溪諸子行，少小便精悍。早從宜州遊，句法悟骨换。官稱薄如紙，名蓋越千萬。我為餘杭役，識子非楚産。姓名問即識，一笑冰已泮。長哦迺翁詩，亹亹無間斷。使我傾耳聽，妙處驚輒歎。前輩今遠矣，俗眼易作玩。大軸許見遺，此賜安敢慢。行囊政爾空，得此吾無患。

**二十七日作**

卜居面勢隘，附山枕林麓。曠瞻既無地，何以慰羈束。昏昏半月雨，候應黄梅熟。晨興更凉冷，轉午增蒸溽。山蟬苦見聒，聲亂非絲竹。病夫不耐事，頗復傷煩促。緬懷江湖舊，歷歷夢能續。誰與具扁舟，我被立可襆。

**桃花臺下望龜峰作**僕為信人，而未歷此山。懷玉最近，亦所未遊。因賦此詩併自訟云

吾州四名禪，自注：謂鵝湖、靈鷲、懷玉及此爾。獨未歷龜玉。足後懶不鞭，幾同毁於櫝。繫舟桃花下，龜峰正相峙。决意欲造前，已行卒成止。嘗覿是山圖，未究所得名。道人相指似，咸曰因賦形。方今聖人治，圖書當瑞出。胡不負之去，而此久屹立。老我無藉在，放意師莊蒙。不願智以用，懷哉曳塗中。

## 期斯遠不至登谿亭有懷併屬雲臺劉先生三首

落日照谿谷，寒光摇樹林。宿鳥投密枝，歸雲釋遥岑。餘輝尚燠背，纖月忽在襟。可人期不來，何以寫我心。近者且若此，悠悠望西南。

西南定何方，路遠惟迢迢。白鷺帶演池，青居鬱岧嶢。下有隱君子，内盛外不驕。芳春覺蘭馨，窮冬知木喬。無為事獨往，車乘方翹翹。

戚戚重戚戚，有抱不自釋。問余何所憂，學道不早力。悠悠復悠悠，頭禿頷須白。先對有遺言，朝聞死可夕。矢詩道其懷，庶獲師友益。

## 二月二日阻風呈同行

平居説江湖，似若苦饑渴。及今落吾手，謂可娱朝夕。胡為連日行，迺復形歎息。使風不終朝，阻風有併日。欲行波濤恐，欲住餓餒迫。吾舟僅如芥，吾命真若髮。吾罪不足云，吾家復何説。不唯風浩蕩，更直雨騷屑。鷄啼三家幽，鳥度萬里闊。遥聞君山青，舊詠高樓月。何當倶醉倒，夢去山南北。

## 與彦博審知同爲問梅之行到溪南僕與審知俱以畏風罷興止小酌于僧房以有寒疾不可以風分韻作詩得有寒可字三首

驚飆振林梢，落日掛馬首。世方功名圖，我自饑寒走。蕭條政長路，驩喜逢故友。酒酌戒毋多，詩聲媿新有。

非為十日留，重此一歲闌。歲去易悲感，日來盛陰寒。今晨已春意，欲出反浩歎。梅事足可惜，病軀良獨難。

山梅且翩翩，溪柳向婀娜。羣行欲何詣，僧屋惟所可。連朝謾蘄爾，作意終敗我。此事且復然，吾生信多坷。

## 五月十有八夜與審知同宿塔山次審知韻

初期半山來，已止輒復上。山遊更同君，兼取魚熊掌。向來觀極南，屢作此山想。那知有今日，談笑得縱賞。謝公彼何人，詩聲擅霄壤。得非山川行，於以助其長。逐人易浮沈，與物多俯仰。政當恨未立，安曰悟已往。蕭蕭煙雲變，浩浩風雨響。世豈乏此觀，身由居蒼莽。

## 再次韻

偶來無一關，何必化身上。下視膠擾中，脱去如覆掌。我生本山人，説山非妄想。賦詩亦漫興，不要世稱賞。與君志同趣，匪但居同壤。惟慚學不進，莫稱年事長。今人豈無賢，敢謂吾安仰。不爾簡與編，言行富前往。相期山中讀，勿待秋風響。而我累饑驅，畏途方莽莽。

## 雨宿永源寺

六月有此雨，是為豐年徵。我眠虚堂上，肅肅若有冰。預愁前溪水，明發度凌兢。

## 十二日登列岫亭有設空幄者去之薦福酌淺沙泉登大楚之秋屏閣而歸賦詩一首

軒亭著難穩，名字又惡同。譬猶死得謚，美惡百代公。維洪之厭原，玆為衆山雄。何許千萬間，可以屏障充。不於春夏時，刻畫仍遺冬。豈非即其西，故取摇落中。所得正且盡，評自曾南豐。是令登賦士，談説口不容。我留豫章城，十日雨且風。重尋湖上宅，再叩仙佛宫。未行北沙門，憂心實忡忡。落日擬進棹，殷勤謝篙工。我遊有未盡，汝去何匆匆。肩輿天寧寺，高下一逕通。其誰列翠幕，正爾遮青松。欲住不得久，傍觀南平鐘。清澄淺沙泉，一酌醒我胸。秋屏適跬步，直上如凌空。回觀列岫亭，有見真附庸。玄暉彈丸句，固足名壤穹。後人竟攘取，榜識千家逢。况兹如許山，詎止窗户供。脊記題葆真，疑未經此翁。自注：亭之脊記乃折仲古重建。

**孟秋八日夜伯壽仲理過予同訪俊乂步月入城南書院繇東渚上讀書堂過蒙軒憩卷雲欲訪月榭而月未到坐濯清者久之乃歸賦詩十四韻以記**

昨夕城南來，鬱鬱張園窺。坡頭步犖确，牆下循委蛇。今夕復何夕，二妙爰集兹。重為南坡行，因作張園之。無風幽自凉，有月光仍滋。菱荇與草樹，陸離間參差。卷雲一舉趾，濯清久支頤。空無十丈蓮，湛此數頃池。堤柳有倒影，畫手不可施。愛之不能已，遂許他夕期。昔人安在哉，萬里鯨魚騎。神游儻來歟，恍惚不可知。林園想巾履，編簡遺書詩。懷人渺無盡，樂處翻成悲。

**克　齋**

百川恣奔騰，底柱乃屹立。萬物蓋可流，疇能轉金石。世紛峥嶸來，何啻一敵國。油然反吾齋，夢覺春冰釋。

**題鄭氏北墅**

籃輿度浮梁，朝嵐尚濛濛。十有九日雨，得晴類投空。遊巖既願適，訪隱亦好從。道傍得野舍，一逕幽且通。主人誰與者，其祖鄭七松。流風被雲仍，真有隱者風。問年七十餘，曳履不扶筇。我年僅其半，而已衰龍鍾。豈其養生效，殆自起死功。若人種藝法，槖駝安取同。木老德亦熟，聞之蘇長公。

## 題彦真天開圖畫

湘山不為高，湘水未為遠。湘城幾何家，湘景無不輓。滕侯宅雖早，郭圃市之晚。紆餘直陂陁，突兀對偃蹇。登臨適正晝，亭榭愜深穩。詩材浩無窮，畫手羞用本。雖然倏變化，正以發關鍵。

## 餘干游昌國寺寺舊名思禪

於越之為游，束髮迨中年。契闊固多矣，夢寐如唤焉。邇來數經過，所休必思禪。凭欄上清音，解包留煮泉。摩挲壁間詩，幾人獲流傳。歐吟廬山高，坡詠西湖全。惜哉此奇勝，乃不遭兩賢。何當覓扁舟，窮老依雲煙。脱屣塵垢外，岸巾鷗鷺前。

## 學佛者祖遷自南陵來謁莫萬安題詩于知津閣適同莫過而見之用韻以贈

嘗聞學苦空，世事應廢閣。頗疑休己輩，顧以詩流落。爾今定何業，更慕揚州鶴。願長歲寒柯，勿矜春濯濯。

## 獨過知津閣二首

憶昔正月五，淵明遊斜川。我亦屏百事，來兹並欄干。雖無與俱人，鷗鷺翻以翩。吾生後淵明，此心兩悠然。

憶昔孟東野，作尉悲龍鍾。有詩即景賦，大吏怒不容。我癡坐移官，避事得養慵。寄語鷗鷺輩，勿驚足音跫。

## 題沅陵縣治廓軒

昔我過此屋，四壁蔽莫窺。屋外何所有，榛草連污池。今我重來過，壁去簷竹垂。榛草既除屏，洿池出漣漪。簷前復何有，江上山參差。山窮望不窮，所恨眼力遺。主人要命名，名汎境不隨。昔闇今則廓，曰廓咸謂宜。慨兹一室爾，繫在治不治。除昏與致明，可不念已為。游焉且息焉，舍斯復何斯。豈惟君是規，我亦因得師。

## 胖　軒

陶翁避暑者，容膝取易安。賈生憂世患，晚乃悟達觀。出處等蘧廬，可作異致看。胸中極空洞，流止亦鯢盤。

## 與潘文叔遊衡岳四首

欲行雨如蓰，既出雲若涌。山高一身微，風動萬國洶。豈唯林木悲，亦為毛髮悚。衆謂當亟回，吾行便賈原作曾，據殿本改勇。

遠看雲吐吞，近見日出没。解駁謂須臾，迷漫翻倏忽。山靈似知我，老興不得發。縱使盡高深，安能造剞劂。

寥寥兩石門，此地忽在眼。臨欄塞雲霧，入户欠編簡。規模自我友，恨不同叩款。仙佛匪吾徒，兹焉聊可館。

常聞祝融峰，今日上封寺。雖孤登望眼，要逐幽遐志。蓋渠目力及，皆我脚力自。是可將無同，吾言亦聊戲。

## 次韻衡州先生游花光因泛舟過向園示坐客之作

使君有佳招，宿雨曉更驚。晨起候天色，對岸煙嵐生。使君匪遨遊，因行問農甿。農甿趨急務，歡然慰中情。天公亦喜事，為辦終日晴。喚酒屢酌客，往往顔半赬。輿乘不暇止，遂作浮舟行。園荒久關閉，誰復相逢迎。但餘古梅花，點綴莓苔輕。想其種蒔時，老大谿孩嬰。中筵出高唱，妙絶五言城。勇起欲强和，媿此淫哇聲。

## 衡山道中懷清江舊遊寄長沙諸公

昔我官白下，屢到清江上。清江衆君子，我友或我丈。至今過其邦，眷戀若鄉黨。幾思結廬居，風流共來往。柰何懷玉山，挽我不我放。去年五溪歸，泊家長沙國。長沙今洙泗，不但談賈屈。梁吴兄弟游，兩周新舊識。自注：謂仁伯、德夫兄弟，允升、伯壽。咸能不我鄙，更復成我益。其餘或一見，往往情如昔。自注：謂鄭仲理諸公。自疑長沙人，宛類清江時。官期縱卒卒，行計猶遲遲。出門即風雪，悵此將安之。然薪旋燒酒，借筆追索詩。詩成何所屬，輿落古湘西。

## 發潭州

人言天宇澄，政好行遠道。秋陽既已後，朔風尚兹早。那知羈旅臣，寧有佳懷抱。鬻田就遠宦，廩薄不得飽。故鄉雖難歸，萬里生且老。及今翻滯留，悠邈不能到。客中更作客，此意將誰告。妻兒重相别，更語各善保。蛩鳴幽砌苔，馬齕荒原草。深羡田中人，春禾復囷藁。

## 頃在杭叔驥以離湖日見懷詩相遺舟中無事取而次韻兼呈同舟到衢當示叔驥及其兄法曹

江南千萬山，何許為吾栖。深林與豐草，本自麋鹿宜。長安冠蓋場，誰識杜拾遺。日赴鄭老飯，未救方朔饑。如我何如人，飄然亦天涯。買舟今日歸，已恨作計遲。山川舊曾經，所至皆依依。共載得王蔡，何樂其如之。但恨詩豪人，先我浮春溪。眼中清絶處，收拾隨以西。遂令我筆端，失去温潤姿。衢州法曹君，句成亦多奇。會當一快讀，遣此别後思。人生離合間，可喜更可悲。但泛石室酒，萬事端能齊。

## 溧水道中回寄子肅玉汝并屬李晦庵八首

出門復入門，去來何悠悠。故人别有見，見乃不重留。居人寧念此，行者可勝不。

今年非閏年，是月已臘月。北風匆渠嗔，汝自衣百結。永夜只愁陰，清晨吹作雪。

僧房四立壁，淅瀝夜吹風。破衲作深擁，其勢乃若空。晨鐘不能待，宿火撥通紅。

悲風吹籃輿，渺渺如孤舟。我亦作坐睡，兀兀隨輕鷗。鷗翻夢亦覺，未絶叩舷謳。

抱關故悠悠，掛壁仍髮髮。况此十日病，酒止詩廢吟。别來定安否，千萬關我心。

借宅亦種竹，知子未忘此。竹間有餘暇，塵事匆到耳。行年且半百，太息我與爾。

懷綬新括州，乘驄前御史。一州與天下，先後寧同軌。縱云山水佳，何與於瘡痏。

李孫兩詞伯，我爾乃學子。輩行雖不同，趣操要相似。歲寒松柏知，春風謝桃李。

## 自溧陽達上塘官河舟屢行矣不能盡名其所經偶書小韻

平生溧陽船，白首凡幾遭。宜其登覽地，靡復應接勞。吴流亂如帶，吴岫冗若毛。吴人闞共載，吴語閬空嘈。雖云面目熟，竟爾名字逃。冬常置雨雪，春復衝波濤。兹行又累日，逆風苦悲號。曾微咫尺帆，頗費千萬篙。一以付累句，再焉兹殿本作資薄醪。詩書陶靖節，相馬九方皋。

## 貴溪出陸

捨舟覓籃輿，意欲避搜句。那知花草香，不減江山助。霏霏霧將斂，兀兀村又度。長卿故倦游，征夫問前路。歸歟亦何為，時哉正農務。

## 二十三日雨中發贛州

江流何湯湯，萬里勢方注。僮奴勸乘舟，期至纔旦莫。我聞是江石，屹立甚可怖。水乾或能避，水漲多與忤。卒行偶相攖，取死將誰訴。况我坎坷人，快意天所怒。遲速均一歸，可犯馮河懼。吾寧事崎嶇，依舊來時路。梅月况何常，無庸慮朝雨。

## 再宿合龍山

山僧雖居山，山豈山僧有。政如多藏家，黄金為誰守。我雖不居山，隨至輒有取。未嗤無田人，飯薄亦昏晝。生平所經歷，勝處十八九。要當考於詩，未易談諸口。合龍近始至，游訪兹亦偶。愛其四回合，中乃開户牖。欣然遂留宿，日早未及酉。壁間右丞句，歲月蔽塵垢。摩挲追和之，武夫繼瓊玖。及今再來過，如客還舊畝。往泉但涓涓，今作雷音吼。往筍尚戢戢，今已長過母。長夏當更佳，我住不得久。遶竹聽泉鳴，悠然屢搔首。

## 桃川山中用陳蘇舊韻示周遊

仙人之為仙，終古莫盡世。頗笑區中人，沄沄逐川逝。念將與之游，端恐吾道廢。如為千里行，數步輒一憩。不如返吾鄉，耕鑿仍樹藝。及私具伏臘，輸王應租税。人惟顔徒睎，學匪桀犬吠。桃源定何許，説自淵明製。今日復何日，身乃中山詣。嗟哉彼嬴秦，其虐甚幽厲。不知喪無日，萬欲從始歲。商山被褐者，疢疾由德慧。徐福尚海山，此地只楚界。胡為略不聞，政坐耳目蔽。神仙非吾學，可以置度外。山高水深深，好事幽尋契。

## 與成父弟自嚴礲同入城晚宿黃巖

昔人重離合，感慨思功名。我今迫貧賤，乃作分袂驚。徘徊未能別，崎嶇復同行。捫蘿到黃巖，倚杖日已傾。摩挲磴道古，開拓窗户明。道人慣看客，撥火治短檠。村醪偶提携，霜柑亦包并。病來不喜飲，一再瀉濁清。道塗今日勞，林壑他年盟。蘇州對牀卧，不下五言城。自經長少公，增重手足情。細聽松竹響，疑是風雨鳴。披衣更起坐，月出山四更。

## 過愛直驛次張安國韻

亭然一何奇，枯者亦靡側。雖經歲祀多，未覺霜霰迫。余行再此驛，爾故無變色。慨念題詩人，深為九泉客。泥深兀羸馬，苔老迷舊刻。愛爾故蒼蒼，余今變為白。

## 承契兄昨過我於永豐山間今又相遇於鄱陽以暇日同遊薦福寺會軒蓋鼎來避之天慶觀作詩一首

君為日邊行，過我迂道里。我有江上役，值君亦行李。誰云動參商，邂逅乃如此。似非人力為，定是天所使。古云昔道場，門枕東湖水。相從及休日，趨去不停軌。參禪固未暇，作詩實先議。要問戴叔倫，當年卜居意。自注：寺前之堤名戴堤，乃叔倫舊宅。

## 發衡州後懷使君劉先生

四年別師門，十日留函丈。所問與所知，安得回賜放。孰為驅之去，兹行定焉往。倦馬苦陂陀，白鷗思渺莽。

## 閏七月二十日侍知府寺簿先生爲石鼓山向園之遊

晦翁守南康，政成有餘暇。駕言山之中，於日非聊假。紫霄作重陽，白鹿見圖畫。聞之幾向風，恨不款段跨。今年五溪歸，邇日三湘役。先生喜其至，舍以江亭闊。頗能枉高軒，人駭非重客。那知先生意，於此自為德。茲日復何日，休沐著甲令。先生重過之，俱款石鼓勝。西溪命題字，東巖俾開徑。既除古莓苔，又索賢名姓。已焉興未休，棹舟放中流。西風未却暑，一雨方回秋。僧坊遠莫至，隱墅近得留。寧同峴山輩，不異舞雩遊。

**蕃方爲紀遊之詩未就知府寺簿先生寵示佳句敢輒次韻**

茲因謀道來，不為看山新。看山雖云新，圖畫猶昔人。虛亭十日留，欲出凡幾巡。隔江樹差差，俯檻波粼粼。終藉席間語，乃滌胸中塵。况茲籃輿行，攀崖陟嶙峋。是知竹使符，不異邱壑身。世人何不察，百偽嫌一真。而我孤拙者，崎嶇聿其榛。話言聽矻矻，書札勝頻頻。先生今徐州，愚非歐陽陳。庶因唱酬詩，牽聯詔無泯。

**仙巖道間**

茲巖如許深，中乃一物無。非仙莫能幻，故即巖之呼。何代有禪衲，孑焉寄褐蒲。名字不可考，種松今欲枯。我來值雪後，陰崖盡成晡。茶罷攝衣起，巾車問前途。前岡雲氣敷，後嶺兩脚暗。宵安禮賢枕，蚤赴天心飯。奔馳亦云極，憩息寧卹蹔。自猶厭登車，况乃躬負擔。行年甫三十，道里遍千萬。懷哉坐一饑，使我歷諸患。長卿病故多，次山仕真漫。盍整舊詩書，歸歟老山澗。

**題新樂**原作藥，據《永樂大典》卷一四五七六改**鋪鋪在灘頭**

朝煙山濛濛，暮靄山冪冪。窮日作山行，而不見山色。投昏宿此舍，乞曉動前轍。歸夢遶家山，灘頭有輕檝。

### 夜泊劉口雨連明有懷成父

山中風雨夕，招要對床期。今夕風亦雨，牢落孤舟維。蓬窗與竹窗，蕭瑟雨在兹。不寐欲至曙，何繇夢見之。

### 重九前一日東流道中

明日乃重九，今晨更天涯。馬嘶原上草，菊放崖邊花。吾家白雲合，歸路青嶂賒。去去無復道，行行空自嗟。

### 意　釣

仲舒區中賢，談治苦吃吃。但知羨川魚，不慮網罟密。仁哉東坡公，遊戲亦此術。究其廣大心，意釣真玩物。我欲竊其語，作廬以自逸。東西南北人，有志特未必。相會有溪竹，竹下亭可立。亭成乞以名，四海一明月。

### 半江遇風濤其勢危甚晚示同舟

言歸固多欣，值險輒大怖。方趨順風捷，忽與犇濤遇。得非蛟龍争，無乃雷霆怒。我舟僅如掌，我命且如縷。何止失人色，殆欲成狼顧。神明力扶持，生死費調護。平生素多艱，安坐乃其處。便哦歸來辭，勿草遠遊賦。同行信同憂，相唁勞相諭。急反浪頭魂，還尋酒中趣。

### 十二月一日使風

中宵不得休，常州已鷄鳴。欲知五更寒，掃霜四聞聲。出門風暴起，掛席遂前征。官河溝瀆耳，汹汹若未平。想見太湖中，白浪山嶽傾。紆直雖有殊，高枕幸不驚。舟師尚若悔，吾身未宜輕。既無性命憂，從使嫌怨并。

**嚴州道間得順風俗云七里瀧篙師云風便纔七里無風乃七十里爾**

桐江多犇湍，牽挽厭勞止。舊云七里瀧，實乃七十里。篙師為予言，風便輒易爾。廻思前日驚，留滯固可喜。溪神果何心，憐我倦行李。有風西南來，不徐亦不駛。布帆保無恙，為賜何其侈。眼中峰巒過，天外鷗鳥起。畫圖欠傳貌，詩語費驅使。生平登臨心，於此得自已。勿歎囊橐空，收將遺妻子。以上《淳熙稿》卷四

# 全宋詩卷二一六二三

## 趙　蕃七

### 永豐令括蒼章君尉上蔡謝君以淳熙改元二月晦日勸農於負郭祖印院事已率蕃爲汎舟之役

前村後村桃李空，牡丹酴醾當春風。令君無暇問許事，親率僚吏行劭農。清晨小隊東郊出，宿雨初開泥尚濕。白頭扶杖稚子旁，不待符移自相集。令君盛服臨致言，國因肆赦新改元。雍熙淳化太宗年，治道度越唐漢前。爾曹何幸生此世，身不知兵無横税。去秋小歉未足云，詔書屢下憂勤意。吏令奉行敢不躬，爾無自惰悉爾功。吾言諄諄爾其聽，酒肉更戴君恩豐。我時佇立觀盛舉，徑欲傭田買牛具。不然枵腹亦以寬，年登賤糴夫何慮。少焉有白官盍休，携我山陰上小舟。謂我聊此半日留，與民同樂非宴遊。

### 四月十二日以夏潦暴甚艤舟辰之鐵槍崖下偶得浮木於水中宛然如山因其形似名曰卧嶺立峰喜而賦詩當寄交友之能詩者求著語焉

昔讀梅蘇木山詩，未信人間有此奇。雖云尤物不必有，時一玩之何病為。吾行東南千萬里，仙遊不已遂臻此。奇奇怪怪日在眼，浩浩湯湯夜盈耳。舊評峽江似嚴陵，此行佳處亦可朋。又聞八桂好山水，亦應與此相雲仍。畫師好手不可遇，詩中有畫無其具。江神好事不我尤，乞與一山酬願素。不知何年遭仆落，浪激波衝幾飄泊。岸高壁立自嶄巖，泓淺坳深非斧鑿。老夫得之喜莫極，欲加名字相刻畫。卧之成嶺立成峰，天成故爾非人力。多言譊譊欲何如，要覓新詩為寫摹。余名敢與昔人並，用寄我友梅蘇徒。

**八月二十四日同審知登塔山用審知前載九日留題之韻作二首時彦博歸及常山**

郊原莽莽吹黄埃，餘暑已去若復來。昨宵一雨為蘇洗，曉興坐覺飛崔嵬。平生詩盟有徐孺，筆力可挽狂瀾回。要明兩眼費雙脚，作計似我何疏哉。兹遊只欠王子在，見説歸書一紙開。追隨正復聽君樂，流浪如我空增哀。吾邦此山頗高絶，泛菊況堪臨季月。要當相與一杯酒，只恐因之又成别。

出門生憎觸風埃，故邀幽人山中來。小休危亭帶曲折，未盡高塔當崔嵬。目營所到豈有極，脚力尚壯不擬回。舊遊久闊空信耳，高處一上何佳哉。是山百年定誰主，一丘新壞手所開。淵明自祭豈非達，杜牧作誌夫何哀。如君風流固曠絶，與我論交忘歲月。異時訪我入此山，扣牛共唱生生别。

**明日同數公復登山忽聞履聲乃審知也携和詩三篇來復用韻作一首**

松間謖謖衝浮埃，跫然誰能為余來。憑高所歷故已下，得君更覺争崔嵬。兹山不到近十載，頻日能來已再回。人生萬事每如此，而欲取必真愚哉。袖銜文書辱持似，快讀不待紙尾開。金聲詎須擲地出，隱隱自雜山風哀。吾曹用意果癡絶，非爾何以娱歲月。明當舉似子王子，不但慰歸仍賦别。

**貴溪隔岸有二巖僕舊遊也聞子暢受秋租於彼以詩寄之**

黄巖嶄絶人人居，徐巖蟠鬱處士廬。扁舟半載泊南岸，折梅看雪頻携壺。黄巖夾道松百株，風來迎送齊笙竽。壇崩殿古黄冠癯，懸巖石刻墨可模。徐巖觸目多荒蕪，啼嘯往往紛鼪鼯。廢基斷砌或有無，名字不復知誰渠。聞君奉檄方受租，播糠眯目莫與娱。作詩為君道何如，尋幽速遣從騎驅。賦成孰寄當念吾，不用寒温枉素書。

## 次韻斯遠同宿歲寒西軒六韻

思君無計憂能舒，見君還愧腹每虛。知君於此未見止，而我但覺有不如。他人招呼厭來集，為我淹留成屢屈。豈惟高義篤交情，政賴微言起衰疾。南山三刹此最高，平生幾許乎逍遥。異時我去君獨遨，期當寄我山中謠。

## 謁孺子祠後由南昌還艤舟之地

南昌假傳欲上書，孺子乃復辭聘車。東都已顛不可救，莽篡未露猶枝梧。福為市卒終潛吴，穉乃懸榻太守居。吁哉迹異心不殊，出處語默如是夫。

## 呈齊之二首

舍舟步到南山寺，恍然忽記當年事。李侯見我顔色温，席間款語真有味。翰林風月久蕪没，莫歎青衫百僚底。君不見少陵一生窮到死，亦有詩能驅瘧鬼。自注：南山清隱寺，僕兒時嘗遊焉。

夜聞袁宏誦詩聲，空山寂寞魚龍驚。丈夫有才不貧賤，倦遊何乃困長卿。平生讀書得力處，公卿褐夫安重輕。鴻鵠一飛定千里，俯首莫與燕雀争。

## 主山湖圍二渡

主山渡頭成久立，長年傲客呼從疾。撑舟來前僅如掌，泝波却下幾百尺。湖圍橋壞新有船，衆壑犇流會一川。嗟我胡為數此險，争似飯餘牛背眠。

## 約明叔過買江天閣

前年為君記江閣，醉裏狂言不知作。豈惟大負退之慙，要似揚雄真悔作。君家此閣端何然，萬里長江咫尺山。江流湛湛山平遠，合付畫手非詩傳。畫工縱得空諸境，閣中之人妙難領。世人紛紛夔蚿蛇，是公了了形神影。

## 白鷺洲詞寄曾裘甫曾時在鄂

白鷺洲前烟草微，黄鶴樓外烟雲飛。縹縹黄鶴政高舉，漾漾白鷺孤無依。鶴舉直上登寥廓，鷺立汀洲方俯啄。卒然驚墮野人罝，豈不欲飛遭急縛。

## 示　兒

我昔讀書夜達晨，膏燭且盡繼以薪。年來漸知得力處，簞瓢陋巷忘其貧。爾曹有身須自立，幸逃薪水供朝夕。不於文學自勤苦，長大始悔終何益。

## 十八日記夢

冥冥落月子規哭，幽人夢成續復續。茅簷壞砌到何許，酴醿架倒留紫竹。紫竹新抽雨又滋，淚粉娟娟凝翠玉。夢中自省非宿遊，又意簷村舊林谷。阿連對牀呼得醒，亦説夢作看花行。看花夢向江南去，江石犖确屐有聲。行逢古屋鬱峥嶸，仙家釋氏俱莫名。看花非揚亦非洛，但見滿眼灼灼朝霞明。夢中又意東莊路，普圓寺下芙蓉樹。主人亦道舊相識，乃復不逢户外屨。嗟我與君無自疑，夜之所夢晝所為。扁舟若具可徑歸，知長不必詢筮龜。

## 别韓尚書

南山之作險以壯，南溪之作閒以放。流風莫和況當家，南澗先生堪頡頏。吾州自昔寡所傳，一自南渡居羣賢。邇來寂寞誰嗣焉，先生築屋南山邊。先生事業本廊廟，履聲夙已明光到。閭廬固非避寒暑，大厦萬間均覆幬。我家為庶為清門，早因昭德容攀援。自期松柏歲寒後，不入桃李春風園。鄉者屢見不一見，何但懷刺亦行卷。胡為於此不繼來，衣食逴逴遊苦倦。扁舟去矣江復湖，可能不一趨庭隅。吹噓上天不敢望，贈言於此能無乎。

## 送徐季益赴婺州陳尚書之招并屬寄謝郡守韓侍郎

禪月臺邊草樹蒼，下臨溪流碧泱泱。君卜居之歲且長，徑路不忍夷其荒。我時巾幅上君堂，勞君煮茶炷爐香。與談世故如有亡，掉頭誦詩聲遶梁。別來書劄闕寄將，忽然貽我細作行。似言欲從懷玉旁，迤邐遠趣金華裝。金華尚書漢豫章，招禮孺子固所當。出處有道君素詳，此行甚重無或傷。況君袖手久退藏，九十半百胡可忘。儻謁地主詢吾鄉，為致登臨憶侍郎。

## 寄新喻丞章季亨

憶昨寄聲因鮑子，闕然已復四終星。向來相期臺閣者，薄宦乃淹松竹廳。頗願近詩見新述，舊好尚意能忘形。臨風三歎不知罷，梅花落盡蘭未馨。

## 送王亢宗赴劍浦丞

青松自是山林物，移植階除傲難屈。雜居箠楚塵埃地，譬似高人累簪紱。孰能哦詠於其下，古今僅有一斯立。昌黎老翁為之記，遂使崔名等金石。王郎家世本愛竹，舊説不可無一日。要將我竹配渠松，聊復從容寄卑秩。春風咫尺龍蛇動，除地求栽政宜疾。為銘耘業定誰歟，是公筆力韓之敵。自注：李袁州嘗為君作《耘業齋銘》。

## 送程提幹宏靖

尚書曾剖上饒符，我姊亦歸高郵掾。與公既親亦有故，此地經行幾相見。十年幕府持旌麾，日月計之無乃遲。治世急才寧定制，徯公把節慰民思。

## 送丁懷忠朝佐赴象州教授二首

西山南浦昔相逢，桂林象郡今相送。長才妙略世所知，諸公貴人胡不用。文風廣被固可喜，志士遠適豈其理。上書報罷君勿悲，廣西政復多事宜。

我今方從湖外歸，君行重向湖外去。湖南山水故佳絶，我獨茫茫畏長路。君行更過五嶺南，象郡我亦聞人談。縱令為郡真爾好，願勿久留歸要早。

## 留别子肅

欲雪不雪雲雨愁，將行未行心口謀。問胡不去良有由，故人伏枕關我憂。自心初識十年遊，不作世人新白頭。抱關非為辭挾搜，乃知自欲吾志求。適來遂作兼旬留，昔者公侯今日瘳。河山空能泣楚囚，不如窗几問不休。公如大道鳴驊騮，我乃蹇足歷澗溝。彌明故足悲侯劉，淙淙詎識東之流。懷哉黄堰公先疇，章泉吾亦營菟裘。莫言相望風馬牛，葦間會有延緣舟。

## 次韻呈審知

誰云原作去，據殿本改徐郎瘦如竹，撑腸書若相如粟。渠儂高處背時俗，而獨許我遊與辱。舊來詩已有老氣，邇日更覺加圓熟。我生取友固不苟，乃復得君真厭足。清朝求士正側席，可使白駒詠空谷。期君布衣應徵書，未見却從東觀讀。我今作官竟何事，亟拜未應徒鼎肉。與民憂樂安得同，所念因人終碌碌。

## 再次韻呈審知

秋風泠然動高竹，起並朝簷温體粟。忽驚剥啄意誰何，乃是和詩重拜辱。再三開闔手不置，不惟詩好字亦熟。我雖年事濫催忝，於此論功真未足。重憐別來不我舍，連日追隨訪林谷。和詩未厭數還往，別後要期常誦讀。知音已死或絶絃，聞韶解忘三月肉。但得我輩識錚錚，徒使世人譏碌碌。

## 審知以詩送行借韻留別

十年保我章泉竹，木枕布衾供易粟。家貧縱爾不自給，且不知榮安取辱。今年誰令起作官，此路向來非所熟。示詩往往道離索，又說是邦山水足。風流文物夙有人，九州共識黄山谷。細哦海内流傳句，足緩司空城旦讀。少時已無鞍馬志，老矣豈堪消髀肉。但令詩與故人期，此外聲名甘碌碌。

## 季奕枉詩送行借審知韻奉別并呈伯元

往年敵來如破竹，九州泛若浮海粟。鄭公仗節守馮翊，毅然可殺不可辱。飄流南浮適茲里，平生行事耳目熟。幾回下馬過其墳，溪水洄洄抱山足。季孫甚才耻為吏，哦詩欲效雲臺谷。四篇贈我勞我行，入手為之三過讀。君家涇縣亦工此，知者尚稀凡眼肉。會看入洛似機雲，不應如我但碌碌。

## 孝顯追送至沙溪書所見以別

白雲英英行空山，白鷺矯矯去復還。雨聲驟來却小住，樹色全緑或半殷。誰家有屋茅三間，春聲未斷横炊烟。刈禾雖阻得治圃，造物所惠無一偏。我亦願此坐無田，千里顧上西江船。經年擾子曾未厭，更煩車馬相追牽。客中無酒可醉子，聊書所見為別言。

## 成父來自玉山審知有送行詩且以見及次韻

思君一夕或三起，詩卷曷從來眼裏。驟疑笑語接秋窗，不悟江山隔吾里。近來海内詩好誰，賤目可憐空貴耳。謫仙既作東山稱，杜陵亦貴衡陽紙。吾人得窮固其分，幽谷安能争市倚。何當與子棄兹世，卜居在在佳山水。不同淵明田下潠，即效龜蒙耕甫里。文成不作封禪詞，相我于耜并舉趾。

### 次韻徐運使送行

歸耕負郭家無牛，手持釣竿何適投。長年慘慘集百憂，土牛未肯隨獼猴。秋風别家月未鉤，彈鋏永歎客五侯。吴江楓落曾四愁，行行重到江東州。誰能著意憐轉流，新詩忽俾吟掉頭。念將小駐蹇莫留，冰霜豈不思推輈，山川回首空相繆。

### 再次韻審知索彦博送行之文

江清可釣思持竹，地廣可耕思種粟。胡為作計久低回，而乃覓官親賤辱。南州徐孺晚與遊，江東文度昔所熟。堂堂荆州止獲一人半，我邦有此二士差亦足。五君流詠轉竹林，蘭亭何意慕金谷。徐詩到眼以數過，王筆入手曾未讀。但能贈我以規不以頌，不用崇酒仍載肉。嗟哉他人豈無言，交友不高徒碌碌。

### 寄劉叔驥兼索遠齋伯瑞原作端，據殿本改仲文叔魚叔驥和叔太和送行詩

苕溪往來非不款，何山道場况非遠。如何著脚竟無緣，孤我平生看山眼。劉郎生長在溪山，吸光飲緑歲月閑。不惟人作晉宋様，更覺詩參簡遠間。向來稍得相酬唱，别後闕然難屢枉。况今結束事西浮，那可無詩道遐想。遠齋視我猶其子，伯仲視我乃其季。儻能俱寄絶妙辭，更約髯參并表弟。

### 寄楊溥子

昔聞許劭月旦評，人生倚以分重輕。當時初非徇虚名，往往夷考其學行。今人誰復持此柄，鄉評亦復無

公論。故當信目不信耳，毀譽不用從人問。我行溧陽得楊子，何止國士天下士。大科異等非謾狂，筆頭真有三萬字。十篇琅琅金玉音，一唱三歎感我心。子昂感遇不啻過，阮籍詠懷何念深。匡章通國稱不孝，夫子與遊仍禮貌。雖然前聖亦有云，善與不善分惡好。

**文顯和答旦字韻詩再用前韻寄文顯**

憶昔追隨昏復旦，負郭雖貧足忘倦。別之未覺夢魂疏，但恨有時音信斷。世間變化何不有，深谷寧須問高岸。我今瘦骨立如山，君亦童頭不能亂。君不見簞瓢自樂保清名，富貴失時多遠竄。千年青史固茫茫，精意所關唯此段。

**達觀僧紹本年九十能記東坡建中靖國題詩之事且云清都道士者坡同遊此寺坡題詩後道士臨之而滅其迹爲賦詩記此**

老僧長生元祐年，龐眉皓首高頰顴。紛然送迎過雲烟，解記南歸玉局仙。清都道士同蹁躚，詩成忽俾如蜕蟬。嗟哉用心故可憐，那知海内争流傳。

**鑑山主以天聖宣賜行道者五百金裝羅漢青甆香爐爲示復用韻**

高林杲杲日欲出，却視諸山雲自入。道人導我啟圓龕，五百金仙争突兀。耀州燒甆樸不巧，（原作撲不朽，據殿本改）獅子座中蓮葉繞。亂餘得此鎮山靈，莫恨當時賜田少。世人變滅隨空雲，至人來往繇念根。長眉下生會有辰，摩挱笑視默與論。

**寄婺州喻良能叔奇**

我家入婺四十里，有竹參天山崛起。尋常一過故人飯，長是驅車不停軌。去年偶為逃暑留，禪房小甜清溪頭。君當適閩駐行李，遣騎問我安與不。我聞君來固驚喜，君亦怪我窮不死。殷勤竟辱懷刺先，我乃踉蹡成倒屣。相看問我今何如，為言斑鬢甘泥塗。君時新有阿兄戚，語及往事猶長吁。君歸匆匆莫可挽，劇談未了風吹斷。贈君不直一錢詩，何以報之錦繡段。自注：蕃以詩送君，君以所著二碑見答。明朝過君君且行，我思重別難為情。勞君下馬更握手，再三謂我頻寄聲。別來僅可熟羊胛，含薰待春蘭已發。擬將採掇慰離居，路遠何繇置君側。如君人才誰與儔，直諒豈下西京劉。校讎祕府自能事，何乃傳經瀕海州。吾君急賢每旰食，詔書取士到微仄。君今未免滯周南，諸公貴人曷逃責。願君覓句勿自哀，清尊無事日日開。未有白地光明錦，用作人間負販材。

## 到家寄季承二首

相逢到別二十日，披覽溪山駐行役。凄涼浩蕩兩生境，意不求詩詩自得。臨分不作珍重語，顧欲倡酬詩卷覓。問君得此君何用，云比相如家四壁。杜陵囊帛解救寒，陸生越橐千金直。人言君侯真太癡，君癡不癡君自識。

向來已念修途苦，還家作况初無愈。嬌兒失乳索飯啼，病妻服藥思鹿脯。關心藥裹詩自廢，無復吟哦繼朝暮。與君定交且十年，相從未有如君許。信知此藥莫可常，後會驚心念風雨。報儂安否比何如，莫以素書慵不具。

## 寄子暢文顯兼問僉判丈起居

昨憶長歌與君屬，嗟爾明月悲黄菊。問君得歸今幾日，我迺還家期未卜。人生會合不可常，何止有類參與商。月明固可共清影，菊開安得同幽香。安輿歷想來自越，賀以羊酒生暖熱。小人繆忝通家子，不獲親陪上壽列。羡君斑衣有餘歡，憐我緼袍無乃單。何當卒歲從周子，陋巷簞瓢忘餒寒。

### 以歸來後與斯遠倡酬詩卷寄辛卿

人家餽歲何所為，紛紛酒肉相携持。我曹餽歲復何有，酬倡之詩十餘首。緘封寄藁玄英方，從人笑癡我自狂。狂餘更欲誰送似，咫尺知音稼軒是。公乎比復何所作，想亦高吟動清酌。賓朋雜遝孰為佳，咸推楊范工詞華。我曹所樂雖小技，歷古更今不能廢。歲云暮矣勿歎窮，梅花爛漫行春風。

### 寄莫萬安

天生尤物為民瘵，荔枝奔騰自南海。後來始説閩部採，殿本作茶亦有風人刺丁蔡。嗟哉萬安十室邑，橘比江陵梨號蜜。嘗聞舊日事苞苴，千數私家公百十。莫侯為令知其然，罷獻初從使者先。其餘詬病置不問，貧友或乞捐餐錢。憶昨追隨秋政熱，不但近公如玉雪。別來已忽露為霜，當念相如多病渴。

### 送周守二首

昔我移官皇恐灘，緘詩送公因阿連。轉頭梅事兩飄忽，我亦解秩當返轅。豈期邂逅客歸舍，逢公政成朝日邊。可無一語道離闊，顧待別後空闌干。我聞袁人道路言，往者頗病吏道煩。袁人徯公以為治，如赤子待父母安。問公治袁竟何如，寬不至弛嚴不殘。不惟民絶催科瘢，吏亦不急惠文冠。太平官府見今日，珥筆舊俗略不存。簿書期會足閒暇，江山風月忘遊般。作堂圃中視所尚，我所尊者房李韓。東西日月雙跳丸，後人思公面孱顔。自注：尊德堂兩旁名晨光、夕照，後名愛山。人言循吏治無迹，有如春風被田園。試看一一發生意，從千百數何繇論。淳熙聖人歎才難，得人之路無不殫。而於守令最注意，往往六察并郎官。少公邇日與幾政，仲氏力請得皖灊。公雖遲登玉筍班，持節其惠寡與鰥。未知除書落何地，我家懷玉江東山。勿言形迹暫云遠，在處孰非千萬間。

雨珠雨玉非穤粟，雨自注：三雨字皆去聲。雨懸知勝珠玉。去年病禱祇如楚，今歲應祈如撒菽。黄雲割盡緑浪摇，可實饑腸慰枵腹。微官但為斗食謀，再拜題詩謝賢牧。

**早過桃川不能謁一菴走筆寄之**

山蒼蒼，水茫茫，落月未落歸故鄉。扁舟欲繫忽已遠，隱居不見遥相望。思君山中煮白石，歎我道上炊黄粱。開書視古常太息，今人高處亦難及。

**泊舟桃花臺入妙香院**

携家本避長城戍，孫子相仍住桃塢。雖云秦暴賦可逃，後乃開通晉南渡。當時未有神仙傳，創自淵明詩五言。祇今圖畫遍四海，樓臺樹木空蒼然。玄都亦説桃千樹，夢得飄零因怨句。未應只屬羽人家，亦有因兹悟初祖。我州那得桃花臺，臺下清溪轉石哀。仙耶釋耶不可見，每一過之空繫纜。

**晨起聞杜鵑**

水聲嘈雜蛙聲小，客子披衣坐侵曉。平生嗜懶每貪眠，行李催人未渠了。不勝倦歎歌方苦，更聽林間杜鵑語。杜鵑我豈不知歸，淵明政為饑驅去。

**初六日絶湖**

政爾喧豗浪如屋，忽焉熨帖紋如縠。大船雙櫓鳴鸛鵝，小艇孤橈亂鳧鶩。金沙粲粲列宿明，君山宛宛修眉緑。囊無東絹畫無工，為寫南征圖十幅。

**南風行十八日早作**

吾聞黄帝張樂洞庭野，始意莊生言故假。又聞湘靈鼓瑟進玄螭，亦意屈子夸厥辭。屬行洞庭四月半，南風三日吹不斷。黄昏猶是天陸離，午夜忽成雲片段。病夫數起不知睡，數起側聽仍熟視。恍疑帝樂尚鏗鍧，又謂湘絃發幽閟。乃知二子元非虚，吾聞自用耳目拘。須臾月落天向曉，依舊南風波浩渺。

## 遊山谷寺贈住山欽老欽嗣愚丘詩

少小已誦山谷文，老大始遊山谷寺。按詩尋境盡可得，落筆不容追一字。舊聞是老詩有宗，韓門更許愚丘雄。風流前輩日已遠，此道此山俱屬公。

## 除夕萬安寄成父并示兒女

去年除夕遥憐汝，今歲酒觴期對舉。誰知人事苦原作若，據殿本改好乖，百里相望竟成阻。去年雖深兄弟思，兒女抱負有母慈。今年已作生死隔，慟哭無地天使之。哀哉一官竟何直，南北由人長役役。屬兒無恨弟勿嗟，來歲田廬當畢集。

## 初六日阻風新淦二首

昨日北風猶可行，今日北風不可撐。雖無人止公無渡，憑河而死聖不與。况我生平憂患多，平陸往往愁風波。近連章貢遠鄱蠡，如此千濤萬浪何。

北風不但江流白，天色往往吹作陰。漫云一水六十里，中有青山千萬尋。人言下水必犇駛，而獨於此成滯淫。鵁鶄屬玉爾自得，短詠長歌吾亦任。

## 投宿聖仙寮

晚發楓橋，期宿聖仙寮。大風逆面，至已二鼓，叩門甚久，老黄冠方出迎，館予於一室，有釀存焉未熟，沽舊酒而飲。

已慚叩户驚莊夢，更喜置牀鄰畢甕。新醅未熟不可嘗，舊酒雖漓聊入用。道人深居怕賓客，老子頻年慣行役。細聽木杪風向息，起視月沈天正黑。

**宿合龍山達觀寺用張澂達明壁間韻**

遊山到處不擬出，幾向官程問山入。旁人笑我底悠悠，我亦應緣聊兀兀。平生作詩忌大巧，到此真成腸胃繞。試將閣筆罷楮生，又病囊中此山少。入山已破山中雲，出山定復松崖根。合龍端為此得名，達觀妙旨又莫論。

**博山道中**

春陰春晴往復佳，園花落去逢山花。城中小駐欲十日，坐覺老眼孤芳華。中團寺前慣休歇，故向博山尋曲折。眼中奇處要使傳，倚賴筆端真有舌。

**芙蓉道間二首**

芙蓉山上芙蓉尖，自注：土人語。向人咫尺分毫纖。或如冠劍或鳥獸，令我左右煩窺覘。平生退之南山句，為渠持原作特，據《永樂大典》卷五四〇六改騁筆力嚴。那知刻畫果辦此，造物至是無留殲。

芙蓉山下芙蓉渡，歷盡崔嵬何物路。更觀溪水突人來，令我詩情雜欣懼。輿夫重説松原山，如此積雨應生湍。從來潢潦無根源，水收石露須臾間。

**辰陽待嶽祠之命舟發武陵回寄從遊諸公**

叔父風流元祐支，清貧遠自相國時。舊聞河朔人偉奇，元衡筆力猶可窺。佳哉伯玉賢塤箎，小阮亦與竹林期。兆民雖云非舊知，知之正自梅花詩。伯壽憔悴儒冠衣，十年不調長苦饑。經明行修後所歸，非吾光遠其誰推。洪文學問方築基，基成可保無傾攲。嗟我誤落東南陲，疏者迺親親異宜。念我流轉終年疲，去章已上歸俟之。或持酒肴或贈辭，亦或眷眷江之湄。數面成親還語離，前日之樂今日悲。秋風颯颯衣披披，山長水遠屬玉飛。高城望斷日已西，望不可見令人思。

## 明叔有語贈贛丞曾幼度次韻簡明叔并寄幼度爲明叔賦買江天詩

詩成要落天地間，太虛明月相往還。聲名或覺四海隘，身乃憔悴窮閉關。詩中妙理超生死，何但不以彼易此。我來白下豈徒然，簿書鳧鶩非吾事。陳君一見投紵衣，刺天翼並青冥垂。楚人不悮玉在璞，山川終用騂之犂。曾侯願識今已後，因君示我詩到手。不惟我輩獨識真，異饌珍羞甘衆口。幾思插翅飛墮前，漫看璧（原作壁，據殿本改）月缺復圓。符移催來定不遠，挐音不見聞擔肩。世人千金買嬋娟，我視棄去如浮烟。萬言杯水世所捐，顧欲賴以無窮傳。

## 次韻徐季純見貽

尺渾孰愈千丈清，幽居何以争城傾。翺翔蓬蒿豈不適，乃欲萬里勞蜚鳴。文章縱云有定價，瓦釜亦或能鏗鍧。知音固當屬善聽，我初未鼓一再行。鄭人之璞周死鼠，昧者自謂懷連城。我于翰墨雖早嗜，四十五十今何情。元無小異君孰取，矻矻便欲揚其名。得非念我西南征，倦遊久意思傭耕。少年不飲老更醒，而衆紛紛多絶纓。屬君勿用揚其名，臃腫拳曲能全生。

## 畢叔文携坡帖及與季真給事倡酬詩卷見訪於邢大聲家相與觀之明日次韻淳熙癸卯正月二十有一日也

精金美玉當難朽，白衣蒼狗終何有。胡為徑欲老東坡，應坐生時宿南斗。何時斯文日再中，共推元祐超羣公。衮衣已易深衣古，醴酒寧思客酒濃。當年政化方隨日，詔訪賢良設科十。玉堂發策肆雄深，四海旁招無遁逸。緬惟貞觀圖凌烟，功臣劍佩空蹌然。未如武德藏書府，至今名字星日懸。君之曾祖我高祖，想象聞風謂千古。書藏東里罔或存，集喜西臺刊未覩。相逢已足慰悲涼，墨妙更許窺家藏。趣奇造異兩邢子，置酒共親燈燭光。

## 次韻斯遠同彦章見過之作

昔人結交談耳餘，一朝變起肝腦塗。吾曹結交自有道，嗜好又况子與余。每憶見君吾里初，中間去君落江湖。歸來忽忽夏復夏，相過凡幾窮朝晡。君家仲容亦吾徒，向來亦恨天一隅。我今借屋得近市，渠乃屏迹田間廬。吾曹與物自多忤，頌詩讀書猶論古。君才端可供王羞，而我不足供鼎俎。胡為愛我不棄我，匪但追隨仍晤語。南山有約不可渝，可堪舊雨連今雨。

## 次韻徐審知寄贈古句

倦遊歷落三載中，重來觸事多不同。舊交雲散隔山嶽，在者一二莫我從。新知喜獲徐孺子，年少已有諸老風。譬之寶劍雖尚伏，清夜往往舒長虹。惟君家學故有宗，念我早日嘗登龍。周旋何止道疇昔，玷缺便擬相彌縫。分携轉眄且十日，夢寐嘗若見德容。要裁短章寄離闊，抒思苦窮無由豐。新詩忽來墮我側，句法沈穩字亦工。寂寥此道幾欲息，玄文縱在人非雄。吾君嗜好乃如此，誰為冀北真羣空。我今百不一稱意，顧賴交友忘終窮。玆焉得君益足賀，自起酌酒澆塊胸。滔滔原從濫觴至，君其勿憚尋尺庸。異時相見定刮目，敢作吴下舊阿蒙。因君我亦事穮蔉，瘠鹵要使成千鍾。

## 呈審知

去年別君重九日，君時痁作卧一室。許我為我一入山，人事好乖言竟食。一官我落江之西，每附書來必以詩。宣心寫妙無不盡，知君不累寒與饑。念君見君何由得，江西水深波浪闊。無何奄忽室人喪，繫舟復在南山側。君來見我顔色好，不但文章能合道。信知木潤山有輝，盎背睟然眸子瞭。向來之所未見書，向我誦讀如貫珠。有時舉問不知對，汗為浹背口輒呿。嗟我忝惟十年長，學業無功時既往。羨渠松柏拱把姿，絶勝樗櫟高尋丈。一官羈我端何為，投劾歸來亦未遲。豈惟問字當載酒，儻復借書仍一癡。

## 呈葉懷寧陳參軍章簿公

潛山皖山烟雨昏，山城索莫少所親。令君邀我入山去，復道山流方四奔。側聞剥啄來叩門，疑匪索我云見存。已焉一見即傾倒，乃與諸劉相弟昆。因君又來驚坐陳，吾嘗同寮義世敦。不惟邂逅索詩卷，更復追隨携酒尊。

## 呈任邕州詔子言

清江江上賢大夫，我所識者向楊胡。盤園近説在城郭，使君政剖邕州符。笑談雖阻親顔色，新詩往往流傳得。豈知舟楫復江湖，飄飄又墮清江側。向來一識苦無因，兹日何緣得造門。要題詩句道所以，行色蒼茫難具陳。盤園已成十年陰，使君二毛殊未侵。平生慷慨功名事，切勿戀此成遐心。

## 用前韻呈碩父昆仲

嗟我失脚墮棘榛，寸步有若千里行。窮山自縛數椽屋，便認懷玉為里門。扁舟泛從吴楚轉，遠遊欲賦慚無文。他鄉喜見兩表弟，把臂勞苦仍如勤。夜窗款坐屢續燈，有酒更倒樽如岑。祇今一笑莫輕失，轉首便恐成後今。要知後會渺何許，慷慨忍對臨風襟。故家如子未多有，立身行己須自欽。不惟門户在所寄，異日亦足張吾軍。

## 曾季明經過相見聞壽岡先生掛冠之報且承動静因其歸賦古句寄呈用坡谷贈王慶源韻

夫子文章何所如，高處直命騷為奴。世人共誦詞人賦，不道雕蟲羞壯夫。兒時聞公鄉林社，既見則喜已白鬚。公亦與我自言志，笑謂此客向來無。昨傳得官隸王都，且復將試齊相壺。岐江嚴湍浪饒舌，自注：頃聞公除車輅院，有寄公詩云：嘗評峽江上，山水似嚴湍。愛公願公吾道扶。今知謝事歸懸車，食可無肉寒須襦。再三問公近起居，復道今腴非昔癯。君今好去相與娱，馬牛寧得加我呼。絶代幽居在空谷，市門三五方當壚。

## 戲呈喻叔奇丈

平生喻工部，許我詩盟與。邇來每見每匆匆，倚賴深春間歸路。問我自行何所去，告以吴門當小住。問公公有故人否，為我略營薪水助。欣然惠我書一紙，為我殷勤談所以。我云素書難送汝，併復因之陳骫骳。公言於我則厚矣，楓落吴江自為累。幸逃烏有一先生，猶勝東城老居士。

## 坐間呈曾幼度兼屬陳明叔

三年幾度江天閣，我爾相看兩牢落。江山好處欲題詩，下筆逡巡媿吾弱。詩中最愛曾贛丞，恨渠不來俱此登。今最驅車叩吾門，寒漫未了先覓君。乃知吾人同臭味，識面聞風總相契。一杯聊爾勞江山，向來鬱鬱今開顔。

## 留清江蒙簡兄壽玉徐兄思叔皆以文卷寵教愧未有以謝又承壽玉枉示古句仍

## 用鄙韻謹次韻併呈二兄

客亭何以袪暑溽，一時頓有此兩玉。逃虚不用聽跫然，醫俗寧須更栽竹。平生韋布困藍縷，敢並奇文森綺縠。愛而忘醜反譽我，惠以大篇仍短幅。頗思浹日相就談，應對先生媿空腹。奈何别棹復催去，一日十日寒且暴。兩君如此尚場屋，呑舟詎可尋常瀆。帳子薄官亦碌碌，政坐家貧耕不足。

## 二日晚得少空偶閲杜集無何墜火焚者數葉謹成古句致愧惜之意呈明叔仲威

去年鼠齧涪翁文，今年火攻少陵詩。雖云成毁有定數，天意於此可逆知。我之所嗜何足計，上有先墨顔之姿。況渠詩本貫忠義，在處神物宜護持。向來一字且莫補，脱此千百何繇追。我詩不工空自欺，天意豈欲警戒之。不然身當貧到骨，俱應蓄此瑰瑋詞。又疑風來勸勤讀，邂逅俾之遭禍奇。平生學易未有得，損益二卦須湛思。詩成書以示我友，不惟自訟仍求規。

## 莫萬安生日

員多闕少銓曹病，陛下用人多擇令。公今秩滿代未除，召節盍來人側聽。我知天意從民欲，要煖袴襦飽餐粥。遂令局促滯騰驤，百里孰如天下福。我官白下未識公，謡俗往往聞其風。坐移不作趨走怕，政喜官曹退食同。我嘗從容聽公説，勞心撫字催科拙。昔人如此號循良，歎息今時異途轍。雖然自有公論在，民之所言上其採。舉觴不但祝長年，始立新秋甘雨霈。

## 送趙一叔江西漕赴召代成父作二首

憶昨公持使節西，迎公曾渡石田溪。今公復因召節至，送公亦渡石田水。公今西來又東去，送迎車馬紛無數。我雖憔悴不如人，倚賴故情蕲一顧。

阿兄今得太和官，買舟同載初不難。公持使節豫章郡，蘄以過公道窘寒。公今召節趨日邊，我雖失望猶欣然。西江恩波千萬里，活此枯魚當易爾。以上《淳熙稿》卷五

趙　蕃八

## 正月二十四日雨霰交作

杏花燒空紅欲然，柳色亦復青可憐。胡為雨霰忽交作，已洗破衾還被綿。去冬梅時雪復雪，未省好看冰玉潔。祇今縱有已殘枝，零落教人已愁絶。故知好雨當趣耕，快雨仍須作快晴。放渠花柳十分事，我欲浩蕩郊原行。

## 二月十日夜雨起書曾移忠禾譜後

去年秋旱冬尤劇，一雪不能濡土瘠。立春日雨雖應時，到今闕然又幾日。遊人但欣春物榮，農夫痛心田未原作禾，據殿本改耕。我因于役偶適野，駭見蓬勃煙埃生。我今一官非勸農，為民閔雨常顒顒。如聞春寒雨之候，病骨不憚添衣重。朝來數點初蔌蔌，勢壓黄昏成霢霂。雖云潤物要無聲，未救田疇龜背暴。眼前市糴雖云賤，復道輸租錢乏見。從來穀賤必傷農，政亦何能堪此旱。天公用意何難為，三日為霖事可知。區區折腰困日糴，苦憶村春宿雨時。屠龍先生曾夫子，著書斤斤良有以。往曾持獻儒林蘇，為歌秧馬附書尾。髯孫知我此書愛，遺我殷勤意何在。世人菽麥或未分，而翁有意除稊稗。我今一官故不堪，此書歸田為指南。便當教兒罷群讀，讀此寧憂飯不足。

## 二月十二日偶題

空庭無人風自掃，風定時聞有啼鳥。簿書幸免苦束縛，文字何妨恣探討。菊湯瀹茗雜鼠萁，瓦鑪欲作風泠泠。睡魔於此不得靈，簷間卧對山横青。

## 二月十七日

入春不雨憂在田，數朝乃復相屬連。今晨得晴絶可喜，病體素羸猶著綿。杏花始開忽已落，桃李安能問今昨。獨餘楊柳故青青，乃似仍叔之子弱。春今二月已强半，匆匆何方為羈絆。雨雖未厭愁奈何，又聽僕僕林鳩唤。

## 社後一日風雨中作

南山北山雨未分，東村西村雞叫羣。病夫深居百不聞，香爐茗椀頻策勳。浮生蹤跡空中雲，斯須變化歸無垠。春風九十又足云，眼中紅白徒紛紛。

## 張王臣載酒約同過梁和仲既以風雨大作舉杯相屬而止偶成四韻呈和仲

衹疑寒食無風雨，不料今晨頓如許。縱然風雨敢怨尤，留得佳人駐南浦。佳人雖駐亦何為，杯酒竟成孤晤語。巴陵他日記同曾，君歎淹留我羈旅。

## 三月十八日殿本題作懷斯遠兼示成父時兩逾月矣

巴陵一月雨不休，豈惟人病天亦愁。蠶饑麥腐穀種壞，農夫田婦呼天求。巴邑有客方倦游，杭湖欲歸思具舟。冥冥政爾羡歸雁，拍拍安得從輕鷗。遠書數月絶不得，爾窮故與吾髟鬆。或云此雨衹此域，又道淋淫遍江國。夜來痛飲不知極，終日破牀成兀兀。感斯風雨憶江東，詩就烏栖窗紙黑。

## 二十一日雨

疾風吹倒庭前樹，更有飛來雨如注。終朝畏暑自脱巾，亟起收書不能屨。前山雲重如潑墨，坐想溪流高數尺。是間無乃隔分龍，點滴纔堪清几席。前時小旱已作憂，三日為霖遂不休。早禾盡實晚禾秀，造物於此功無留。秪今望霓尤所急，百里之行半九十。民乃犇走奉神祠，神盍經營足民食。自注：時西山方擬東嶽祠基，今日之雨，謂神告也。

## 寄　懷

風聲雨滴相騷屑，深山深處應凝雪。豐年未慮米如珠，病骨自安衣百結。鄰翁墐户行徑斷，怪我讀書聲屋徹。兹時意緒政復佳，欲往尋梅問原作問，據殿本改何闊。

## 田家即事

東村鞭牛耕未已，西村車水愁秧死。可憐番人長苦辛，旱乾水溢年年事。旱乾水溢天之為，天意如回一彈指。所愁郡縣無良吏，不得辛勤住田里。

## 長安行

東街女兒誰家子，有名籍籍長安市。不知身失不自回，顧侈金珠炫羅綺。西街貧女夫何如，年長不見行媒車。有時視倡獨歎息，從之不可翻躊躇。傷哉彼倡不自醜，顧嘲貧女為牛後。此時貧女將何言，嫁與不嫁懸諸天。

## 清水道上望隔山桃花盛開

青山深處桃花紅，應有幽人住此中。又疑山深人迹絶，封泥彈核如芙蓉。樹成花開亦既實，實落山中還自植。年年歲歲長芳株，人人錯認神仙宅。

## 偶得牡丹之白者賦之

梅花當冬吐冰雪，古今已復稱高潔。春風草木争寵光，爾乃白乎無得涅。屈原放逐楚江濱，山高水疾誰與鄰。商山山中四老人，漢且終辭肯事秦。白山茶有涪翁賦，蓮自遠公仍白傅。數公已矣不可作，風雨明朝埋玉樹。

## 見負梅趨都城者甚夥作賣花行

昔人種田不種花，有花只數西湖家。祇今西湖屬官去，賣花洒亦遍户户。種田年年水旱傷，種花歲歲天時禳。安得家家棄花只糴米，塵甑炊香勝旖旎。

## 對菊成詠

城陰何有唯蓬翳，為乏人工欠除薙。連朝陰雨早始晴，照眼黄花驚嘒嘒。結根失所少陵悲，晚何用好退之詩。那知是物有奇操，要並歲寒松柏知。

## 風雨兼旬繼之以雪作惜梅歎

至寶横道驚路人，明珠白璧天不珍。風饕雪虐雨更打，委珠碎璧同泥塵。天生人材怨不以，天亦何心及於爾。不然明珠白璧當愛惜，忍使飄零至于此。

## 有懷故居梅花

梅花照耀山下村，舊居不返傷我魂。破苔履迹誰復掃，定要風雨參成昏。祇今環堵聊自存，亦有獨樹背竹園。驟看疑是雲母薄，細睇迺識玉體温。裴回竟使不忍去，步遶直欲窮晡暾。是中有句鬱莫吐，如禪未悟參多門。須臾月上花且落，四顧無人相與言。經年取酒藉地飲，飲醉更覺山林尊。

## 次韻斯遠折梅之作

春歸寂寞誰與傳，梅開年後并臘前。江南此物處處有，不論水際仍山顛。為之著句道所以，點檢敗篋曾年年。七言五字古復律，非獨愛渠還自憐。見君新就之長篇，有如潢潦投清漣。俗間比擬不足道，老大更争兒女妍。山行蠟屐要上下，水泛艇子思延緣。豈惟病思待一洗，直恐高致成輕捐。定逢縞衣露皎潔，仍聽翠羽啁清圓。賦成從使筆併秃，飲雋更須瓶屢眠。

## 對隔壍梅贈斯遠

梅開壍邊勿渠陋，倚竹長年固成瘦。風期唤得高人就，幾度行看仍落皺。是花佳處絶難摹，思雖宛轉終不如。我詩有媿渭南趙，君句自續東湖徐。

## 憶山中梅送大聲瞻軍赴調

江南梅蕊臘前破，憶我林園疲坐卧。君行正過玉溪邊，雪後應餘欲殘朵。君既不飲何以酬，詩成寄我無悠悠。得意歸來應不晚，雨肥紅綻緑陰稠。

## 初五夜再過昨逢之梅乃酒家保也

前日日莫相逢初，今日日斜來看再。闃然肯作時世粧，蕭然自有無人態。題詩欲報故人知，為爾停驂一杯買。

## 初十日早起

北風動地木欲折，雨既不成當作雪。黄昏側聽到鷄鳴，纔有飄蕭興騷屑。雖然風力猶未止，雨耶雪耶知孰是。幾將被褐出門看，不待足前成辟易。遲明迺知雪未就，雨亦甚微風獨吼。晨炊未暇詢無有，亟令問訊鄰家酒。

## 聞鳩有感

可憐鳩拙安無棲，雨來逐婦晴呼歸。我行願晴不願雨，憂樂殆與鳩同機。長安通衢多顯位，長江大艑謀祟利。我圖非利亦非名，胡爲役役無寧歲。

## 田家歎

春欲耕時天不雨，小雪不能濡旱土。辛勤僅得遍鉏耰，浸種可憐溝脈縷。忽然一雨催插秧，東阡西陌青相原作山，據殿本改望。謂兹勞逸足報補，豈知亢旱愁秋陽。高田已分鹵莽取，下田庶幾十八九。柰何雨勢反作淫，令我痛心仍疾首。我曹饑餒無足悲，不死會值豐登時。所嗟官吏不相察，借租日日來符移。

## 有懷江南作田家忙

南風吹動原頭草，秧老麥收蚕向了。田家政用此時忙，不問兒童與翁媪。五溪之俗殊江南，刀耕火種不知蠶。勸農未有陶蘇句，俗陋不改奚多談。

## 田家行二首

雨聲颯颯斷復來，間作隱隱兼出雷。田家作苦樂不哀，拔秧插田政時哉。誰知有客洞庭上，船破篷疎蔽無障。何如雨笠與煙蓑，相逐田伴歌田歌。

江東聞田歌，湖北聽田鼓。鼓聲于以相疾徐，歌調因之慰勞苦。東山絲竹仍携妓，風月鳴蛙勝鼓吹。何如田鼓與田歌，烏烏坎坎安而和。

## 苦雨感歎而作

不肯官嶺海，頗畏瘴癘虞。誰知江西山盡處，亦有嵐霧晝若晡。五斗何所直，千金不保軀。司空城旦困刀筆，尺籍伍符愁鉞鈇。吁嗟此賊蠢蟻如，飛煙一炬斯無餘。奈何徵兵動州閭，紛然亦復勞轉輸。戍柵如櫛猶恐疎，江徼一朝成塞隅。

**連雨即事**

官居如穴還如巢，數間編竹仍結茅。淫霖更值七八月，凉冷不待秋冬交。豈惟寒近感蟋蟀，更為役久悲蠨蛸。偶兹得句付排悶，嬾復多言强解嘲。

**長　江**

長江滚滚來無盡，順流逆挽紛成陣。誰令轉側入漕河，舟似鳧鷖亦難進。長江漕河脣齒間，去留異態空浩歎。孰能稍激長江水，顧使漕河舟亦起。

**晚自白沙投宿側水**

白沙漫漫風肆威，白沙道上行人稀。征衣攝葉馬力微，問胡不歸驅以飢。浮家洞庭書未來，腸九回兮朝莫思。莫投道店鷄已栖，一杯自慰無嫌醨。

**題劉炳先兄弟怡齋**

晦庵貽我書滿紙，為説君家好兄弟。人言是公輕許可，我謂親仁乃渠事。客遊偶爾過君廬，中有誠齋榜怡字。斯人許可蓋不輕，何事齋名契於季。嗟余夙昔兩公遊，與君常恨風馬牛。何知一見辱傾蓋，四海兄弟寧待求。有弟有弟江南州，尺書斷絶安與不。因君使我增離憂，一夜夢逐滄波鷗。

**三兄既見過喜而賦此**

村居不記元夕期，田竈鐙火俗異宜。但餘林月光陸離，所期不來空賦詩。明朝風作後日雪，祇道來期中已輟。今朝小霽泥未乾，或報門前有車轍。我窮政爾落荒山，跫然忽復解我顔。平生交舊固多矣，風味如此端亦慳。梅雖已謝蘭可掘，有酒縱漓醅可撥。為子一醉莫深辭，更要好詩書歲月。

## 次韻畢叔文苦旱歎

爾何不歸乎故宇，却向殊方書閔雨。江東數月不得書，憶弟看雲在何許。舊傳重湖北之北，米賤真成等泥土。如何比歲公及私，衰竭不能堪再鼓。貧家一飯有併日，遠市朝炊或亭午。朱門但知粱可厭，我輩翻嫌字難煮。晚且禾秀早向實，春皴不須逾處暑。胡為旱勢復如此，坐致詩人形苦語。如聞巫覡有通靈，肸蠁似逢人問嫗。前朝一雨苦不難，況今靡神無不舉。會當劵以三日霖，緑浪黄雲看掀舞。

## 呈李齊之文學

大机石頭雲自横，釣魚臺下潮初平。側聞左蠡春水生，蛟龍改穴黿鼉争。扁舟夜泊鄔江尾，空山月出中夜起。政須傑句彈壓此，乃祖詩成會泣鬼。

## 贈唐德輿通判

憶昔中原全盛日，猶推巴蜀多人物。況今王氣在東南，北望中原渺蕭瑟。先生隱居談典墳，博士乃有垂世文。内前之行傳未了，鈎黨已到白鷺羣。舍人父子自知己，紅藥翻殘棠屢憩。逮公四世傳以是，池上鳳毛宜翽翽。胡為一再繞別乘，縱説翶翔豈其稱。雞羣牛皂匪殽雜，玉水珠淵自輝映。維公大父我曾祖，紹聖同年蒙主恩。我今流落不足論，附驥詎敢儕青雲。鄱陽别去今三歲，邂逅從公寧自意。幾思着句道所以，筆力甚孱無好思。今辰何以為公壽，四世斯文端不朽，匪蜀眉山還有否。

## 簡子崧時丞建德

石田渡口鉦鼓鳴，憶同居民送君行。至今是邦數廉吏，君與韋陸俱其名。自注：謂韋公能千、陸公洸。別來憶君已騰趠，故人無復思漁釣。豈知更作畿縣丞，未免流俗輕嘲傲。如君為學未易論，淵源固自知所尊。使其策足上臺省，憸人吉士當以分。韜藏自是玉之美，奈何有道貧賤恥。漢宣且識東海蕭，吾君聰明豈不爾。願君强飯力自持，九十半百古語之。扁舟僅可頃刻住，便風催人當語離。

## 懷　昔

君不見昔日朗州刺史賢何多，考功右史名不磨。當時豈亦為名計，民自思之相與紀。如何後世異於是，我自為我民為爾。但憂潦浸務安居，不慮旱年當使水。一時掘鑿恐不深，今日車戽乃無地。常聞退之勇詞訟風伯，甫也亦欲鞭起雷公洗吴越。我知二子屬風雷，引喻政合離騷轍。雖然柳州穑説義甚顯，神且逃難吏何免。

## 周愚卿用荀卿氏之語以遇名齋從余求詩爲賦古意一首

世俗争知競冶容，紛紛牆穴交相從。誰知亦有秉正色，奉養辛勤供織舂。過期不嫁心不悔，偃蹇數夫終德配。君不見蘭生林下久含章，得時可以充君佩。

## 遂初泉并序

成父以孫子進家法釀酒，既成，奇甚。予病其名不足見吾故人風味，為易今名，且賦是詩。

荆溪溪水清無底，下有亂石白齒齒。東坡先生所卜居，想像神遊應不死。後來高躅嗣者誰，東門孫氏賢埧僥。不惟文采風流是，釀酒喜客俱似之。憶昨為官在吴里，三年徵逐一日爾。詩傳活法付乃兄，酒有名方屬吾弟。當時釀熟曾入唇，大孫絶嘆能逼人。世間名賢久難辨，願恐石室來亂真。遂初自是渠家賦，大孫取以名其住。我今以是謚君酒，要使交情不忘故。嗟予老矣百不如，有竹萬箇中藏書。願從吾徒授此術，歸去傭田親種秫。

**次韻曾季永乞筍**

鄙夫食肉書生菜，要是均為口腹賣。籜龍雖美亦菜流，我苦嗜之還自怪。君家作屋溪上篁，想見春風參短長。柰何反向寒廳乞，一束未能成報章。

**九月晦日**

經旬不飲仍廢詩，不唯多故病使之。黄花潦倒烏柏赤，窮邊物色分付誰。空庭索索枯葉吹，氣象如我苶且羸。强思把筆與摹寫，安得豪壯生毛錐。秋冬之間穫稻時，日脚苦翳雨脚垂。鳩鳴遠樹蛙吠坎，宜我病骨疲支持。

**同成父過章泉用前韻示之**

頻年盡室依此竹，意謝侏儒奉囊粟。今當舍竹去作吏，竹為嘿嘿如抱辱。嗟我作吏豈俗徒，雖非計然念則熟。如聞西江之水深無底，可以濯纓仍濯足。昔人一為功名誤，置碑且慮變陵谷。那知立名自有道，未妨痛飲離騷讀。人生于世譬于味，馬肝不食寧非肉。弟當進德使有聞，兄亦自期無碌碌。

**比見愚卿于廬陵出示楊謹仲詩卷中及其弟魯卿問其所在云携琴往嶽麓度夏今日見楊謹仲又云其弟卓卿近過此奉其母往游洪之西山迴途游閤皂乃歸爾余方困于道途有歎于其人作詩須到吉示愚卿及二君云**

廬陵得交君弟兄，楊子詩中稱魯卿。問云携琴嶽麓行，歸期去日云秋清。今晨復見楊子面，為言卓卿近相見。玉隆閣皂兩仙山，遊以娱親趁鮮健。我時聞之與楊子，嘖嘖歎息久不已。我方五斗困塵埃，渠亦棲遲一丘底。魯卿卓卿真愈人，枉道儒冠解誤身。異日名山倘行遍，卧圖好學宗少文。

## 李大椿伯壽見示寶劍歌答之

李子久不調，慷慨多雄辭。題為寶劍篇，贈我何足知。我為讀數過，因之重嗟咨。尚方願賜有朱雲，櫑具帶劍有不疑。雲也安能斬張禹，曼倩脱或逢勝之。君才固有用，我病且復衰。誰能長佩矜陸離，但取短鋏歌歸來。

## 新桂林户曹甘叔異過余於津亭留以小飲論文縣僚有招之者遂敗此興既夕作詩呈之

平生所聞甘叔異，半日為泊寶氣亭。逢迎稍稍昏忘集，誦説矻矻文章聽。其誰呼渠紅裙飲，遣我負此雙玉瓶。臨流不寐待月上，漫見紫翠横山屏。

## 讀去非有行集

山嵯峩，江洶湧，舟疾如飛得無恐。忽來何處有竹編，勢與江山欲争勇。回思往日曾倡酬，我詩島嶼縈微流。鶺鴒長短天所付，追隨恐失邯鄲步。

## 寄題山居山居舊名需齋，在泉司主管廨中

山居為山何所如，非灊非皖非匡廬。問云非山何所居，屋中主人山中徒。當簷屹立幾丈餘，亦有竹樹相盤紆。朝聽鶴吟暮猿呼，那知門外臨通衢。或聞此語謂我誣，答以君意誠守株。人間有國名華胥，其往

初不因舟車。神游倏忽已即塗，晨雞喚覺猶蘧蘧。山名無乃類此歟，胸中有山無地無。朱門蓬户何別區，參前見處成工夫。

**季承作詩敏捷而工因成長句**

我詩縱疾無多工，君詩嚴甚仍匆匆。君酬我唱輒媿我，野鶩欲睨天邊鴻。平生交游不乏此，快筆相追屬吾子。莫愁風雨留滯人，不爾歸裝孰慰貧。

**王彦博愚齋**

王郎立志誰能儗，適遠寧為中道止。愚齋之名豈真愚，用心蓋欲師顔子。聖門之徒三千人，回獨好學學何事。簞瓢陋巷不自貧，看此力量如何爾。願君勿作歲月計，有為要之亦若是。它年究竟所歸宿，莫負名齋本來意。

**畢叔文借示郭峽州詩二軸志其所見**

真行黄家元祐脚，隱帙奥篇窮秘閣。計其胸中所餘地，數百猶能君輩著。中朝文物政須此，刺史郎官謾今昨。腦脂遮眼失乘黄，安得金篦令刮膜。

**寄青原山常不輕**

吾舅每談方外友，吃吃醉吟長在口。李侯佳句往往有，示我不輕詩數首。江湖願見非一日，豈有聞名不相識。路頭且向鬱孤臺，却傍釣臺深處回。

**戲明叔**

晚食以當肉，故云巧於貧。我云未若子陳子，掛箔為圖能事新。剪刀不用求諸并，海圖波濤供補紉。我今非剪詎可拆，樹林樓閣相參陳。君知人窮定何因，政坐百巧逢天嗔。天之嗔人或可恕，君更白取遮四鄰。雖然我詩聊戲君，天生萬象孰主賓。渠如愛惜不我借，聽渠收卷藏箱巾。

**簡贈祖高上人**

黄山别久阻再披，青山路遠終未窺。忽逢隱静高監寺，不但學禪仍學詩。禪機最上吾不會，詩筆少親今老退。青山卧冢謫仙才，功名孰愈凌歊臺。

**示表弟沈見可**

裴公臺上送入日，道鄉臺上看出雲。窮居偪仄不屢到，拄杖容與能平分。江湖鵠髪歎老我，道路繭足嗟夫君。畫手政自難喻度，詩裏還嫌異所聞。歸來客去雨亦作，此故未易輕談云。

**贈于革去非時爲武陵尉**

憶昨聞君謂君老，及見知君得名早。文章妙處殆夙成，不作揚雄少而好。西山南浦飫搜尋，武陵桃源塹探討。諸公識面争我出，學子聞風競門掃。嗟我無聞不足畏，何事相逢亦傾倒。論詩未易當韓豪，聊復悲吟似郊島。

**次韻元衡病酒伏枕**

陰從元日到人日，四體不佳真若病。每煩從事與料理，百戰不能圖一勝。幾思屏去不復親，茗椀薰爐事閒静。鳴鳩聒聒殊未已，門外雨狂風亦横。此時但覺濁醪賢，少日漫知黄卷聖。

**屢遺公擇書且寄以詩皆未得報成父弟書云公擇欲過予再寄**

與君相從不知樂，别去懸知頓牢落。一旬兩詩三附書，底事來音向人邈。知君去住良關意，養節忍窮非失計。如君豈得終布衣，會有高名耀斯世。我居正在千山底，落葉填門吹不起。薄醪縱有不敢醉，留待君來相料理。惠然過我今其時，籬下菊香驚早衰。南山石老有梅樹，要君分韻共哦詩。

**公擇失期未至再督以詩**

作詩有病誰與説，讀書有疑誰與决。思君衹在百里間，底事相望若胡越。阿連報君有來期，候君未至趣以詩。想因故人意戀戀，故作去魯行遲遲。

**醉呈亦韓**

人言唯酒可忘憂，我今醉逌生百感。又言和氣如三春，我逌凄凉似秋慘。層冰積雪春接冬，安得陽烏出幽坎。紛然桃李吾不闗，要與晴窗事鉛槧。

**呈審知并簡伯元**

溪流渴雨今幾日，夜夜月明翻我室。江西回首安在哉，南北故憐無定食。君居未盡喬木西，舊識鄰牆解作詩。如聞過語必更僕，飯寒塵秃忘其饑。我思從之不可得，書疏空云間何闊。秋風吹我逐轉蓬，何自翩然墮君側。君詩比昔更大好，誰謂文章技非道。暗中摸索未易窺，衆裏卒逢分眊瞭。我昔少小嗜讀書，老類賈胡空識珠。潛珍懷寶衣藍縷，見之每輒驚成呿。鄭君况是余所長，君得結交真邁往。如我何取亦與遊，聽呼殷兄唤張丈。兩君抱才終有為，豐年未厭甘雨遲。我無良田蒔嘉穀，取譬但可同蹲鴟。

**比作詩從成父索不老泉并簡子進昆仲今日成父送酒與子進子肅子儀詩俱來**

**復次元韻**

閑居顧合親杯勺，醉後無人怪疎略。所嗟故舊不可同，往往茅齋成獨酌。兒曹痴疾故我問，問我嗜此有何樂。那知是鄉疆埸寬，南北東西無住著。自應祇覓睡昏昏，不肯留計綏若若。浮生倏忽幾許事，今是何必還須昨。粗能適意效陶阮，底用策勳追衛霍。比年多病苦羸劣，暇日關心惟裹藥。誓從歡伯重尋盟，身雖欲前心迺却。今晨風日亦佳哉，冬暖如春木陰薄。潛魚撥刺鳥緩鳴，得處與我端相各。應門走報白衣至，麾去謂爾寧善謔。山陰應接已不暇，安得此君仍大嚼。須臾負擔置我側，趺坐方穩為驚作。問之遺向阿連家，季也不爽千金諾。竟徵西園昔人例，尚病無花來自洛。快令汲井洗觥觴，小摘畦蔬失穿屩。俱來數紙定誰氏，疑枉續帖摹秘閣。抽簪擊鉢一誦之，郊居賦謝東陽約。蒼然暮色且欲合，檐光小占明窗拓。一時頓有未足道，真是曹劉暗中索。預愁取將下雷電，破篋深藏更牢鑰。出門仰視天雨霜，良夜初沉雲四幂。

## 代書寄候毛伯明李叔器康叔臨張王臣

巴陵洞庭在何處，我昨移官向其所。士所得者毛李康，兼之舊識祁之張。毛公學問本伊洛，康李從之亦不惡。皆能脱去科舉累，相與探求聖賢事。張侯英爽固絶人，亦復降志相友親。誰云巴陵洞庭側，有此四士寧易得。别來書疏猶數通，辰溪隸與巴陵同。張侯再把蒸湘酒，别後不聞安與否。遥知歲晚巾屨從，當亦念我窮山中。嘗疑昔人重離别，生不相逢死何别。偶逢鄂渚行人去，嬾復作書題此句。巴陵渺渺若箇邊，何時重泛洞庭船。

## 次韻斯遠夜歸自溪南之作

憶昔曾聞南渡初，里人最賞白社徐。君如竹林有雋子，我類犬子睎相如。君子何翅一頭出，李杜齊名真是溢。唱酬縱許並流傳，安有隋珠混燕石。我今鬢髮衰且殘，君乃春秋富未闌。後人縱使加譏彈，韓也固豪郊自寒。

## 明叔用大字韻作詩見寄復用韻作七言一首答之

人皆言君酒腸寬，我亦畏君詩膽大。有時長吸百川空，放意獨掃千軍敗。不堪悠悠射馬耳，頗願渺渺騎鯨背。問君何如差樂否，願窄江湖低華泰。

## 叔文再用韻賦詩亦復用韻答叔文兼呈伯玉昆仲

杜陵心喜歸茅宇，無復長安歎今雨。事雖聊向朱阮論，身蓋自與稷契許。胡為流落不稱意，長鋏貂裘遍南土。我嘗細把遺詩讀，大半悲傷聞戰鼓。徒空至德至大歷，田車竟絶維庚午。區區清醥與肥羊，何似松根茯苓煮。是翁獨破念吾廬，太息明光誰避暑。詩窮如是僅得名，欲作詩人寧易語。要呼同志共討論，客裏那知酒家嫗。便從甕側覓茂世，誰復尊中似文舉。共將嶮韻搜崛奇，要逼蛟龍起飛舞。

## 王伯玉兄弟皆用叔文韻作詩見示答之

春芳凋兮痞杜宇，留得鳴鳩呼渴雨。誰能使我病斯愈，矻矻深思誦詩許。朝來剥啄有扣户，亟起褰裾犯塵土。三王詩就俱送與，律應節疏如會鼓。我家與君同鄭圃，流落殊方繇丙午。豈惟交友歎雲翻，亦有弟兄悲豆煮。羨君聚首共文書，憐我離形屢寒暑。江南豐歉未可知，安得書來相告語。已過有力健如犢，莫待無鬚行似嫗。我歸當事力田科，君行寧後公車舉。會當過我南山南，門有修篁風屢舞。

## 寄答晁百谷元歸

嗟我與君為近親，向來未識但有聞。維夏臨川省伯父，時君束書寄荒村。豈知邂逅宜春郡，皎如玉樹相輝映。品題舊熟大參文，諸公所作皆傳信。探懷贈我一紙詩，功名慷慨真男兒。我衰怕作此硬語，君言水漲方東之。外家自有文章種，國朝名家居伯仲。只今人物未厭多，屬君勉矣加研磨。

## 贈彈琴李晞尹

臨川郡古多奇迹，嚴黎已老裘父没。江山縱是詩得摹，峩峩洋洋亦其物。謫仙幾世之雲仍，平生嗜渠如嗜文。光風霽月胸次有，渭北江東脚底頻。忽來過我今幾日，擬欲贈行空四壁。臨分謾與一篇詩，筝笛紛紛敢謂知。

## 九日病中無酒無菊寄王信州老謝丈

有身那識禁酒國，何乃飄零墮其域。兒曹强欲覓市酤，頗畏飲灰仍飲濕。重令尋菊菊未芳，飛蓬野蔓交加長。是知此物貴晚節，無意與俗充杯觴。生平浪説愛重九，今年無菊還無酒。要携藜杖作登臨，病不如人空竚首。使君聞説同王弘，半道邀公絶送迎。要見一時賓與主，輿籃侍坐俱門生。

## 二十七日既浴於乾明庵負暄久之詩示住庵

天公於人元不負，書生何用深追咎。無衣還可卒歲無，我有大裘聽汝覆。吾家縛屋依山址，晏齋之前僅盈咫。霜飈卷席不畏渠，羲馭停車吾事已。有時携書唤兒曹，坐來和氣生髮毛。眼眵豈待金篦刮，背癢不借麻姑搔。今年誰令落湖尾，塞向墐户殊未止。移床也擬傍晨光，蓬勃如煙紛欲眯。今我懷抱不自聊，歸爇生薪翻緼袍。人間萬事固絶望，天賜一暖誰相要。兹晨歸悶忽念浴，試覓僧廬渡喬木。道人見客如昔遊，為煮清泉注萬斛。須臾一洗垢且空，漸覺表裏俱冲融。清虚日來滓穢去，吾貌可瘠神當豐。起尋冠服風動腋，却向茅簷親野日。恍然墮我晏齋前，鳥語不聞山四寂。道人領客殊忘倦，茗盌薰爐共閒燕。為言炙背頗樂否，此味可須天子獻。

以上《淳熙稿》卷六

# 全宋詩卷二六二四

## 趙蕃九

### 壬寅元日

壯歲頻羇宦，王春又履端。東占風料峭，北驗斗闌干。歷數堯年永，條章漢詔寬。殘生侶麋鹿，何路接鵷鸞。

### 人日感懷因寄玉山親舊并以示當塗溧陽諸表弟

唐人重人日，往往見于詩。孰謂風流遠，聊須著語追。憑高縱無地，念遠得忘思。欲寄江東弟，斷腸梅滿枝。

### 寒食日呈慶伯

浩浩風兼雨，紛紛柳與花。不知春事減，但覺旅愁加。嗜酒誰明意，耽詩老不佳。無家對寒食，相與重成嗟。

### 又呈慶伯

下里又寒食，寒居猶去年。蕭條花不見，牢落病仍纏。强起陪親友，題詩未究宣。方欣好天色，雲氣復油然。

### 詠牡丹

洛下誰移致，江南種得成。高株非自接，徑尺信能盈。恨匪堅牢質，漫令城國傾。未宜貧舍有，風起莫多驚。

## 三月二日同明叔過從禮觀牡丹

新晴喚我出，負郭看花來。窈窕欄檻入，咄嗟尊俎開。嫣然同午醉，老矣怕春催。身羨雙飛蝶，翩翩去却回。

## 瓶　梅

驟逢初粲粲，儼立更亭亭。汲井洗醉盡，倦譚揮麈停。搜詩未窮妙，能畫孰遺形。風日人間苦，飛僊不假翎。

## 再　題

舊歲只五日，晚梅能幾枝。婆娑一尊酒，陶冶數篇詩。窗静游蜂寂，簷深立雀窺。書齋寂寞裏，藉爾對支頤。

## 題堂前梅花

廢宅委塵埃，梅花亦自開。九泉無起日，雙鬢有新摧。索莫生何理，飄零句易哀。若為歸去晚，茅屋老蒼苔。

## 客長沙邢園堂下梅花一萼先開有懷成父斯遠二首時聞朱先生辭江西憲節歸舊隱，恨不與斯遠同上謁也

老樹發青枝，晴多雨亦奇。一花成獨破，病眼得先窺。又作殊方見，還成寄遠詩。不知閩與淛，何處念

乖離。

亦到溪南否，還能念我不。梅花今次第，客子政飄浮。師法真難得，微官盍罷休。饑寒還累我，痞寐只關憂。

## 咏梅六首

十月江南路，梅花次第開。殊方孤病眼，高興闕詩材。幾日風鳴屋，連宵雨浥埃。曾令四郊覓，未見一枝來。

臘前能幾日，年後不多時。五嶺無千里，東亭共一陲。胡為欺北客，未即見南枝。或謂冰霜候，還憂衣褐為。

老眼從昏翳，高情未脱遺。雖云謝能賦，政爾動相思。彼自無妍鄙，渠寧可磷緇。猶須藉名勝，相與厚襟期。

縱乏幽人宅，猶餘大樹祠。帶山仍帶水，宜飲亦宜詩。勿待全開後，當乘半放時。昏昏廓陰霧，皎皎上朝曦。自注：謂伏波祠前老梅。

溪北溪南路，山前山後居。興來隨杖屨，意到總林廬。觸目常懷爾，關心相憶余。雖然風月趣，千里故非疎。自注：謂斯遠。

幾日寒如許，梅花好在不。汝雖甘寂寞，吾自念深幽。静塢無車馬，清溪足鷺鷗。何當細扶杖，隨處小遲留。

## 十六日雨中憶梅花

莫問帆遲速，且看山晦明。賦詩忘意索，圖畫得天成。白髮應無種，流行詎有程。清霜可期至，郢樹合爭榮。

## 次韻何叔信書齋梅花

坐對窗中帙，起尋簷外花。因之觀物化，藉以發天葩。一笑故無恙，百年終匪他。端殊苦心士，志失鬢先華。

## 嚴先輩詩送紅梅次韻

盡道梅花白，能紅又一奇。渾疑丹換骨，不是酒侵肌。看此敷腴色，思儂少壯時。原作詩，據《永樂大典》卷二八〇九改盛年雖不再，猶擬歲寒知。

## 植梅一株于廳事之後招丞及明叔同觀倪嚴二先輩送酒陳簿送茶因以成集

有竹似吾家，無梅覺欠花。移將香索莫，來伴綠交加。好事適餽酒，詩情仍得茶。相過況非遠，勝處莫令賒。

## 和何叔信別種蠟梅韻

不識梅當牖，唯知竹映牆。脱成元似蠟，染就却殊黄。自是風神秀，寧由肌骨香。木犀雖瑣碎，品色庶同方。原作芳，據《永樂大典》卷二八一一改　《永樂大典》注：木犀亦有黄與白者，元不異耳。

## 師契約看白蓮

勿陋盆為沼，能生徑尺蓮。乍開冰刻鏤，欲謝羽蹁躚。得意疑來鷺，凌波欲問仙。平生茗霅興，擬借葉為船。

## 叢桂

漫道希為貴，那知夥不奢。江南故多桂，秋仲舉敷花。往往因人好，蕭蕭得句佳。人誰不種菊，千載但陶家。

## 元之去非來邢園折牡丹酴醿碧桃以去

花取三英粲，時高兩玉人。毋嫌應接費，要悟色香真。詩定一題紙，酒應多入脣。病夫方坐穩，幽獨恐傷神。

## 理菊

携鉏乘夏雨，分菊待秋風。幽事常關我，閑居不負公。苔深連竹地，籬破接蘭叢。更約兒童輩，須勤灌溉功。

## 暇日過在伯辱對菊置酒已焉甚醉得四十字

雨後江猶漲，霜前菊正繁。波光摇檻楯，花氣入楹軒。病不勝杯勺，情欣接話言。兀然成徑醉，涕唾老仍煩。

## 窗前葵萱皆吐花成詩二首

僮能去蓬藋，手自植葵萱。疊石就為砌，啟窗因當軒。後先殊早晚，開斂共朝昏。長夏曷以度，幽花相與言。

落去梅堪裹，乍開臺更重。老懷非我獨，幽質為誰容。短髮簪猶惜，高軒詠可供。還愁早衰歇，無以慰疏慵。

**詠智門佛殿前凌霄花與斯遠同作**

桂栽初得地，藤附亦凌霄。層葉圓如葆，高花豔若燒。故能開續續，殊愈落飄飄。有木方思種，從僧會乞苗。

**咏蕙**

莫與蘭争長，風期本自同。俱高漢賦上，並録楚詞中。斛種當書屋，籃移自佛宫。更餘千箇竹，相與慰詩窮。

**萲草**

伯兮當日意，萲也直云忘。豈是名兹草，真將種北堂。能叢又能幹，非絳復非黄。開處陰當合，看時晝閱長。

**楊花**

雨樹蒙茸集，晴空散亂飛。若為能撲撲，何只詠依依。花裏渾迷蝶，風前屢點衣。未妨吹盡得，病起帶寬圍。

**蛺蝶**

不逐春風去，仍當夏日長。一雙還一隻，能白或能黄。戀戀不自已，翩翩空復狂。計功歸實用，終日媿蜂房。

**偶得掃竹因培竹五字會仲威見過留與明叔同飯用此語成詩**

掃竹因培竹，畏人非避人。跫然聞響屐，莞爾正欹巾。坐子竟日久，飯吾三韭貧。能來不嫌屢，梅底要深巡。

## 斫病竹

採掘寧慳供，護持期有成。時今閲春夏，爾獨意枯榮。瑣碎日無影，蕭騷風罷聲。樵蘇勿懷辱，而我豈無情。

## 新竹

新竹不數輩，歲慳非地貧。破苔方挺出，突屋已長身。未害少為貴，居同德有鄰。山中乏朋友，舍爾復誰親。

## 題新竹示韋德卿

戢戢初成茁，騣騣漸可竿。朝幽粉淚漬，午静籜聲乾。枝且勝棲羽，陰仍合翠寒。書齋有餘暇，可以過予看。

## 竹逕

一日猶思種，長年可不栽。初時叢足玩，歲久徑成開。明月雖妨約，清風得叙懷。未須緣客掃，頻肯為詩來。

## 種柏

插柳終慙柱，殷勤買柏栽。予如樗櫟者，汝自棟梁才。今日藩籬護，他年風雨哀。人生朝暮爾，此物到雲來。

## 堂下梅一枝開遲而花極小疑地勢使然感歎而作

梅發無衰盛，根生有瘠腴。都緣托地薄，故使著花癯。渺小吾憐爾，伶仃爾念吾。詎須詩欠興，何用竹相娛。

## 梅未開書四十字

地與南荒接，梅花合早開。如何長至後，不見一枝來。政爾緣霜早，多應待雨催。簷邊有獨樹，日遶故千回。

## 約老謝丈及諸友尋梅

聞道梅花發，山邊復水邊。要穿居士屩，還傍野人船。盤礴須窮日，飄零憶去年。携壺雖我約，能賦屬公先。

## 梅微開復題

晨起渾無事，巡簷立久時。不驚新苦瘐，頻憶舊題詩。次第開全樹，攙先見一枝。故園春尚晚，折寄欲因誰。

## 陳嚴二先生和前詩見示次韻報之

梅蕊何曾見，詩筒已再開。如憐今歲盡，喚起好春來。咫尺花當動，侵尋老故催。不知榮悴閱，更得幾何回。

## 和答曹季永縣尉用前韻見貽

旱久疑成癘，梅枯未得開。悵然因有句，作者賸能來。風日寧渠貸，光陰覺我催。却愁看欲盡，憶著首頻回。

**梅驟開旋有落者**

强説歲寒姿，曾無旬浹期。多緣風日苦，休道雪霜欺。炯炯方懷璧，依俙遽泣岐。飄零陌上土，收拾卷中詩。

**梅且盡作四十字**

江梅自癯瘠，挫抑豈多禁。未臘憂風雪，先春病雨陰。開時能慰眼，落去更關心。何以寬愁寂，村醪得屢斟。

**至節後猶未見梅疑早使然**

敗砌初無菊，空林合有梅。如何長至後，不見一枝開。豈是春渝信，端緣旱作災。蔬畦與麥壠，滿目但黄埃。

**和斯遠西軒竹二首**

軒闢因松倒，軒深為竹成。山靈回俗駕，鳥語助詩鳴。客子息肩地，諸公携酒行。白頭哀我獨，青眼為渠横。

道上行人暍，林間釋子幽。去無相趣迫，聊得小夷猶。竹樹擁簷立，溪山隨檻流。自非能賦者，常是欲眠休。

**同成父弟訪王亢宗遇周欽止同過圓通看竹二首**

訪客因逢客，相携看竹來。徑從林下轉，門向水邊開。高顧防驚鳥，徐行恐破苔。故嫌溪淺落，妨我泛舟回。

鄰圃代曾經，僧園種得成。不關新雨過，自是絶塵生。疎直能明眼，幽深足叙情。何當共携被，重此聽秋聲。

## 飲袁州惠仰山茶

黄溪方輟供，頓有仰山來。久怕羊腸險，小聽松吹回。喜能澆渴肺，愁奈走饑雷。何日俱君謁，香凝燕寢開。

## 大琛沽酒

吾州大琛酒，名不謝孤洲。女子亦知價，自注：酒家多韓姓。行人皆繫舟。西來灘過險，東上寺逢幽。未說千憂散，姑為一醉謀。

## 鄰居送梅子朱櫻

山居蔬果少，口腹每勞人。梅子欣初食，櫻桃併及新。供鹽貧亦辦，薦酪遠無因。便可呼杯勺，數朝陰雨頻。

## 螢火

渾忘生朽腐，直擬暮光輝。解燭書帷静，能添列宿稀。當風方自表，帶雨忽成微。變滅無多理，榮枯會一歸。

## 贈墨二首

奚李風流遠，名家得自賢。粗能明款識，不暇别中邊。歲計一丸足，癡人連屋懸。此生能幾屐，兹士信超然。

斲我千年質，成兹數寸璺。當從黑白辨，豈問姓名題。願效文章用，寧辭肌骨刲。先生無浪語，略爲究端倪。

## 贈硯

一種端溪石，下巖滋别源。千金騰有翼，尺璧走非跟。自顧婆娑質，適堪椎鈍根。終焉老茅屋，已矣獻金門。

## 硯答

食硯固可笑，硯枯還有云。先生信難説，吾事亦徒勤。歲久當消髀，研窮且斷筋。不如因墜地，瘞得退之文。

## 讀子進浙行詩軸中有二詩見寄次韻報之

近有平安使，新詩得盡傳。深懷行役苦，更憶弟昆賢。笠水鴟夷子，荆溪玉局僊。經行如有訪，小爲繫歸船。

何夕佳風月，仍陪笑語清。依依數行李，了了盡平生。要使交游態，渾如手足情。居閒有此樂，那用占時名。

## 秀奕以文編垂示簡之

每念新疎闊，還思舊倡酬。年齡故相並，文事孰能優。媿乏聞多益，難支問不休。黄陳有正派，舍是復何求。

## 以近詩寄丘運使

古貨自難買，良工徒苦心。誰能明致力，于此是知音。門第成乖隔，江湖阻滯淫。寄書因有使，還得附微吟。

## 呈林子方運使四首

去歲都城客，傳聞召節馳。深期遂披覩，得以叙乖離。竟復參差是，空成悵望兹。外臺知不遠，匹馬敢言疲。

憶自梧州別，懷兹下榻勤。寸心長炯炯，尺素每云云。遠地必迂報，高情真薄雲。百年公幾見，五十我無聞。

一代推人物，諸生賴楷模。高風雖莫並，盛德本非孤。物望歸臺閣，官稱復轉輸。澄清雖雅志，獻納政時須。

白髮絲難理，青衫葉半枯。自憐謀斗食，敢作慟窮途。試問遥書札，何如邇坐隅。合江趨浩渺，分水忘崎嶇。

## 投曾原伯運使二首

一自嘉禾見，于今歲幾多。飛騰公可那，流落我如何。舊説金能點，今成鏡失磨。未甘終痼疾，還復向醫和。

遠地書郵絶，長年屬望勞。要期親帚柄，寧憚學舟操。媿守藩籬小，難窺牆仞高。秋風滿天地，不廢候蟲號。

## 以近詩寄尤運使

求識尤太史，泛舟維豫章。秋天值摇落，行色況蒼茫。竟乏驚人句，莫升君子堂。學詩雖老矣，猶擬遍諸方。

## 呈丘運使三首

海内求名輩，如公得未多。風流正始士，藝達孔門科。願識亦已久，陳詩無見訶。蒿蓬雖殿本作怍培塿，松柏自嵯峨。

奔逸聞千里，飛騰見九遷。禁途才咫尺，玉節屢回旋。看即自天下，催歸夜席前。如憐落蔦外，為遺反驅邊。

從士二千里，學詩三十年。坐窮寧為此，將老豈其然。恥食陶奴米，羞言夷甫錢。相逢何用早，契合有忘年。

## 呈黄永新希二首

江夏無雙士，嘉禾百里君。信非今日吏，要與古人羣。閲世卧松柏，過前紛蚋蚊。薰蕕自我别，青白在渠分。

偶作空房寓，頻成假日從。平生壯詩膽，一見怯譚鋒。天地雖云礙，江湖詎不容。終南捷徑絶，衡嶽卧圖逢。自注：君有足疾，又性嗜畫。

## 呈張太平三首

游日甘泉舊，如公孰與先。内雖資獻納，外乃藉蕃宣。今日江淮地，寧惟牧守權。功名端未晚，勉力繼青氈。

貴者多驕士，古然寧邇來。惟公獨超俗，片善靡遺才。譽已滿臺閣，勤方散草萊。深知桃李徑，不為看花栽。

門牆十五載，每見辱加親。老至名不立，道乖家轉貧。世誰能我及，志欲向公申。賸欲搜詩獻，青山恐笑人。

## 送劉通判二首

射策今晁董，摛詞昔左班。題輿已最課，召節待遄頒。鵬背九萬里，龍媒十二閑。除書看臺閣，盛事聳荆蠻。

國祚重興後，人才應運生。端殊飛紫鸑，亦異夢長庚。大半廟堂用，若為州縣吏。垂弧賀今日，連茹徯兹行。

## 寄趙信州一叔二首

蓬山辭上直，番國喚回舟。舊事超千佛，兹行奪萬牛。未除真學士，且列古諸侯。詔旨防敦迫，民言願借留。

官梅親手種，山閣聽僧修。自注：公植梅後園及屬僧修靈山閣。授簡慙吾事，登高企勝流。葭莩元有託，桑梓近臨州。媿我資身拙，從公但食謀。

## 呈葛撫州二首

人物與江山，風流適比肩。家聲自勾漏，出守更臨川。美政人人説，新詩句句傳。五言成漫興，一見豈無緣。

試説臨川郡，江西第一州。晏王今邑子，顔謝古諸侯。未覺流風遠，端知物望優。峴山猶得擬，湛輩肯容不。

## 與李潭州椿壽翁五首

荷槖上甘泉，居多政府遷。胡為抗章謝，而必退身全。自計雖良已，人賢詎舍旃。吾心故公爾，斯道合幡然。

疏去良臣散，文興大老歸。能忘繆公側，何有步兵幾。暴虎無苛政，嗚岡覽德輝。輩雖參落落，業且相巍巍。

今代長沙帥，當年漢李膺。登門故未易，為御亦堪矜。嗜好雖章句，經營在斗升。青衫舊藍縷，白髮近髯鬙。

萬里沅湘路，千年賈屈文。迹同探禹穴，心每望堯雲。未説渺茫隱，長思矍鑠勳。不應迷出處，四十畏無聞。

日夜霜風急，東西客路昏。詩方學蠻語，病昔似文園。俯上轅門謁，愁干節制尊。頑疎寧自昧，剪拂望深恩。

## 呈李贛州四首

憶昔重湖北，逢人問處州。寄書寧盡達，覓使苦無由。風月無離闊，山川自阻修。那知遠遊櫂，又傍昔年洲。

見自長臺數，于今十五年。雖云公偃薄，政坐我迍邅。苦志思重寫，愁腸不易煎。却憐難掩處，霜髮半蕭然。

安否每難問，姓名今得通。久憂埋積雪，大喜得春風。與世故多識，如公能幾同。既欣還有感，愁對海棠叢。殿本注：謂錦川。

學時元草草，賦就每匆匆。竟復無真好，空令坐枉窮。春風纔亂鳥，秋雨又鳴蛩。笑我胡為者，真成浪自攻。

## 贈劉進父監廟四首

退士今安有，微官詎足旌。茹蔬知味薄，不飲見神清。要是高其事，况堪詩有聲。淮南人物論，是亦一權衡。

北客自無幾，老親寧重論。客居誰肯記，郊寺辱深存。厚義真難得，高情獨見敦。寒燈仍薄粥，相與話黄昏。

彼美南山石，槎牙更貫之。道雖横至賨，誰復賞奇姿。歎息已云屢，寫摹嘗有詩。吾曹從行者，名字亦俱垂。

歲晚戒行路，問君何遠征。風霜雖自苦，墳墓不勝情。南徙計豈得，北歸邊未平。非惟慕嚴父，抑亦念難兄。

## 呈楊謹仲監廟三首

祇道無前輩，于今識後凋。形容猶矍鑠，鬢髮自飄蕭。早日破萬卷，暮齡甘一瓢。紛紛盈鄭衛，洗耳驟聞韶。

劉孔何如士，歐蘇敢並行。江山故好在，人士熟知名。道遇澄清使，為言月旦評。經過纔一見，已似慰平生。自注：趙子直為余道其人。

地占清江勝，居兼水竹幽。衡門阻静僻，高卧樂優游。深霧隱玄豹，滄波翻白鷗。弓旌不可挽，芻牧政旁搜。

## 十八日分謁升德廟過江作

命有叢祠事，晨興敢憚勤。渚沙微隱艇，山木總藏雲。雨勢紛未已，詩材恍見分。中流更回首，片片媿鷗羣。

## 寄峽州使君郭郎中二首

漢代郭林宗，詞場繼國風。郎官曾賜被，刺史蹔憑熊。為客留工部，移官滯酒翁。淮陽豈為薄，無恨不居中。

何處覩文獻，如公尚典刑。詩先獲麟作，字本换鵝經。牛斗漫寳氣，虚危須德星。無為偃薄計，不晚詔除聽。

契自西臺叙，親從昭德論。名聲蓋前輩，牢落媿清門。既見未知日，因風聊自存。祇愁千里面，識我故塵昏。

## 馮守生日

西漢馮君裔，康時萬石家。治邊清鼓角，勸課足桑麻。誕日今年再，歡聲闔境譁。無言政長夏，亦可醉流霞。

報政期年外，裏言朝夕間。省郎何太晚，召節看遄頒。屢上薰風殿，行參玉筍班。故應憐末掾，牢落尚羣蠻。

## 移官巴陵行有日矣書呈唐德輿程士和梁和仲于去非段元衡邢大聲七首

驟雨落還收，餘寒去却留。飄零梅樹底，髣髴杏梢頭。酒有連朝病，詩從一笑求。平生湖海興，又復具扁舟。

門户憐非寄，聲名歎不羣。倦遊俱楚子，舊識記番君。去覓江山助，行思風月分。詩成如枉寄，亦足張吾軍。

問認書能數，飄流見愈親。通家如弟數，受賜亦州民。渺莽重湖路，羈棲一病身。欲行行未得，風雨况頻頻。

太史羲皇上，嵩山季孟間。諸孫均内外，文采被斕斑。顧我何足數，遺風莫可攀。知音愧流水，仰止在高山。

有集能行世，初疑是古人。大波皆洶湧，小石亦嶙峋。時譽歸讎校，微官尚徼巡。竹塘春水滿，雙鵜會飛馴。

客裏仍為客，天邊嬾問天。春風幾經歷，老病一蹁躚。君句真嚴律，儂詩但散禪。錦囊如許借，不憚手親傳。

只道花爭發，那知雨較遲。病軀猶故絮，霜鬢益新絲。鄙性豈耽酒，寫懷聊賦詩。經過頓能爾，無久溷公為。

### 諸公皆和詩再用韻併屬湛挺之七首

誼也期淹速，淵乎任去留。服來占夏首，歸去及春頭。豈必憂懷累，當從樂處求。控揣終異物，窈窕一孤舟。

戢戢一天翮，紛紛凡馬羣。回頭異生死，對面或公君。漸欲薰蕕等，反嫌黑白分。居然攖衆怒，政爾怯孤軍。

翰墨平生友，江山數面親。誦騷悲楚國，訪古失秦民。丘壑豈無趣，塵埃空此身。風行思數數，糧食厭頻頻。

吴楚他鄉外，沅湘久客間。已知身若贅，詎惜鬢成斑。酒債貧常有，詩壇老倦攀。窮猿難擇木，怨鶴望還山。

和我閒中句，俱來作者人。步吟才勃窣，聳詠忽嶙峋。浪説能聲喜，端虞試問巡。天資固有分，野性雜難馴。

投老知何地，此生休問天。未須悲坎軻，聊復寄蹁蹮。但覺官如縛，渾忘詩似禪。不堪兒子誦，敢望故人傳。

舊作游梁倦，今成去魯遲。跳珠先集霰，凍雨亂棼絲。蕭瑟夜來酒，悲涼别後詩。洞庭歸雁蚤，枉寄莫遲為。

### 既别晦庵復成二詩呈之近欲同游善權不果臨行録其湖北道中詩一軸

既返山前棹，還斟枕上杯。雪飛如喚住，鴈叫苦催回。金瀨半篙緑，石亭千樹梅。竟孤陪李郭，亦愧匪鄒枚。去始豐城劍，還終大仰禪。自注：記所抄詩卷起止。縱橫幾詩句，摹寫百山川。竹使承流日，蓬山促召年。儂行亦何為，白首使如遷。

玉汝置酒招二十一丈同之鄙句奉呈

薄宦一鷄肋，飽霜雙蟹螯。衹言成爾負，那卜會吾曹。我已媿蓬鬢，君俱追錦袍。團團石頭月，其下走江濤。自注：頃官江右，嘗得句云「可憐薄宦一鷄肋，負爾飽霜雙蟹螯」，久未能用云。

賈丈用昂字韻作詩中有見及復用韻奉呈併簡徐謝二丈

人謂先生老，詩壇近一昂。共知文力健，何有鬢毛霜。自料才非敵，從今氣減狂。同宗有徐謝，我亦漫窺牆。自注：徐東湖、謝溪堂皆入宗派者。

呈叔驥和叔

吴楚山川隔，塤篪笑語歡。柳遲因積雪，梅悴坐餘寒。痛飲還憂病，離愁孰可寬。故非元與白，壓倒又何難。自注：叔驥曾示以所賦喻工部園池詩，甚佳。

二十一日晚呈全真沅陵師契

酒味雖云薄，談端却甚長。過從未能數，咫尺每相望。幾念乘羸出，還嫌觸熱妨。簷昏書掩卷，月晚坐移床。

呈毛伯明李叔器

陰雨春三月，倦遊天一隅。故難同類我，還復歎猶吾。不惑防終蔽，無聞恐遂愚。猶欣得師友，可以慰羈孤。

## 寄湯司諫

自發袁州使，侵尋復暮春。何人話安否，官路政艱辛。章貢未歸客，湘沅薄宦人。何當一傾蓋，肯作白頭新。自注：何人，謂葉伯永。

## 寄謝湯司諫二首

十往九不報，好辭開幾番。誇張示朋友，問訊異寒温。豈必待傾蓋，何時真掃門。絶勝東閣下，布粟對公孫。

章水清初漲，梅花雪正飛。不惟催我去，似亦待公歸。有弟能頻説，高情真見幾。男兒出處耳，麟閣與漁磯。

## 送湛挺之提幹自武陵迎侍於侯官兼寄鉛山尉曹馬莊父二首

太學聲名舊，文昌薦墨珍。銓曹略常調，幕府得嘉賓。使檄辭南楚，安輿發故閩。春風滿行色，有賦不妨新。

未歷番君國，先乘汭口船。春波元甚駛，順水豈勞牽。我去殆同適，公行真若仙。壺頭雖不遠，不見馬文淵。

## 寄吴吏部三首

捩眼看翺翔，經年尚省郎。詔除應邇日，傳播未遐方。渺渺山連蜀，滔滔水接湘。有懷雖晝夜，其奈道塗長。

元日送朝天，侵尋又一年。無詩供猥誦，有志辱哀憐。茅屋蒼苔合，芳洲杜若搴。去留俱未遂，兩鬢已蒼然。
梅逐輕冰泮，春從細草生。孤山應最早，假日想頻行。竹閣思賢意，菊泉招隱情。柰渠歌鼓競，使我鷺鷗驚。

## 呈王平江二首

倦著尚書履，閑凝燕寢香。聲猶傳漢殿，句豈羨韋郎。偃泊姑鈴閣，遄歸定玉堂。不惟資獻納，政復用文章。
先生自詞伯，舉世孰詩人。縱不藏人善，慚無佳句新。每懷青眼舊，應念白頭貧。未弭沅湘楫，蒸湘復問津。自注：蕃初見公于廬州，蒙賜帖有詩人之目。

## 贈張次律司理三首

長沙有賢掾，京兆出名門。筆力追前輩，陰功及後昆。龍門首加薦，樞府舊彌敦。看即飛騰去，寧當尋尺論。
及是凡幾見，於今乃白頭。殷勤蒙飯設，緩急與醫謀。夫子自為德，畸人何足憂。諸家何所歷，更有若人不。
長沙今十日，曾未及湘山。舊疾痁頻作，方爐火自跧。風高知木脱，雨細念梅斑。飄泊方茲始，林園未遽還。

## 次韻師契詩中及賑貸事

督賦停勾赤，開倉體詔黄。舊唯優附郭，近乃略諸鄉。天意終深卹，人謀豈盡長。要須梅雨歇，快放麥風凉。

## 早出小北門

聞道瀠睆下，雜然仙佛居。心期窮杖屨，宿昔戒車輿。晨起先僧磬，逢人盡趁虚。烟霏欣在望，風露儘侵裾。

## 夜賦二首

欲寐已成寤，暫欣還作悲。三更風雨聽，四海友朋思。拊榻蟲頻息，挑燈鼠屢窺。莫呼僮僕覺，翻到自題詩。

下上嚴婺路，往來苕霅舟。何勝百篇詠，不啻十年遊。志願終漁釣，經蹊熟鷺鷗。清風慕唐漢，高友得孫劉。自注：謂子陵、玄英及遠齋、子進父子兄弟。

## 二十日同官相約過水鄉蓄雨中先至偶成二詩

約客客來至，尋詩詩偶生。秋如鷩柳色，雨未改荷聲。渺渺江湖趣，悠悠鷗鷺盟。意雖能浩蕩，筆迺欠縱横。

此雨不易得，有秋端可期。微官如飽飯，餘事亦窮詩。鷄遠村塲聽，鳩深客路疑。是身真已老，何事此長羈。

## 秉文以田事入村歸而寄之二首

村村穫稻急，得得跨驢行。别野《永樂大典》卷三五八一作墅片時役，好詩無數成。羸軀難並出，病眼待渠明。

落日斜猶掛，涼風晚更生。

屢雨不濡土，涼風茲《永樂大典》作滋已秋。不知今歲事，定獲幾分收。日糴每懷慮，歲餘當逭憂。題詩纔紙尾，又起原作取，據《永樂大典》改望雲頭。

**伯威和章記祥符定交云爾蕃之次韻曾未及此再用韻作二首後一首重寄伯山尚留太和伯威詩乃去臘既望寫四月晦蕃始得之**

前賢嗟不及，夫子蓋其流。海内聞詩熟，言間愜意投。午喧同静廡，暮雪阻高樓。别似崇晨耳，一年今半休。

不作山王詠，故聞嵇阮流。龍淵失珍襲，猿木悔窮投。子句成江閣，余懷限戍樓。碧雲嗟暮合，黄髮誦歸休。

**别沈二弟**

一别動五載，此生能幾回。其間何不有，衹是恐生哀。我病真衰矣，君才盍勉哉。要留還索去，風雨更漼漼。

**呈逢宣子**

歎息逢宣子，頻為郡國賓。人皆説才具，我獨愛詞人。邂逅殊方見，淒涼半月春。但能詩似鏡，從使鬢如銀。

**昭禮書來告其行日再寄以詩**

已執臨岐手，仍通叙别書。絶知於我厚，何敢向君疎。江上留殘歲，吴中擬定居。莫為南北恨，天地一蘧廬。

## 自作

素仰儒先德，兼聞内助人。齊家真有道，相敬儼如賓。女已節義著，兒仍經行醇。他年書附傳，落落衆星陳。

## 聞劉凝遠丈病已欣然成詩并懷伯瑞仲文叔驥二首

我行過茗水，公疾卧漳濱。底處書傳鴈，如聞藥有神。作詩應更老，比舊想增貧。坐與江山隔，何緣杖履頻。

諸子皆文士，仍傳驥絶羣。連牀思聽雨，拄笏漫看雲。病有交遊念，書無歲月勤。扁舟問歸路，應見老參軍。自注：伯瑞爲衢州法曹參軍。

## 呈楊溥子

曉過子雲居，霜風柳未疎。飄零五年别，斷絶一行書。安否勞苦外，詩編吟誦餘。君寧老騏驥，我已媿春鉏。

## 呈公擇二首

背郭纔數里，深林溪四環。精廬于此建，寓舍即其間。我已成棲遁，君能數往還。故知交義厚，不與世情關。

此地無此客，若人吾故人。論文皆意到，出語見情真。未議作輕别，且當留浹旬。畦蔬飽春雨，小摘未妨頻。

## 呈邢叔三首

前輩已云遠，公身親見之。老成疑故在，風俗未憂衰。問學本日用，文章先達辭。從茲得夷步，不復困多歧。

瀏瀏晴簷響，愔愔蘭斛香。時于簿書暇，樂是話言長。政可晝連夕，興懷參與商。平生事賢志，炯炯未嘗忘。

聽説桃川事，憑虛意欲仙。真成在人境，無用覓漁船。卜宅自何載，賦詩凡幾篇。揮毫儻毋靳，圖貌並流傳。

## 呈亦韓

寒食寒未歸，清明清曉時。花殘渺無迹，柳細不勝垂。即事須詩寫，多憂賴酒支。雖親友朋益，更苦弟兄思。

## 呈審知

晨出及未熱，飯餘因就談。結交真有道，致此亦何堪。静聽多聞益，微吟佳句耽。疎簷有新月，當共影成三。

## 次韻和叔并呈叔魚魚名筌

望望吴楚隔，悠悠兄弟思。經行偶來過，喜極為成詩。二父已名世，諸郎皆好辭。誰云前輩遠，未覺此風衰。

## 呈全真魯山

有懷思放曠，兹地窘幽潛。屋脊山微見，庭前樹莫添。把書唯立壁，扶杖祗巡簷。深羡憑江宅，登臨萬象兼。

## 呈唐德輿兼寄呈可久三首

白頭四海客，青眼幾何人。況復平生舊，端殊數面親。文聲雖益振，仕簿亦何屯。好在章江水，聊堪濯世塵。

前歲長安雪，從公飲屢過。放談成絶歎，狂態亦悲歌。我仕魚緣竹，公行漩繞渦。相逢雖足慰，相别奈愁何。

敬作沙隨問，歸來安穩不。一官成棄却，微恙想今瘳。詩篋猶堪倒，錢囊不用謀。更思從二老，何日具扁舟。

## 呈陳深父二首

相望僅一水，相睽逾十年。尋君向蕭寺，歎我已華顛。老至是其理，窮來當益堅。雲深雪溪樹，塵暗曲肱弦。

役役到番國，悠悠誰故人。僧房半牢落，湖水失清淪。我豈倚樓趙，君真驚座陳。何為厚傾倒，相與盡情親。

## 呈晁舅祖叔藴

輩行雖如祖，年齡僅可兄。經過得屢見，文字有同盟。門户當深責，饑寒厭此生。良農務穮蓘，初不計秋成。

## 呈許深父及之

路入分宜縣，心馳月旦評。參差萬木合，曲折亂灘行。江右孰茂宰，斯人垂大名。梟飛看公入，鳶墮黯余情。

## 俗有雪上加霜之諺今日之謂也二詩呈知縣契丈教授尊兄

歎我貧兼病，當渠雪上霜。忍饑無異術，炙背有奇方。重憶茅簷下，還嗟楚水傍。官曹竟疎闊，詩病得商量。

雨雪欣能霽，冰霜苦未和。原作知，據殿本改體孱寒有相，絮敗暖無多。二妙今誰敵，有詩皆可歌。暗中知沈謝，灰裏撥陰何。

## 呈李思永

往見劉夫子，得聞君姓名。飄零方客路，邂逅若平生。學要精微講，文須仔細評。道林并嶽麓，他日得經行。

## 呈宋伯潛

學有南軒派，文仍二宋家。泉源端有本，玉立更無瑕。儻遂成三徑，當從讀五車。朋游有如此，未恨落長沙。自注：伯潛方陞京秩，而云不欲注見次，故云。

## 再呈伯潛

政爾羞餘子，胡然説故家。人方笑藍縷，君乃不疵瑕。厚義重縞紵，空言非笠車。委思精絶處，百鍊出披沙。

## 再呈思永

竇氣疑猶在，諸公盛得名。新知雖可樂，舊恨卒難平。殿本注：孫温叟、甘叔異、鄧南秀相繼淪謝，故及之。我句野無格，君詩工莫評。青錢宜妙選，墨綬盍遲行。

## 呈劉子卿四首

南渡六十載，況談元祐時。故家垂欲盡，遺事莽難知。文字既多舛，傳聞寧破疑。唯公有源委，萬折必東之。

近喜周公相，初傳薦士章。非才孰為治，與國倍生光。故國異喬木，白駒空食場。彈冠與結綬，吾道不其昌。

王氣東南盛，流風西北疎。往猶稱旅寓，今迺逐鄉閭。要熟兒童聽，惟傳父祖書。如公不一二，安得亦相於。

往自清江别，于今近十年。依僧聊避暑，擁節會朝天。我愧不如昔，公乎真過前。政規期斷手，明本已終篇。

## 别邢公昭丈

適遠能忘别，衡行敢憚泥。野航初唤渡，茅屋正啼鷄。雨後妨梅步，風前對竹題。因公動高興，憶我舊幽棲。

## 次韻周欽止送别

不見送將歸，惟聞遠别離。身今成老大，官豈計高卑。蕭寺已移酒，便人還枉詩。臨風三復罷，有恨落無涯。

## 留别子肅子儀三首

度橋遵野徑，夾樹啟籬門。剥啄傳呼疾，周旋色笑温。萬金纔到幾，一棹復過村。却恨儂來獨，飄零説在原。

長年夢黄堰，今日飲紅灰。徑緑無多草，庭陰半是梅。海棠留雨醉，楊柳傲風媒。對此渾無事，一杯重一杯。

一别動五載，人生都幾何。談端方間起，行色又犇波。賸欲攄離語，不成翻醉歌。飛騰與流浪，已矣兩無那。

## 留别陳明叔兼屬胡仲威五首

我去執君友，君留誰我遊。定應緣宿契，不待分今投。年事鬢俱白，時名詩獨優。未知兹日别，重見又何由。

論事從違數，題詩竄定頻。客君徒得重，愛我不言貧。薄俗無兄弟，我曹相主賓。别觴終作惡，别語要須真。

簿領三年吏，江天百里居。我非拘雁鶩，君乃傲樵漁。得譽且得謗，似高仍似疎。襄陽耆舊傳，書子定聯予。

我覓祠官俸，君携異縣書。一窮直若此，五字果何如。底用頻看鏡，終當老荷鉏。未知渠作計，頗亦似儂無。

汲汲求交友，良由不敏姿。風流伯始後，文獻澹菴師。此士世亦寡，因君交不疑。倡酬凡幾紙，别後慰相思。

## 留别折子明丈二首

久作湘中客，數從林下遊。契繇先世叙，誼原作人，據殿本改向古人求。我敢逃黄綬，公寧卧白頭。廟堂有北客，人物想中州。

行橐何輕重，新詩得卷藏。猶須與先集，併為補山房。更欲詢言行，持將益廢忘。匆匆語難盡，莽莽恨空長。

## 留别徐季純

隱墅夙未到，扁舟空屢經。灘長石壁寺，洲遶縠波亭。厚禄頭空白，新知眼倍青。雖云遽離闊，也足慰飄零。

## 重别成父二首

盡室蘄偕隱，持家又即浮。可憐居不易，還是食為謀。風雨連朝暗，江山千里遊。不能携汝去，翻覺重吾憂。

中原歸尚棘，三墓久成蕪。未議增封樹，先宜禁牧芻。便須營虎落，將以護龍雛。不用平安報，惟期翦伐無。

## 送恭叔赴海門尉端叔約同過湘西酌别四首

寓舍我至晚，官期君已催。猶當載酒别，共作訪山來。雪谷看題字，風雩話昔開。樂山并樂水，隨處一裴回。

君歎父兄別，我嗟朋友疎。窮冬仍遠道，異縣復離居。僅得追隨再，何由懷抱攄。因來湖外使，為寄海邊書。

楚岫新經雪，湘江半露沙。蕭蕭斷行鴈，渺渺後棲鴉。別意渾相似，詩成祇重嗟。未嫌杯酒滿，直恐鬢霜加。

入自芝蘭室，重之珠玉淵。一官從草草，萬卷本便便。對鏡平多壘，閒郊闢廢田。尉曹應事少，賓友定誰延。

## 留別徐斯遠時斯遠將赴朱晦菴之約三首

共有山林趣，相期問學功。一官重此去，三逕幾時同。我鬢因詩白，君顔非酒紅。從遊縱有日，羸疾柰相攻。

君質故甚美，加之仍得師。今為李君御，何後老人期。念欲通名姓，還憂辱棄遺。何當武夷下，與子共追隨。

事變將酬萬，身分若化千。淒涼辭古寺，辛苦問江船。秋得村村雨，涼生樹樹蟬。重哦五七字，還約四三年。

## 坐中留別正之

已別還成住，多君意甚真。自非敦友好，寧復見情親。月已秋中過，雨如春暮頻。臨分匪杯酒，幽獨恐傷神。

## 別趙信州

拍拍桃花水，輕輕蓮葉舟。生憎衝野馬，失喜見沙鷗。漫浪端如此，饑寒信有不。未探懷玉藴，且訪九華幽。

## 別趙叔

漢廷無出右，天下舉歸心。歲晚雪霜幹，春餘桃李陰。班崇貳卿貴，掾落五溪深。勿謂無回鴈，郵傳可嗣音。

## 別宗父

許日問何滯，今晨真遂行。人生苦飄泊，歲事復峥嶸。鶴髮欠亡恙，燕雛憐未成。臨分再三語，不為别離情。

## 別馬莊甫

邂逅成深識，慇懃不作遥。鵝湖書後約，汭口騎能招。奔逸君誠俊，衰摧我不聊。嗜書甘寂寞，破敵看嫖姚。

## 別楊謹仲

籬竹又離籜，沼荷還疊錢。我來成佇立，公為起高眠。清静子雲宅，扶疏陶令篇。三年渾易爾，此別各蒼然。

以上《淳熙稿》卷七

## 趙 蕃 一〇

### 别季承

兼旬眠食同，慷慨豁心胸。尚喜斯文在，未憂吾道窮。鵝湖余舊歷，鷲嶺子新逢。四海均同宇，休言兩地中。

### 初六日呈明叔

冷澹清明節，蕭疏斑白翁。不知春事減，但見緑陰重。坐卧書窗裏，陰晴啼鳥中。年齡故爾似，貧病亦應同。

### 二十五日呈明叔

七十且强半，騒騒數日間。不成悲白髮，猶説愛青山。五斗雖為累，千篇政不慳。與君同甲子，此事合相關。

### 别近呈明叔

靖節甘忤俗，子雲空解嘲。紛紛多面友，了了獨心交。四海歎浮梗，三年嗟繫匏。語離無幾日，梅蕊況江郊。

### 再呈明叔

欲過江天閣，出門如有方。乍聞禽礫礫，還是雨浪浪。放意官曹外，關心藥裹旁。聽渠桃李退，蘭斛政幽香。

## 呈潘文叔二首

嶽寺分携後，郵亭邂逅時。鳴鞭萍實驛，分韻木犀詩。契闊書忘素，飄零鬢益絲。我歸寧偶爾，君至忽於斯。

寓舍莓苔合，春郊花草香。忽逢寧比料，欲語未能長。大阮為勿藥，阿連欣對牀。嗟予重多感，有弟各殊方。

## 呈叔文諸公

村村迎湫水，户户爇鑪香。何以救我穡，但知呼彼蒼。儻寬饑欲死，聊聽醒而狂。困極惟思睡，詩來得助凉。

## 和答黎季成送行

自坐還山計，如同去魯情。水風元不斷，山月每同明。試問詩能和，何如酒共傾。吾家近京驛，側耳聽車聲。

## 蕃近有鄙句簡諸公而廣文先生專以見貺盛意自不可不答

居然自駑驥，陋矣説玄黄。章貢昔連地，沅湘今一鄉。談端驚絶倒，詩學味尤長。對月他時白，披風此日凉。

## 再和諸公

官故玄尚白，山能青又黃。婀隅學蠻詠，欵原作款，據殿本改乃和漁鄉。世用有公等，我才無日長。盍簪休間闊，回首易悲凉。

## 簡黄子耕

不見吾叔度，侵尋將六年。林間迂子步，江上望余船。會合信不易，往來成屢愆。孤山梅未老，曷日訪三賢。

## 簡李伯仁節甫

溧水忽再到，清明無隔晨。一翁方上府，二季曲留賓。詩律歎仍舊，鬢霜驚漸新。君家真李杜，我乃愧黄陳。

## 簡彦博

憶昨連郛住，猶為解榻期。古書相是正，餘事劇娛嬉。近者間何闊，懷哉我所思。如聞穫稻畢，當是入山時。

## 簡元衡

鳩喚林深擁，蛙鳴草亂科。群生為疵癘，首夏失清和。謝病游故倦，尊天問可何。政須聞妙語，一為洗煩痾。

## 再簡元衡

積雨朝收礎，清陰晝滿庭。驟乾無雨候，忽動有風輕。藥裹長羸疾，茶甌蹔一醒。故人纔咫尺，願見兀如扃。

**用初三日韻簡伯玉昆仲**

雨勢忽已過，雲峰空復生。暫能蘇暑病，未足慰農情。同社推詩好，今宵况月明。三人非對影，難弟與難兄。

**遠父往富沙兼簡馬莊父二首**

徐郎既吴越，王子又甌閩。孰與還仍往，惟餘病與貧。尚寒花有信，欲盡雨催春。子去寧關抱，余留獨損神。

子過鉛山縣，知名有尉曹。談端抽繭紝，文力壯波濤。見子心應識，思渠首屢搔。共為徐庶友，而獨不能高。自注：遠父、莊父皆斯遠交遊，而余獨媿焉。

**念欲春遊春既莫矣而在伯微恙不近杯勺作小詩代簡便呈沅陵何鄧二尉曹**

屢有一杯約，况今三月來。屬君繙藥裹，而我欠詩材。楚塞稀紅蕊，僧坊剩緑苔。幾時能出郭，分韻與徘徊。

**十一日簡王進之**

曉枕聞簷溜，開窌立寺門。宿酲連卯酒，幽趣落無言。山色丹青濕，梅花璧玉温。誰能此乘興，風味昔人存。

**簡徐季益二首**

野寺鐘鳴後，溪橋雨合時。杖藜能過我，酌酒更論詩。意作匆匆别，仍愆得得期。近知疎問訊，不那費懷思。

好士今誰是，憐才亦漫云。詎須隨進士，直擬慕徵君。確論終當有，浮言斷莫聞。兒曹與餘子，録録更紛紛。

**簡王元宗**

相望兩招提，林深路不迷。微軀敢高卧，借屋且幽棲。問訊聊題句，經過阻杖藜。良由日日雨，山徑亦成泥。

**簡斯遠兄**

已辦入城府，尚留緣雨陰。相期著屐過，空想掉頭吟。子故因貧出，余寧歎老侵。鵷鸞滿臺閣，麋鹿自山林。

**簡文顯**

敬問周夫子，端居又半春。初無酒作祟，合有句如神。桃李已陳迹，谿山同故人。何能過茅宇，談笑奉清真。

**簡全真**

方喧思獨坐，當静想清言。我掃庭前樹，君憑江上軒。有詩煩共賦，無酒與重論。既乏公田秫，仍孤老瓦盆。

**過周文顯所居**

不謂於茲世，而能有若人。藤蘿為遮屋，圖史漫娱身。安邑誰為令，黔婁自守貧。他時獨行傳，端可並麒麟。

**喜見周司法和詩有贈仍用元韻**

路絶嶺梅贈，江摇沅芷春。敢云傾蓋故，喜甚誦詩新。刀筆非吾事，文章可致身。江陵法曹掾，寧久滯斯人。

**至日與明叔逸及明叔之子凉孫飲**

至日還為客，窮愁亦去年。陰陽自升伏，老壯只推遷。易險安常度，呴濡無妄憐。兒能壽翁酒，不必問遇賢。

**過介庵舊宅**

悠悠西州路，慘慘日暮雲。天不慭此老，世孰張吾軍。成都揚雄宅，青山太白墳。可憐車馬迹，不如鷗鷺羣。

**連日與邢伯言兄弟飲成四十字**

江上風雖横，林間月自新。探囊看墨妙，酌酒話情親。感歎思前日，飄零媿此身。未妨頻夕醉，初不污車茵。自注：是日觀《南征賦》及諸老題跋、折仲古帖、何子應詩、張安國詩帖。

**雨中與公擇對飲已而大醉既醒作此**

身世一飄摇，羇愁兩寂寥。怨歌空耿耿，晚雨况蕭蕭。飲强真能醉，詩成或當謡。明朝對清鏡，鬢恐十分凋。

**與伯玉元衡大聲兄弟飲**

何方應雨落，此地祇凉生。杯酒偶相屬，晤言聊叙情。登樓念王粲，促席想淵明。鄉里無新故，情親總弟兄。

### 劉萬二弟置酒與八九兄同飲

每憶疎詩卷，何期共酒尊。高棲子苕霅，孤宦我湘沅。暮夜風仍吼，途窮志自存。悠悠幾山嶽，泛泛一乾坤。

### 二月初十日自荻浦絶湖三首

二月風濤壯，扁舟性命輕。白頭高浪接，青眼遠山横。客子空懷怖，漁家自樂生。須渠一杯酒，助我五言城。

遠浪已摇目，疾風仍打頭。翩翻仰飛鳥，矯捷羡輕鷗。湖有萬頃白，舟才一葉浮。意行從泛泛，吾道本悠悠。

倚賴尊中酒，枝梧卷裏詩。貧嗟居不易，境對語成危。往日行猶記，冲風去不疑。舟師笑相謂，未有若人癡。

### 三月八日發舟後作

沙步行初改，津亭望且遥。青山出圖畫，白鷺立風標。境熟詩難就，愁深酒易消。雲歸還漠漠，雨静復蕭蕭。

### 寄建寧韓尚書二首

今代韓夫子，頻年刺兩州。官崇古常伯，地重漢諸侯。父老記茂宰，山川皆昔遊。懸知里閭化，不待教條修。自注：公昔宰建安有善政云。

宰席猶虚位，尚書合賜環。進賢同拔茹，去佞已無山。誥命從天下，延登指日間。蘄公為大厦，我亦會歡顔。

**三月審知以余行有日置酒於智門寺後竹間小亭時與者王彦博審知之姪彦章余之弟成父審知命以尊前失詩流爲韻分得流字書以呈之**

林下有高興，眼前無此流。並溪村逕入，背佛野亭投。緑竹依人好，紅蕖取意秋。病多寬酒債，別近耿離憂。

**讀東坡和陶詩**

食已無餘事，坡詩信手繙。飄零落蠻蜑，收拾重璵璠。未易窮關鍵，纔能味語言。向來陶謝並，今日要重論。

**讀王有道詩**

校書非隱遯，逢亂偶棲遲。少日治安策，暮年忠義詩。空聞狩岐隴，不見頌浯溪。有墓荒叢棘，無祠奠酒卮。

**讀林子仁詩**

連林泥滑滑，遍地草青青。多病愁難却，春風夢已經。曾過蘄水郡，不見少微星。獨行甦方駕，清詩許乞靈。

**王璠伯玉携詩見過二首**

大熱有如此，凉風安在哉。書憑長日度，客欠好懷開。豹立妨看竹，蟾飛為掃槐。欣然王氏子，枉步袖詩來。

故國聞江左，名家數建隆。南遊新識內，東里舊鄉中。有句君真癖，無詩我浪窮。更期風月夕，相與課新功。

## 二十四日一日作十詩季承同之既罷復書四十字並呈季承

米盡不憂饑，行行且賦詩。相看一大笑，從謂兩真癡。未用追元白，聊須效陸皮。流傳君不媿，附益我奚為。

## 偶作二首

舊篚已成揮，還披御臘衣。乘除固人事，變化亦天機。道路飄零久，形容少壯非。無徒微祿眷，長與故人違。

未仕思從仕，言歸盍賦歸。世方疎直道，身亦墮危機。舊宅存松桂，春山富蕨薇。淵明覺今是，伯玉悟前非。

## 十三夜秉文携詩見過

餐玉我無術，點金君有方。胡為仍各瘦，更復問何長。月好橋同步，詩佳袖取將。歸來未成寐，看葉墮危黄。

## 書管掾所抄張安國詩

天上張公子，詩輕萬户侯。駕車追熟路，順水放輕舟。化鶴驚何遠，藏山散莫收。可人秋浦掾，著力為冥搜。

## 題三徑圖

憶在宜春日，曾看三徑圖。腥羶尚京洛，羈旅久江湖。豈曰有安宅，絶然忘故都。人琴悵俱已，松菊孰充娱。

## 題舊日所藏晋陶淵明採菊東籬下悠然見南山畫

未必形模似，良由意象高。見山非得得，遇酒輒陶陶。蕪没念三徑，飄零悲二毛。南征儻亡恙，歸老舊蓬蒿。

## 寄呈壽岡先生二首

竹户與松窗，當年拜老龐。鬢毛霜自滿，文力鼎猶扛。我句何堪讀，公詩舊所降。寧聞曹與鄶，可並楚三江。

我愛清江郡，端如屋上烏。掛冠推二老，縫掖盛諸儒。吴蜀書難得，自注：謂陳擇之、彭之壽。荆蠻病益癯。飛黄去騰踏，局趣效轅駒。

## 二詩敬寄致政大夫先生

每見清江使，常詢向子平。徐行為山健，老眼對書明。世共尊耆舊，愚猶及老成。誰人要半道，願與一門生。

不向鄰林去，于今又四年。琴書故間止，草木想蒼然。安否音書曠，飄零日月還。禮加如下榻，興盡敢回船。

## 投介庵先生并寄盧陵周侍郎四首

忽憶滄洲去，何心漢節持。上書期得請，勇退復奚疑。用舍非吾事，榮枯自彼時。疾風勁草見，松柏歲寒知。

貳卿辭郡日，刺史乞身年。往事甑已墮，歸來璧顧全。坐令頹俗振，未覺古人賢。白鷺思高舉，琵琶有直絃。自注：白鷺洲在廬陵，琵琶洲在餘干。

桐鄉曾作令，使者復乘車。風俗因子原作予，據殿本改厚，溪山要我居。此聲聞舊矣，今日見歸歟。祇恐功名事，毋庸遽舍諸。

粗識詩中趣，翻憐筆下難。中流疑失檝，遠舉慮摧翰。起我七十病，蘄公九轉丹。韓豪非所敢，曾未到郊寒。

**周愚卿以二蘇先生李公擇黄魯直秦少遊真跡見示敬賦四十字**

蘇李是吾師，黄秦實嗣之。愛其吟可老，得自買傾資。有本皆如是，斯文不在茲。因知迺翁意，遺子以鎡基。

**文叔見餞于郊外且有所論復賦此**

已辱臨岐送，還能喚酒來。欲行雖倥偬，數刻為裴回。出處豈漫爾，古今寧異哉。滔滔勿渠歎，落落自余哀。

**蕃巘舟湘西之明夕鄭仲理吴德夫周伯壽黎季成共置酒於書院閣下追餞者邢廣聲王衡甫時戊申仲秋七日**

已别還重送，情親獨數君。贈詩難卒和，别酒易成醺。渺渺江山恨，飄飄鴻鴈羣。不忘相博約，未可間知聞。

**趨上饒道中**

風雨催梅子，溪山進客舟。登臨雖慰眼，悵望復增愁。歲月常為旅，饑寒不自謀。翩翩羡林鳥，閑逸愧沙鷗。

**周愚卿**殿本下有魯卿卓卿四字**同丁永年陳明叔見餞于去城之十里致嚴堂經夕乃别**

林表楓能赤，崖邊菊許長。别情俱慘憺，風日倍荒凉。豈為鍾情極，端由取友良。頹然醒雜意，初不累杯觴。

**李叔器方養源叔器之姪塡載酒餞余於思敬亭**

倦客理舟楫，高情携酒肴。有亭當水滋，共步轉江皐。我已乘流去，渠猶佇立勞。風前醉難倚，月照首頻搔。

**新漕道中**

夜雨響屋瓦，曙煙遮樹林。田行疑倍滑，水度覺知深。顧望勞雙目，顛躋怖此心。垂堂不知戒，家故乏千金。

**宿分水**

夜枕疑為雨，曉檐還見星。驟聞成撼撼，熟聽乃泠泠。信矣無不下，况於高建瓴。此行非絶遠，楚粤自相因。

**舟行**

下水復上水，暮秋仍早秋。暫歸非去吏，觸緒苦添愁。本乏風雅作，謾于山水遊。經營欲終日，人謂我何求。

二十一日湖中

歲晚仍湖路，客中還病身。似聞今大熟，那故獨長貧。方朔一囊粟，季鷹千里蓴。扁舟固高蹈，金馬亦沉淪。

舟中讀子進昆仲西遊集有懷其人作詩寄之并示成父弟二首

君是三珠樹，子非兩玉人。水南留步武，竹隱記風神。往者兄同弟，今焉越與秦。細哦詩語妙，如款笑談真。

文士今固有，未聞居一門。松筠無異操，蘭蕙若同根。試問臨風讀，何如把原作抱，據殿本改酒論。玆行羨吾弟，弭檝向湖村。自注：成父欲訪子進昆仲於黃堰，故云。

聞晦庵罷宜春留南昌亟往見之將至貴溪逆風大作

下水放輕舠，真期快意遭。那知吾道蹇，還值逆風鏖。空闊初憑棹，淵洄竟倚篙。三山信非遠，弱水謾增勞。

約斯遠同謁晦翁先生八月十六日發章泉夜宿永豐

比夕皆佳月，幾年無此期。親朋方戰蟻，而我自驅羸。夜作銀河隔，明當玉樹窺。猶須發高詠，于以慰長思。

初二日蚤發親捷

水落灘鳴急，山高霧散遲。夜愁餘響遞，晨幸日光披。頗憶茱萸飲，還思薏苡賫。異鄉逢物色，老病益清羸。

**放舟始作**

扁舟落吾手，遠役愴余心。道路經過數，秋風日夜深。青林向摇落，白髮益侵尋。况説瀟湘去，仍懷屈賈吟。

**九月二日發舟快閣下**

開船風打頭，舉棹水分流。到處皆成客，今年未識秋。意哀吟蟋蟀，聲苦亂颼飀。拊枕仍推枕，誰知夢覺優。

**次韻成父舟中**

久客日復日，窮冬冰復冰。知還憐倦鳥，側翅耻饑鷹。搔髮傷今老，沿塘記昔曾。舒憂足行卷，教諂謝書縢。

**初五日晚雨欲艤舟大琛而舟行過焉示成父弟**

一雨晚來凉，山長水又長。尋詩貪嶼島，沽酒誤村場。蕭瑟聽連夕，飄流入異鄉。對眠還晤語，渾憶在山房。

**餘干放舟後作時以病不飲故見之詩**

月駛雲俱駛，風恬浪亦恬。渾如畫横軸，又似鏡開奩。鑾子鈞未已，長年行不厭。素羸同李賀，止酒效陶潛。

## 舟中病思三首

桑葉緑已病，楓林黄亦危。行舟得秋日，滿路入新詩。照水驚非昔，臨風病不支。乾坤一惠施，吾事獨多奇。

已見横山塔，蘭溪路不多。青銅吾欠此，竹葉奈渠何。貧病成驅役，幽憂復放歌。平生釣臺下，老矣負漁蓑。

日脚陰晴屢，船身坐卧俱。溪山無入望，覊旅孰為娱。路識長安近，名非短策圖。無迷蔡謨蟹，且覓季鷹鱸。

## 初到舒州

承平非不久，淮地祇凋疎。負販資它郡，蒿萊塞舊閭。近江猶若此，窮徼復何如。可議輕征戰，仍聞急轉輸。

## 旅食有作

旅食頻年倦，田居樂事遥。春餘桑柘静，波泛鷺鷗驕。折竹深防筍，撑船滿載苗。新詩隨見寫，舊髮不勝凋。

## 萬安道中二首

雨小亦滑道，馬遲元自佳。金章橘弄色，玉面茶吐花。科科初種菜，叢叢未收麻。人生皆有理，吾事獨無涯。

籬落未經霜，林園尚吐芳。豆花連豆角，榴朶映榴房。摇落雖兹候，敷榮未爾妨。我懷收柹栗，物色自凄凉。

### 將至鄔子

湖水冬猶壯，林烟晚更孤。荒凉詩莫狀，零落鴈成圖。歷歷舊行路，蕭蕭新鬢鬚。不知造物意，投老又何如。

### 宣風市作

不誤晨霜白，但驚濃霧黄。過橋初有迹，著木頓生光。未怕寒如許，殊勝雨見妨。燎薪仍酌酒，一笑作哄堂。

### 上寵市早飯

霧合疑為雨，雲開復變晴。梨花高朵盛，柳樹弱枝榮。問寺山場遠，逢虚旅飯營。侵晨王事起，亭午野田行。

### 九月二十七日題桂原作柱，據《永樂大典》卷一四五七六改溪鋪

昨日方《永樂大典》作可摇扇，今朝可擁裘。頓能驚北客，方覺是南州。歲儺不逢閏，時今寧復秋。無庸歎疎漏，聊得避飀飀。

### 飯楓橋鋪

隻《永樂大典》卷一四五七六作雙堠復雙堠，晨鷄仍午雞。春風空浩浩，客意只凄凄。驅我因微禄，言歸欠薄畦。有懷無與共，聊以命詩題。

### 自荔支鋪至楠木鋪偶成書楠原作南，據《永樂大典》卷一四五七六改木

勿謂夷原作他，據《永樂大典》改邦陋，深行亦或嘉。林空聞落葉，澗淺度枯槎。蓐食能支午，勞歌不致嗟。道邊惟驛舍，山後有人家。

## 夜過半村李商叟謂不可無所賦爲作唐律二首

舊竹茶山宅，新松南澗墳。閒風與識面，老我及夫君。瘦馬政長路，哀鴻仍莫雲。雖然當努力，亡奈復離羣。

訪子林間宅，繫余溪上船。還成一夕語，宛似五年前。白髮驚原作鷩，據《永樂大典》卷三五八一改新夢，青燈讀近編。黎明又當別，相對欲忘《永樂大典》作亡眠。

## 將至豫章

棹落歸雲底，帆飛夕照間。起予為白社，極目是西山。蘆雪新鬚鬢，楓丹昔面顏。炊遲餓已慣，酒貴醉能慳。

## 巴丘驛晚題二首

水驛聊容借，官曹少逭勞。闢門對風雨，策杖看波濤。浩浩心疑壯，悠悠首遽搔。忽來雙白鷺，佇立久江皋。

戰伐求三國，羈縻自五溪。歸飛慕鴻鴈，沿戲狎鳧鷖。酒以忘憂酌，詩因訪古題。是身真老矣，南北更東西。

## 緑蘿道中

人間白馬渡，世外緑蘿山。水駛舟何蹇，人危境故閑。傳呼屢落膽，應接一怡顏。更擬桃川路，明朝得意攀。

## 宿野人家

凛若將崩石，狂哉既倒流。詩危欠好語，日晚覓安投。勞我行何苦，嗟渠戍未休。田居與官籍，俱坐有身憂。

## 宿藍畬寺

嶺斷仍分徑，林紆更著行。畏人嫌俗駕，留客得僧房。脊記年何古，自注：梁題云：景福二年創，天祐十一年造。吾家句亦香。自注：寺有趙清獻知虔州赴召時與周茂叔賡唱之刻。兹行經寺五，於此獨難忘。自注：近所經白灘頭、筋竹、新興，與此凡五云。

## 遊浮洲寺

久客渾忘賴，羣山得細看。身如悟浮没，詩喜助波瀾。塑象覩殊詭，作鐘懷叛干。自注：寺之阿羅漢塑用武洞清木，鐘乃偽吴武義年中所鑄。東湖空壯麗，芝嶺漫林巒。

## 宿彭湖寺懷斯遠

路仄山崖滑，庭中桂樹蒼。驟衝疎雨過，徐步晚風長。沽酒尋官道，哦詩遶佛廊。曠懷思我友，林趣憶支郎。

## 過石陂少焉至曲睹寺

朝雨自應雨，晚晴真是晴。猶經水曲折，方得寺紆縈。鳥唤聲何好，雲歸迹故經。青山能見導，破衲可無迎。自注：時寺僧適出。

## 早飯大明寺因題

晨起渾疑晚，山晴尚踏泥。花邊花鴨卧，竹裏竹鷄啼。問店欣逢寺，命車仍杖藜。松篁猶有徑，桃李得無蹊。

## 投宿龍溪寺夜行迷道者久之

已辨龍溪宿，寧知鳥路迂。林光收瑣碎，山月失須臾。見約雖田父，歸尤自老夫。但知尋野寺，不擬問官途。

## 將至信州二首

長年遇百艱，十步九逢灘。龍湫平淵蓄，靈山列岫寒。庖厨朝飯薄，絺綌晚衣單。獨抱高深意，知音誰為彈。

溪日照人明，溪風著鬢清。一生長是客，半日詎留程。緑水浮梁貼，青林古塔擎。雖然異鄉國，聊爾寄歸情。

## 漁門舟中

霜落蘆可殺，水歸湖漸洲。遵鴻歲棲集，振鷺日優遊。鄢子兵巡徼，豫章吴地頭。兹生凡幾過，時序古囊收。

## 十三夜使風

雪浪湧如山，乘風失泝灘。窮途雖粗慰，悸魄敢懷安。燈閃漁家迥，鴈哀江渚寒。怪來詩語瘦，良欠酒杯寬。

### 三日風果止早行

側枕聽風吹，撑篷避雨絲。不忘披敗帙，何暇問朝炊。浪静川無迹，雲行山不移。自知非畫手，游戲一於詩。

### 六日早途中見耕者

夜雨未收脚，宿耕初起頭。聊兹一日力，慰此半年愁。長路厭策蹇，還家思借牛。未須論旨蓄，端爾待來牟。

### 杭橋道間二首

屢起瞻雲物，頻成聽雨聲。與憂明所歷，咸謂曉當晴。一水通高下，千山雜晦明。逢人問前路，為報已堪行。

安穩侵晨發，杭橋薄暮休。山窮多石峙，渡涉亂川流。野性安猿馬，歸心逐鷺鷗。時平從路險，吾在豈人謀。

### 玉田道中

釋屩雲移樹，批崖水暗橋。殷勤勸耕鳥，勞苦趁虚樵。晨起人忘憊，泥行馬不驕。哦詩殊有味，造謁未妨遥。

### 過分水嶺二首

水激風仍疾，山叢日易收。才欣稍妍暖，忽恐變颼飀。久客奚多感，對兹真欲愁。無為尚絺綌，當復念衣裘。

不歷閩山險，空云蜀道難。有泉皆瀑布，無路不紆盤。酒薄愁難破，詩成鼻為酸。舉頭唯見日，何處是長安。

### 下七盤嶺

路絶疑無地，山窮復有天。林園更田畝，鷄犬亦人烟。江右名疆界，南中勢接連。周書信無外，禹別自何年。

### 宿永福院

白塔轉青林，微聞谷鳥音。行餘四回顧，風至一披襟。半日春遊當，勞生落景沈。眷焉聊税駕，老矣盍抽簪。

### 早過興福寺

謁客因過寺，無車且借驢。晴嵐四填擁，我意一凋疎。僧勸茱萸飲，身能瘴癘祛。寧堪久居此，曷日遂歸與。

### 過水寺

步向溪南寺，行尋白社徐。祇言猶作客，不悟已遷居。照壁詩無恙，當軒竹未疎。掛包蘄異日，我欲掇其餘。

未見南溪泛，一看洞府家。徑荒銜暮雀，林静起棲鴉。鎖鑰何其密，推敲漫自加。及歸已薄暮，漁火在園沙。

### 廣平寺次孫子肅壁間韻

野寺夙所歷，山程行苦賒。桂榮秋臏馥，蓬勃旱吹沙。徙倚俄成久，飛騰已向斜。異時如問隱，此地亦吾家。

## 重陽日

僕夫催蓐食，客子歎蕭晨。青嶂如迎客，黄花似笑人。所思空脈脈，何是罷踆踆。未慕龍山達，深懷靖節真。

## 歸途馬上二首

兀兀真成去，悠悠莫自嫌。陽光施德惠，風力霽威嚴。不待投醪賜，端同挾纊兼。山林從爾老，歲月豈余淹。

赤葉江南少，黄花秋後開。禾場皆稾秸，茅屋半蒿萊。負日兒童樂，背人鷗鳥猜。歸心已飄忽，鞭影顧裴徊。

## 早行五首

前邁不待曉，昔歸何苦稽。掛帆欣暫逸，薄險悸深擠。試問危行水，何如穩杖藜。梅花好調護，春事有端倪。

萬石湖南港，楊林湖北潭。不勝摇櫓倦，願欲使風貪。凜凜巖牆戒，悠悠鴆毒耽。頻能愧沙鳥，數可傲征帆。

蓐食催束擔，候月不待鷄。始焉星垂野，轉已霧寒溪。葦杭悸欹側，鷄栖困攀躋。何可數道路，無為厭蒿藜。

茅屋雞初遞，楓林月半殘。灘傾驚枕仄，露下覺衾寒。客子愁無那，舟人語未闌。蘭溪今夜泊，須酒慰艱難。

落月掛林高，溪行屢着篙。不令驚水宿，頻覺送鷄號。此趣今成熟，吾生毋乃勞。何能永謝去，自學小舟操。

**早發建德**

雨霧連晴霧，山行近水行。悠悠成小駐，役役又前征。底處衝煙泊，誰家趁曉耕。詩材動鄉邑，點檢欠經營。

**隆興城外作**

風動雲昏月，櫓鳴鷗避船。秋清生既夕，客意怯幽眠。滯爾江行駛，病余人事牽。府公仍仲舉，白屋定誰賢。

**問宿**

川原泥滑汰，山嶺石巃疎。經歷雖云惡，馳驅不暇徐。逢人詢野寺，對宿祗村墟。薄莫須安止，平明議所如。

**二十日夜宿小楊**

儂問何村泊，人詢底處船。凶年無善俗，永夜少安眠。僅有多年被，猶無舊物氈。未應能我累，瑟縮自成然。

**秋陂道中三首**

晨鐘離野寺，早市出村墟。山在空濛裏，路經崩缺餘。崎嶇方自此，阻絶信非虛。却羡林間翮，飛翔得自如。

止水通流水，前陂接後陂。農夫秧馬駛，客子竹輿危。五斗真聊爾，百艱誰使之。不能懲創在，猶後强裁詩。

雨止鳩頻唤，雨來鳩蹔停。愁懷惟慘慘，望極更冥冥。鷺舉青林破，牛行白水經。渾忘峻嶺在，便擬午鐘聽。

投宿湘東

霧雨雜炊烟，山巔復樹巔。初疑但紛若，有聽忽騷然。立馬看題壁，衝鷗唤渡船。莫嗟饑鴈外，且及暮鴉前。

晨起行菜

勿謂山園瘠，能令菜本肥。相雖無肉食，穀免病年饑。看此鮭三九，何時腰十圍。試評能自照，孰愈莫勝衣。

安福界上遠山之巔樵者頗衆而山色如墨蓋燒餘也路逢村婦携籃者數輩問之云採野菜去

日上野燒没，雲端樵路分。猿猱同矯矯，斤斧競紛紛。有婦能供餉，携籃更採芹。田桑雖未動，爾事亦云勤。

夙約簽判丈運屬丈同迓客於玉田比出郊側聞二丈已先行及抵所期二丈元未

**到也因成此四十字**玉田周氏有酴醾甚盛，且臨官道云

晨起不為晚，所期安在哉。如言屐上下，復道手敲推。久立酴醾架，頻憐玉雪堆。睇瞻殊莫及，欷嘳屢裴回。

**初四日同諸公飲餞共叔於株林明日再往共叔爲置飯歸途賦此寄之**

一别定不免，重來聊見情。匆匆置朝飯，憒憒困餘酲。會合知何日，升沉恐異情。殿本作愁異程　毋忘尺書寄，慰此寸心傾。

**贈顔文昺子明用孫從之韻**

微風醒蝶夢，驟雨瀉天瓢。剥啄携詩過，丁寧寄語邀。詞臣上雍橐，勳閥侍中貂。試問龜藏櫝，何如鶴唳霄。

**湖州贈劉二弟兼呈伯瑞昆仲二首**

人物稱吾弟，空疎愧老兄。别來書更數，相見眼增明。行李雖亡恙，艱危實飽更。到家春已動，政可及農耕。

流落又窮歲，漂零悲此生。詩才元自窘，日近轉銷聲。後會未可必，離懷空作驚。平生願交意，為我謝諸兄。

**贈劉子卿時劉將赴官鎮江併以道别三首**

幕府江寧日，校書元祐時。堂堂公可作，岌岌我何衰。孰有入門冠，而淹管庫卑。用長宜顧問，誰與薦天墀。

江驛頻臨我，林園屢過公。只言成遂别，何意復來同。有用期思勉，無詩枉坐窮。舊聞京口酒，準擬醉孤蓬。

吾友周信道，坐思終死窮。眼中寧復有，地下亦難同。夢絶西州路，愁聞北固鴻。並遊惟伯厚，還愧尺書通。自注：信道名孚，死於真州。教授伯厚屬信道與余同遊。

## 贈别鄒君昆仲

湖北湖南路，俱行不憚疲。難追燎須意，姑慰倚門思。世士才華取，君家孝友基。更能知我友，相與切磋爲。

## 用思叔韻贈通神郎翁思明

吾友徐思叔，會稀多阻離。要知名下士，看取卷中詩。識面恨已晚，因渠端可知。通神定何物，莫致孔方疑。

## 盧誼伯宜之見過要斯遠同賦以贈二首

近别溪山郡，忽過風雨村。濁醪成共把，佳句得深論。舊價真齊駱，新題復到元。從今得還往，寧只問寒暄。

苕水固多勝，吾州亦可鄰。卜居雖匪舊，取友不妨新。佛屋從堪寓，溪亭更可人。莫嫌鵝鴨惱，最喜鷺鷗馴。

## 再見王進之於潭王即二字殿本作時進之有岳鄂之行贈之四首

我客猶湖外，君行返漢中。乖離從此異，邂逅復兹同。始見忘曾識，徐言乃漸通。怪來顔重渥，深感鬢成蓬。

别日故已久，願言今則多。寒温一勞苦，身世兩蹉跎。在己須當勉，其餘莫問他。昔賢雖已矣，吾輩合如何。

既見雖云喜，語離仍復悲。未知今日别，還是幾年期。風雨方頻日，波濤絶壯時。長途久已迫，苦語遂成詩。

君髮未可白，親顔元自紅。旨甘知有子，婚嫁趣成翁。世豈無高義，途寧嘆久窮。但當言計拙，不可怨詩工。

以上《淳熙稿》卷八

# 全宋詩卷二六二六

## 趙蕃一一

### 讀東湖集二首

世競江西派，人吟老杜詩。五言真有律，徐穉是吾師。不但時相似，還能猛出奇。平生誤學處，深恐不能醫。

賴爾破孤悶，讀之惟恐殘。行間雖舊熟，句外得新看。已後平生學，懸知欲到難。堂堂寧復有，凛凛故疑寒。

### 移官萬安道中

立春今幾日，物色已全回。青入株株柳，芳殘樹樹梅。自由人歷落，莫怨馬虺𩙿。總是天涯客，何傷歲盡來。

### 贈筆

管城封已失，少室價難高。外作蕭嵩表，中慙去病鏖。縱横才適用，脱略已陳勞。自分當頻棄，毋庸謂不遭。

### 筆答

拔毛知不免，受縛歎何窮。屢沐雖蒙賜，披心每盡忠。憤然成臆對，老矣實頭童。醉素今安在，歸真託此公。

## 宋行中履叔以其先兄時中亨伯窮藁借觀歸之

古寺秋風客，難兄昔日詩。人間非舊識，地下有新知。為禄歸難早，知窮計已遲。因聲語吾弟，吾亦類渠癡。

## 録去冬舟行詩一編呈陳丞并作四十字致見而不款之恨

舊誦流傳句，今逢訾謷丞。不除湖海氣，何急簿書仍。禿麈期相對，歸車顧已乘。井智誠漫汲，城壯敢輕登。

## 題重脩玉光亭

山無古今異，亭有廢興因。地迥輪蹄隔，官閒鷗鳥馴。仆碑還屋壁，老柳困樵薪。載酒論文處，重來感歎頻。

## 過叔文園亭題於竹上

一亭幽入徑，萬竹上參天。我欲成閒詠，君能起醉眠。清風誰為起，宿雨晝猶懸。莫厭此物聒，管絃非自然。

## 邢氏園池上作

可意于兹夕，乃能來此風。稻畦初吠蛤，草岸已鳴蟲。三徑思茅屋，歸艎憶釣筒。淵明寧隱者，魯望豈漁翁。

## 遊妙香院

説似桃花寺，逢人舉舊題。山門循古磴，閣檻枕清溪。三老催人去，孤筇得暫携。龜峰仍不遠，觸熱未能躋。

**莫萬安要平題知津閣**

勢並江磯起，簷因佛屋高。青羅一縈帶，石黛四周遭。謂我其留句，誰知老不豪。蹔來還亟去，豈亦病滔滔。

**游彰法寺打擢秀閣詩以行**

四海擢秀閣，茲晨彰法遊。名隨寺俱徙，地入道家流。尚喜黄詩在，仍容墨本求。從今茅屋底，自有皖山幽。

**留題鄭山人**

昔到曾看竹，茲來待酌茶。林深驚吠犬，路曲轉脩蛇。愛客自不惡，教兒仍足佳。半園如可買，欲種邵平瓜。

**懷舊**

千林猶自緑，一樹獨能紅。午靄全收外，夕陽將墜中。畫誰能事獨，詩我故人工。物色凄凉甚，裴回諷詠同。

**詠智門寺前古樹**

愛此山中木，真能閲盛衰。近從吾祖日，遠至迺孫時。往往多摧折，堂堂獨保持。何殊孔明柏，但乏少陵詩。

## 題梅山

望覺林巒合，行知隴畝分。轉亭橋跨壑，入寺閣連雲。薪水僮奴事，經禪長少勤。令人生愛敬，何止息塵氛。

## 詠武安山塔

矗矗南山塔，亭亭古邑標。閑遊睎積歲，共宿憶清宵。尖出知天近，層分見木彫。未須輪犢健，直欲便鵬摇。

## 再登愚卿無盡藏時已重脩

凉風簷外入，皎月坐中流。白首無新句，青山非舊樓。一杯寧惜醉，萬事入搔頭。勿向欄干拍，恐驚江上鷗。

## 吉水落霞亭觀程運使師孟留題作

倦客扁舟泊，危亭落照微。餘霞信如綺，孤鶩更齊飛。感嘆昔所作，傳聞今則非。江山有如此，風俗應未殿本作未應違。

## 書買江天閣壁

趙壹鄉黨擯，陳登湖海豪。飄飄風欲舉，凜凜雪争高。眼界自無極，畫圖空復勞。未須驚白髮，聊得湛春醪。

## 成父弟作書室於前山舉予舊名堂曰青氈以榜之其旁一窗政直瑞峰取曾大父留題之句榜曰霞牖賦詩二首

士斷既已久，北人誰復論。莫嗟前輩遠，尚有束書存。未免文科事，猶須素業尊。悵余今白首，寧復振吾門。

避地初尚走，吾家住瑞峰。曾門有遺刻，一代仰高蹤。幾恨煙霞隔，忽欣窗户逢。眼明聊隱几，足倦免扶筇。

## 書方伯謨窗間

問此林間屋，何年所築成。開窗山自入，遶屋水長鳴。可静看書眼，如參琢句聲。白雲原上宅，比並孰堪兄。

## 題乾明庵

誰結道人廬，前臨博士湖。自注：或云博士姓王，東晉人，今雙港王氏其裔也。名非竄荒李，官是避秦盧。隱德雖無述，清風不可渝。嚴元有孫子，往往混樵漁。

## 俞孝楊殖齋

士患不知學，既學思有終。一年農作計，十稔圃收功。四業獨為重，九經皆寓中。勉哉期歲晚，禹稷與顔同。

## 無盡藏境界

窈窕磯頭路，參差木末簷。朝嵐變明晦，晚照出濃纖。舊日詩故好，新來才更添。嗟余已衰薄，彈壓不渠厭。

## 題劉正之所得綿州摹本畫鷹

姿態何雄傑，盤拏更崛奇。曾聞左綿畫，舊熟少陵詩。說似殊方寄，還容老眼窺。君手速收卷，燕雀恐驚疑。

## 隱山寺梁昭明題額

山深不知暑，五月冷如冰。寂寞前朝寺，風流帝子能。田荒空野水，樹老半枯藤。不盡懷人興，鐘樓日暮登。

## 寄題分宜簿舍懷古閣爲劉公度賦

雖云閑主簿，曷日顧能閑。因榜白雲句，遂追千古還。功名常慕藺，事業亦希顏。易地能同道，高山俯仰間。

## 覓應氏庵

祇知嫌湫隘，何意落崎嶇。問路因居者，褰裳媿僕夫。慟曾憐阮籍，泣豈效楊朱。不費幽尋勝，寧思捷徑趨。

## 與契兄

因懷碧雲友，發興青林端。要盡深幽趣，渾忘下上難。泉聲流咽絕，松韻響高寒。久作廬山別，疑從夢境看。

## 與契兄相遇於鄱陽同遊薦福寺

佛寺誠避俗，道宮還少休。摩挲湯餅腹，噍漱乳花甌。愛此當簷趣，同為解帶留。不惟紓我暇，聊亦散吾憂。

## 同成父逸遠自桃花遊龜峰復回桃花賦詩二首

杖策入龜峰，行穿數里松。殿依山立壁，門遥石成蹤。藥有仙靈異，僧纔粥飯供。青冥誰為斲，衰疾奈何攻。自注：道傍松上有懸蓋二，舊聞為茯苓苗云。

薄暮出龜峰，何嫌細雨衝。道邊方閉户，溪閣正鳴鐘。客意冷如水，詩情哀似蛩。更思眠借榻，終夕聽淙淙。

## 遊吉祥寺

寒深朝未定，暖翠晚能佳。不飲青帘酒，來尋古寺茶。連枝空緑竹，獨木漫桃花。埋没聰明水，凄凉六一家。

## 遊太平寺

一水縈紆渡，千松高下栽。童師空有塔，皖伯已無臺。似為尋山至，那因問法來。茶香從汝供，詩味遣誰陪。

## 遊茶山廣教寺

在昔鴻漸宅，當年東野詩。兩賢雖可象，二士豈難追。汩汩泉鳴谷，青青竹守墀。平生志獨往，晚歲敢乖期。

## 題東臺寺

日日東臺寺，今朝一葦杭。不關公事了，政以病軀妨。大士遷居夢，寒爐得聖香。世人空自異，吾道本何方。

## 假宿總持寺從僧如應借讀高僧詩法欽所編無爲子所叙者

携衾林下寺，借讀碧雲詞。窗迥月資白，林疎風起悲。生平故耽此，坐久覺忘疲。造請非吾事，幽期不在兹。

## 蓮　蕩

舟涉越溪悲，梯攀玉井危。何如澮成映，更有緑相欹。不作騷人恨，頻成謝客詩。釣船如許坐，簑笠不辭披。

## 題白龍洞三首 洞在常山負郭，有俞叔夜留題

循除初漲漲，出谷重潺潺。驟或鳴琴瑟，幽疑雜佩環。茶經不載陸，瓢飲合居顔。借問龍君事，異辭紛莫删。

瘦竹依奇石，流清照古梅。那知道傍舍，遽絶眼中埃。肯憚巾銜雨，深防屐破苔。病來無脚力，一為上崔嵬。

俞君昔行倦，曾此見留題。丘壑胸中具，煙雲筆下躋。如聞在干越，復道走江西。使我登臨處，依依獨杖藜。

## 王　巖

二十一日昏時，雨後解舟三山，絶溪過招真，方元直寓焉，因謁之。王巖之傍為徐巖，徐巖之傍又有所謂射虎巖者。道士言王巖猿猱甚多，僕舊亦嘗見之。徐巖屬居民家，盖可買而居也。作二詩。

夜入王巖觀，真同久客回。望松知窈窕，次背識崔嵬。有客成幽屏，談詩記昔來。暫遊還契闊，欲去重

徘徊。

灑落松摇雨，飛流谷墜泉。畫圖難寫貌，詩語易流傳。射虎石誰没，説猿童謾顛。徐巖蓋可買，羞澀欠囊錢。

## 李通判休日約僚屬追凉於浄因已復酌於芙蕖館既題名於寺之壁爲賦唐律

野寺依林木，官園帶芰荷。飯蔬朝共集，尊酒晚成過。歲月記遊勝，禮容寬俗苛。公能數傾倒，我得慰蹉跎。

## 題飛霞亭

處處江邊閣，悠悠客子詩。欲知歲不與，驗取鬢中絲。風雨淒其作，江山益爾奇。憐渠不解語，有恨莫能知。自注：作此詩方閲《東湖集》，忽思此公嘗為别駕而無其迹。前輩過此多矣，快閣得山谷詩而名益彰，知津亦得坡公之句，（殿本下有而著二字）此獨無有，可嘆也。

## 謁孺子祠

務創西都弊，寧知此一時。忠邪争憤嫉，基業竟陵遲。豈曰忘五就，哀哉逢百罹。嚴陵亦同趣，始盛及終衰。

潛德固宜祀，高文寧可埋。淒凉危像設，漬蝕半莓苔。昧爾前賢貴，空令見者哀。欲言寧我聽，小立謾徘徊。

## 避雨入總持寺謁澹臺子羽墓

瀕湖有幽寺，避雨適來過。吏役毋庸遽，幽尋所得多。雷祠真詭特，古墓絶微訛。鳥篆森奇畫，龜趺載原作再，據《永樂大典》卷八八四四改雅歌。

## 慈泉

山骨何時鑿，泉泓幾許深。罋瓶四時供，教養百年心。派可栽蓮實，傍宜引竹林。勿云閑草木，于以助徽音。自注：山谷《食蓮詩》有「分甘念母慈」之句，竹亦有以慈名者，故云。

## 周十三丈約同馬三丈入青原山賦詩五首以記行

渡江不待餉，勝士約三行。夢境故常在，重來年漫更。又成春霧掃，何日野田耕。要向思公問，燈明香縷橫。自注：郡方祈雨。

有見匪山色，所聞非市聲。思公藏有塔，釣士隱無名。兀兀故林願，悠悠流俗情。經禪雖未暇，樵牧念餘生。

艇子君先喚，籃輿我復追。聞鐘疑寺直，見塔上林移。早起猶思睡，衝寒故覺羸。山遊定何得，飯飽細吟詩。

蕭散得終日，驅馳難久居。滅瘢蘇病竹，抛食引潛魚。問話僧尋蜀，多茶椀似盧。主人佛事外，游戲亦多餘。自注：住山法宇。

游山忘襆被，喚渡已無航。隔岸初更動，緣沙數里長。大呼空亟疾，小立更微茫。莫遣眠鷗覺，笑人朝夕忙。

## 二十八日同臨湘尉曹吕益卿登岳陽樓

地已兼旬住，樓孤百尺登。誰與同我適，政爾待君曾。韓杜愁來讀，西南樂得朋。仲春新雨霽，山遠水波興。

草没重湖路，帆孤一葉舟。飄風來復斷，涷雨落還收。游目窮天末，題詩欠筆頭。登臨有如此，好在岳陽樓。

## 自九度至衡岳呈同遊潘文叔二首

犖确渾因石，飕飀半以松。秋雞添老狀，老木怯秋容。邇日朱張句，當年韓杜蹤。辭工欠詩本，理到倚談鋒。

衡岳文公寺，南昌梅福官。意馳雖若近，身到每疑難。社木悵鳴槫，集賢欣解鞍。未須論契闊，聊復話團欒。

## 送趙一叔江西漕赴召三首

兩載皇華使，江湖得少寬。見皆儒雅録，聞絶惠文彈。内外有輕重，言行無易難。春秋賢者責，傾耳向長安。

聖朝無闕政，賤子有私憂。盗賊何多報，邊防益弛謀。循良宜擇守，德政合交脩。懷此言無路，公今近冕旒。

我捧江西檄，公乘使者車。飛騰今已去，留落又何如。誰敢懷離闊，惟思讀詔除。九州期大庇，寧獨愛吾廬。

## 奉送達之秘郎還豫章親庭

吾友不藏善，相逢過所聞。政兹欣再見，忽爾歎離羣。舉子名場事，躬行聖處勳。相期在白首，勿漫躡青雲。

## 感懷二首

無聞真已矣，曷不遂歸哉。試問惠文治，何如三徑開。人嗤曹是馬，夢覺蟻安槐。得喪吾知已，詎須呼去來。

佳客與涼風，俱來破蘊隆。風流自江左，材秀又湘中。未暇嗟渠屈，端知慰我窮。囊錢歎元叔，斗酒羨無功。

## 送常寧吳尉并屬寄聲吳交代尉比行余亦行追作此詩與之

我有章貢役，而君亦解舟。飛騰今有路，憔悴不同謀。黄甲昔簿尉，秘書行校讎。同年若同舍，好為話綢繆。自注：尉，恭叔同年也。

## 送王亢宗赴建德尉

雁斷行連雨，梧乾葉隕風。悲涼今日别，邂逅幾時同。末路多浮梗，吾生甚轉蓬。青衫溧陽尉，不歎孟郊窮。

## 寄送周子中監丞赴舒州二首

引嫌初補外，懷綬復頻年。自得山水勝，定由仙佛緣。往遊成舊矣，有夢尚依然。六字今誰嗣，留題乞我傳。

欲問淮南米，皆云歲不登。疲羸不難活，摩撫政須能。但使荒田闢，無勞鑄鐵增。素書寧敢寄，苦語未宜憎。

## 送趙成都五首

蜀道當謀帥，維城孰愈公。夷陵護江左，斜谷顧關中。北虜心豺虎，南蠻勢蟻蠭。守攻雖有異，鎮撫不妨同。

不但元戎貴，仍兼制使雄。深沉天與度，簡敬學成功。人士薰陶内，兵民教訓中。詎應先郤穀，寧復後文翁。

甫也會依武，君平直見强。沈冥幾大隱，坦率異真狂。此士不易得，遺風今未亡。經過下簾肆，好覓浣花堂。

是别且萬里，可無書數行。經過連鄂岳，留滯隔沅湘。渺渺孤鴻送，悠悠一葦杭。有懷春水闊，無奈暮雲長。

雪嶺瞻新鎮，冰溪想舊州。向來欣御李，今日悵依劉。有志思乘興，無才稱拔尤。深知取義負，不假採薪槱。

## 劉茂實赴省袖澹庵舊贈見過索送行詩用韻

蚤日已俊茂，高交仍老成。貫通雖七略，陶冶異長城。自注：君學劉叉作詩。聖世患才少，忠言繇主明。平生揀眼看，得雋每知名。

## 追路送誠齋到灘頭驛

樹樹春花阜，田田秀麥滋。雖持玉節貴，不廢笋輿詩。追送寧辭遠，乖離故在兹。無嗔白頭舊，一見有深知。

## 書灘頭驛

閉户只書癡，郊行粗有詩。翠深千頃嶠，煙迴幾茅茨。雨作衣添袷，炊遲晝不饑。舊題看好在，重是一春期。

## 送李袁州汎舟入浙

晦庵無處原缺，據殿本補著，泛宅又吴淞。載月初尋棹，看山不藉筇。聽渠猿鶴怨，心喜鷺鷗逢。遥想題詩處，楓橋半夜鐘。

## 送李元藻入浙三首

唐室登科士，多因行卷知。至今傳不朽，猶或謂能詩。辟置仍於取，山林亦罔遺。莫嗟今古異，窮達豈人為。

漢廣求才路，嚴徐出上書。朝猶辱徒步，暮已待公車。今世無兹轍，夫君欲振裾。雖然寧有限，或者為吹噓。

我作長沙客，諸公多與遊。聞風亦云舊，識面悵無由。忽辱高軒過，仍蒙古句投。偶從旁舍去，不辦小淹留。

## 送信豐詹丞并寄贛陳丞二首

此地已窮域，更乘惶恐灘。家聲詞學舊，勇退急流難。使者威嚴霽，尚書禮數寬。聽渠丞訾讋，也勝尉酸寒。

君見陳夫子，懸知問我能。江鷗慣眠草，野鴈怯逢矰。矯首困疾首，折肱懷曲肱。携家能有弟，託死豈無朋。

## 送王子尊赴衡陽丞

王郎妙人物，獨步向原作尚，據殿本改江東。昔尉既不醉，今丞寧肯聾。相依脣齒國，忽去馬牛風。清絶官曹外，何年著我同。

## 送趙詠道還侍兼簡然道昆仲

既見章江水，重逢懷玉山。匆匆成屐躔，草草僅荆班。遥想獻觴後，應多對雨閒。期君好兄弟，並轡古人間。

## 寄晦庵二首

道大誰能與，才難聖所歎。浮雲雖蹔掩，賓氣不終蟠。走卒稱司馬，蒼生起謝安。縱無臨賀送，當有翰林觀。

張膽言何壯，擎天志未摧。真成一夔足，何有萬牛回。感興能無句，憂時謾舉杯。江湖嗟屢役，巾屨阻追殿本作頻倍。

## 寄趙元歸并屬元默三首

憶在袁州見，曾遺滿紙詩。臨川得再面，近作重相貽。我老已成退，君才真爾奇。縱能連日語，寧慰積年思。

撫信元相近，乖離乃爾賒。何堪落湖外，動即阻天涯。嘆我干微禄，期君起故家。文科須中早，學力更功加。

默也未識面，向來曾予書。由來幾兄弟，絶嘆每乖疎。見説長沙驛，猶遲古寺車。差池今再矣，佇立又何如。

## 寄韓季蕭二首

怕到看經院，愁登擬峴臺。人言已仙佛，我意祇悲哀。此道誰人付，陵陽有後來。款門期一見，投刺只空回。

近與李商叟，共談韓季蕭。舊氈餘翰墨，幽寺樂簞瓢。問友多冥漠，須君慰寂寥。云胡又相失，於此亦何聊。

## 代書寄襄陽令于去非

來往豐城縣，尋君總不遭。如聞漾鳧舄，已復用牛刀。往事多遺跡，邊庭簡吏曹。莫由同古訪，尚擬見詩豪。

## 寄喻叔奇丈二首

不見喻工部，經今兩暮春。遥知磬湖上，不減浣花濱。佳句能名世，浮雲豈絆身。為貪煙雨勝，聊復駕朱輪。

飲我長安酒，歌公亦好詩。試思猶宿昔，忽念已差池。要識園林好，何由杖履隨。有時觀叙夢，亦復嘆吾衰。

## 代書寄劉伯瑞仲文叔驥二首

每憶分携地，蒸湘緑遍春。于今懷想處，苕霅暗迷津。但有乖離數，何由宿昔親。附書書復懶，君自識吾真。

難兄兩別駕，難弟一參軍。從仕信多譽，傳家仍茂文。嗟余空白髮，期子在青雲。寂寞題詩罷，林窗日半曛。

## 代書寄俞玉汝

送弟秦淮遠，懷人楚驛長。素書慵寫得，白髮漫相望。再見知何日，孤懷只自傷。春風桃李徑，流淚不成行。自注：舒州之感，吾輩所同。

## 寄懷趙南紀二首

聞道君先我，論交我愧君。長沙辱傾蓋，懷玉悵離羣。怪底書多枉，情知義薄雲。金蘭雖甚篤，藥石願時分。

自別匡廬去，名山不再逢。圖看白鹿洞，詩詠紫霄峰。泉石難名狀，煙雲幾許重。巾車君儻命，襆被我斯從。

## 寄梁從善梁官道州

舊説舂陵郡，全如石作州。胸中飽丘壑，筆下剖琳球。遥想窗扉敞，多能磊落收。平生有餘嗜，安得致林幽。

## 張王臣貺詩詰朝遂行次韻寄之

書貴在瘦硬，詩須成管絃。典刑君尚有，老至我加年。早作諸侯客，遠勞從事賢。見來元不款，别去忽何邊。

## 寄懷大聲兄弟叔文老丈兼屬三王叔姪二首

聽雨侵階竹，歸艎入檻荷。天晴龜曝背，人静鳥吟柯。挾册弟兄對，煮茶賓客過。居閒在此樂，余乃事奔波。

今代河南客，當年吏部孫。青氈餘翰墨，白髮念田園。邂逅成相識，飄零忍重論。三王如見問，寄謝勿辭煩。

## 九月一日晨起風物凄然不勝懷遠之思作五首寄和父憨中併煩轉致湖池二州也

作别已半百，得書無二三。飄零各天外，摇落共江南。此去仍加遠，相思轉不堪。懷哉對牀約，老矣折腰慙。

節佳重九近，風急授衣初。茱菊年齡邁，楓樫日夜疎。欲題懷遠句，頻展寄來書。憨子能思我，申兒更憶渠。

秋氣故悲哉，連陰況不開。黄花九日近，白髮數莖催。山際擎新塔，江邊峙舊臺。謾看雲日暮，安得雁同來。自注：臺謂凌歊，塔在玉山之水南。

姨母比苦脛，涉秋今若何。音書君定密，離苦我何多。鳧舄思文瑞，燈窗想驥和。何能俱款集，未厭數經過。

秋浦新為别，秋風闕寄書。雖然聲問闊，未覺夢魂疎。杜牧登臨後，宛陵吟詠餘。三冬如有暇，五字不妨渠。

## 重陽前一日同成父二兒遊新庵

細雨不濕路，薄雲空礙山。窮居嫌局趣，乘興偶躋攀。並水楓初落，懸崖菊未斑。清游了無累，短句不須删。

## 楊謹仲和頃者三詩見貽復次韻六首

江南秋得閏，草木向遲彫。正性失松檜，羣生同艾蕭。漂流又舟楫，隱約念簞瓢。𦢊暑猶須葛，誰能遠致貂。

去年才一識，何意復兹行。隱墅全依郭，幽居亦占名。萬金真國士，十室漫鄉評。漢制誰綿蕝，且徵齊魯生。

功名誤黑頭，晚卧此山幽。落拓揚執戟，浮沉馬少游。豆芻千里駿，煙草五湖鷗。早晚相從去，高深日縱搜。

病骨覺難强，鬢華驚易彫。壯懷鯨訪李，老習蚓同蕭。久已思拋笏，悠哉曷泛瓢。東遊穴探禹，西上石賓貂。

江湖余所樂，歲月老于行。酒有杯中趣，詩無世上名。悠悠真自得，悄悄莫加評。尚要高交友，風期同死生。

不減浣原作涴，據殿本改花頭，仍兼事事幽。渾忘帝城札，好在竹林遊。有意求如願，無機防海鷗。秋凉入吾樹，舊讀定能搜。

## 次韻莫令因迓使者同泛舟至漂神已而誤焉問宿臨江鍾氏之閣二首

我割僅鉛刀，公銛比孟勞。莫酬談絶倒，難和句揮毫。既誤前驅遠，不妨乘興高。悠然風月底，脱略異官曹。

璧月儼中懸，村空聽悄然。借床依樹閣，輟棹上灘船。物外我懷趣，區中公了緣。異時殊出處，安否要詩傳。

**慶伯以二詩送别已而又辱同廣聲追送慶伯復有所賦併次韻爲答三首**

在昔歌詩義，嘗關治亂音。流傳縱今體，陶寫亦吾心。未答論交作，還賡送别吟。識君于此道，亦復用功深。

凛凛君中外，堂堂國盛明。曾聞百年契，豈待一朝盟。老矣我何事，勉哉君勿輕。科名雖世業，直道是家聲。

試問為黔郡，何如與質要。其行既穹絶，有思只飄蕭。但悔嶮投足，未論官折腰。同舟故能送，折簡不勞招。

**再來常州昭禮出示虞山往來詩卷先是昭禮與予共載昭禮上虞山予過溧陽昭禮有詩次韻**

舟人厭牽挽，我輩樂縈紆。晨起愁分背，逢人屢問塗。看君着屐進，雅勝折腰趨。此段真高邁，詩中不可無。

**次畢叔文見貽二首**

山川略吴楚，歲月涉春秋。為米媿元亮，乘舟思子猷。黑貂塵土重，白鬢雪霜稠。志合成三益，詩來減四愁。寂寞吾知貴，紛華世所榮。常評敗素紫，孰愈濁纓清。爵禄心無食，山林志有盟。幽居自空谷，哲婦乃傾城。

**次季奕見懷**

雨脚何其厚，雲頭不易空。病憐山叟甚，詩喜故人通。慰藉殷勤裏，吟哦悵望中。地爐無熱火，林屋但鳴風。

**次韻歐陽伯威見和**

宗派滔滔是，于今得障流。無悲和者寡，故愈暗中投。我願下取履，君其高卧樓。穹岡如許割，肯愛一官休。

**劉兄垂示同張兄遊向園呈先生詩卷次韻**

聞道輿籃出，興懷反棹時。身雖縛官簿，心豈忘筇枝。已後斜川集，方賡人日詩。因君竹林詠，動我故園思。

**次韻子肅懷遠齋併以見及**

如公人物表，上下孰分床。但有官成集，初無智作囊。所嗟人契闊，不為雨悲凉。顧我端何幸，新詩獲夜光。

**陳擇之經過以贛守留尚書得祠亟歸别之其行甚遽途中有詩見寄次韻**

過我不停軌，嗔公但憶歸。民思河内借，士失荆州依。别去目易極，詩來寒益衣。今時未為貴，歲晚望荆扉。

**僉判丈兩賜新字韻詩因次韻兼簡文顯**

連朝枉詩句，俊逸且清新。歎我徒勞思，知公固絶人。林園能數駕，風雨未妨辰。作底周夫子，關門懶似真。

**次韻審知寄來二首**

一日復一日，何勝一萬周。有山皆崒崒，原作萃萃，據殿本改無水不悠悠。為我謀歸策，將詩説舊遊。山林與城市，吾亦任乘流。

書去愁難悉，詩來造愈奇。為言僧可寓，為念槖空垂。鳴鳩驚時晚，羈鴻暫水湄。逆風仍上水，日月是難期。

**復次韻呈沅陵諸丈并懷在伯二首**

逸興猶鷗白，殘軀異犢黄。青衫漫蠻府，黄帽合鱸鄉。既自老將至，何由心甚長。倘能藏斗酒，未暇博西凉。

佳詩如雋永，餘論敢雌黄。幸甚官同府，懷哉居擇鄉。江湖身固遠，風月興何長。勿作湘纍弔，行賡殿閣凉。

**成父有詩懷斯遠次韻**

港汊自相見，去來元一風。無寧敢天怨，亦未决途窮。白社明朝是，南山幾驛中。君歸不能遠，我去若為同。

**次韻吴仲權鎰見簡**

今代風騷將，先生合冠軍。幾年求識面，數刻遂離羣。江急舟難駐，風回櫓細聞。還家經醉卧，斜日對爐熏。

**教授丈作黄字韻詩十首愈出愈奇而有作法孰爲凉之句何耶因次韻以見窘**

苦思髭催白，交馳耳困黄。欣欣貪得侣，落落異殊鄉。顧欲窮余短，安能敵衆長。蒹葭倚玉樹，華衮照龐凉。

**廣文先生送詩方思所以報之而未得忽鸝落庭樹殆天與此韻也李君在傍知狀**

君亭摇鷺羽，我樹下鸝黄。政爾無何境，能來底處鄉。搜尋疑日短，吟諷喜風長。獨愧非韓敵，聯詩效納凉。

**次王照鄰滕彦真韻二首**

黄妳能生睡，朱絃孰寫憂。客居兹已病，歸去合成謀。華嶽雖遥吏，陶窗得素求。小舟何日具，湖水正漫洲。

王子詩如照，滕侯隱似真。倘來寧取遇，居易若為屯。酬倡雖纔始，風期自夙親。江湖縱悠遠，德盛罔非鄰。

**次滕彦真韻三首**

地接沅湘古，人留屈賈香。政須煩勝士，時為發幽光。貽我祛愁具，懷君待月章。朦朧成少味，失喜見琳瑯。

暫作長沙住，侵尋兩過年。蕭然唯壁立，終矣欠蓬編。晝室嗟長客，歸途喜再緣。還家定何許，當在早梅前。

我欲湘西看，行須覓渡船。何如臨絶頂，得以盡長川。鷗鷺煙雲表，蚊虻埃壒前。隱寧分大小，那更別山鄘。

## 次韻叔驥兼呈伯瑞二首

晚作臨邛客，相如真倦游。又成悲卒歲，及此問歸舟。共隱期他日，相逢記此州。江湖有來雁，可以謝書不。

貽我五字句，清詩曷以酬。端知檄愈疾，未信酒忘憂。多難屢瀕死，諸兄虚見收。病駒叨蓆秣，顧影益增羞。

## 陳丞以南安寨上所得二詩及到龍泉聞余成地最遠見懷二首爲寄次韻

郴州何許是，山遠水仍多。江徼重重栅，田夫户户戈。雷同嗟不早，嘆我亦奔波。未必甘如此，而今敢謂何。

路窮千澗底，人絶萬山旁。暝宿茅寮冷，晨炊土竈荒。多年布衾裂，倍覺夜蔬香。有底從軍樂，題詩日在忙。

問我能嗟遠，如公肯見卑。十分期一見，四首僅蒙詩。儻許抄傳可，何堪絶贈宜。雖然籍湜輩，附此姓名知。

剪茅仍伐木，去凸亦鉏坳。響屧無驚謝，投金政擬郊。百年終顯晦，一稔在肥磽。隱地兩成隔，頽牆空長梢。

## 再用前韻并寄孫推官四首

試覓圖經看，宜章路幾多。彼謀寧去穴，吾備且横戈。累土生平地，安流起丈波。計愚無可採，敢復問云何。

恍惚迷來際，周章失去傍。怕聞行戍遠，愁聽哭田荒。要挽天河水，方焚玉帳香。夷吾政分閫，吾黨詎應忙。

青雲懷趣逸，黄綬屈官卑。屢捧將軍檄，一哦從事詩。少陵憂有在，充國事多宜。儻上休兵議，因人願早知。

我亦端渠似，圖中見此坳。一身非憚嶮，十日未窮郊。問水水源絶，逢山山石磽。政便安蹇足，敢説負蕭梢。

## 次韻深父送行

吾行殊坎坷，此地極淹留。少欲破萬卷，老惟思一邱。謾言詩作祟，長愧食為謀。穮蓘君其務，農良乃有秋。

## 子進示懷玉詩卷有歸途見懷恨不同遊二詩次韻

望壓大江東，兹峰獨著雄。潛珍伏其下，神畫隱於中。舊俗多龐説，因公得髓窮。從今逢有問，身與到山同。

山有英靈在，眼應青白分。問禪公得髓，呈佛我無文。意賞人知獨，神遊默固羣。清詩傳妙旨，讀罷雨花紛。

## 贛丞曾幼度相邀過明叔買江天閣幼度有詩明叔與成父弟皆和之亦次韻

落本千山迴，空江一帶横。畫圖非意匠，詩句亦天成。老我頭今白，逢渠眼暫明。詰朝山嶽隔，杯面莫多争。

## 遠齋頃寄在湖日所作三詩舟中次韻

黜陟無新報，山川懷昔人。詩能言我志，貧不累吾身。登眺盡遺勝，經行那厭頻。江頭釣竿客，何物是玄真。

近日杭州見，殷勤蒙置樽。别來幾朝夕，書問欠寒温。譚妙元超詣，詩高外語言。何當從杖屨，底盡得深論。

向來吴楚隔，書札苦難通。信與衢相接，我歸公亦同。寓懷須酒聖，適意豈詩窮。情性思陶冶，吾寧較拙工。

## 次韻愚卿留别

有約端能赴，如君信可人。解衝衡嶽雪，寧問海棠春。雨後雖懸榻，泥塗政没輪。笑談能款款，書札勝頻頻。

## 次韻鄭季奕見寄二首

暑退伏纔末，月明秋又中。蛩多喧向夕，蟬寂罷吟風。留滯周南事，蒼茫阮籍窮。寄書無厚禄，猶喜見詩工。

一寫山中信，自嗟天外人。詩無詠貧士，政豈失窮民。已悟哀仍樂，勿論亨與屯。我交非勢利，寧有白頭新。

## 次韻黄子耕因任伯起見寄之作

客有能相覓，書來慰我思。貧寧可詩罪，老不悟書癡。舊友厪長憶，新交曷取知。况渠停軌日，政我出山時。

## 三詩寄郭古夫

巫峽聞歸旆，瀟湘説定居。若親千里面，曾捧一緘書。山檜風霜老，江楓日夜疏。窮秋已涼冷，體候復何如。

往日臺郎選，今年散吏員。詞華推匠哲，問學得師傳。視草應栖掖，談經合細旃。諸公曷逃責，詔旨尚求賢。自注：近又降賢良詔。

丐去秋今晚，能歸歲且徐。須公一尊酒，勝我十年書。生死交情異，乖離人事疏。如聞厚風誼，何敢自趦趄。

## 至夜讀子肅詩卷帖

應接有不暇，幽憂以上六字原缺，據殿本補能頓除。明當增短日，後且愴離居。恨我平生友，翻成咫尺疎。為生端不易，作客又何如。　以上《淳熙稿》卷九

# 全宋詩卷二一六二七

趙蕃一二

## 午飯資福寺

病骨怯秋凛，羸驂疲路長。人烟少行店，樓閣見僧房。憩息今成暫，從游舊不忘。却塵看姓字，淮楚路茫茫。自注：文叔舊寓此刹，僕嘗過之，有畏知題名存焉。

## 二月十九日同兩都監沅陵令尉餞叙浦簿公子興福

隨處野花發，所須村酒沽。江平初出岸，山好漸成圖。從此經行地，能留物色無。少陵那老蜀，張翰政思吴。慨我復成留，辭君重作愁。春風渺歸鴈，野水迥浮鷗。已别還來見，因行亦當游。同僚二三子，杯酒互相酬。

## 過明叔有詩次韻

出門無所詣，引興獨茲長。萬事一杯酒，三春百草芳。暇能過巷隱，癡豈累官忙。久坐疑成晚，樵歸漁返鄉。

## 春盡

南國春方盡，南風吹晝長。野香花襲草，秀色麥侵桑。客子政懷倦，田家任苦忙。悵予終愧汝，垂老未渠央。

## 春盡日

山密風蟠木，簷疎雨著窗。擁衣憎舊絮，酌酒愛新缸。放意初無累，冥觀久已降。一春今日盡，歸夢渺三江。

## 寄在伯二首

積雨旱涼天，南風下水船。江山渾未識，魚稻不論錢。在路幾何日，得詩多少篇。何當重相見，尊酒話蟬聯。

成我中興年，朝家政急賢。侍臣更論薦，東閣重招延。子去當兹日，才惟莫與先。習軒經濟學，於此定為川。

## 寄鄭伯元時作涇縣丞

文學崔斯立，才名鄭廣文。傳聞定省暇，不廢簿書勤。流落誰如我，交親更念君。水西佳絶處，詩就想超羣。

## 寄徐季益四首

不見徐夫子，於今已二年。轉頭疑夙昔，屈指悟推遷。書欠洪喬寄，詩煩阿買傳。相思到極地，把誦一悠然。

君不減徐穉，豫章仍主人。結交非勢利，此客况清真。今日山中友，他年席上珍。玉堂如伴直，怨句不須陳。

呂氏多人物，譬之珠玉淵。世宦渠有命，家學定誰傳。籍甚羣公譽，皆云正字賢。掖垣君舊識，聊與話當年。

我已非青鬢，君今定白鬚。田園稍治否，寢飯比佳無。聞道為歸計，何當出此塗。相期一邂逅，得以話艱虞。

**寄公擇兼問訊季益二首**

憶昨分携地，陰風送酒杯。深嗟九日菊，未説一枝梅。我友多貧士，夫君况茂才。行藏苟無媿，流落未須哀。

孺子家何在，溪邊百尺臺。句追唐甫白，詞鄙漢鄒枚。此士誠高遯，諸公謾挽推。因過問消息，幾日送詩來。

**寄審知并屬彦博三首**

病榻論詩罷，僧輿趨駕歸。倦書疎竹几，多夢遶湖扉。赤葉霜前墜，黄花雨後稀。直堪凋鬢髮，何祇減腰圍。

地迥林逃斫，湖深水易平。鄰多為圃住，門有趁虚行。遊釣昔愛此，林廬曾屬情。誰歟二畝乞，已矣一枝營。

豫章稠衆木，孔翠逐羣飛。梁棟期終用，文章莫露機。枉為時俗忌，空使寸心違。語以王郎子，因來答是非。

**寄成父并帖彦博審知**

貧賤分離苦，飄流日月除。重沽分歲酒，空展寄來書。祖印書齊架，章泉竹遶廬。生涯故在此，調護合何如。

霜落湖邊路，林疎溪上居。向來行載酒，今日問憑書。一飽異初計，五言真累渠。故人誰我念，煩為語王徐。

### 寄懷伯瑞

四海今詩伯，三衢聊署曹。望之甘録録，桀溺病滔滔。有志躬簑笠，寧能類桔槔。我交天下士，如子未多遭。

### 文叔轉送畏知初到長沙寄諸弟及示同志二詩次韻寄畏知二首

山林容我病，道路憶君長。忽枉瀟湘句，中含屈宋香。細參同晤語，深卷勝書行。歸棹知非遠，胡為苦念鄉。自注：畏知欲隨檄來挈家，故云。

聞道湖南幕，人無第二流。文書有餘暇，風月可銷憂。夢遠寧能續，詩成謾益愁。幽庭步春草，雞摦屋山頭。

### 寄明叔且示逸遠

別我已似久，起予當有詩。篘窗坐風雨，兒輩樂塤篪。歸日近休日，春時盛此時。觀山仍快閣，太史昔幽期。

### 寄李寧卿

不寄來南録，但傳多景詩。長安分袂後，湘水寄書時。我欲歸三徑，君方聞四馳。未知回首地，寧有盍簪期。

## 以舊詩寄投謝昌國三首

昔在方齋老，南遊為我言。廬陵得佳士，康樂有賢孫。許可渠不易，殷勤相與論。元賓雖已矣，所與見如存。

我有江西役，清江公所鄉。放舟頻下上，欲見苦參商。扁榜書皆到，流傳句必香。何當仍大嚼，鼎味也先嘗。

活法公家論，東萊盖有承。先生真伯仲，小子愧雲仍。昧昧鼠為璞，紛紛蟲語冰。今朝方見佛，平日謾依僧。

## 寄周文顯二首

我敬周夫子，安貧得士常。眇然居陋巷，隱若卧襄陽。應對昔為役，滯濡今阻方。雖慙壽陵步，猶擬舊君傍。

白雪郢中少，青蠅楚國多。知音自古爾，讒口奈渠何。皎皎寧遭汙，冥冥豈畏羅。秋風下庭葉，乃見貫時柯。

## 寄懷徐行仲

夢想西禪寺，春陰遶夏池。投枝語鳥雀，叩檻出魚龜。用舍平生學，嬉娛即是殿本作事詩。覓公端不晚，江漲即東之。

## 聞楊謹仲得車輅院又聞其哭妻有寄

得酒不孤酌，有詩仍寄看。親春聞失伴，執戟報除官。浩蕩皆鷗鷺，翱翔豈鳳鸞。嘗評峽江上，山水似嚴湍。

## 寄明叔

聞道南池上，日來幽事多。株株摇弱柳，柄柄出擎荷。長夏端能好，新詩況可歌。無庸問凡楚，一以付無何。

## 寄劉伯山伯山時在太和

魁梧任嘲劇，短少盖風流。邂逅為頤解，殷勤成刺投。遥知江夏閣，不減仲宣樓。頗願相從去，湖南兵未休。

## 寄王彦博

年來困犇走，事與素心違。歲晏草木肅，天高鴻鴈微。故人天外别，尺素眼中稀。問我還鄉旆，春風當與歸。

## 因曾相士寄韋南雄

窈窕梅花嶺，風流燕寢香。如聞省條教，復道富篇章。近作凡幾首，新來無一行。因人問無量，併遣驗徵黄。

## 次韻歐陽伯威因書見寄

病過一春事，不惟嗟索居。酒杯疎到手，藥裹每關予。曹務寧知馬，悲歌豈為魚。故人能枉問，安否報何如。

### 撫州初程夜寄孫温叟甘叔異

水激成悲壯，星稀乍有無。店荒容託宿，酒遠懶能沽。冉冉非今日，逭逭媿此途。孫甘兩奇逸，蕭颯舊憐吾。

### 周愚卿同内子遊仰山南嶽後予一日行途中寄之

溟濛初莫辨，飄灑忽成妍。地豈三千界，山迷尺五天。畫圖寧有此，言句可無傳。却恨與周子，行差一日先。

### 寄胡達孝二首

中庸有胡公，千騎乃安豐。氣自論詩合，情因敘舊通。莫窺鴻鵠志，相望馬牛風。邂逅長安使，丁寧覓置筒。

問訊安豐守，開藩且半年。秋收多少麥，春闢幾何田。但使民能足，端知化已宣。譽毋求赫赫，腹肯媿便便。

### 用斯遠韻寄趙湖州三首

竄迹窮閻底，求交四海中。為懷黄閣老，長詠白蘋風。遠禄寧堪藉，吾身未適終。何山道場麓，政爾屬君公。

薄暮雨如馳，中宵月半規。真成憶玄度，不是突西施。蟬墮風枝急，蛩鳴露草垂。不眠還索句，自笑欲奚為。

別去雖天外，書行每便中。晝吟宵不斷，夜夢曉還空。時用有顯晦，交情無達窮。看公與徐孺，寧復計違從。

**寄趙湖州**

平生清遠地，幾首往來詩。獨負尋山債，長年屬夢思。故人今五馬，薄宦乃南夷。要寄登臨勝，當來墨妙碑。

**寄周畏知**

書疏雖能數，飄零可奈何。每懷談緒遠，更益鬢絲多。治行今難及，聲名保不磨。公寧免騰踏，我乃願婆娑。

**寄李處州**

近别遂累日，逢人空附書。雖能道所以，未辱報何如。千里江山外，一春風雨餘。夢成同泛宅，起欲命籃輿。

**寄喻叔奇**

雨雪長安日，羈栖獨旅時。累觴欣會面，到處益潛悲。舊識文章伯，今猶國子師。何當一持節，來惠楚人為。自注：辰故隸楚，公有補外之意。

**斯遠徐兄携李丈子永去冬江上詩卷來成四十字寄李**

建鄴復當塗，征行歲又徂。青山奠椒桂，白鷺泊菰蒲。人物豪三國，文章到兩都。因君俾傳誦，使我不枝梧。

**聞曾幼度近況於陳擇之作二詩覓使寄之**

自辱緘書報，於今歲有秋。飄流聞客語，消息解人憂。薦牘新頻上，詩聲舊得優。君歸定蓬閣，我去復炎州。

夜醉江天閣，賦詩殊未央。自兹悲契闊，誰復慰凄凉。有抱何由寫，因詩得寄將。丁寧贛江水，莫憚遡流長。

### 成父弟書來報朱先生過玉山留南山一日且有題名余不及從杖履爲恨輒成鄙句寄斯遠彦章且示成父

聞道朱夫子，南山盡日留。經行還阻見，會合信難謀。湛輩我無與，顔徒君好修。題名凡幾字，好為刻巖幽。

### 寄吕謙益卿三首

多謝臨湘尉，書來併枉詩。夜吟忘夕寐，晨誦愈朝飢。我亦窮耽此，君仍老嗜兹。雖然不相棄，竟爾欲奚為。

一尉荒山裏，高名四海中。初非大夫逐，定自溧陽窮。薦士猶王政，招魂已變風。懷今更思古，佇立晚江空。

誨我肱三折，思君腸九回。盡忠真藥石，欲報異瓊瑰。交道孰云喪，古風今未頽。狂言喙三尺，百罰酒深杯。

### 代書寄吕益卿

問訊臨湘尉，冬來定若何。凶年無盜否，清俸及時麽。再見不易得，惠詩空復哦。素書慵寫得，此紙字無多。

### 示嚴君

酒債未忘索，詩狂無用嗔。年華猶是臘，風日已如春。我鬢蕭蕭白，庭柯濯濯新。晚來暄暖劇，還遣振懸鶉。

### 臧正卿示舊所唱酬秋字韻詩軸要季承同用韻贈之

平生人物論，自謂富陽秋。滿世多遺恨，相逢足破愁。獨憐金錯璺，虚負木瓜投。風節他年事，期君折檻游。

### 夜坐示進之兼懷文叔

貧病人誰數，情親肯見存。掩窗同此夜，撥火共殘温。未暇飯飽喫，且從文細論。平生松谷老，同姓與君敦。

### 用韻示成父

林動風微掃，庭空月正方。不知晝已短，但覺夜初長。了了游乖舊，駸駸老至將。街頭賣紫角，甕裏灑鵝黄。

### 示成父

雨重冬裘薄，泥深古道賒。東西但烟嶂，高下絶風花。斲句病肝腎，食寒愁齒牙。赴期元不後，分路各從家。

### 同子肅過玉汝飲題玉汝壁二首

躑躅來千里，崎嶇為一飢。客情方慘慘，雪意又垂垂。萬事豈無命，百窮寧坐詩。前賢有如此，而汝欲何為。

晚日雖云短，故情能爾長。杯行要陶寫，賦就復淒涼。此別會不免，有懷寧遽忘。明當視清鏡，應已變蒼蒼。

## 雨中簡章令

夜雨仍朝雨，知時復後時。禾囷慼黍稌，麥地及耘耔。屢起瞻行旆，頻成閲贈詩。渠方謹期會，君自念疲羸。

## 晚雨後虹蜺並見

薄雷收淡雨，雌蜺映雄虹。雲擁奇峰出，霞飛散綺紅。渠無畫手妙，我久作詩工。汎汎身隨梗，蕭蕭鬢似蓬。

## 早醉

晨起倦烏巾，還傾老瓦盆。自知中了了，人謂日昏昏。迤邐谿山別，披紛鴈鶩喧。春風得亡賴，幽趣與誰論。

## 晚行

溪上晚來雨，江西東泝船。波停鏡平墜，霞散綺相鮮。老火滋煩濁，初涼灑静便。題詩差落耳，把酒又茫然。

## 驟寒二首

一晴疑尚暑，一雨頓能寒。氣候從兹變，病軀那得安。頻聞風淅淅，不見日團團。附火貪新燎，添衣怯帶寬。日薄林園静，天寒鳥雀微。無人行古徑，有客滯荆扉。疾病淹時久，新朋枉問稀。漸諳風俗異，還覺歲年非。

## 黄昏驟寒

過午風猶怒，及昏寒驟增。衣皆袷無絮，被只楮非繒。所賦端如此，誰令病不勝。更憐餘習在，挾册自篝燈。

## 夜坐觀書作

久矣疎黄卷，欣然對短檠。燈寒度窗影，雨驟落簷聲。伏枕身雖憊，觀書眼尚明。帶經真有道，發冢復何情。

## 枕上

鼠上書檠暗，巢驚甕牖明。不眠知夜久，欲起怕寒生。城與江山近，秋添鼓角清。經營纔五字，展轉欲殘更。風雨雜荒更，晨雞不暇鳴。客程難去住，秋感易凄清。强説騷為僕，那知錢是兄。長貧自吾事，未用悔平生。

## 乞曉

乞曉占雲物，過東還過西。已因月仰瓦，真驗水平溪。齊楚自得失，短長從鶴鷖。誰能效巢穴，聊得寄詩題。自注：「月如仰瓦，不求自（原作自求，據殿本乙）下」，「雲過東，雨頭空。雲過西，水平溪」，皆諺所云。

## 十五夜玩月有懷

四海中秋月，三衢上水船。棲遲猶故我，飄泊記今年。烏有空成句，無何不具錢。還家知不遠，飛去苦無緣。

## 自吉水乘月放舟至玄潭

木葉未盡脱，水光真接天。蒼然江上石，兀爾渡頭船。酒有三杯飽，詩無萬斛泉。冥冥鴻鵠舉，渺渺鷺鷗眠。

## 月 夜

振厲山風作，咆哮澗水喧。不堪蛙取鬧，更奈鴨能言。月色雖云好，雲浮竟自繁。白頭清不寐，止酒罷芳樽。

## 餘干月夜

風月隨地有，溪山天下稀。臨流醒客寐，静夜覺漁歸。浥浥露侵鬢，飛飛螢點衣。鷺鷗棲亦穩，知我故忘機。

## 晨起示聖仙寮主

薄酒亦得醉，熟眠無所聞。林園夜飄雨，窗户曉封雲。米藉鄰翁易，衣尋宿火薰。為官君笑我，樂道我輸君。

## 和祖上人見貽

久客黄金盡，思歸白髮添。春泥妨驛路，細雨泊僧簷。驟喜詩情浹，還增酒律嚴。雲山會終往，瓶錫豈長淹。

## 呈慧力然老

慧力知名寺，混融開士英。宗乘真繼祖，翰墨亦兼名。更用終何得，悠然聽此生。懷哉躬井碓，永絶世塵攖。

## 比因和首座詩有故欲撩公嬾是真之句名其室曰嬾真知客一窗對青山尤可愛名其軒曰遥碧屬王君進之書榜爲之賦詩一首

少日經禪暇，猶餘文字嬉。老來無復事，日用亦奚為。衲被忘宵度，團蒲失晝移。謂公真是嬾，如我不其癡。

窗户潔仍間，峯巒列以攢。舊因行脚見，今得坐禪看。明晦陰晴變，青黄草木觀。本來元不動，是可學心安。

## 漁　父

自得江湖樂，信無朝市求。扁舟載妻子，没齒是春秋。見客如成愕，問魚多掉頭。嚴陵疑可亞，范蠡豈其流。

## 招謝丈簽判出郊

桃李競芳春，晨粧故斬新。周遭遍晴野，絡繹動遊人。閉户端無事，命車當及辰。澄流帶修竹，足以奉清真。

## 同諸友送潘文叔出郊

數月臥城郭，兹晨歷郊原。林鶯語聲近，陂鷺背影翻。稻栽已遍畝，桑採無剩園。因行一欣爾，送友重惘然。

## 十六日出迓客

逢迎非我事，且逐衆人行。粗識郊原趣，因兹詩句成。黄華菜誰主，自喚鳥何名。忽憶來時路，還思去日程。

## 分宜示沈弟

水後雖頹圮，江邊不寂寥。囂聲收市井，落景見漁樵。喜我扁舟泊，勞君半道要。他鄉惟表弟，兹語驗今宵。

## 次韻師契早過東園

舊説東西圃，新知上下池。山亭猶有記，水館獨無碑。疏鑿由今守，登臨要子詩。倦游吾老矣，况復思多遲。

## 湖州親舊

去住兩無由，終成上客舟。香如添酒病，雨亦帶離愁。兩岸青青柳，空江點點鷗。總堪添鬢白，不必問春秋。

搔首對青波，蕭蕭半欲皤。不關年運迫，政為别離多。落魄空長恨，飄零謾短歌。殘春與倦客，已矣更如何。

## 口占示成父

雨暴落何方，空成掣電光。凄涼風陡變，黯黮原作淡，據《永樂大典》卷一三四五〇改月微妨。就取征衣蓋，共談三徑荒。蟬連幾徹曉，有恨故悢悢。原作浪浪，據《永樂大典》改

## 早行示同舟

了了晴山見，紛紛宿霧空。樵歸婦腰斧，漁罷叟收筒。但取登臨適，何須吟嘯工。平生釣臺路，明日與君同。

## 早起登覽有懷山居

日出早煙消，舟行不待招。乍明村市塢，初露遠山椒。勝處宜規隱，浮生只浪飄。章泉在何許，遶塹碧蕭蕭。

## 和折子明丈閑居雜興十首

維南有衡嶽，一掃衆山空。天既柄斯假，祭應儀比公。穹林行莫盡，傑句古來供。歎息緇黄輩，昏燈及曉鐘。

江清山照影，山净水為容。縱復俯仍仰，難分邊與中。雲興繪後素，雨合聽思聰。安得漁舟去，於斯作釣翁。

賞識元非易，登臨政爾難。要須窮應接，寧可肆譏彈。勝踐千年近，高風六月寒。由來炯水玉，固愈耀朱丹。

水匯終趨海，葵傾必向陽。欲行疑或使，將下盍先翔。聽爾玄嘲白，從渠本校黄。生平志濠濮，老去客

沅湘。

詩有江西派，首書江夏黄。精神如有得，形似直堪忘。拱把至合抱，江流由濫觴。屹然成巨室，勇若泛飛艎。

萬里江山助，千年蘇李師。紛紛多假力，落落要真知。巧手寧無僞，徐行不厭遲。文章自公器，造物匪人私。

未話田園薄，唯關道路長。春風又寒食，多病祇殊方。緬想迎門問，深思暴橐香。無勞謝猿鶴，好為約求羊。

抄寫猶前日，吟哦遂隔年。真成墜眢井，未易及深泉。曷日仙能至，何時彈比圓。自非深致力，寧識貴吾賢。

徑草餘幽色，盆蘭有静芳。取窮應有在，雖病亦無傷。暫得閉門坐，已勝趨道傍。鴻斯遠繒繳，木豈願青黄。

人説居閑久，園今數畝開。荒榛除舊舍，規畫見新材。鬱鬱宜深芘，堂堂豈易摧。遐思挹湘水，高興擬裴臺。

## 呈閭丘四舅二首

憶昨都城見，於今歲月長。中間各憂患，重對兩悲凉。課最舅材顯，詩窮甥鬢蒼。相逢又相别，客路況冰霜。

不識高安縣，飽聞明恕堂。毋卑百里小，未覺四年長。議論兼秦漢，規模類越杭。廟堂方急此，已試乃為良。

### 晚晴

溪雨無常度，陰晴日幾回。山容朝政合，水面晚仍開。乍覺巉巖盡，又看平遠來。高人欠摩詰，空為襪留材。

### 詠晴

冥冥十日雨，不見海棠梨。霽色晨初上，禽聲樂可知。春衣猶故褐，薄飯祗朝虀。自信端如此，流行任所之。

敗屋兩三間，隨僧且住山。詩無一朝廢，官有十年閑。日上花明野，雞啼門掩關。春風從草草，老態已斑斑。

### 雪晴

啟户猶飛雪，披衣忽報晴。慵為踞爐坐，喜作出門行。草凍袍争色，梅殘玉墮英。未能憂旱苦，聊復快詩情。

### 秋聲

何處忽秋聲，千崖萬壑并。不知繇雨故，直覺太清生。絺綌且重著，褐裘須漸營。晚禾資秀實，尚有暖而晴。

### 次韻簽判丈因旱而作及喜雨二詩

稍慭梅熟雨，似作旱時風。此柄知誰宰，皇天不病農。桑麻初告畢，倉廩舊猶豐。莫起焦熬歎，當期滲漉通。在家乃慮國，此事古人風。蚤作欣聞雨，歡謠欲助農。不須詢父老，斷可驗凶豐。藥裹從兹屏，詩筒要數通。

## 雨餘

雨餘還返照，牆面亦高林。獨坐殘書卷，支頤谷鳥吟。百年今半過，三逕豈遐心。日莫重蕭瑟，悲歌不自任。

## 大雨連晝夜不止

天漏誰能補，河傾勢未平。踞床如露處，曳屐學泥行。朽柱芝菌出，斷溝蝌蚪生。南公安已慣，北客見猶驚。

## 連雨

夜窗連曉枕，城郭與山林。旱苦七八月，雨欣三日霖。殊勝建武穀，更愈櫟陽金。斗食端可直，胡為久滯淫。

## 連雨書事

麥熟蠶將老，晴須雨不宜。頻年荒已甚，一飽此為期。陛下故勤理，爾民無怨咨。磨鎌亦裝簇，晴日會當披。

## 連雨

窗外簷絶雨，檻前山返雲。細聽還摵摵，觸眼又紛紛。旱昔晨昏望，淫今晝夜聞。平生憂國願，敢廢野人芹。

**次韻張王臣既晴復雨欲去尚留見示且以識别二首**

逾月能連雨，今晨少散陰。病寬遊子念，愁豁老農心。始慮春成旱，那知夏苦淫。舉頭問白日，恇怯一何深。

我住難期夏，君歸豈待秋。投章同縞帶，共敝愈輕裘。浩浩羣屬玉，陰陰黄栗留。叙行如有寄，伺處覓孤舟。

**二月十日雨**

喜雪仍喜雨，相須旬日期。天民終自衈，歲事可前知。起我泛舟役，思渠荷笠詩。嗔人問米價，王掾果真癡。

**雨中不出呈斯遠兼示成父四首**

燠甚宜為雨，晴來又復陰。霜風吹不變，雪霰已相侵。寒且依鑪密，泥防著屐深。未能從子去，何暇復梅尋。

歲事今無幾，來歸畧未安。若為佳抱發，賴有好詩看。賸欲江村訪，却遭天氣寒。雪猶思剡曲，雨亦過蘇端。

湖外頻年客，江東邇日歸。欲知年事迫，看取鬢毛非。寄意雖梅柳，關心在蕨薇。令余倒芒履，須子叩柴扉。

兄髮久已白，弟顔那得紅。從今喜朝夕，不復恨西東。耕稼真吾事，詩書是祖風。扶犂有餘暇，把卷不妨同。

雨望原作後，據《瀛奎律髓》卷一七、殿本改偶題

漠漠青山雨，霏霏白鷺煙。詩材來遠近，畫本《瀛奎律髓》作幅極中邊。流落雖天外，登臨賴目前。浮生纔幾日，此地欲三年。

雨中四首

積此簷間雨，驟茲山下谿。真成亂昏晝，何止礙輪蹄。雲變看蒼狗，泥深聽竹雞。不能同憒憒，政爾合栖栖。

古屋先知雨，空林易得風。階除滋綠草，門巷擁丹楓。衣褐從茲迫，稻粱安得豐。病來方止酒，愁絶若為攻。

瀏瀏簷雨暮，蕭蕭窗竹秋。蚊雷宵罷響，螢火暗停流。政爾具絺綌，又當營褐裘。桑麻豈無地，卒歲負悠悠。

稍稍風頭變，侵侵雨脚來。峯巒忽成暗，雲霧亦旋開。謾易炎涼候，無矜狡獪才。天高獨鳥度，林合亂蟬哀。

八日雨是日期成父來已而不至

一雨毋嫌驟，炎蒸得解圍。桃笙疎不御，蕉葛頓忘揮。月暗螢偷照，風清蟲趣機。所思期不至，還是掩荆扉。

雨後

前朝呼蜥蜴，今雨跳蝦蟇。聽罷僧鐘擊，停聞廟鼓撾。長飢逭遊子，樂歲慰田家。未得江東信，頻看天外鴉。

**昨日過縣齋莫令方以闕雨爲言薄晚雨作山行書呈**

草樹高低濕，陂塘曲折通。鳩鳴朝未已，雨氣曉猶濛。念發堂皇上，雲生山谷中。滯留公勿厭，更享一年豐。

**明日雨不止風加甚**

大雨曉未止，疾風朝更顛。茅飛疎我屋，禾偃病民田。未可專時戾，多繇得地偏。雖然豈無念，衣薄尚無綿。

**六月十三日四更登舟縣岸遲明抵蕆步宿雨猶濕昨夕近郭風而不雨不知此間蓋滂沱也**

月落鯆咿啞，曉登江上家。衝田多偃稻，直岸有頹沙。始悟雨如許，更欣晴亦佳。林中尚餘滴，不管墊烏紗。

**八日夜雨九日不止**

中夜忽聞雨，遲明殊未收。都緣數日熱，變此一庭秋。不但梅當熟，從來夏或裘。可憐方止酒，何日畔牢愁。

**雨脚**

雨脚纔能駐，風頭倏又高。未成曾點服，猶衣仲由袍。斗食塵埃媿，束書燈火勞。丁丁幾樵斧。汎汎一漁舠。

**月方上雨忽作**

作底浮雲合，從何細雨零。庭中方照影，葉上已傳聽。耿耿深翻鵲，飄飄暗墮螢。倦身抛曲几，高枕對疎櫺。

**雨　作**

晚泊魚蝦聚，蚤行葭葦叢。紛紛腥落日，裊裊亂長空。風既滯游子，雨仍愁社公。真成才欲盡，有句不能工。

**寓舍遭雨漏甚**

無計補天漏，寧闞以瓦為。晝居衣數燎，宵卧枕頻移。憒悶長憑酒，窮愁更有詩。何須僂句問，可向穴居知。

**舟中雨作**

旱而逢小雨，月亦當季秋。便覺重陽近，還成一舸遊。闞余荒徑菊，媿爾没波鷗。詩就雲如卷，推篷得縱求。

**連雨有作**

往晴憂小旱，今雨慰深望。細聽林園響，如聞粳稻香。客來無襏襫，興可傲羲皇。恨我瘍居體，孤渠醉作鄉。

**八日五日雨**

小雨新凉進，遥山翠靄分。稻粱先告病，粟麥晚收勳。助爾農人喜，嗟余課子勤。跨驢窮有相，琢句老無聞。

### 八月十二夜至十六夜皆無月賦詩三首

月向中秋侯，陰從一夕愆。望中孤老眼，暗裏聳吟肩。燈婢深留照，桃笙冷廢眠。思兮在何許，有夢隔山川。

雨後凉雖在，秋中月遂孤。未妨踈狡兔，端恐失遺珠。屢起瞻雲漢，還成候挈壺。清羸衹益苦，庭樹有棲烏。

已失連宵望，猶餘此夕謀。疎明時遞見，暗淡幸空休。無復丹梯意，居然四壁幽。有懷千萬種，都付一搔頭。

### 中秋不見月次韻元衡十四夜江干步月五言

月待今宵滿，秋空此夕中。與君俱客路，而我欠詩工。短髮添新白，頹顔失舊紅。波長嬉屬玉，渚遠愴賓鴻。

### 中秋不見月得斯遠所寄詩有懷兼呈遠父成父

中秋不見月，空傳江左詩。陰晴定俱爾，離合政關兹。亦復婆娑否，還成賦詠為。溪南舊遊地，誰與共襟期。

### 三夜不見月

中秋隔明日，月色比常佳。晨氣早已肅，暮雲深更遮。巡簷徒四立，顧影晚興嗟。桂旱猶藏蘂，橘秋反吐花。

**是夕再題**

只道陰能蔽，那知吹忽開。蕭蕭故差勝，皎皎適何來。起看寧辭倦，放吟無自哀。雖然不可久，白露點蒼苔。

**九日晦日雨忽雜霰**

九月霰維集，南方見未曾。馬寒添瑟縮，我瘦益崚嶒。窮相有如此，昔人誰似能。樹深鴉屢落，灘遠鴈相譍。

**十一月大雷雨**

疾雷驚萬里，凍雨落三更。未暇尋洪範，誰能究五行。短檠無焰續，高枕待天明。鐘省成深省，雞聲匪惡聲。

**十一月十五日風大作偶成四十字**

江南無此風，羸疾詎煩攻。異事真同颶，夸辭嬾問雄。梅猶隱荆棘，菊已墮蒿蓬。坐撥寒灰盡，詩成欠得工。

**臘月二十四夜同成父對所傳贛陳丞詩作此寄陳**

旁舍箠楚息，小齋燈火同。猶貪誦詩好，未暇問人窮。笑我尉方暇，憶渠丞不聾。移官故相近，得句可郵筒。

以上《淳熙稿》卷一〇

# 全宋詩卷二六二八

## 趙蕃一三

### 立春日自城還縣道中作

晴烟生野聚，凍雪被山田。樹樹梅花下，芊芊麥秀邊。青春今日立，白髮此身憐。更想癡兒女，悲啼憶去年。

### 舊縣道中二首

昨日風既止，今晨風未收。浮波羡幽鳥，喚雨怕鳴鳩。遺寺荒村裹，貞祠古渡頭。登高謝能賦，物色漫分留。

緑樹依平岸，平波映緑蕪。中分雖有路，四極却成湖。艇子時三兩，漁村定有無。誰其為題作，東野覓詩圖。

### 五月二十一日徙寓智門二首

來歸迨一載，借屋已三遷。易覺林間寺，難求郭外田。瓶儲朝乏粟，市糴日增錢。屢起瞻雲漢，今年甚去年。

欲去未能去，暫留還此留。參差喬木合，映帶野塘幽。父老記舊築，孫曾非昔遊。惟餘補陀像，香火得勤修。

## 六月十五日時閔雨甚矣三首

一雨向何落，衆蟬空此鳴。乍欣凉吹入，已復斷霞横。尚擬通宵聽，何妨礙月明。豐凶終有數，憂苦自相并。

萬室望霓願，千村車水歌。民勞已至此，天意定如何。朝聽聞争米，宵傳説借禾。始焉因食飯，終矣事干戈。

去此林篁蔽，出兹溪谷深。倍能明病眼，頓覺洗塵襟。問隱平生志，依僧夙昔心。危亭已無跡，斷刻尚堪臨。自注：是日除翦寺後臨溪亭下林薄之翳密者。

## 連日欲雨輒爲風所敗

不雨又一月，望霓空衆心。雷師非敢怠，風伯故相侵。國祀居常典，天誅傒下臨。誰能奮韓筆，併為丐商霖。

## 初七日雨殊未沾足作四十字

上天憐久旱，赫日變濃陰。要使今年熟，須成三日霖。蕭疎財却暑，點滴謾過林。問我無田客，那懷閔雨心。

## 遲曉微雨已而復止

曉雨初傳聽，晨窗已斷聞。日行將杲杲，雲起更紛紛。不似歲且盡，直疑春向分。南方故諳此，北叟漫驚云。

## 僕自乙酉至今凡四冬至皆在羈旅感慨成詩

至日長為客，天涯空浩歎。貧知學道力，晚悟作詩難。故舊勞相問，功名夢已殘。書生例難蹇，未可厭寒酸。

## 玉汝從溧陽來辱李晦菴以詩問訊次韻寄答二首

新詩明勝錦，健筆快於錐。工部深陶冶，昌黎雜怪奇。殷勤能寄遠，風俗賴扶衰。屢作挑燈讀，何勝對雨思。

有身真有累，無地亦無錐。遇事頻三北，干時愧六奇。自嗟寒若此，誰閔病而衰。已辦窮秋去，寧餘幾日思。

## 冬日雜興

日出山門曉，日入山徑陰。區區昏復旦，役役古猶今。竹瘦人群玉，菊荒文碎金。泛觀難究理，默識自明心。

節物他鄉晚，風聲大壑俱。深愁木斯拔，寧慮蔓難圖。杜老衣何短，顔公米已無。可憐雞瑟縮，幸免鼠睢盱。

暑雨報禾熟，霜晴憂菜空。藜羹聊自誑，肉食念何功。歲晚貧兼病，年來西復東。詩成資遣悶，文就返招窮。

憒憒若有失，岑岑殊未佳。枯藜茅屋靜，高枕竹窗斜。冬日誰云短，吾生幸有涯。薰爐微結篆，茗盌細浮花。

鷺舉虞卿璧，山開京兆眉。窮愁雖付酒，閒意更關詩。地瘠黄楊燥，旱深蕎麥遲。冬温要非正，冰霰汝為期。
要識豐年象，閑觀別墅詩。雞聲一閒暇，人語兩娛嬉。北闕非無怒，東皐且自怡。物華從晼晚，吾意亦差池。
久矣勞生厭，欣然野趣俱。蒼姿松砥節，外飾橘紆朱。翰墨真吾好，功名已後圖。一椽今粗有，二頃莫憂無。
楊柳迎霜敗，枇杷隔歲花。柴桑今學隱，杜曲舊為家。北訊時聞鴈，南烹久厭蛙。歸津隔吴殿本作胡越，隨地且桑麻。

**留題竹隱**

逐日身頻役，來歸歲兩徂。已悲松老大，更覺徑荒蕪。築室期終隱，干時恥異圖。因聲里中老，為護竹邊雛。

**雨中懷竹隱**

還因今夜雨，憶着故山凉。野水循除急，脩筠出屋長。螢光侵蕙帳，鼠迹亂書囊。豈不念歸去，懷哉方絕糧。

**得山中訊**

忽枉山中訊，新篁長舊竿。風神渴瀟灑，消息報平安。昔已開三徑，歸何病一簞。借居寧自逸，理槖不應難。

**次韻斯遠見寄**

近市嫌紛擾，山居取静深。俗塵雖遠隔，住處闕同臨。孰愈思君瘦，頻來可老吟。便應如對面，何止伴孤斟。

### 冲谷過予晏齋

夢裏春歸去，榴花晚欲然。窗晴書味熟，竹密鳥聲圓。多病妨搜句，逢人懶問禪。澹然無可語，危坐了鑪烟。

### 夜憶逸

雨聽止復作，灘聞抑更揚。貪程謂日短，無寐識更長。兒歎父官遠，父憂兒學荒。渠能志游夏，我可吊沅湘。

### 寄内及兒女二首

誰令未得歸，不解忍長飢。歲晏得無感，書來何況遲。鴈聞傷北客，梅動是南枝。悵望山菴竹，青青獨守墀。

幼子未識面，吾兒無用英。家雖以儒奮，身欲事農耕。水竹為居處，布荆令女行。超然老夫婦，脱粟配藜羹。

### 曝日二首

勿謂吾居陋，能來曉日多。屈伸忘病體，淪浹見天和。孰愈萬全藥，賢於五袴歌。食芹真有味，獻語欲同科。

肅肅初停照，熙熙頓得春。人知受天賜，為我殿本作我自樂堯民。體垢便搔抑，坐多忘欠伸。階除失餘潤，窗户走遊塵。

## 早作

雞送山窗月，鐘殘欹枕眠。櫛疏知鬢禿。肘見覺裘穿。覓句無新意，繙書有舊緣。縱違幽事喜，差免俗塵煎。

## 元日病中

故國歸無路，深居懶問津。莫嗟今歲病，還守去年貧。禦冷休嫌絮，開懷但飲醇。東風到梅柳，枯木自逢春。

## 病中即事

病態與時關，炎凉僅覆翻。秋風已吹鬢，沴氣尚留根。比屋均如此，吾生敢自論。苦嗟詩總廢，斗水汲深渾。

## 病中即事十五首

半百還過半，平安殊未平。飢寒兼抱病，造物此何情。詎敢懷尤怨，那能問否亨。獨憐無以養，深愧下簾生。

汀袍猶擁緑，林幄尚遮青。霖雨秋冬接，商飈早晚經。枯荄明野燒，槁葉暗深坰。榮謝何終極，衰遲孰所令。

炎凉自時態，何乃戰胸中。讀句追韓子，辟碑摹魯公。聞塵非為蟻，是境不因工。要使神明復，毋辭瞑眩攻。

宵晴朝復雨，夜雨曉還晴。未識冬天爾，渾疑春令行。人人憂瘧癘，物物敗生成。禬法繇來古，官居孰用情。

端居念朋友，多病懶書題。懷舊頻搔首，看雲獨杖藜。魚沉秋水闊，鴻遠暮天低。直恐乖離久，相逢老少迷。

莽莽前山隔，冥冥獨樹遮。斷行迷白鷺，垂翅濕歸鴉。暝色看仍合，羈愁望愈賒。不應緣一病，全失醉生涯。

晚食以當肉，人言蠲巧貧。茹蔬何不可，設説未為真。既屏猪肝累，何須鮭菜珍。夜煨牛糞芋，朝罨破鐺塵。

蒲柳望秋衰，風霜況此時。人今非少壯，病衹益清羸。幾誦立名語，頻哦看鏡詩。浮生那足恃，迅景不容追。

叢菊雖云薄，秋花獨此芳。衹愁霜後槁，寧慮雨前荒。蝶冷飛無迹，恐哀咽更長。嗟予自失所，對汝益增傷。

嬾命雞栖駕，分安龍具寒。枕肱朝日美，擁鼻北風酸。偽異公孫被，甘同陋巷簞。啼號從强聒，憂樂聽旁觀。

精廬名負郭，古路别通村。落葉多新積，蒼苔半宿根。杖藜溪見影，步屐雨流痕。更羡兒童輩，騎牛不駕轅。

暮與牛羊夕，朝隨鴉鵲興。山林真可樂，軒冕夢何曾。供給欠升斗，往還無友朋。粗成酬一事，老此詎難能。

雨合湍流急，風高松韻寒。中宵空耿耿，長夜苦漫漫。夢去無多地，愁來匪一端。明朝對清鏡，政恐覺凋殘。

雨濕雲衣斂，風沉月鏡昏。誰家宵急杵，何處苦啼猿。睡思渾無思，吟魂欲斷魂。鍾聲纔近寺，雞叫已遥村。

風雨雖如晦，雞鳴不廢晨。窗明驚次第，吾卧特逡巡。泣豆因煮豆，柏人何迫人。為家疑宿業，舊學似前身。

### 人日立春

陰已至人日，雨仍當立春。梅花一開謝，草色半陳新。節物變風物，病身成老身。微吟終楚調，高興屬詞人。

### 十四夜用立春韻

舊雪猶連雪，新春未得春。燒燈當變節，圓月與俱新。邂逅成朋飲，飄流愴客身。還家重蕭索，山鬼闖厨人。

### 立春日邂逅周文顯于子暢兄許飲酒論文歡有餘也成二首

文字追秦漢，簞瓢保賤貧。延英空側席，下里老斯人。傾蓋寧嗟晚，推門莫厭頻。罷談芻狗用，且看土牛春。

吾友南昌尉，典刑諸父風。元龍豪氣在，東野古心同。置酒能招我，論文更許公。相從真益者，那復嘆途窮。

**俗有社日不飲酒變爲猪之説作詩示兒曹**

雨勢來相續，陰霾鬱不舒。舉觴隨楚俗，酌醴從枯魚。宰肉非吾事，祈田顧歲儲。龍猪自有分，社飲不關渠。

**徐丈大雅有詩贈子暢尉曹用韻呈子暢兼柬徐丈**

謝子姿野鶴，聳然常自昂。貪留故人飯，忘踏板橋霜。自注：近有貴客過縣，君不出迎而招余飯。舉世謬為敬，從吾醒亦狂。交遊有徐庶，頭白尚東牆。

**二月初二日二首**

去歲不作瘧，今年乃病温。初無一牀卧，但有小舟蹲。未怕黄州鬼，唯憂楚國魂。明朝强撑拄，摇兀到吴門。

所見與所聞，豪華殿本作貴豪同賤貧。寒時端有獨，温處乃能均。幸止葯餌費，深知天地仁。流行代斯有，不必嫁諸鄰。

**二月十二日雨寒**

重設匡爐火，還披故絮裘。春風今已半，地域况南頭。次第農耕動，侵尋花事休。浮生有過鳥，歸計欠沉牛。

**伏日**

熱苦原作若，據《永樂大典》卷一九七八三改應伏至，風清非雨祥。那知潦未退，遽與旱相望。《永樂大典》注：下田水猶未盡退，而上田已告病矣。荷損無裳被，菊枯愆糗芳。農夫還嘸我，汝事異吾忙。

## 六月十七夜出寺門驟有所聞疑水與風即而觀之雨也對面而横鶩焉已而傾注中夕復作明日猶未已賦詩三首與欽止斯遠同之

驟得疑傾峽，徐行若泛潮。胡為隔田畝，而不度林椒。爽氣雖能及，餘波不可招。不眠如有待，衝口漫成謡。

昨日真聊爾，今宵頗快哉。無嫌雨脚短，故喜旱頭開。一飽歸天賜，群凶勿幸災。誰驅霹靂駕，更起阿香雷。

中宵還瀏瀏，乞殿本作迄曉更蕭蕭。亟作溪頭看，猶霑樹杪飄。田家比屋喜，沴氣十分消。我得扁舟去，江湖興久摇。自注：時旱久，溪為之絶流。

## 過水南甚早

夜雨曉僅止，前山雲未收。陂田飛宿鷺，社木唤晴鳩。雲裏浮圖級，灘邊賈客舟。故知山可住，不覺利能謀。

## 早　題殿本作二十四日早題

夜雨曉猶濕，曉天晴未分。澄波静如練，秀野緑於雲。禽語無殊聽，鄉音有異聞。要知皆可隱，鳥獸詎同羣。

## 早　作

蕭蕭初對雨，灔灔急看晴。遠樹孤煙出，曠陂春水生。不關形役累，自作野田行。獨愧龍鍾者，猶敺觳觫耕。

## 早出

平明策蹇出，遇雨且歸休。樹樹花藏霧，田田水漫流。徙居還客寓，敗意阻春遊。賴有題詩興，聊當一以酬。

## 示逸二首

縱欲必富貴，成身多賤貧。寸陰寧重璧，江水本觴岷。勿但愈流俗，要當論古人。殘冬不十日，又説待來春。

菊種初猶落，及今當梢滋。晴多須灌溉，草蔓合耘治。夏欲助茗椀，秋當浮酒巵。落英如可拾，更得慰長飢。

## 次韻斯遠晚步見懷

友遠弟仍出，柴扃誰復過。卷終方獨坐，詩至得長哦。我乏王楊體，君寧崔蔡多。相思欲相覓，馬瘦怯陂陀。

## 晚步溪旁示周次顔

村醉不能醒，徐行得蹔停。路收泥活活，田擁麥青青。放意知予獨，哦詩賴子聽。要觀溪潦暴，却畏晚風泠。

## 中夜復書

凉生愁輾轉，月上照鬅鬙。林壑故對此，溪山逢未曾。吟哀蛩伴苦，書絶鴈無憑。更欲留危坐，枝梧殆不勝。

## 懷明叔晚題

室暗莫遽寢，庭空成漫行。蚊喧方夏聚，蟲咽已秋鳴。月淡星能著，雲疏電或明。可人非故乏，幽處莫能并。

## 晚作

午暑如許酷，晚凉能爾清。山陰雙鷺落，林杪幾蟬鳴。懶對自閒殿本作松窗坐，閑穿不借殿本作竹逕行。追風更撑月，安得小舟横。

## 郊居書事

物意因人喜，人情與物和。家家繰繭火，處處插秧歌。麥熟黄疑委，桑餘路尚多。我居雖偪仄，度日亦婆娑。

## 課詩

灘長有餘逸，灘迴不勝遲。山帽堆雲絮，水紋飛雨絲。鷗鳴如避弋，鳥倦盍投枝。無計繁憂整，聊因課小詩。

## 信題

假日成愒日，朝酲還暮酲。餘寒猶未去，破褐尚留情。野樹梅花落，空庭春草生。得閑聊信筆，不復强為名。

## 不寐

近夢續遠夢，長更和短更。月窗疑雪積，風柁苦宵行。天外獨身在，暗中華髮生。歸田莫遲暮，底是物窮亨。

### 病卧聞益卿未行不能晤語成四十字

卧聽晚來雨，懸知明日行。破床空輾轉，高論阻峥嶸。文選君精理，江西我濫名。官曹敢論契，翰墨且尋盟。

### 晨起聞雞

宿雨收茅屋，群雞叫遠村。病羸深擁褐，厨罄晚開門。流落何年已，荒凉莫自存。束書徒負載，飢至不堪論。

### 次韻和答斯遠入城見迎詩

往辱携詩送，今勞入郭迎。交情如許厚，俗眼亦增明。冬仲溪宜涸，灘長路失平。要歸歸已近，物物繫吾情。

四海豈不廣，一身何所歸。倦遊成白首，知已固黄扉。媿我尚斗食，如君猶褐衣。長年恨相遠，晚歲得相依。

### 晨興次季承韻

薄霧收殘雨，踈雲漏曉暾。泥行從上下，歸近得欣犇。近作要重録，舊書仍再温。平生屏居趣，畢世願衡門。

### 飯後獨立寺門頗見摇落之境欲收以詩大費彈壓僅得二首

作詩無遠到，佇立有深思。集此溪山趣，充吾耳目資。唐虞紫微論，蘇李少陵詩。落落心雖在，茫茫力已疲。

起望若有得，欲言殊費辭。冥搜累肝腎，凝想見鬚眉。此樂誰能愈，雖貧自勿疑。是身寧大謬，無事及諸兒。

**待成父不至**

晚日下前村，呼兒候蓽門。屢驚鄰犬吠，頻問路人言。準擬繙詩卷，經營置酒尊。此懷無與共，愁坐虱空捫。

**石田渡口待潘文叔去歲亦嘗於此待端叔**

野店當溪靜，荒園得日寬。頻因候客至，併此把詩看。肯寄山中信，如今世上難。却忘相見後，勞苦雜悲酸。

**書事寄呈斯遠**

路熟疑為短，馬遲翻更長。野田吹欲合，林日凍無光。未暇親書案，頻成喚酒觴。短檠今夕念，我友正相望。

**晴晚立田間二首**

落日明深塢，微流咽斷橋。牛童肩滯穗，汲婦抱遺樵。誰謂居田賤，殊勝處富驕。歸哉各其所，吾亦飫吾瓢。

負稻頳肩已，腰鎌裹飯歸。犬能迎別徑，兒亦候幽扉。共說去年熟，却愁今歲飢。及閒還治圃，促婦更鳴機。

## 觀田者有感而作

白水田田滿，青秧處處高。雨滋無復旱，人喜不知勞。顧我方羇旅，徒能慕汝曹。豐年如可望，賤糴亦多遭。

## 已晴復陰

雲去疑收雨，雲來復作陰。已聞崩澗壑，何止暗園林。蛙鬬怒何事，鳩鳴非好音。農心殊閔閔，病體更岑岑。

## 晚坐欲過在伯而不能

暑威驗伏始，月遲知望過。無風能濯熱，有句可蠲疴。竟拙空頻點，求工復屢哦。思尋戴安道，寧待雪舟何。

## 書　事

當暑暑何在，以風風為生。輿夫忘倦色，客子慰歸情。往者千年隔，人焉幾日程。同行得老伴，餘事率詩鳴。

## 寄題宋舜卿家小閣兼屬李亦韓梁進父二首

湖北終連北，辰州是古州。故家唯宋氏，舊物有書不。幾踏緣江路，頻登小閣幽。雖微少陵句，不減浣花頭。

憶我辰州友，英英李宋梁。參差由百拽，悵望到三湘。邂逅書能寄，追隨辱未忘。南山如訪舊，下有老耕桑。

**獨步寺前待斯遠不至**

隔墅雞啼午，經檜鳥唤春。静中成野步，老去得閒身。咫尺頻相覓，追隨定幾晨。村中應倍憶，海内復誰親。

**中秋夜作去年今夕僕自北關過吴興**

明月同千里，寒鄉又一秋。牀隨檜陰側，巾與桂香浮。此夕山中趣，它年霅上遊。諸兒皆楚語，老子自商謳。

**十六日夜邀二劉饒錢同成父飲**

籍甚中秋月，飄然四海兄。詩兼淡仍泊，酒任濁還清。柳映蕭蕭影，灘聞活活聲。明年當此夕，擊柝政重城。

**邢兄大聲以重九日置酒約梁丈仁伯段兄元衡蕃亦與焉賦詩二首**

解印何其勇，五噫誰謂狂。雲仍有人物，家世未荒凉。學造淵騫寢，文推翰墨場。論交有如此，敢恨落殊方。

栗里當年節，柯山七字詩。舉觴非徇俗，懷往要銷悲。暑絡膚侵凜，風巾鬢颯衰。多君能醉我，有客更同之。

**九日欲行宜之兄見留賦詩一首**

節裏留羇客，愁邊識此心。臺高午時暖，齋静晚來陰。白髮有衰盛，黄花無古今。君其賜茱會，我乃見山吟。

## 九日

今年重九日，舟檥次蘭谿。懷古心雖壯，登高思却迷。山空分向背，木落盡高低。多少羇棲恨，寒猿斷續啼。

## 十九日招老謝丈

再失重陽集，才能一笑期。兒童闐車馬，鳥雀避茅茨。雨後橙初熟，霜前菊未衰。招邀幸臨顧，傾飲莫相疑。

## 十一月二十三日

正爾元無事，胡然不自聊。鬢衰紛若雪，梅早綴如椒。太白傾殘榼，方爐爇柿樵。宦才成此味，隱莫待渠招。

## 歲除日立春

舊歲此夕盡，新春今日回。天公貪省事，嘉節併相催。謾有詩堪寫，初無尊可開。去年湖上寺，尚可寄尋梅。

## 還章泉山居

林園柿栗日，郊野秔稻風。居皆有餘適，歲久無此豐。台背敬父老，裹頭問兒童。作客勿浪苦，此地吾當終。

## 同文顯過山居

不惜露侵衣，俱行草徑微。論文尊有酒，竟日坐忘歸。誰謂吾居陋，能來好客稀。林園故多暇，杖屨莫相違。

## 初夏山居有懷長沙從游四首

日者因回使，人纔致一書。有懷那再寫，為况又何如。賈傅長沙國，陶公五柳廬。文章且難進，可向友朋疏。

我愛長沙國，全如洛與伊。諸公早聞道，老我謾耽詩。憶昨相追逐，何知有别離。湘西一回首，莽莽便天涯。

府谷我先契，諸公吾輩流。懸知盍簪際，頗解憶人不。蕙逐光風轉，鶯啼出谷幽。因聲煩為我，傳寫寄荆州。

想見湘西路，扶疏夏木長。佛龕鐘磬寂，書屋簡編香。破霧穿晨屐，衝風唤晚航。向居嫌是客，今夢却同鄉。

## 子進子儀過予山居子進有詩次韻呈子進兄弟二首

蓬蔴成蔽蔚，鄰曲斷經過。茶供同桑苧，香聞共補陀。寒蒲空有節，古井久無波。尚病留餘習，詩成索細哦。

荆谿有三士，求識自初年。才大俱詩伯，公惟媿飲僊。自注：子進不飲，而來詩有「酒禄嗟予薄」之句。結交期耐久，過我地忘偏。慚愧衡門下，今成頓有邊。自注：王立之居于大梁，城中有頓有亭，為坡谷而名也。子進今同子儀來過，故得用此語。

## 挽汪養源舍人二首

要識公兄弟，當年蜀兩蘇。文章到宗匠，人物見規模。謾有詞垣用，終遲政府須。世緣殊未了，忽復返清都。

公作廬陵掾，先君官贛州。書郵時問訊，江驛幾淹留。撫事今安在，臨風涕莫收。誰為耆舊傳，好寄竹林遊。自注：先君頃為泉司屬官，舍人為吉州獄掾。

## 挽施文叔三首

豈但吾州少，端如四海稀。儒林據根柢，玉德著光輝。不遇寧渠戚，傳亡始謂非。及今何所語，徒有淚霑衣。

小作王官試，還為幕府留。綺歌偶意改，散號覓歸休。屈賈當重作，瀟湘漫一遊。胡為車未發，已報病難瘳。

資福我跨蹇，智門分命車。那知畢世隔，但惜數年疏。此士豈復有，餘生誰與居。遺文好收拾，驥子記憐渠。

## 挽謝景英丈二首

尚友固十載，過江真一時。信曾前輩及，寧後古人為。竟作東山卧，漫傳康樂詩。荆州人物論，夫豈惜吾私。

不見遂歷載，寄書寧寫心。凄凉歎垂白，索寞遠知音。只道成乖隔，那知遂古今。赤城何許日，雲物渺難尋。

## 挽余正叔

半生初未識，一見驟相親。九曲泛舟日，紫溪沽酒晨。殿本作辰我曹俱蹇薄，吾子固真醇。竟爾縈何疾，胡為遽没身。

### 挽周畏知二首

鄉里雖諸彦，情親不數人。比年成屢哭，將老愴吾身。問學文辭外，追隨寂寞濱。有懷終不遂，回首倍傷神。

目疾初傳劇，猶思礙讀書。那知遽至是，此恨合何如。我已鬢俱白，寧能世久居。吾人門户責，驥子總憐渠。

### 挽周畏知母俞夫人二首

夫人不佞佛，平日事何如。臨死無貧苦，與常同起居。巫醫空睥睨，孝敬謾勤渠。性識真明達，油然悟本初。

卜兆雖自古，邇來聞見殊。一言福後嗣，百計走愚巫。用意非流俗，惟賢畢此塗。徐看好兄弟，玉立騁天衢。

### 挽沈夫人五峯先生夫人也。代潘友人作

夫子家齊政，夫人實並賢。女能堅素節，兒亦嗣青編。往日僧房寓，曾親壽酒邊。吁嗟難重拜，奠哭亦無緣。

### 挽徐提舉夫人盧氏

進已後師説，中猶親母儀。百年蘄未已，一病乃無醫。令子高交友，韓公直筆辭。是為能不腐，雖死亦

期頤。

## 挽楊茂原二首

玉美終懷璞，蘭香竟死林。名期百世後，恨獨九原深。夜雨長形夢，秋風遂絶音。扁舟載孤旐，行路亦沾襟。

松老成哀吹，天高慘暮雲。如何歲時隔，便作死生分。經紀無家事，編藏有舊文。周侯誠義士，節概過非君。自注：謂周畏知。

## 挽俞克晦丈二首

憶昨陳平相，鄉閭例薦延。蓬山渝奏墨，巖邑漫銓員。祠館歸求志，周行數選賢。那知終不偶，幕府遂終焉。

好官堪底用，厚禄竟如何。詩可傳家集，名能繼世科。流風親黨競，餘慶子孫多。挽送歸無策，凄凉謾擬歌。

## 挽周德友

不作玉堂仙，猶宜入道山。予才無乃厚，賦命一何慳。此日騎鯨去，它年化鶴還。委疏仍嗣野，芳桂雜榛菅。

## 挽趙路分善應三首

世俗紛為僞，躬行率以誠。拳拳將母念，侃侃友于情。濟物豈求報，得仁非近名。誰為太史傳，獨行有宗英。

公就專城養，我安陶令廬。幾因州府入，得侍笑談餘。課誦列童稚，自注：公嘗觴耆，命諸孫朗（原作朋，據殿本改）誦《語》、《孟》、《孝經》于前。戚休詢里閭。高堂朝夕望，寧復象平居。

惟我先君子，相於出自同。年推大父行，議篤古人風。薄宦曾憐我，經行阻見公。訃聞仍葬日，慟哭匪途窮。

## 挽游迪功

通學元分族，淵源信有餘。二龍名屢貢，一老慶懸車。義利過庭訓，興哀迁叟書。他時家國事，蘄不負幽墟。

## 挽曾達臣二首

邱壑豈遺物，市朝寧汙塵。士當明大節，天下棄斯民。玉笥遊仙夢，浮雲閱世身。襄陽獨耆舊，他國顧無人。

江右曾為氏，南豐與贛州。推其本儒素，夫豈異源流。邇日過遺宅，有逢皆好脩。公侯生積善，天道非悠悠。

## 謁趙文鼎墓

君卧青山久，余今白髮新。秋風對摇落，舊事入悲辛。此世寧長世，吾身豈久身。蕭蕭聞鶴夜，耿耿待鷄晨。

## 同方景嚴謁介菴墓

又過餘干縣，來瞻馬鬣墳。侯芭今白首，李漢舊多聞。采若溪頭屋，騎鯨海上雲。生存零落句，三復涕紛紛。

### 樂南金秀才求其先處士君挽詩追作

此邦來已晚，人物欠冰清。要摭平生實，聊徵月旦評。有兒真不朽，求志得知名。自注：秀才求周子充内翰為作誌銘。更欲求吾語，吾言曷重輕。

### 聞鄭仲仁訃

未快沉冤雪，俄驚東逝波。平生萬卷讀，遺句百篇多。盛德今如此，天心果若何。青山忍回首，南望鬱嵯峨。

### 挽李舒州二首

忽報舒州逝，深同海内傷。平泉無草木，北海漫文章。要作人琴歎，空懷道路長。臨風為之慟，髮色變蒼蒼。

一跌竟不起，兩州空復更。臺綱元振舉，物論甚分明。遂絶朝天騎，空傳跨海鯨。遥知流涕者，豈但一門生。

### 挽曾仲躬侍郎三首

昔者嘉禾郡，曾容謁長公。已焉地官宅，還獲見今翁。識面雖先後，陳詩匪異同。如何一再慟，祇向十年中。

政報朱轓起，旋驚丹旐歸。死生何忽忽，聞見悉依依。獻納名元在，吟哦事已非。清風端可繼，黄髮獨成違。

好在茶青竹，青青十百竿。風煙飽持護，鳥雀靜嘲讙。父子當年趣，聲名後代看。興懷非一事，愁絶更思韓。

## 挽南澗先生三首

唐室文公裔，國朝桐樹家。學探和靜蘊，文嗣一門華。尚擬咨黄髮，居成後白麻。公身寧有憾，物論自興嗟。

曾吕兼晁鄭，吾州夙所尊。流風嗟日遠，耆舊賴公存。見必詢詩卷，聞仍置酒樽。從今入州府，寂寞向誰門。

寂寞溪南路，於今忍重經。東來待樽俎，南去哭丹青。四裔傳碑版，誰人作誌銘。屏山空矗矗，澗水暗泠泠。

以上《淳熙稿》卷一一

# 全宋詩卷二六二九

## 趙蕃一四

### 初五日呈潘提舉時禱雨應而未洽

潦退旱隨至，吏憂民足傷。陂塘待天雨，饘粥仰官倉。事勢胡能久，收成亟所望。關心厘漢節，用意格穹蒼。忽已雲霓合，兼之雷電將。驟來能點點，快落遂浪浪。未復田疇緑，纔蘇菜隴黄。粗能寬閔閔，聊且慰皇皇。末世耽饕佛，前聞戒暴尫。于公明孝婦，卜式訟弘羊。是可資邦本，寧唯致歲穰。公行有餘力，我句漫斯狂。半載官離次，欲歸行絶糧。何當荷簑笠，及此濟江湘。

### 季蕭兄三貺詩且辱出示陵陽墨帖敢次韻一首爲謝

中朝當極治，人物近臯夔。南渡更衰亂，諸賢困逸遺。舍人名最早，白首但論思。尚喜詩傳派，于今學有涯。居然老成獨，異彼俗書姿。明眼逢吾子，掀髯話昔時。端能繼蕪累，自注：《蕪累》，季蕭尊公集名。所見匪狐疑。愧我安能友，酬篇只韻隨。

### 寄王謙仲周子充丈

吴蜀三分地，沅湘合水流。魚鰕今島嶼，蘭茝舊汀洲。逾月雨連晝，莫春風送秋。濕桑蠶餓死，壞種穀漂浮。弊屋無乾處，吁嗟幾日休。事多徵放逐，文欲號窮愁。懼禍初求免，兹行重失謀。官曹待符檄，食事指衣裘。淹速空占服，行藏漫倚樓。生涯縱草草，行路勝悠悠。弟妹懷天末，夢魂栖浪頭。何當得散號，從此具歸舟。特達非無仗，迍邅自過憂。禁庭敦宿契，樞府記鄉州。幾遇長安使，頻蒙禮翰投。雖狐懸釜煮，且益破囊收。憂禹思由溺，阿衡任内溝。豈伊儕子弟，而俾墮拘囚。霄漢瞻歸雁，波濤羡没鷗。懷哉上南斗，去矣事西疇。

## 雨後

畏暑常疑病，逢凉還作詩。岸巾看鏡懶，步履過廊遲。草樹消陳意，江山發令姿。裴徊如自得，徙倚竟何為。厚禄書多斷，長貧志未移。無官帶難緩，有竹俗能醫。不遇徒成賦，歸來亦漫辭。行藏隨所遇，造物豈無欺。

## 呈莫大猷令

入境能知政，昔聞今信然。吾行萬安道，頗識令君賢。阡陌東西隔，殿本作接人家遠近連。鍼青秧出水，穗長麥摇煙。犬吠稀逢客，牛耕不廢鞭。幽啼催穀布，午霽起蠶眠。儆罷追呼擾，民争賦入先。太平真有象，循吏可無前。徑欲捐五斗，從之受一廛。經行嗟阻免，少日待回船。

## 歸途

招要非故約，談笑偶然期。假日寧憂夜，徐行不用馳。原作遲，據殿本改吾曹欣窈窕，童騎苦逶迤。罷酌餘樽酒，催成未了詩。事雖同栗里，宿乃異西枝。雨合泉如瀑，嵐昏石似螭。兹遊蘄可再，約友更携兒。

## 贈嚴黎二師

往者聞三益，今焉欠一夔。寄詩曾併達，得報乃相遺。自説斯人死，尤懷一見思。高樓雖物外，好句必天涯。渺渺煙霞趣，蕭蕭蔬筍姿。偏參真已悟，换骨久其時。以彼大成就，而余深惑疑。刀圭如乞與，瓶錫詎難隨。

### 讀舊詩作

長日胡為度，繙囊閱舊詩。渭南雖乃祖，脩水是吾師。論自唐虞遠，名繇屈宋垂。相傳均一體，所得亂他岐。智鑿空奇字，天成在達辭。江山真末助，學問本深基。性癖端渠似，窮工殆我欺。誰能鈞時譽，聊以慰朝飢。

### 使君以十月上休日燕通判教授縣令録參沅陵貴溪兩尉曹蕃亦與焉坐間出示宋莒公草書劉賓客詩圖李西臺吕東萊朱希真趙忠簡詩帖蕃賦詩十二韻以紀其事

假日黄堂燕，窮冬白晝長。風流話前哲，翰墨出珍藏。莒國龍蛇字，西臺錦繡章。東萊先理致，朱老繼顛狂。最後吾宗帖，深於往事傷。汚泥躍鰍鱓，大藪暴豺狼。薄暮仍添火，終筵更益觴。時雖當歲凛，氣乃返春陽。此固公為德，寧云勢所當。廣文忘獨冷，半刺喜翱翔。四士俱才茂，一夫惟鬢霜。驂鸞看霄漢，買犢自耕桑。

### 謝張帥

試仰元戎貴，還瞻簿領卑。居間凡幾級，其勢可懸知。屢進黄堂拜，夙蒙青眼期。筵華紛饜飫，飲劇聽淋漓。既納違離謁，并頒道路資。間令叩齋閣，禮謝歷原作列，據《永樂大典》卷一五一三九改階墀。披豁忘名位，高深原作流，據《永樂大典》改詎測窺。憂人多語政，餘事亦論詩。似欲徵《永樂大典》作微凡作，何勝枉譽辭。更成湖上集，仍厠幕中奇。七字昔靈鷲，吾言今總持。自注：兩處皆有公留題。流傳久已困，收收尚無遺。自省才惟薄，難堪德過儀。受之增踧踖，見者亦驚疑。暫爾休行役，於焉紀謝私。釣竿如可把，懸榻定除絲。

## 呈王侍郎昆仲二首

先契今餘幾，交情不易論。疇能逾薄俗，未肯棄衰門。慨念我伯仲，仰懷公弟昆。自知真瓦礫，那得並璵璠。誰謂長江遠，玆來匹馬奔。匪因窮附達，政以曲能敦。遺愛凄其久，高風凛若存。青雲看星聚，白髮對鴒原。

往未瞻烏府，先曾涉杏壇。予詩屢和答，貽教異暄寒。名位元相絶，知聞共駭觀。干霄峙松柏，流水會波瀾。應念登門舊，幾嗟行路難。蒸湘方渺渺，淮楚忘曼曼。既見得良慰，語離還浩歎。深思盡心曲，直覺欠豪端。

## 沈沅陵生日

十載郊居賦，當年蠟屐遊。江山元好在，人物繼風流。奏牘頻能上，絃歌特暫留。白雲寬志養，黄紙拜天休。先契仍僚契，賡酬復獻酬。懸弧頌初度，横鶚看清流。

## 寄成父 近寄成父書，疑不報。忽得書，知在城中，約重九欲歸，過節來此

屢約過茅舍，終成覓順舟。書來勤問訊，病去苦淹留。邂逅行人往，丁寧葯物求。那知空悵望，直恐遂沈浮。籬菊猶青蕊，鬢毛非黑頭。平生愛此節，今歲祇空酬。度日渾無賴，期君得散憂。柴車夙須辦，草徑掃令幽。豈乏登臨處，堪為耳目謀。躋攀無脚力，夢寐想神遊。

## 寄贈曾裘父兼呈嚴黎二師

憶昨初南渡，吾家住信州。樞庭嘗牧守，詞掖舊淹留。生世夫何晚，斯人不易求。風流付篇翰，零落卧

山邱。尚友當論世，如公實並遊。近功稱共學，為偽説横流。白首無愆素，清名所得優。百年安甕牖，萬里罷浮遊。太守尊徐孺，鄉人慕少游。成蹊自桃李，有臭别薰蕕。久矣聞風義，因兹速置郵。碧雲增悵望，石鼎怕冥搜。王謝池臺古，嚴黎鐘磬幽。林園小摇落，巖壑細雕鎪。豈日忘徵逐，懷哉困阻脩。駏蛩終有合，鍼石詎難收。殿本作投

## 用韓文公送鄭尚書韻寄雷朝宗兼屬歐陽全真

莽莽湖中客，悠悠月下杯。飛騰南海士，斷絶尺書開。三命今為牧，傳聞祝以來。貪泉姑着詠，驛使且催迴。賓客有文士，登臨仍古臺。唱酬須寫寄，屬和恐非才。

## 寄黄子耕

野寺已黄昏，高軒辱過門。交遊夫豈乏，情義獨能敦。我已家聲愧，君今風氣存。一官何未試，多難亦成屯。詩本吾家事，經從達者論。明知有傳受，未易測淵源。近訪湖邊宅，猶餘漲水痕。如聞江上郡，欲覓隱居園。邂逅空題句，飄零難具言。折梅無以贈，三嗅鬢霜繁。

## 寄程可久丈

聞道沙隨老，遂為安國居。逢人難問似，近況復何如。此士猶松徑，何人在石渠。儒林有韓孟，待詔自嚴徐。别去常勞夢，新來更欠書。久知腰倦折，懸想病都除。番國吾州近，冰溪一水餘。秋風期命駕，春雨政攜鋤。

## 送藍吉州

前歲公開府，鄰疆我適移。山坳深遣戍，齋閣遠投詩。去國哀王粲，逢人説項斯。春秋其我罪，觀過可

仁知。流轉今初定，保持端自誰。筆難窮記牘，禮欲篋賓墀。累日方求棹，傳聞遽解龜。只云那有是，及此信無疑。春事崢嶸際，農工勸相時。吾曹一身計，父母百年思。鴈渚新浮綠，楊堤亦裊絲。兹時繫船地，異日寄書期。學道安時順，餘寒近酒宜。臨分意無盡，公爾豈其私。

**寄李處州**

自入湖南路，驅車得屢停。流傳雖有句，次舍或無亭。嶮絶猶云未，艱危不易聽。真宜太白醉，未信屈原醒。我去方蠻府，公歸合漢庭。願言均沛雨，尚想獨當霆。白雪故寡和，黄麻須六經。詔除期不晚，得以慰飄零。

**送江憲移京西漕**

流轉江湖後，飄零歲月餘。僅能瞻玉節，忽已報除書。借寇情雖切，依劉計已疏。二天元不遠，大厦豈殊居。使者澄清事，明廷獻納攄。循行聊偃薄，朝覲勿躊躇。處士獨苦節，清江空舊魚。昔聞曾誦此，今日定何如。

**呈李和卿法曹**

使者趨朝後，參軍捧檄初。重湖來至險，兩月聽閑居。豈是拘形役，真成畏簡書。祠官請已再，郵傳報何疏。風雨工欺我，江山賴起予。芻薪頻益櫝，幼稚苦無儲。鑿枘寧防此，冠緌信有諸。何心事刀筆，但覺愧樵漁。觀水知除滿，看雲見卷舒。故人方幕府，見謂合何如。

**問候周子充丈**

抗疏有歷載，宣麻兹一朝。漕河讙啟閘，江水待乘潮。豈有夔龍輩，而從鷗鷺招。定應聊偃薄，寧事久逍遥。世既仍才美，居還絶吝驕。齗齗自讜悳，皜皜本光昭。往者資先覺，今焉倚後彫。公如再廊廟，我亦遂簞瓢。

## 寄誠齋先生

邇日使嶺表，歷論無此賢。誰歟記南海，久矣賦貪泉。已上蓬山直，還居吏部銓。省郎遲豈恨，宣室夜重前。掌制宜鴻筆，談經合細旃。兹為重儒術，何止用詩仙。四海推鳴鳳，孤生悵跕鳶。長安近抵日，蜀道遠如天。自注：辰故黔中郡地。裋褐春風倚，歸心夜雨懸。十年期撰屨，斗食政窮邊。

## 寄劉子澄先生

春雨寒猶積，春園木又榮。武昌聞别駕，生米見題名。安否逢人問，書題闕便行。周圍懷細履，陶酒憶徐傾。會合知何日，羈棲尚此生。向來猶楚越，今日遂蠻荆。妻子飢寒累，交朋時勢情。未應終薄禄，當復事深耕。

## 魏辰州生日

昔在思文獻，今焉見典刑。玉良中有韞，陂廣外無形。毓秀舒淮水，飛聲出漢廷。恩雖予符左，官來繼氈青。諭俗書陰德，傳家刻孝經。庶幾相感格，于以稱丁寧。萬象皆春氣，斯人乃德星。否臧斯列上，耳目豈途聽。松茂寒仍秀，蘭幽遠更馨。不惟歸盛美，併用祝脩齡。

## 何叔信生日

既自科名就，方勤問學為。一官寧恨晚，萬里此其基。晁魏通家舊，沅湘識面遲。高懷每傾倒，勝日共追隨。要擬維熊什，慚無黄絹辭。迺翁松柏茂，驥子渥洼姿。

### 賀吴仲權召試館職

重為湖外別，難寄日邊書。詎敢疏風義，欣聞有詔除。圖書天禄閣，文陳玉堂廬。祕記資讎校，人材務養儲。端如策晁董，不比召嚴徐。惟我高曾世，曾仍位序居。永懷元祐始，絶歎建炎初。衰謝今如此，淒涼實在予。自注：高祖嘗為祕閣校理，曾祖為秘書少監。

### 蕃欲爲辰陽之行適寺簿先生以使事來武陵既獲再侍又蒙俯用近者寄上鄙韻賜之輒復次韻叙別併呈子實百六丈

歲事有豐儉，殿本作歉民情關悴榮。蓄儲雖具數，郡邑頗空名。為國深存慮，勞公作是行。逴離頻領引，邂逅復心傾。有志空前躅，無成愧此生。匆匆還進棹，草草僅班荆。對雨塤篪句，看雲手足情。千林喚歸去，一雨勸催耕。

### 張次律見招欲同一詩人飲既見乃新定遠令劉旦元贊也詰朝與之別別後寄之併寄次律

張侯呼我飲，云欲醉詩人。我媿野無格，君能高出塵。句中真有畫，筆下信如神。不待平生識，由來一語親。衆皆嫌坦率，意獨取天真。頗恨匆匆別，殊乖款款陳。王官欣舊轍，蠻語昧初詢。起此窮途哭，端非傾蓋新。度江風叫夕，發軔雪飛晨。行路嗟離闊，題詩報苦辛。

### 詠筍用昌黎韻

山居何所用，種竹並楹軒。聽雨宵忘寐，摇風日破煩。春來仍引蔓，雨後競添孫。迸砌思移石，妨池欲廢盆。隄防虞採掘，檢束費晨昏。自是林深茂，非因地獨温。有朋如角立，布陣似争騫。戢戢株雖短，駸駸勢已存。却行纔避碍，逆曳遂難垠。婢喜頻留步，兒欣屢發言。縱橫從可目，散漫孰尋根。蟻敗須攻穴，羊侵要補藩。驟驚疑瓦合，還訝若車奔。豈害偏藏徑，何妨便滿園。擁培規我力，振拔果誰恩。坐見身長塹，行看簟蔽垣。苔俱滋濕暈，蘭與王芳蓀。未肯低前輩，終當及次番。萬杉真浪説，千橘更何論。蹇傲冬方見，陰森夏乃繁。務令收晚節，忍把助朝餐。此日聊成隱，它年定改門。韓公留句偉，侯喜漫名掀。韻險言無麗，搜窮筆殆髡。直將攄鬱悶，底用役神魂。示子斯同作，哦吟莫接暾。

## 謝知縣丈相率汎舟且訪寓舍併呈子暢兄

父老延見後，詔書宣布餘。臨流具舟檝，散步輟車輿。天氣清而朗，物情和且舒。聊為曲江飲，報此暮春初。人物玉相倚，山川畫不如。要窮詩律細，寧遣酒行疏。既益園官菜，亦留溪友魚。風期須我輩，樂事見群居。欲去鷺前導，重來犬入裾。還迂長者轍，薄憇野人廬。

## 既別文顯兄弟晚宿日光寺書懷寄之

別君當以詩，此物不充飢。二事交為病，吾曹均坐玆。欲談殊爛熳，趣去苦淒悲。晚宿投幽寺，翻思赴野期。風燈半明滅，雨葉亂紛披。安石畏作別，淵明當語離。萍蓬居靡定，燥濕志難移。問隱俱携弟，躬耕皆有兒。懷哉衡泌樂，可以共棲遲。

## 口　占

稍不作山行，山行眼界生。晚禾塲已築，宿麥地初耕。丱角收牛策，青裙負水罌。自安如有道，所樂是無營。我亦懷玆願，胡為計莫成。

## 挽向參議

丞相遺家法，雲仍多耐官。著鞭期一躍，失路困千盤。竟死諸侯客，保留神武冠。梟鸞終異志，松柏遂孤蟠。前輩今無幾，臨風特屢歎。臧孫宜有後，龐老遺之安。

### 立春日呈彦博并帖審知

憶昔少陵身在蜀，遇春曾憶兩京梅。我今久隔鄉關念，病後徒驚節物催。不見過門長者轍，可憐到手故人杯。長亭與想東征路，柳色青青拂面來。

### 晚春呈全真

九十日春餘十日，庭陰已作夏扶疏。桃花浪暖且振擨，燕子日長空廢書。故人行行重作别，倦雲悠悠思定居。及此莫孤朝與暮，易勝書禮問何如。

### 周愚卿出示楊謹仲墨帖

成都舊日揚雄宅，今在清江鷗鷺洲。頗念書題成間闊，忽逢翰墨見風流。鄰林草木年仍故，此老詩篇晚更遒。官事安能久羈我，何時載子以扁舟。

### 建康回使寄范帥從求詩帖許而未至

作意投公好賦詩，無鹽竟自突西施。生憎逼仄飢寒態，不盡從容質問時。已辦過江還敗興，要期重謁愧無辭。夜光明月雖防暗，白日青天不碍知。

### 聞子耕司户兄非一日昨見墨帖於中州又誦五言長篇於劉子澄許今兹乃遂識面輒題鄙原作絶，據殿本改句以叙區區

墨妙初看眼自明，誦詩還見五言城。不惟喜獲吾黨士，要是未忘山谷盟。我亦可憐耽句癖，君其勉力振

家聲。祇今此道寒如水，莫以微官取重輕。

### 馬上讀子肅詩集并懷子進子儀

一雨初收更有涼，我時驅馬度危梁。溪山慣見少新意，詩句熟窺多舊行。自注：僕先見此集他本。不使高飛向台省，忍教微禄滯柴桑。難兄難弟俱奇士，寧愧諸洪出豫章。自注：謂龜、駒、玉、鴻也。

### 夜坐讀書有感示兒曹

昨夜秋風入短檠，試繙編簡似前生。不求甚解慕名語，足記姓名嗤老兵。但得作詩窮有味，曷憂從宦久無成。汝曹未可還翁學，當念無田事筆耕。

### 伏讀時中胡公墓誌輒用澹菴省齋銘詩之韻從仲威昆仲求本

千年廉藺凛猶寒，豈似乞人誇豆簞。經病漢儒顓學癖，義求秦火未燒殘。名章可愧功言立，門户在君兄弟難。至寶獨完元自貴，用輕寧事雀空彈。

### 曾耆英録先提舉著述及居龍禾譜與先世誌文見貺副以長句次韻爲謝

試用初如江發源，斯人欠使百其年。有孫解保書如束，過我不嫌寒乏氈。郡守舊聞曾奏疏，鄉人今日有經筵。縱云録後有殿本作無前例，循吏藝文應並編。

### 曾耆英自太和携所録謝民師觀妙詩文副以長句見惠次韻酬答

別時黄落問山風，見日清霜鳴啞鐘。二謝有詩皆可誦，七言兼與見傳宗。舉幡故異司隷救，右袒徒聞吕氏從。君獨凄涼能過我，逢迎敢作謬為恭。自注：耆英嘗從觀妙學詩，太和近有攻令之變，皆士子所為云。

### 張因叔尉曹借示贛陳丞擇之文編以長句還之

子昂高蹈固家風，詩到後山仍更工。何事棲遲猶五斗，向來推許漫諸公。自注：謂張安國、欽夫。平生但記逢人說，一洗真成凡馬空。今日宦遊得此士，知君不類溧陽窮。

### 讀山谷文

深居度日渾亡賴，小役踰旬抑又疲。到處青山恃青眼，隨行黄卷有黄詩。少陵授受後千載，此老風流彼一時。衆作沛然雖莫禦，要云萬折必東之。

### 通問贛州留尚書并寄三首

去冬曾作送行詩，豈料重臨歲甫移。盍遣德星均四海，願令竹馬快并兒。使君不獨符仍剖，刺史還聞節再持。吏治久安民則化，九重於此有深思。

疇昔王門耻曳裾，每懷端拜獻公書。簡編訖補遺忘後，餽饍分霑憂患餘。只信此心無改事，詎知彼譖欲何如。屬聞盛府重開幕，適此故山歸駕車。

陛下胡為先一州，是公豈合久諸侯。東江西江水且漲，南山北山春正浮。促席久思宣室問，都人願覩翰林遊。我家懷玉山之下，亦擬探奇謁道周。

### 賀周待制兼直學士院

重聞陸贄掌絲綸，可念公朝道必伸。暫向玉堂還舊直，亟從鳳沼據通津。招來贊普邊疆肅，詔感山東德意新。誰謂文章財小技，計功端合畫麒麟。

### 呈曾侍郎逮

思人幾作訪茶山，竹密如雲不敢刪。未覺風流成歲遠，政繇伯仲力追還。長公舊日曾一識，末路後來遭百艱。邂逅探囊得行記，贈公試遣略承顏。

**贈蕭參議德藻二首**

諸侯賓客湖南盛，東海蕭生漢帝知。前後相望真一揆，流傳况復有新詩。鄉來識面嗟無地，今日登門可自遲。未信千巖趣歸去，近傳新把峽州麾。

平生苕霅幾扁舟，意在斯人豈漫遊。聞道千巖有高隱，甚思一見苦無由。雖云葯石稍親近，未害煙霞攬收。况是交承我伯父，援兹論契許前不。

**寄鄭祕校**

吾邦豪傑未多聞，義薄雲天獨數君。遇歉登倉真甚惠，當郊置驛信徒勤。目前米價未為貴，我自囊空先有云。食粥敢言今數月，更憂無粥但羹芹。

**聞宋伯潛李和卿孟養直有審察之命**

柴門一閉動經旬，何許書來事得新。駱驛詔追三縣令，峥嶸名聳漢廷臣。浩然豈憶南山舊，太白寧歌泗水春。賦就梅花如肯寄，長安不乏原作足，據殿本改少年人。

**觀賈元放書迹寄其弟季承**

古寺荒凉客寓居，閉門百事付乘除。學知定力貧非病，詩見新功樂有餘。化鶴已空今已矣，騎鯨何處問何如。追懷存没傷零落，底事秋來音訊疏。

**寄贈湯司諫二首**

御史曾追慶曆唐，有孫還是紹興湯。絶知驥騄難羈絆，故遣松筠試雪霜。如許人才豈終棄，要之日月本何傷。鬱孤臺上蘇仙句，多載寥寥無和章。自聞寬法離新州，日日江頭數過舟。學子尚知稱述作，君王寧不念謀猷。五車頗困十年讀，一見蘄勝萬户侯。我亦東歸苦無日，待公行矣勿遲留。

## 贈楊左司三首

白下初逢使廣軒，始披雲霧見青天。黄花紅葉蒙深賞，白髮青衫又十年。舉室尚為湖外客，一身還上浙江船。蓴羹鱸鱠雖佳矣，不是東歸重惘然。

先生文力早騫騰，今代詞人盡服膺。已見陳詩歌上壽，更須作頌紀中興。敢如杜集高岑比，尚媿韓門籍湜朋。政爾周流不知届，況于朝夕遂師承。

有來聞説上封章，造膝言之外敢昌。但見詔除頻寵渥，是知明聖識忠良。都司萬事無不理，一語九州當致康。況此十年門下士，反從勾漏弔沉湘。

## 寄林運使三首

番禺城下泮泂水，亦復分流過此州。使節長瞻萬里外，尺書忽到五溪頭。酸寒應念卑堪説，奇勝聊云舊所遊。嶺海滯公猶未召，蠻荒著我更何尤。

門第違離又一冬，素書寥闊便艱通。身隨回鴈辭湘水，官許騎驢看華峰。人笑半生眈落拓，自欣三徑著疏慵。顧慚囊粟無功受，勤動終年是老農。

憶昨登門誤取知，再焉猶復似當時。已容盡醉尊中酒，更辱頻詢别後詩。落落有懷那得寫，悠悠重見果何期。南山幸邇朝天路，準擬追隨竹馬兒。

## 寄曾運使

携詩十載舊登門，一見長思闕細論。豈憶猶蒙記名姓，故情仍許奉罍尊。臨分更俾傳家集，請事于今行嫡孫。儻有新聞幸無棄，素書無只報寒温。

## 别曾運使

鍾陵寂寞幾何年，公自茶山又一傳。萬里未能攀老鶴，晚風那復聽鳴蟬。乖離每覺如思古，流轉何知復拜前。牘欲相從還索去，候門稚子望歸轞。

## 投徐運使

白社多年井逕荒，有孫還復以詩昌。此懷願識亦已久，兹日能來豈所望。萸後菊前霜錯落，地長家遠客凄凉。平生知己晦菴老，為我談公遺座原作壆，據殿本改旁。

## 别徐運使

風聲富貴每多偏，造物于公獨俾全。笑我效顰忘露醜，不知學步返難前。侏儒自合奉囊粟，衛尉何曾直一錢。我地有飢能任耻，熟聞高義薄雲天。

## 程閣學知建寧府入對二首

日邊飛下詔黄新，大府潛藩屬老成。一代儒宗還北闕，十年法從對延英。從容定有回天力，咫尺重聞曳履聲。便覺兒童語音好，謝公今起慰蒼生。

湖山十里芰荷香，穩送朝天一夜航。前席固應思見賈，留行政不待徵黄。懸知筆下三千字，小試囊中一二方。自笑侯芭今白首，彈冠何敢企王陽。

## 送周禮侍赴召

昨奉書題歲且更，每逢人士説先生。名高正倚斯文在，身屈不妨吾道行。天以蒼生付安石，孰能三徑老淵明。自憐留落端何幸，得向溪城一送迎。

## 送韓建寧赴召二首

頻向清時課郡功，履聲長憶未央宫。祇言治行稱黄覇，果見朝廷徵弱翁。簡注豈惟陛下聖，謳謡還見庶民同。孰云故國非喬木，賜第行看又植桐。

憶公典選繼昌黎，是我學人行卷時。香火奉祠雖觖望，簿書棲邑尚淹期。長年敢有飄零恨，末路欣逢陶冶私。自度才能不堪舉，直思求地勉寒饑。

## 送吴提刑赴召三首

擁節西來歲未更，提封罨已遍循行。洞庭青草絶餘寇，沅水武谿俱力耕。勿漫繡衣閒直指，正應天下急澄清。治平已召吴公去，材秀何人是賈生。

連朝欲作送公詩，以頌懸知孰愈規。萬事要當明本末，一身切莫計安危。老農不過除蕫稗，良葯安能棄术芝。勿謂常談便輕鄙，獻言端自戒新奇。

只道邊城獄訟稀，那知亦有造空為。不惟寬大難容止，正畏精明莫可欺。已矣榜敲成俗吏，懷哉香火奉湘祠。儻蒙一紙聞天奏，便是吹嘘送上時。

## 送王饒州赴召

吾君日旰坐延英，寤寐得人成太平。常恐珍才在空谷，豈容舊德久專城。潁州便合為丞相，渤海無庸拜水衡。今代吴公祇公是，自慚名謝洛陽生。

## 送京運使赴召二首

南浦維舟初拜公，五谿隨牒限趨風。問途欲假移官見，傾聽讙聞召節東。不但朝陽徯鳴鳳，正思御史昔乘驄。我曹意見非黎庶，大庇要令天下同。

一官不恨落羇縻，正謂邊頭獄訟稀。但有膠膠還擾擾，略無是是與非非。詩書舊學渾忘却，夢寐衡祠放得歸。邂逅兩臺俱趣召，尊罏於此合知幾。

## 代成父送趙信州移知台州

邦人初喜兩橋成，詔旨還傳易鎮榮。千里溪山如有恨，一川風雨似增情。未應重畀臨凋郡，看即歸來侍邇英。平日空哦海山賦，便思懷謁問經行。

## 呈趙蘄州善扛

雨合園林水滿池，黄鸝無語鷺頻窺。哦吟終日大自好，黜陟與時殊不知。北海定欣真識面，阿連還喜伴成詩。自從諸老凋零後，此事于今更屬誰。

## 送張真州大經

渺渺春江緑水波，客中送客倍愁多。一麾出守輸公去，三徑就荒如我何。暫為淮人符剖竹，即歸漢殿槖持荷。異時治狀稱優最，十萬疲羸蒙拊摩。

## 寄林信州

嶺近梅花開已多，水南梅事又如何。使君假日曾遊否，客子臨風空屢哦。好士何妨勤下榻，豐年那有拙催科。倦遊我亦懷三徑，何況傳聞政免苛。

## 送莫贛州

赤縣權宜非昔時，近聞誰復古人為。向來聲烈有如此，今日飛騰已似遲。鴈序相仍盡詞掖，虎城寧獨待瓜期。歸哉懷玉山邊路，準擬重看召節時。

## 呈郭峽州二首

往者枉書并賜詩，藹然高義見乎詞。襄陽耆舊今餘幾，海內風流更屬誰。早日有懷期見止，秋風於此得來思。顧雖頋被林宗識，却恐人非詎辱知。

鄉來識面苦無因，今日升堂叙所親。豈愛瀟湘為隱地，故嗟伊洛涴風殿本作邊塵。周程授受源流遠，廣受聲名物望均。詔旨已聞班郡紱，徵書看即動蒲輪。自注：時姑夫有與郡指揮，而長陽亦有就問之命。

## 呈陸嚴州二首

一代詩盟孰主張，試探源委見深長。家聲甫里歸嚴瀨，句法茶山出豫章。千里寸心長炯炯，十年兩鬢漫蒼蒼。扁舟縱欲乘風去，可不一登君子堂。

去年犯雪到嚴州，呵筆題詩曳履投。所恨决然成間闊，故兹復爾小遲留。精金美玉自有價，伯樂王良無即休。珠玉見褒猶美疢，葯須瞑眩疾方瘳。

## 呈莫信州障二首

稍將書札報黄堂，僅得官亭繫野航。文物願窺中秘直，風流曾識省曹郎。莫言長孺今閉閤，舊説葛豐能擊彊。未信吾州留得住，天書咫尺會徵黄。

公為州牧我州民，敢叙當年半面親。故喜來歸逢稔歲，況於遊倦得閒身。無功良醞不可戀，仲叔豬肝猶累人。最是妻孥苦驚怪，奈何造請尚趨晨。

## 寄李舒州 二首

賸欲寄書兼寄詩，病餘殊覺不能支。西山南浦風前恨，皖水灊山天外思。四海舊知寧我識，百年深契舍公誰。自違門第秋重老，華髮蕭蕭異別時。

賸欲題詩詩不成，遣人空復附書行。言邊詎止寒温事，紙上胡能底裏傾。以我向公深有託，知公于我未忘情。扶持未可言門户，老大相看祇弟兄。

## 寄曾使君昭

昭，空青之孫，時守濠罷歸，除郢不赴。空青學詩山谷。山林，使君之先郎中所居堂名；溪山，則其園榜也

溪山杖策過山林，萬竹千梅可慰心。已悟濠魚真得計，未嫌郢曲謝知音。飛騰要路終無那，咫尺春風且細尋。詩自空青受山谷，到公探討益精深。

## 寄進賢令程可久

博士湖邊初拜公，後來超化信常通。一官何意偶同隸，千里長懷幾望風。墨綬于今天下半，絃歌誰復古人中。雙魚敬遺問無恙，目極春江鴻墮空。

## 送周德望之參告太學

郢州清節著吾州，宜爾諸郎總好脩。過我山林忘僻陋，為君雞黍乏淹留。結交群從非一日，欲話令人翻百憂。畫舸曾同李膺載，竹林仍並阮咸遊。自注：蕃與德友、德邵、之和三丈及昭禮，皆舊遊；膺、咸，謂和、禮也。

## 呈何縣丞

古屋無多客掛包，占風政類鳥居巢。誰能故賦感不遇，亦莫空書廣絶交。開閤屢摇塵户牡，戞磨時裊竹簷梢。南朝文物君家盛，聽我追隨學詠嘲。

## 送向如愚赴廬陵丞

乃祖當年耐官職，遠孫今日振家聲。閉門已盡五車讀，補吏反為千里行。丞不負君休自厭，詩能窮我竟何成。春風儘可寬役役，不用迴頭數去程。

## 呈謝資深縣丞源

平生夢寐臨川郡，故在溪堂竹友齋。句法已看行世集，風聲猶得起人懷。有孫住著園依水，薄宦舊來松儼槐。縱是塵埃政衝突，可無一語道離乖。

## 懷張丞用多字韻兼屬明叔

愁陰頗覺助煩痾，别日回頭已似多。聯詩古亦有韓孟，共和今豈無羊何。踏青未晚歸來約，舉白何妨醉後歌。顧憚禮容成簡慢，願君貰我勿加訶。

## 過玉光呈吴丞

又見秋風拉芰荷，也無官柳共婆娑。青山只作向來看，白髮自驚重到多。莫道予方有公事，須知地僻少經過。數公句刻雖無恙，題榜風流欠景坡。

## 賀向伯元通判休致

薌林再世企疎堂，不但私榮國有光。畢娶了知家法在，耐官爰自原作是，據《永樂大典》卷一三四九五改祖風長。

眼明圖史猶年少，手種檜松今老蒼。父客同時亦同盛，成都卜宅匪它楊。自注：謂壽岡。

## 贈王教授基仲基仲諱萊，無為人。父諱之道，字彦由。先君為無為縣日，與彦由丈遊

先君昔作濡須令，閭里所知清德高。末路我今慚世業，一門君乃冠辰髦。長公已有朝陽譽，自注：謂其兄蘭謙仲監察御史。夫子寧淹獨冷曹。頗念相從問疇昔，不堪歲月去滔滔。自注：先人病中聞先公持節湖外，嘗草啟云：「弟兄並擢于儒科，閭里獨高其清德」。蕃不能成篇，言之痛心。

## 贈袁州王教授時會

邂逅相逢索我詩，我詩何有鬢空絲。能聲故爾媿侯喜，到處其誰説項斯。肯約山行頻滯雨，預懷别後費相思。一官獨冷休形歎，斯會簿書都不知。

## 用韻寄孫推官二首

淚垢悲啼失母雛，可思營室共啣蕪。未能因事賦歸去，尚此折腰成走趨。豈謂微官堪顧藉，不難征路指虚無。重輕得喪吾知矣，莫待孔賓聞夜呼。

珍重章泉萬竹雛，護煩鄰里未應蕪。浮生固覺浮雲似，逝者難堪逝水趨。尚喜論詩有新益，幸逃閲士若旁無。君平未可山林去，儻欲赴盟其見呼。

## 蕃近有干字韻屬教授兄而知縣尉曹皆嘗用是韻相酬贈亦成一首奉呈並屬録事今年未見梅花故及之

回首江南千萬山，渺如霄漢邈難干。至前不見梅花朵，客裏何由老病寬。往日簿書如束濕，新來詩卷喜頻看。我衰才盡渾無奈，倚賴諸君為發端。

## 八月二十六日雨後呈沅陵教授

秋風比已涼如水，秋日還能熱似焚。驟對碧雲成突兀，忽看快雨灑繽紛。梧應留響中宵聽，菊為韜香九日聞。排遣羈愁消底物，要君詩律張吾軍。

## 挽黄參議

給事勳庸太史詩，自注：山谷先生有《叔父給事挽詩》十首。凛然人物見家規。霜鬚同老豈無種，孝友深根真得師。治行所居皆可紀，人亡於此歎吾衰。舊聞有道碑無媿，今見雲孫無媿詞。自注：郭林宗之葬，同志者刻石立碑。蔡邕為其文，謂盧植曰："吾為碑銘多矣，皆有慙德。惟郭有道無媿色耳。"

## 挽朱通判

堆勝題詩尚可懷，異時吴楚渺何哉。傳聞屢作南州佐，政自不妨三逕開。準擬歸舟成再見，驚嗟玉樹有新摧。要知盛德亡窮處，連璧光輝看後來。

## 題重脩堆勝樓

白鷺洲前堆勝樓，相望前後幾監州。自注：東湖嘗為是州别駕，有《贈洪承奉詩》。枝梧合付陶謝手，嘯傲亦須嵇阮流。怪得江山還舊觀，只應欄檻有新脩。登臨媿我焉能賦，假日空成半日留。

## 元衡過邢園同廣聲終日坐於習堂梅樹之下得長句

一間茅屋數株梅，三徑頻成為我開。賸有游蜂能掠蘂，寂無飢雀下行苔。長吟共惜頻驚落，久坐何妨晚始回。為語清風莫輕掃，明朝更欲杖藜來。

以上《淳熙稿》卷一二

# 全宋詩卷二六三〇

## 趙蕃一五

### 用老謝丈立春韻贈周文顯蕃與文顯以癸巳歲是日相識始有倡酬故及之

時序飛騰不貸人，相從還此賦迎春。衹言世態有凉燠，須信吾曹無故新。長句能同李白好，為儒未許賈山醇。兩郎玉立仍難弟，誰道先生解久貧。

### 次韻簽判丈立春日長句

未説麥黄如病人，可堪梅落似殘春。休論北客驚相嘆，試問南公見一新。謂恐齊民罹癘疫，又言漢詔發深淳。從兹度日能無事，頻與傳詩慰此貧。

### 是日招明叔飲明叔有詩次韻

客罷蕭然欲閉關，竹陰梅影兩斕斑。温風不捄詩寒相，老色聊須酒借顔。此味何妨君與共，流年莫待水西還。破春行樂胡為始，快閣之餘有觀山。

### 兩日不見在伯風雨中有懷因以簡之

卧聞急雨響林柯，想見江頭聲更多。兩日不來百憂集，一杯猶憶醉時歌。已孤柿栗霜天熟，其柰衣裘卒歲何。掾奉酸寒古云歎，治時還重力田科。

### 初二日復雨偶成

秋旱連冬勢未平，何期小雨趁元正。休論忽忽生為樂，且對欣欣木向榮。已分終身樂貧賤，自無岐路覓功名。獨於詩律存餘習，三日不談荆棘生。

## 十九日雨中

帆來鳥去蘇州句，落木長江老杜詩。得意寫圖那辦此，驚人吐句或能之。長年役役愁肝腎，老態駸駸入鬢髭。寄謝樵夫與漁子，可憐日用不能知。

## 二月六日雨中簡諸君

人言好雨知時節，紅白紛紛柰若何。田父相呼稻當種，園官語我菜添科。日長燕子自無事，渚漲桃花思汎波。寄謝同參二三老，未妨乘間數經過。

## 雨陰未解成長句

一日舒晴十日陰，春來時節更蕭森。徐行索句茅簷静，孤坐焚香書屋深。少日饑寒真累己，莫年勳業已無心。先賢遺傳時披讀，頗怪山王在竹林。

## 初十日早立寺門作

春天陰晴無定姿，陰雲未卷晴風吹。青山表見花顔色，緑竹增添鷺羽儀。郭外不知誰是主，眼中今日我題詩。人生何物非郵傳，敢謂吾廬不在兹。

## 季春十有三日作

晨起風寒又覺加，不知信復到何花。晴多且欲雨知節，雨久更思晴亦佳。寂寂蕙蘭菲臆馥，紛紛姚魏掃殘葩。故山政好不歸去，筍蕨登盤僧餽茶。

## 三月三十日

正是春時病不聊，未嫌風雨送今朝。今年紅蘂明年在，此日繁陰後日凋。詩癖不除終作祟，鬢霜無種自能饒。平生吟友俱安在，寥落天涯不可招。

## 暑甚有懷山居

風不能清友病人，睡常忘起更疲神。世間自有寬涼處，胸次休懷偪仄嗔。腕倦不勝持羽扇，頭童端欲墊綸巾。歸歟舊隱連脩竹，幽鳥窺簷席有塵。

## 呈歐陽伯威

傳得新詩字字驚，佛廊驟識病身輕。李邕昔已求工部，文舉今宜薦禰衡。祇道迷邦尚藍縷，試令吐氣即崢嶸。一官不作來南限，取友得交齊魯生。

## 呈壽岡

夏雨淒淒曾過公，祇今端復是秋風。青青但保庭前竹，渺渺不悲江上楓。每憶誦詩頭且白，可期頻見頰猶紅。自注：蓍兒時已誦公詩，今且老矣，則公後凋之操可想而知。陶家九日明朝事，問訊菊籬開幾叢。

## 九日

凋落峯寒似往時，重陽面目許誰知。摇摇楓葉未全赤，草草菊花成後期。酒量稍增愁渴肺，詩材頓減費哀髭。一年節物財如此，太息空形老大悲。

## 九日遊馬祖巖

環城往往盡高峯，更欲登高底可同。馬祖自今成故實，龍山翻覺墮虛空。當公迭唱青霄上，政我孤吟返照中。要是不孤吹帽節，孰云真隔馬牛風。

**重陽後一日作**

昨日重陽故作晴，今晨陰慘倍愁生。憑高已負登臨約，展卷空餘賦詠情。籬下菊香殊寂寞，瓶中桂影謾淒清。感今懷古無窮意，祇取村醪細細傾。

**至日**

今年至日還為客，墮我侵尋老境中。照影不堪詩鬢秃，向人無復酒顏紅。石田茅屋鄉關異，官柳野梅時序同。試問一廛何所直，苦令飄泊困西東。

**閏十一月十一日病酒不能扶頭忽得成父弟書繼又得叔異季承和詩偶成長句會有便先寄叔異季承**

北風將雪晝成陰，冷屋閒窗偃卧深。百慮欲醒還皎皎，白頭高擁更岑岑。詩從嶺外來雙璧，書自江東得萬金。得友似斯真足慰，有兄如我竟何任。

**酬在伯再用書事之韻**

西行險絶類中巴，東望悲涼底是家。渺渺春風限啼鴂，悠悠落日送歸鴉。室盈幼稚為腰折，腹有詩書宜氣華。兩日不親顏色好，出門還恐滯泥沙。

**酬湯莘夫用懷孫温叟韻見貽**

長夜漫漫起飯牛，飛鳶跕跕墮炎州。是皆有命無悲感，孰若委心安去留。駿足豈嫌鑾輅苦，散才當逭斧斤搜。吾人故有交期在，出處何須終並遊。

**子暢**二字原缺，據殿本補**尉曹用贈沅陵韻作詩見示亦用韻奉酬**

元祐于今幾故家，要尋遺事渺難涯。虛名可媿鐵爐冒，實美當知丙穴嘉。柱後惠文余故窘，伍符尺籍子無嗟。神仙也説多官府，何物蜂房亦趁衙。自注：元祐，謂君家玉池先生。蕃之高祖亦為元祐館職云。

**王原慶有詩寄謝丈簽判子暢尉曹具以見及次韻酬之**

相望千里舊聞風，何意論交邂逅中。別去傷心念風雨，詩來滿眼眩青紅。通家契好君能記，末路飄零我亦同。江左名流數王謝，一時況有小安豐。

**昨見子暢尉曹與靈鷲長老年公用蕃船字韻唱酬佳什用韻呈年老**

幾思杖策禮金仙，聞道客來如貫船。政恐方成過溪送，不能容此對牀眠。愛公詩律真餘習，憐我宗門乏厚緣。願以伽佗示深旨，莫將麗藻鬭多篇。

**莘夫再用前韻作詩謝余過其居復用韻答之**時莘夫欲從孫溫叟之館于廬陵城，并以為別，兼用韻作一首寄孫

漫道平生風馬牛，也能歷歷記吾州。相從大勝十年讀，肯過輕為一飯留。氣合未知投分晚，腹虛終苦和詩搜。我方羈旅君當去，契闊何時重與遊。

鹽車驥服駕罷牛，政使斯人此佐州。大策本收經濟用，三年何有課程留。愛其義重雲天薄，憐我詩窮肺腑搜。子見懸知問何似，為言歸決夢成遊。

**寄答曾無己見貽詩卷**

吾舅風流名海內，霜清月淡有梅詩。君曾一向蒸湘識，句裏懸應摸索知。邂逅已能成屢見，殷勤還辱問歸期。談間併為諸兄謝，從此論交更不疑。

## 沅陵用在伯林字作詩見屬次韻答之

畏寒終日卧窗陰，衰颯政如霜後林。勿謂官閒得廳冷，幾因詩至啟門深。酒才飲濕寧祟味，琴且無弦豈嗜音。政爾欲閒閒不得，和詩頻改又頻吟。

## 季奕見蕃與審知唱酬近詩過辱枉贈用韻奉答

故里歸來跡轉浮，是身投老計何由。山中閱世松筠老，江上隨波雁鶩流。攬鬢不堪供潦倒，誦詩猶及問朋遊。西鄰徐孺今文伯，我爾俱當讓一頭。

## 湯莘夫用孫温叟韻見寄次韻答之余前寄莘夫詩，元未達也

生氣千年蘭與頗，生前杯酒事如何。誰令誤舍清江釣，政爾甘持絶徼戈。有句忽成能見憶，感君知我未加訶。晚風苦雜蟬鳴樹，不謂林鶯尚有歌。

## 再答曾元之

春風吹雨雨還晴，晚日才昏昏復明。屋角乍聞烏鵲喜，林間又聽勃姑鳴。鷄豚已負鄰翁社，詩酒尚欣吾輩盟。笑我難忘滄生活，因君重憶舊風情。

## 迂齋往葛水道中蚤起有詩見寄次韻答之

桑柘陰中數畝村，病多終日厭昏昏。忽傳寄我道間作，徑欲過君竹下門。坐看諸公上臺省，誰知陶令在田園。文章勳業元難並，未易輕為得失論。

## 和答李季蓬因觀鄙語見贈

沅有茝兮澧有蘭，到今風物尚班班。有懷未覺千年遠，無力能追一字還。贈我詩何富風月，知君助不待

江山。況聞方奏凌雲賦，寧復留繻待出關。

**贈韋德卿秀才**

蚌蟊珠剖孰為冤，鶴豈鳴皋且唳天。對策未居金馬上，夜書猶即短檠邊。子誠異嗜如昌歜，我媿沉痾非藕船。永好固知當有報，思胷才索不能篇。

**次韻酬答陳席慶伯見貽二首**

詩成每輒肺肝愁，那與人充耳目謀。敢謂老懷千里志，故憐飢作四方遊。若人尚隱南山霧，老我合從春水鷗。舊契百年談未易，且言家共古揚州。

問君有賦敵相如，誰為君王誦子虛。去歲别家今未返，有親須養得安居。附名願見先友記，宣布曾傳太史書。清燕倘思詢舊事，莫辭待詔久公車。

**次韻元衡憶上饒見示七言**

避兵俱落信州溪，為客豈知湖外期。遠役不應因米屈，秋風政爾悵鱸時。故人已寄招魂作，自注：斯遠近寄數詩。吾子重歌隱士詩。回首天寒又霜雪，可教猿鶴苦凄悲。

**玉汝行頗遽以詩留之**

雲物荒荒苦未晴，客程慘慘易成驚。家貧縱乏淹留具，意合能忘賦咏情。底用飄然輕此去，未妨聊爾聽流行。年來已是乖離數，況復相逢俱老生。

**寄太和舊遊**

李暗桃春未是晚，可憐孤負海棠天。故應陶寫皆詩内，安得淋漓到酒邊。已辦經營求散吏，便思瀟灑泛江船。相思異日題詩句，遠屋扶疎陶令篇。

**秉文同成父問屋普圓過予而歸**

朝饗疎疎不晚光，暮簷瀏瀏亦無長。胡然可救焦枯厄，政爾能成湔祓方。堆案文書小盤礴，並溪草樹一徜徉。君方問隱我思去，異日相望何有鄉。

**過陳莘叔尹因以贈之**

幾從邢子問先友，相與談公口不空。治獄盡心無詭論，掛冠猶健有高風。峥嶸正爾尚豪氣，矍鑠未應閑是翁。兩月淹留見何晚，竹林松徑暫時同。

**晚待明叔不至**

為霜未就覺風緊，撥火成灰思晤言。立壁舊諳寧怲怲，孤燈垂上只昏昏。讖言已過一陽復，歸去可忘三徑存。趙孟孰云能貴賤，萬年端以勢依温。

**王彦博徐審知頻來問疾口占示之**

秋來瘧鬼不銷亡，令我兼旬病在牀。治藥頻成問良苦，易衣終日屢炎凉。但添物色增悲壯，那有功名慴慨慷。多謝故人來問疾，幾回宵度石為梁。

**邂逅徐應卿於都下要之同歸不可索詩因作**

鉛山假尉懷初識，祖印依僧憶屢過。看鏡余今歎斑白，束書君亦尚犇波。肯因艇子俱歸否，捫此空囊奈若何。好並千巖學詩去，侯門彈鋏為悲歌。自注：千巖，蕭德藻敦夫參議湖州所居。蕭與應卿尊公右元官教為武岡軍判官交代。

**偶書**

陰雲不肯放朝陽，霧雨真成作早霜。窗静網絲縈棐几，壁疎蟲語撼藜牀。故人秦越自肥瘠，世事鵠梟隨短長。病不銜觴惟覓句，不須吟詠轉凄涼。

**贈徐處士**

南朝文士數徐陵，騎省流風篆法存。翰墨了知無異道，丹青今復見諸孫。規模要自胸中具，繩尺嫌於筆下論。太息藝成頭已白，誰能持使獻金門。

**蕃有詩謝蕭伯和見訪伯和和之節推丈見而同作謹用韻併呈教授丈宋衡兄**和詩之夕，節推丈置酒招二丈飲，予詠歸也

忽聞獨奏鳳將雛，三歎遺音特未蕪。禁裏端宜奉朝事，幕中那得尚平趨。臨流置酒高人意，叩户求詩俗士無。追此何妨屢還往，可人況不費招呼。

**夜憶欽止斯遠**

木葉騷然雨到時，共眠僧榻各哦詩。推移忽已年時事，悵望相看天一涯。別後屢書渾未報，風前小立重相思。人生知復幾寒暑，一別長為數載期。

**訪韋丈叔能於嚴州西溪門外**

春王正月附人書，踵報祠官賦遂初。到處頻成詢所寓，忽能為説已謀居。蘇州舊日詩無敵，嚴瀨從來畫不如。東館輕舟雖若駛，可辭躡履到階除。

**示詹深父**

濁涇清渭本源分，寂寞安能亂糾紛。世黠只知錢使鬼，我癡但識穎呼君。乘時大駔千金射，望歲良農赤地耘。富貴要知定何物，五車何必為渠勤。

**經旬不作詩示明叔**

春風著物已熙熙，枯木無心亦自知。徑欲殷勤辭故絮，却憐窘束欠新詩。老來政怯花經眼，遊倦翻成鳥遶枝。同病同憂有如子，更堪相對兩霜髭。

**入夜應潭對岸作示成父**

溪山風月兩相當，痼疾真成得祕方。往日同舟但饒信，祗今去路落湖湘。貧離親戚古所歎，歸去田園老未忘。試遣溪頭問酒價，掃沙聊得踞胡牀。

**別約之舅**

歎息無錢歸買山，鴑言渺渺不知還。為家百畝未為泰，何事一生長苦慳。我漫參軍作蠻語，公能詩賦動江關。固窮似舅詩難敵，不待牀分上下間。

**送成父弟赴補試兼屬同行親友**

南省新陞弟子員，詔來郡國亦詳延。百年涵養期為用，一日選掄非所先。珍重好營當暑服，丁寧休覓候潮船。故知同役皆親友，莫忘書來慰目前。

**用送成父弟韻送周明甫赴補**

詔取咸知有定員，朋來争欲副招延。揚眉欲競將誰與，見敵能輕孰子先。養志鄉時惟負米，薄遊今日暫求船。男兒富貴須勤苦，笑我區區但眼前。

**送孝顯彦博昆仲赴補仍用前韻**

清時擇士豈充員，大闢賢關務遠延。一日擅場稱舉子，百年匡國是儒先。為言行役加餐飯，仍祝濤江穩放船。意愜歸來期不晚，秋風觴酒大人前。

## 送張剛中赴省

王都觀闕兩巍巍，遠道觀光亦已稀。當念功名方發軔，可辭塵土暫侵衣。春風咫尺君得意，晚歲伶仃我欲歸。儻過南山語吾弟，尺書因冷倦重揮。

## 又成父弟往餘干謁趙叔遂至池陽廬陵謁二周先生長句送行

歸我山中未一年，兩回題子送行篇。況今客路飛紅葉，不比春風啼杜鵑。東閣翹材嗟久闊，長沙夜席已喧傳。子行歷聘應兄問，併謝江東有二天。

## 過吴江訪尉曹李仲純不值代簡寄之

曉尋仙尉向吴江，聞道乘舟警吠厖。漁具畫圖睎面覿，松陵酬倡阻心降。因人尚擬它時寄，共看無因絶境雙。二季一翁新作別，望君須遣候船窗。

## 因送王亢宗使寄

經年不遇辰州使，忽喜黔陽信使通。縣尉已聞辭令尹，校官仍説困治中。可堪契闊漂流處，長憶追隨寂寞同。已是湖南更湖北，欲言風物怕愁公。

## 贈王進之

走遍東南數十州，皇皇長媿食為謀。閱人政爾亦多矣，有客可能如此不。歎我漫知耽句僻，如君真復是詩流。相逢頗恨夫何晚，華髮蕭蕭今滿頭。

## 贈別游子明 時子明已解安仁印綬，未離任云

頻年此地幾維舟，愧費主人雞黍留。祇道雙鳧已朝帝，那知一鶚尚遲秋。小能過我談不惡，重復別君空

作憂。問訊東歸所經歷，但云巖石過丫頭。

**奉贈子冉議郎老兄**

大阮談詩數起予，為言小阮最憐渠。客中邂逅能君識，天外飄零孰我如。家世要談京洛舊，古碑共閱漢唐餘。所期共剪西窗燭，却值移家方借車。

**贈别謝茂直**

江東何許上饒郡，置吏能淹謝法曹。與世相逢腰漫折，對山吟詠首頻搔。誰憐老去斗升禄，未博平生燈火勞。我自都城與君别，一官於此始青袍。

**贈沈沅陵**

紹聖同年今幾家，汎然遊宦偶天涯。先因避賊來江左，身欠看山到永嘉。世禄相期會騰踏，束書寧復漫咨嗟。我今山色催歸意，君政黄紬穩聽衙。

**贈李子永泳**

漫刺平生不妄投，不知我者謂何求。平生願作李君御，問事況聞他秩抽。驛舍夜凉陪麈尾，野田風晚從遨頭。可嗟鞅掌催成去，未盡登臨山水幽。

**贈馬奉先二首值其已病竟不相識**

使君何苦向宜州，應為涪翁句法留。銅柱寧興跕鳶嘆，金華要遂牧羊求。壯時根本先培固，老去波瀾重卷收。我亦學詩窮未達，是中得處可聞否。

湘山湘水久經懷，近歲扁舟始一來。頗見留傳詩句寫，故勝摸索畫圖開。城南雖鬱平生志，冀北未空千里才。壯節曾聞趣除詔，辭官何乃尚徘徊。

**溧陽别成父弟兼寄遠父秉文**

策蹇同來秋始高，肅霜於此背征袍。别離摇落誰入句，險阻艱難卒歲勞。好在梅花千雪樹，因思我友兩文豪。莫道凶年政艱食，徑須一醉辦糜醪。

**溧陽邂逅胡安豐赴官送以二詩**

清江江上順風船，大軸持來得縱觀。幾對江山憶談笑，故懷書札欠平安。傳聞召節趣歸對，不信淮州勞跨鞍。我欲渡江因病返，豈期於此刺探漫。

丈人筆力老波瀾，平處猶能敵建安。暫為時清掌邊鑰，却來夜直上金鑾。悵儂三徑歸來引，翻作五溪行路難。邂逅一欣還别去，雪泥連日未全乾。

**鄧師契縣尉以沅陵韻作詩見貽次韻**

歎息師門久不傳，葦問幾欲聽延緣。多君有意工文字，老我空能歷歲年。鵬鷃故知難一辨，夔蚿空復妄相憐。雖然亦可凄凉慰，衹恐賡篇别是篇。

**十二月二十六日**

水有縈紆何自來，竹能森爽為誰栽。山僧乞飯朝一出，幽子題詩日幾迴。故鶴未妨頻有客，騎驢正爾獨尋梅。得閒且盡幽居趣，顧我初無當世才。

**人　日**

元日雖晴人日陰，梅花如積杏花深。未憂盈室無儲粟，且恃春風洗破衾。莫怪物華常草草，定緣老態日駸駸。不須憤泣卞和玉，何有矜誇季子金。

### 人日懷成父弟

人日雨連元日陰，杜陵時節已如今。苔迷草色閑多思，竹倚梅花瘦不禁。徵事還慾退之集，題詩漫有蜀州心。溪南有弟遥成隔，目斷蒼然暮色侵。

### 同邢希聲遊化成巖

客授袁州且二三，勝遊兹日始輿籃。僧殘尚保高低寺，跡古猶呼上下巖。不省眼中如昔否，可慙筆底欠窮探。平泉草木今金瀨，免郡還家未趁參。自注：寺有李衛公祠。金瀨在溧陽，懷前守侍御史李公。

### 寒食前一日伯永相約過陳氏茅軒蕃亦載酒共往與者常寧尉曹明叔伯和蕃賦詩

茅軒臨水自誰開，況有荼蘼玉作堆。佳節愁孤一百五，可人共約兩三杯。輕雷淡雨林間過，落日清風座上催。更喜經行遠城市，不妨杖屨晚方回。

### 袁州北崇勝寺一首

病中曾覓虔廖炊，别後東西無自知。似説諸侯枉行卷，却從羣彦赴明時。相如定辱君王問，鄭老寧容爾汝期。幾欲寄書愁不達，偶因閒暇一酬詩。故人貽我壁間詩，何處飄零負此期。蹭蹬我今慙薄宦，飛騰君合趁明時。雖然不用逢人説，老矣何庸覓世知。借問還家底為計，兒能樵木婦能炊。

### 呈明叔且約詰朝過買江天閣

老屋支風政覺疎，況堪急雪墮空虚。黑甜頗念華胥去，白戰仍牽故事餘。雀噪還喑家立壁，鼠窺欲下粟無儲。江天快閣相縈帶，曳屨明朝不命車。

## 三月十七日以檄出行賑貸旬日而復反自州門至老竹自老竹至䳲口復回老竹由乾溪上入浦口汎舟以歸得詩十首

銅馬、丁女諸峯，皆舟行所歷云

參軍出郭匪幽尋，使者移文播德音。石蒜榆皮那得飽，刀耕火種豈能任。義倉政爾因饑發，賑歷茲焉遣吏臨。比屋故知難户曉，分行聊得盡吾心。

聞道高原尚苦乾，未妨平陸欲生湍。眼中乍見扶藜出，耳畔未嗟啼鳥讙。漢詔當知本寬大，豳詩政復著艱難。爾能粗得飢腸實，我亦安辭脚力酸。

馬騣嶺下源初發，䳲口山前漸可舟。一百八盤誰謂險，二十四溪何自遊。深厲淺揭故數數，車煩馬殆真悠悠。惜哉當此方倥偬，不然亦足供夷猶。

大麥初齊積漸黄，青青小麥更連岡。去冬屢雪有如此，今歲一豐端可望。負籠不須嗟甚苦，腰鐮行且看争忙。太倉紅腐憎泥土，亦復遥思餅餌香。

既雨得晴晴亦佳，筍輿終日度呷啞。蒙籠篁竹四三里，髣髴茅茨三五家。鄰舍相聞亦雞犬，田疇隨事有桑麻。居夷何陋慚君子，不爾辭官學種畬。殿本作瓜

乾溪溪側彈子洞，薄暮過之聊且休。志欲山林成獨往，媿無名姓繼三遊。奇奇怪怪乏畫手，鑿鑿磷磷宜枕流。巖岫水泉真兩得，未容石井獨吾州。

春今回首便天涯，留得芳英在物華。野色似雲閒放犢，樹陰如幄暗巢鴉。金錢滿地空心草，紫綺漫郊苦菜花。試考方言助多識，欲傳名字入詩家。

浦口江頭艇子呼，有懷逸興恐成孤。非關郵傳憎塵土，自愛江山入畫圖。峯勢宛如神峻拔，瀑痕渾似筆

濃枯。顧憐文力孱非敵，媵欲追摹忽已逋。

晚日微風墜鏡平，中流直下縠紋生。煙雲點綴多新態，鷗鳥逢迎殆宿盟。聚落近於邊境接，村墟亦有戍樓横。雖然王化初無外，接畛農桑畔不争。

世奇粤水與湘山，此地元居楚粤間。盡日覓詩終莫就，有時遊目不能還。驟來遥點雨初過，忽爾數峯雲自閒。遠碧近蒼元互映，淺青深緑更相關。

**九日宜春道中**

匆云秋意漫生悲，可欠重陽一首詩。瘦馬嘶風紅葉樹，村帘沽酒菊花枝。壺觴徽逐紛皆是，人物風流眇莫追。獨立斜陽屢搔首，未妨烏帢鬢絲垂。

**十二月一日因出小憩快閣而歸**

昨宵已辨雪中燈，今日晴來聊記曾。病骨可堪風似刮，衰眸自喜句如冰。鴈因就暖長為客，魚為逃寒返墜罾。北去南來匆渠嘆，身今淹泊歲還仍。

**賦辰州東園水鄉**

往日蒼苔滿廢牆，衹今新緑漲芳塘。不唯新種荷成柄，更復添栽柳作行。墨客休題洛神賦，主人政念水仙王。四字殿本作擬玉函方倦遊拓落渾無此，但擬攀搴學製裳。

**早到超果寺示成父且約歸日携家來遊**

霧裏看花喜未昏，竹園啼鳥愛頻言。土膏穲麥如争長，水脉清流却變渾。負郭無如此山寺，携家更擬泛溪村。卜居苦欲規佳處，佳處都歸衹樹園。

**歸途**

籃輿伊軋又前村，何許風來洗睡昏。木落盡還山面目，旱深窮見水根源。相逢負擔皆征利，難覓隱居躬灌園。歸路苦長行易倦，斷鴉殘月記松門。

**桃源道中用邢子中丈舊韻**

山川曾是避秦餘，何得真成畫不如。想象曾聞昔所賦，經行為記我今初。欲知賦役無逃遁，看取耕桑映密疎。雨笠煙蓑春正好，盍抛手板便從渠。

**昨日絶湖頗危追賦二詩**

平生謾説江湖樂，小遇風濤意不任。頗眩雲山相俯仰，却憐水鳥恣浮沈。神遊險向冤魂語，笑傲强為洛下吟。賴是初謀壯維楫，不然何地覓壺金。

鄱之為險舊知名，盜奪漁侵恃以成。波静宴安猶几席，風來汹湧甚戈兵。欲知舟楫洄沿趣，都在溪山表裏清。明日餘干又維纜，誦詩還是憶長城。

**既絶湖得順風頃刻已見弁山二首**

五日陰霾闢不開，步行湖觜看帆來。祇言命有窮年戹，豈料風能今日回。自是人心分順逆，枉於造物示嫌猜。篷窗縱雨無深掩，要見前山翠作堆。

幾向詩中覓弁峯，倦遊何意道兹從。欲搜短句五七字，却值浮雲千萬重。（原誤作里）頗覺嘯歌隨趣得，不同應接向人慵。連朝苦厭浮家惡，今日翻思此地容。

**二十三日使風**

江行已屬北風權，此去寧憂上水船。卧聽招呼帆轉脚，起看飛濺水平舷。鷗乘逸氣沿仍泝，鴈怯驚吹斷復連。玄妙未窮天籟説，雄豪詩讀快哉篇。

**比與成父別謂先行矣及再至溧陽則猶未也留數日與之同歸用雪中懷家之韻**

分携决意歸先我，邂逅尚留翻挽渠。已是常饑思稚子，更逾三月欠家書。歲云莫矣嗟何及，歸去來兮計莫如。壯志渡江思擊檝，老懷尋壑願巾車。

**過南昌以病不入城縱望偶題**

滕王閣上退之碑，徐孺祠中魯直詩。往客欠遊常繫夢，今行緣病復愆期。霜彫南浦短長柳，雲掩西山濃澹姿。落照有情增我恨，晚風無力度帆遲。

**峽江舟中懷徐審知**

峽江江上曉乘風，人語雞聲宿霧中。自入江西此差勝，有如吾子乃無同。未憐終歲數行役，可料此生長困窮。獨是嗜詩餘習在，聳肩搔髪願求工。

**寄題周氏園亭**

紅紫矜春一夢空，緑陰青子竟匆匆。那知黛色二千尺，況説蒼髯十八翁。萬卷讀書餘舊習，百年種德待成功。吾家相望牛鳴地，來往懸知亦許同。

**蒙　齋**

嶄巖鬱鬱勢參天，下有幽幽百尺泉。淺汲寧容長蛙鮒，早年端可洗蚳蝝。若人懷寶故如此，笑彼發蒙真易然。不但作詩能換骨，更知讀易已忘筌。

**題堪隱**在玉山尉廨

考槃何必澗之阿，喧寂由來無異科。筆下煙雲供點綴，胸中邱壑寄婆娑。清譚不負玉麈尾，白酒未孤金叵羅。試數王春才幾日，落梅將盡鳥聞歌。

**蕃歸自浙之十日斯還赴處州之約入城自此遂將從處州入關迤邐往謁朱晦菴先生興懷契闊乃成長句**

展卷才披別後詩，倡余和汝媿猶遲。書來喚去有前約，力挽莫留聊後期。徵逐里閭平日事，飄零山水異時思。從師千里多君志，餬口四方憐我饑。

**寄題周霍丘寓齋**

君住瀟湘作寓齋，賦歸仍與是齋偕。已知身世非真著，肯向功名怨寡諧。雨後更無雲在嶺，曉來那有月當階。幾思談妙從人去，人事胡為苦好乖。

**同張伯永出郊迓客倦歎之餘因以成詠**

度日無悰得養痾，不知春事已云多。桃花灼灼為誰好，楊柳依依如恨何。曲折東西山展畫，抑揚高下鳥聞歌。是間有句彊能管，古淡如君莫我訶。

**周允升見臨已而步**原作涉，據殿本改**過其書堂二詩贈之**

漣川川上一書堂，岸缺籬崩徑亦荒。問訊主人空日日，自憐求友亦皇皇。豈期雪後能相過，不憚風前往送將。隴菜半燕梅摘索，未妨小立更尋香。

問學知君有所從，未聞論事劇談鋒。滔滔元自濫觴水，凜凜定期寒歲松。不負師承經子厚，共於人物惜元龍。漣川川上書堂路，寧復斯人舊履蹤。自注：謂南軒先生也。

**訪孫子進子肅於黃堰**

茅屋啼雞日過中，小舟隨問曲能通。遥遥黄堰忽重到，落落白頭今一翁。别後每懷音問闊，見時還許笑言同。倡予和汝平生事，惆悵春風又起鴻。

**劉伯山書來云有施主爲造一亭劉子澄名曰竹溪索詩爲賦二首**

竹外青原久不看，書來賸喜報平安。脩筠流水故亦有，高士韻人良獨難。杜老不應棲錦里，謫仙終合見金鑾。兹亭便與圖經載，何況製名繇孟韓。

今人那有郗嘉賓，為子經營茅棟新。可待絃歌資廼具，詎須出郭始離塵。舊詩頗願窮罔割，後約要容王翰鄰。更喚能詩子歐子，不因對月自三人。

**遊石壁寺懷禪月**

一棹夷猶石壁來，寺門雜樹向溪開。七言粗可供詩本，十幅誰能致襪材。想見高情澹雲水，未嗟陳迹掩莓苔。倦遊到處渾如昔，欲住還成破雨回。

**登愚卿無盡藏再用韻呈愚卿**

白雲故遶青原寺，青竹深藏白鷺洲。物外未能窮往迹，眼中欣復對詩流。功名邂逅何嗟晚，歲月侵尋直漫遒。擬盡崎嶇仍窈窕，幾時扶策更挐舟。

以上《淳熙稿》卷一三

# 全宋詩卷二六三一

## 趙 蕃 一六

### 宜春縣齋寒食日作

故知寒食住為佳，可奈携家更憶家。憂樂相尋定何種，死生如夢本無涯。節中天色少來舊，詩裏風光别去嗟。李逕桃蹊事雖退，柳行因雨未拋花。

### 三月初二日雨人以爲風止之祥

讖言雨作風當正，得雨喜如遭旱時。枕藉無嗔雜簑笠，跧藏不異庇茅茨。近看楊柳大垂手，遠對雲山圖入眉。日暮横流難共濟，明當安穩遂東之。

### 三月十六日郊行

乍驚風色掃羣陰，旋見朝光上遠林。李徑桃蹊愁欲寂，麥畦桑畝秀何深。未云晨出因迎客，自喜山行不廢吟。春晚得晴如此少，寄聲鳩輩且停音。

### 宿柞樹下見趙行之所題詩

人道朝霞不出門，今朝失喜見晴暾。長林未減霜前翠，疊巘全收雨後昏。兀兀不知為底日，悠悠又復度前村。眼明見此壁間句，回憶東江數過村。自注：東江亭在衡州。

### 寄克齋舅氏

不奉書題遂一年，書猶斷絶况詩傳。興來亦復吟哦否，讀罷何當疾痼痊。慷慨初無伏波志，憂愁枉類屈原遷。使來覓我當何處，水出牂牱若箇邊。

**次韻晁大舅祖子應**

離騷皎皎在湖湘，冀北茫茫失乘黄。徒手豈能探虎穴，敝車安得繞羊腸。外家文律况吾祖，有作歲時常一囊。天遣南來端有意，要須健筆寫秋光。

**久不領衡州舅氏書以長句問動静**樞密舅鎮京口，户曹兄官宣城，聞安輿往來之，故見於辭

寥闊書題久不聞，可憐魚鴈動成羣。未傳春興衡陽紙，長憶江東日暮雲。見説風帆京口泊，又云山色敬亭分。莫言翰墨繞遊戲，看取毛錐解致君。

**次韻遠齋春雨有感**

春今著物幾陳新，未抵新詩得許榮。韓子雖云譽東野，侯生終竟愧彌明。已知林下棲遲計，何處人間寵辱驚。更欲從公問歸宿，夜深風雨四山傾。

**冲谷和詩惠書且有訪予之意**

門外秋來草長科，寂然何止雀堪羅。清詩寄和勞相憶，手札俱來仍足多。豆飯芋魁吾自有，芒鞋竹杖幾時過。相逢不用論餘事，玆道待君相琢磨。

**遊管歷院用喬子遷韻**

北沙一勺淺沙泉，三日彎跧厭客船。指似殿樓知有寺，經行陂泊見多田。清泉方斛快新浴，草屨葛衣便晚天。閲遍題名重惆悵，越州何許但雲烟。自注：越州謂喻叔奇，時為是州别駕。

**生米市盡處有寺名演義有一物且得甘叔異鄧南秀簡壽玉詩**

往來屢覓肩吾鈞，八十初逢演義僧。香爇黄連雲細細，蘚看石柱皺層層。何妨杖策往幽步，頻念竹爐眠曲肱。海内故人難數見，壁間時得姓名曾。

**嶺路惡甚問章聖寺蓋欲投宿也書寄周袁州**

舉頭易見天邊日，屬目難逢山下村。行盡土巃仍石惡，望窮雨黑與雲昏。此身何可數兹役，薄宦有誰能見存。章聖明朝還曲靚，信知緣契在空門。

**六月五夜斯遠會宿西軒爲賦七言四韻**

雨餘信宿尚留凉，况是僧房對竹床。異日江湖成遠隔，祗今林壑可相忘。囊空未易蘇貧極，酒薄聊能衍話長。竹樹並簷雖爾密，不妨新月吐華光。

**韋南雄惠酒六尊以詩謝之**

叩門何處遠行人，撩亂雞飛犬吠鄰。信有青州六從事，詎多驛使一枝春。經秋未愈文園病，晚歲更餘揚子貧。愧是無詩堪每誦，意中殊覺丈人真。

**同簽判謝丈簡寄教授李丈仍用王原慶舊韻**

斗酒百篇家有風，故應名墮勝流中。從教客論嘲元白，嬾向東華戀軟紅。好句舊來傳已熟，並遊今日敢言同。看公人物非如我，畢志區區在草豐。

**簡謝張王臣**

病過春風二月時，不知春已到酴醾。當公置酒招新社，念我因詩辱舊知。豈但讕言慰羈旅，更容醉墨對淋漓。寒窗卧想夜來樂，門外卒然風雨馳。

### 又簡張王臣

留落殊方少故人，豈其再見愈情親。幾因高論興衰颯，頻藉深杯慰苦辛。衹道朝天在長夏，那知奉檄又殘春。未聞行日先惆悵，君復何憂慨此身。

### 白水道間

一源曲折幾成橋，稻隴蔬畦高下澆。水碓暗鳴蛙吠草，緑雲亂點鷺侵苗。誰云斗粟可相挽，到處佳山如見招。東畝拔秧南畝蒔，樂哉安得助長謡。

### 贛州出示馬提刑留題麻姑山次韻

發軔名山三十年，每逢佳處一悠然。獨於此地欠行迹，始信兹遊亦屬天。壇記舊模唐刺史，句題今誦兩詩仙。和篇末至夫何敢，勢似求魚乃木緣。

### 得邢廣聲書且索近詩走筆報之

春來日日雨兼風，朝暮昏昏抵夢中。村巷忽聞喧吠犬，遠書何自落征鴻。殷勤每辱寒温問，邂逅幾思言笑同。曲逆不侯繇計拙，相如遊倦欠詞工。

### 吴仲權相别詩云欲少留桃川山中昨日同在伯懷之作詩約在伯同賦以寄并屬

### 徐季純于去非

詩卷方欣見管斑，酒杯已復動離顔。余當火原作大，據殿本改傘朱冠際，君政清虚爽氣間。逸興飄飄難並駕，好風發發待吹還。如舟可使長身久，有竹懸知不用關。

## 題湘鄉道中梅花

道上梅花無數株，似能相與慰窮途。色嚴不畏晨霜勁，馥膩寧須愛日敷。落落卒無詞客賦，紛紛只了酒家沽。雖然根本故亡恙，猶愈松明日夜刳。

## 長田道中梅花

臘前已賦憶梅詩，年後才能見好枝。我亦嗟渠苦孤瘦，渠應怪我底清羸。雖然故有臨風趣，政爾難忘覓句癡。回首江東在何許，故人相遠費相思。自注：謂徐斯遠。

## 梅已開猶未知之簡斯遠

問梅頗復恨開遲，及至開時病不知。何自折來相料理，似憐一見苦參差。君今政草凌雲賦，我又初無却月詩。風月孰於風日愈，要須一語為評之。

## 初見梅懷玉山友弟

江路野梅初折來，班班已有數花開。細看渾覺風神在，且老空驚鬢髮摧。我所思兮千萬里，知其趣爾五三杯。半年未有音書至，未過衡陽雁已回。

## 挽李子永二首

靈山山下初逢處，溧水水邊重見時。草草猶傳出山句，勤勤更枉送行詩。傳聞恍惚疑昇報，問訊凄涼自越醫。自注：始見建業張孟遠章，謂公已没，繼審於陸用之。畧計別離能幾日，誰知生死遂分岐。

封侯寂寞空飛將，佳句流傳自謫僊。半世作民纔六考，他年垂世有千篇。篋中酬唱都無恙，天外音書不復傳。五嶺三苗底處所，千巖萬壑若何邊。

去德清十數里阻冰舟行甚艱

常時一夜北新橋，問訊茲來故不遥。豈慮堅冰忽成合，更當冷日未能消。志存紆直無渠怒，行有艱難自我招。賴是晴山有佳色，不然何以慰無聊。自注：自湖州欲行大溪，舟人以路直而來。

貴溪簡李商叟方元直

李侯佳句似陰鏗，早向茶山識贛曾。滌器寧同長卿逸，閉門不學玉川憎。平居尚憶尋君去，南廟應還訪我能。詩卷當時更誰與，玄英文采被雲仍。

十七日晨起簡諸公

年多病暑苦亡聊，夏忽如秋意自消。竹屋紙窗宵摵摵，雨條風葉曉蕭蕭。凶年未易辦五斗，樂處却思甘一瓢。幾日詩筒似疏曠，意乘聊復一長謡。

六月十一夜簡孫子肅子儀

暑氣侵人百不堪，晚吹微喜鬢毵毵。手持白羽不勝倦，醉漱清泉欣爾甘。定夜數鍾隨谷應，臨流幾木與天參。况當風月佳如引，祇欠兩公相對談。

簡季純去非

寒食今年兩日晴，已焉疏雨洗清明。酴醾自後牡丹發，反舌乃先鶗鴂鳴。多病未能疏酒盞，畏閒聊復近詩盟。相看政爾閒何闊，異日書題空叙情。

簡斯遠兼懷成父

聞道籃輿出行田，歸來藥裹手親煎。旱而不雨熱尤劇，節且立秋凉未便。我亦南山成卧疾，弟猶北闕未廻船。江南已自傷流落，何況湖南路渺然。

簡贈吴仲權鎰

江西名士多所識，盡道延陵有異孫。賦就早能傳學子，詩成晚更徹宗門。經過縣郭辦相覓，邂逅心期欲暫論。禁省催君詠紅藥，江湖要我擷芳蓀。

簡賈新之

君詩耻作閬仙瘦，頗厭飄零其故何。求士近聞勞仄席，斯人未用豈懸科。交情滿眼盡今雨，世態由來俱一波。所願深持後凋節，傳書獨行不為過。

用賒韻簡賈新之

洛陽人物舊傳誇，殊縣相依得賈嘉。魯殿獨餘多劫火，玄都看盡幾番花。寓懷不但篇章好，評古猶多論議譁。問我若為成間闊，路經墟落苦嫌賒。

驟寒簡明叔聞仲威數過之

相逢日日訝冬暄，為此陰寒僅覆翻。破屋未愁茅盡卷，近林無奈鳥相喧。馳驅短景貪黄卷，咫尺梅花憶故園。聞道頻迂長者轍，教兒勿掩席為門。

用前韻再簡明叔仲威

晨興襖子欠黄綿，宿火灰深更苦翻。官冷自疏鳧鶩進，兒饑不作鴈鵝喧。孰云數口須微禄，已料此身終灌園。二子交期非勢利，故能衡雀屢排門。

藥圃舊無竹僕爲作詩從閑止乞栽

如聞舊隱竹多有，想見頻年筍更添。一日借居無不可，數竿分我未傷廉。懸知影可連書屋，便恐山無到野簷。如許作謀還自笑，未應於此是真潛。

**重懷思隱之作因回使寄明叔兼呈從禮景立**

問訊新篁今幾長，高應出屋下侵廊。遥憐初日弄碎影，相見午風傳細香。卧看行吟君得意，晝思宵寐我回腸。嚌門為戒須高眼，有客能來儻姓王。

**去非尉曹於廨舍之側鑿池種竹爲亭其上名曰有竹取文公詩云也**

舊日南州於去非，一官黄綬不嫌卑。要為賓主壺觴地，因著胸中水竹期。怪底不同東野耄，政由深得退之奇。過君池草生春日，憶我叢篁長夏時。

**乞竹亡有藥圃主人買以種之**

時人蘄惜千金費，肯似俞郎買竹栽。老節尚封南磵雪，定交新得北枝梅。幽禽亦自知人意，度日頻能為我來。十飯未妨全不肉，上番春筍待新雷。

**建德道間**

婦並蠶筐候蠶浴，兒眠牛背趁牛行。要知比屋俱無事，看取人家盡樂生。麥畦就熟黄雲委，秧壠初齊緑浪生。快活收聲聞布穀，可憐鳥語近人情。

**蕃來湖州連與叔驥和叔明父叔寶相從又從和叔獲見先給事遺墨輒賦二首**

東南名勝白蘋州，人物咸推故國劉。往歎賦歸何勇決，今觀遺翰許風流。遠齋視我曾青眼，酒正今年成白頭。尚喜君家文墨事，到今三世未能休。

邂逅忽成三癸亥，就中和也少三年。諸公濯濯故如許，老我蕭蕭真足憐。少住政當愁雪日，欲行翻是喜晴天。東南故舊多離闊，猶喜丞能共此筵。

### 登李叔器家見一亭

别駕當年蚤見幾，郎君久亦棄文闈。閉門幽徑滋蒼蘚，杖策高亭接翠微。試問丘園返初服，定勝風雨蓋征衣。一官政為饑寒計，未免饑寒故不歸。自注：卒聯蓄自謂也。躬之不逮之媿可勝道哉。

### 贛丞陳擇之官滿歸清江追餞珠林

經行此地幾維舟，我亦飄零苦倦遊。旱久未教梅破臘，霜遲留得草含秋。離懷不似殘年促，細雨何如驟雪收。底事令人重分首，自茲出處恐殊謀。

### 程季儀沈儉夫携酒見餞於湘中館借用季儀所次五峰先生舊韻見懷之作

擬和題詩畧未成，卒然風雨暗前津。高秋政應凉如水，餘溽胡為暖似春。載酒肯來真好事，艤舟聊為駐行人。異時懷玉山前過，一訪耕桑老病身。

### 謝李正之惠潘墨

地爐窮日坐寒灰，顧與貍奴争席隈。硯少磨研塵滿面，筆疏驅使腐生莓。慇懃不記玄圭覓，邂逅欣同賜璧來。藥裹關心廢詩久，恐因詩械却為災。

### 曾郢州携和詩見過次韻謝之

家世風流翰墨林，政和佛祖務傳心。浮辭肯作齊梁體，古調直諧韶濩音。入社敢期陪唱屬，贈言從此得參尋。惠然更辱高軒過，不問春溪緑漲深。

### 留别周參政詩二首

元祐登瀛盛古今，祇今衰冷媿諸任。聖朝既有徐州相，得路仍知異日心。齷齪更無微價市，鵁鶄自愛一枝深。故同坎軻荆蠻徙，昔所悲歌今放吟。

故意還叨累十觴，諸家所歷信踰常。黄塵倦馬久非地，野水白鷗終是鄉。勾漏不惟兼採藥，長沙更欲訪沅湘。憑虚便謂神仙近，却覺仕途真渺茫。

**程士和和詩送酒復用韻**

半夜詩成疾置看，甚思走筆退知難。我如楓葉非關伐，君比梅花不帶酸。豈是獨醒羞衆醉，政由尚白懼朱丹。一尊重辱相料理，不爾何緣罄一歡。

**趣成父寄酒**

如聞已熟遂初泉，日日江頭數過船。梅嶺望來能止渴，麴車逢處解流涎。故人海内忘形少，風味杯中到手賢。遥想容齋對陳子，有時醉倒竹騷然。

**喜俞玉汝見過**

秋風起我友朋思，倚樹談君語未移。祇道窮年上湖海，那知今日會茅茨。病多止酒家無釀，貧乏羸糧甑罕炊。作底勤渠相勞苦，倒囊共出别來詩。

**明叔今日不過書齋**

竹屋深深晝亦陰，病多無復短長吟。三年肯住見君意，一日不來關我心。蟬噪未知秋日晚，雀投如識故枝深。殘書亂帙慵能整，倚賴殘樽尚可斟。

**呈衡州使君先生**二首

當年月以秋中過，今歲凉因閏故遲。渴想話言思亟見，暑侵鞍馬敢云疲。曾聞遺俗有存者，豈若吾身親見之。少不如人今老矣，朝聞夕死庶幾為。

常州何乃又衡州，或謂茲行乃勝遊。鍾鼓相聞尋嶽寺，茝蘭無數踏湘流。是中夫豈先生樂，此段聊供幽子求。嶽麓相望唯石鼓，要令吾輩務藏修。

## 清江道中

自入西江絶少山，蹔看平遠又彎環。自注：自過南昌，兩岸絶不見山。望窮浩浩鷗波裏，詩墮蒼蒼暮色間。網户謾多魚踴價，酒壚雖少客酡顔。兒時所歷今重過，無復衣斑徒鬢斑。

## 次韻陳縣丞謝送筍

官曹常恐廢書勳，賴是相看有竹君。送筍但知修歲例，辱詩還喜繼前聞。自注：頃送筍與張伯永，丞常有倡酬。饞涎肯為口腹計，幽處要期風月分。我事且然成忤俗，奈何君復露奇文。

## 晚晴四首

殘風落日蟬亂鳴，細履小園欣晚晴。投林倦鳥分暝色，滿地落葉無秋聲。衛尉一錢曾不直，阮郎幾屐畢此生。三十六中第一策，脱却世故甘傭耕。

五日舟行雨間晴，晚逢寒日上晴林。山因絶翳修眉展，水得無風墜鏡深。可恨飄零獨南北，不如水鳥共浮沈。向來止酒緣多病，新為清羸又一斟。

度月陰霾增病苦，重陽開霽見秋新。菌生康樂登山屐，塵敗淵明漉酒巾。强擬扶持成小憩，路逢借問一何頻。莫驚老瘦非前日，看即推遷類昔人。

不知林薄上新月，但見村墟生遠烟。滿地蟬聲争嘒嘒，連溪鷺影落翩翩。舊時不負登臨集，未老還為疾病纏。賴得一晴供節物，未妨七字發孤妍。

## 孝揚成父約見過屢展期云須晴也

雨到叢篁忽暗鳴，譙門應已載傳更。伯淮被冷睡難著，孺子榻空塵欲生。幾戒樵青成痛掃，屢聞黄耳遞虚聲。逢迎可待休形歎，祇恐窮冬無好晴。

## 呈原缺，據殿本補劉通判

自昔盱江妙人物，未容修水擅璵璠。獄平冤滯繇仁勇，衆息讙譁賴德言。謂繼更生校中秘，却追子驥問桃源。神仙天上多官府，盍鄉蓬萊甗弭轅。

陰伏陽升直泰辰，當年猶想降庚寅。泰山北斗人皆仰，和氣春風德有鄰。會即吹嘘九天上，豈徒風月五溪濱。不惟相國同年契，更有齊年相國人。自注：公與右相同年，而與左相同生。

## 過在伯於學中

曉出城南日映光，水烟横截樹烟長。多聞政欲從君語，造請寧能遣我忙。勝可作亭攄意匠，醉因種竹試傳方。規摹豈止衡山小，安得高歌題屋梁。

## 呈廣仲運幹

招真巖畔菊花秋，憶昨賦詩相贈投。不但居民思甜樹，每令客子擊疑當作繫行舟。只言騰踏已云遠，豈料轉輪由爾留。我亦老焉猶昔日，倚樓看鏡兩悠悠。

## 負暄

天公知我寒無褐，惠以簷間百尺裘。挾纊固殊如是想，索衣不歎晚為謀。神融遽合莊周夢，意氣俄乘竹葉舟。側聽屋山雞正午，又愁寒雀暮啾啾。

## 送潘湖南二首

湖海頻年歷四遷，治聲往往遂無前。長沙夜席喜今召，右史素風追昔傳。要識平治端有道，不知論奏孰為先。豈惟人士想風采，聞說天心正渴賢。

名世公今第一流，百年端見幾人不。臨民不作子桑簡，好善咸推樂正優。侍從近臣方妙選，林園勝事未宜休。曾聞王貢彈冠事，無奈相如故倦遊。

## 和青田劉令同年見答寄茶之作

越國春芽舊有聞，換來佳句益堪珍。主張品格曾無過，吟寫工夫直有神。鴻漸烹煎應巧密，玉川才調本清新。索居海角淒涼甚，時得吟哦慰此身。

## 周愚卿求所藏靈壁石名堆雲

一自風塵没泗濱，英遺何敢漫嶙峋。崩騰直自天邊落，拳握空夸席上珍。好事了知真是癖，傾家務買不論貧。不來俗客仍須鑰，夜半負舟端有人。

## 六月初九日晚大雨簡文顯子暢

千里歸來病作勞，偶因好雨試揮毫。涼聲何止到草木，秋意直將侵鬢毛。坐念司功狂欲叫，自注：謂子暢。更懷元亮卧方高。自注：謂文顯。何當過我茅簷底，不獨譚詩亦具醪。

## 午風大作已雨甚微

老屋支風懼壓焉，若為吹雨但疏然。池蛙閣閣自得意，圃蝶飛飛人故憐。玩物不妨尋物理，得閑聊爾賦閑篇。枕書幾欲成幽睡，又怕饑貂攪夜眠。

## 莫萬安以甘雨應候用社日韻作詩見貽次韻

今君憂樂皆農務，信有雨來晴便晴。寧似倦遊傷傴仄，不堪終日屢昏明。歸舟净緑不可唾，舊舍小灘渾欲平。元是江湖竿釣伴，可須釣叟自為名。

## 子暢雨中見過且惠以詩乃用蕃謝文顯載酒之韻復用韻爲答併簡文顯

草本荒凉門半掩，故人誰肯為予來。要師原憲安非病，敢學襄陽怨不才。春自堂堂花更落，髮今種種老其催。謝安故有東山志，過我題詩拭硯埃。自注：僕所居名東山。

雨合茅簷書罷看，惠然君乃過蘇端。澆胸細酌杯中物，洗耳飽聽溪上湍。近喜同參詩有味，晚期偕隱谷名盤。因聲寄謝周夫子，文行如斯古亦難。

## 畢叔文以雙頭白蓮送程士和録唱酬詩以求殿本作來因次韻

是間何處有漣漪，況復雙蓮為出奇。要使惔焚成一洗，政須冰雪露多姿。折來不許從君玩，賦就空能唤我為。已見神人出姑射，定煩朝日避咸池。

## 次韻簽判丈牡丹

長紅小白總堪珍，一見名芳歎絶塵。疇昔空傳醉翁譜，祇今如訪洛陽春。重跗固已稱尤美，徑尺真成出斬新。好物堅牢世那有，莫嗔採掇付厨人。

## 次韻畢叔文牡丹

春來不雨即衝風，紙貴衡陽欠此工。未問姚黄并魏紫，但思澗碧與山紅。敲門惠我枉新作，展卷想君恰遶叢。舊事與誰談洛下，倦遊聊爾話黔中。

## 嚴從禮折送牡丹且副以詩次韻

幾日雲昏病亦昏，問春咫尺負名園。兩枝何自落書几，一笑為之開酒尊。怪底江南新種得，未饒洛下舊名喧。不然故有栽培力，能使芳根學返魂。

## 水仙

楚辭香草費磨研，何獨無言到水仙。薦菊要令和靖配，思鱸更儗步兵賢。未應玉樹能回死，寧與梅花作導前。多坐未能空結習，故遭天女散諸天。

## 倪先輩送水仙一科數花

倪郎知我愁無度，故遣水仙來叩關。悄悄如逢度相遠，亭亭似直待夫還。飄流歌舞餘杯斝，脱略簪笄失珮環。寒眼何堪重對此，一軒風月閉窮山。

## 詠書齋梅

憶昨看梅恨不早，而今顧索晚方開。朝來已作二月暖，花事應憐老境催。防護可加人漫巧，飄零未免句空哀。夜深耿耿欲忘寐，明日更憂風雨來。

## 陳嚴一二君頻送蠟梅因以成詠

綴蠟為花荆作枝，列為梅種自何時。詩多草木初無與，賢比蘭茎又見遺。祇道品題終不遇，豈期坡谷解相知。却憐二士空齊魯，不及西都講盛儀。

## 觀邢園梅偶成長句録呈上饒故人段元衡鈞

今年未省賦梅詩，疾病侵陵道路疲。兩日喜逢新霽後，數株還見欲開時。色香於汝寧能盡，心迹如余只自知。不是新來苦耽酒，捨渠何以慰支離。

早歲

早歲耽詩老不工，但餘多難似詩窮。忽來數紙丁寧甚，恍憶他時繾綣同。幕府十年公勿厭，風霜滿面我思東。幾因江發蠻夷漲，欲問漁翁借短篷。

田家即事

漫道詩書可起家，未知田舍足生涯。不辭傴僂翁栽稻，能作紛耘婦剥麻。口腹定繇勤力許，衣裘寧怕大寒加。罔知耕稼求温飽，行役雖勞莫重嗟。

聞桑葉賤甚感歎有作

種得桑栽接始成，剃自注：土人呼為平聲。鋤長及夏時營。葉黄已説都無價，蠶老那知轉更平。自是初頭放種薄，曷能斷手有絲贏。田租减放猶科校，况此全催可後程。

偶成

落盡羣芳未肯晴，重尋破褐尚寒生。風輕簷廡頻來燕，雨合林園未有鶯。慷慨董生悲不遇，蕭條靖節賦閒情。倚樓看鏡徒增歎，散髮采薇真是清。

即事

秋日勝春句匪誇，信春無賴覺秋佳。睡餘對客霏談屑，茶罷卷書揩眼花。寂歷斜陽簷影斷，蕭疎黄葉雀聲譁。家貧尊酒雖無舊，多謝鄰翁許屢賒。

寄周内翰

一自春風辱報書，後來安否定何如。江山我敢涪翁後，事業公真六一餘。百年半途過九十，千間大厦豈無廬。不知蹀躞天街馬，孰愈崎嶇經壑車。

## 上七里嶺

天公知我行良苦，垂上嶺時容少晴。登山著履原作屐，據《永樂大典》卷一一九八一改自不惡，卧遊作圖空復情。此來豈止試脚力，政坐久不尋詩盟。山礬雪白藤花赤，高樹木蘭低紫荆。

## 晨起聞徐應卿誦季益詩作詩寄季益兼簡公擇

詩工於我貧相似，䛿跡招提亦爾同。問訊稍愆書草草，往來長恨馬匆匆。黄花紅葉時將晚，衰髮蒼顔道轉公。寄謝俞郎近安否，會看搏翮上秋風。自注：公擇欲赴秋試。

## 呈簡壽玉

門外雙槐日已高，庭中鉅竹與争豪。蕭蕭共倚青雲翰，渺渺仍工白雪操。欲向瀟湘訪蘭芷，却從吴越看波濤。問君役役胡為爾，我亦歎嗟出入勞。

## 簽判丈見約同諸丈携酒過賈新之運屬適以周侍郎過郡附舟謁之比到城周已先去既失見周又失與賈集不勝悵恨因成長句呈簽判丈運屬丈

載酒俱期過閬仙，悵然何事獨求船。春風易遠朝天旆，夜雨空成借榻眠。誰謂此行真不遇，了知一笑欠前緣。連朝定有新酬唱，到我凡當第幾篇。

## 在伯欲見洪龜父夏均文詩因逸歸玉山取之自常德先寄以來偶得長句遣呈

疾風不雪翻成雨，甚欲相過愁出門。短日已曛燈未上，曲身難直坐如蹲。兒歸尚作他州隔，書到能開病眼昏。併致江西洪夏集，一樽徑欲與君論。

## 呈晦菴二首

一紙書來遂隔年，江湖遠地水連天。紛紛横路又逢此，凛凛歲寒嗟獨然。學道終期世勲業，抄經聊了佛因緣。白頭下士重來拜，依舊鷗汀鷺渚邊。

不上龍門五過秋，袖詩還是覓扁舟。胡然貧病祇如昔，聽爾行藏隨所由。未厭室人能我謫，故防知己作公羞。孟郊五十酸寒尉，想見溧陽神尚遊。

## 呈康職君謨

高譚自可解人頤，何况携醪烹伏雌。衰白無庸辨鬚髪，困窮端只坐書詩。西湖閲境君其訪，南畝深耕我自期。異日書來話疇昔，黄溪寺下雨昏時。

## 呈季承

發舒言笑非關酒，慰藉辛勤一以詩。往日追從雖舊矣，祇今夷險更同之。真仙巖窒君行訪，自注：融有老君巖，張安國題云：「天下第一真仙之巖。」快閣江山我亦披。自注：快閣在白下。但恐衡陽無過鴈，書筒不至費人思。自注：季承欲適古融，余亦行官白下，故云。

## 呈周昭禮二首

自從君發信州船，令我登臨每悵然。把臂真成一傾倒，轉頭知隔幾山川。憎余况有年年惡，美子詩堪句句傳。記取相逢又相别，菊枯荷盡早梅前。

又向江頭覓去船，故山歸路反茫然。秋鴻社燕各千里，落日殘霞同一川。酒得老兵猶可飲，詩須我輩始堪傳。經行到處無生景，平日夢中今目前。

**呈劉子後**殿本作俊**趙行之司理舅二首**

南渡凄涼六十年，故家遺俗日蕭然。不應門户端如此，政坐吾曹欠勉旃。斗食我今悲白髮，束書今喜繼青氈。鄉來未識衡州士，閭里皆推有此賢。

忽忽江頭住一旬，敢疏請謁恐煩人。肯敦宿昔論交舊，更辱慇懃枉句新。已向清澌原作斯，據殿本改看流水，更從高節撫霜筠。白醪煮餅留終日，吾舅於今驚座陳。自注：行之併枉惠詩，是日同為兩寺之遊，故及之。

**告別晦菴晦菴有惜別語因用張志和答陸羽問作詩呈之**

負笈初忘道阻長，求船翻為歲犇忙。一尊故惜時重與，四海當知別未嘗。渭北江東無異轍，太虛明月本同光。屬公忽諱輕為別，遣客仍知醉不忘。

**用文顯秋字韻呈簽判丈兼簡子暢兄**

林園瑟縮似高秋，門巷蕭條若故侯。粗有百篇兒可誦，何須四海轍能周。憐才滿世今誰是，好士如公獨見優。父子曾聞自知己，朅來敢意許同遊。

**雨後呈斯遠**

已是霜凝更雨温，春其漸起但無痕。莫嗟草色有垂死，定自梅花當返魂。小駐要須窮日日，細尋無惜遍村村。揩摩病目從兹始，併待君詩洗睡昏。

**呈慶伯**

開到牡丹春十分，不堪風雨尚紛紛。酒杯强適誰知我，藥裹關心更念君。老去青衫原作山，據殿本改甚藍縷，愁來白髮嬾鋤耘。原作耕，據殿本改稻鍼出水蠶初掃，慚愧耕桑每廢勤。

## 用韻呈明叔

白鷗自倚占深灣，亦有幽人此照顔。豈但襟期非世俗，要知吟嘯奪天慳。江天見處從教闊，松竹栽成不要删。我若賦詩君為寫，絶人翰墨勝高閑。

## 用簽判丈送徐大雅之韻呈簽判丈兼簡子暢兄

年高端已輩吾翁，況倚通家夙好同。長夏江村能數過，論文尊酒未憂窮。分趨幕府如工部，恥入帝城因子公。聞道郎君亦輕禄，故知難進是家風。

## 夜呈欽止審知時欽止歸自三衢

政爾相從問阿兄，忽聞門外竹車鳴。對床縱復無今雨，展卷不妨同短檠。頗念興乘聊一詣，却憐侍立苦頻更。風微佛屋琅璫絶，古柏陰中看月明。

## 呈慶伯

顧藉微官無一分，强能從俗亦徒紛。他鄉驟喜逢詩伯，故里渾疑對竹君。莫為饑寒常道路，要留精力事耕耘。如君少壯端宜勉，老我衰摧直漫勤。

## 呈梁從善

飄流老矣謂知津，邂逅欣然願卜鄰。不但梁邢丈人行，更吾騷雅社中人。前秋一見遽為别，今日重來情倍親。政自論詩得歡喜，更因話舊忽酸辛。

## 呈審知二首

秋風已作重陽雨，客子將回下水船。卒歲褐裘悲破篋，豐年稌黍欠多田。平生漫説詩書學，滿眼不袪兒女煎。頗怪淵明瓶乏粟，若為猶送酒家錢。

樓前木葉下繽紛，樓上長吟獨有人。勿漫悲秋成楚些，要知達識自天真。從渠屐著一生幾，莫問錐無今歲貧。平日相期定何事，君今到岸我迷津。

**九日王越卿司法置酒要客始約登武安之塔爲遊人所先已過圓通晚更集於彥博之居越卿醉後作畫其先大夫公亦能畫云作詩二首**

登高有約乃相違，故遣村船逆上溪。寺與松篁元不隔，路經蓬藋却成迷。數君放逸仍懷古，老我悲凉况哭妻。鄭重莫逃雞黍社，又隨新月共扶藜。

王家父子竹林期，談笑初無世俗姿。戲搦敗毫成凍羽，醉回老力出枯枝。解吟秀句寰區滿，不擬常稱老畫師。大令右軍疑只爾，外人笑怪若能知。

**九日莫令置酒縣齋余以病不飲作詩呈坐客**

孰使庭花未肯黄，政應知我鬢新霜。茫茫永夜無時旦，索索窮愁曾斷腸。坐久支吾催煮藥，飲豪絡繹看傳觴。廢遊不但因公事，風雨連朝故覺妨。自注：莫令有不及登山之歎。

**李商叟舉似用南澗山字韻茶山星字韻數詩輒借韻呈商叟二首**

已悲傲吏失南山，尚喜王儦峙舊壇。感愴自應新髮白，乖離可使舊盟寒。篙師徑欲通宵發，我輩深嗟會面難。月底婆娑燈下語，怳然還是昔年看。

吾州疇昔聚文星，我已後之君有聲。丹筆未讎天禄閣，白頭猶住錦官城。舊諳林麓深堪隱，今見溪山遠更明。牘欲相投小盤礴，溪頭亡那櫓雙鳴。

**蕃嘗以閏九日約謝章二丈會南堂有事而止既欲復理前約乏酒未能因見唱酬**

## 嘉字韻詩卷借韻呈章丈

已後兒曹疾走誇，分同杜叟客忠嘉。白衣莫致有名物，青眼謾看無數花。念我豈無巖壑暇，從君恐及簿書譁。不唯孤負登臨約，亦覺詩筒到眼賒。

## 九月十一夜雨中讀吴夢與詩書以示之

疾風吹雨過江干，老屋闕牀無處乾。切切冷蛩深撼壁，纍纍饑鼠下窺簞。枕衾屢撫眠難著，燈火重呼詩細看。謾説為官猶我似，念君懷抱若何寬。

## 九月十六日文興折贈緑萼梅數枝花多而甚香非尋常梅《永樂大典》卷二八〇九作狂花比也

舊聞良月似春時，真有梅花如許枝。緑萼深宜翠羽宿，静香獨許蜜蜂知。木犀莫道開能再，庭菊無嗟晚乃移。不是南方地偏暖，寵光瀶已落天涯。自注：是日明堂肆赦。

## 十月晨雨

昨夕斜陽照墟落，今晨細雨暗簷楹。田夫荷笠趨田去，織婦連機競織聲。畏餒但憂瓶粟罄，怕寒聊倚鬢絲明。古來名士多如此，底事於予亦麼生。

## 十月三日鄭秀才惠菊植之晏齋窗前尊酒偶乏與稚子烹茶原缺，據殿本補作重九

旋斫寒梢縛短籬，菊窠三兩帶花移。莫嗟已落重陽後，自是江南秋到遲。原校：江南一作山寒菊開便是東坡節，酒盡空哦清畫詩。竹隱異時尋故事，送花常憶鄭當時。自注：東坡嘗以十月作重九，皎然有《九日與陸羽烹茶詩》。清畫，皎然字也。

## 十一月初五日晨起書呈葉德章司法

臥聞落葉疑飄雨，起對空庭蓋卷風。政自摧頹同病鶴，況堪吟颯類寒蟲。忽思有客渾如我，却念題詩不似公，已分虀鹽終白首，可因霜雪媿青銅。

**德章法曹再用銅字韻作詩爲報復用韻奉答**

人窮往往咎文窮，歷數前賢半此風。春去林園乃啼鴂，秋來牆壁自鳴蟲。世悲工瑟如齊客，我嘆好龍多葉公。苦節期君類松柏，根能如石幹如銅。

**十二月一日同陳明叔修絶江遊古城白泉**

快閣呼舟渡碧江，舉篙驚破白鷗雙。謾云擇勝心如渴，不待窮幽意已降。試遣折梅巡野圃，少須酌茗坐僧窗。欲將韻語題今日，筆力輸君九鼎扛。

**十二月初四夜同吴資深陳明叔宿觀山**

一源何自發嵌空，漱月流風晝夜中。故有松聲雜清越，獨無梅影照玲瓏。鄉人但説觀山寺，客子深懷太史公。好事陳吴不易得，冒寒襆被肯來同。以上《淳熙稿》卷一四

## 趙 蕃一七

### 呈辛卿二首

詩老當年聚此州，邇來零落盡山邱。公雖暫爾淹時用，天豈特令繼夙游。幽事儻多塵事絶，靈山孰與博山優。林棲相去無百里，窈窕崎嶇可後不。

今昔名流幾許人，况於室邇更身親。南州行卷雖云舊，東閣知名固若新。自注：蕃頃聞右揆稱公文章。再見每懷風度遠，兩年空恨往來頻。其誰為我談名姓，車轍勤公野水濱。

### 進之復有湘潭之役二詩見惜别意

歲盡君當又一歸，開正我亦具征衣。祇今湖北地非遠，異日江東書恐稀。酬唱未能相數數，别離於此再依依。到家無事還宜早，柳弄色時梅片飛。

君詩悟入已多年，信手拈來總自然。静似幽人居在谷，勇如壯士起臨邊。波瀾收卷雖餘地，光豔發舒終屬天。笑我飢吟空白首，亂蛩衰草晚風蟬。

### 湖洲贈别劉叔驥昆仲

吴楚相望信不通，謾憑雙眼送歸鴻。豈知留落江湖外，又得從容笑語同。賸把詩篇攄别恨，莫辜杯酒對秋風。明朝徑問吴松路，恨不與君俱短篷。

**別趙常德**

舊詩零落似前生，豈意公能識姓名。青眼何堪孱如故，白頭自覺已無成。普天無復歸耕處，薄禄謾為餬口營。今日違離定何往，壺頭路險更秦城。

**別晦菴**

身墮南州已覺賒，五溪從此更天涯。別腸何止成萬轉，霜鬢不堪今半加。頗念客留同此日，絶憐歸夢每還家。公如踵赴仙都約，猶擬頡頏飛佩霞。

**留別邢大聲昆仲**

再歲春風把酒杯，今年更覺倍遲回。海棠消息知渠負，楊柳風流笑我衰。舟過重湖定安否，書來一紙勿悠哉。是身老矣腰仍折，寧待田園歸未來。

**留別趙南紀**原作絶，據殿本改

少時未識廬山好，老去知山却遠山。白鹿何繇與絃誦，紫霄還復共躋攀。林巒有失君何意，松菊猶存我得還。俱是江東巡管内，異時書札願無慳。

**留別俞孝顯孝揚**

生事平生非我謀，飢寒長是費君憂。相如自厭遊成倦，曲逆人知老不侯。盡室經年曾未厭，一官千里去難留。異時安否如相憶，一問溪頭上水舟。

**留別在伯**

準擬梅花共賦詩，那知人事有乖離。交情自謂惟君厚，世態于今猶我知。盡室飄飄雖匪計，此心炯炯幸無欺。一官謾浪端何以，從此歸耕已自遲。

**鍾子崧己丑歲簿秩滿去今自饒州教授還猶選人也感嘆之餘賦以別**

十四年中三別君，別君每輒嘆離群。案惟占位崔斯立，客乃無氈鄭廣文。給札不能因狗監，校書從昔老揚雲。君顔得酒猶能少，我髮如霜不可耘。

**贈別徐永叔**

憶曾看竹過焦山，重記同舟駭浪間。邂逅真成肺肝熱，别離空益鬢毛斑。芻青飯白吾能設，車殆馬煩君莫還。此去江淮兩蕭瑟，為言無遣尺書慳。

**别范建康**

早日學詩才得窮，人窮乃復媿詩工。如公久已獨步外，顧我何堪猥誦中。歲晚人家方墐户，地長客子尚飄蓬。如聞深講救荒政，忍使簞瓢獨屢空。

**别朱子大蘇召叟昆仲**

薄宦塵埃易滿襟，問盟猶喜盍朋簪。只今風月一杯酒，明日雲山千里心。楊柳陰疎秋舘净，芙蓉香冷暮江深。潮回一信西興渡，頻寄相思别後吟。

**留别周愚卿兄弟**

四海雖云皆弟昆，悵兹薄俗與誰論。平生泛愛老逾厭，獨覺君家久更敦。百里闌干山作几，數家籬落竹為村。異時相憶相思處，明月清風同酒樽。

**留别叔驥和叔**

一見梅花醒病昏，重逢雙璧競清温。占風占雨行未已，看水看山心故存。亹亹愛渠談緒遠，班班覺我髩絲繁。江天何處不須買，畝蕙畹蘭期並門。

## 寄周昭禮

都城飲別四年餘，寥闊無因問起居。聞道客游猶往昔，不知生理比何如。謾從詩卷追還往，肯向書筒計密疎。折得梅花睇江水，驛程千萬渺愁予。

## 寄劉凝遠丈二首

清時二浙湖山主，合在公家不屬人。求去非貪鏡湖賜，歸來便作許由鄰。喜聞吾黨有高退，頓使幽居忘賤貧。想見詩題硬黄紙，更無夢到軟紅塵。

水雲痛飲玉光詩，勝踐那容俗子知。此樂祇今寧夢見，臨風空爾費懷思。蘇門長嘯誰能和，赤壁成功顧已遲。當日唱酬誰復與，皆云驥子好男兒。

## 得周畏知書病久不報以詩寄之

莫道寒温祇素書，也於朋友見親疎。自從一反南昌役，無復能安古寺居。憔悴直為人所棄，殷勤獨肯問何如。缺然不報非緣懶，瘧癘經秋未掃除。

## 去年過鉛山一見季承自後邈不相聞秋試度必入城因成父行寄之以詩

去歲飄然反自閩，訪君曾為駐征輪。尺書不至知殊縣，五字可追如隔晨。自注：君與袁幹有唱酬五字詩。秦論舊聞追廼祖，漢庭那得棄平津。行當過我一飯去，要話别來長苦辛。

## 以孟夏唱酬陳子高詩寄季承并借窮愁志及其兄興化集四首

莫嗔不寄一行書，半百光陰伏枕餘。寂寞瓶儲同靖節，荒凉壁立類相如。君今為况復何似，秋盡想應成定居。穫稻纔終還墐户，有詩何日定遺予。

東湖共款竹多竿，妙果同登塔幾盤。衡雨衡風總幽事，一談一笑盡詩端。隨人似我空為計，出語如君當不刊。派後江西有驚坐，封題併與略評看。

故家不復見中州，插架聞君似鄴侯。往事誰能論牛李，舊書聊欲借窮愁。薰蕕政自難同器，涇渭懸知卒異流。何事古今朋黨禍，力争終以（原作似，據殿本改）殺身酬。

著論端能擬過秦，苦吟長學跨驢人。十年不調非求異，三徑為資本作貧。回首浮梁屢還往，斷魂宿草幾陳新。藏家有集曾三復，借我流傳莫謾珍。

## 九日寄和父弟

走馬憶登江上臺，聞知興廢使人哀。遥憐冷澹黄花節，遠對飄零白雁來。念爾不堪懷為惡，思余應是首頻回。詩成寄與憨申誦，句累難教心孔開。

## 寄懷畏知二首

湘山峻刻湘流深，中有騷人憤世音。弔古自為吾輩事，宦游端識故人心。别來未有音書至，歲晚勿令霜露侵。聞道元戎今仲舉，定除塵榻伴登臨。

共旅長安暑未徂，到家忽已秋風初。十詩道别心期遠，千里相望魂夢疎。驛使梅來應寄我，衡陽鴈渺更愁予。如君乃作諸侯客，顧使誰讎東觀書。

## 久不聞表叔張平子安否覓使寄此

一自書題闕寄將，不知今度幾飛霜。空云梅嶺有驛使，可奈衡陽無雁行。好趁薦章求北闕，莫因文價滯南荒。已今快閣治詩板，準擬歸舟略繫傍。

### 寄懷子進昆仲二首

晚雨催寒着破裘，官梅應是動揚州。相思不見蘇門隱，好在當年玉局遊。自注：子進所居，東坡舊遊也。擬向會稽探禹穴，却從吴會下扁舟。不須幸甚門亡恙，翻到舊詩容我不。

鴈不歸時聞有行，鴈南飛處更關情。自注：子進以暮春歸，子肅、子儀以仲冬歸。三年有句說還往，半載無書存死生。莫歎河山殊舉目，會須童僕為歡迎。四方取友吾非乏，孰若君家賢弟兄。

聞道築堂名遂初，規模渾是退居圖。自注：子進欲築堂名遂初。退居，先大夫所卜居。藏書自有三萬軸，種橘殿本作竹何多二百株。我似杜陵寧老蜀，君如張翰已歸吴。詩成把酒遥相屬，門外北風方怒呼。

### 寄懷畏知二首

憶昨題詩歲且更，路長誰與附書行。登樓見說同王粲，為賦懸知似賈生。杜老性非真傲誕，元龍氣自舊峥嶸。天寒萬物皆收斂，惟有孤松獨向榮。

馳檄傳聞思一來，溪頭幾立望檣桅。黄花又作霜前槁，白酒空留秋後醅。早歲交遊今孰在，暮年林壑要深陪。世間名宦豈不好，只恐勢移成溺灰。

### 過吉水問蕭伯和兄弟云在縣四十里之羅陂遠不及見以詩寄之併呈仲和

憶昨携詩辱報詩，再來有約竟乖期。不應置我毋庸友，何自令人極所思。千里葉舟黄落後，一官斗粟倦游時。訪尋不見蕭齊處，風雨何由話別離。

### 寄南安李使君三章

其一　謝使君惠酒六尊，先是萬安令莫君嘗以使君所惠之酒見飲，而惠余者適誤持過太和，舍弟至，方得之。南池，使君上饒所居。其二從君乞南安石茶磨子。其三賀使君步履復

故，且致久闊願見之意焉

頻宵為月卧風前，異世風流懷謫仙。半年且闊書郵置，六輩肯來從事賢。白衣不但覓陶令，春草因之感惠連。醉裏悠悠更何夢，南池水長疊荷錢。

臼擣紛紛何所如，碾成更自治家模。不盡粉身兼碎骨，為看落雪又霏珠。體用同歸人力致，粗精孰愈磨工夫。舊聞此物獨君地，要伴筆牀能寄無。

如聞舍策已蹁躚，神物護持非藥痊。為州莫漫貪良醖，把節何遲復舊氈。但期米許頻仍乞，敢望舟同縹緲僊。别久未能成一詣，故憐終日泥陳編。

**寄贈孫教授兄弟**逢吉從之，逢年正之，逢辰會之

籍甚所聞三桂堂，向來相與但南昌。横經重識泮宫老，捧檄仍思幕府良。日暮酒尊勤洒掃，竹邊談几愛蒼涼。梅江父子風流舊，今見君家鴻鴈行。

**成父自太和來相看復回既别有作寄之**

一馬能來破遠愁，送歸還是上扁舟。鴒原眷眷急難義，菟裘切切將老求。吾兒可使齊書帙，汝歸仍堪為酒謀。把玩餘齡無幾許，可如罝兔媿江鷗。

**寄俞玉汝**

晦庵寄我溧陽書，報道今為建業居。作客遽經三歲久，賦詩應盡六朝餘。莫將明月誇魚目，自昔鹽車羡蹇驢。期子歸來趁鮮健，老無筋力事犂鋤。

**十二月初六夜夢客溧陽半月而未見晦菴夢中以見遲爲媿作詩謝之首句云平生知己晦菴老歲晚方懷見晚羞寤而診曰羈於一官久去師門精神之感形見**

### 如此耶用其句賦詩一章寄上

平生知己晦菴老，歲晚方懷見晚羞。題詩寄公夏始盛，遣弟持書春又浮。謝安東山豈我舍，迂叟洛中常國憂。蟠桃結實動千載，朝菌不與晦朔謀。

### 聞劉彦説率友生過别業以詩寄之與彦説之約者皆當和此詩也

柿栗當收穫稻終，駕言野適興何窮。門生二子歸來晝，張丈殷兄鄰舍翁。豆飯芋魁吾豈乏，鷄豚社酒歲仍豐。家山日日長牽念，何况傳聞襆被同。

### 因誠齋寄張三十叔

韶石馳書歲屢終，浮湛渺渺聽殷洪。長年苦望吾地涉，寧料它途馬首東。鴻鴈又當辭瘴海，孔鸞端合在高桐。忽逢玉節春江上，再拜題詩覓寓公。

### 寄孫從之

顧使斯人墨綬腰，不知誰合上丹霄。得非疲瘵要摩撫，是遣循良頒詔條。聞道過家猶數月，尚期論薦出公朝。過予不作一飯去，政倚相望非甚遥。

### 寄趙著作

有客東來為我言，詔書傳已下修門。幡然要識朝廷意，易此方明父子恩。物望秖今誰得似，道行寧負夙心存。公其大作斯民庇，我亦耕桑安故園。

### 寄彭元思

憶昨寄書今幾日，缺然無地接殷勤。秋風紅葉堪題句，寒夜青燈憶對君。三徑吾將歸問路，一尊何日再論文。番湖政與冰溪接，雞犬雖遥亦共聞。

**寄黄子耕**

誰能一枉林間寺，君獨屢過湖上村。先世文章出遺逸，當家句法有淵源。平生所識蓋無幾，盛意若何如見存。元祐蘭臺妙人物，我今寂寞媿諸孫。

**寄曾季永**

水竹懸知屬所思，風埃遥想未忘詩。萬言何有一杯直，三徑寧須五斗為。安否頻來道州札，緘封更得白鵝碑。政和父老猶存否，煩與殷勤訪逸遺。

**寄愚卿兄弟兼屬伯威**

樓上長江江上山，烟雲鷗鳥尚班班。歸來靖節荒三徑，已矣盧仝屋數間。書肯細行知義立，殿本作眼力夢能頻見識心關。因聲重謝窮岡叟，太息劉郎去不還。自注：時聞伯山之訃。

**寄趙文鼎**

殷勤寄謝湖州牧，五馬誰能鬢未斑。民事雖云急期會，登臨要不負溪山。如公詎免帝城入，有詔不遲旬歲問。人士端能客張賈，聲名自不減蘇顔。自注：謂張志和、賈牧為魯公、坡公客也。

**寄道正閣黎二老師并帖季蕭兄**

三年光景一篇詩，此世何堪作許離。一代聲名屬韓吕，百年衣鉢付嚴黎。風生佛屋朝談處，月滿仙壇夜步時。珍重陵陽老孫子，當時酬唱亦同之。

**寄倪好問**

問訊永州倪户曹，别來歲月已滔滔。賢居幕府定餘暇，舟過浯溪今幾遭。頌出次山微自顯，詩成太史貶無褒。因來打寄山中本，併以張秦翰墨豪。

**寄贈侯宿彦明**

晁鄭風流俱外家，源流如此見津涯。難兄竟没荒三徑，吾叔重嗟書五車。家世詩聲繼叔起，古來材秀滯長沙。順寧不作南軒死，吾道傷哉鬢已華。自注：君嘗從劉子駒遊，張敬夫亦所厚善者。

**李商叟傳録臨川與黎師侯唱酬懷曾文清公長句用韻作四首**一寄師侯、嚴師，且懷裘父。一寄商叟。一懷文清公併屬三君

欲訪臨川苦恨遲，一官窘束費符移。臺高納日朝尋勝，蕉合生風夜語離。别後有懷長入夢，向來未識已傳詩。信知習氣難除洗，可怪深悲墨翟絲。

生世胡為爾許遲，况經事變與時移。論文尚喜兩公在，一見何勝隔歲離。落木長江天末恨，清風朗月卷中詩。有懷曾子今冥漠，雨淚真成滿面絲。

向夕相尋昔步遲，坐殘初月見陰移。關心去後幾南北，倒指從前屢合離。君歎我貧猶為米，我憐君苦但耽詩。三山堂下冰溪水，何日扁舟兩釣絲。

歎息茶山識面遲，經過舊宅恨推移。聽泉尚想甘瓢樂，撫竹如親與物離。千首未多行世集，數篇纔刻住山詩。屬君勉力任兹事，吾道祇今棼若絲。

**寄徐季純于去非兼屬梁和仲曾元之吴仲權**

西來政爾歎離居，數士英英端起予。情話不遺親且故，高交寧有數能疏。詩章許和平反暇，尊酒仍饕簿領餘。幕府河南亦名勝，願交煩為問何如。

## 寄甘叔異户曹賈季承鄧南季教授二首

去年舟上曲江磯，招隱無人詠桂枝。常恨書題苦寥闊，不堪歲月重流離。誰云司户官雖小，舊説訾洲前所遺。登臨想見日成賦，寄我何當為解頤。

婺女牽牛皆粵分，鬱林合浦屬交州。偶逢人向渠陽去，為寄書從八桂求。率土溥天非不廣，劍山帶水祇供愁。明年闕下當皆集，誰序盛山今日游。

## 寄陳擇之

幾向圖經問水源，未知蜀道遠如天。書題無自寄鴻鴈，鳥語不堪聞杜鵑。已自草堂參句法，更於錦里醉風煙。使行萬里無空反，乞與新詩到處傳。

## 寄周允升

竟孤春碧醉梅前，猶喜囊中有和篇。雪後晚風衡嶽路，雨餘秋色五溪邊。一書寥闊忘重寄，小別侵尋過半年。賴是時從安道逸，有時共説伯仁賢。

## 子耕録寄老圃賦及千秋觀諸詩寄謝

歆向當年苦持難，殿本作意不同少卿為有廣之風。求君政合形骸外，笑我猶拘意匠中。遠寄一朝成暴富，深藏没世免終窮。客來賸喜誇張事，何幸交游得是公。

## 寄謝景英丈

先生豈是愛監州，高興應為雁蕩游。康樂當年空想望，雲孫今日慰淹留。幽人衲子應多識，妙偈名章可寄不。兜率蓬萊果同異，不妨歸步在丹丘。

## 子進昆仲俱和寄懷三詩復次韻

此山祇合便終焉，底用心勞學計然。貧賤已安身外事，功名寧顧俗間緣。舊遊要紀東南勝，有句須從甲乙編。閑向晴窗遮老眼，亦堪時伴結跏禪。

古途荆棘少人行，制禮難招魯二生。世上兒曹俱覆轍，公家伯仲自争衡。一年欲盡見松秀，衆水莫污知渭清。保此不渝真有道，更須直以所能鳴。

有竹相娱道豈孤，信知造物未遺予。交游更許得奇士，保社却嗟無定居。懷玉近傳酬倡集，荆溪與説往還書。世人徇利輕翻覆，我輩百年端一如。

## 次韻程士和并帖元衡

滿目風埃頓爾清，祇緣朝雨過林聲。興乘政欲蟬連語，酒釅才勝一再行。容我不應嗔醉卧，憶君還復有詩成。定知今夜江東夢，夢炤冰溪雪鬢生。

## 審知用由字韻作詩見示次韻

山可屐登溪可浮，崎嶇窈窕悵無由。功名竟爾異吾事，邱壑只然須我流。夏日炎蒸端畏病，秋天瀟洒信宜遊。關心懷玉山前路，要上諸峯最上頭。

## 次韻僉判丈

芳遊忽忽未多諧，芳事匆匆已覆盃。可恨海棠經雨盡，尚餘芍藥殿春開。公能有意巾車出，我亦乘閑步屧來。倚杖看花從迫窄，未妨隨處一徘徊。

## 次韻斯遠見寄

春今半歷未知春，可奈昏昏晝復晨。藥裹豈能知殿本作治許病，詩囊亦覺頓成貧。羲和送日何其怯，天女司花不解神。何但子行無所詣，我懷端亦在湖濱。

## 次韻何叔信

苔蘚斑斑過雨廊，菱荷獵獵晚秋鄉。廬山大似要元亮，江夏安能隱戴良。酒遇諸豪君可敵，詩逢二妙我無長。昔何勇鋭今何怯，暢叙深孤詠與觴。

## 趙龍泉惠書及和三詩且用孫温叟韻作詩見勞次韻

一紙翻翻正復頗，數詩兼與問云何。敢言少日期耕籍，但道今年學荷戈。已辦向人腰為折，更愁逢彼怒成訶。知時未暇傷鵜鴂，撥穀惟思和九歌。

## 次韻何叔信劉元之魏昭父

往事悠悠誰悼屈，土風往往但争舟。兒童助勇競拍手，鷗鷺驚飛皆落流。倦客歸心思鷁首，壯年科第慕龍頭。詩中具見飄飄意，如我將搴杜若洲。

## 次韻王駒父

誰歟覓我更貽詩，欲報翻慚思苦遲。自古結交真有道，可能隨俗似凡兒。功名有命寧須此，貧賤從吾欲怨誰。我亦與君俱白髮，世間冷煖要當知。

## 次韻葉德章見示

窮冬未省見梅班，故里何繇報竹安。歸意寧須卜以決，衰顔不待鏡頻看。交情謝子來今雨，節物娱予後苦寒。獨苦更憐終漫興，不如骫骳得天歡。

## 次韻嚴從禮兼簡明叔

晚風吹雨過前灣，載酒誰歟起病顏。政爾交遊能不乏，故知酬唱未令慳。只今衢口從俱録，異日蕪詞合細删。如我論材真款段，兩君駿足本天閑。

## 在伯用沅陵韻見貽次韻

一代數人君有傳，九原可作我無緣。頗思燈火親餘暇，却恨江湖枉過年。載辱新詩為永好，絶知高義有哀憐。官閑借問忙何事，日日經營作和篇。

## 王亢宗自玉山寄二詩次韻報之

孰計還家底許居，政猶秋雨墮芙蕖。只今敢謂歲不與，自省從來術故疏。芻秣可憐哀病馥，江湖寧得欠春鋤。小舟已向山陰去，但遣和詩慵報書。

一官偶落大江西，名姓摧藏肯願知。取友但論詩好惡，逢人不説位高卑。殷勤媿子能相覓，邂逅起予還有詩。是物解窮無苦嗜，恐教盛業枉明時。

## 游宋衡送示登明録詩卷次韻併呈同賦諸公

赤氣排空勢且然，簿書何急又堆前。忽來疎雨微雲句，置以清冰寒露邊。想見坐中皆玉雪，更知眼界足風烟。雖然此樂宜輸我，公等談經合細旃。

## 次韻和仲留别之什

政怯離憂致感傷，要煩杯酒洗蒼茫。湖山已負二樓勝，風雨還并一笑妨。邂逅苦為輕此别，漂流重見定何方。人歸帝所門非邃，江出岷山道苦長。

## 昨日過仲威不值作詩來謝因次其韻併呈明叔

故山端可計焉終，孰遣求官自取窮。詩遇二豪真勝己，鬢驚霜白驗成翁。醒狂在昔人增益，原作盖，據殿本改間闊於今安取豐。邂逅過君無厭數，異時相遠念難同。

## 次韻成父

山經立壁動危情，路入懸崖作峭行。雨露正昏當晝黑，瀑泉倒瀉助波驚。萬無一理可至殿本作致寇，十有九家空避兵。媿子遠來端有意，更開詩篋對燈檠。

## 次韻在伯夏夜獨坐見懷之作

暑氣侵人抵病中，闕然求舊管城公。相逢共説山中月，有贈忽來天未風。君向離騷熟蘭芷，我於爾雅昧魚蟲。縱令酒盞能頻把，孰若詩筒得屢通。

## 次韻審知十七夜

風月當佳可易捐，共須重立虎溪邊。天于變化自奇手，人欲追摹真强憐。牢落朱絃千載下，凄凉青鬢十年前。放歌莫作商聲發，驚起沙頭鷗鷺眠。

## 簽判丈讀曾文清公坐聞幽鳥語勝與俗人言之句感之爲長句蕃謹次韻同賦

客到真成罷送迎，顧于禽鳥未忘情。雨邊鳩婦離羣去，烟裏竹鷄相應鳴。肯對子規愁百草，願令反舌遂無聲。支頤獨愛提壺語，似念田間有餉耕。

## 簽判丈再枉長句次韻

紛紛紅藥一番春，寂寂清陰幾處新。陌上風光屬游女，林間觴詠聽幽人。經旬便作治聾飲，涉七還當脩禊辰。無事相過勿相遠，具宜從率亦從真。

**次韻歐陽全真送行**

幾欲歸休反服初，契論今昔更憐渠。非關造物相料理，自是吾儕計闊疎。似我端宜吏刀筆，如君久合召嚴徐。胡然更作丁寧語，道所經行覓細書。

**次韻李子永見貽**

何能辛苦歎人窮，況復經行覓句工。平日相思在天末，今年遠别遂湘中。飢寒似我誰驅迫，人物如公孰長雄。蕙帳山人久寂寞，曾何臺省欠諸公。

**次韻孫温叟問訊之韻**

拊髀嘗聞問牧頗，祇今時勢定如何。要知絶惡思除本，莫為輕降信倒戈。幕府似公猶不用，官曹如我政宜訶。兵傳家法檄愈疾，不但有詩皆可歌。

**在伯用巴字韻垂示次韻以報**

我詩音節變巫巴，君向風流守故家。剥啄未嫌驚夢蝶，吟哦惟恐到昏鴉。沅湘自昔皆因適，鑾左于今況雜華。豈不懷歸歸未遂，水痕還落岸頭沙。

**次韻希登送行之什**

頻年頗覺困邅屯，勇意歸尋寂寞濱。去日屢移雖怕别，積霖成潦政迷津。浮生聚散不終免，一語丁寧惟愛身。來歲入關須早計，要期過我待王春。

**楊録事以僕與孫温叟唱酬韻作詩見貽又用僕與吴夢與詩韻作詩贈夢與兼以**

## 見及併次韻二首

丹鳳哀鳴領九雛，雀飛飽食下平蕪。寒窗擁褐兹晨卧，急鼓穿鞋舊日趨。客至渠能勞剥啄，賦成我豈寓烏無。說天更擬愚溪去，榮辱端知可罷呼。

了知人事近天機，蒼狗斯須變白衣。逋客幾回驚鶴怨，弋人終日慕鴻飛。由來災怪自珠玉，不以賤貧安布韋。我鬢已霜君可料，况堪七十古來稀。

## 次韻子耕去秋臨安歸途見過於玉山智門寺之作近方録寄也

不但乘舟亦跨鞍，道長無地問平安。相逢只謾分襟速，既別方知聚首難。海内忘形今有幾，天隅獨在若為寬。夜過林寺猶前日，詩到還成隔歲看。

## 過豐城訪甘叔異聞在曲江之磯頭庵放舟過之棹未及弭迎勞之詩已至次韻上呈

竟日江行歷抵尋，聳然高屋在深林。夷猶未覺磯頭遠，下上方知磴級深。好句已從天上落，快談仍慰別來心。經行勝約重來見，嶺海他年無鴈音。

## 次韻徐丞用韻見示

往將短木飾青黄，負此枯林歲久霜。窮為多言慕柔舌，病因止酒制剛腸。交遊大抵要晚節，談笑可須空累觴。净掃松階决流水，效予清坐亦何妨。

## 次韻南澗韓先生二首

歲月侵尋兩鬢稀，駕言乃復歎多岐。陳詩故匪初來識，辱贈何堪謬取知。太息先生作今日，頓還諸老在當時。倦游已恨歸來晚，南澗潺湲日日思。

秋入園林日夜稀，慨然那復更臨岐。暗中摸索非其物，海内流傳會有知。豈但文章振吾道，更蘄飢溺濟斯時。直聲舊著尚書履，召節行聞夜席思。

## 次韻李商叟見示

路熟江郊不待尋，每來真得慰余心。新詩自作彈丸羡，舊帖不教魚蠹侵。莫嘆高山與流水，難迷美玉及精金。頻年浪作江湖走，從此冰溪得並吟。

## 簽判丈以新字韻作長句見贈次韻

剥啄無嗔叩户頻，要聽論古誦詩新。百年風雅久不作，一代典刑今有人。敢謂投心似膠漆，故知與世若參辰。如公接物何多得，豈復畏人嫌我貧。

## 次韻伯瑞叔驥常字韻

來往區區莫謾忙，轉頭還是俗相妨。題詩見子留人意，作客如家自我常。休嘆清明仍值雨，好於元巳趁還鄉。布衾木枕猶堪質，要似當年人姓陽。

## 遠齋用常字韻見貽次韻

閑中未免和詩忙，忙裏偷閑莫自妨。一夢江山驚草草，半春風雨自常常。桃花落去空流水，燕子歸來非故鄉。世事多端付醇酎，我知公不愧平陽。

## 次韻遠齋夜飲舒嘯之作併呈坐間諸公

偶上坡亭底用扶，登臨於此記公初。不勝酒敵先齊敗，粗有詩資皆楚餘。出處絶知難逆計，從遊常恐易成疏。嘯揮邊騎數君事，我自欲安陶令廬。

**次韻王進之雨中見懷并示詩卷**

落落窮居無與徒，幾思短李及辛迂。别時尚欲題書寄，近處何須折簡呼。筆下烟雲寧取異，胸中丘壑本來殊。年侵病劇渾忘却，今日因君整舊模。

**次韻伯瑞見示并懷叔驥和叔**

世情易作風沙散，我輩端知雪柏堅。不以翱翔鴻鵠與，遂忘寂寞鷺鷗邊。往來苕霅渾疑夢，邂逅瀟湘重足憐。何日笑呼賢伯仲，持螯剥芡大人前。

**慈利簿樂思中自沅州考試回經過見之留以小酌既以詩來次韻**

飄然一舸順流東，敏捷如鴻恨不同。為我能留半日許，得君何翅一聯中。頗思著句記初識，已復枉詩醉古風。沅芷澧蘭元屬爾，既難衮衮又匆匆。

**次韻魏饒州用蕃唱酬詩卷最後一篇韻見贈之作**

世紛往往競趨奇，半額真同慕廣眉。我已自知成忤俗，公今豈亦故違時。解鞍屢辱留連飲，出袖仍蒙惠好詩。異縣絶疎親且故，相從且免問為誰。

**次韻李子永**

詞源誰可障東之，今代謫仙仍有詩。戲調猶能出平澹，意加每輒造瓌奇。白頭不用論新貴，黄卷惟應保素知。我恨從公十年晚，公寧於我亦深期。

**次韻蕭之沈弟**

外家人物盛東南，古已云然豈獨今。兄弟長懷未多識，江湖廼得話同心。豈知行日還先我，更枉長吟寫意深。別後相思回首處，山哀浦思有餘音。

**九日次韻斯遠去年是日同成父登半山亭見懷之什寄斯遠兼示成父**

去歲修途度此晨，今年抱疾更漳濱。官壺可醉難多致，城菊未開空屢巡。憶我有詩朝在手，思君何處暮傷神。遥知置酒登高者，回首西南只兩人。

**在伯用銅字韻作詩復次韻二首**

閉門憐我欠新功，下筆奇君有古風。豈但衆多窮草木，更能瑣細及魚蟲。昔人要作有為者，後世多歸亡是公。歎息知堪幾寒暑，此身寧異物為銅。

凍筆題詩我故窮，憐君嗜好有同風。政如之越資章甫，何異當冰語夏蟲。既欲紛紛視兒子，可須衮衮羨諸公。雖然心氣無多廢，冰旱猶聞咎取銅。

**遠齋和示疏字韻四詩復用韻併呈子肅**

交舊年來寖作疎，兩翁頻肯問林居。兒時已誦天台賦，老去思傳祕府書。可使鸞凰棲枳棘，未應騏驥伏鹽車。時平自是功名晚，莫嘆江湖歲月除。

杖履過從每恨疎，何當有屋並門居。我疑奇字就公問，公賦新詩令我書。無事晝棋仍夜酌，有時溪檝更山車。從教老色侵雙鬢，憑藉黄精為茀除。

春風吹雨密還疎，門掩荒山數畝居。換米但須居士屩，入都寧倚子公書。安貧自足容高枕，處事時應念覆車。所恨卜鄰非二仲，枉教三徑草頻除。

竹經載伐似微疎，濩落猶能伴我居。自分舉家長食粥，從渠厚禄絶無書。諸公漫仰蘇門隱，吾輩還羞李武車。役役眼前何所直，百年終向夢中除。

## 上巳

朝來一雨快陰晴，東郊百鳥間關鳴。受風柳條不自惜，蘸水桃花可憐生。不見山陰蘭亭集，况乃長安麗人行。東西南北俱為客，且送江頭返照明。以上《淳熙稿》卷一五

# 全宋詩卷二六三三

## 趙蕃一八

### 七盤嶺

遠近分濃淡，陰晴異蔽虧。不知山路險，却幸馬行遲。

### 澗鋪嶺道中四首

近岫披晴霧，遥山縱雨雲。皚皚疑雪積，莽莽若江分。

嶺路縈紆合，泉流詰曲通。田毛無歲旱，山課與耕同。

芋畝疑如蜀，山田更似閩。祇看無廢地，寧復有閒民。

鉅竹差差合，青杉裊裊長。人多表池檻，此乃亘山岡。

### 鐵笛亭

悵彼荆榛合，欣公杖履開。倘非人隱異，何許笛飛來。

### 重午日摘枇杷薦酒因成兩絶句

已載相如賦，還披杜老詩。團團自長葉，佳實欠纍纍。

蜀酒能袪慮，昌陽解引年。楚君為楚節，湘客念湘船。

### 早　題

欲雨雨似止，為霜霜不成。山雲解衣帶，曉日掛銅鉦。

雪觀

冷語可銷暑，昔人曾詠之。我來登雪觀，政值緑陰時。

仁智堂

公乎仁且智，意託山與水。唱道本龍門，遺塵仍栗里。

白霧溪

霧雨猶疑合，槎頭不可窺。凶年走牲酒，平旦但茅茨。

晚歇溪上

愛此滄浪水，臨流坐寫詩。賦詩元未就，藉水發幽姿。

題西軒竹上

昔去無此屋，今兹更添竹。吾輩固蕭閒，道人殊不俗。

簡周允升三首

相逢亡恙外，第一問書堂。為説當年樹，如人出屋長。

春來多睡思，茗椀亦時須。不敢家園乞，芭蕉有剩無。

君為鄉校長，我政旅人居。借屋元相近，相過莫放疎。

雲錦

西湖萬頃荷，護以隄千丈。應詔待新辭，無為戀盆盎。

**感歸鳥**

鳥雀知既夕，相逢如擇棲。嗟余獨何者，失侶自東西。

**水　樂**

如抑又成揚，既考亦或鼓。始信石能言，無疑鈴解語。

**雨游青原山二首**

松竹青原刹，香燈七祖籤。窮通非所問，風雨暫成淹。

要作山中宿，悵無林下期。摩挲魯公字，咀嚼豫章詩。

**登亦好亭**

風潮湧琉璃，露朵紛錦繡。景物故不貧，詩篇況能富。

**冽　泉**

名士每名泉，一瓢寧取賢。道行期及物，為潤定為川。

**寒栖館**

畦資搰搰功，爨藉丁丁力。但取茅蓋頭，不嗟家立壁。

**感鬻筍者**

一寸葆萌茁，琅玕千尺姿。園翁不知愛，採掘競刀錐。

**送筍與胡仲威**

掘我窗前筍，與君充煮煨。槎牙勿多棄，聊用敵崔嵬。

## 玩易齋

晉士祖虛無，寧殊卜筮書。公今編幾絶，加我問何如。

## 石井有感

歲月不可玩，變遷何所無。青衫今白髮，泉谷乃官途。

## 觀吳興俞君新之作畫于瑞竹俞君索詩漫興四絶句

我無巖壑姿，空有山林想。看君落筆時，形滯心已往。

平生苕霅舟，略計忘幾歷。詩裏不能收，付君醫畫癖。

作畫與作詩，妙處元同科。苟無自得處，當復奈渠何。

煩君索我詩，我詩老不支。因君為作氣，竟亦不能奇。

## 題劉叔驥所畫竹

竹不媿老可，人今無老坡。聊將一巵酒，相與酹蘋波。

## 呈宜之兄八首

兄昔守清江，弟亦官白下。檄書幾經過，鈴閣奉閒暇。

別來纔一書，似若向兄疎。逢人問江右，説兄不敢虛。

兄今得太末，去弟不數驛。弟官蠻夷中，何啻限南北。

回舟德清縣，期以一會面。去去不可留，歲盡多冰霰。

雪抵東野縣，晴值安豐車。坐定取談兄，示以咫尺書。

書中道何似，詩有林霏寄。怪其句律工，定自工夫至。
弟詩吴江楓，未秋先隕風。騷人或取咏，零落鷗鳥同。
兄詩楚山竹，歲晚色愈緑。譬彼朝陽桐，當令鳳棲宿。自注：近見吴達孝出兄書及寄題林霏詩。

### 閨怨四首

辭少不盡意，辭多還盡紙。紙盡意無窮，相思似流水。
紅芳不可待，緑蔭忽已成。妾貌愧花好，郎姿如柳明。
擬憑魂夢尋，苦恨山川遠。山川遠不愁，風吹夢魂斷。
風前揮珠淚，吹落春江去。日夜只東流，何時復西泝。

### 連雪不已復作絶句詠之及六而止殆未免不愁凍殺之誚也

粲粲初投米，飄飄旋落花。巷深迷吠犬，林合誤歸鴉。
對岸初封屋，臨流已蔽汀。長江停袞袞，去鳥失冥冥。
勿謂虚明質，能成積厭威。由輕終及重，至著本從微。
不假丹青手，居成水墨圖。莫嗟玄尚白，靡歎糞難污。
往記嚴陵岸，喬林掛亂絲。還思溧陽路，小艇觸輕澌。
背蔭常先積，當明竟早消。草衰猶秀色，柳悴亦長條。

### 晚對

朝從前山看，莫與後嶺對。曉霧或紛紛，晚烟增紫翠。

### 仲春雜書二首

社公能作雨，社子復成晴。日薄風仍薄，花明柳亦明。
二月倏已盡，一春餘幾多。不知花過矣，誰問病如何。

### 晚書二首

春晚苦多風，花殘不見紅。問花寧自覺，愁殺白頭翁。
何處黄鸝語，玲瓏芳樹間。可憐求友意，飛去又飛還。

### 磬湖

鑿開何自來，名得因形似。似欲使先生，因玆號居士。

### 蘆葦林

雖為林園居，不忘江湖趣。更着小舟横，無驚野禽聚。

### 題邢園壁

池草似争長，木陰如合圍。不惟催我去，政欲餞春歸。

### 方池

藻荇參遮面，菰蒲聳立隅。飛來雙野鴨，幾幅畫成圖。

### 幽蘭坡

斗坡能曲折，亂石故峥嶸。篁竹幾成蔽，幽蘭何處生。

### 題君子亭

菊落淵明手，愛人仍及烏。荷花定好友，周子亦陶徒。

## 紫君林

籜脱始猶青，粉滋旋變紫。斬伐不須加，森然自堪倚。

## 北風

北風故應陰，南風還當晴。占風更占雨，巢穴寄吾生。

## 日入

日出復日入，寢飯但默默。堪哀籠中鳥，欲去飛不得。

## 野息

覆之茅三重，樹以不加斲。野息若規模，規模如是作。

## 長門怨

祇看金屋貯，便有長門棄。始盛終當衰，人情亦天意。

## 九日

嘗評節物佳，無出九日上。豈獨為黄花，端由有元亮。

## 過湖

杯珓吉難同，開船得轉風。無云仗神道，人厄匪天窮。

## 釣磯

公為浙東行，曾憩桐江碧。漢節世聞風，羊裘人盡識。

樂是烟波好，寧須竿綫勞。功高殊釣渭，意適似游濠。

## 到江口寺

已絶朱林渡，還瞻白塔擎。欲從微徑陟，復命小舟横。

## 過祝氏南山

夢寐南山久，今朝始一來。主人雖不在，亦許步崔嵬。

## 止宿寮

雖云居異方，政自生同宇。不但擷園蔬，仍須催釀黍。

## 濠樂

韓悲沮洳居，賈歎尋常瀆。何似老莊周，逍遥一篇足。

## 海棠塢

嘗哦坡老詩，未識柯山塢。想像亦好園，規摹自渠取。

## 石門塢

溪已曲更曲，塢仍深更深。端居與奚自，出處各何心。自注：衡嶽鄰侯書堂亦以石為門。

## 悠然亭

亭能招南山，徑亦栽黄菊。我乃願師陶，過公期託宿。

## 小山

昔人評畫圖，咫尺論萬里。公家一拳石，意趣端如此。

## 聞蛙

驚蟄已數日，聞蛙初此時。能知喜風月，不必問官私。

**花嶼**

楊垂空寄恨，草碧會添愁。祇有花無數，春風醉不休。

**弄月亭**

明月故在天，何自墮此水。倘匪騎鯨人，孰能相料理。

**荼蘼洞**

春花苦無陰，況與花俱秀。好在月明中，仰攀仍落齅。

**雪中三憶三首**

憶我山中竹，長身立崖谷。勢重且搶頭，誰敷摇蔌蔌。

憶我園中菜，栽遲科未敷。哀哉被摧壓，端亦似人癯。

憶我簷間梅，臘開餘未破。未破想深扃，已開應槁墮。

**至日雪後簡在伯二首**

一雪頓能晴，江山萬里明。故勝茅屋底，空聽滴簷聲。

灰裏撥陰何，思君欲就哦。還憂好時節，來攪或遭呵。

**長田鋪二首**

野驛人稀到，空庭草自生。霜清殊未覺，雨細更含晴。

晚日原作入，據《永樂大典》卷一四五七六改東西路，秋風長短亭。悲歌渾欲絶，衰淚不勝零。

## 宿竹瓦舖二首

投鞍纔近午，置榻已成曛。豈乏道旁店，恐逢梁上君。
連根煮菜種，帶葉爇生薪。瑣瑣無庸歎，區區媿此身。

## 落　葉

捲捲從何起，多因為晚風。飄飄久不下，還復反荒叢。

## 花　屏

陰能間其疎，竹可扶其弱。點綴自天然，詎須金孔雀。

## 種　菊

甘菊移時晚，少陵曾有詩。落英胡可待，已分阻長飢。

## 次韻審知寄贈

以我思君見，知君念我還。相逢勞苦外，遥問竹平安。

## 微雨三首

雨絲情脈脈，雨點淚浪浪。無處堪回首，如何不斷腸。
大雨若盆傾，小雨如絲亂。盆覆幾時收，絲長何日斷。
雲深不見山，雨密還遮樹。相見説相思，相思説何處。

## 赤岸道中呈斯遠

小雨洗紅葉，青山舒白雲。秋風有奇處，我友得平分。

## 寄懷

雨足新晴後，凉生静夜時。文笻誰得見，惟有鷺鷗知。

## 途中雜題六首

人疲故思息，馬倦亦成噓。彼政嗟吾役，吾寧陋彼居。

石有千年蘚，崖懸百尺藤。祇疑雲尚合，忽見日初升。

山果秋皆實，山花晚更馨。鳥飛時暗落，風静或微聽。

下壑疑無地，高崖恐接天。端殊益州馭，敢盡祖生鞭。

樹合猿啼遠，崖荒虎跡新。尋常慣居者，辛苦恐行人。

異俗吁成怕，吾身行若何。略人仍負擔，祭鬼更嗚鑼。

## 立春日小飲

今日青春立，今年白髮多。酒杯欺我老，梅朵奈渠何。

## 嚴從禮求先照軒詩

日上照萬物，心明觀一身。為光詎資火，在我不關人。

## 讀朱先生雲谷詩

昔在龍門勝，祇今雲谷居。吾州端不遠，曷日從籃輿。

## 寄審知

楓赤蘆花白，扁舟夜泊時。平生故人夢，細雨殿本作語說相思。

## 贈筆工

食肉既無相，良工徒苦心。吁嗟君類我，何處覓知音。

## 老梅

穉梅非不佳，顔色終敷腴。惟此老不枯，故能清且臞。

## 籬落間見凌霄偶書

凌霄何自名，緣木與俱生。底事因蓬附，故為亦蔓榮。

## 金鳳花

既知梧留鳳，寧令鳳在籢。胡為五色羽，散作一庭花。

## 口占三首

殷勤語舟子，舉棹莫忽忽。恐怕鴛鴦伴，飛息不得同。

鴈鴈呼其羣，飲宿不相放。春至且北歸，秋來復南向。

溪頭柳依依，溪畔草離離。草木本何與，行人自愁思。

## 用一代不數人百年能幾見爲韻詩賦十章呈陳君舉

東南固多賢，莫與永嘉匹。王鄭已騎鯨，輩流公第一。

公乎不為文，為必行于代。誦習孰其人，兒童兼老輩。

昔人頌詩書，論世猶尚友。生幸同斯時，識面可獨不。

人言會合難，會合端有數。公不絕艣洲，我政長沙住。

雲物瞻閩嶠，風聲望海濱。如何一年内，頓得見斯人。
賢愚之相懸，千萬或什百。所以天地間，寥寥苦難索。
山色仍前日，梅花又一年。休為招屈些，好泛渡湘船。
少小耽文字，初非哲匠原作匹，據殿本改能。空令為己學，老矣見何曾。
桂陽去衡陽，道里端能幾。倘許釣竿投，春風叩葭葦。
流傳昔多聞，邂逅今既見。顧我何足收，期公示深眷。

## 田家即事八首

水汎將晴霧，山行欲雨雲。鷗翻隨渚見，雞近隔林聞。
十載溪山夢，一川桃李花。春深猶是客，幾日定還家。
社鼓村村急，春流岸岸高。雙分待魚鷺，紅認隔溪桃。
波静童閑笛，舟横翁賣魚。村村皆樂業，處處盡安居。
行役渠憐我，生涯我羡渠。太平今有象，隨寓即吾廬。
老屋愁風破，空林過雨乾。飄零黄葉滿，寂寞野香殘。
下田已鷗没，上田更龜坼。欲知雨未已，看取雲潑墨。
田夫荷鍤去，乘水護田缺。田婦貴酒歸，相與慰勤力。

## 海監院惠二物戲答

打粥泛邵州餅，候湯點上封茶。軟語方爐活火，清遊斷岸飛花。

## 遠意

不待蒼然暮色，可應萬里須論。要悟須彌芥納，莫參雲夢胸吞。

## 次韻斯遠見夢有作六言二首

白也江南逐客，少陵因夢成詩。我亦移官衡岳，驚烏未有安枝。
幾欲罷官歸去，未應形役能拘。矗矗奇峰晚對，豈如雲谷同趨。

## 戲作梅花六言未就而得蘭一盆并頌之三首

絶歎園林枯槁，頓驚溪谷精神。兩鬢我終如雪，數花渠可回春。
死欲千秋萬歲，生須四海九州。人裏封胡羯末，詩中沈謝曹劉。
梅句商量未穩，蘭詩擁併人來。試問關山細雨，何如茅屋蒼苔。

## 發潭州後作

昔日道林嶽麓，每逢圖畫詩篇。今日嬴驂東首，却成慘澹雲煙。

## 幽居即事八首

遊絲落花春盡，緑葉青陰夏來。雨潤苔錢更積，風清竹户頻開。
筍迸階石欲落，樹成窗影疑深。未能作有畫句，聊且弄無絃琴。
枵腹搜詩甚苦，睡眼看山若無。得飽徑成嘲弄，稍醒便欲追摹。
空山百族鳴禽，静聽無非好音。何止勝俗人語，便可罷無絃琴。
月皎白髮可數，冷風病骨難支。何許林中肉醉，誰家世上錢癡。
世事不關幽事，睡魔可伏詩魔。隱几灰心南郭，無言示病維摩。
雨壓藤架半倒，草荒支徑新鉏。尚有詩翁入社，未妨俗子回車。

及此風收雨止，坐看月缺雲移。未辦敲門賖酒，何妨覓紙題詩。

## 因書寄黄子耕六言三首

舊謁南州高士，必過江夏無雙。弔古已悲衰柳，懷人更隔長江。
忽有長沙使至，為傳江右書來。茅屋于時已黑，青燈為爾頻開。
自失孤山杯酒，兩年相望梅花。交友平生幾許，差池重復成嗟。

## 蕃丙午冬分宜見公度簿公尊兄已而邂逅于宜春蒙以蕃與徐斯遠志别六言之韻作詩爲贈久未和答今日東歸乃克賦之四首

蕃欲自澗鋪過廬陵謁雲臺先生，又惟公度亦不可不别，故寧迂來問安福路云

繚繞竹青沙白，緣情政可生愁。寂寞鴈秋猿冷，未妨相與成遊。
往别政當冬仲，今來再閲新涼。簿事知君不短，嘯歸歎我何長。
近事真堪深駭，欲言未可輕論。唤起莊周蝶夢，多由杜宇啼魂。
捷徑雖云可去，故人有約難休。往矣百書一面，豁然一日三秋。

## 三月十一日

少年意與春競，老去全將病供。鵲噪芳陰樹樹，蝶飛幽夢重重。

## 贈别周文顯三首

苦節雖非中道，清風要激貪夫。寂寞掩關高卧，紛紛頓轡長途。
有别動五六載，相過才一二朝。白首我方糟麯，素風君欠簞瓢。
夏旱更憂秋旱，江南未卜湖南。兀兀相看蹇步，蕭蕭重跨羸驂。

## 龍游道中三首

下水檝輕如鶩，泝流帆敏于鴻。人心願禱欲遂，天意若將無同。
山連遠近慘澹，水合東西渺瀰。舊説詩中有畫，今成畫裏尋詩。
晴山陰雪猶在，西下東風苦高。眼貪白鳥孤没，耳怕哀猿數號。

## 從莫萬安覓柑子并以玉山沙藥合寄之六言二首

憶過萬安連郭，家家碧樹團欒。想見如今霜後，摘來可口甘酸。
我識令君人物，傳柑合侍清都。寂寞當思林下，有時病渴猶須。
世態多隨燥濕，物情大費隄防。遺以藥筩如截，取其勿敗甘香。

## 曾原作贈，據《章泉稿》卷四《送曾耆英……》詩改耆英見過題贈六言四首

庭空不張爵羅，林静可窺鳥窠。髯曾暇能過我，誦詩口若懸河。
大謝文經長公，覿妙有廣之風。君今玄文白首，肯誇鄉里兒童。
衣敝不羞狐貉，氣華正在詩書。窮通故是有命，天也豈人力歟。
我敬大門名節，絶歎乃孫賤貧。故知風氣猶在，不肯叩户隨塵。

## 次韻斯遠别後見寄六言四首

避暑真成畏病，逢秋便覺生愁。回首南山幽處，有懷數子同遊。
早勢東南已病，秋風早晚室凉。藍縷青衫可笑，蕭條白髮增長。
學道了無得處，空云孟子魯論。為文老益退步，懷哉賦鵩招魂。
子國有黄叔度，女子識韓伯休。晤對可忘長夏，分携況值新秋。

### 次韻斯遠重别六言四首

欲語動懷抱惡，重吟生肝腎愁。平生幾為此别，今年又作南遊。

微禄我嗟趨走，窮苦君厭荒涼。謀道與之謀食，未知何計為長。

不憚輿籃百里，要成對榻深論。論自衷懷易感，況因遠别傷魂。

君才絶出輩流，語不驚人不休。莫歎陽春寡和，會逢知我春秋。

### 次韻蔡叔清六言二首

陶潛必遺俗患，侯喜新有詩聲。容我深藏蹇步，看君大展修程。

窗户初乾宿雨，林園已報秋聲。欲訪殘僧野寺，未妨水宿山程。

以上《淳熙稿》卷一六

# 全宋詩卷二一六三四

## 趙蕃一九

### 呈潘潭州十首

西江亭上東風客，鷗鳥重來似亦馴。買得小舟連夜發，不知肯别定留人。

江邊石上白皚皚，遠對難分李與梅。因是欲占春早晚，桃花一樹有新開。

梅花初出烱如冰，未許餘花似我能。太息天公不加意，放教風雨苦侵陵。

楚國固多蘭與荃，長林野水若何邊。樵夫政自不知貴，採賣何曾直一錢。

微官本欲救飢寒，欲逭啼號政爾難。不是賢侯任吾恥，未容陋巷樂瓢簞。

犯雪渠乘訪戴舟，不逢安道便歸休。我今一月春風裏，縱復回舟匪浪遊。

昔者湘西借榻眠，自嗟老眼負青編。雖然舊識山中趣，絶愛松風瀉百泉。

少陵已入嚴公幕，徐孺還為仲舉賓。自愧無詩復非隱，況堪謀食更憂貧。

滿城游女競紛紛，柳岸桃蹊畫復曛。不道貧家有機杼，夜窗燈火尚加勤。

臂膝真成具老形，每逢趨走歎伶仃。故園松菊幸亡恙，何日扶藜得屢經。

### 呈愚卿昆仲二首

百箇脩篁一樹梅，蕙盆蘭斛共相陪。客來不但繙書帖，興至更能傳酒杯。

憶過君家梅半開，梅花未落我重來。尋常一飯履迹掃，獨向君家不記回。

## 呈明叔七首

近郭梅開應已多，幾思扶策奈慵何。興來起覓牆陰樹，點檢無花除病柯。

今年梅愈去年多，我亦催行奈汝何。此樹與君同所植，交情要保歲寒柯。

屋角梅開才一枝，道人眼浄得先窺。寒廳政爾猶官舍，不似茅簷見汝時。

一枝自可不須多，少已難知多奈何。漢殿紛紛鏘劍佩，桐江但有一漁簑。

手種竹邊梅一株，地幽終覺病而癯。不然我爾要相似，異日重看瘠解腴。

歲寒誰覓此窮交，只有梅花發故梢。我坐多言得窮祟，不應于汝更輕嘲。

伯威雖拙詩故巧，我拙似渠詩欠工。竹溪想見梅花發，問訊窮閻今不窮。

## 呈子肅三首

坊静行人晝成絶，柳吹黄葉落毿毿。知君不作官居看，陋巷舊諳人不堪。

憶過君家黄堰居，春風楊柳政扶疎。人生離合自多感，邂逅更當摇落餘。

牢落空房我掛包，憶君過我夜推敲。東南大半行將遍，應有新詩許借鈔。

## 呈楊謹仲二首

清江郭内千竿竹，愛此渾如屋上烏。我亦山中富此物，若何奔走為飢驅。

南浦相逢使蜀船，為余高舉送行篇。我行縱有榮枯異，可乏新詩處處傳。自注：近見陳擇之誦《送行詩》有「太白休愁横閣暝，少陵剩賦浣花春」之句，以為絶唱。先生又云「金沙銀鑠巴中路，緑水紅蓮幕下賓」，此一聯尤為親切。

## 將至信州呈季承

行役將窮興未窮，百篇酬唱與君同。人間此樂胡能再，何處江西更古融。

## 張帥置酒環波觴孫會之簽判嚴造道主簿及蕃作絶句呈二君

炎蒸三伏有無中，十里荷花四面風。嚴瀨蘇門兩奇侶，一尊共德使君公。

## 呈折子明丈十首

兒時已見葆真詩，寫誦抄藏不憚疲。白首始遊衡嶽寺，扶藜處處讀苔碑。

朝廷經略在中原，西北人才要討論。節傳曾聞付吾屬，瀟湘可俾卧林園。

故家人物幾沈淪，公獨風流似昔人。不但金聲吐佳句，尚餘玉立聳長身。

不惟句律有家風，筆陣仍推大令工。兹道衹今殊寂寞，求公須向古人中。

曾門昔作廣文官，先正曾同苜蓿盤。交道不惟當日見，遺風更俾後人看。

相逢幾説李端公，未報舒州謝表通。要識淮南佳絶地，灊山皖水莫之同。自注：屬李粹伯丈。

舊有園林新近開，鑿池培址遂成臺。臺顛縱有蒙籠處，不礙遥山次第來。

如聞欲印葆真詩，我亦猶多未見之。副本儻蒙輕乞與，真成暴富詫窮兒。

客舍潭州又一春，花時風雨困頻頻。欲知夏木扶疎處，好挂陶翁灑酒巾。

道山峻峙不容攀，咫尺今遭風引還。聞道公曾踞其上，莫憎官府久人間。

## 范參政自建康得資政宫祠六詩寄呈

聞道石湖天下奇，城南未數閬州稀。江山勝處世或有，衹欠若人相發揮。

細思不是乞身難，政為貧賢不放閒。奏疏比聞頻叩闕，詔恩今見許還山。

出處如公亦甚都，不携西子不思鱸。三高異日當為四，不見方嚴與范俱。

一再將書託置郵，渺然殊未亦湛浮。平生願識纔能見，别去于今歲又周。
風月滄浪自逐臣，煙波甫里亦遺民。未聞官號大學士，辭遜雍容得退身。
我夢石湖堂上書，煙雲鷗鳥不關渠。奥篇隱帙誠難了，辭願一鴟開蠹魚。

## 奉呈何叔信魏昭甫二首

寒廳寂寞不知春，登眺招要藉所親。始謂姑傾一杯酒，已焉顛倒白綸巾。
梅花寂寞已飛仙，一夜春催杏欲然。老眼看花愁欲眩，却憐草色静芊芊。
春風大屬野櫻朱，樹樹相望綺不如。却憶山家籬塹畔，十分春日付誰渠。

## 送前始興謝令二首

維舟疇昔見南昌，杯酒還能共寶坊。我自解君庾嶺意，清朝使者得梁揚。
江南梅事已吹殘，想見嶺南青作團。邂逅詩成肯相寄，憧憧驛使入長安。

## 懷東園寄趙令

遶屋扶疎孟夏時，東園政好坐題詩。水窮盡處山燒禿，歎我不知春已歸。

## 次韻劉寺簿二首

山寺方同祭祀齋，忽驚繭紙一詩開。從今儻使親餘論，願戒原作借，據《永樂大典》卷一四六〇七改譽門許數來。
草樹扶疎書滿齋，放窗燈火酒尊開。知公善誘蓋前輩，不以見聞嗔去來。

## 送曾季永赴道州永明尉三首

西昌閥閱推曾氏，夫子家居仍舊溪。我政結亭臨水際，君行誰與共攀躋。

去年洞賊驚郴道，聞説居民甚可悲。太守只今誰漫叟，春陵示吏兩篇詩。

憶昔曾聞謫道州，每于文字見曾遊。白鵝寺近永明縣，試覓記碑還在不。

## 投王饒州日勤四首

福星誰遣出虚危，帝念鄱人因數飢。試問公來若為政，皆言吏瘠與民肥。

我行三日鄱陽路，每向居民説歲年。蕎麥吐花勝宿麥，山田小旱熟湖田。

為政懸知如治疾，豈求湯砭一時功。但今安養無遺策，膚革充盈由本豐。

使君本是經邦手，聊為疲民滯一方。直道正聲誰可擬，百年文正故堂堂。

## 喜雨投詹信州口號六首

插秧未了早愁乾，民不知由作屢歎。天欲明吾使君政，故令一雨示艱難。

使君自是為霖手，要雨雨來何旱憂。報爾田家但勤力，今年定有十分秋。

昔在烏臺譽已休，旋分符竹政仍優。論思未即歸清禁，歷試何妨又一州。

開藩甫及四十日，籍甚治聲過所聞。吏畏神明簡朱墨，民懷清浄樂耕耘。

使君笑別赤城仙，來結山中自注：謂懷玉山。大士緣。仙佛將何佐佳政，但當惠我以豐年。

久晴政為收蠶麥，好雨從今及稻禾。試向諸生選何武，要歌樂職頌中和。

## 投曾秀州逢四首

我向茶山得屢行，至今人説老先生。九原不作吾安仰，宗武宗文賢弟兄。自注：茶山寄公兄弟詩云：「欲寄宗文與宗武，一春風雨大江横。」

人物如公迺作州，不知誰合致公侯。清名不與官稱等，頗解天公用意不。

有蟹無監乃樂邦，人生如意信難雙。公才自是明堂用，寄語蚍蜉盍少降。
請到江西得正宗，後來曾吕出羣雄。大陽遺履歸何處，端欲從公一破聾。

## 與李衢州嶧四首

忽逢旗鼓去翩翩，道上行人喜欲顛。為説吾州新得雨，使君惠政實關天。
跨驢衝晚背常山，急雨飛來瞬息閒。問訊元從禹迹洞，我家雖近却愁慳。
黄塵撲撲倦征途，忽雨能來快洗蘇。旱接夏秋纔得此，一身寧敢歎沾濡。
洪井登龍記昔年，衹今太末又行纏。餘波所及蓋多矣，一夜水高溪有船。

## 用洪覺範詩爲首作四絶

剩水殘山慘澹閒，道人名字滿江干。向疑此語來天上，何意真成朝暮看。
釣舟無事白鷗閒，自是江湖境界寬。我欲汎然隨所往，竹君誰與報平安。
箇中著我添圖畫，能畫今誰如輞川。但寫一簑仍一笠，不須羽服記蹁躚。
便似華亭落照灣，要人彈壓媿詩孱。餘霞散盡空無綺，新月初升勢已彎。

## 塗中每息必索硯筆抄詩作廿八字

望望青山亂作堆，行行身到白雲隈。偶逢道店聊休歇，又被匆匆詩債催。

## 寄懷一十首

晏齋生理比何如，破硯今來亦已枯。珍重此君為耐久，澹然相對衹清癯。
旱風吹野未成陰，空喜孤雲出寸岑。飽食便知難自必，茶甌小注莫令深。
陰晴竟日漫難分，遠岫猶藏欲雨雲。嘆息無言桃與李，一年蹤跡又紛紛。

正月山園未有花，梅花落盡亦堪嗟。瑞香莫與蘭爭長，獨立風前自一家。

春風底事苦欺梅，舊雪未乾新雪催。元自不儕桃與李，何須著意苦相摧。

讀書萬卷不充飢，枵腹吟哦大似癡。不是鄰僧能送米，囊空何以續晨炊。

縣官寬減去年租，癃老扶携聽詔書。和氣定能消冷氣，未知天意又何如。

早禾栖隴待晴收，雨欲為霖勢可憂。似覺朝來烏鵲喜，便携童穉過西疇。

扶疎夏木已來禽，安石榴花出樹深。六尺紙窗明棐几，迸階開筍欲成陰。

楝樹層層細著花，日薰香暖蜜蜂衙。客來儻有論文興，活火風爐自煮茶。

春今五日如京兆，風雨更堪携折之。我病不能知許事，飯餘捫腹細哦詩。

秋風常恐到無期，一雨便興搖落悲。疾病相攻今轉甚，囊空何以致高醫。

破屋支撑風雨餘，世間種種不關渠。忍飢要慣無他術，過午未炊猶讀書。

終日搜詩思不枯，坐間失喜折冰鬚。寒窗雪滿無人到，伴我一枝梅更孤。

雪没東園一徑深，頻驚飢雀落空林。疎明自喜山房小，更聽哀絃空外音。

下水乘舟恨少灘，泝流翻恨泝灘難。人生淹速衹如此，何必區區千萬端。

祝融香火我亡緣，還上江頭上水船。賴得江山舊相識，登臨到處一悠然。

忽忽離家且一年，春風又是海棠天。還家何以遺妻子，傾倒囊詩近百篇。

剩水殘山覺範詩，汎然孤棹去何之。倚檣吟嘯元無忤，誰信今朝無早炊。

早起陰晴殊未分，杜鵑何許叫深雲。眼中忽爾生新句，何異風行水面紋。

## 見馬奉先寧祖詩于伯言處題其後

聞説湘中馬奉先，數詩初喜見流傳。何處宜州勿多薄，金華曾識老詩仙。

### 從歐陽全真借觀陳擇之蜀中詩題其後

書去方懷蜀道長，寄書未達忽傳亡。那知今夕辰陽郡，灑淚殘詩十數章。

### 題曾幼度詩集後二首

江南山水盡宜詩，幾欲經營竟不奇。不料此編能到手，意曾關處輒能知。

客路東西曾數州，詩成寧免暗中投。我今辦取逢人説，傾蓋懸知勝白頭。

### 閱韓伯修集示其子二首

吏部名高世所尊，一傳曾説誤金根。陵陽父子風流勝，政似蘇家擅蜀門。

詩篇圓熟無凝滯，四六雍容有典型。請君持上圖書府，要與紫微俱殺青。

### 途中閱曾運使所況文清集得四絶句寄之

玉山冰水是吾家，城郭屢過三姓茶。滿庭修緑誰人種，高節歲寒仍有加。

舊抄題作茶山集，每恨不多看易窮。全編敢意落吾手，何自得之從長公。

兩賢堂下千竿竹，蕭散風流政昔時。何妨乞我一灑掃，不用文移只付詩。

桃源梅嶺幾成遊，天欲昌詩不自由。一代如公才得此，五溪著我更何尤。

### 從趙常德覓鼎帖

宇法微芒久失真，時聞鼎帖尚精神。小詩試向鈴齋乞，近舍遠求公勿嗔。

### 從元衡借廬山記偶成三首

吾家昔住匡廬北，少小未能知看山。南北東西今老矣，欲從圖籍見班班。
要為冷語豁心胸，孰若相羊澗谷中。試把遺編一開讀，恍疑澗谷為鳴風。
山南山北富深幽，羽服方袍占上頭。吾道纔餘白鹿洞，寂寥幾載有新修。

**題王遠父所藏蘇滄浪帖**

吾家舊物見君家，說起漂流屢嘆嗟。甚欲持歸試摹寫，不堪病眼已昏花。

**讀二傳作**

長卿召問自拘監，子雲待詔因王音。得官甚薄不球辱，作賦可憐空苦心。

**以介庵集遺成父**

弟曾一識金川驛，兄蓋屢維干越舟。羣書博極詩無敵，乞爾此編無暗投。

**林湘鄉出其先人詩卷題其後二首**

知公苦急簿書仍，留我閒窗語夜燈。更出此詩令細讀，今宵有夢到松陵。
松陵我亦屢曾經，幾欲張帆過洞庭。願借此詩傳善本，教兒誦讀醉時聽。

**以窮藁借全真**

平生不識宋亨伯，老去手將窮藁編。六一家風真好事，要渠行世欲抄傳。

**題淵明采菊圖子璿所作**

雲出無心還自歸，亂峯明處日西微。白衣不至東籬寂，滿把菊花風動衣。

**以短軸從楊謹仲求字僅書其半而見還絶句戲謝**

先生字有千金直，乞取寧非亦坐貪。更欲從公請終卷，又虞賣菜或蒙慙。

## 從潘丈求字二首

束髮學書今白頭，腕中無力合休休。規模尚欲從公乞，翰墨于今第一流。

摩挲石刻嘆微茫，孰若汗青移硬黄。几净窗明肯游戲，千金便當橐中裝。

## 題沈弟所作短軸

冥冥細雨熟黄梅，欲起看山懶又回。咫尺忽能來萬里，恍然墮我曉船開。

作詩政欲江山助，老矣東西南北人。弟却把詩摹作畫，東西南北是知津。

## 帖永新韓主簿

韓君惠我涪翁帖，三世風流不在兹。諸老當年會臨汝，更須多有未傳詩。

## 魏昭父惠新刻李西臺諸公帖二首

墨妙初聞探錦囊，刻成愈覺爛生光。登登打就分來處，雨合新篁夏日凉。

翰墨要知真有種，怪來下筆每多姿。不如家學相傳授，玉軸錦囊皆得師。

## 帖耆英

朝來霰雪遽如許，忍凍髯曾應屢哦。急送餅芽并致炭，助君灰裏撥陰何。

## 跋長公帖

每見故家觀故物，輒思前事念前人。錦囊玉軸千年祕，儋耳珠崖萬里身。

## 題劉正之少陵像二首

逢人欲問成都事，見説成都信便迴。欲問草堂亡恙否，恍然圖像對人開。

我今即有湖南役，準擬扁舟泊耒陽。敬謝此圖非久別，會傾桂酒奠椒漿。

## 鬻菜者

早禾未熟晚尤遲，賣菜歸來始得炊。穀者本從田户出，未滋反取市人嗤。

## 晚晴二首

山中岑鬱倍懷人，況是春來陰雨頻。到得小晴堪細屨，又嗟落莫與誰親。

空山草木固能長，邇日曾經剪伐荒。一笑為渠成解説，政防妨我步斜陽。

## 王主簿以湘潭檢旱詩卷爲示用其廣惠寺蠲放韻謝之

早年蠲賦本深仁，州縣寧聞以實論。細讀賦詩知用意，是為憂國愛元元。

隴畝循行不憚難，是知漢詔本從寬。講求利病非無補，老矣猶能策治安。

## 曲江道中二首

舟下豐城十里餘，樹煙鷗泊盡人居。是間欲畫已不得，況有亂舟來捕魚。

曉甑初炊早稻鮮，傳呼與覓賣魚船。可憐彈鋏竟成恨，空對筠籃翠柳穿。自注：買魚于釣舟，皆為販子所先，欲從市之，率健步不顧。

## 以筍送諸公二首

蘭在當門未免鋤，竹生那可礙階除。莫言無罪充庖宰，自汝為生託地疎。

昔聞市上三時賣，今已春深見未嘗。莫道寒歷只寒相，及時也復事分張。

## 張伯永和詩以僕送筍減于常年復用韻以調一笑

竹薄方思漸補鋤，筍時可得盡驅除。此生已負管城債，計且不悛真箇疏。
八珍既飽思持去，借問何如一臠嘗。筍例減常猶費説，可堪餘事極更張。

**孝揚成父約須晴見過二首**

積雨能涼故自佳，候當秋早欲收畬。頻宵佳月連朝霧，霧破山空日已斜。
雨來喜遀車田苦，晴至欣成穫稻忙。協趣終焉在農舍，倦游不擬老官倉。

**題子璿浯溪圖**

璿之戲墨萬之詩，不到浯溪坐可知。凜凜元顔千載意，若為付與水雲期。

**題堂下桃花**

桃花顔色曉猶深，薄暮風煙已不禁。人生抵死朱顔恃，不料青銅霜雪侵。

**晚登郥子亭用壁間韻四首**前二首向吾叟韻

秋入江湖事事幽，未妨著我詠洪流。水居三兩似相識，苦問來船仍去舟。
朝行忽爾逆風顛，已到津頭尚聳然。不似漁翁易夷險，雨簑晴笠住忘年。
中流掀簸勢難停，望斷龍祠與戍亭。胡不少留風止去，塔鈴昨者故丁寧。
何處鳴榔歌濁清，鷺飛鷗舞慣忘驚。卒逢已覺翩然逝，猶欲因之問水程。

**入嚴州界二首**

朝來爽氣致西山，孰愈嚴州百里間。傭販懸知盡冰玉，不惟二士眇難攀。
有山如此可忘看，政恐輕舟下急灘。卯酒一杯扶病起，秋風千里怯衣單。

## 白髮三首

始余髭髮未白時，詩中多與言之，今乃信然，不足怪也。作三絕句，戊戌十月十四日豐城之賓氣亭。

憶昨鬢毛殊未白，斑斑已復見于詩。天公嫌汝底相耗，故遣齊生不待衰。

葉落歸根莫漫悲，春風解發次年枝。人如草木空多智，一老寧聞再少時。

少年志願立修名，隱顯悠悠略未成。倚賴少陵詩不誤，白間會有黑絲生。

## 次韻秉文初九日過先壟

剥啄敲門走夢周，夜來一雨潤方收。徐郎示我郊行作，亟起諷之天定秋。

耕道十年無九秋，無田長抱老農愁。因君動我束書感，君子惡居惟下流。

## 枕上

道人急打五更鐘，窗外悲風正吼松。歸夢不須驚久客，驟寒便欲作初冬。

## 次韻劉子道機宜送酒

窮居誰肯念窮愁，況復淒涼雨似秋。疾置送詩仍餉酒，喚回落日在簾鉤。

## 因翟子固行送酒楊謹仲

君行為覓清江宅，水竹依依自作鄰。問字未能從好事，一壺聊為乞詩陳。自注：公許作官舍三題，子固亦欲求公詩云。

## 季永和詩索酒用韻送酒二首

珍重平生書五車，不妨有子更持家。小閒便欲巾車去，只欲論文非看花。

我貧無酒為君歡，渴夢相從碾鳳團。薄暮白衣纔有饋，試令分減愧酸寒。

### 鑿磨嶺

複嶺重岡向背迷，瘦笻深與病夫宜。早禾未割尤艱食，過午人家猶未炊。

### 題曾真君煉丹井

樟源嶺下煉丹井，建德道間仙女泉。埋没只今誰汲引，信知名字托人賢。

### 衝雨投宿石佛院次季承留題韻二首

塵埃彷佛前朝寺，客子今緣避雨來。欲訪當時漫亡得，緑叢蕉並野花開。

石佛如今安在哉，至人無往亦無來。山僧顧欲談遺跡，説道空巖閉不開。

### 題石潭觀音院用王樞密庶愚丘正宗韻二首

老衲迎門祗敝裳，問年還舉四山黄。誰云此院通衢著，渠自長閒人自忙。

所至滔滔不問津，故知此地往來頻。從今更識林間寺，再到不愁無主人。

### 讀介菴集題其上

風前舊揖青綺帔，老去今披古錦囊。千古未忘圖像拜，也知風骨類文章。

### 代書送橘沈臨江

誰貽新橘兩筠籠，尚帶霜林錯落紅。轉送清江供壽酒，草書因病廢匆匆。

### 從俞少孟覓橘

憶昔為農近石田，年年為橘走霜天。大踰三寸曾何直，裁得開元斗米錢。

### 從李崇道覓潘衡墨四首

人言潘谷久騰空，衡也崎嶇隱墨中。谷見坡詩衡用訣，了知真是一家風。
眼寒不識黟川李，相好長迷大禹圭。見説潘郎親有女，獨能傳業向深閨。
丈夫久弭江西節，聞道諸侯尚掃門。篋有玄圭肯分似，從今默默面稱冤。
識字才能項籍欺，竈煤研瓦分甘之。如何乞索忘唐突，擬賦江南鶴膝枝。

## 以酒錢送明叔二絶代簡

酒錢時乞故憐蘇，三百青銅寄與沽。硯水長枯肺仍渴，可茲涓滴所能濡。
我乃病多長止酒，有時渴夢落江湖。江天闊處識君閣，要破熟茶共囁嚅。

## 登清虛亭

步上危亭欲細看，忽驚風雨暗江干。此身不作蠻州鬼，猶擬扶筇再倚欄。

## 十八夜宿秀城外

月子彎彎四面歌，扁舟今夜泊嘉禾。頗欲歌呼起相和，一聲軋軋又前波。

## 山行見野櫻桃花

徐行歷歷轉深礲，人意何如鳥語同。山路梅花渾掃迹，春風盡屬野櫻紅。

## 將謁延廬州行至板橋忽病而止復還建康以五詩寄之

驅車曉蹋板橋霜，頭為岑岑勢莫當。頗念索衣為禦具，可憐行李祇空囊。
數載炎州不慣寒，並江已怯瘦欒欒。舊識淮南今更老，絶知于此亦良難。
欲前復却路成迷，冷日悲風為慘悽。以口語心千萬種，可能一一見書題。

袖詩已失天津面，路返新林病豈期。一見可能難若此，定繇或使豈人爲。
甑倒懸知解死飢，故殊道路永爲嗤。我今恃有彭州牧，二柄寧當復誤疑。

## 實相書院

已矣騎鯨去不回，悵然猶詠早歸來。空餘舊日讀書地，水遶山圍似釣臺。

## 自造口放舟至道林院偶題

曉起乘舟江上涼，晝携蘄竹卧僧房。隱雷驟作分龍雨，限我瀟瀟幽夢長。

## 觀曾文清詩刻

我訪茶山公已僊，向人惟有竹蒼然。摩挲欲問當時事，竹不能言風爲傳。

## 夕菴觀吳壽寧畫

樛木蟠崖錯節深，拍天風浪捲江心。有人來問夕菴境，萬里孤雲無處尋。

## 觀祝少林所藏畫三首

蕭寺相從三十日，知君有畫未曾窺。烟雲過眼還收去，恰似憑欄立久時。自注：米元暉畫。

沈牛二可歸耕去，百尾言之無乃多。安得神仙張果老，爲君叱起滿池阿。自注：百牛圖。

吾祖曾爲沙苑牧，有孫窮相合騎驢。朝來忽起馳驅興，爲見龍眠十馬圖。自注：李龍眠畫。

## 簡見可覓畫三首

我居何有惟脩竹，一日真成不可無。别後平安久無報，爲予十日寫成圖。

白頭流落離騷國，香草雖多獨嗜蘭。猶恨芳時有衰歇，要須貌取四時看。

少文忘却行山脚，收拾經行入坐中。我亦江山欲歸去，自無畫手得君工。

### 觀徐復州家書畫七首

草衣舊識牡丹碑，字字騰拏更倔奇。我亦參軍成潦倒，愧無筆力欠渠詩。自注：潘逍遥字。草衣寺在信州水南，有逍遥詩云：「水南聞有牡丹花，多少遊人耳畔誇。潦倒參軍來看晚，數枝已謝病僧家。」

蘇公書法自顔行，猶謂蔡公居第一。自注：見東坡《跋歐公論書帖》。我窮頗亦類賈胡，筆勢翩翩疑可識。自注：蔡、蘇二端明帖。

世人競寫襄陽字，政似云師太白詩。才匪若人寧躐等，自顛自醉祇成癡。自注：米元章字。

曠懷誰不作山遊，誰似柳州談永州。何能乞我一片石，刻此數紙俱傳流。自注：克齋舅寫柳州《永州山水記》。

萬竹陰中屋數間，幾回剥啄叩柴關。忽開短紙霜雪幹，如對照人冰玉顔。自注：楊謹仲所臨文與可墨竹。

誤筆猶能作牸牛，信知書畫本同流。不惟下筆蘇仙似，更似斯人不可求。自注：楊謹仲草蟲，山谷跋，坡公書，有不可乞之語。蕃嘗從楊丈求字，其與頗艱。

並竹作門亭得山，我來還值雪消殘。江梅未有臘梅破，丈室不須香屈盤。

### 簡全真二首

捐棄悲歌詠白團，未忘衛霍内金盤。要知公子貂裘煖，孰若山人短褐寒。

我詩每覺就匆匆，君句由來詠歎中。愛我更能憐我友，誰云南北馬牛風。

### 奉簡欽止兼憶斯遠

前日叢篁苦蔽溪，祇今簷與四山齊。裴回有句不能吐，要與乘凉一杖藜。

阿連聞説有歸期，準擬俱來賦此詩。已是欲行還小住，縱令頻合故傷離。

## 口占簡去非

春風春雨急仍顛，聞道遠勞從事賢。軟脚不應惟命酒，池塘生草要新篇。

## 奉簡在伯四首

淵明種秫有公田，鄭老時時得酒錢。笑我作官渾乏此，自炊斗酒慰饞涎。

先生自合飲官壺，野老端宜滿眼酤。白酒釀成聊送汝，未知濕沫與江湖。

書中舊學來禽帖，今日蠻州得飫嘗。要與先生共咀嚼，更將煮蜜助甘香。

落日餘霞已自奇，況于人静月明時。重城著我非無意，前遣先生獨賦詩。

## 簡徐季益

月臺臺上幾經過，白髮重登奈我何。樹影漫能參獨立，溪聲無復亂長哦。

不到西湖又五年，況當風雪探梅天。出門有愧登山屐，尋友空回訪戴船。

我詩雖老竟無工，原作上，據殿本改君句能佳更不窮。立論曾聞紫微老，贈篇期見習軒公。

問訊西湖舊隱廬，水邊雪後又何如。祇今付與誰人手，籍甚詩名白社徐。

南山最數月臺高，曾著能詩何水曹。略計出山今幾載，生令梅賦闕風騷。

自從傳得婺州詩，南北飄零闕後期。一紙忽來湖上信，怳然墮我水仙祠。

故人索我近題詩，何處如今更有之。十載未論前日夢，一枝還動昔人思。

## 簡周文顯借王有道集二首

鄉人不識王有道，抔土空傳唐校書。聞道遺詩尚多有，典型不似晚唐餘。

先生風節昔人似，白髮簞瓢猶嗜書。家有校書詩百首，可能乞我助三餘。

## 代簡琛卿

是處梅花與雪融，竹間開晚正玲瓏。陳君為我言如此，折贈當期慰眼中。

## 琛卿爲梅置酒用前韻

背蔭初疑星未融，細看真有映玲瓏。興深且約諸君往，明日當愁著土中。

## 琛卿論詩用前韻示之

活法端知自結融，可須琢刻見玲瓏。涪翁不作東萊死，安得斯文日再中。

## 簡嚴承務二首

玉梅遭旱頗蕭然，清潤思逢得水僊。自注：謂得水而能僊，非直謂水僊也。出門一笑不易致，許送茅齋端可憐。

霜髭不摘老可憎，迹雖未然心已僧。舌根鼻觀習氣在，茗椀策勳香事仍。

## 簡嚴先輩

聞道君家緑萼梅，韻勝絳袂擁冰肌。夜來一雨應堪折，好寄塵窗伴覓詩。

## 簡施文叔絶句四首

草樹陰陰一徑開，飢烏閒下啄莓苔。清風無事自還往，時送官池荷氣來。

今日之熱不可觸，閉門養痾適所欲。振衣策杖一欣然，涼風為我生脩竹。

營營青蠅揮不去，為問適從何處來。病人埃鬱思一洗，沈李浮瓜亦快哉。

世上小兒迷黑白，此翁胸中涇渭殊。少卑高論近流俗，恐妨要路肩安輿。

## 簡贈歐陽伯威二絶句

江西人物況歐陽，少有詩名老更昌。左轄雖能誦佳句，子虛胡不薦君王。
三年身不到窮岡，詩友飄零半在亡。杯裏縱能談矻矻，鏡中無復鬢蒼蒼。自注：亡友謂劉伯山。

### 簡俞尉

世人往往嗜甘言，正味多嫌橄欖嚴。寄我要須并海物，花猪頓頓飯難厭。

### 簡陳擇之索詩

遊山聞説多詩句，久已傳抄聽小胥。屢戒譍門老馬走，門前驛遞不為疎。

### 簡邢公昭丈

梅園想見緑增深，竹逕遥遥知筍出林。坐底未能成一出，祇緣多病與多陰。

### 崑山兄惠筆頗佳謝之并呈克齋舅二首

吾舅書名早並詩，我兄名譽稱家兒。異時大小歐陽體，肯道外人那得知。
殷勤雙筆肯輕投，識面端能解所由。自笑真成似羅趙，流稱安得並何劉。

### 孫子進惠筆乃周壽玉簪樣試用其一已作秃翁猶耐驅使成絶句二首異日當寄子進昆仲

遂初賦就筆餘鋩，贈我蒙探古錦囊。耐久固殊流俗敗，含情渾似故人長。
遂初賦就筆餘珍，贈我多君意甚真。累句尚能資借助，拙書猶得長精神。

### 探梅

石上生梅老未枯，著花雖少更敷腴。要須鄰老深調護，莫遣兒童縱牧芻。

**晚行見梅**

玉立空林一樹梅，向人脈脈似憐才。微波託使為媒去，一被晚風吹又回。

**瘦　梅**

明叔謂今年思隱梅瘦甚，成絶句。

清虚日集人當瘦，糞壤不資梅合癯。君看霜皮藏玉骨，肯如朱粉鬬塗糊。

**永豐尉治神祠前梅已成陰忽著花七出而無鄂色又正白衆咸異之尉上蔡謝君子暢有詩蕃次韻**

謝君為吏清如水，神吐祠前不鄂花。我欲將詩道其事，却防流詠入京華。

以上《淳熙稿》卷一七

# 全宋詩卷二六三五

## 趙　蕃二〇

### 智門寺後梅開叢竹間斯遠舉坡公春來幽谷之句因成一絶

花開的皪固難知，舊識黄州副使詩。政使盡開能爾盛，孰知將吐乃為奇。

朋游落寞每形悲，喜甚歸來慰所思。況在水濱山崦裏，兩筇相對索梅詩。

### 梅落二首

春風可是獨嗔梅，不待飄零著雨催。我欲挽留無上策，戲拈落蘂薦芳醅。

春風次第歸桃李，催得梅花一夜飛。時序匆匆幾回首，即看紅綻雨添肥。

### 章少隱嘗有逸句云片片梅花隨雨脱渾疑春雪墮林梢今日雪後梅已有落者偶與公擇清坐舉似此詩欣然聯成一絶

片片梅花脱雨輕，半飛欲墜更多情。蕃　渾疑春雪林梢墮，輸與詩翁照眼明。公擇

### 道傍落梅

一樹梅花古道邊，隨風墮落自年年。情知所遇合如此，未必春風獨爾偏。

### 蘭溪溪岸梅花

不用温家玉鏡臺，下臨溪水静無埃。若非姑射冰肌至，即是羅浮縞袂來。

## 題楊補之畫梅

翠篠横侵鶴膝枝，江南籬落雪殘時。楊郎筆下烟嵐集，留作晴窗覓句資。

## 簡沈沅陵求潮州韓文公廟碑并抄山谷碑詩二首

公曾數載潮陽掾，筆力怪來韓與蘇。壁上廟碑當乞我，庶求涓滴潤焦枯。

涪翁昔在黔戎貶，逸翰遺章久更多。字畫公今元祐脚，擬煩妙手定如何。

## 早晴聞啼鳥作

側嶺横峰面面同，霧空烟掃鳥聲中。丁寧不用憂泥滑，珍重提壺屢勸翁。

## 伯山因其姪來惠書報以二絶

昔日窮崗今竹溪，更生臣向復奚疑。此中安否渠能説，懶復作書聊寄詩。

蕙畝蘭開梅吐枝，近來凡有幾篇詩。已令經紀江頭竹，早晚為君修短籬。

## 作五里霧以藏身仰日谷爲朝飯坡谷詩也山中即事頗實斯語作二十八字

無屋藏身霧政昏，飯資日谷欠朝暾。起居飲食難兼享，儻欲不儀須露蹲。

## 山中四絶句

桃源政自人間世，山故蒼蒼水故流。不是幔亭張席地，卒然風雨卷山頭。

去年徂暑桃源過，今歲秋高到武夷。不遇名山一來訪，篋中寧有此山詩。

武夷仙伯定能詩，解賞仙人張湛詞。更誦人間可哀曲，飄飄亦復動人思。

欲訪武夷毛洞竹，路窮九曲更山深。道人知我衰無力，乞與一枝酬素心。

## 知府提舉訪求前守凌公遺跡忽於庭廡雨壓複壁中得公所題詩賦六絶句

辰人只識凌刑部，不識尚書晚歲官。晚歲功名益堪紀，辰人不識坐荒寒。

使君剖竹繼先賢，四十于今又六年。每恨無從考遺事，但憑亭檻覽山川。

不因風雨壁寧隳，雅志安和寓此詩。前此後今寧浪出，豈非顯晦亦關時。

故相曾興告訐風，一時多坐語言中。乃知複壁遮防意，是謂知公亦愛公。

簷淺終防剥蝕灾，好移深奥示將來。更須刻石行於世，公道只今方大開。

郡齋新刻總珍藏，得此遺踪益有光。再拜從公乞餘本，歸齎不復恨空囊。

## 立春

臘中要雪逢三白，春日還霑雨似膏。天意於農亦良厚，何須耒耜我家操。

昨日元正今日春，佳辰併作一番新。試看柳色遽如許，無耐梅花憔悴人。

春日每頒寬大詔，天公意與聖人同。故於半載焦枯後，一雨聊資土脉通。

## 上元口號呈莫令二首

令君憂樂與民同，燈火隨時祝歲豐。我亦頗懷歸去樂，田蠶處處逐兒童。

一琖華燈直萬錢，誰知下里取薪然。綺紈照耀輿臺體，民得褐衣猶破穿。

華燈能得幾時新，明日當為芻狗陳。我識令君敦厚意，不能奉己厲吾民。

## 社日醉起

醉狀初如春水船，夢成蝴蝶更翩翩。覺來已是情無奈，那更急風吹雨顛。

## 端午三首

謾説投詩贈汨羅，身今且爾奈渠何。嘗聞求福朮居士，試向艾人成祝呵。
年年端午風兼雨，似為屈原陳昔冤。我欲於誰論許事，舍南舍北鵓鳩喧。
忠言不用竟沉死，留得文章星斗羅。何意更觴昌歜酒，為君擊節一長歌。

## 中秋寄上饒赴試親友池陽當塗三沈弟

中秋佳月去年同，卧病還應記此翁。不但嬋娟千里共，客遊俱在大江東。

## 漁父詩四首

掉船晨出暮知歸，舉網驚呼魚定肥。傾倒得錢何用許，江頭取醉暮相違。
泛宅浮家一葉間，長年緑水又青山。若為不使兼能賦，始信天公到此慳。
風色披披手欲龜，日光颭颭鬢成絲。只今網罟無窮利，樂在竿綸顧未知。
早悟君王物色求，子陵應已棄羊裘。絶知至德終難掩，女子亦稱韓伯休。

## 次韻季承聞田歌

布穀收聲老盡秧，直緣避潦有今忙。歌呼嘹亮相讙雜，肯媿悠悠道上商。

## 晚行田間書事三首

青裙汲水過前溪，白髮譍門兒戲啼。試問主人何所在，為言南畝正扶犁。
郎罷肩犂稚子前，牛行熟路不須牽。歸來飯倒羹初糝，洗脚還將草履穿。
我生飽識田家趣，只坐無田歸計遲。縱是無田慵可得，莫將畫餅欲充饑。

## 從趙崇道求蜀紙五首

紫巖夥歙畧相同，小字緘題寄子公。縱使分沾能到我，質麤肉緩不堪攻。

舊聞黄雀走頭顱，近歲清江亦與俱。舒卷定憐無尺杠，敷陳盡可見臣愚。
人僞區區信日窮，楮藤苔竹互争雄。自從蜀紙東南見，凡馬真成一洗空。
麻紙敷腴色勝銀，冷金凝滑倍精神。自餘族類猶多有，王謝名家總絶人。
病起猶餘覓句勤，要題柿葉厭繽紛。陟釐盡付五十萬，今代誰爲王右軍。

**反禽言二首**

雨後翛然欲變秋，意捐絺綌攬衣裘。林間脱袴催人急，時有炎凉底過憂。
禦雨無過以瓦爲，古人樸直致君辭。我今閉户疎還往，滑滑從深三尺泥。

**聞禽**

天公端以鳥鳴春，百族喧喧曉更頻。最是客中貪聽爾，弄晴憂濕似關人。

**聞杜鵑**

山禽勸我不如歸，知我西遊有定期。若使藜羹足供給，衡門之樂肯輕辭。

**鷄司晨者而此邦夜鳴爲常不寐聞知作絶句**

鷄鳴非時乃禍口，那無荒更同疾徐。信知南來事總異，不但斯人難並居。

**簡梁叔昭覓香**

雨住山嵐更鬱深，病夫晨起畏岑岑。可能乞我蓬萊自注：香名。炷，要遣衣襟潤不侵。

**簡倪秘校覓香**

雨合鈎窗書滿床，坐來頗覺欠爐香。卒然欲買何繇得，問遒倪家有異藏。

## 夜坐讀書聞瓶梅之香口占五絶

客去門扃未作眠，續燈添火了殘編。此時孤絶誰相與，能送幽香亦可憐。

非風非月殿本作日自騰香，我亦何心適與當。此味絶佳誰得解，顧須攀折走林塘。

舊説春寒花較遲，況今冰雪已逾時。一枝借得書窗暖，未許遊蜂戲蝶知。

身落江南不自悲，正欣梅也可供詩。紛紛桃李胡為者，政似當年蔡克兒。

一從叢桂落秋風，佳處長孤阿堵中。及至梅花又冰雪，一枝雖少與多同。

## 有聞若管吹者意兒童爲之問之乃鳥有名竹管者其聲政如是云作三絶

細聽非笛復非蘆，絶訝兒童底所呼。邂逅因之問何似，鳥鳴竹管自烏烏。

盡日閒窗運秃翁，自憐虚出管城封。不知爾更何為者，初聽猶疑似足蛩。

蠶絲百箔舊曾聞，自注：亦鳥名。未説新絲價爾分。卒歲我無裘褐計，早知勸爾勿多云。自注：鄉民謂初聞此鳥聲，可以卜絲之貴賤。

## 寄白雲覓茶

憶别白雲筍漸長，而今想見出梢牆。道人寄我不忘我，盍寄茶甌洗睡盲。

## 以茶寄楊溥之二首

要題尺素問何如，病過春風體益癯。採得山茶漫持寄，草玄餘暇想時須。

憶過君家置酒杯，病予方止只空陪。而今夢想論文地，柳合沙堤鷗去來。

## 從蕭君來茶二首

園官闕菜猶形諷，年例求茶可欠詩。為報蕭郎勿多怪，已令汲澗拾松枝。

舊傳漢殿三眠柳，燒燭仍聞照海棠。草木困春人可奈，政煩茗椀為禁當。

## 從蕭秀才求茶二首

丁蔡紛紛競寵加，底如好事玉溪家。至今有子能傳業，不待茶精句亦佳。自注：秀才之先以玉溪為號。

磊落真同席上珍，憶蒙况我意殊真。今年尚許分張否，試遣詩筒告及春。

## 簡莫令求茶

萬安近説神潭茶，頗似文當屈宋衙。山中索居睡不足，碾寄盍令舒眼花。

## 謝莫升之惠茶

雙罌稍輟焙中茶，好卧黄紬穩聽衙。禦雨况聞當用瓦，固知不怕落簷花。

## 曾秀才送茶

正爾耽詩不耐閒，鏡中頻覺瘦欒欒。曾郎惠我盡清供，椀把春風香並蘭。

## 送新茶與俞尉

山居每啜社前香，及是清明茶政嘗。歎我白頭無母遺，一杯持與供高堂。

## 從王彦博覓洞庭柑二首

扁舟幾泊洞庭霜，曾見連林橘柚黄。祇道陋邦無此物，那知種樹有諸王。自注：石田之王家種橘，而洞庭柑亦出王氏。

踰淮為枳信堪奴，珍植何分楚與吴。不但居家有遺帖，釀成賦厗長公蘇。

聞道居家近橘坡，青黄遥想問疎籬。可能乞我數包否，仍寄韋郎七字詩。

## 嚴先輩送鯉魚

嚴郎得魚不敢食，走送茅齋嫌步遲。却媿家貧慣粗糲，無人為我膾銀絲。

## 再蒙簽判丈惠示惜花三絶句因次韻

花飛忽忽減芳菲，欺我新來詩思遲。筆底羡君能捷敏，好詞頻許坐中披。

佛屋支撑僅可間，過門無客客非殘。公能有意重來否，竹澗松門暖不寒。

蘭馨豈亦競春狂，不為無人廢不芳。長使幽居在空谷，也勝半額趁時妝。

## 又次簽判丈惜花絶句三首

江南花草易芳菲，今我還家已似遲。最恨春風苦無思，卷藏紅綺不容披。

蚤作抽書對白間，瓦爐猶有宿香殘。詩來報我羣花盡，亟起巡簷忘帽寒。

春事違人去若狂，便驚鶗鴂怨年芳。兒童强作留連意，拾去殘花學試粧。

## 野　花

野花吐芳不擇地，幽草吹馥寧只春。兹日縱為無事日，此身不是自由身。

野花無數不知名，白白紅紅俱賦情。縱使不蒙姚魏賞，雨開風落亦何争。

## 楊知録送千葉白蓮

幾思載酒問揚雄，不但尊空囊亦空。枉道荷花有新發，又聞能白勝能紅。

## 見紫荆有懷成父

一樹幽花見紫荆，杜陵詩句屬吾情。江東消息闗河闊，况我平生寡弟兄。

## 題芭蕉

卷藏政爾待時雨，及此發舒天已秋。已是蕭蕭吹我急，主人寧得厭颼颼。

## 謝人送水僊

珍重江南好事家，老將種蒔作生涯。似憐寂寞書齋裏，折贈盈籃栗玉花。自注：太和謂江之南岸為江南。

## 海棠

肅肅朝寒不自持，暈生因酒似朱施。向來只夢梨花雨，不見西湖濃抹時。

## 沅陵見招賞海棠病不能往輒爾言謝三首

去年已負海棠期，今歲還當卧病時。造物小兒應見相，恐余無此看花時。

四海知名蜀海棠，是邦元與蜀同方。少陵當日猶無語，而我何人敢漫狂。

二月已盡三月來，許君行日已相催。奈何病著不能往，豈但看花仍把杯。

## 木犀四首

細看秋露黄金蘂，不減春風白玉枝。人道江南富山水，江南山水富於斯。

人言山水鍾原作種，據殿本改人物，我道英靈屬此花。枯死猶堪作香供，不同桃李混泥沙。

浪説西京斗大花，赤欄青幄五侯家。那知林下餘幽物，雨打風吹不怨嗟。

我生天與山林相，不羡人間富貴花。折得幽芳頓何許，紙窗書屋伴煎茶。

## 見賣梅花者作賣花行

來時纔賣木犀花，賣到梅花未返家。作客悠悠有何好，定應詩興在天涯。

連日陰風作許寒，晚來妍暖似春闌。十分待放梅花否，留我數枝歸到看。

次韻孫温叟求芍藥二首

邦人競説江都勝，一朵千金尚恐非。自笑寒廳何自得，但餘階砌長苔衣。
送花政自從人乞，名品安能擇是非。風雨連朝更工厄，便應紅盡緑垂衣。

送芍藥與周子開

涉春風雨見花稀，紅藥開時春已非。病夫何與知許事，送與緩歌金縷衣。

木芙蓉

三兩芙蓉並水叢，向人能白亦能紅。浩然不在芍藥下，如何獨占晚秋風。

過鄰家看菊乞之以歸

徑荒空道菊猶存，豈不懷歸病苦昏。乞得鄰花有根撥，帶泥栽著定州盆。

重陽甫近菊殊未花而木犀再開遂成一絶

今年為況添蕭瑟，無菊能酬九日杯。天意似憐愁欲絶，故令巖桂為重開。

十月見菊二首

黄花狼籍晚猶香，冷蝶頻來著意忙。不見東籬千載士，自應埋没老風霜。
花前曳杖極徜徉，為汝臨風一慨慷。直自東坡僊去後，無人十月作重陽。

黄白菊

白菊攲傾擁玉鈿，黄花零亂委金錢。飢寒未免交為累，金玉緜來枉現前。

祝君適中折所居南山巖花二種曰玉梅曰含笑者爲況名乃適中自製人鮮知之

## 題五絶以廣焉

柯莖全與臘梅同，色潔香幽梅亦通。以玉謚之真不僭，何須漢賦楚騷中。

南山含壁盡陽岡，草木朝朝被寵光。梅事已居桃李上，爾於梅也更前行。

大笑能株小作叢，吐香全似酒微中。舊觀但比山茶白，無此枝頭破顆紅。自注：南山含笑有兩種，曰大笑、小笑。

含笑初無巧笑容，未知名字復誰從。爾今顧有嫣然狀，不笑春風却笑冬。

蠟梅當日過蘇黄，名壓西川舊海棠。太息此花終未遇，而余與子漫平章。

## 以蠟梅分供堂頭希盧首座冲南首座惠絶句次韻併簡堂頭二首

蜜黄初出一枝春，分似堂中得定人。各各聞香獲三昧，信知文字本非真。

才盡年來怕及春，上人那説是詩人。撥殘芋火寧餘事，故欲撩公嬾是真。

## 書案上三種原作重，據《永樂大典》卷二八一〇改梅三首

人人共説梅花好，試問梅花好奈何。到底物名嫌太甚，市區酒肆盡東坡。《永樂大典》注：孫莘老問李成季東坡如何，成季答以云云。莘老云：「市區酒壚皆東坡，可乎？」

我貴當由知我希，蠟梅全不事芳菲。自非牢落山中士，誰可與之同一歸。

翠袖佳人倚竹詩，昔人比興乃陳辭。我今顧欲求真相，緑萼梅花並竹枝。

## 即事呈斯遠三首

並湖微徑曲通村，步步看梅遂款門。犬似不能知客意，苦相唐突吠籬根。

去却蔫花意轉新，是知疎密總宜人。正由穢去清虚集，不礙蕭然冠與巾。

一花固覺有餘香，況此寒梢數尺長。怪底詩來總清絶，始知逸韻與相當。

## 對梅有作六首

臘欲將梅月下看，却愁風露不勝寒。有時暫作披衣看，積雪凝霜不可干。

四十飛騰暮景斜，更云學易數年加。勿謂衰催便欺我，尚能高興屬梅花。

老來詩興苦無多，折得梅花奈若何。便恐飄零不堪觸，正須遶樹數婆娑。

酒惡思茶更炷香，不如梅蘂嚼冰霜。文園病渴知如此，未遽騎鯨返帝鄉。

日未落時香未歸，晚風方覺雪殿本作散霏霏。月明縱可形模似，不比風流殆庶幾。

寥落江山無故人，見梅憶著故園春。水南水北尋詩地，想見風流一幅巾。自注：謂斯遠。

## 經旬不作詩今日霜晴可喜問梅沈園得兩絶句此坡所謂痼疾逢蝦蟹也

自從籬菊報香衰，便説南枝與北枝。底事頻來問消息，山翁近日絶無詩。

莫問今年與去年，祇應貧病兩依然。故人滿眼今誰在，且賦梅花第一篇。

## 謝答嚴用韻送緑萼梅

兩詠君家兩樣梅，清愁已瘦一分肌。春風咫尺花無數，更合安排幾首詩。

## 殘梅

片片乾飛已足悲，況堪風雨横相欺。卒然此恨何由釋，倚賴重開有背枝。

## 同徐斯遠看王遠父所藏僧圓契梅二首

西軒宜熱竹能藏，雨落何方此自涼。已對西湖冰雪句，一時頓有更徐王。

炎天梅蘂簡齋詩，坐勝山村雨雪時。閔雨正歌雲漢句，忽來為我起凉思。

## 懷梅花及斯遠

幾思載酒更携筇，一訪梅花山崦中。忽念去君三十里，悵然將復與誰同。

## 張伯永折梅走筆謝之

歲晚梅花未經眼，自嗟枉作近南官。忽來數朵驚初識，已是先生覓句殘。

## 折梅贈答二首

送君祇數梅花節，開到嶺梅君不回。折得花來有重出，妾惟孤影媿粧臺。

昔人行役功名誤，嗟我何為久未回。落盡繁花有青子，期君煙雨上池臺。

## 感梅屬周文顯二首

嚴冬今日更天風，我與梅花瘦骨同。我縱寒生猶附火，爾能孤立亂山中。

玉薄冰輕不自持，可能當此惡風吹。要知此物堅牢質，不比渠儂耎脆姿。

## 次韻明叔送梅

長條忍使就斬伐，未信園翁珍此花。不然造物故料理，宜使飄零到我家。

## 瓶　梅

紙窗見月影横斜，不是桃花與李花。一夜清吟忘客睡，祇愁到曉鬢雙華。

## 從徐處士乞梅二首

江南處士楊無咎，疇昔最工梅寫真。聞道徐郎得其妙，何妨乞我一枝春。

我居舊植千竿竹，賸欲栽梅苦未成。要寫横斜須老手，是君頭白眼猶明。

## 王兆明惠梅花詩二十首口占謝之

臘前再雪已相侵，年後更連人日陰。欲問梅花苦無地，把君詩卷得參尋。

## 五月十七日謁伏波廟四首

萬里才傳却瘴方，藥囊翻謂橐中裝。讒人不敢投豺虎，空見壺頭石室荒。

仰視飛鳶始欲愁，要之樂死勝懷憂。功名慷慨吾無志，所願平生馬少游。

鄖江江上祀陶公，亦以吾孫靖節從。我謂辰州升德廟，要當併寫少游容。

幾從江上望朱欄，今日扁舟徑往還。潢潦儻收應易耳，白汀翠竹最相關。

## 拜朱仲卿墓

西都何啻萬公卿，紙上空能閱姓名。桐鄉嗇夫少吏爾，墓木梢雲獨未平。

## 王昭君

絶代方能入漢宫，畫圖何必更求工。縱令得幸因圖畫，已落君王疑信中。

## 卓文君

成都共逸為琴心，豈不嘗聞賦麗淫。重聘茂陵今已晚，不須多賦白頭吟。

## 雨後二絶句

疾風吹雨過前溪，留得餘涼在竹扉。為我拂床仍置席，今朝夢穩故山歸。

竹樹翛然亦雨餘，便疑秋已到林居。恨無新月當霄掛，空遣清風為掃除。

## 六月二十二日病中得雨頓覺沈痾去體欣然起飲遂成一絶

涉秋得雨便生涼，起我蕭然病在牀。徑自典衣謀一醉，要令清夢畧還鄉。

### 是日雨陰殊甚咫尺如隔然

青山咫尺不容看，豈是山靈意有難。定自知儂坐詩瘦，故令空霧作漫漫。

### 西軒雜題三首

曉起看山謂得真，突然山外見嶙峋。須臾釋靨渾無迹，絕倒山靈解戲人。

早風蓬勃不能涼，獨卧幽軒日日長。賴有圖書慰岑寂，左抽右取畧無妨。

卧看修篁不見梢，所欣軒户緑陰交。蟬吟鳥語盡堪喜，不用先生自解嘲。

### 漫興十一首

桃樹深紅亦淺紅，竹竿箇箇又叢叢。兒男在田婦行饁，犬卧鷄啼茅舍空。

風雨屬連殊未休，豫章城中十日留。江雲有意作晴色，今者薄暮當行舟。

風雨蕭蕭病欲侵，雜然啼鳥在中林。細聽却有黄鸝語，端是當年隔葉音。

截竹鈎絲作釣筒，半纏蒼石著波中。忽焉快躍知魚中，相語相呼促短篷。

釣發闟余謂吉徵，長年三老爾何憑。那知我本江湖士，失脚東來亦墮罾。

已遭穿頰尚洋洋，爾本何辜餌觸香。斷肉未能聊戒殺，念將贖爾又空囊。

望極平湖不得山，水長山遠畫圖間。賦詩不似王摩詰，湖北湖南空往還。

一日風帆數日程，絕知快意亦輕生。延緣始欲濱湖去，可奈同途莫並行。

風順風横總欲乘，傳呼雖數不余譍。去程渺渺湖邊草，宿伴悠悠水上罾。

春風吹緑滿天涯，想見山園盡落花。少日意狂輕節物，祇令流轉謾成嗟。

寒日蕭蕭上矮窗，竹陰窗影兩舂撞。是中寓意真無盡，筆底尋詩卒未降。

雨　中

四月梅黄雨易成，夜來猶是十分晴。吴山越嶺渾遮盡，惟見江流面面平。

玉山久旱七月一日雨作望者云從常山來時趙吏部赴福州適入境已聞境上大雨取書邦人歡喜之詞爲口號二首呈之

一雨胡為限古城，定應留逐使君殿本作車行。前驅尚遠毋庸遽，已見蕭蕭破久晴。

父老争迎舊使君，使君何以為吾民。要須一舉為霖手，快瀉天瓢洗旱塵。

病　中

風樹蕭蕭雨若篩，間飄黄葉掛蛛絲。蟲號亡賴更滿耳，况是病夫新起時。

七月十有五夜一再夢故舒州使君侍御公宛如平生且於其案間得若紙若繒者一沓皆公所書或印者繙之有如幟者三有曰苛政曰贓吏忘其一焉問傍立者以何所用云始朝議欲遣公爲某使故建此云覺而賦詩四絶

誰云死别已吞聲，此恨何年得遽平。林響風聲雨蕭瑟，敗人殘夢欲殘更。

一夕安能再與俱，話言寧覺死生殊。幟書更識埋輪志，生有不忘如是夫。

弟過江東得附辭，奠猶乖往慟奚為。情真未覺幽明負，貧病牢人甚縶維。

夢回始覺死生分，愁詠江東日暮雲。安得分明再如昨，併須示我玉樓文。

步溪頭

溪頭弱柳已絲垂，那得江南尚好枝。從此春風日亡賴，與須排寫付新詩。
浴凫拍拍已春聲，相趁雙飛屬玉明。更待前山一犂足，斷槎號瀨總波平。
草軟沙平路不泥，岸巾扶策步循隄。江南春事信能早，正月已聞林鳥啼。

## 昨　日

昨日張帆著翼飛，今朝風送蹇驢騎。吴淞山水夙所愛，得意還教多賦詩。

## 初八日微雨明日猶有涼意作兩絶句

小雨那能救旱禾，定催粟玉放庭柯。一從賦罷横斜影，誰復風流似汝多。
不堪積暑滯原作帶，據殿本改煩痾，幸甚新涼脱網羅。聞道重陽更逢閏，今年節意屬秋多。

## 晚秋郊居八首

梨棗熟時須一雨，江南底忽類中州。南人不識北人事，懔懔已懷禾黑憂。
宋玉悲秋殆我欺，江南摇落定何時。不因楓樹顔如渥，松柏連林漫莫知。
病橘蕭蕭祇古枝，二三酸子間蟲絲。人言社酒堪醫此，太息於今已後時。
九日黄花信昔談，是身何自見江南。故今開晚方為貴，失所胡為浪不堪。
病夫慵出長蓬蒿，但見芻薪價益高。積雨了知寒在候，我方隨事典衣袍。
霜天柿葉須收拾，咫尺山園底去遲。不是功名羈絆得，病來筋力費扶持。
蔓草依依網作窠，荒庭寂寂蚓能歌。人言病久須閒默，習氣相攻未易訶。
鄰父疑為三徑孫，一生辛苦在田園。近來交友誰相顧，渠獨頻沾菜把恩。

以上《淳熙稿》卷一八

# 全宋詩卷二一六三六

## 趙　蕃二一

### 元日寄成父四首

舊時元日羡吾廬，稱壽獻觴懽有餘。今日兒曹還效我，凄然事憶十年初。

家家節物競今朝，風俗未分南北遥。莫向除薪覓如願，且憑爆竹走山魈。

冒晨造謁愧悠悠，殘客不來門更幽。邂逅行人覓花看，春風已屬杏梢頭。

客裹那知歲月遷，梅花報我又今年。蘭溪橋下扁舟泊，把筆題詩意惘然。

### 二月初八日

只道貧無置錐地，根株戢戢自何生。春風向暖渾宜裌，拋擲殘綿傍砌楹。

### 三月一日

粤山深歷備辭勞，雖有故人誰贈袍。歸卧茅齋且休歇，竹風山雨兩蕭騷。

### 三月六日

桐花最晚開已落，春色全歸草滿園。破衲欲捐還未可，炎凉翻覆在朝昏。

自把殘書洗睡昏，欲求甚解與誰論。乍然好鳥聞深樾，忽爾荒雞聽遠村。

怪底朝來暖欲昏，故應晚雨劇翻盆。空齋寂寞催成睡，風為捲書還閉門。

## 初九日

一片花飛春未知，杜陵野客已深悲。况堪昨夜狂風雨，吹折東家桃樹枝。
日日題詩待海棠，要從地主借繩床。偶因風雨愆期至，已是飄零學退粧。

## 十一日

老眼看花抵霧中，寥寥鼻觀與香通。水僊蜕去梅成實，只有山礬印殿本作仰此風。
老去讀書非少年，故憐觳觫尚加鞭。看竹偶然閒半日，歸來還愧腹便便。

## 獨行

獨行曼曼遶江湄，正是春風日暮時。折得芳馨無所遺，《永樂大典》卷八六二八作遺寄懷空誦碧雲詩。
春風浩浩水横波，水遠灘長可奈何。送盡碧雲人不見，折蘭采若自行歌。
登山臨水送將歸，攬涕無從日向微。水遠山高動千里，春風浩浩客吹衣。

## 春日雜言十一首

蘭也結根幽且深，若為容易出山林。定知亦以香為累，不爾人於何處尋。
山寒花事自遲遲，歸至况當梅謝時。祇有山櫻能照眼，屬遭風雨又離披。
寒多草亦未抽芽，漫説春今一半加。試向小園閒點檢，忽逢一樹木瓜花。
晚欣斜日照茅檐，意謂新晴已可占。雨脚曉收雲更合，陽烏將出尚窺覘。
買得荒園近塢居，但供樵牧廢犁鋤。漫營籬落今將合，猶恨人工乏剩餘。
舊時曾詠木蘭幽，舊蘂飄零莫自收。老境不妨花固發，人今白盡十分頭。
落葉疎疎似雨鳴，莫疑春晚有秋聲。抽條易葉年年事，看取一番新緑成。

山中寂寞少花枝，過盡春風病不知。未分春歸便無跡，陶瓶聊復浸酴醾。

春風吹緑緑成陰，新有黄鸝度好音。我政卷書成坐睡，恍然疑是拂瑶琴。

燕子日長宜讀書，若為病思每欺余。形骸筋力今如此，慚愧丁年不荷鉏。

渺渺春山啼杜鵑，開花解使碧山然。韓詩李賦紛難考，猶喜知名向謫僊。自注：或謂此花即躑躅，韓文公、李衛公皆嘗及之，未知即此物否。

## 晚卧二首

軒小才堪置竹床，晚來新浴快初凉。掃除諸妄歸真想，薝蔔林中聞妙香。

戲學韓公盆作池，雨來亦解起風漪。蛙鳴莫作鼓吹想，更問屬官仍屬私。

## 夜　賦

雨挾松聲落枕邊，道人巾屨極蕭然。忽思舊宿廬山寺，曾聽懸崖瀑布泉。

## 晚　作

古屋黄昏蝙蝠飛，爾飛干我竟何為。但愁蚊子且生翼，飽爾亦當侵我肌。

## 夜作絶句三首

秋入吟窗夜氣清，舊書雖老眼猶明。悠悠行李空長鋏，落落功名負短檠。

月明入户白於霜，林影當簷聳若翔。睡味不應如許好，不來吟咏答寒螿。

高下鐘聲一聽聞，林梢落月亂紛紛。忽來眼底詩無數，頗念高人與細分。

## 郊居晚行呈章令四首

斜陽渺渺下前陂，牛自安眠兒得嬉。行過中林却回顧，眼邊依約有新詩。

早禾打穀歸高廩，稾秸堆場尚若雲。目見田廬無此比，勸耕知自令君勤。

人言樂歲好催科，吾今方知自拊摩。要識田家略無事，殺雞為黍自相過。

淵明薪水憂兒子，玉川送米煩鄰僧。我今窮狀不可道，減憂得米憂年登。

## 還家二絶

小出端如遠客歸，僕迎兒候犬循衣。家人不問城中事，但道雨多蔬茹肥。

竹因易葉聽風吹，入屋穿窗縱所之。我亦閉齋慾掃溉，渠因投隙遂紛披。

## 八月八日發潭州後得絶句四十首

湘神知我愛湘中，故遣舟遲匪厄窮。可笑兒曹不解事，故云常值打頭風。自注：是日逆風，舟行寸寸而上。

才把離觴已足悲，況哦别句慰相思。月明未比夜來别，人影已知天外追。自注：是日懷初七日閣下之集，寄仲理、德夫、伯壽、季成。

平岸朝陽已映光，高林宿靄尚深藏。客中亟起繇何事，要趁侵晨數刻涼。

鷗如玉潔鷺霜明，閒意相看了不驚。乃不悟予非慕者，決然飛背晚煙輕。

罾塘斷港劣容舟，鱍鱍盈籃叫不休。我亦買之將作腊，要和蔬茹給飢喉。

投罾政爾不能逃，偶逭還遭别網要。此意豈能知數罟，不論他日且今朝。自注：江中横栅，二罾缸對之，每舉所横，輒呼聲讙然。

南風縱急但温其，小雨雖微却透肌。永日蓬窗難坐卧，衹隨舷側就陰移。

刻木如瓶粉漬之，掛林聊當酒家旗。我當物色登臨處，亦復因之為解頤。

借居雖陋自如常，舟小安能具斛湯。却羡沈牛浮鼻去，緑桑陰下趁蒼涼。

扁舟往作槠州過，煙霧空濛衹市聲。今夕再來還小泊，却逢江月正空明。

午風吹坼稻花香，晨雨翻掀稻葉涼。道上塵埃猶浄盡，田間歡樂詎能量。

一年風月屬中秋，今昔相傳無異流。定自天公亦興殿本作欣此，故教雨脚破雲頭。自注：是日雨，而夜月皎然。

盧溪望望接宣風，景富猶能慰客窮。已愛熙熙村舍好，更欣漠漠稻田豐。

晚山能紫復能青，遠嶺猶分近已冥。好語忽然生眼底，遽將摹寫已無形。

曉山能淺復能深，淺似朝晴深似陰。山色豈知朝暮改，行人自費短長吟。

山驛雖荒亦可安，要眠杉月夜深寒。昨宵虛落才聞鼓，明夕江皐想枕湍。自注：投宿愛直驛。

露冷初疑是曉霜，風高已覺愛朝陽。莫云節變能如此，直念吾衰不復强。

城上青山遠近橫，城邊草樹亦相縈。城中臺殿還相倚，畫手其誰為寫成。自注：袁州吉祥寺作，凡二首。

溪上秋來境倍佳，附城猶爾況村賒。却嗟政爾營行棹，不得於兹理釣車。

仰山林壑舊曾遊，擬欲重尋不自由。倚賴艤舟相對處，為予排闥向城頭。

晚日才能度兩灘，詰朝應復又成乾。從來但說泝流苦，到我順流良亦難。

仰山山峙季溪流，知我東歸俾蹔留。盡日如推復如盪，為之成喜不成憂。自注：宜春余舊游，故别之不無眷眷。

兩岸多為激水輪，創由人力用如神。山田枯旱湖田澇，惟此豐凶歲歲均。

烟消日出見秋真，政恐却成憔悴人。賴是倦遊歸去日，扁舟載著自由身。

鷺鷥雖說擅風標，永日灘頭腹苦枵。梟鶩雜居寧自異，鷄羣鶴處更加驕。

秀植如雲不可窮，長杉鉅竹畧相同。嗟余詎可如材者，政似飄飄秋後楓。

遥看巨石屹相衡，不道中江有路通。幾度跨贏行犖确，又成全室寄蓬籠。

昌江直下水能平，却愛瀧流激激聲。頻歲水災何自拯，政由疏鑿欠流行。

病思昏昏略未醒，木犀誰遣浸饒瓶。兀然隨我故山夢，竹故青青雨自零。

三逕雖荒菊尚存，重陽想見露花繁。那知欲去去不及，病卧他州空斷魂。

去歲重陽事已訛，今年亦復病蹉跎。明年想見山中集，弟妹團欒黄菊歌。

老去真成病不禁，炎蒸三日瘧如侵。江山舊識思新面，佳處真成畧枕衾。

季月將窮更起風，秋聲亂雜橫聲中。倦游歸去渾忘事，淹速從渠不計窮。

煮泉樹石閟原作閦，據殿本改幽深，來景欄干敞眺臨。可是溪山須一面，懷人政爾動哀吟。

暮色蒼然遂不開，我舟亦欲傍崖隈。不唯帆過誰家宿，水鳥林棲亦並來。

落日蒼蒼烟樹林，渚鷗沙鳥更浮沉。過湖未遠猶空闊，不見遥山出寸岑。

日之夕矣下羊牛，想見吾廬樹掩幽。兒自閒行牛自去，溪頭熟路不須求。

大琛酒價舊知名，樟樹姑洲得並行。晨起亟思謀一醉，遠鐘已作叫巖聲。

午藹紛紛無奈濃，晚來微斂見山容。鵝湖舊日經行地，清吹思乘十里松。

終朝未厭哭灘聲，歸近何妨細作程。送盡鵝湖青一帶，靈山已復遠相迎。

**與成父自信同舟到饒分路而別以詩送之三首**

川行歷覽不知勞，我有新詩聽汝抄。今日語離還索句，况堪風雨滿江郊。

我自飄零更汝憂，賤貧骨肉不相收。馬家堤上休停騎，愁有居民説故侯。自注：堤在無為。無為，先君舊治也。

向來三復渭陽詩，羡汝此行親見之。若問迺兄何様似，家徒四壁更書癡。

**過湖得便風舟甚駛**

鳥飛不盡水黏天，隱隱青山若箇邊。六幅蒲帆去如箭，江神有意特相憐。

### 連日得順風

上水深虞費挽牽，順風似得江神憐。雲山好處留不得，縱望令人空惘然。

### 風

逆風忽作大王雄，客岸淹留半日中。亭午却回張席去，向來駭浪亦潛空。

### 大風二首

杯水得風猶渺然，況茲章貢遠連天。一窮坐我靡他問，下水寧聞勞挽牽。

頗愛峽江江上山，幾回陶冶付毫端。眼中誰為善圖貌，貌與桐江相並看。

### 過生米市艤舟求浴望山巔有屋巋然至石岸數步宛轉荒級榜曰釣磯入門古壇對江上則有獨柏餘屋悉具體問之云施肩吾嘗垂綸於此柏則唐胡天師所植他無碑記惟華邦直則留題一詩有石刻因用其韻題釣磯又復用小閣壁間韻留題胡柏併書柱間浴罷理棹而去

時淳熙戊戌七夕前一日也。華詩句云：「一簇亭臺瞰碧流，坐無塵土染衣裘，舟人來往風波裏，指點神仙在上頭。」閣詩不佳，故不録

枕水危磯峙不流，是誰曾此被羊裘。遺蹤幾覓無從問，落日清風過樹頭。

荒壇有柏翠參天，盡道栽從五代前。仙事茫茫真是否，試當風月聽蛩然。

### 過湖偶題書於鄔子之津

洞庭厥大九州間，此地吞瀦未覺慳。一抹遠青為四望，亦云髣髴似君山。

## 溧陽書事

風引僊舟去莫同，自知名媿郭林宗。倦游偶作連朝住，頗覺臨邛費繆恭。

## 舟中二首

頻歲崎嶇道路勞，江山妙處屬吾曹。欲將一籠盛歸去，安得并州快剪刀。

歲月侵人去若犇，雪消歸水不留痕。詩情本自無多子，深謝江山稍見存。

## 湖州舟中

平生苕霅又扁舟，尚喜深盟不負鷗。憶昔詩篇渾漫興，祇今翻覺費冥搜。

## 舟中雨

秋草猶青可放牛，雨林如豁更鳴鳩。荒雞渺渺三家墅，白鳥悠悠數里洲。

## 艤舟龍遊龍遊，唐盈川楊炯嘗為令

穀波亭下一維舟，小對秋風梳白頭。欲賦新詩欠時體，江河萬古歎風流。《永樂大典》卷八八四二注：穀因周欽止言，檢《地理志》，乃穀水。

## 安仁艤舟作

客路不知時節移，忽逢柳色已依依。無悰却數離家日，臘盡春回方始歸。

## 松原山行七絶

雨勢崩騰略未休，澗衝溪惡使人愁。那知今日松原路，拄杖挑包得自由。

莫道松原路不通，擔肩樵斧往來同。老夫自是山中友，要涉崎嶇盡日中。

烏噪猿號古樹叢，亂青參倚更撐空。悠然到處皆詩本，須信山行不負公。

雨後浮雲更擁山，須臾已作太空還。了然悟得淵明意，投紱歸來徑掩關。
電激雷犇是處聞，綠遇青遶四無分。哦詩幾側風前帽，縱目閒看雨後雲。
涉水穿雲殊好在，自知元是箇中人。何時粗畢尚平志，衡嶽匡廬收此身。
一日周遭度九溪，快儂雙脚净無泥。真同落落石為枕，寧媿區區沙築堤。

## 與碩父沈弟伯仲晚行河堤碩父欲作小亭于其上且云西南得山最多即其語作絶句

斷水橋横獨木過，西南盡處得山多。自嗟不及兒童樂，横笛騎牛穩下坡。

## 舟中晚作二絶

天如慳此好江山，故遣風帆送我還。日暮白鷗猶未宿，衝烟時復度前灣。
嚴婺江山天下奇，經行凡作幾篇詩。何當便畢尚平趣，占斷清波垂釣絲。

## 江山道中

蕭蕭風雨急還休，無數倉官立道周。多少詩情渾漫興，煙雲不隔四山秋。

## 鼠山

鼠山山下鼠山潭，名字常因艇子談。幾欲賦詩收拾汝，技窮如我莫多貪。

## 登岳陽樓

太史南遊上會稽，愛奇端欲助文辭。蕭騷白髮離騷國，不到巴陵終欠詩。
自昔騷人半此州，不因放逐即淹留。我今毋負仍非客，何事汎然還一遊。

幾思假日賦登樓，風雨連連不肯休。待得晴時又成去，再三舉手謝沙鷗。
晚風何許遞參差，南望令人思九疑。渺渺煙波莫能極，誰云一葦可杭之。

**鵝湖道中二首**

兩道蒼松列翠幢，雨來渾似度桐江。恨無東絹堪圖此，歸伴蒲團掛北窗。
人間那有萬株松，莫道名山都未逢。自拄枯藜行不倦，更聽齋後幾聲鐘。

**鵝湖道中呈斯遠**

翠阜奔騰似列屯，老松錯落更横陳。風高日暖鵝湖路，宜此蕭然兩幅巾。

**將至辰州走筆寄在伯教授二首**

去年十月君行此，今歲兹時我繼君。黄花赤葉雖如昨，所恨詩壇欠策勲。
庭前甘菊都開否，記得去年同把觴。相逢勞苦定愁絶，我哭途窮君悼亡。

**亭午欲過意復淒然偶引杯酒而沅陵丈送詩適至因走筆成兩絶併呈教授兄**

梅花玉立知何許，回首江東日暮雲。白髮蕭蕭不歸去，顧徵蠻語作參軍。
寒廳冷日不能暄，杯酒時須手自温。賴有好詩頻送我，能教病眼洗眵昏。

**姑蘇道中**

麥浪摇波柳映津，吴鄉春色見今晨。欲將何以慰無賴，一酌濁醪如有神。

**早飯龍堂寺**寺之左廡為昨雨所敗

櫸藤束縛竹為輿，野飯來尋僧所廬。茅屋正逢飛卷破，夜來風雨問何如。

## 過旁羅見靈山

過得旁羅上下灘，望中青出是靈山。三年此地四來往，老矣向渠成厚顏。

## 歸近

黄溪潭上晚風生，吹我孤舟直又横。歸近尚餘三十里，不妨待得月同行。

## 樓步

人家簇簇曉煙青，湖上船歸漁市腥。細雨如絲山色暝，一杯濁酒慰飄零。

## 上饒道中

踏土憂疑似踏船，土塍滑汰勝於舷。川行可怖陸行苦，誰遣為之空自憐。

## 過雨市二首

盧溪溪水接宣風，四面青山圖畫中。盡日苦吟吟不足，始知才盡景無窮。

晴裏看山故自佳，雨邊益覺興無涯。我家正在千山底，每一看山還自嗟。

## 書雙逕鋪

昔者曾看紫原作此，據《永樂大典》卷一四五七六改柞花，今焉梅謝柳生芽。無窮甲子隨車轂，有限《永樂大典》作根光陰屬鬢華。

## 題仁坑原作康，據《永樂大典》卷一四五七六改鋪

四松離立類巖幽，遮我聊為半日留。更恨月明清影夜，原作夜影，據《永樂大典》乙不能於此聽颼颼。

## 發石佛

石佛如今果有靈，盡驅昏翳作空青。松原白石今朝過，雲洞月巖明日經。

## 舒　村

有竹如椽故可佳，况於竹外隱鷗沙。不嫌官道多車馬，此地端宜著釣車。

## 發豫章後二首

楓林滅没橘林多，酒户漁家奈若何。賸欲與渠論久住，一官老矣尚奔波。

詩成欲賦江山好，政爾多言恐害廉。只恨十分朝日美，可能身獨負茅簷。

## 登安仁雲錦驛後偈儤亭三首

古木陰中屋數椽，下臨縈折幾山川。晚來快雨仍新浴，端覺飄飄意欲僊。

未解桃源果有無，樹林樓閣世行圖。此亭縱説空無物，猶有僊山來坐隅。

對面雨來山欲移，援毫我亦賦新詩。扁舟縱是促行去，不廢小亭筇一枝。

## 題泰州司理廨舍小亭

鑿去為亭因得池，面池老柳蔽仍虧。客來不用勤修供，乞與繩牀令賦詩。

## 寶氣亭二首

西下扁舟浩所經，甃梯隄石上津亭。偶從長老詢遺迹，説道神遊尚炳靈。

誰道劍池今已荒，有時光怪此何祥。平生自省慙多識，曷日乞靈親炷香。

徐家筆力見南唐，今代更推江夏黄。屹立二碑端不朽，未輸滕閣擅三王。

## 灘頭寺懷莫升之

青衫縣尹沈泉久，黄綬尉曹華髮多。重到灘頭舊遊寺，一觴獨舉奈愁何。

## 鄧林寺用孫温叟韻

上天有路不為難，丈七坳頭莫據鞍。小憩還尋去時寺，戲拈枯筆臂猶酸。

## 宿甘陂寺

逢人問得甘陂寺，窈窕深穿翠剡來。細雨斜風勿渠忤，要令瀟洒滿吾懷。

## 途中呈明叔

相逢何必道寒温，所過江山合細論。四體不佳談舌强，不妨展卷有詩存。

## 自安仁至豫章途中雜興十九首

野市穿殘路接溪，敗船縻索兩相依。居人欲渡頻回首，客子將行屢攬衣。

漠漠平蕪遠際天，青山若箇暗霾烟。行人更説橋新斷，試遣招呼與借船。

極目荒陂十里餘，壞塍依約舊犂鉏。問言業薄無牛力，更説州家催積租。

幾日舟行罷作詩，直緣山水賸含輝。今朝眼界荒凉甚，却遣毫端為解圍。

快雨懸知亦快晴，解包何惜片時程。須臾雨止晴能好，一道雲山潑眼明。

小立溪頭唤野航，雨餘林木倍森凉。少焉步到臨流寺，鸛鶴飛鳴滿夕陽。

湖南茶寇甫能平，湖北傜人復弄兵。政是耕桑好時節，爾曹何苦自捐生。自注：塗中遇湖北告急之使。

郡邑貪殘固合誅，釁端繇爾復何如。官軍可怖無輕敵，直恐微軀不足鋤。

積潦當塗三尺强，筍輿那得代浮梁。脱靴直厲成孤笑，赤脚踏冰思舊狂。

草樹葱蘢山有衣，稻秧刺水緑生漪。眼中風物方人境，犬吠雞啼間戾廖。

平生食肉吾無相，雨甲烟苗足慰貧。幾日山行更無此，况堪拈米惡於塵。
提封俱是太平人，爾輩何緣獨苦辛。見説窮南有蠻蜑，直疑於此是比鄰。
參天落落復青青，風過笙竽得細聽。睡思莫將茶料理，只須卧此片時醒。
虯龍夭矯已分形，想象靈根長茯苓。安得一椽風雨庇，要思服食制頹齡。
已是酴醿墮玉塵，尚餘芍藥殿殘春。山行寂寞那逢此，喜向僧房見斬新。
曉雨猶偷客枕安，重煩啼鳥報艱難。整車欲去還休歇，雲合忘蹤山四攢。
林雨凄凄林鳥啼，水田漠漠水禽飛。人間何處有此境，只欠冰紈相發揮。
時雨催農不厭多，客行無奈路長何。怨咨何與天公事，慷慨聊為勞者歌。
農事催人未遽央，種秧未了插秧忙。田家作苦吾常逸，所愧饑寒趨路旁。

## 發大通

五更催發船無限，及此風收浪不生。何事漁舟亦争進，始知為利總營營。

## 安福道中見牛行隴畝間齕草而不食禾問之皆云穀成實則牛不復食矣

種得離離職爾劬，朝塍暮隴只生芻。絲毫無補家先實，媿殺紛紛小丈夫。

## 回憩芙蓉寺偶題

太華難攀十丈花，白蓮零落遠公家。此中那得嘉名占，緑水遶除山四遮。

## 獨樹

獨樹幽花明屋角，頓驚門户有光輝。向來荒草幾埋徑，今日行人欲叩扉。

## 過王宗臣允元園廬三首

大梁城裏王居士，園有江南數種梅。亂後只疑隨刼火，那知移向此間來。
不但栽梅如昔人，詩名籍籍舊傳聞。我來豈直為花設，傾倒相期出近文。
擬欲過君非一日，哭妻值我買船東。人事好乖有如此，轉頭今忽兩春風。

## 步北園示沈四弟

得趣堂到蓬薈深，主人何惜費千金。我行旬月當重到，要見梅花出樹林。

## 亦好園

金谷惟堪貯俗塵，輞川今復得詩人。先生道是貧到骨，猶有山園斗大春。

## 步沈園

黄菊花殘白菊花，孟冬風日亦云佳。晚來忽有尋詩興，送盡投林萬點鴉。

## 寄向伯休且約他日道爲薌林之遊二首

東郭竹谿君所廬，我家此物也扶疎。何時歸去數來往，不似而今空寄書。
平生薌林五十詠，何意扁舟其下過。王郎逸興非余有，不問主人防怒訶。

## 遊叫巖用范元卿自普康歸日留題韻

元卿詩云：溪心績石圓如磨，巖腹精廬冷似冰，弭楫來游衝夜雨，儵然一叟對孤僧

溪行又作叫巖登，凉冷端如快踏冰。所過有山成一訪，是知我亦在家僧。

## 雨中同曹尉王僬巖二首

舊説吾邦巖谷多，歷觀無愈此嵯峩。今朝喚渡仍衝雨，慙愧溪神不我訶。
驟雨翻空何自來，飛流濺沫洗崔嵬。要題短句書奇事，付與曹郎八斗才。

十月十五日

柳行摇落參差際，鴈字虚無滅没中。醉面紅來因卯酒，征衣脆去為霜風。

題白龍洞

流水疎梅我有詩，偶來重見雪離披。五年不躡常山路，咫尺寧乖一赴期。自注：丁酉首春過此，嘗有句，辛丑歲除前三日再來。

題黄溪壁二首

新居不見邠山主，及到黄溪又不逢。錫杖徐飛向何處，檻前山水自為容。

此邦茶品固多有，聞説黄溪獨未嘗。何日敲門辱持贈，更須高誦碧雲章。

過飲畢叔文家題其壁

擬過君家看牡丹，數枝纔及海棠看。百年舊事誰從説，杯酒相逢强自寬。

過叔異曲江磯叔異已赴官矣題其壁

故人去適梅花外，客子來哦桂樹秋。欲寄一行無鴈過，漫題數字答蛩幽。

書靈鷲壁

支頤獨立到棲鴉，送了虚廊日却斜。冷蝶不知時節晚，伶仃猶自抱寒花。

題新庵壁間

道人庭宇知何有，幾箇修篁一樹梅。説似庵門莫深閉，斷無俗客此間來。

書乾明庵壁

道人持鉢向何村，黃葉投風静擁門。自買束薪來燒浴，浴終早已四山昏。

**九日題越州光孝観壁**

小檻叢花未肯香，客中我亦忘重陽。要酬風雨滿城句，旱合四郊塵政黃。

**題三老堂壁**

雨過湖邊秋思多，悵無輕檝傲漁簑。向來夢境今安在，名與青山保不磨。

**題劉叔驥夢游赤壁賦後二首**

三國功名可立談，賦成赤壁倍嶄巖。想君夢去神游處，慷慨風流真可參。

江湖知友亦云多，每歎風流奈若何。水落故知當石出，鏡中寧惜鬢將皤。

**偶書道店之壁**

愁邊得酒寧論味，馬上成詩不計篇。不是行人那識此，知音應為一悠然。

**題豐陂舖壁**

樹影當階日正中，一蟬何適自吟風。病夫畏病怕觸熱，聊此設牀尋睡功。

**生米磯之至德観余舊遊也嘗有題釣磯胡柏七言二絶句庚子夏五月八日再來道士復向余乞賦仙洲平遠濯風湧月四題因各與一首**仙洲，則新建簿嚴造道名之

此地傳為天寶門，政由漁叟話桃源。閣中名字誰為立，知是君平幾世孫。

舊聞但覺生米磯，新遊更見黃連石。石邊磯上有軒窗，萬里一時來咫尺。

往遊故喜秋無暑，今至還欣夏有凉。褦襶不能來熱客，泠然聽我夢還鄉。

團團政爾來天下，皎皎何從墮水中。賸欲學為牛渚詠，只愁笑殺綺裘翁。

## 題方士繇伯謨五丈所居三首

詩名舊仰方豐國，句法親傳呂紫微。聞道有兒能世業，師門更向晦庵歸。

文定去營衡麓宅，仲容自老籍溪傍。祇令風月無人主，今代玄英更姓方。

遠庵庵榜晦菴書，不獨人高字亦如。隴畝縱令非我有，溪山政自要君居。

## 題臨水茅亭

竹裏茅檐竹外溪，青琅玕映碧玻瓈。吟從亭午到薄暮，詩就不知安所題。

## 曬簑亭

欲買寬閑結釣菴，一竿投老寄江南。是州亦在經營裏，先手落君無可談。

## 段元衡出示與晦翁九日登紫霄峰詩及手帖并及賈八十兄詩既敬讀之得三

冰玉溪山近與鄰，我舟來往故成頻。眼邊風物渾如舊，只欠行吟采若人。自注：謂介菴。

愛竹舊時王子猷，造門忘主見風流。如君不但無鏁鑰，更向山陰具小舟。

## 絶句

紫霄峯上登高節，想見笑談賓主間。我亦於今有遺恨，不隨巾屨上南山。自注：晦翁比自浙東歸，過玉山留數日。

文章定價如金玉，入手可知高與低。今代師儒晦菴老，許君先達並江西。自注：晦翁與元衡帖見示，佳句有「正使江西諸先達在，不過如此」之語。

季承新寄嶠南詩，君亦南遊弔楚纍。冰水玉山元自好，蠻烟蜑雨只生悲。

## 月巖

論畫以形詩必此，原作疵，據《永樂大典》卷九七六三改東坡老子笑《永樂大典》作嘯人癡。月巖本是梯空石，底事輕論圓與虧。

舉頭見日猶為近，何況凌虛到月邊。更欲裴徊究真妄，無人與我共談玄。

那得空山月半輪，天將絶境驗詩人。古今來往知多少，底事流傳略未聞。

**從禮載酒要余及明叔遊合普六首**

此君佳處是長身，静遶吟行要日親。何事當前遽安障，未能忘俗遂忘真。自注：寺有竹當軒，僧築牆以截之。

花開無計杜遊人，未若栽松遠世塵。莫問何年棟梁用，也勝開落總由春。自注：寺有牡丹，為從禮移去，今植松云。

兒曹謾作看花忙，我輩看山興更長。敗意幸賒梟鴈集，少須落日下牛羊。

塵埃老矣未收身，每對山林强自親。詩縱滿囊慙李賀，筆雖成冢媿藏真。

一軒高竹似高人，鳥雀馴除不動塵。首夏清和故應好，可須載酒祇尋春。

宦忙未抵作詩忙，九十春光自短長。三徑可歸誰是伴，若人風節慕求羊。

**書合龍寺舊題後**

題詩客子鬢如銀，壁上題詩墨尚新。犬已久忘曾宿客，半山風鐸似迎人。

**題中園寺柱**

向來不識中園寺，一自移家得屢過。縱使山僧真厭客，淡然相對有維摩。

**妙香院僧堂後路直臨溪石臺古松蟠其上松之下有足跡及石穴三十餘淺容杯水問僧云自昔葛洪鍊丹種桃於此穴乃丹竈其數三十有二適與龜峰相應亦**

**謂足迹爲仙人迹又有云日光照石壁隱若青紅蓋桃影云作兩絶**

臺高十丈獨株松，下有僊人舊履踪。三十二窠丹竈在，亦云數目應龜峯。
壁間石色隱青紅，指似夭夭即此中。金石著文猶叵信，况堪傳者自漁翁。

**重過東湖二首**

憶昨追凉孺子亭，再來荷柳競凋零。試當止水憑欄看，我亦疎髯白數莖。
敝車羸服豫章城，幾向東湖得細行。不但屢來人似識，白鷗相慣亦忘驚。

**遊仰山欲游蘭若不果懷混融二首**

冒雨來看大仰山，不惟泉石意相關。混融時事誰能説，稍向詩碑見一班。
欲尋蘭若尉知名，獺逕橋頭水亂鳴。引領白雲人甚遠，縱遊誰解飲淵明。

**梅林渡懷惠卿**

近城亦復多漁户，作吏聊須似馬曹。更想周家江上屋，竹林梅樹出簷高。

以上《淳熙稿》卷一九

# 全宋詩卷三二六三七

## 趙蕃二二

### 白水寺

霧合深林曉到遲，樹摇宿雨訝殿本作迓晴曦。不知客裏何遷次，一似山中初起時。

### 玉聚

介然誰主復誰賓，風月婆娑却自親。留得清名傳野史，未妨白眼向時人。

### 廿二日題水南寺壁

落花飛蝶兩翾翾，二月清明雨後天。白酒一杯成坐睡，宿寒猶在未除綿。

### 題衢州城外包氏水閣示遠父成父二首

溪流屈曲總成灘，灘外雲山遠近看。何許詩情最關處，渚鷗能白晚楓丹。

買得溪頭一葉船，去留無繫總悠然。不惟畫本輸摩詰，更有詩材屬惠連。

### 曉登快閣

庭中但覺木摇落，江上始知秋氣高。不待月明飛鏡夜，此時自可數秋毫。

木落千山秋又深，病無眼力怕登臨。所須一雨添清漲，送我歸舟返故林。

### 雪浪閣二首

木末闌干渺未平，泊舟石徑得深行。舟行不見江流闊，一上憑高覺快生。
雪浪軒窗由塊石，未知欄檻倚江邊。故人曾為烏烹怖，一看姓名增惘然。自注：謂莫升之。

**憩衲口之秘藏院**

老至渾亡舊所經，漫嗟古屋暗丹青。庭空廢掃蒼苔長，時聽風拋柏子鈴。

**題圓通院**

吾家舊業爐峰宅，豈不懷歸困轉蓬。奔走微官遍林谷，却尋清磬到圓通。

**晏齋余自名也故常以榜自隨乃以名廳事之東偏廳之後舊有一室面對竹余山居富此物亦以竹隱名對此竹而有思于山中故以思隱名之思隱之東又闢屋丈許連以爲齋乞名於張君伯永爲名曰容齋併作三絶志其事焉**

以晏名齋懼不安，居閒從仕莫殊看。葱羹麥飯自可飽，惟去不須如井丹。
此地何因著此君，藉之除掃簿書紛。山中為爾曾成隱，回首悠悠空暮雲。
容膝徒知取易安，容君數百又何寬。若人問我名齋義，兩語從渠作麽看。

**徐君季純常德教授廨中名一室曰如舟取東坡爲宛丘詩而云也過之欲爲賦詩意到輒書故不免雜出君居龍游故有盈川之句詩體云者蓋初未識而爲簿公曾元之所言也凡五首**

知君雅趣在滄洲，游戲名齋亦以舟。舊識盈川川上路，幾時乘月下嚴州。
我本江湖一釣竿，直鉤不幸得魚難。雖然尚有扁舟念，一到君齋作是觀。

莫嫌學舍小如舟，容得平南酒拍浮。試問夢為蝴蝶去，何如萬里没輕鷗。
欲為如舟一賦詩，如舟無楫更無維。泛乎不繫知何處，當有長風破浪時。
滿面風埃霜鬢鬚，何如相識謂詩臞。君行學省得佳士，我乃烟波稱釣徒。

### 戲呈盧老

曉起題詩硯欲冰，折梅還却步凌兢。不如納被蒙頭坐，坐到齋魚始一興。

### 贈龍王山菴秀上人

道人學易更參禪，一住江頭已六年。勸我小留殊不顧，那知風雪有回船。

### 示梅山寧老二首

梅山不見梅夫子，宗派仍亡宗上人。梅句不刊宗有集，山應生喜亦生嗔。自注：梅公聖俞有詩山中，今亡矣。
八年再到仍衝暑，長愧堂中結夏僧。我欲松間借餘地，聽風聽雨髮鬅鬙。自注：僕丁亥夏嘗過此。

### 贈南首座兼簡盧老二首

旋糊紙屋過冬寒，客至成開去即關。我亦借寮成掛搭，未妨朝暮往仍還。
主人禪伯乃詩伯，招得渠來共此山。掛搭問儂能膽大，詩關直上有禪關。

### 雷老欲退普寧二絶句

借閣看山且半年，看山未飽此為還。聞師亦欲拋山去，衹恐山靈未許然。
懷玉山中舊住人，歲寒菴裏坐禪身。當年未解來飛錫，今日何妨却問津。自注：雷自懷玉來，住今剎。

### 贈法雷

道人曾與謫仙游，仙去騎鯨師白頭。騎鯨端復向何處，試問援琴招得不。自注：謂李松菴。

**待斯遠不至**

靈溪寺下靈溪渡，跋馬欲前還又回。準擬故人能會宿，不知何事不成來。

**彦博周伯休來**

剥啄能來兩玉人，飯蔬糜粟共吾貧。更欣兩子知人意，為作蕭蕭破暑新。

**與歐陽伯威同飲遇卿江樓**

不上江樓又兩春，人間到處略知津。勞君置酒仍呼客，快語端能洗劫塵。

**雨後口占簡在伯二首**

雨小寧論旱可濡，凉生但喜病微蘇。歸雲返照當年句，落在君家我所無。

蕉心待雨慵能展，柳葉非秋間自零。覓句政資閑草木，荒凉於此只空庭。

**代書示逸二首**

風號窗外獨株松，想汝看書趁曉鍾。是我起行茅店月，禦寒還覺欠蘢茸。

别日纔留兩月糧，况經裘葛變炎凉。未知别後端何似，不見寄來書一行。

**雨中夜歸聞兩兒誦書偶成二絶幸明叔先生同賦以示之**

簷雨浪浪欲二更，短檠明火讀書聲。憶如汝大政如汝，一事無成今老生。

家世無田事筆耕，五車精熟是收成。窮通有命吾何與，若若多慙短褐榮。

**同何叔信赴在伯之集醉甚既歸得二絶句併呈**

醉裏狂歌君不嗔，知予嗜酒見天真。還家徑卧寒窗底，要暖編麻更爇薪。
已向剡溪衝夜雪，要從東閣問官梅。氣豪湖海寧辭醉，老怯風霜祇自哀。

**予方作書招成父入山成父亦移書招予出縣報以兩絶**

阿連折簡能招我，危坐哦詩正憶渠。不是下山防破戒，政緣抱病怯行輿。
乏食寧憂陳蔡厄，堆案自有班左書。不嫌荒寂肯來過，草徑已教童子鉏。

**招在伯**

忽忽重陽今一月，菊花數朵見城根。前詩有約能從否，不厭張羅幸過門。

**舟中獨飲**

已是支離百不禁，况堪多病苦相侵。村沽縱薄可不醉，梅半落時天政陰。

**示曾**原作贈，據《章泉稿》卷四《送曾耆英……》詩改**耆英并其侄**

伴我山行陳與吴，曾家父子更憐渠。武山硃得雪相似，來酌觀山冰不如。

**雨過知津酒正潘元壽皆留飲漫興絶句**

楊柳依依洲渚深，鴛言聊爾縱幽尋。不虞為子登臨費，但約新詩好處吟。

**贈吴昴**原作昂，據《永樂大典》卷三〇〇四改**山人二首**

又是芳菲一番新，寂寥依舊去年貧。相看不用談餘事，且道逢迎有故人。
君行足跡遍江南，我亦飄零老不堪。幸自尊中有醇酎，何妨醉倒又空談。

**答簡審知**

早起難勝上水寒，為君還復念湖灘。泥滑蹇驢難跨去，七言聊遣問平安。

閉門兩日病不出，得句誰能就我哦。貧家尊酒可憐許，飲君寧得到無何。

## 老卿携詩三篇來復答一首

## 曾相士約過意釣答以絶句

為竹作亭還斫竹，取詩名榜更題詩。歸來十日未一往，聊待蕭然雨後時。

## 沅陵契丈用蕃將至辰州寄在伯兄韻作詩見屬用韻奉答二首

往日交游纔著我，近來酬唱喜添君。請君立拜詩壇將，容我閒尋茗椀勳。

能事豈工刀與筆，閒情聊付詠而觴。生前憂累須陶寫，身後聲名盡在亡。

## 僕有詩思成父輒知之而絶不肯道一語以二十八字戲贈

詩情鬱鬱見鬚眉，何意君能輒識之。目擊道存真有得，傍觀袖手豈非癡。

## 報謁徐大雅仁因以題贈三首

好在東都孺子孫，壯年曾謁舍人門。祇今此道同終少，君獨深藏恥自論。自注：君昔從吕公居仁講學，公有贈詩。

我住東郊祇樹園，無人肯顧席為門。多君用意非流俗，忙裏偷閒每見存。

蘭芽紫坼映青盆，杏蘂紅深供佛瓶。何獨春能歸草木，看君已老鬢重青。

## 贈許季升五首

東都籍甚汝南許，人物嘗更月旦評。後嗣流傳齊一變，如今推步有知名。

清江人物推陳謝，不減當年孔與劉。肯為賦詩仍作序，要明吾子乃儒流。自注：贛陳丞序贈君，艮齋謝昌國有詩有跋。

方朔人傳是歲星，又云太白本長庚。如何未免饑欲死，亦有佯狂萬里行。
惶恐灘頭一扁舟，桃花水漲如乘流。君來叩户喜欲倒，一問此行還遂不。
學詩自足致寒飢，更欲探求造化機。我坐一偏猶不免，君今兩取是邪非。自注：許亦作詩。

### 讀公擇篋中徐季益孫子進昆仲詩有懷其人因以題贈四首

幾年禪月閟靈棲，石磴崩摧僅可梯。誰遣詩人來借住，自應無飯只羹藜。
怪渠詩律自江西，曾把文章謁紫微。今日凄凉亦何甚，異方流轉未能歸。殿本注：季益曾以詩文謁吕公舍人。
囊有清詩無一錢，夜窗翻倒謾妨眠。荆溪溪上長回首，不見音書已二年。
我貧猶説在有貧，羈旅如君更感人。强道詩工能泣鬼，未如錢夥可通神。

### 再　贈

衆醉紛紛忌獨醒，也思放意遣沈冥。斗牛用事無庸問，為問何年用酒星。

### 贈別耆英二首

學詩曾及謝玄暉，傳授應同一唯歸。舊宅縱荒書故在，不妨幽僻借僧扉。
憶我移官惶恐灘，肯來徒步不為難。頗亦念君家四壁，囊中羞澀但頻看。

### 宜春道中贈邢公昭二首

清江臺上讀君詩，頗欲相從慰所思。何意昌山夜止宿，忽成風雨對牀期。
問君家在離騷國，句裏應含蘭芷香。邂逅宜春須小住，要期傾倒錦為囊。

### 斯遠兄入城見使君郎中且謁尚書韓先生提屬李丈題詩以贈四首

雨後乘流絶快哉，眼中無適不詩材。詩成去覓騎鯨李，銜袖探將一笑開。
南澗先生歸幾時，南溪如泛未傳詩。君行為我殷勤録，并問茶山僧乞碑。
永嘉别駕從渠説，為説錢晁好夙通。聊以吾云卜吾子，儻賢吾亦出蒿蓬。
上饒耆舊無曾吕，月旦多稱李德翁。聞道二難真頓有，蓋公堂下求盍通。

## 余客長沙寒熱驟作其證未分理掾次律張君爲致醫王生述治之藥與病合兩日愈作七言二韻詩二首贈之

士不知聞未易輕，問醫誰復話君名。殷勤多謝長沙掾，為我致之分死生。
頻能通汗信柴胡，亦是於君想報珠。傳聞治嗽更多活，豈止飄零一老夫。

## 次韻斯遠見過三首

形影相隨一病身，窮愁忽忽又經春。為傳車轍來何自，知是君存寂寞濱。
語到蟬連自不休，吾曹豈亦固相求。望窮雲谷雲深處，共約驂贏向晚秋。
四山一夜雨連明，豈料新晴頓得成。還往自茲寧可計，要須留句當題名。

## 次韻楊廷秀太和萬安道中所寄七首

記得詩來半説花，不言長道苦風沙。知公不薄嶠南使，政似昔人何以家。
愛竹知人憶故山，食貧過午尚懸簞。長篇乞與小詩並，要似韓豪東野寒。
舊説洛陽天地中，遂令北客病南風。只今政教通南粤，亦有大寒桑樹紅。
幾欲裁詩託便風，苦慙别後欠新功。何時寄我廣南作，壓倒蕉黄荔子紅。
先生力學自誠明，忠信今知蠻貊行。憶昔韓蘇兩仙伯，海成冬市況融晴。

幾為年華歎物華，只今結束定還家。且看垂發江邊樹，未問長安一日花。

莫為趨朝亟載脂，小令羸瘠長膚肌。帝城書疏舊不入，何有畫圖傳荔枝。

**次王照鄰韻二首**

長年未省厭長病，一暑方憎又一春。把卷頗思親玉雪，出門無那苦埃塵。

虛憍徒恃井陘歸，空壁爭趨漢鼓旗。少不如人當自笑，況於心在力疲時。

**曾裘父寄二絕併呈審知一再次韻前以寄曾後寄審知四首**

向來共和有羊何，今見公才十倍過。可念此身如垢鏡，要須著手為揩磨。

紛紛競説杜陵翁，此老真能數百容。我亦幾同葉公好，駭然今日見真龍。

安否別來端若何，尺書可是雁無過。南豐惠我新詩什，亦復懷君舊琢磨。

南豐鬢髮已如翁，子蓋他時冰雪容。長少結交端有道，我凡何處濫登龍。

**七月六夜聞雨寄懷欽止斯遠而玉山使**原作便，據殿本改**來亦得斯遠六月十五日懷去年夜雨之絕句復次韻以報**

夜聞簷雨憶年時，亦復思君近寄詩。開卷忽來同此作，信知神合但形離。

**次韻成父二首**

離居想見泊無娛，肯憚尻為上下輿。一見故憐無可語，要知終勝百函書。

苦愛香醪似蜜甜，舊如杜老意拳拳。而今已作淵明止，別意欲醺醒重憐。

**次韻審知十三日四絕**

起看山月墮金盆，不料陰晴忽異門。我亦忍饑無復睡，絶憐甑倒又空樽。
咫尺相望得步過，忽然一雨阻山河。興來逕欲尋君去，數問溪流退幾多。
尺水真成起丈波，水南水北斷經過。幾思落筆題觀漲，却恨詩材本不多。
連朝風雨已如秋，頗念林園栭栗收。謾說為生鄙計算，邇來鹽米屢關憂。

## 次韻衡州先生歲除前三日席上兩絶句

青山著雪倍增妍，青草掀泥浩莫邊。便覺欣榮似春日，不知凋落是殘年。
非無曠野堪犂具，亦有清江可釣絲。為底崎嶇衡嶽路，良由寐寤竹齋時。

## 次韻斯遠雨過彦章併屬彦章二首

聞君訪隱曉衝泥，竹盡林巒入稻畦。我亦有懷思並轍，不堪驢蹇更牛罷。
老去篇章恥未窮，力耕豈謂歲能逢。切磋政爾須公等，户牖多開恐妄從。

## 昭禮在虞山與予分路昭禮舉王光遠在廬山别周元翁明朝山北山南路各自逢人説勝游之句昭禮用此意作詩因亦次韻一首

昔年挂席過江州，曾為廬山盡日留。斷句得君相舉似，夜窗應復夢成游。
人物君非第一流，周南底事歎淹留。清名所得蓋多矣，騎鶴揚州有是不。

## 次韻斯遠二十六日三絶

幾欲收聲效不鳴，惡同鳩輩管陰晴。有時觸撥無窮景，又遣新詩取次成。
傭販人人有闔廬，借居如我絶無娱。書無厚禄庸何歎，賴爾詩能數起予。

春風去我孰能留，寒疾聞君頓已瘳。示以斜斜并整整，故知莫莫復休休。

## 次韻衡州先生除夕絶句

懷抱因公得好開，鬢須嗟我怕年來。敲門既辱頻傳句，守歲仍呼共引杯。

## 次韻見可書示二絶併以送行

鷺立長灘本為飢，水深魚没定奚為。何如煙雨青林畔，漠漠冥冥縱所之。

詩材畫筆本同姿，造物嗔人可怨飢。行槖君無歎懸罄，褐衣我亦欠絢絲。

## 次韻元衡兩絶句

倦遊如此不嗟窮，醉眼猶能遠送鴻。笑我老無湖海氣，但思疆理事南東。

舊説詩壇不可攀，豈期於此得窺斑。茫茫世事催人别，數見猶期數日閒。

## 次韻唐與文驛馳代簡二絶句

西去曾悲鳥道沿，東來又駭畏途鞭。如何一舸西江上，放溜乘風不用牽。

别日常多見愈親，立談已覺滌車塵。詩成兩地嗟何及，明月相同影伴身。

## 見梁檢法書懷八絶句于廣文尉曹處次韻

文力縱横昔未窺，每聞二子説襟期。來朝借得新詩卷，起我閒窗病酒時。

醉眠欹側似乘舠，颯颯溪風吹鬢毛。頗念乘流覓歸路，兀然驚起遇灘高。

修眉畫就莫求工，自昔常聞妬入宫。不為無人芳自吐，也勝能白又能紅。

漢詔元從漏網寬，可將數罟作驚瀾。幕中有此賢從事，我亦他時逭免冠。

山行難得上天梯，舟泛還憂水路迷。憶我故棲何許在，玉為山下是冰溪。

辭好曾聞喻色絲，那知妙處本天姿。若窮句法源流遠，曾見梅山唱和詩。

中聖流風久未寒，渺然何但酒腸寬。渠詩下筆如山峽，我思攀危上七盤。

儻欲昌身詩莫昌，折腰也莫嘆淒涼。上書假傳非無例，慷慨相期入皂囊。

## 次韻斯遠十六日見簡

忽來叩户新詩句，謂我將行可自疎。蹔向沅湘采蘭芷，扶疎終亦愛吾廬。

## 次韻伯元季奕送成父因以見寄五絶句

幾欲因人與問安，南來不見信州船。細思人世孰為别，明月相望同一天。

句裏興懷快閣晴，獨登長是費幽吟。有興能來故差易，真愁回棹似山陰。

輕薄紛紛覆手空，兩家交契百年中。要折青蘭為遠贈，同心更助服之衷。

嬾性作書非所便，憶君回首漫悠然。如聞有弟忽相覓，復道詩簡見附船。

秋之為氣已堪悲，那對摻摻舊補衣。為報君家小兒子，見時蒼白莫言非。

## 次韻李袁州絶句七首

蕃以癸巳冬，謁先生於長臺山間道中，得三絶句，書之毛龔州庵。今春先生因遊秋禪，過而見之，乃蒙寵招，并作四絶句，語皆見及。先生時有溧陽之行，蕃來别，併沐録贈歸，因繼作以獻。「崧庵已老杜陵樹，家世斯文屬晦庵。我是兩翁門下客，未傳活法且深參」，蕃舊詩中篇也，前後二首已逸去，此篇以晦庵曾寫以與人，故存。

深林盡處背浮圖，却悔輿籃不跨驢。珍重病僧留别語，晦庵去後亦來無。

路從迫窄因山轉，喜見臨歧釋子庵。野茗柏香俱不惡，老松高竹更相參。

山僧見客苦多驚，問我何時復此行。笑指壁間舊留句，繼題曾辱老先生。

先生句法從江夏，今代詞人孰比肩。戲出小詩還會否，要收萬斛作泓泉。

崧庵視我亦諸孫，已矣無從作九原。每聽先生談舊事，怳如秉燭對羌村。

先生對宅殿本作宅對投金瀨，林壑要從東野分。便覓餘閒訪吾舅，郊居賦就比凌雲。

傳聞起柂祇數日，引領白雲猶在天。試問今誰滿臺閣，顧令是老落林泉。

## 奉寄斯遠兼屬文鼎處州子永提屬五首

吟詩日日數梅花，梅向飄零我返家。尚有北枝堪點檢，君舟已泊岸頭沙。

水南佳處説吾州，塔廟相高竹樹幽。落盡梅花雨方暗，墊巾無藉一來遊。

兩賢堂下竹參天，雨後涓涓陸子泉。耆書難忘是曾吕，逸遺更取孟郊篇。自注：孟東野有《題陸鴻漸上饒新開山舍詩》云：「驚彼武林狀，移歸此巖邊。開亭擬貯雲，鑿石先得泉。嘯竹引清吹，吟花成新篇。乃知高潔情，擺落區中緣。」

幾向餘干覓介庵，騎鯨已去不容驂。流風付與南池主，何日約君相就談。

聞道當年五色裘，飄然又入帝王州。煩君一為問行李，早晚遺詩相報投。

## 寄文叔且問畏知近訊五首

胸中何止五車書，記誦張巡恐不如。有意詞科不難中，掖垣諫省政須渠。

左手持螯快引杯，誦詩屑屑吐瓊瑰。清遊晚上僊林閣，平揖森詹玉萬堆。

醉裏揮毫君不嗔，平生嗜酒見天真。離觴曾為黄花滿，别日行看梅又新。

去年犯雪到西湖，眼見梅花玉立孤。今歲定無牢落嘆，君詩清絶似林逋。

近來周子絶無書，目斷西江雙鯉魚。出處不應違素志，君如得來我歸歟。自注：畏知時赴試江西。

## 寄劉凝遠巒四首

舊來人物數諸劉，公更詩名蓋幾州。新貴祗今多故舊，先生寧久滯瓜丘。

曾因下座識元龍，深覬歸途得款從。顧我殊非黄叔度，多君不愧郭林宗。

少陵衣鉢在涪翁，傳述東萊得正宗。聞道曾經親授記，不求印可誰更殿本作更誰從。

一生已分阻長飢，輕薄羞隨造化兒。遠寄微言作君壽，無鹽何敢突西施。

## 寄潘恭叔曾幼度二首

一冬風雪苦多寒，春至冰霜更積攢。咫尺端如隔千里，况於楚粤路漫漫。

去歲附書并附詩，自吴適粤至何時。殷勤再覓銅魚使，儻不沉浮敢恨遲。

天將絶境付奇才，萬里飄零莫自哀。不爾如何吾幼度，鬱孤臺又粤王臺。

## 寄畢叔文二首

小園春物比如何，想見花稠草作窠。老去不能知許事，顧懷修碧可磨挲。

悶甚長須酒破除，酒能作病又何如。故人欲問春來趣，多病還於酒醆疎。

## 全真以斯遠所寄文卷後夜賦兩絶句元韻作詩寄斯遠蕃同之

甘林彼美露初團，縱小猶堪白玉盤。歎息菊黄雖可待，孤根失所漫荒寒。

行時取別太匆匆，别後經懷數載中。賴有書函與文卷，不然何地可聞風。

## 寄逸

思隱今年竹幾竿，因人畧不報平安。門東叫認真癡絶，但有書來説飽餐。

## 代書寄成父

已作南山半月留，欲行更復待新秋。不知幾日潮當發，可及沙頭一醉不。

## 寄李叔器兼寄毛伯明張王臣康叔臨三首

春水滿時春草生，春風日日上江亭。蘋花採得從誰寄，空送沅湘入洞庭。

洞庭拍拍浸君山，亭對君山君閉關。勝日想多文會友，定應憐我在荆蠻。

向來相别恨匆匆，别復長思講學功。江水無由致雙鯉，春風又是起歸鴻。

## 寄林敏夫二首

聞説君家家具區，秋風應熟季鷹鱸。雖云禍福有倚伏，要是知幾失早圖。

吴江應已落丹楓，況説楓橋半夜鐘。想見歸心成日日，暮雲如我憶江東。

## 寄居郛

黄溪茶種有閩風，憶昨緘封自贊公。筠焙久空青箬裹，紙囊盍寄白雲中。

## 聞曾裘父丈亡追用前韻寄審知二首

凉風不審意如何，逝日能言客有過。師友淵源説宗派，要君文字飽研磨。

釣船頗欲佐涪翁，當世知余莫取容。誰料傳亡終欠識，但同物論惜元龍。

## 寄謝周子開

四益堂中四益碑，南軒文字述家規。殷勤打寄非無益，從此折肱當得醫。

## 因湯莘夫行寄歐陽伯威

傳得新詩過半年，故應松柏尚蒼然。要持尊酒為君壽，邂逅門前有過船。

**寄毛伯明李叔器及康叔臨二首**

日日江頭聞鼓聲，問船云作岳州行。如聞風便一日爾，我乃終年懷友生。

憶泛扁舟過洞庭，自嗟垂老見飄零。只今説着非無為，曾與荀陳聚德星。

**寄莫萬安升之二首**

我坐移官不作憂，得君為主見風流。移官得此天如惡，遺落江西盡處頭。

身在江西盡處山，江東家住幾時還。苦吟更與風光别，一夜併成雙鬢斑。

**次張漢卿次房**

平生幾讀右丞詩，未見賢孫歸去遲。邂逅雖欣適吾願，欲嗟人事好乖離。

**寄愚卿二首**

江邊欄檻竹中齋，緣我頻能掃又開。茅屋蒼苔唤歸去，來禽青李待書來。

馬甘薦秣自投鞿，巧彈何曾射倦飛。風急正看蛛去網，雨酣還見蛇争圍。

**人日寄成父**

人日今年合有詩，還猶成憶近成悲。試令一問津頭柳，早似山中寒食時。

**有懷施文叔寄之**

超果寺前江抱村，數株喬木擁山門。先生得酒日成醉，不負春風野外昏。

**寄周愚卿兄弟**

渚花飄錦已殘春，幾對江山思故人。邂逅欲書書不得，醒狂於此見天真。

## 寄李商叟二首

筍茁桐敷又一時，想君日日有新詩。詩成寄我何其晚，要與羊何共和之。

卿來我已後諸公，頗願相從繒簡中。豈若吾身得親見，怪君風味莫之同。

## 代書寄周愚卿二首

友于閣上友于人，忽忽分攜又兩春。賸欲作書書不得，舊知吾懶是吾真。

窮岡岡上歐陽子，荷屋屋中常不輕。邂逅論詩儻相及，為言即日鬢霜生。

## 寄蔣攸縣礪二首

君家三徑開來久，不待絃歌始得資。儻欲賦歸歸便得，湘山越嶺匪逶遲。

湘山越嶺縱懷歸，可廢當年靡鹽詩。府主甚賢賓得士，豈憂磨磷涅能緇。

## 寄周愚卿

買得武夷毛竹杖，忽思江外友于人。青原若訪常荷屋，助爾扶携覓句新。

## 寄簡歐陽伯威劉伯山

問訊窮岡病主人，若為買得竹溪鄰。是中剩有堪詩處，恨不與之相主賓。

## 代書寄張次律二首

道人袁州首問君，却言守舍有宗文。不知木落風高際，何處登臨對夕曛。

聞道浮家歷上塘，寒山鍾接洞庭霜。是中佳句知多少，儻有書來幸不忘。

## 日者張一麟求詩謾與二絶句

惶恐離頭住過秋，秋風吹白幾分頭。倚樓看鏡嫌多事，況問陰陽家者流。

袖裏之書辱見捐，細看知是我行年。家徒四壁將何贈，乞與兩詩賒卦錢。

## 鄭仲理送行六首

周郎三復似南容，君亦因之師友同。豈待湖南始相識，聞風元自大江東。

幾度拏舟湘水西，風雩亭下詠而歸。驩然諸友相忘意，不叩仙壇與佛扉。

坐上每懷歌慷慨，杯行豈復計尋常。我知不隔清風面，君想未忘明月章。

溪山廓廓眼增明，鷗鷺依依舊有盟。所恨登高臨賦處，却嗟我友不同行。

渺然一棹去何之，滿目新詩與舊詩。細讀贈章多好語，顧憐追和却無奇。

病著形骸冷更慵，短檠寧復有新工。異時邂逅相逢處，應歎依然舊阿蒙。

## 又次韻宋茂叔送行五絶兼謝修叔

送我歸舟水一篙，更携佳語贐吾曹。暮雲真作江東去，不復沅湘誦楚騷。

平日長嗟取友難，年來頗得見班班。顧憐蹇步終無及，天馬逍遥十二閑。

太息平原生事疎，老來亦欲事犂鉏。儻然識得簞瓢樂，祗見何妨有不如。

前年過語漫匆匆，今喜追隨數日同。詩裏固知俱有味，酒邊寧復重言功。

山到窮時一徑開，數松幾竹與縈回。我歸釀黍仍鋤菜，準擬籃輿窈窕來。末二首原缺，據殿本補　以上《淳熙稿》卷二〇

# 全宋詩卷二一六三八

## 趙蕃二三

### 鬱孤臺

合水自汀虔，更時閱漢唐。鬱孤居聳特，望闕漫更張。層臺吾家復，壯勢江右望。舊遊那復省，老至增悲傷。里巷盛人物，登臨多發揚。士人皆孫李，必誦蘇與黄。不但山水窟，自是仙佛鄉。扶輿淑氣鍾，寧謂接遐荒。歷訪愁重跰，再來期裹糧。懸知耳目接，故與聞聽詳。

### 發溧陽

久客問歸津，如鳥脱網羅。日夜數去程，未遑邮其他。殷勤謝故人，送我山之阿。舟轉岸亦移，青林隔坡陀。

### 弋陽道中

霜風不成霜，雨雲復為雨。溪山誰舊遊，草樹得新趨。蓬窗遞明暗，客枕隨仰俯。老子政哦詩，諸兒貪賦芋。

### 弋陽陸行

細雨濕籃輿，渺渺穿翠楚。林園知秋近，已作西風語。昨朝汗浹背，今晨冷侵膂。感慨悟乘除，人生幾寒暑。

## 八月十二日發潮

來猶念衾裯，去已謝絺綌。浮生幾寒暑，大半是行役。長安冠蓋地，難著山林客。雖云住連月，歸夢無廢夕。扁舟落吾手，舊路漸可識。迎潮初蕩槳，晚日旋挂席。如魚離羅網，如馬脱羈縶。回首釣臺高，清風明可揖。

## 枕傍有杜集看其行役諸詩有感復書

既將取詩名，先應歷詩窮。不見杜陵老，飄轉一世中。世學汝不嗜，而顧思此工。豈惟人汝憎，造物且見攻。無須歎苦絶，甑倒與囊空。

## 除夕古體三十韻

疾風鏖夜灘，古木撼石壁。漁火暗復張，隔江哭聲接。哀哀或到明，語細雜嗚唈。我舟若孤鳧，欲去意轉縶。終宵炯不眠，殘紅照孤泣。舟人吁且言，今夕乃除夕。官何自苦甚，兀此六尺簀。城中知舊多，市上燈火集。朱門酒盈樽，高會馬喧櫪。一飲滌千愁，共送殘景急。低頭更堪傷，正此坐鍼席。去年臘盡時，家寓金沙磧。身雖隔劍棧，母在猶戚戚。賊風吼西隅，百日走荆棘。一鳴嬰禍羅，轉翅千仞（殿本作刃）逼。母憂兒不歸，兒歸母已歿。没身無以報，天地終罔極。永懷荼苦心，況復對節物。今將萬里歸，機會不可失。丹旐倚江村，百里莫相即。弱弟奉齋燈，孤女想在側。夜夜夢慈容，枕淚迸膈臆。死者遥相望，未得就真宅。故山春事動，展敬遍丘域。松釵挂紙灰，陰苔藉芳洌。那知藁殯寒，古佛伴蕭瑟。魂魄無不之，吴蜀雲萬疊。國步尚憂危，家鶾更堪説。江湖多紅巾，鄉關斷消息。曼聲一長哀，山石為我裂。

## 爲施衢州作超覽堂詩二首

浙西水平遠，浙東山偃蹇。使君是中人，胸次極收卷。竚舟固佳處，超覽更勝踐。智匠一何深，天藏一何淺。

為州古云樂，今蓋異昔時。看公振規模，於古端似之。乃知用有餘，如體運四肢。苟能盡此道，天下何難治。

我評信安士，無若捧檄孫。政如賣卜嚴，勢屈蜀郡尊。堂成為公記，賓主不在言。更有夢得句，真成壓璵璠。自注：謂毛平仲、劉凝遠。

## 宿玉觀次斯遠韵觀去鉛山五里

吾曹骯髒姿，共此高深趣。要休車馬罷，豈為仙佛駐。紅蕖照階除，翠竹森庭户。今夕且幽期，明朝尚征履。

## 題蔣伯玉作白玉山創亭於廨舍之後榜曰望雲思其親也因賦十韵

蔣侯家荆溪，胸次飽空闊。一官寄楚尾，常病登眺窄。有酒無地把，況助詩句活。規模作危亭，更為思親設。安車幾時來，歷覽吴與越。俸廪雖云薄，采菽水可啜。我實通家子，此意敢自别。願同竹馬兒，就彼上壽列。豈惟一門事，獷俗坐可革。長使是邦人，指亭記所茇。

## 同陳嚴倪三君飯聽原作素，據殿本改琴於延真觀嚴置酒要余至其家倪陳與焉酒未竟而使客至余亟引去明日作此

聽琴訪黄冠，置酒煩好事。邀我過其廬，二子相與至。開囊出書畫，黄李可人意。蕙梅妙疑神，舊識子

揚子。水仙初破顔，縞袂亦啟齒。婆娑哦其間，二子俱徙倚。杯行畧數計，共約到罍恥。忽聞鼓原作古，據殿本改連村，絡繹催我起。有愧孟浩然，業飲故恤是。

## 和答斯遠因梅見屬二首

梅時寄我詩，梅月方能至。迢迢隔三湘，莽莽非一水。褰裳欲何之，浩蕩正如此。

窮居君勿厭，窮途我何之。初心欲求免，卒志還累飢。滔滔果何向，命也將奚為。

君行過海門，惟復仍舊里。友朋不易得，相與况能爾。獨念吾家姪，無由從夫子。

## 十一月二十三夜通夕不寐爲賦梅詩且懷斯遠成父友弟及五首而曉書呈在伯

年年賦梅詩，不賦如有闕。於梅亦何事，我好自渠結。昔人思故人，往往託風月。我今故人思，因梅念高節。

我欲賦梅詩，詩故未易作。勁質攘冰霜，高情傲丘壑。褒如應時清，殿若羞世濁。陰伏陽乃升，此物方濯濯。

我欲賦梅詩，佳處不自呈。老樹賞空曠，長條貴疎明。既如幽人幽，又似貞女貞。可聞不可見，可見不可名。

婆娑風月隅，窈窕溪山宅。林園故幽幽，鷗鷺空脈脈。雖云有逢迎，未易相主客。桃李自成蹊，歲寒知松柏。

名園多攀折，野樹多零落。零落夫何恨，攀折適為虐。山居老莓苔，竹徑無鎖鑰。何當歸去來，有弟同斟酌。

## 在伯沅陵俱和前詩復次韵五首

暇能頻相過，間或終歲闕。寧將數疏論，自有綢繆結。高山與流水，清風及朗月。花且事深期，人能廢明節。

梅兮何等花，意似幽人作。芳不待三熏，勝自專一壑。屈原語醉醒，孺子歌清濁。醉如糟可餔，清亦足可濯。

班左昔成書，幽秘或未呈。孟堅得師古，征南傳丘明。維昔西湖花，人孰知其貞。自非處士句，世亦安得名。

愛山驢倒騎，愛竹種借宅。是能寓吾神，夫豈有斷脈。平生江南春，老去荆州客。生徒歎飄萍，死乃悲墓柏。

二君思飄飄，獨我意落落。博乎猶賢已，謔兮不為虐。是中有關鍵，未易輕啟鑰。至味匪鹽梅，舍古復奚酌。

## 對月

平生喜臨風，今夕愁對月。月好若愁看，寒苦侵肌切。豈無一短褐，自不生暖熱。想像水棲禽，凍羽難拍拍。

## 聞春

我居田野間，糴米如賃傭。晴天得曬暴，雨日還燎烘。晝役薪水事，故嘗多夜舂。簸之有餘穀，再以瓶罌充。時時付手碓，玉粒勝腐紅。三年食官倉，塵土填腹胸。歸乃值歲歉，半菽了不供。餬口於四方，指囷其誰逢。啼號塹遠耳，夢寐深有攻。宦遊竟何得，不如學為農。水旱縱莫逃，穮蓘年會豐。因聞村春聲，竟曉成喚喁。

## 訪梅仙宅

山林豈真遯，江海詎忘君。乘傳既良已，變名誠有云。遺風故凛凛，異教莫紛紛。尚有十年臭，千年寧廢薰。蓬藋暗成徑，樹林深擁門。人言舊宅是，亂絶古碑存。渺渺烟霞趣，蕭蕭風雨昏。何從覓遺蜕，但可賦招魂。

## 同見可過書院

遠山未原作來，據殿本改釋雲，近山復垂雨。清風颯然下，吹落何處所。雖為湘中客，湘西不屢來。晨舟冒雨過，晚櫂乘風迴。看山亦何有，要落漁樵叟。我雖甚愛之，可暫不可久。吾弟之於畫，逍遥殆能事。好作渡湘圖，他時寄離思。

## 次韻斯遠同過智門茂草之中獨剪春羅花炯然

山客城市役，故人雞黍情。懷我舊隱地，偕為蕭寺行。草茂既已合，花孤遂能明。看渠色彌正，寧使城為傾。君詩如蘇州，真足繼善鳴。我乃愧野格，從教哂薄輕。

## 謝文顯老丈見過

茅簷冷如水，落葉堆不埽。林深日上遲，近午猶未冒。忽聞咿啞聲，籃輿遠來造。兒言此何客，貌古玉色膏。心知定夫子，躧履仍著帽。我居甚荒僻，好客鮮能到。自非金石交，性不移濕燥。誰能忘崎嶇，於此修夙好。貧家雞黍窄，菜甲僅可芼。屬君又止酒，何以相慰勞。寒窗數日款，但有相交導。我姿雖不敏，敢不期勉蹈。滔滔流俗中，往往皆媚竈。看君閉户志，有力甚於奡。衣單食不足，恥以饑寒號。曰吾道當然，尚友古人操。我雖因事歸，未免斗食耗。而君辱與遊，何殊渭衙潦。窮年語未卒，迺以將歸告。半百顧非遥，驅羸行往報。

## 呈嚴造道主簿

漫刺不待投，數面自成親。對言或無味，況乃詩篇新。佳處在阿堵，小異果此君。我行蕭灘上，所食楊與陳。百藥及壽玉，磊落俱可珍。今又見夫子，此邦何多人。一官二十年，鬚髮頗費耘。得非坐詩故，造物主怒嗔。如我亦復然，此理又奚云。一見互興歎，呴濡胡足仁。湖邊雨新足，荷背白勝銀。是中何殿本作可以思，何當並車巿。

## 過曾相士所居因題

見君每塵中，訪君每塵外。茅湯煮仙方，茗椀出新焙。溪亭不難作，軒樹茅為蓋。面識欲何如，臨流烏臼背。

## 因送客過六叔

荷衣緑破碎，稻實亂撑拄。秋悲空多風，雲重乃不雨。黄花已成昨，白酒真漫舉。小作談笑期，暫紓追送苦。

## 雨過壽岡先生

煩濁不能勝，自知為雨候。俄然落疎疎，頗恨殊不驟。款門執戟家，竹樹密以覆。書幃與書帙，晚静乃移晝。人高固莫企，境浄不受垢。飄零歲時隔，邂逅頃刻叩。明當復告别，使我心如疚。何以壽先生，歲晚松柏茂。

## 徐審知置酒會者三人以爲此春酒以介眉壽分韻作詩蕃得介眉字二首

紛紛春來華，渺渺動行邁。浮川向吴會，走陸轉江介。酒勤三釂爵，禮重百其拜。既慰推遷悲，亦勞驅馳債。

餓死因細腰，半額由廣眉。是知風化速，有類形影移。時人走功名，我輩陳詩書。雖病勿是疚，雖貧勿自悲。

## 既過曾居因訪劉茂實秀才是日明叔同出恨仲威不至

官身肯聽俗，人事直强親。開窗對脩竹，筆墨得具陳。俗子有時來，揮去防怒嗔。相看久不厭，陳子清且真。昨宵一雨餘，村村農事新。我亦思駕言，出門免衝塵。是邦亦有園，以鳥視其人。寧從窮巷居，鷄犬喧四鄰。劉君方授徒，曾君説人倫。室屋不尋丈，猗猗幾長身。未嫌酒杯薄，政愛茗椀醇。曾君索我詩，出語愧逡巡。煩君隸書題，筆意堪嗣秦。春遊有如此，省費能全神。但恨子胡子，招要不能頻。

## 送莫萬安

西江十一州，我所歷者半。紛紛墨綬徒，十有九頑懦。使者金閨彦，自注：謂運使趙公子直。用意人物中。見我輒詢我，稱旨不數公。自注：時併朱廬陵致知、王南昌中復言之。我時官白下，與公未相識。何以知其然，鷄犬相接迹。無何困流轉，卒歲下風趨。看其日所爲，自喜言不誣。人皆竭民脂，我獨求民瘼。上官雖暗嗚，民氣得和樂。體用夫何如，動静惟以誠。夫豈今人歟，古人斯與并。朝廷重縣令，不减用儒盛。六察與郎官，遷除匪他徑。公行始發軔，九萬當自兹。侍從近臣間，況復多己知。

## 送交代吴共叔師禮

往君在太學，有類如何蕃。仁義積諸身，諸生知所尊。今君為主簿，又類習鑿齒。不仁荆州士，四海名未已。誰云斗水渾，可養横海鱣。澗壑雖阻深，松檜能參天。羣公頃争薦，亦既陞初秩。似君許人物，豈計一階級。聖朝開文館，政為時育才。似君此風骨，咫尺斯蓬萊。而我獨何者，瓦礫偶居後。縱加刻畫工，未救無鹽醜。古人重交契，今人顧不然。願君保金石，勿為燥濕遷。飲君一巵酒，屬君千萬壽。更欲拘君船，江頭已無柳。

## 送沈沅陵

世官古所譏，世禄今不廢。要之苟有人，二者非苦背。君祖我曾祖，紹聖同廷對。素風我莫嗣，清德君可輩。江湖渺聞名，荆蠻適親誨。忘年君固美，並行我終悔。許以相唱酬，何止聞謦欬。君行竟先我，後會何時再。江花與江草，頗恨遠目礙。君於門户責，有似松柏耐。而我詩書樂，政爾羞同隊。臨分曷告我，苦語幸勿愛。我亦安贈君，結蘭以為佩。庶幾二祖風，歲久端如在。

## 與叔驥父子别後悵然懷之三首

君家苕霅間，吴楚夢莫續。兹行得所未，到處須著目。平生胸中奇，於此不容縮。江山雖云生，詩句何妨熟。

遠齋老於文，立語更造極。為我寄竹隱，深意遺筆墨。向來説山林，俗眼多見白。是公不吾呵，可謂計之得。

客中得君來，念我忘偪仄。君行竟先我，未免為此别。自憐性多忤，每負朋友責。如何君父子，相與獨無隙。

### 子肅示九日山谷間懷兄弟三詩因懷子進子儀次韻併呈子肅

子進客常未歸，子肅、子儀在懷玉山中，故及之。子肅昆仲出示游懷玉山詩，蕃不同行，無緣屬和，謹成古詩，少見嗟嘆之意。聞儼上人方集山中故事，當併授之

我為懷玉人，不踏懷玉路。非因訪仙懶，自畏觸嶮去。聞君兄弟往，勇決不少顧。念將攝衣從，欲行却回慮。人云山峰高，白日蔽烟霧。況方迫窮冬，我褐猶未具。雖欣陟幽遐，政恐成疾痼。以玆不暇遊，心與飛雲遡。君還得新作，快讀喜莫喻。上言道傍見，次及巖下趣。恨無龍眠手，按此攄毫素。昔君家興公，曾為海山賦。至今斯文名，殆將壓彪固。凄涼禪月蹤，牢落高人住。得君為著眼，草木應亦豫。好事儼上人，方集山中故。併當收君詩，在在神物護。

### 子進游懷玉山度必有詩未辱寄來作詩索之

秋日清且美，於游也固宜。迨今冬已仲，墐户惟其時。若人興公家，嗜好夙有詩。幾譚巖壑間，塵落不自知。靡辭陟降難，顧病風露披。舊聞懷玉山，地置多側危。我為是邦人，每恨著脚遲。聞公勇決往，身住心俱馳。是邦有玆山，蓋已千祀垂。曩者君夫子，自注：謂少稷，名穡。攜家隱於斯。與山結勝因，詩成多及之。去年公二仲，探討曾至玆。今公又繼去，祕密真無遺。山名謂懷玉，自昔傳我疑。衆作乃圭璧，名實信不欺。書來報行程，快讀祗欠詩。春膏有餘否，自注：公自造之紙。佳筆鋭若錐。會當寫真行，寄我光茅茨。

### 有感

食肉固可鄙，枯腸合搜詩。旁觀聽平亭，蔬筍同阿師。涉春擬辦多，才盡不自支。賀也能苦吟，玠體憂素羸。看花輒有感，袖手增愁思。

## 枕上有感二首

霜月有餘照，風燈無停光。客夢一何短，鄉關一何長。拊身念艱虞，失足增徬徨。平明攬清鏡，鬢髮應成蒼。

我欲學為農，力耕不逢歲。我欲學為士，儒冠多餓死。誓將棄犁鋤，亦復罷書史。長隨馬少游，浮湛自閭里。

## 感懷五首

新霜迫人寒，落葉無停枝。長夜不得旦，四壁崩莫維。牀根蟋蟀親，幽怨如陳辭。感我平生心，搔頭半成絲。

木落無著葉，枯林多悲號。饑烏不得食，拾樵護遺巢。居人寧知悲，客子中心焦。故里一回首，山高水迢迢。

多病成早衰，憂苦相與并。嗜書不自知，欲視忘其盲。平生金石交，夜窗短燈檠。幽焰吐復滅，花寒終不榮。

短褐不禦寒，哀哉不言貧。遠客自多感，況此霜露晨。惋彼籬下菊，粲粲晚始新。餘榮何足恃，枯槁同荆榛。

我生天地間，亦是天地民。造物苦見欺，輕薄隨時人。抱道鄙富貴，徇勢陵賤貧。聲名自青史，骨肉終黄塵。

**連日昏霧感懷**

窮山逼窮冬，苦霧作苦寒。舉頭不見日，況乃見長安。朝聽譙鼓微，午聽庭雀讙。占晴復畏雨，有抱那得寛。少日謬學詩，中年癡覓官。擇術不自審，終焉墮艱難。妄營三徑資，輕舍陋巷簞。胡不返故步，無為學邯鄲。

**懷斯遠**

前宵雨浪浪，昨夕風浩浩。相逢固歡喜，相去復懷抱。閒窗酒自引，敗筆詩試草。引酒願詩成，詩成醉而倒。

**夜坐懷子肅子儀**

寒燈耿書窗，槁葉鳴竹屋。懷人在咫尺，令我嘆幽獨。難兄如大蘇，令弟優小陸。未容侍明光，端合校天禄。如何衫尚青，或乃袍更鵠。又疑致遠大，無事計淹速。不然被造化，寧忍恣顛覆。如我辱交友，蒙顧等骨肉。三年且過半，良晤可不促。要將倡酬詩，盡用首尾録。我曾泛荆溪，君亦訪懷玉。他年三人名，定載圖經續。

**秋夜懷彦博審知**

山深月吐遲，亭亭夜向殘。露氣挾與俱，侵窗迫人寒。團扇甫罷去，布衾已覺單。儻無寒暑期，何以彫我顔。人生七十稀，俯仰半已闌。隱顯兩無得，永懷那自安。不能躬灌園，而願學彈冠。不思行所易，而獨務所難。王徐兩玉人，結髮棲儒冠。徐詩壯城壘，王筆長波瀾。出從舉子遊，隋珠供雀彈。得失何足道，如博資衆觀。念欲與子談，衮衮非一端。符移苦見催，行色不少寬。十年山林静，一朝塵土干。足雖未出門，歸興已浩然。溪頭楓變赤，籬下菊且斑。客居豈無酒，遲子一跨鞍。

**懷徐審知王彦博審知之姪彦章**

為見山花發，忽思湖柳深。當君散帙坐，著我倚樓吟。别句漫多紙，别觴終欠斟。光陰幾尺璧，原作壁，據殿本改書疏闕萬金。病駒匪戀秣，鴻雁歸有心。已後蘭亭集，猶能與竹林。

**有懷二首**

桑落黄而隕，于飛雁翺翔。豈無同心人，滯彼天一方。劉氏賢父子，好古俱志彊。向來文墨盟，許我由升堂。三孫子荆家，人物妙過江。當時載酒地，朝暮一玉光。幾年斷行迹，老柳知在亡。苕溪到荆溪，一葦可以杭。定應數相過，我顧不得雙。當時載酒地，屬謀吴會行，秋瘧冬尚僵。迨今病小愈，又值天雨霜。饑寒苦見驅，此役殊未央。苕溪道所見，有宅非他揚。我猶識其門，寂寞羅可張。會成整衣冠，牀下拜老龐。退從阿戎談，塵禿飯不嘗。獨説孫之居，更下荆溪傍。慨兹如許别，肯憚一水長。孤篷不難遡，物色因鳴榔。儻聞葦間音，躧履斯迎將。剡曲笑徒反，竹隱聊與當。古人有成言，居必思擇鄉。我今落殊縣，絶交類嵇康。論文得重與，近作期倒囊。從遊不徒然，會合況莫常。匪但雞黍約，要資藥石良。鍼砭苟不靳，我何懼膏肓。原作盲，據殿本改痿盲於起視，頃刻未始忘。陰風忽動地，暮色自遠蒼。歸尋短燈檠，依舊平生窗。

憶我官白下，梅藥破臘前。維時初識君，共呼江南船。我作七字句，君答如倒弦。自兹三年遊，如篪復如塤。中間雖契闊，會合踵不旋。東閣坐明潔，意釣行方殿本作静便。快閣誦長句，觀山酌幽泉。别來歲云暮，書札迥莫傳。客授比安否，曾氏稱好賢。況乃我畏友，於君寧間言。生涯富黄卷，代寶餘青氈。酒色湛若空，弟兄皆璧連。吾事豈不濟，寧當論歲年。日者大雨雪，我行政金淵。朝躋遍田野，夜夢惟江天。梅花且復開，雪屋鳴溜懸。思君不可見，使返徒悁悁。

## 秋懷十首

秋林如老髮，黵好忽已衰。委身造物中，寧得逭厥時。木落有再榮，人衰無少期。可不思自勉，無聞戒在兹。

我生不敏姿，求友富三益。向來或晨昏，今乃限南北。悠悠江山念，耿耿風雨夕。以我思渠心，渠能不余憶。

平生迂齋老，雅志在考槃。塵氛小敗意，顧輒求辭官。谷中萬松株，鬱鬱知歲寒。茯苓儻可掘，寧用菊為餐。

寒温問虚名，杜老厭束書。半百無一行，又似計數疏。儻非奉子公，不妨問何如。因聲遇齋叟，簿領想多餘。

苕溪在何許，水遠山幽幽。自聞遠齋亡，時序忽晚秋。尺書不能寄，有懷空淚流。何以諒我心，諸兄交白頭。

吁嗟古詩人，達少窮則多。定逢造物嗔，故此成折磨。懷哉興化令，纍然蓬一窠。融州計官滿，歸日定如何。

侯芭老於玄，後山稱嫡孫。師法苟自是，顧可名他門。欲觀尹方齋，請視周伯仁。我亦識此老，一尊思細論。

吾友王彥傅，結交二十年。早孤能自立，不待孟母遷。鄉閭固多士，如子蓋少焉。祖述端自誰，書有太史篇。

吾友徐審知，識自弱冠初。中間幾離合，每見愧不如。迺翁春秋學，老死使者車。官職不足道，門户政要渠。

情親骨肉均，未可一一數。君家蓋其人，進也邊城戍。肅儀雖近家，白首猶管庫。好歌歸去來，莫賦感不遇。

## 雪中讀誠齋荆溪諸集成古詩二十韻奉寄並呈吴仲權

雲埋懷玉山，風斷羣玉府。霰聲欻成跳，雪陣翻已舞。槎牙粲瑶林，突兀森瓊户。山差丈人行，鳥絶兄弟語。初看失南東，旋覺迷仰俯。恍疑羣仙下，直謂陰靈聚。回霑鬚蕭騷，細著衣繿縷。履穿不能曳，筇涷莫可拄。書窗偶朋會，詩册隨意取。誠齋入諷詠，思隱記稱許。甘能膏齒頰，清且醒肺腑。詎須割蜂房，底用煎茗乳。非惟雪花同，又並梅花嫵。調孤匪相寒，法凛由思苦。想應當此時，有句肯易吐。平明入賀回，馬向章臺拊。過午下直遲，手映玉柄麈。同僚有同社，久已齊白甫。長别漫長懷，何因似郊愈。風引故能親，雲披禽先覩。

## 晨起雪作

苦寒不成眠，哀哉何時旦。擁衣聽鷄鳴，有類巢木鸛。窗明若彷彿，自起尋宿炭。殘爐星銷盡，束緼分鄰爨。頻年慣羇旅，未省今日歎。為生乃至是，可復一笑粲。陰風忽悲吼，出户雪欲亂。所恨梅未開，不得争璀璨。

## 連雪偶書

初雪為歡謡，再雪猶喜視。三雪已恐多，四雪翻為異。坐棲漏明屋，卧擁如鐵被。蕭條市無行，寂寞門半閉。官居且云然，野處當何似。凶年罸無儲，度日唯旋計。糟粕有十百，糠覈匪一二。葛根藉長鑱，蓼草同滯穗。哀哉當此時，已矣良不易。仰頭叩皇天，俯首跼厚地。天地豈不仁，冰雪行且霽。春膏動土脈，好雨趨歲事。但勤力田科，且下半租賜。當思碩鼠去，切勿厭狼戾。

## 晨起觀雪

荒雞號何多，鄰犬吠愈悍。初迷紙窗隙，旋失布衾暖。呼童户先啟，走報雪且滿。為言果羞明，若爾真待伴。須臾起孩稚，次第及衰懶。索衣亂襦袴，取酒忘濯盥。試觀尚零落，騁目迷間斷。青黄倏衰白，陵谷置平坦。灞橋欠驢蹇，剡曲無棹短。有興不可乘，攄詞詎能誕。

## 九月十一日雪二首

九月天雨雪，何曾見南方。我行蔣山來，解轡菩提坊。一飯誰為設，百錢倒空囊。平生遠遊意，到此增徬徨。勿厭在家貧，輕行更離鄉。

寒風動地至，有如窮冬時。居人不知感，客子深懷悲。故山邈何許，倏忽半歲辭。行脚債未了，悠悠遂臻兹。芻薪且弗給，更問裘褐為。

## 寄題林憲景思雪巢

雪堂竟向雪中成，四壁紛紛洒雪霙。春秋記事有成法，匪同風月徒虚名。雪巢之雪竟何許，豈象主人清且苦。長鑱長鑱吾與汝，詩瘦誰令如杜甫。我嘗快讀誠齋賦，凜凜風前留不住。幾思從君借一窗，細讀妙句令心降。

## 題沈臨江邀涼亭

昔我過此暑正薄，是時此亭亦新作。竹移不問醉與迷，柯葉一敷無病籜。今茲再來毒熱新，客塵昏昏能病人。正思一坐此亭上，駭俗寧待徵龍鱗。世將大熱比酷吏，亦以清風喻君子。公涼何止一庭中，寒露清冰遍閭里。嗟我行色一何遲，不及亭成分韵詩。竹溪之逸故難著，竹林之賢容可追。自注：亭成之初，臨江與楊謹仲、彭子壽、仲衡、徐百藥、簡壽玉以不可使居無竹各分韵作詩。

## 題喻殿本作俞氏萬卷樓

今人藏書務書多，昔人讀書病書少。藏書不讀竟何用，歲老財供蠹魚齩。俞君命意何其賢，藏書讀書兩相兼。有樓不肯貯風月，名以萬卷非徒然。我今百念空如水，祇有耽書心未死。為君作詩豈無意，一鴟時送從茲始。

## 題周袁州尊德堂

視其所以知賢否，論世亦云當尚友。宜春郡圃作新堂，名不他求斯有取。堂堂房公暨李韓，文章事業兩不刊。俱曾屈綰此州綬，年祀雖遠猶班班。淳熙中興公出守，渺然獨繼三公後。政成乃復作新堂，亦使此州傳不朽。江山雖勝何足稱，風月之遊不在民。未如考德接以道，視古所作書諸紳。龍舒使君適來止，吐詞為記甚瑰瑋。徐州憶昔黄樓成，少公賦屹班揚壘。記終慷慨思蓋公，平津東閣方穹窿。分符與政兩如此，天下寒士何憂窮。我思作詩頌公政，萬民有口人其聽。矢為此章載厥德，後之視今今視昔。

## 招審知步月

三年不對溪南月，況乃哦詩向君説。前山落雨此地雷，我自生涼人厭熱。林梢雖復亂蟬鳴，豈不大勝蒼蠅聲。市聲收盡浮橋寂，要子同來作細行。

## 舟行

夜來投宿定花浦，乞原作迄，據《永樂大典》卷二二六〇改曉占風更前邁。波濤洶湧勢莫遏，顧視吾舟真若芥。是時霜威甚可怖，篙師戰縮不可耐。急温濁酒澆肺肝，向者饑寒夫原作人，據《永樂大典》改安在。自憐不比叟師德，未可輕犯垂堂戒。徑搜苦語謝江神，恐懼偷生勿吾怪。

## 明叔同舟見別於永和

砲雲忽作空中起，坐覺相顧移表裏。兒曹厭静欣聚落，數問篙師行幾里。人生到處如燕鴻，南北故憐無定耳。有時相與説舊遊，此味猶如蠹書紙。秋風日夜催落水，我鬢半霜那足倚。況堪忽忽新悼亡，忍並高山對流水。陳侯於我四海人，氣合能同舊州里。向來風雨嬾出門，今乃江程勞玉趾。

## 送吴叙浦

生年月日雖則同，學而聞道莫比蹤。學而聞道胡不庸，咎且不免寧論功。一官俯首蠻貊中，幾年積弊頻年凶。去姦植善扶疲癃，我所目見非聞風。孰持黄詔來自東，謂君違天合君衡。天家誤聽州家謬，歷計月日曾未充。使家熟視州家惜，萬里君門誰為通。學而聞道要有用，達豈吾泰窮何窮。君之授受遠有宗，湘水浩浩湘山雄。龍門當日謂不遇，尹楊亦到明光宫。

## 送徐彦章並屬光庭

儒冠往往令人羞，夫君經明行益修。豈惟吾州罕此流，他州亦復難多求。邇來默默如有憂，君其莫遺胸次留。是物能為人贅疣，不但蕭然成白頭。閩山重行歲且遒，梅花落盡臘酒稠。茅簷夜氣侵征裘，一杯頗解思人否。君家大阮真吾儔，許君能從竹林游。福清政成早回輈，飽食相期趁麥秋。

### 撫州城外作

城中一雨僅飄灑，城外此雨乃霶霈。分龍古語信不妄，不爾惠施何偏方。我行驅車一何忙，早起猶乘昨夜涼。舊聞既雨晴亦佳，豈但蕙葉蒙寵光。早禾已秀半且實，晚禾已作早禾長。不惟稻隴有佳色，菜畦苗葉相與昌。園丁採擷入城市，不用滌濯臨滄浪。我雖無田豈無圃，歸計不決空傍徨。翻憐買菜糴占米，烟火薰人官道傍。

### 次韵斯遠聞蕃移官岳州見寄

西南之役凡幾州，行行不已茲登樓。幾懷佳日悵日暮，誰謂澄江驅客愁。巴陵洞庭故勝絶，李白杜甫曾漂流。亦思著句道所以，語不驚人空白頭。

### 書紫微集後

詩家初祖杜少陵，涪翁再續江西燈。陳潘徐洪不可作，閬奥晚許東萊登。遺書散落亦已久，是編頗得十八九。景公千駟何足云，伯夷垂名端不朽。

### 題王叔毅畫

乾道八年歲壬辰，秋旱，冬十二月八日纔微有雪意，晚復快晴。予時將自玉山還章泉山居，秣馬且行。湍石俞季揚以此畫二紙示予，云臨川王叔毅所作也。予即折簡問名於晉陵孫子進，子進以欲雪弄晴名之。季揚令予作詩，予且迫歸，有所不暇，季揚强之以俱。道間無事，欲為下語，而耳目所接率如畫者。自惟詩材素孱，而又厭以此境，若勉有所作，亦何能工。遂書八句，聊記其實，不復加檃括也。

天公知君有此畫，要遣題詩與當價。故令欲雪還弄晴，盡日神機不容暇。毫端自出右丞維，孫郎一見欣得之。寫真命意兩俱盛，我今落筆胡能奇。

## 反舌

卧聞百舌鳴春風，起睇簷間惟見一。自驚夫豈鬼神歟，久立恍然神未釋。人能化鳥舊所傳，斷以不疑因杜鵑。爾今變化自何物，儻匪敗家由敗國。

## 梅花二首

折來纔見開三四，但覺槎牙亂經笥。遲明已復吐六七，頗怪鮮明侵竹隔。多花璀璨固可人，疏花的皪意逾真。固知此物無不可，風月婆娑仍著我。

山礬水仙兄弟數，姚魏稱君真僭取。三國人物誰可許，大兒僅得孔文舉。我家遶屋碧玉椽，下有獨樹争嬋娟。平安無使信莫傳，疎枝冷蘂空凄然。

## 梅花用東坡惠州韵呈子進昆仲

春風未著江南村，梅花有方先反魂。斕斑初疑霜集曉，爛漫忽若月挂昏。孤山寺下林逋宅，松風亭前東坡園。想應照水自愁絶，誰復好事來相温。我今居閒百無念，夜半始寢起及暾。欲拈墮蘂每攀樹，要看落影長開門。東南文士推諸孫，妙處不在工語言。要於險韵出奇峭，敢云小技未為尊。

## 歸計未成不勝家山之思用元明山谷唱酬韵寄成父

近來多病不飲酒，少日興酣那計觴。當面背面從譽毀，覆手翻手分炎涼。老驥伏櫪志千里，壯士悲歌泣數行。故里悠悠無遠夢，寒猿歷歷斷人腸。

## 周文顯之子來過因斯遠過余於智門相與坐於遺愛亭上書所見附寄文顯

仲冬六日如春旦，偶向溪亭適吾倦。山耶雲耶遠莫知，但見青蒼屬仍斷。其餘雜樹亦稍稍，復有深溪臨斷岸。謂言雨後當有梅，倚薄敷叢忽陵亂。一杯共摩石田甘，走筆題詩待君竄。因之併寄伯仁君，儻肯來遊驅款段。

## 再用韵呈斯遠

與其紛紛評月旦，孰知黃妳寄疲倦。夫君忽來語不休，政使風吹吹不斷。我歸政泊水之南，君往適當溪北岸。有時浩歌送激烈，却恨中流鵝鴨亂。看君鵠舉且鴻飛，而我孤殿本作狐奔仍鼠竄。終焉豈有尺布縫，其價可值錦繡段。

## 懷趙蘄州文鼎

吾州憶當南渡初，居有曾吕守則徐。本門林下亦此渠，往往詩流非酒徒。邇來流風頗寂寞，南池二公也不惡。李今作舟大如斗，公更蘄春方待守。幾宵春雨落連明，南池水滿春草生。不知春興凡幾首，寄我因之報安否。

## 彥博許見過不至

高軒數許過三徑，日云暮矣殊未來。湯熨病人狂欲走，戲作冷語成優俳。欻思官池頗空闃，況有水花明晚色。人間虺虺方蚊雷，植杖裴回須月出。

## 大雪

長年南雪不到地，瘴癘慘毒愁北人。今年初見臘前白，寵光併與梅花新。客居破屋愁欲裂，病目不嫌熏濕薪。鶉衣百結不蔽膝，戀戀誰憐范叔貧。

## 二十七日復雪用東坡聚星堂雪韵禁物體作詩約諸友同賦

温風忽來振柯葉，翻覆手間重變雪。天公作事豈容料，坐使南人驚曠絶。朝來送客到江滸，凍骨凛凛吹欲折。歸來席户已迷漫，芋火撥殘灰没滅。眼中所歷要摹寫，拙筆難書非被掣。叩門好事忽有餉，一盞徑能生臉纈。昌黎咏雪故雄健，取喻未免收瑣屑。争如歐蘇兩仙伯，一白解遮羣醜瞥。我今困客乃自困，韓非説難竟死説。戲詩還與作官同，大錯知合幾州鐵。

## 十一月晦日欲雪

九月不雨至於臘，北風忽來吹作雪。竹頭搶地何肯低，梅面著沙終自潔。書生好奇甘忍凍，屢起推窗探雲物。雖然亦有過計憂，憂怕水仙重蜕骨。

## 雪中過在伯

北風一夜吹成雪，城東城西人斷絶。冒寒客有晨獨起，不畏風吹骨欲折。芻薪價高瓶粟竭，妻子亦作異縣隔。微官本為饑寒計，到底却如生事拙。奈何曾不此為憂，政爾發聲歌應節。豈惟入地絶遺蝗，便想連天摇宿麥。寒廳逼仄礙眼界，古岸寬平可車轍。寧能不見戴安道，我無逸興須渠發。

## 卧聞

卧聞急雨吹風顛，吾家泊船若箇邊。此懷自足滋白髮，況復哦詩渾廢眠。欲呼杯酒慰枵腹，童奴告我尊空然。

## 夜坐

竹風疎疎雨打篷，松風湯湯水赴洪。道人聞塵掃未空，不如杜老前月聾。山齋夜坐僧趺同，團蒲細軟方爐烘。燈花開落縱匆匆，我今無害斯無凶。

## 連日風雨有懷沈仲良歐陽全真

滿城風雨重陽近，此句豈惟時節詠。古今凡歷幾詩人，獨覺柯山有餘韵。臨川之謝東萊吕，往往懷潘用兹語。我嘗評此七字句，政似江邊烏臼樹。去年此節雖凄涼，和詩有沈與歐陽。今年愁絶不可道，三人各在天一方。

以上《章泉稿》卷一

# 全宋詩卷二六三九

## 趙蕃二四

### 立春前三日雪明日猶未已詩簡子進彦博昆仲示成父四首

稍稍因風集，蕭蕭與霰俱。山明一笑粲，竹重折腰趨。白戰慚非敵，清譚孰可娛。無庸杖方竹，隨懶坐團蒲。

應候猶當臘，争先未得春。人貧只如舊，天意欲呈新。盡洗江南瘴，全消渭北塵。能逢中興日，甘作未歸民。

衾冷方高卧，窗明誤攬衣。問梅穿破履，借米啟柴扉。曉日猶藏密，和風盍解圍。冬春俱正令，寧復病年饑。

待伴先春至，差明積夜初。空庭戒無掃，凍筆屢成噓。溪遠應回棹，窗明好讀書。惠連臨此際，題賦復何如。

### 正月六日雪

立春纔十日，春事已交加。政苦詩材窘，欣逢眼界賒。漫天皆柳絮，何地是梅花。無復青帘覓，敲門問酒家。

### 正月十三日過鄧師契邂逅伯山在焉師契置酒因成五言四韵是日閲南軒諸公帖

竹已連梢種，梅應帶蒂栽。因留看書帖，更辱倒尊罍。勝士亦俱集，好懷端為開。春風不拘束，兩鬢自摧頹。

## 正月十六日雪

竹屋偏宜雪，江亭更受風。一杯時自酌，五字不須工。柳色全然未，梅花半墮空。東江雖可住，吾志在江東。

## 二月十四日發潮後作

歸路今無幾，春風半已經。潮回知岸遠，雪積見山青。問欲從漁父，明當訪客星。未須傷偪仄，那敢怨飄零。

## 文顯兄弟見過

東郭有二士，閉門甘一簞。貧非原憲病，詩豈孟郊寒。俗子往不顧，斯人交亦難。若為能步屧，相與轉林端。

## 審知見過

吾廬非不愛，計拙未能還。坐我雲山表，望君鄰里間。暫疎成鬱抱，纔見即開顏。安得同三逕，長年只閉關。

## 施進之見過二首

君來能破悶，雨至更蠲愁。舊識廬山道，長懷鸚鵡洲。相從今十載，一飯未成謀。俱作江西去，君車我具舟。

鷺影投山背，蟬聲滿樹頭。千峰雪未釋，四野雨初周。甚矣厭餘暑，欣然當早秋。半年纔此見，一夕可辭留。

**社日風雨**

坎坎連村鼓，喈喈隔墅雞。雲低天欲夜，雨合路平溪。酒為治聾飲，詩因排悶題。休嗟妨杖屨，聊取便鉏犁。

**晚坐偶題**

簷外歸雲遠，簷前落照微。牛羊知既暮，鳥雀自相依。積雨雖推陣，餘寒未解圍。何妨向僧火，亦復蓋征衣。

**過欽止**

一飯肯留我，羣書容恣繙。雨收還摵摵，雲破復昏昏。山水琴中趣，桑麻野外論。淡交真有味，炎附卒成燔。

**再過斯遠**

雨暗湖堤没，藤交樹色深。兩來因問疾，每至亦幽尋。勿謂年方壯，須知老故侵。暄寒多變節，調護盍關心。

**寓舍書懷**

還鄉一過年，借屋兩成遷。舊閣愛晚碧，今居因地偏。居然闕生理，復爾辦行纏。四十今如此，修名後若傳。

## 贈別歐陽全真三首

我尚長沙客，君歸自五溪。放舟知有日，枉駕忽銜泥。少慰三年闊，重嗟千里睽。交情故如酎，薄飯不嫌齏。

幾日暄寒候，渾如到嶺南。岑岑無藥療，憒憒秖書耽。雨止隅仍漏，鳶飛潦政涵。君來得披豁，萬里散晴嵐。

往者贛州牧，與君鄉里儒。身俱上黄閣，官或伏青蒲。薦口寧虚啟，才名不可誣。下僚如處士，鯁論亦時須。

## 書懷

倦櫛頭如葆，深居心若齋。作詩須識病，遇事莫裝懷。富貴乃身賊，饑寒為道階。長貧君勿怨，天豈困吾儕。

## 去冬過新喻得前四句因見全真行足以成篇

雨裏過新喻，風前憶舊遊。凄涼孤鶴化，寂寞兩羊裘。屢雪交游涕，無驚鬢髮秋。君歸應有感，榮謝各悠悠。

原作冬，據殿本改悠悠。

## 溪楓

溪楓一蕭瑟，溪柳四繽紛。年事有如此，吾生何足云。登高欠能賦，有感在斯文。欲向洲前問，哀音不可聞。

## 詠鴈

胡為去關塞，何事落江湖。歲月常違燕，飛鳴每候奴。菰蒲雖足樂，矰繳絶須虞。矯矯其高舉，紛紛莫下俱。

**對月簡全真**

對月重兹夕，吟風尚昔懷。思君兼野水，恨我局空階。意嚮元相似，言談自莫諧。忽思成簡寄，還覺費安排。

**鄔子對月**

庭户容才咫，江湖見每賒。秋毫渾可數，纖翳不能遮。頗念從此去，還愁興盡嗟。不如沽酒飲，飲醉卧蘆花。

**過易簡彦從**

雨從筍怒長，春雨陰暗成。關門有餘暇，散帙原作帖，據殿本改不妨清。從仕亦何好，隱居無用名。悠然會心處，便欲寄吾生。

**教授知縣以釋奠宿於學宫輒爾奉簡**

秋色肅已甚，齋居清可知。無由一夜話，漫興五言詩。祀有同王者，居無陋九夷。校官俱長吏，不比判司卑。

**叔文見過且携趙祖文歸來圖來爲賦四十字**

蟬噪天邊柳，鳩鳴雨外桑。江東千里遠，湖北比年荒。畫展歸來賦，辭吟老至將。終焉莫陶寫，醉帽晚風長。

## 與成父夜坐

抱病俱不飲，清言醒肺肝。山空知室迥，念靜失憂端。縱筆詩還作，無弦琴廢彈。菴居已清絶，況及夜微闌。

## 琛卿坐上作

負郭有佳處，昔時來未曾。梅高居竹表，石瘦倚蘭層。置酒能要我，哦詩更得朋。醉揮君勿怪，明日弔溪藤。

## 伯玉夜過因談西湖石筍峰舊遊用初三日韻

相識欣佳士，常談厭老生。湖山遊息處，風月笑言情。豈但沈疴愈，能令老眼明。無嫌數呼喚，政爾一殷兄。

## 張伯永簡來云雪欲作而酒適熟尉又過之要余同集

久旱疑為瘴，晚風生許寒。梅花逾孤厲，人意絶荒殘。漉酒能呼我，知公故解歡。平明如雪滿，快閣上危欄。

## 次韻王進之欲雪兼屬林令

雨集疑為霰，雲陰驟欲開。共嗟三白晚，還是一年來。令已憂民切，君當著語催。不應渾似我，形槁亦心灰。

## 欲再過子進昆仲舟人紿以迷路既遠不能復也悵然懷之

數畝湖邊宅，千篇海内詩。機心謝鷗鳥，樂事付塤篪。艇子思重過，流行竟莫知。吾儕俱老矣，悵望復來期。

## 過從禮

崖壁怒開張，盆山草木蒼。高深類盤古，瑣細亦禪房。雨潤畫粘壁，風微書散牀。小留談不惡，而我病成妨。

## 過西峰主人適出回訪劉伯山不值云過黄永新也

佛寺興已盡，隱廬來不賒。隤基瀕野水，瘦竹隱疏花。試挽添丁問，云過叔度家。清談固難覓，渴肺頗思茶。

## 夜過李商叟

每見必匆匆，談詩口不空。林間驚落月，坐上覺生風。老大君無敵，飄零我漫窮。問年纔半百，歸及未成翁。

## 獨坐晚題

斜日欲向夕，孤懷誰與開。慵能繙故紙，閒且撥寒灰。海内長為客，江南欲放梅。竟將身自縶，寧有水西回。

## 次韻歐陽全真過玉山見寄

祇道歐陽子，行飛入道山。報來猶佐幕，書至得開顔。過我不相見，底忙成往還。未知重回日，端復幾年間。

## 豐城送成父弟還玉山三首

溪上同舟送，江頭獨步歸。秋風方落木，客路要添衣。故舊詢安否，形容話瘠肥。吾行猶許遠，爾去復誰依。

酒薄僅飲濕，歌長欲淚垂。人皆有兄弟，我獨困乖離。苦乏田園計，初非干謁資。途窮與計拙，千載少陵詩。

調護山中竹，斧斤毋使侵。當門要移種，遶塹合分陰。詩去慙如錦，書來定抵金。上言説兒女，其次及山林。

### 娱山亭在太平州判官廨舍，為大舅氏作

嗜好雖同轍，賢愚本異岐。簞瓢樂吾道，錢馬昧真癡。吾舅端何以，名亭不在兹。登臨如有得，勿用語羣兒。

### 訪白鶴山祥雲觀

白鶴空鳴鶴，祥雲祇亂雲。流傳因長老，紀載未前聞。步屧欣逢勝，題詩愧不文。林園猶午雨，墟落遽斜曛。

### 曉原作燒，據殿本改浴昭真觀逢方元直誦僕舊詩

泉落千巖雨，松鳴萬壑風。徘徊豈人世，清絶況秋中。就浴能除垢，催行覺未窮。逢人舉舊句，已似宿生同。

### 賦胡達孝林霏五題

老樹緑相交，新林翠裹梢。童能奉巾盥，客有問推敲。香事身依佛，炊煙地遠庖。渾疑宿雨在，不見曉

禽嘲。

### 澗舖嶺

登山自不惡，飛雪況相仍。照映塹非壁，攀援笑引繩。向來聞矻矻，今日上層層。可但長安道，騎驢覓句能。

### 散菴即事

屋冷頻添火，窗深遠炷香。荆榛白墮境，杖屨黑甜鄉。晚日誰云短，閒身得暫長。畏人成免俗，治藥屢傳方。

### 東菴上方

地瘠不宜竹，山寒多種松。路窮千折險，菴在最高峰。石溜通泉乳，晴簷喧蜜蜂。客來僧不語，日暮自鳴鐘。

### 雨入丈七坳

信是長安遠，休疑蜀道難。千崖懸盡斗，萬石列皆攢。舉足無非仄，捫心每為寒。不堪天更雨，政欲助吾官。自注：天雨助官政，坡翁《杭州雨中督役詩》也。

### 投宿清福寺

落日迷墟落，林霏隔樹林。入門疑寺近，出谷聽鐘深。墐户覓安寢，隔籬謀濁斟。不眠還耿耿，百慮攪予心。

### 題龍州亭

亭自君家築，洲從何代名。諸公多好句，老子敢争衡。膭欲危欄倚，少須春草生。毋庸為鱸去，聊欲赴鷗盟。

### 過上村菴二首

朵朵艷紅蕖，叢叢映碧蘆。秋風見池沼，幽思發江湖。愛竹寧詢主，行山得當圖。弟同仍子姪，我友亦相俱。

秀色留金鳳，餘芳在木犀。日明能皜皜，風急似淒淒。野地猶飛蝶，深林亦啼雞。居閒常却掃，安步輟扶藜。

### 懷甘叔異曲江菴寄叔異

夢寐曲江磯，磯頭隱墅扉。朝筇驚鷺起，暮屐看漁歸。志士泣蘭芷，高人甘蕨薇。悵予非所事，樂爾謝塵鞿。

### 書李氏園亭

坐久思行步，因而上野亭。日兼梅雨落，山接稻田青。何術銷終訟，連朝役瘦形。早知還走俗，不用學通經。

### 章塢菴

路盡庵才出，雲深山更藏。陂池新得水，松檜舊成行。午供隨齋鉢，留題陟上方。林鳩方喚雨，歸路恐相妨。

### 寄題安福士人家賞静軒聽雨二首

心遠淵明趣，室虛莊叟書。宅邊種柳樹，濠上樂儵魚。往者不復作，斯人今則疎。誰為賞静者，吾欲并門居。

有聽輒有感，所關非所聞。小軒渠對雨，遠地我看雲。大被清霜曉，短檠寒夜分。朝昏解同趣，南北謝離羣。

**同俞公擇孝顯王彦擴讜子遊白蓮庵飯於東庵而歸**

幽禽鳴屋角，喚我起尋春。山徑八九里，角巾三四人。側行松偃蹇，倦憩石嶙峋。誰道春猶早，山櫻幾樹新。

**早出城**

夜雨細無聲，朝光快作晴。空庭芳草合，遠樹鵓鳩鳴。無復知春處，閒來看水生。不唯身暫適，更覺眼增明。

**明日復出城**

夜雨更連明，籃輿偶出城。田疇蓑笠事，江海鷺鷗盟。少小規微禄，侵尋愧老生。莀蘭春渚滿，桃李緑陰成。

**遊齊山**

借馬訪齊山，犇行不待銜。舊來聞若渴，今日嗜如饞。故喜地殊勝，却嫌僧近凡。誰能一除洗，更出萬嵌巖。

**蕃侍舅翁衡州史君游吉陽山舅翁舉往年與南澗韓公唱酬長短句蕃賦二詩**

慘澹松園障，蜿蜒石隱龍。背城無數里，獻狀有千峰。此地雖為寓，兹山特未逢。因公九日集，臨眺得從容。

聞道常年會，尚書領客來。公能哦舊句，我恨闕初陪。鬱鬱雲峰雨，蒼蒼石磴苔。人亡與節逝，已矣兩裴回。

出郭雨遽止，下山雲復收。人疑有神護，神若為人謀。敗壁凄涼句，鄰家斷續謳。明年回鴈上，應憶此山頭。

## 過黄狗步

古步經黄狗，平沙隱白鷗。順流翻逆浪，欲去若苛留。歷歷川原路，蕭蕭風雨秋。頹然怕看鏡，白盡幾分頭。

## 官池即事

偃薄雖兹驛，相羊賴此亭。鳥飛微破縠，魚動暗衝萍。豈但憂懷愜，還能倦眼醒。獨餘春草夢，才盡不能靈。

## 再題

既悟當寒雨，乃知霧乃晴。病軀聊自適，閒望亦增明。絮落還將化，荷新且解擎。懷哉老將至，没世曷為名。

## 山花有所謂繞藺漆者蓋繰絲藉此以取頭耳

樹樹山礬落，枝枝繞藺開。論香寧敢輩，取用實能皆。白屋珍姚魏，朱門賤草萊。勿嫌卑薄域，解産棟梁才。

## 觀王文之所藏荆公帖

余行江左路，曾涉蔣山椒。野逸思乘蹇，儀型想冠貂。帖窺藏五世，詩續詠前朝。永日欣無斁，巾欹膝屢摇。

## 周袁州惠建茶黑篘耨以四十字謝之

書齋憐寂寞，書札慰荒涼。勸把春風椀，仍薰知見香。未憂欺短褐，寧慮厄枯腸。塵思如能雪，詩情或可昌。

## 題畢叔文所藏趙祖文畫

數月湖山路，未看湖上山。塵埃苦相敗，疾病亦多闕。見此微茫畫，如行慘澹間。小舟帆正飽，何日載余還。

## 書後湖集

我懷蘇養直，不作漢三公。隱墅人安在，春溪草自豐。遺文尚亡恙，斯道未應窮。會與吾尊友，青燈話此翁。

## 道傍菊一首奉呈安福丞公彭子壽

彼美東籬菊，胡為官道傍。蓬生雖翳翳，秉色故煌煌。風露與湔洗，牛羊違踐傷。未嗟愆節物，終必在醫囊。

## 溧陽道中懷秉文

不見水南梅，春風已四回。縱傳詩滿紙，何似酒同杯。已與修塗背，還尋舊路來。計期猶促迫，到處勿徘徊。

**過餘干懷介庵呈其婿方景嚴**

重過餘干縣，長懷謫仙人。猶如見顔色，不復聽紛綸。栗里柳未倒，桐鄉祠尚新。遺文李漢在，屬付斯無泯。

**新月甚佳方思明叔乃忽見過作此詩**

出户江山好，入門風月原作雨，據殿本改新。荒凉如宅舍，窘束是官身。念子豈為遠，能來端可人。笑談殊未了，催去阻重闉。

**宿龍鬚山**

俯仰猶前日，侵尋已半春。行因累符檄，來為閱松筠。著脚盡可隱，是身寧屬人。雲泉混麋鹿，冠劍上麒麟。

密竹復疎竹，老松仍穉松。擔肩元近俗，吟趣得深供。要宿招提景，猶賒日暮鐘。殷勤問鄰寺，指點説前峰。

**六月一日始熱二首**

雨後疑無暑，晴來乃若焚。汙渠工聚蚋，闇室牘飛蚊。憒憒妨書看，岑岑似酒醺。不知三伏久，何以度朝曛。

落日看籬脚，晚風占樹頭。庭荒雖若咫，步遶亦頻周。我老自投網，民愚還坐囚。相哀莫相釋，點點更悠悠。

## 同兒曹步月寺門作

溪風亂林影，林月漾溪光。宿鳥無安止，飛鳥字疑誤為斂芒。兒曹從杖屨，老子廢杯觴。誰謂時方暑，端疑候已涼。

## 對　月

風清勝夏暑，月薄借秋光。坐覺還神觀，心期隔帝鄉。滿階蛩送感，何許笛飛涼。盤礴俄成久，軒然睡倚牆。

## 對月懷簽判丈兼簡文顯

季月風當凜，南方候實偏。長林未搖落，頻夕對嬋娟。恨我遥成隔，知公夜不眠。連牆有周子，置論每超然。

## 十四夜月

既夕風猶進，淩空月故遲。明宵縱當滿，今夕可乖期。少壯欣逢節，年侵意自悲。平生一杯酒，即事五言詩。

鏡破何年合，珠沈幾日還。空明歙溪石，行列婺州山。鴈泊宵仍警，蟲哀夜不閒。傳呼語舟子，移檝近前灣。

## 十五夜月

老至自多感，月圓仍此秋。又成愁裏見，都白幾分頭。酒罄妨人醉，詩窮不易搜。徑歸掩關卧，還雜候蟲幽。

## 十六夜月

月早晝氛在，月遲夜氣澄。秋毫細可數，烏鵲棲亦興。青山葬李白，蘇門隱孫登。吾老無逸氣，頽然照鬅鬙。

## 江　月

江月照將夕，江風吹欲霜。殘書看莫盡，病骨凛難當。俯仰年齡邁，飄零道路長。豐年易圖飽，何乃又殊方。

## 秋日書懷

冉冉年將老，冥冥雨送秋。衡門想蕪没，蕭寺苦淹留。工部詩陶寫，平南酒拍浮。九原如可作，千載願同遊。

## 留元衡須月上因抄賈元放舊詞併懷季承

北客飄零恨，南遊邂逅情。幾年悲賦鵩，萬里想騎鯨。月已徐徐上，雲能故故生。吾曹重離合，可問欲三更。

## 雨後對月懷斯遠

旱後雖逢月，方憂未覺佳。雨餘當委照，此趣孰能加。要覺湖邊宅，遥知海上槎。絶嗟同味少，莫遣寸心遐。

## 夜懷成父弟

晚蟬猶噪樹，新月遂當天。閔雨心雖切，題詩思亦牽。故應聽摵摵，殊愈對娟娟。憶我章泉弟，松窗竹屋邊。

**對月懷秉文**

有此佳風月，溪上更復奇。山陰應接際，赤壁誦歌時。恨子不同載，寫懷聊作詩。平生三五夕，咫尺又乖期。

**雨夜懷明叔併憶成父**

放竹近軒窗，地方中對床。非貪起居適，樂是話言長。已解蕭騷味，仍憂擺撼傷。去君纔數驛，憶弟更他鄉。

**懷公擇且問訊成父**

山雨戴溪雲，茅檐晝不分。林花應掃地，我友況離羣。數口饑寒累，三生翰墨勤。因聲問吾弟，幾日定行云。

**懷成父**

曉枕占乾鵲，昏簷數濕螢。竹風愁獨立，山雨要同聽。懶更翻黄卷，還成倒濁瓶。猶疑到或晚，戒勿掩柴扃。

**月夜懷成父**

尚缺佳已許，既圓明若何。一年增我老，千里念渠多。柳亂誰屢舞，蟲喧空作歌。要為終夕看，四體奈煩痾。

## 夜　月

曉枕厭蠅聲，昏蟬復亂鳴。耳根喧自合，心地寂常生。習氣存詩句，平生愛月明。鍾情在我輩，安得到無情。

## 中夜風雨驟作悵然有懷簡全真沅陵并寄成父弟

酒盡雲間月，詩成雨至風。支離如病鶴，吟咏雜寒蟲。摵摵朝梧葉，蕭蕭瘦竹風。飄零偶天末，憔悴祇江東。

## 驟　雨

乍覺塵成斂，旋聞土亦香。溝渠勇飛濺，竹樹返青蒼。既使雷先戒，還資風助狂。未充田父望，聊益病夫涼。

## 分界舖愛直驛張安國因杉製名而驛之前有老梅一株不知安國何爲舍彼而取此也

杉自誰人種，梅從何代栽。腹空雷有擊，根古土無培。要是百年物，曾經幾客來。直哉雖見録，清矣可遺材。

## 過潼川之飛烏縣見餘干丞相題驛舍詩有感次韻

道學元無僞，標名徒爾勞。孤忠天不管，一死世尤高。未洗邊庭血，先焚董腹膏。亂離元有自，附壁為三號。

## 舟行賦山中梅花

自與松筠並，寧容草棘欺。盈盈皆正色，脈脈匪邪思。照水初開處，臨風欲墜時。深幽殊可念，酹酒侑之詩。

## 鉛山道中懷故興化令賈元放故鬱林教授賈季承

駛雨更冷風，長松十里中。欲吟吟不盡，將語語誰同。賦鵩人安在，驂贏我欲窮。枕流還泊泊，幽夢恐難通。

## 常山道中二首

發軔茅檐雨，營炊野店煙。春晴不難解，客恨自多牽。麥浪摇成湧，梅飛去若仙。畫中端有句，詩裏亦安禪。

晨征陰霧合，晚泊霽光新。聞鼓初非社，逢耕政及春。嗟余寄徑客，羡爾受廛人。有債成詩瘦，無錢罷飲醇。

## 夜宿沙渦

櫓折故難進，牽殊深足虞。百艱甘薄命，共濟賴同途。聚落强名地，并吞總是湖。遥遥聞吠犬，更問酒家酤。

## 早過桐江與峽江甚近也

霧盡山容出，風微水面平。檄書重此役，詩卷足平生。船小炊無竈，灘長去有程。嘗評峽江似，江水亦桐名。

## 發永豐值雨投宿金仙寺明日還舊居雪大作

雨暗投野寺，雪明還舊居。林園渾異昨，門逕亦非初。酒事難忘汝，詩材不負余。衹言冬大暖，暖極竟何如。

## 秋雨感懷

紅葉連峰雨，黄花獨徑秋。一杯聊復酒，萬斛不堪愁。《詩人玉屑》卷二作紅葉連村雨，黄花獨徑秋。詩窮真得瘦，酒薄不禁愁。短髮驚時晚，修名怯歲遒。山中隱玄豹，江上失輕鷗。

## 艤舟楊口叩居人以何時縛屋于此何時復去云我乃鴈泊人户冬來春乃去

户户魚鑾子，年年鴈泊人。生資持網罟，遷徙逐冬春。岸俗從渠變，鄉鄰自我親。殊勝倦游者，渺渺愧風塵。

## 寄秋懷

兩月巴陵郡，搜詩朝暮間。空能飲江水，恨不上君山。昔者聞何至，今焉興盡還。才名或遭罵，坎軻分低顔。大暑懼死暍，祁寒愁仆僵。歲時空卒卒，身世益悵悵。問服遺官歎，懷沙去國傷。終殊弋何慕，原作暮，據殿本改況事色斯翔。霞谷寧終計，龍門已暮年。向來嗟獨後，今日可忘前。既繆青衿學，當思白首傳。猶須就吾子，相為語蟬連。我不識裘父，聞之空有年。曾題五字寄，僅以尺書旋。諸老没已久，故家誰復賢。猶欣得吾子，句法早親傳。

西京劉校尉，上疏引春秋。聖學期深探，明時可妄投。他年王子表，今日古人求。幸甚聞無恙，頓能寬遠憂。

吾與徐斯遠，敬之寧獨親。詎須勞咄咄，徒覺歎踆踆。共樂名教地，同耕寂寞濱。敝裘堪共御，宜爾耐艱辛。

幾欲相酬答，詩情了不關。携從五溪遠，直過洞庭寬。歎我終成累，多君不可删。黄昏佇立久，雲盡覺無山。

憶我江東弟，書來得暫怡。寺居因市近，村舍與貧宜。兒輩詩書力，童奴薪水為。尤欲護吾竹，及此夏初時。

求友詠伐木，思兄言陟岡。那知符檄累，不了道途忙。照水形知瘵，臨風髮欠長。想渠能我憶，如我不渠忘。

兩載沅湘役，雖勞何所為。蝦行仍蛭渡，猶豫復狐疑。孰念鉏犁把，殊勝手板持。山南與山北，舍子更從誰。

## 真游覓唐德輿題詩不見有懷其人八首

險絶辰州路，曾聞一再行。看巖有留句，捫石欠題名。四世斯文事，平生一壑情。何當從此去，感念在先生。

雨後林園合，風前裘褐輕。當游元不惡，有士與同行。定識田中趣，殊勝俗裏情。誰過江驛静，日聽筍輿聲。

月上侵衣薄，風來颯鬢秋。有觴寬傴仄，無意計沈浮。誰念千山底，深懷二老游。更闌竟忘寢，詩就不成謳。

幾歲天台住，今年鴈蕩遊。心期在康樂，人謂作監州。騎從真能屏，煙霞定賞幽。他時期一訪，好為著詩留。

時論歸臺閣，交情異笠車。不甘腰為折，寧使鬢成華。莽莽湖之北，悠悠海一涯。銅魚偶逢使，書寄阿戎家。

一紙日邊裁，千山徼外開。所同惟甲子，絶異是人才。學問須傳授，君家有自來。嗟余獨何者，道阻乃從洄。

相從寧見樂，相別乃知悲。況辱平生友，而堅晚歲期。已醒臨別酒，還讀送行詩。何況維舟處，蒼然暮色時。

去矣不為難，山長水又寬。未曾搖短棹，已自失危欄。厚意煩三友，相要下急灘。雖然睽執手，顧免別辭酸。

## 與成父別後有懷

何物催衰白，頻年屢別離。弟兄俱老境，搖落況秋時。汝水應余憶，袁江獨爾思。不堪行似棘，更對雨如絲。

## 懷明叔三首

結交不在早，傾蓋有餘歡。愧比陳蕃榻，猶吾陋巷簞。新來幾日別，無計百憂寬。世俗輕交態，相期在歲寒。

紛紛閲投刺，往往盡冠儒。歲晚見松柏，火炎知碔砆。寒廳憐我獨，玉趾賴君迂。政爾如修竹，何能一日無。

微風吹甚清，缺月照同盈。盤礴得露坐，喧闐嫌市聲。何勝憶玄度，底處覓彌明。念我筠窗底，蕭然榻正横。

**懷王彦博徐審知**

遮眼文書倦，可人親友賒。雨疎無更有，鴉斷直還斜。兩鬢寧禁白，餘生孰可涯。闞余三作徑，愧爾五其車。

**再見晦菴既行有懷**

已别重成見，重來那得長。順流聽瀰瀰，冷日對荒荒。既歷冰霜至，還憂雨露雩。去留俱有念，搔首漫彷徨。

**懷靈山呈元衡**

故人移住遠，明月掛簷遲。誰復相過語，何從更殿本作共覓詩。白頭甘斗食，青眼望羣兒。想見靈山閣，雲峰夏愈奇。

**懷伯謨**

為憶窗間句，思從物外人。白雲空在望，青眼為誰新。一别已數載，再來還幾晨。期君歸對策，過我莫嫌貧。

## 懷秉文

稍過湖頭路，臨流但遠林。打篷知雨急，蕩槳覺溪深。紅葉專秋色，青銅慨古心。平生學詩友，兩地復離襟。

## 夜坐懷李季蓬

舊誦凌雲賦，新哦泣鬼詩。結交何用早，傾蓋許深期。捷徑看君絶，長途覺我衰。殷勤今夜月，全似過橋時。

## 過曾季永見壁間張安國所書天下第一真仙之巖知有融州便託附賈季承書作二詩呈季永且懷季承

見井渴已止，投林心更欣。行方觸炎熱，坐覺遠塵紛。誰滿鵷鷺集，子猶麋鹿羣。融州在何處，壁字帶巖雲。

不見融州使，無從可寄書。仙巖忽逢字，驛騎想非疎。室近宜人桂，官勝衝尹驢。江南熱猶劇，嶺外比何如。

## 至豐城懷温叟叔異南秀欲題之叔異曲江磯之庵已蕪甚矣重增太息

浩浩寒流急，蕭蕭落木高。江山故雙劍，人物欠三豪。客意已愁絶，風聲仍怒號。相思意無極，佇立首頻搔。

## 送文叔入都兼簡陳元齡周畏知文叔之弟華叔

叔夜雖逃懶，元龍政坐豪。清談盡名理，老句逼風騷。才大端難屈，時平敢自高。驊騮合鸞輅，斥鷃祇蓬蒿。

落落初寮裔，英英桐樹孫。科雖分進士，官亦到詞垣。自注：王嘉叟、韓無咎皆以無出身人作中書舍人。近例皆如此，兹行不在言。故人誰健在，為我謝陳蕃。

松谷門無鎖，迂齋席有塵。自注：文叔所居松谷，自號迂齋。山林從寡伴，臺閣政須人。才識思難弟，儀型想伯仁。諸公皆衮衮，老子自踆踆。

## 懷李商叟

舊隱屏風疊，而今半在村。作詩傳正派，對客理清言。我埽山中屋，君開竹下軒。風流要還往，一葉任溪喧。

好在半村宅，竹添桐長枝。空餘相憶夢，不見寄來詩。苦節君耆舊，卑官我判司。因來貴溪水，一為洗塵緇。

## 懷謝子暢

中年非畏別，我輩自情鍾。慘澹千山雨，凄涼四壁蛩。有詩因悶得，無酒似愁濃。未説扶携去，猶期一再逢。

## 寄處州季侍御二首

自聞開幕府，幾欲走郵筒。便有江湖役，仍遭貧病攻。想多為郡樂，亦復賦詩工。又最淮陽課，何時用弱翁。

已上湘祠請，猶須漢臘期。側聽惟此雁，發興在南枝。貧已長年事，官寧向老為。舊聞煙雨觀，猶擬和公詩。

**送處州斯遠二首**

孰有如公者，蘄州又處州。時人得稱誦，氓俗記君侯。吏有循良擇，官無内外憂。願將田里事，一一奏前旒。

珍重徐斯遠，兹行豈漫遊。過江探禹穴，下水到嚴州。損益觀其友，淵源問所由。我居如有縶，君去莫能留。

**送張王叔孝曾二首**

難弟詩初和，難兄蓋復傾。時方論名位，公獨叙交情。八座使邊節，舍人垂世名。用之俱未盡，衮衮看公卿。

接壤渠陽郡，咸歌别駕賢。薦書曾列上，除日聽争傳。水疾山危處，風高木落邊。栖栖憐倦客，渺渺送歸船。

**去冬十二月與成父分袂於上饒春見於溧陽又見於臨安成父竟先言歸作是詩以送之**

客裏凡重見，天涯竟獨歸。急難徒眷眷，離别倍依依。夏木青圍幄，春流緑染衣。與俱端不惡，吾事故成遲。殿本作違

**送沈善昌朝**沅陵之子

論契繇先世，言交自迺翁。俱成落湖外，每恨隔湘中。得見無幾見，願同終罕同。如聞工賦好，無或嗜

詩窮。

## 送鮑必達兼寄章季亨

人物稱夷白，星文仰少微。常云馬羣盡，乃得鴈行飛。天外一再見，客中先後歸。因行謝章子，别久頓書稀。

## 送唐信州

立朝因事去，治郡乞身歸。世議無公是，人情有獨非。陶潛深避俗，張翰早知幾。試問還家樂，娱親只綵衣。

## 送陳監嶽參告宜春

不見存齋老，風流尚竹林。一官香火吏，五字短長吟。快閣鷗鷺渚，仰山鐘磬音。何當同蠟屐，不用動離襟。

## 送徐茂叔游宋衡

譽自賢關得，才由治劇新。諸公共推轂，此去各通津。歎我年猶弟，如何鬢總銀。非關缺為别，愁絶恐傷神。

## 送邢大聲宏音二首

客裏送行人，情鍾況所親。絮飄吟帽雪，花雜馬蹄塵。何處為寒食，還家尚及春。園林檢校事，欠酒著詩陳。自注：兄酒不入唇。

不獨論新昏，晏晁原老親。見來能幾日，别去忽今晨。聖代無遷賈，明時豈避秦。長沙武陵地，行樂異傷神。

**送徐季純**

觸目僞耶真，先生金玉人。須知託交契，不特為情親。謁告歸何遽，連環夢豈頻。還家已春服，綵戲不妨新。

**寄送潘文叔恭叔二首**

夏潦方為問，秋風又枉書。寒温叙安否，學問叩何如。斑鬢驚催老，青衿悔負初。朝聞夕可死，何敢廢居諸。

已道衡州遠，而今又廣州。壎箎君膝下，風雨我鑾陬。至矣貧而樂，誰云富可求。斯文失張吕，吾道屬朱劉。自注：恭叔書來，及朱、劉二先生動静。

**送張交代琮**

歷數盱江士，推君父子間。夷途有霄漢，蹇步乃荆蠻。薦牘方争上，交情勿重攀。無緣更州縣，小試亦編删。

**寄送于去非二首**

三載尉雖卑，諸公競已知。薦書常沓至，賓幕每牢辭。玉立風神峻，河傾議論馳。他年繼賢肅，應有後人祠。

草木政怒長，波濤方疾流。雄辭雜蛟蚓，健筆走龍虬。我句平無取，君才勇莫儔。如何晦翁語，折節繼前修。

假館我多暇，驅車君苦忙。近時成契闊，遠去益淒涼。聞説催歸騎，何由把別觴。歸心擢章貢，遠目溯沅湘。自注：章貢水過豐城縣下。

## 送劉伯瑞四首

長懷遠齋老，贈我五言城。世上幾朋友，吴中君弟兄。頻年欣再見，南走悵東征。情話悦親友，交情見死生。

遠齋無恙日，酬唱幾多詩。杜集容今附，韓門見昔師。青雲雖益顯，種髮欲奚為。更欲求餘本，流傳海内知。

居者與仕者，所知張宋閒。咸能謂君好，政欲警余頑。論已窮千載，才寧減二班。何當傳副本，免使訪名山。

衡州有賢牧，吾黨更監州。事作鹽梅濟，殊非涇渭流。斯民均受賜，治狀各推優。看即蓬山上，聯翩兩校讐。

## 送李仲詩二首

武陵曾遠客，主簿作南征。緬想經行地，猶含賦詠情。故人如見問，白髮欲千莖。却記相逢日，回頭歲月驚。

今代知名士，君家萃一門。不惟文獻在，政是典刑存。臺閣期平步，沅湘莫斷魂。平生翰墨事，兹可壯期源。

## 送周袁州赴鎮三首

百里更題輿，纔分刺史符。循良重他選，途轍詎常拘。不但治文牘，自注：江西一道事多決之。要令歌袴襦。戚休顰笑裏，無或謂民愚。

家住青源下，宜春起作州。風聲故習熟，治政得優游。意見寧當出，江山自足留。端能不嫌客，準擬繫歸舟。

世亂離鄉里，愚生後老成。契篤馮翊幕，親叙潁川盟。薄厚寧同俗，死生無異情。一枝殊未穩，何日息飛鳴。

## 送晁元默自潭還撫二首

臨汝差池再，長沙邂逅初。飄零渠念我，留滯我嗟渠。盤礴雖云久，追隨固若疏。未知從此別，後會復何如。

留落悲遺俗，凄涼説故家。文科君有繼，世業我空嗟。白髮時今晚，青雲去未賒。還家語歸父，穮蔉要功加。

## 送潘元壽

喪亂違初載，飄零得晚交。薰蒸厭糟麴，塵土困榜敲。折柳分青帶，贈蘭開紫苞。君行過懷玉，下有我衡茅。

## 送晁舅翁子應過寧鄉謁令李思求

藉藉溈山寺，堂堂忠獻墳。幽光發泉石，義氣慘風雲。文舅雅能賦，令君深好文。懸知契談塵，不待對爐熏。

## 九月五日具草酌同彦博審知成父集於普寧山半之亭作詩二首

探支重九日，試手菊花斟。論置人繁寡，觴行自淺深。風能度林杪，月亦吐山陰。四聽蟲仍起，中還著我吟。

平生羞狗監，何啻失羊斟。與子風期尚，相要林壑深。分甘駒在谷，寧事鶴鳴陰。此日胡為樂，詩成改又吟。

## 九日有感

寥落淵明後，凄涼九日期。尋花漫青蘂，對酒祇空巵。林密棲鴉早，江寒泊雁遲。樓高無那倚，絃絶有誰知。

## 九日懷周仲材

吹帽今朝是，登高舊俗同。窮鄉怕逢節，病骨怯臨風。此日千憂裏，他時一夢中。白衣殊不至，空遶菊籬東。

## 九月十三日雪

稍稍雲初集，泠泠風未停。粗能成點綴，還是學飄零。徑路高低滑，炊煙遠近青。籃輿所經歷，詩語費平亭。

## 雪中四詩

歲既遭連旱，天恩錫屢豐。匪霜伊作雪，因燠遂成風。信豈朝夕際，誰云反覆中。寒廳苦無事，冷語却慚工。

茅簷元未覺，竹瓦偶先知。被冷渾忘寐，窗明得屢窺。雞鳴因誤早，犬吠極驚疑。我亦胡為者，侵寒要索詩。

慨念耕田叟，遥憐射獵翁。追蹤盡狐兔，遺種絶螟蟲。試問南山廣，何如渤海龔。無矜没矢力，要格帶牛風。

疫癘潛攘却，埃氛一洗蘇。相看即陽復，何必待儺驅。未暇議（殿本作憂）薪水，且同歌袴襦。有年如再得，卒歲可無虞。

## 雪後二首

幽徑朝披雪，寒村晚對晴。眼邊多意屬，詩裏欠天成。一宦猶賒禄，多田肯借耕。鄰家競春務，客子動羇情。

麥茁猶藏緑，梅苞尚掩紅。祇言晴作病，何意雪争功。擁褐朝慵起，扶藜晚漸通。林行語鴉舅，溪立漾鳧翁。

## 對雪有懷

頗怪風能急，還疑雨不成。疎疎聞夜半，璀璀及天明。安否妻子念，乖離兄弟情。誰令負湖海，政使落蠻荆。

## 雪後三首

松竹夜枕聽，窗扉朝起看。雖成見晛喜，敢廢履冰難。照映形知穢，嘘呵詩故寒。要能窮極覽，安得振飛翰。

陰𪟝猶施白，朝林已沐青。墜烏飛𧂐𧂐。射日粲熒熒。便恐歸無迹，聊須記所經。耳聲并目色，佳處若為形。

一雪豈戲我，頓晴還起予。寺逢東野古，梅誤北枝疎。發興清無極，深行畫不如。冰泥漸融釋，却恐污衣裾。

十二月二十九日雪三首

歲是明朝盡，春猶半月遲。人言無復雪，天意肯違時。宿麥争萌達，遺蝗絶類滋。年豐如可待，吾豈病長飢。

犬吠非因盗，鷄鳴已後晨。穿窗殘月在，布地落花勻。我亦驚霜鬢，誰能念曲身。久晴常畏病，逢雪更憂貧。

蔽天纔集雨，動地忽驚風。苧絮潛加力，盃觴稍費功。山川相映發，竹樹失青葱。幼質知難久，茅檐溜已通。

二十八日雪二十九日未已賦詩凡五首

霰集瓦跳鳴，風横窗竹殿本作打聲。陰來由有漸，落地殿本作去勢難平。龍具愁終夜，鶉衣起遲明。兒時故狂甚，老境只寒生。

臘裏逢三白，詩中得數書。書生真有癖，習氣果難除。更上高樓望，聊將遠目舒。天災如可弭，凍死未憂余。

舊褐猶堪著，晨炊不待營。江磯有漁者，山徑亦樵行。爾勿資閒詠，渠應甚苦生。還家對妻子，半菽與藜羹。

户户薪充纊，家家爐作牀。懸知火明暗，是繫體炎涼。為俗陋至此，斯民真可傷。詔條先勸課，王政本耕桑。

夜久寂無聽，曉來微有聲。鷄鳴疑遠墅，鼓動忽孤城。異縣留妻子，殊方老弟兄。懷哉一斗粟，於汝豈無情。

## 教授以憶梅韵賦雪詩蕃同之五首

窮巷朝仍擁，寒廳午未開。人誰送酒直，鴉為致薪材。已倦除頭垢，寧能拭硯埃。高情蒙枉記，好句數能來。

平地疑無地，知時復過時。梅花遍南嶠，雪嶺亘西陲。兔狡猶迷窟，禽偪詎立枝。摧頽如我者，蕭瑟欲胡為。

俸薄愁斯立，饞長困拾遺。經營將有賦，零落不成思。凍結鬚頻折，煙凝袂半緇。陽春竟何在，卒歲以為期。

窈窕緣江路，幽深隔岸祠。為梅期載酒，因雪重賡詩。儻匪相娛樂，疇能遣歲時。出門方積凍，散策待晴曦。

賸有騎驢興，終成閉户居。江山峙書閣，松竹隱僧廬。但遣官成集，莫言丞負余。可於風雪際，頓使唱酬疎。自注：來詩有近日詩卷頓疎之歎。

## 次韵簽判丈喜雪二首

雲蔽初疑雨，雲開復似晴。北風何自起，南雪驟能成。沴氣應無作，東郊看有耕。怨咨懷往昝，驩喜見今情。

鬢非絲素白，顔是酒争紅。獻瑞吾無與，哦詩且課功。要携藜杖出，安得凍泥通。事已空梁苑，公今亦醉翁。自注：事見坡公《聚星堂雪詩》。

## 初四日妍暖如春

薄雪未滿旱，苦晴翻劇暄。長林無悴色，幽鳥亦多言。縱喜春當復，還憂病作煩。梅花愆驛使，芳草望王孫。

## 春雪四首

旱歷三時久，荒成比歲連。祇疑吾邑爾，復道數州然。懔懔溝虞墜，嗷嗷釜苦懸。縣官深惻怛，長吏闕流宣。賑米多虛上，蠲租豈盡捐。處心誠昧己，受賞更欺天。敢謂皆如此，其間蓋有賢。大江分左右，萬口説朱錢。自注：謂南康朱熹元晦使君，江西錢佃仲耕運使。

隴麥苗尚短，畦蔬栽未匀。既饑還苦饉，度臘復當春。往者雖深念，天乎本至仁。忽來風不斷，遂俾雪無垠。摵摵初兼霰，霏霏且蔽塵。田家欣鼓舞，客子敢顰呻。破衲深跧夜，生薪急燎晨。無從漉醅舊，聊且賦詩新。

喔喔鷄啼塈，狺狺犬吠村。遇樵微有路，因汲半開門。老子將停軌，輿人請載犇。詰朝如未已，兀坐復奚論。我亦貪奇觀，行因用汝言。既孤裘坐擁，寧憚筆時援。柳絮憎陳語，梅花憶故園。凍髭真易折，皴手詎能温。

天外難摹境，眼中無數詩。未能憂凍死，真復是狂癡。不廢書深映，宛同驢借騎。高低酒價問，遠近佛廬知。要學禁體物，良由多愛奇。悠悠竟何得，役役漫成疑。有弟歸先我，因渠屬有思。王徐吾畏友，印幼所嬌兒。

## 次韻何叔信雪夜

夏日苦炎熱，秋風灑静便。一年還欲盡，萬事不如前。觸目長昏霧，憂心抵瘴煙。詩人吁養鬼，烈士悵飛鳶。本意多閒暇，何為亦糾纏。陰風聽門壯，積雪見山巔。蠟屐遥思著，荷衣猛欲牽。當君開卷讀，是我枕書眠。酬唱何寥落，乖違易歲年。亦為當有賦，枉贈忽同然。

## 雪初作懷成父弟及諸子

歲事方虞旱，山行敢願晴。雨花纔若灑，冰霰忽如傾。孤役寧私己，羣生足慰情。泉源滋久竭，隴畝動深耕。冷落三家住，凌兢獨木横。暫從求束緼，還是問前征。凍雀成頻墜，荒鷄誤曉鳴。憶兒衣孰挽，懷弟艇猶撑。便可鉏三徑，因之治短檠。豐年今可必，與汝沃藜羹。

## 雪中懷成父

只道渾無雪，那知待得春。人情聊自慰，造物信如神。凶旱拘常數，乾坤本至仁。麥遲猶可種，米賤况多陳。問我官居趣，還如宿昔貧。未能憂簿領，長苦計芻薪。對此得無感，慨然成久顰。更聞江左弟，仍困甑中塵。

## 雪

動地風初作，披空雪遽鋪。幽能吐山岳，遠至卷江湖。藹藹纔迷屋，紛紛遂塞途。月疑常掛曉，日為不成哺。徒倚詩難狀，憑陵酒易無。近人憎犬躍，在野想鷹呼。勢重微摧壓，滋深快洗蘇。當憂竹柏折，且救蕙蘭枯。順喜遵時令，寒寧恤貧軀。年豐物無癘，此外亦何須。

**奉送純父元之昆仲**

春江足風雨，雨裏送江行。黄綬我白下，絃歌翁武城。題輿適兹地，捧檄重相并。邂逅得兄弟，從遊成友生。臨分皆有贈，雖病可忘情。中壘經窮旨，建安詩著名。絶知傳世遠，可但决科榮。江右連江左，相期茂厥聲。

**見月有懷**

中秋不數日，明月未頻看。向晚雲無滓，初宵露未團。幽幽但庭内，渺渺屬河干。地迴空無蔽，灘長静不湍。巴童挐小艇，漁父舉長竿。墨本句中畫，詩工珠在盤。莫親談矻矻，空復夜漫漫。客枕成疲卧，書窗記讀殘。

**四月十五日發岳州**

獄事生人繫，使臣王命將。移官乏童馬，泛宅恃舟航。浩浩沅湘疾，滔滔孟夏長。妻孥累微禄，盗賊幸空囊。水驛纔容借，風帆又趣張。誰與可尤怨，政爾賦行藏。

**送張王臣**

邂逅高標識，漂流仁里依。君為鄂渚去，我亦鼎州歸。風月情何已，江湖便苦稀。政嗟書莫數，忽喜塵重揮。論事多驚俗，談詩每造微。方能以文會，遽復攬征衣。常伯麒麟像，詞垣鸑鷟飛。官今況京秩，名且達天扉。天馬當雲路，沙鷗合釣磯。無庸問車笠，要不負羈鞿。

## 送唐德輿

國朝唐與蘇，不數漢相如。繼彼二季後，當兹三世餘。青雲曾給札，班鬢尚題輿。古義惟知學，時人或謂疎。鄭虔歸縶馬，阮籍倒乘驢。日月且逝矣，賢才終舍諸。何遲問安在，可使賦歸歟。直自枉渚宿，還過彭蠡潴。岷江飲鄉水，廬阜訪林居。翰墨深懷趣，登臨想盡攄。峴山孤湛輩，栗里羡宣舒。執友半廊廟，先生寧里閭。家聲紅藥省，原作看，據殿本改人望玉堂廬。計日豈偃薄，匪朝應詔除。公其作鳴鳳，我自伴春鋤。以上《章泉稿》卷二

# 全宋詩卷二六四〇

趙蕃二五

## 寄唐德與時決獄辰沅

生平但識古書耽，老至方知世路諳。君想歸途在巴蜀，我行何日返東南。江湖比苦無書疏，風月今憐阻笑談。暇日銷憂應有作，簿書仍急亦何堪。

## 與世美奉詔旨分督決獄甲戌判袂之武陽壬午還宿中興寺而得世美自延平所寄詩因次韻

盛暑宵憂動邃旒，敕催諸道決纍囚。承流宣澤彌兢惕，履險航湍敢滯留。南北分馳纔數夕，重輕釋繫已三州。高材想盡哀矜意，美疢當從勿藥瘳。

## 次韻斯遠晨起見示

雲行日日候西東，更卜林啼與穴宫。乍見天邊成四合，不知山脚本來空。豈惟吾輩憂艱食，更説軍儲傒屢豐。詔旨已聞湯自責，缺然諫紙疏由衷。

## 見榴花寄周丈

安石榴花照眼明，去年四月在都城。曾於古錦窺書帖，更以香醪酌兕觥。照耀屢嗟紅最盛，寵光今想緑增榮。定王舊國重看處，門第違離歲已更。

## 過曾季永

飯餘頗欲步尋茶，行到溪頭小飲殿本作隱家。密竹自慳今歲筍，酴醿猶有後番花。耽詩歎我寒仍瘦，養氣知君老更華。夏木扶疎更應好，要分犢草伴鷗沙。

## 次韻和答斯遠見過

舊書零落不能收，漫說當年寒具油。歸至未成三逕掃，契深重叙百年遊。交情要是樂莫樂，世態從渠浮自浮。雨薄雲開冬似暖，一杯相與共扶頭。自注：夜來赴斯遠之約，故云。

## 過在伯于學中因而留飯

種竹栽桃久已成，滋芹折杏尚留情。一官何可占遐志，萬卷懸知有舊盟。得酒更能頻飲我，賦詩未穩每從兄。向來淮擬俱歸去，今日參差不遂行。

## 暇日過在伯因而留飯

身在山中不見山，興來騎馬到江干。幽憂本藉登臨釋，偪仄還因笑語寬。半歲相從終歲別，束書可作素書看。我雖無友不如己，却恐君思取友端。

## 六日復飯於審知家作長句并呈彥博

門徑蕭蕭喬木風，問君胡樂此安窮。自注：君家有窮樂齋。五言寓興雜今古，一飯留人隨儉豐。白雨已催蘭楫浪，綠樽尚擬菊花叢。可人更約王郎子，共上山亭送遠鴻。

## 宿王氏新居晨起興懷

幽事關人自啟門，桂林殘月似金盆。眼中渾是舊圖畫，詩裏却無新語言。未恨此身常寂寞，厭隨羣動作嘲喧。南山莫負平生志，手種脩筠今有孫。

**筋竹之新居僧居邠録寄寺中留題次孫温叟所用趙南雄韵寄邠**

夢向清江不見涯，覺來身乃太行車。新居寄我山中集，倦枕渾忘午後茶。愛此好風當北牖，待來明月望西斜。但憐獨鶴歸何晚，不問滿林先暝鴉。

**雨中有懷**

春風吹雨暗連朝，聞道溪南欲斷橋。忍使碧桃抛密蘂，更堪高柳折輕條。成都舊日空存壁，陋巷歸來只掛瓢。想見諸公方痛飲，坐看雲脚度山腰。

**過秉文**

相過每飲必論詩，濕吻沫濡真自癡。名且不為身後計，意寧能問俗間疑。世皆競取君公謂，我獨何妨爾汝為。日暮劇談殊未了，臨分更為月遲遲。

**夜　月**

昨宵一雨暑全袪，月與新涼入坐居。喧寂不隨羣動役，形骸肯效俗人拘。江湖萬里風為御，枕簟高秋肺合蘇。三五縱圓晴未決，為渠吟絶攬霜鬚。

**送孫子肅子儀兼寄子進**

自君來主玉光亭，老柳頻看禿又青。雞黍欣留故人飯，文書惡雜長官廳。鄉來念別今真去，從此微言孰為聽。伯氏癠門季同役，歎予無策佐揚舲。

**送梁和仲兼屬寄謝吴丈三首**

故家人物久荒凉，政為詩書種不長。邂逅得兄真大雅，浮湛如弟漫斯狂。平反已與于張輩，文力更居崔蔡行。以薦陟官雖足喜，奈何塗轍僅尋常。

學詩將老竟無奇，猶有求交氣未移。臭味祇知論翰墨，情親元迺與壎篪。見來草草都能幾，别去悠悠孰慰思。衢信兩邦聞擊柝，叩門他日得追隨。

不但言歸自乞歸，使家幕府兩相違。换官雖用朝廷法，竊議難逃世俗譏。適我悒于心悄悄，送君往矣柳依依。若見河南應枉問，為將前牘叩天扉。

**重送劉伯瑞二首**

蓬蓬樓鼓趣征航，草草郵亭共别觴。對面已驚時節换，分襟難復話言長。君今去路雲霄逼，我正落身糟麴傍。邂逅詩成儻垂寄，年年有鴈到衡陽。

連朝細讀遠齋詩，感舊傷今意可知。陶寫要憑杯面緑，蕭條祇益鏡中絲。人生未免乖離恨，君去足寬兄弟思。驥未作官文解印，獨嗟和也廢吹篪。

**寄送府判寺簿先生二首**

大旆傳聞發武昌，歸舟復道抵維揚。幾年風月欠李白，今日河山須子長。要為中興考形勢，豈徒餘事著文章。翩然欲去無翎翅，自歎不如鷗鷺行。

朱游不肯留東閣，子政猶須校秘書。自有大名喧宇宙，豈勞當路借吹嘘。舟中加意護寢飯，日下即當來詔除。大厦如山要梁棟，不應空賦愛吾廬。

**送愚卿兼簡魯卿卓卿**

逢人盡道為官去，為訪名山秖有君。屐底衝殘大仰雪，筆頭帶得祝融雲。區區自暫王逸少，歷歷卧遊宗少文。歸見二難應細説，恨余佳處阻平分。

## 以山藥傅擔團茶送向伯原用舊韵

江郊重數少陵堂，草木依人亦寵光。柏藉扶持難雨溜，竹逃剪伐易雲長。雞蘇鶩粟類熟炙，自注：熟炙事見《林間録》。山茗溪茶同摘蒼。自注：杜詩有《摘蒼耳詩》。我願糜瓊更加璧，助其問字有過揚。

## 公擇過門告别口占送之

平生幾作送行詩，展卷常增别後思。我分無堪秖貧賤，君才未免尚驅馳。原作馳驅，據殿本乙江山此去雖多識，桃李何心亦念離。邂逅有人頻寄字，要知安否慰孤羈。

## 送章季亨

隨檄常懷舍舊廬，值公作邑數旬餘。攝官敢道為僚契，投迹仍容借屋居。詩社三年陪唱屬，交情一意保終初。莫嗟了事真良苦，夫讀人間未見書。

## 送潘端叔

長沙送我枉君辭，懷玉逢君動我詩。不是固違良友戒，舍渠寧慰遠遊悲。鴈來海角平安訊，春到湖邊南北枝。儻憶平生故人否，衡門之下有棲遲。

## 潘元壽以九月十一日行莫令君領客携具泛舟餞之蕃用九日韻作詩要莫及徐丞同賦以送潘原作蕃，據殿本改

江閣初登柳未黄，坐看葉葉亂飛霜。壯時自倚矜詩膽，老去深悲廢酒腸。浩蕩頗思隨汎鷁，飄零那只對

離觴。朝天踵即送君去，而我終為肺病妨。

## 送王贊子襄

倦能聽雨眠窗底，忽起看山到水邊。遂性不如衝露鳥，流行何況下江船。不臻屈子南征地，寧識秦人避世仙。邂逅相逢又相別，一杯重把定何年。

## 送陳擇之從留尚書辟便呈鄂州劉別駕

聞道尚書鎮益州，故知朝取杜參謀。孤舟南浦欣相遇，萬里瞿唐送遠遊。爾後有懷惟蜀道，幾時因使覓鑾陬。經行訪古應成賦，我所思兮黃鶴樓。

## 送趙興國

憶昨屢過叢桂坊，誦詩説賦聲琅琅。飄流倏忽歲幾換，邂逅分携天一方。治狀如君行且召，賦歸於我策為良。一篙清漲百灘没，愧此蕭然鷗鷺行。

## 懷成父

柳黄初作一夜秋，詩瘦寧消萬古愁。客子豈無衣褐念，飛鴻猶作稻粱謀。早須微禄非因酒，晚願全生但守丘。望爾不來來且去，江頭吾已具歸舟。

竹裏人家茅舍煙，竹籬崩缺澗鳴泉。幾聲啼鳥隔林喚，兩樹桃花相對然。古路經行斜更直，好山迎我後仍前。蹔謀坐睡還成覺，春草池塘思惠連。

## 午寢而起懷子儀公擇

夢裏槐原作懷，據殿本改安底處宫，夢回依舊向來空。竹陰可藉日已薄，柹葉堪書霜未紅。酌酒誰知幽子獨，縱談那得兩君同。詩拈信手初無味，閒向西窗運禿翁。

## 月夜懷子肅昆仲

眼邊風月佳如此，把卷題詩却未工。賸喜俗塵如世隔，更憐清趣與誰同。荷侵水檻公懷我，檜合茅簷我念公。想與阿連當此夕，停盃剥芡話吴中。

## 寄周愚卿昆仲

四時佳節惟重九，況接君家鴻鴈行。乃以病軀親藥石，坐妨山屐共壺觴。别來忽忽春逾仲，望極悠悠晝莫常。想見回頭登眺地，清源雲合鷺洲長。

## 宜興道中望銅官山懷孫子進昆仲近見子肅於建業子儀久不通問

雪與銅官相白青，幻成豈亦自僊靈。頻年此地凡幾過，絶境今晨得再經。野鴨陣飛驚撲漉，賓鴻獨叫苦丁寧。平生畏友三孫子，海角邊頭似曉星。

## 自宜興過溧陽

荆溪路入白雲徑，勢與松江相並寬。政以檝輕憂逆浪，忽逢風轉起飛翰。須臾又報一舍過，轉盼應無百里難。却恨銅官易成遠，不容雙目細留看。

## 自江下徒步至廟山

雪嶺糢糊積未消，雲林爛漫合仍飄。一兒跨犢飲田水，幾擔束梅同負樵。泥滓無嗟廟山路，魂棲正避淛江潮。汙人更爾緇塵遠，滿眼何無詩思饒。

## 過豐城見甘叔異懷孫温叟

劍氣當年屬斗牛，散為人物尚南州。時平未可蘇門隱，道在何卑幕府留。聞道為賢多受賞，未應此士獨遺捜。經行不暇窮三徑，邂逅羊求詢舊遊。

## 送鍾子崧解官而歸

三年簿領淹佳譽，一日江山問舊程。却恨過從曾未數，浪緣文字許深評。已傳相國知韓愈，安用河南薦賈生。此去看公副時用，便應容我老農耕。

## 送人赴闕

雪後晴催江上船，一杯政爾話蟬連。人生契闊可堪數，後會渺茫還屬天。薦墨向來非草草，除書此去定翩翩。西湖處士當年句，借問沙鷗若箇邊。

## 衢州城外

纔得新晴半日强，廉纖又復蔽朝光。梅花黯黯春將暗，麥壠青青餌欲香。野水數彎流以決，晚山幾疊澹而長。秋風紅葉騎驢去，歸日侵尋且載陽。

## 送張王臣還峽州兼屬峽守郭郎中季勇二首

九州四海張安國，翰墨文章自出奇。無復若人空閣象，忽逢難弟更名詩。流風善政未云遠，家世斯文當屬誰。我愧不堪門户寄，相逢歎息在於斯。

久矣聞風折角巾，近來乃得誦詩新。雨奇晴好西湖賦，梅落草生三峽春。自注：嘗見使君與周子中西湖唱酬及聞君誦「半落半開梅好處，似無似有草生時」之句。再拜因行為多謝，尺書願寄恐無因。靖州儻有平安使，佳句驚人不厭頻。

### 送王汝之江西二首

一杯濁酒慰飄零，百首新詩見典型。笑買扁舟又西去，悵予蓬户只深扃。向來雨合滕王閣，復道榛迷孺子亭。珍重君行煩寄語，明年訪古會重經。

君行應到鬱孤臺，惆悵登臨記昔孩。别酒尚遲三徑菊，歸鞍好待一枝梅。將軍揖客能增價，幙府羣賢定挽才。我亦方謀下吴會，未知何地得重陪。

### 簡張王臣借觀紀行詩卷

問訊騎鯨已莫追，池塘生草但傳詩。與公縱説江湖隔，有弟解談京洛期。政爾飄流落蠻徼，偶然邂逅識天涯。論交於此夫何敢，行紀相從得借窺。

### 張以詩卷來再用韵謝之

絶歎風流不可追，賴聞難弟更能詩。半生求識終無遇，一見於今已後期。昔在蠻荆孰疆理，後來秦漢始津涯。征南政欲圖經借，把卷如同禹穴窺。

### 過商叟林居蒙示半村詩集及曾吉父宏父王元渤詩卷因用前者奉簡之韵作二詩上呈商叟許抄半村詩集見遺故及之

只道詩家無續燈，半村今喜見孫曾。非關竽瑟異王好，自是文章多命憎。題贈向人無苦秘，流傳後世豈無能。溪頭賸欲連朝住，舟子催行底見仍。

結交早日類知名，豈但當年王與曾。野鶩家雞隨所嗜，玉環飛燕詎宜憎。筌蹄久矣成深悟，駑馬猶當勉未能。好取他山細摹刻，客來傳寫怕相仍。

## 趙蘄州枉示數詩皆弋陽往還所作經行道間有懷其人作長句寄之

一飯留人意甚真，數篇仍出好詩新。追隨却恨向來少，悵望空增别後頻。到處鷺鷗如習熟，轉經山水盡精神。可憐吟諷多餘地，只是登臨無若人。

## 頃與公擇讀東坡雪後北臺二詩歎其韻險無窘步嘗約追和以見詩之難窮去歲適無雪春正月二十日乃雪因遂用前韻呈公擇

梅添鬢落原作洛，據《瀛奎律髓》、殿本改元同色，竹擁參差半入簷。坐守地爐應不厭，破窗平見北山尖。相《瀛奎律髓》卷二二作細思不是冬無雪，留待春風鬭冷嚴。病骨未憂衣乏絮，早餐寧歎食無鹽。

便營野屐尋茶户，更約綈袍當酒家。處士衹今宜《瀛奎律髓》作疑姓賈，壁間但没挂錢叉。《瀛奎律髓》注：事見坡答少游書。雪埋老屋無薪賣，晨起謀炊自毁車。覓飽預期千頃麥，破慳先試一春花。

## 初八日過總持以雨不得觀龍井休日再往經孺子亭又過南昌縣側訪梅僊舊宅

## 黄冠居之觀名屢易今爲報恩光孝

滿城車馬走塵埃，湖上幽蹊長積苔。喟嘆高風尚千載，殷勤兩日為重來。吾生詎老五斗米，此地終期三徑開。大厦崇成非往者，况予擁腫自樗材。

## 登清音堂訪介庵壁間留題已有漫去之者偶成長句

十日溪行雨霧深，曉晴催我强登臨。壁間變滅龍蛇字，海内流傳金玉音。欲為廢興聊下語，不堪山水感人心。何時遂此扁舟志，占斷鷗波得細吟。

## 夜坐讀書有感示兒姪

老矣讀書如欠緣，心非敢後足難前。切磋有道方成器，穮蓘無功敢望年。搔抑空憐髮種種，摩挲仍愧腹便便。吾家門户何所寄，但願兒曹相勉旃。

## 書懷

春風吹雨又吹晴，柳樹能青桃樹明。細履野蹊初見蝶，却行幽徑未聞鶯。布衾雖破猶堪典，菜甲縱稀亦可羹。政擬遠同嵇叔夜，一尊濁酒話平生。

## 書懷二首

要令多病也身輕，安得晨風永晝清。瑟瑟泉流沿澗響，疎疎松吹轉空鳴。生平舊隱蘚蹤合，老至危途蓬鬢生。松柏後雕聞古語，若何秋菊敢齊名。

去日春江白芷生，再來秋野蟪蛄鳴。浩然已分不才棄，張翰安能郵後名。自歎還山何太晚，政須杯酒為深傾。憑愚邀敬多官府，與想桃源源上行。

## 困坐窮山無以娛日用隨齋問訊韻寄莘夫并呈隨齋

少陵苦憶將廉頗，才似淮陰亦奈何。豈待秋風方憶鱠，不堪夏日況揮戈。分當鹿鹿終隨後，言敢譊譊取屢訶。世事多虞未知免，鶉烹復坐不能歌。

## 張涪州出詩數軸皆紀用兵以來時事有感借其韻

感時賦詠屬英游，又向涪江説去秋。兵甲未休須壯士，閭閻乃敢問封侯。頻年青坂陳陶恨，到處陽春白雪留。誰道東歸窮徹骨，驪書落落照書殿本作扁舟。自注：杜詩《去秋行》：「去秋涪江木落時，臂鎗走馬誰家兒。」

## 敘浦簿呂公用沅陵韻見貽次韻

一經蚤已愧家傳，三尺猶思絶並緣。位下故知難及物，業荒空復度流年。要求廟令作歸計，未必上公能記憐。多謝為僚不相棄，連朝枉贈有詩篇。

**奉寄子耕簿公尊兄兼呈德化令君丞公二首**令黄商伯，丞嚴造道

近因周子出家書，乃得知君近起居。復道移官在城府，未知幾度入匡廬。晉唐舊刻故存不，林壑幽人今有諸。想見經行屢成賦，不妨傳寫總遺余。

寄聲江夏無雙士，併謝藍田不負丞。符檄經行有題贈，江湖别後欠緘縢。一時交舊半為土，老我鬢鬚逾可憎。獨自對書思友益，夜窗長愧短檠燈。

**送叙浦吕主簿**

參佐已能迎刃解，絃歌更整亂絲棼。胡為易地皆馳譽，信是高才本出羣。良木更須深雨露，善禾端自力耕耘。仕途似子誠難遇，别語如余敢不勤。

**謝徐大雅見過**

霜風索索撼枯條，令我亡悰首屢搔。懶效揚雄作奇字，政同靖節湛新醪。原作膠，據殿本改朝來怪底兒童喜，何處肯來車馬勞。不是東都徐孺子，誰能背俗訪吾曹。

**十四夜元衡見過**

餘酲索寞政須驅，多謝君能佩酒壺。回首林園重摇落，岸巾風月且須臾。不須相對哀囚楚，何日扁舟俱下吴。雅意從來在松菊，放言不用屬尊罏。

**菊**

蔓菊伶俜不自持，細香仍著野風吹。少年踴躍豈復夢，明日蕭條休更《瀛奎律髓》卷二七作更自悲。潭水解令胡廣壽，夕英何補屈原饑。我今漫學潯陽隱，晚立寄懷空有詩。

**菊殘有感**

病骨支寒政覺難，莫驚蒲柳望秋殘。悽涼不但歎荒菊，寂寞更堪傷敗蘭。有鬢已霜那得制，無英可落若為餐。玉山禾遠竹遲實，天驥長饑愁鳳鸞。

**僕生平四到月巖寺而不識雲洞漫興長句**

祇今四到月巖寺，不辨一為雲洞遊。世事紛紛變蒼狗，暑途役役喘吴牛。細聽風合松楠響，應是雨催禾黍秋。留詠從來雜珉玉，攀騰政爾羨猿猱。

**十月二十日晚風雨大作**

獵獵風聲萬馬犇，我方愁絶坐黄昏。了無鼠輩窺厨冷，頗有貍奴同席温。静裏頓能除妄想，病中還欲寄空門。四時鼎鼎催人老，籬菊銷香梅返魂。

**喜雪投王守**

千騎朝祈儷佛祠，玉花夜散荅誠思。守惟民慮知何德，天不人違固可知。擬效聯詩家契闊，念將乘興體清羸。歌呼且與鄰翁醉，樂我邦君政不疵。

**春　雪**

寒氣春深未肯歸，雪花夜半忽成飛。耳聞北地常如此，身老南方見苦稀。卜歲唯知念豐歉，談天不敢議祥機。江陵見李迷高下，千樹郭西疑是非。

## 微霰雪

霰落初疑集隕珠，雪飛驟覺幻成圖。簷間隙際窺疎密，屋頂樹頭看有無。夜度佛鐘清澗谷，曉翻漁艇舞江湖。平生無限幽深意，付與匡牀竹火爐。

## 微雪招何丞明叔飲不至

經冬不雪苦嗷嗷，快手真成一戰鏖。坐對瓦溝成委積，直疑鬢脚共蕭騷。解除熱惱春無瘴，寧卹芻薪價益高。不見揚州舊詩伯，尚欣湖海獨争豪。

## 在伯見招觀雪因同貴溪尉曹登鄰寺之經樓且云晨起境物殊勝再用林字作詩

### 蕃亦次韵

籃輿軋軋度成陰，鷺起衝波鵲噪林。當子倚闌成句警，政余擁褐坐簷深。裴回更盡高樓覽，空闊思收遠壑音。笑謝主人能命酒，不然寒甚不能吟。

## 雪既未已霰且間作再用林字韵呈在伯沅陵併屬德章

雲物昏然尚壓陰，霰聲琤若更過林。憑陵竹葉淡仍薄，埋没梅花幽更殿本作復深。屢枉高辭成楚調，獨憐晚歲欲南音。勿多擾擾求周孔，欠一躬耕梁甫吟。

## 雪多矣豈寠人歉歲之所宜哉復用韵呈沅陵丈

雪已傷多尚積陰，風仍助虐屢號林。市人祇喜青帘近，木食應悲黄獨深。不但茅茨憂凍死，更聞巢穴作哀音。此詩蕭瑟誰能聽，有愧當年寒地吟。自注：孟東野有《寒地百姓吟》。

## 次韵在伯對雪見示

初迷庭砌與牆陰，旋著遥山及遠林。飄灑故看朝已積，繽紛更覺晝彌深。東都皎皎關門卧，魯國寥寥振履音。作氣再衰三則竭，强拈愁筆和高吟。

## 雪中用俞克晦丈公擇唱酬之韵呈克晦

幽雀徐行破緑苔，不嫌寂静肯頻來。款門不是纔因竹，琢句何妨更有梅。要作灞橋衝雪去，恐成剡曲棹舟回。寄聲閑止原作上，據殿本改老居士，好對春風酌凍醅。

## 雪中寄懷公昭丈

問訊先生江上村，雪中高興與誰論。乍明不厭雞啼晝，忽散應憎鵲踏翻。聞道為梅新作圃，更期因竹別開門。老來孰愈幽居趣，愧我飄流不自存。

## 次韵斯遠雪中見簡

粲粲梅開亦大奇，雪來豈亦妬娥眉。紛紜八表同昏際，錯莫千林欲暗時。閉户孰能憐我獨，衝泥聊復問君詩。窮冬物色無多許，不付吾曹更與誰。

## 次韵審知見示梅花長句

春入孤山今主誰，空留四海舊傳詩。平生我亦有成約，病起驟欣逢好枝。欲向園林窮勝處，不堪風雨苦淹時。忽來絶唱驚寒眼，勢比南朝自注：謂陵也。更崛奇。

## 進之雪中見過明日歸湘潭再用前韵二首

詩材滿眼不能收，忽報君來為擧頭。寸鐵不持難白戰，汙渠何敢映清溝。飛飛望絶千山鳥，浩浩心馳萬里鷗。市遠家貧乏供給，愧煩終日肯淹留。

但見紛紛勢莫收，要窮衮衮若為頭。路迷界眼疑無地，水失汀洲僅比溝。我欲出郊思借蹇，君歸乘艇喜衝鷗。畏寒自縮真衰矣，絶境明朝不更留。

## 客中遇雪不勝家山之思催晦菴寫詩及書

旅枕驟疑風徹屋，曉窗還見雪填渠。梅花未放臘前蘂，鴈足渾無别後書。故意誰其哀范叔，倦游身自困相如。贈言故愈綈袍賜，載路何須駟馬車。

## 梅花六首

平生欠汝哦詩債，歲歲年年須要還。未至臘時先訪問，已過春月尚躋攀。直從開後到落後，不問山間與水間。却笑淵明賦歸去，庭柯日《瀛奎律髓》卷二〇作目盼自怡顔。

勁草端能抗疾風，歲寒迺識後凋松。是知植物多尤異，更有梅花巧耐冬。青女素娥能莫逆，巽二滕六漫豪凶。嗟予自幸非棖慾，健語聊須發隗胸。

平生留落半天涯，處處逢梅是舊知。老樹半侵江側岸，疎枝斜出竹間籬。雪初霽處見鴉啄，水不波時觀鷺窺。馳譽丹青非我事，舊游歷歷尚堪詩。

梅從何遜驟知名，句入林逋價轉增。佳故品題因度遠，暗能摸索為香凝。每逢陳迹空搔首，不見斯人但服膺。菊徑依依懷靖節，瓜田草草念東陵。

畫論形似已為非，牝牡那窮神駿姿。莫向眼前尋尺度，要從物外極觀窺。山因雨霧青增黛，水為風紋緑起漪。以是於梅覓佳處，故應偏愛月明時。

全樹婆娑夥匪奢，數枝纖瘦少尤佳。春風上苑吾何泰，《瀛奎律髓》作忝落月孤村汝自嗟。定論要為塵外物，細看那是世間花。不然山谷能詩老，曷與山礬計《瀛奎律髓》作定等差。

## 九月廿一日雪書呈進之

一夜悲風曉輒收，布衾如鐵强扶頭。乍驚皎皎明窗紙，稍見疎疎集瓦溝。失怪競聞村巷犬，亂行難覓遠汀鷗。欣然欲作臨流看，却恨凛乎難久留。

## 賀魏使君雪用何叔信韵

漢竹初來號令班，不知疆域遠長安。陽升頓使羣陰伏，旱極真成上瑞看。比擬敢言風絮亂，豐登預想麥秋寒。冰清玉潤登臨處，不用賦詩名喜歡。自注：杜審言嘗賦《歡喜詩》。

## 題徐氏滋德堂用老謝丈韵

堂建寧韓尚書無咎命名，當塗蘇給事季真書榜

一時人物韓與蘇，題榜製名夫豈疎。保家匪乏千金産，教子必以萬卷書。江河源從濫觴起，拱把可取合抱餘。方今天子陋漢武，會見待詔仍公車。自注：徐樂以漢武時上書召見。

## 題甘叔異曲江磯庵

曲江磯頭慈泉庵，重來稽首大士龕。石磴半漫水拍拍，衡門深掩陰毵毵。主人不見詩閣筆，道者出遊經閉函。吾行江南蓋多矣，得此不能成二三。

## 感懷

重來快閣又三月，簿領不親書得鑽。俸奪未妨衣屢典，年侵還是歲將闌。何當酒與伯仁對，更欲石從盧肇觀。誰能放我聽歸去，内朝班冠長天官。

## 挽趙丞相汝愚

吾王不解去三思，石顯端能殺望之。未到浯溪讀唐頌，已留衡嶽伴湘纍。生前免見焚書禍，死後重刊黨籍碑。滿地蒺藜誰敢哭，漫留楚些作哀辭。

## 哭蔡西山

鶗叫春林復遞詩，鴈回霜月忽傳悲。蘭枯蕙死迷三楚，雨暗雲昏礙九疑。早歲力辭公府檄，暮年名與黨人碑。嗚呼季子延陵墓，不待鑱辭行可知。

以上《章泉稿》卷三

# 全宋詩卷二六四一

## 趙 蕃二六

### 賦劉子澄墨莊

勤力漢疏傅，遺安龐德公。公家業異此，衰盛國應同。

### 揚 步

竟日人行絶，惟聞鳥語多。忽逢樵婦斧，更聽牧兒歌。

### 洞庭秋月

平湖萬里寬，秋月一天白。隱隱岳陽樓，有人自横笛。

### 平沙落鴈

叢叢水邊蘆，鴈鴈灘頭泊。我不解丹青，小詩亦可貌。

### 静春堂

游子如蜂蝶，紛紛詎識春。先生静中觀，物物寓吾仁。

### 辨 漆

面上清如水，牽絲作釣鈎。撥開鷹糞脚，打起有浮漚。

### 驗 漆

好漆清如鏡，懸絲似釣鉤。撼動虎斑色，打著有浮漚。

## 愛山堂

朝從日掛鉦，暮至月吐璧。坐得少文圖，不資康樂屐。

## 江天暮雪

超絕柳州句，孋疎鄭谷詩。扁舟釣臺下，曾見雪初時。

## 送劉公求還廬陵兼屬張元亨五首

世有封胡羯末，非無觸目琳琅。何似君家兄弟，晬然面背難藏。

中壘西京儒士，魏唐變作文章。源委祇今安在，蕭灘灘水深長。

得見雖能數日，晤言每恨匆匆。曷日竹齋重過，更期汗簡同功。

雪後梅增炯炯，風前柳政徐徐。道上有詩堪寫，人回不用空書。

張子雖習舊識，近來乃讀新篇。寄謝青原白鷺，何當共刺江船。

## 衡山道中遇雪四首

汎汎嚴陵艇子，蕭蕭衡嶽籃輿。絶歎長年作客，重逢此歲將除。

騍落真成點綴，旋風已復模糊。莫擬丹青圖畫，且看造物工夫。

老樹才能半白，遠山已没全青。勝踐頗思朋盍，獨行定誰汝令。

急雪幾欲塞路，奔流更逢絶杭。慘慘不堪龜折，疑當作拆踆踆況度羊腸。

## 留衢州王彦博周欽止徐審知

漫道詩能陶冶，絶知酒可浮沉。行值田間積淖，住逢溪上愁陰。
風前柳欲千尺，雨後梅纔一斑。邂逅紛紛桃李，飄零在在溪山。
風日端可舉酒，溪山盡堪賦詩。有懷爾山中友，應念我天之涯。

## 謁顏范祠

處士當年配水仙，范公亦儼客星懸。誰知舊日番君國，颯爽英姿蓋九賢。
義氣常於翰墨看，凛然今日拜衣冠。去年已失臨川郡，及爾能來愧始安。
為政當知政所先，政先孰愈祀先賢。可憐顏范祠堂下，草蔓不鋤階甃穿。

## 懷玉山舊遊寄王彦博徐審知

南山白塔高何許，弄日摩穹相與曾。放歌直下清溪去，落日半銜漁木燈。
何人作亭山半道，頗解發舒山掩藏。幾度携笻挽君去，月高人寂尚繩牀。
下湖堤上青青柳，曾為行人繫馬鞍。落魄還成一春事，料應飛絮也漫漫。
王郎家近石田溪，溪上行人古路迷。王郎家苦了無事，自溝溪水灌蔬畦。

## 己亥十月送成父弟絜兩户幼累歸玉山五首

已辦知津送去舟，重臨快閣亦悠悠。黄知橘柚江行好，此去况經龍霧洲。
去歲歸營丘嫂葬，今年那復以家行。挽鬚無用祇嗔喝，念我只兒同短檠。
造物知君時欲進，江山佳處遺頻回。霜風日夜摧摇落，面目端須見本來。
誤身何必歎儒冠，粗糲須甘苜蓿盤。瓜地可耕歸獨負，未應真坐縛微官。

十月江行多北風，打頭不用怨天公。清音堂下换船處，想見掛帆灘已空。

## 在伯教授爲考試之行不知其地漫成五詩送之

雨後翛然遂欲秋，登臨正爾要詩流。君行端復何所往，但道東之一舸遊。
已孤萬古中秋月，為約黄花九日杯。但得交情常舊雨，不辭尊酒理新醅。
君行不到武昌下，別駕西京劉更生。但想新知作傾倒，莫聞高論吐峥嶸。
平生未識荆州牧，詩卷記評王進之。鈐閣縱談詢保社，幸無過語恐遭嗤。
峽州使君我所親，書去猶新報未聞。此士如今為第一，見之煩為致慇懃。

## 寄韓仲止主簿

舊來絶歎茶山竹，今日重悲南澗泉。儒雅風流真不愧，兩賢真可作三賢。
海内知名長少公，在今誰復可同風。可憐籍湜今頭白，空復掛名家集中。
介室於余亦外家，二年朝夕向長沙。聞君往會臨川葬，我不及前空歎嗟。
病卧凄然寂寞濱，既親且故幾何人。如君父子風流似，寧復可疎當可親。

## 有懷成父

雪裏同登我有詩，可憐同去阻同歸。扶疎夏木渾如許，還想吾廬晝掩扉。

## 是夕有懷斯遠二首

沙如星射水流光，憶著南山步石梁。秋興日來知幾首，可無南落雁成行。
塞郭衣冠匪乏人，步能送我獨情真。幾思覓句相料理，風月溪山不易親。

## 餘干登眺有懷

溪山得意竟忘歸，歲月飄零兩鬢稀。衹有裴回與搜句，老無筆力愧傳衣。
溪山雖好政須人，終日倀倀此水濱。試並欄干一回首，衹餘鷗鳥似相親。

## 在伯考試未歸有懷

木落山空君未歸，我行江山幾依依。山空木落有佳處，政爾待君相發揮。
相逢共問别來詩，作計君能似我癡。佳月中秋已無及，菊花十月未為遲。
行路悠悠自有詩，君行況乃暮秋時。復萌鄙吝疎黄憲，都盡利名親紫芝。

## 道傍多薏苡菊花有感

菊花粲粲懷元亮，薏苡纍纍念伏波。莫歎讒人未投畀，衹須濁酒到無何。

## 至邑有感二首

朱絃昔日被歌聲，歲月頻更感易生。唯有錦江橋下水，相逢不改舊時清。
老稚歡呼南北街，争看前日令君來。看花不比玄都觀，盡是當時手自栽。

## 登縣樓有感二首

一水中分南北市，插天蒙末有佳山。太平官府元無事，聊放衰翁一日閒。
見説南樓秋氣多，夜涼槐竹影婆娑。滿樓風月成辜負，奈此青州從事何。

## 送何叔信三首

幾年惆悵荔枝紅，婦薦孫擎壽媪翁。我亦得歸無此樂，弟兄相對小燈籠。

情均骨肉謂堯民，我輩相仍敢不敦。越人可笑盟車笠，四海要知皆弟昆。

貴溪亦復謂三山，去我冰溪一水間。舴艋篷籠不難買，有時乘興泊鷗灣。

**送智門祥師便呈斯遠兄**

寺後溪亭我所開，春風應已長莓苔。南州高士如臨賦，為把新詩寫寄來。

**送陳慶伯三首**

衢信相望百里間，從來疎闊若為顔。與君既親亦有故，他日當期數往還。

聞道君行欲轉江，江行此路不勝長。雖然不患無歸遺，收拾江山一錦囊。

君到江南梅正開，折梅稱壽亦佳哉。平安儻遇重湖便，併把新詩寫寄來。

**逸再爲婺女之行既別出郭矣夜不能寐成六絶句追送**

正學堂堂呂紫微，有孫端的為傳衣。祇今一派金華是，戴路年來汝所依。

體能中格號時文，能料科場可策勳。此外更資為學在，木須根立乃凌雲。

玆行為謝時衡嶽，併與傳聲呂法曹。汝解事賢其自勉，我因求友不妨高。

去歲諸公祖敬之，我曾同席共委蛇。相逢儻復蒙相問，為道東歸鬢益絲。

我歸猶爾未還家，送汝令人重嘆嗟。送汝嘆嗟猶自可，最思阿慶語咿啞。自注：慶曾隨其母留外家。

歲事將窮老所悲，念將留汝亦奚為。新年事業能增進，絶勝衰殘守舊詩。

**重送處州斯遠三首**

登臨長病獨成吟，連壁相依照映深。寄謝青山無偃蹇，好聽絶唱亂清音。

萬木蒼蒼古釣臺，白雲樓觀隔溪開。賦成赤壁後無對，好與驅從筆下來。

文字投盟不計官，古人能爾在今難。使君於此自爲德，我輩因留後代看。

**送曾耆英持胡端殿書謁張袁州四首**

是家風節在峨岷，仍見諸孫文字貧。聞道江南有蜀士，不辭犇走犯蕭晨。自注：曾之祖南夫嘗使蜀。

君知龍門不易陟，頗欲乞書南郡胡。一幅斜行半年得，費君趼足幾工夫。

袁州張侯吾所聞，政事不減大馮君。如云已召符節令，行矣君其無憚勤。

我聞諸侯一朝享，可作寒士終年儲。張家衣被及四海，不但一州歌袴襦。

**送劉克昌文顯一首**

驛使相看合寄梅，日邊消息幾時回。平生所積故已厚，九萬不須風更培。

**從禮折花攜具見過且賦二詩**

柳暗知津君送我，江臨快閣我辭君。君行過我南山塔，爲道長懷日暮雲。

出門政覺病軀難，已分春風負牡丹。送花載酒能俱至，愧爾交情殊未闌。

花好千金未當價，只宜屏隱繡芙蓉。調笑頗似年少日，妄心今已退重重。

**從鄭秀才覓菊一首**

好事風流有鄭莊，買園栽菊待重陽。儻能憐我耽佳句，爲遣秋根到草堂。

漫從僧舍移甘菊，清蘂重陽摘未堪。徑欲過君籬下看，二兒端可爲輿籃。

**賦道傍菊**

園亭種菊只須多，名實相求半已訛。紫蔓弱莖真此物，顧埋林莽原作葬，據殿本改雜蓬萊。

世無元亮亦無詩，菊亦凄涼孰汝知。問我無詩寧愛菊，落英聞道可充饑。

山行漸欲墮荆榛，夾道黄花獨爾新。野外籬邊非失所，尚能寒眼動詩人。

三逕雖荒菊尚存，江東書到每傷神。七盤八叠辰州路，賴爾相看作故人。

日和猶有采花蜂，日冷凄然難為容。不以無人廢芳事，政應蘭蕙與同宗。

黄菊花中黄蝶飛，似憐節晚悵餘暉。春風桃李明年事，十月清霜何處歸。

**道傍菊有感**

昔日曾升君子堂，祇今蕭艾與俱長。可憐冷蝶無時態，盡日伶俜為汝忙。

**道店菊**

種花本欲娱行客，客子逢花特地悲。忽忽重陽今半月，依然青蘂網蛛絲。

**招仲威不至反辱惠梨**

屢廢招呼定可人，豈嫌昏暮叩門頻。不來醉我傾家釀，反更分渠飣坐珍。

**食枸杞**

誰道春風未發生，杞苗試摘已堪羹。莫將口腹為人累，竹瘦殊勝豕腹亨。

**倪秀才惠橄欖二首**

故憐枉作近南官，南果何曾上客盤。橄欖忽來蕉作裹，欣然却作近鄉看。自注：信州易得此物，自到太和未之見也。

直道堪嗟故不容，更持諫味殿本作果欲誰從。昏昏度日惟貪睡，茗椀聊充午後供。

**以山藥茶送沈宜之兄**

山藥本為林下享，�籃那得致兵厨。傳擔雲月併持與，長夜讀書應所須。

**以湖州酥秀州木犀面油太和石本觀音像送莫萬安三首**

蟻浮猶臘要酥同，長恨中州信不通。忽得吴中所持寄，急令分減報鄉風。

天教桂蘂擅秋分，殿本作芬只道非秋無復存。底事蘭開梅落際，忽於膏飾見追魂。

涪翁昔作白下宰，遺墨到今多贋書。盡説補陀存相好，更傳雷火護持餘。自注：俗傳此碑常為暴雷擊而不壞。

**謝彭沅陵送猫**

怪來米盡鼠忘遷，嚙齧侵尋到簡編。珍重令君憐此意，不勞魚聘乞銜蟬。

**送蕨與成父**

道人惠我南山蕨，頗帶齋厨法醤香。聞道城中少蔬供，急令健步走傾筐。

**初寒無衾買紙被以紓急作四絶**

平生結得楮生緣，覓句抄書日費捐。只有夜窗宜暫舍，也須包裹伴幽眠。

瑟縮從渠體尚生，不妨欹擁度天明。書生活計能消底，太息牛衣王仲卿。

度夕陰風吹戾廖，布衾如鐵念嬌兒。夜來例拜奇温賜，但覺安眠曉不知。

識字誰令勝爛奚，自應無褐更無衣。宵安亦念明朝計，兒報屋簷生早暉。

**閻伯善以孟東野集見惠二首**

文字何關達與窮，自注：孟詩云爾。悵君一尉已龍鍾。過君舊邑求君集，行橐蕭然足慰儂。

幾度相從酌酒深，向來相識未如今。臨分念我亦窮者，乞與郊詩俾細吟。

### 小釀告熟童子索覆瓶紙坼舊藁與之

太玄適足覆醤瓿，舊藁乃獲塓酒尊。從來事有幸不幸，一笑掀髯誰與論。

### 讀謝幼槃集

茗椀不能驅睡魔，漫携詩册向庭柯。世人衹愛高官職，孰與公家兄弟過。

自汲清泉除硯垢，樹陰微息晚涼初。箇中得意誰知我，筆下忘言我羡渠。

### 題船子和尚圖

縱有絲綸不暇施，癡魚吞月自驚疑。旁觀莫作風波想，比著人間未是危。

### 自桃川至辰州絶句四十有二

甕子灘頭百丈牽，此其小小大猶前。命輕人鮓曾聞説，楚蜀懸知險並然。

過了磯頭尚有漳，長江萬里此為稀。悵予何可數乘此，宜爾山禽頻勸歸。

上得磯來勢已危，忽然纜斷不能支。驚心釣渚河邊石，值爾應當應手糜。

釣石疑為借石低，月岩穿石兩空梯。逃虚尚説聞人喜，況此依然面目迷。

草屋竹門江岸旁，三三兩兩競携將。爾曹應念宦游好，不念西來道阻長。

夷望山前幾釣篷，不惟能雨又能風。吾身故作魏王瓠，愛此沿洄敏似鴻。

曉雨濛濛山欲空，少晴還覺練摇風。扁舟十日夫何事，只有看山不負公。

水勢纔收一丈餘，曉來雷雨又何如。天民天邮應堪恃，我自多憂雪滿梳。

山鳥初鳴麃度灘，少焉還叫火炎山。僕來告我為晴候，穴雨巢風不可删。

試手灘頭水亂流，鐵鎗崖下晚維舟。兩階舞羽方閒暇，何事兹名有佩牛。

灩澦瞿唐昔未行，狼頭鹿角舊聞名。辰州蹇子灘頭路，夷險不知誰弟兄。

明月山前明月池，兩崖壁立類磨治。浯溪未識應相似，好刻中興第二碑。

巨壁撑空不可干，小山亦復四巑岏。猶言水後渾無石，不爾應當行路難。

一篙真可百灘空，贛水辰溪大畧同。我乃漲餘方逆上，終朝歌笑愧篙工。

誰道蠻州異故園，夏來草木亦蒼然。扶疎遶屋平生句，有愧青山啼杜鵑。

風頭日日望西南，雨脚懸知不與參。昨夜北風今日冷，又驚數點落毵毵。

患難嗟予已素行，今朝灘裏挽仍撑。心乎詎敢懷尤怨，命爾何能計死生。

無策資身每自嗤，始謀不善悔何追。行乎患難寧今日，何暇更論淹速期。

飛流濺沫瀑争礲，電擊雷驚江落洪。盡日喧喧不能息，誦書妨我課兒童。

望極千山不見村，忽逢三兩僅崖根。幾年生聚才如此，信是荒寒不足論。

美玉曾聞種得生，精金此地亦陶成。不知造物須生此，何似嘉禾令土平。

灘裏驚濤怖殺人，潭中浄緑數浮鱗。如何咫尺能懸隔，物外區中信莫倫。

雨墮初看珠顆圓，風來忽散縠絲牽。青山四合江如瀉，憶著桐江江上船。

脱粟粗供朝暮餐，也求魚菜强充盤。魚今絶市菜無有，欲問居人啖馬蘭。

摘得青梅江岸邊，兒童競食也堪憐。山青指問紅何樣，説是石榴花欲然。

不但投林雀鬧枝，沙禽水宿亦争涯。不然故欲相呼喚，恨我形單影自隨。

一月山行意未厭，晚晴仍對雨纖纖。回思浪湧濤翻際，寧有於今安且恬。

新緑深深嫩更黃，非花非草定何香。故山草木皆余愛，最愛抽梢竹過牆。

性有耽山且畫看，陰晴朝暮若能殫。天公似病詩才窄，乞與西來眼界寬。

細雨冥冥梅欲黃，故憐時節似江鄉。有書不讀高成束，蒸敗蠹侵誰與防。

雨來山色暗成愁，雨後波光翠欲浮。山色水光元自好，宦情羇思苦悠悠。

一春多雨夏當慳，今歲還防似去年。玉曆檢來知小滿，又愁陰久礙蠶眠。

山禽嘲哳意都迷，滑滑仍愁叫竹雞。側帽歷聽如有感，數聲何處囀黃鸝。

前有天隨後老坡，杞糧仍欲壽西河。吾今何意更思此，但喜杯羹風味多。

咫尺青山曉未分，旋開還吐尚紛紛。烟雲變態有如此，安得斯奇付大文。

昨日江清可濯纓，今朝潢潦忽能盈。發洪想有山崩處，一雨安能作許生。

坐對蒼然暮色侵，忽驚螢燭度枝深。少年嗜學猶餘志，安得茅檐把卷臨。

江漲皆云牽路漫，又云江漲苦無灘。割晴耕雨難均得，造物於兹良亦難。

安流倏忽起犇湍，非雨非風勢使然。盡道川流能險惡，不知世有險於川。

反照入江雷殷然，直疑飛雨墮談間。不知吹落何方去，突兀猶餘雲湧山。

大麥雖黃草與長，趁春只用野生桑。為生可歎微如是，應坐人稀地力荒。

泮泂何處莫窮源，萬折千磯劇迅奔。寸寸上來良亦苦，不知斷却幾番魂。

## 望金華山絶句四首

山青雲白晚能佳，中有仙人舊隱家。彈壓政須煩健筆，頡頏誰與佩飛霞。

雲蔽雲開山衹然，畫無能事著詩傳。扁舟盡日無多厭，信手拈來亦漫編。

一溪屈曲幾彎環，贏得金華四面看。雨黛欲收晴翠滴，忽然雲起又漫漫。

九陌紛紛翳吾目，是間冰熨一塵無。十日五日一水石，造次著詩那得摹。

## 復原缺，據《永樂大典》卷二二六四補遊東湖題盧石

雲中不改蒼蒼色，春後寧同濯濯姿。欲為渠儂下轉語，筆無潮力强題詩。

## 謁仰山寺

欲知正直不余欺，請禱應聞韓退之。旱昔不災今病雨，我雖非職敢陳詩。

## 西湖雪後

行到湖邊却筍輿，眼中渾似畫屏紆。梅花又作臨風笑，亦有高人似舊無。

## 聽雨堂二首

竹徑參差人不知，窈然終日坐題詩。我來欲去仍遺恨，不見蕭蕭風雨時。

曾見宋殿本作宗公及可公，自應詩句有家風。不因避疾小盤礴，那得清談半日同。

## 題新宫

到處江山非不佳，不歸佛屋即仙家。南山自好不歸去，落魄賦詩天一涯。

## 題舊宫

新宮改作幾何年，像設於今尚儼然。薜荔緑垂山木槁，長春開盡草芊芊。

**晚過彦真山亭並呈允升季儀兼屬照鄰二首**

隔岸看山自足佳，背山仍有碧雲遮。我來政值崚嶒際，却恨林端已暮鴉。

寤寐詩名歲月過，日來方喜和羊何。秋風奈我當歸去，湘水湘山餘恨多。

**經孺子亭觀龍井**

寒泉百尺幾秋春，祠禱流傳信若神。何事古先殊昧此，為霖顧取築巖人。

**城下道中二首**

瓦室人家茅屋邊，瓦囷亦與草囷連。池塘過雨尚浮濁，原作俗，據殿本改楊柳新栽已帶烟。

溪上橋危亭亦高，柳陰直下有魚舠。夜來雨足洪初漲，突岸衝磯聲怒號。

**正月二十二日晚過袁父**

籬落桃花小破紅，野田細雨又微風。莫嗤款段行難進，正要尋詩漠漠中。

**丁卯除夕寓瀘南獨坐舟中有感去歲此夕**

米倉山寨雪連雲，不見椒盤見賊塵。今日江城聞爆竹，莫嫌杯酒不沾唇。

**宿清都觀**

涪翁逍遥果安在，玉局清都今何如。遺蹤羽化不可問，朗誦二詩行遽除。

**遊思庵**

路落林灣得小庵，軒窗都在萬松間。玆遊不為尋僧至，更擬緣雲度一山。

**永和道中懷成父**

風帆十幅空百灘，布衾高卧寧知寒。連明風雨曉增劇，歎我山行逢路難。

**宿應庵次季承韵**

祇思借榻尋僧屋，不悟山行亦已深。異日重來應記路，斷塍窮處轉松林。

**午過無錫明日五更到平江門外**

百里風帆日未中，惠山紫翠忽重重。姑蘇城外楓林寺，夜半已過聞曉鐘。

**常山道中**

桃李成陰麥有花，筍輿咿啞我還家。謬恭莫望臨邛令，雨後東陵宜種瓜。

烟雨濛濛鷄犬聲，道長人寂掩柴荆。漫山桃李渾無數，歸近何妨細作程。

**將至溧陽示宗父**

玉聚梅花殊未開，不妨烟雨雪飛來。僕夫怪我行何速，要趁佳時同一杯。

**再來江下示成父**

七郎堂下渡船開，豈料今晨又再來。吴水越山看未足，未妨兄弟與銜杯。

**宿桐溪灣**

近山慘澹連深塢，遠水蒼茫接暮雲。語似篙師徐繫纜，莫教驚動白鷗羣。

**謁雷潭寺韓文公祠**

使君令尹各能文，政亦及民俱好春。考廢祠賢端有以，後人當復嗣前塵。

## 孤鴈三首

孤鴈哀哀叫曉霜，客衾如水待天光。不緣杜宇催歸去，未信寒猿解斷腸。
孤鴈哀哀叫晚雲，半年為客歎離羣。丁東幽佩別來久，斷續清砧遠不聞。
孤鴈哀哀叫晚洲，水長山遠政悠悠。凶年未必稻粱足，巧中更防罹繳憂。

## 孫季章無愧鄭季奕徐斯遠以僕留智門載酒見過坐中雪作三詩

出山已與曉寒衝，下馬頻欣束緼逢。已見南山行更鈍，到時山寺已昏鐘。
明知喜我出山來，占此僧窗共酒杯。重愧子雲孤好事，絶勝安道不空回。
黄公亭上雪飛時，去歲相同此賦詩。邂逅出山還雪作，端如來赴去年期。

## 正月九日微雪二首

霰雪纖纖晚倍寒，梅花清瘦不禁看。小園準擬尋詩去，少待侵苔屐齒乾。
小雨因風凍作花，冰梢争競出槎牙。携筇偶作巡簷去，徙倚微吟低帽紗。

## 臘月十九日飲於周氏無盡藏雪作

卯飲君家江上樓，坐中風雪暗前洲。世間矰繳無空巧，我自歸心没白鷗。

## 懷明叔

江天買得總輸君，我亦當年作記人。珍重平生一杯酒，又孤洲渚緑生春。

## 題新市酒家

有魚可漉酒可沽，爾更未知山水娱。今晨繫纜纔須臾，異日回頭看畫圖。

## 蠶婦

火蠶較早冷蠶遲，晏飯忘眠敢嘆疲。繅車響罷促機杼，蓋體到頭無一絲。

## 對月贈答二首

閨中月是天涯月，照妾遥知亦照君。月解令人千里共，人能似月兩頭分。

焚香拜月君懷我，對月停杯我憶君。莫羡月圓圓又缺，會看人合合無分。

## 中夜聞鴈

夜闌羣物久已息，胡獨決起飛仍號。江湖雖寬矰繳在，幸勿中機漁獵曹。

## 懷祖印

古寺僧容客寓居，客行仍許借藏書。老無眼力書慵看，憶著竹根泉漱渠。

## 九日懷在伯

雨過中秋明月時，病孤九日菊花期。絶憐佳處有如此，亦勸斯人共和之。

## 唐興寺懷孟東野

薔薇雖是後人栽，一度春風一度開。絶憐東野歸何處，無復花前把酒來。

## 十五夜看月

碧天湧出爛銀盤，萬里顛風落樹端。懶復持杯向渠問，徑思飛步躡翔鸞。

## 月

萬頃蒼波月一鈎，鷺鷗棲穩雁悠悠。老夫於此興不淺，無奈凛乎何可留。

水鳥飛鳴自往還，蒼然暝色暗林巒。離家又見磨鐮月，九月誰憐絺綌寒。

**對李花懷斯遠併屬無愧季奕**

桃花未發李生花，裝點林居亦自佳。但恨無人領張徹，乘雲共到玉川家。

**驟雨記所見**

翠篠蕭騷入屋寒，欻驚平地起風湍。馴除饑雀低飛去，弱羽毰毸似畏彈。

**往 時**

往時聽説嚴州水，試向經行覓舊痕。尚有浮槎棲古木，可憐萬壑勢并吞。

**與慶伯廣聲别後有懷**

清虚亭上晚憑欄，正我扁舟墮險艱。舉酒縱君能酬我，未聞流水有西還。
萬壑分争洶洶來，扁舟寸上亦難哉。晚晴只有山堪看，望極還憂遠思哀。

**晚過劉伯山**

晚向窮岡訪竹亭，竹間忽有打禾聲。凶年獨使詩人飽，可見天公非世情。

**夜過王兆明**

門外春風吹倒人，過門寧惜滯車輪。君能勸我杯中物，我亦揮君壁上塵。

**悶 坐**

天氣欲陰還欲晴，病多愁絶兩關情。梅花已是飄零盡，底事春風恨未平。
天氣欲晴還欲陰，强扶頭起更岑岑。睡魔欲遣茶料理，政恐蔬腸不易禁。

二十夜起對月懷斯遠成父

雨落餘雷風罷狂，二更江月照蒼涼。蓬窗白髮醒無寐，感此蟲鳴草岸旁。

蟲鳴切切故闌聽，重感跳丸去不停。不足有餘空歲計，書來吾友愧丁寧。

昨朝執熱扇慵揮，今夕涼生寢益衣。想見山房聽風竹，悵余何日定成歸。

懷遠父斯遠成父

徐郎已渡浙江潮，王子還從折簡招。平日往還惟二士，去余何以慰亡聊。

春風吹雨晝成昏，蕭寺蕭條早閉門。坐久行人更蕭瑟，定傾老酒向何村。

次韻斯遠去秋八月十三日午睡既醒登山遠望見懷

驅去復來仍此都，豈惟人誚鬼揶揄。顧防未免罹矰繳，却使高人賦鴈奴。

數行書裏兩章詩，坐誦行哦晝屢移。賦當疎雨梧桐日，題就扶疎夏木時。

舟行遇雪二首

老樹槎牙凍不枯，雪花初集更敷腴。懸崖斗峻人踪絶，漠漠荒祠落社烏。

沙嘴縈分直更紆，望中不盡渺愁予。晚來一雨便成雪，翠巘修林同一如。

聞李處州亡

時時聞説故人死，日日自悲垂老身。白髮不生應不得，青山長在屬何人。

哀文鼎

晦日書來四月收，報余新失趙湖州。祇今交友如渠幾，一展來書一淚流。

海内忘形獨漢中，幾回日暮憶江東。不惟吾子傷形影，我亦交遊不太窮。
頻年哭友不勝哀，不待年侵老自來。未保此身長健在，與君茅屋卧蒼苔。

## 梅花十絶句

疎籬半倒竹翛翛，下有冰泉斷復流。此地著梅故差勝，杖藜何惜屢經丘。
寒雀蕭蕭凍不喧，背人緣底過頹垣。似矜玉粒堪充飽，啄破霜包無迺冤。
斷崖翛竹是吾廬，亦有梅花手自鋤。歲晚平安久無報，不知春到又何如。
風月懸知非俗物，與梅相對却成三。是中故有無窮意，曲几團蒲須細參。
桃李紛紛倚市門，豈知幽谷有佳人。莫嗟玉粒終無偶，人物誰知温太真。
江上人家烟雨間，意行曾憶犯榛菅。祇今冷落人誰問，輸與白鷗相對閒。
雨薄梅花似有情，定應憐我太饑生。不同玉屑和朝露，且效夕餐收落英。
十里荆溪溪上梅，故人幾日寄詩來。相應載酒裴回次，憶我去年同此杯。自注：謂子進昆仲。
梅花佳處是孤影，月落參横真見之。幾欲煩我為摹寫，却愁才盡不能支。
松風亭下盛開時，曾屖蘇仙與賦詩。今日折花懷此老，端如嗅菊念東籬。

## 梅花絶句五首要明叔仲威同作

起步寒梢百尺長，驟驚觸目盡琳琅。直疑霜月能為幻，作意檻之還有香。
誰能當此風霜面，政要渠儂鐵石心。我亦苦吟羞不足，願從千古覔遺香。
木犀猶假菊為裳，蘭也仍須紫作章。不似梅花最高潔，温然全是玉之良。

傍觀怪我底多病，不奈俗塵來敗人。故人寄我山中信，竹故歲寒梅告春。
陳君胸中殊不纛，胡子臞甚語則腴。梅花佳處我不識，付與二妙煩追摹。

以上《章泉稿》卷四

# 趙　蕃二七

## 贈雲卿并序

裘司直之子元龍訪予於章泉山中，示以司直手澤一册。呼燈閲之，迫寐而止，待旦始卒編。司直詩既工，字亦圓熟可玩。元龍即欲携之以東，兹來又匆匆，無自可借留。子州有詞人可以呈似，儻能摹刻十數紙，與放翁臨川所刊《陵陽詩稿》並行，正自佳耳。屬病目，不暇為寫洪公書。納謁之際，道我此意。

酒翁里居時，曾上廬山牘。自注：曹公待制。懷賢訪其孤，今值詞人牧。我嘗愛臨川，韓草刊於陸。爾侯古雅趣，與陸堪並躅。而翁詞翰佳，世亦思在目。爾其持此詩，匆憚拜僕僕。侯寧謂我易，未遂嗔爾瀆。峩峩兮西山，光燄那久伏。宋裘萬頃《竹齋詩集》附録

## 祝游子泉劉叔通二家孤寡

貧賤可余置，死生無彼拋。遺書曾不博，斗粟與枝巢。宋劉克莊《後村詩話》後集卷二

## 跋韓澗泉詩

周漢歷歷上下秦，侯王將相史疊陳。辱斯榮斯仁不仁，桃源鹿門商山人。南礀遠孫澗之濱，所以三人入呻吟。桃源本是耕稼民，鹿門商山抱經綸。一世雖屈九原伸，所以絶筆於獲麟。我之擬賦非厥倫，感公語我淚沾巾。

### 賦山居

何謂雪名寮，應同立積腰。要為膏以潤，不作晛而消。園小鋤斯食，書多復不枵。青雲附能顯，況乃白雲招。

### 跋劉溪翁淮題韓府詩

何人詠出韓家府，是我建陽劉叔通。盡道唐人工樂府，罕能褒貶似渠工。

誰詠韓家府，建陽劉叔通。是為聞以戒，斯可謂之風。妄矣彼侂胄，哀哉吾魏公。向來歌頌者，豈但劇秦雄。　以上宋魏慶之《詩人玉屑》卷一九引《玉林詩話》

### 暖甚去綿衣

誰道江南春有寒，未經社日衣能單。桑麻過雨日夜長，桃李因風高下殘。舊説中州政如此，了知瘴氣不能干。天公似憫斯民病，故體淳熙詔令寬。

### 出郭

疎籬樹樹李花雪，野寺條條楊柳絲。春風收雨雨收後，白日變晴晴變時。有餘不足無盡景，截長補短何限詩。烟霞痼疾句成僻，老矣折肱真得醫。　以上元方回《瀛奎律髓》卷一〇

### 二月十日喜雨呈李純教授去非尉曹

滄浪一夜起鳴雷，雨陣因之續續來。所病農家成久旱，未論花事有新開。書生狂妄常憂國，聖代飄零豈棄才。儒館尉曹俱國士，好為詩賦詠康哉。　同上書卷一七

### 詩一首

學語渾似學參禪，要保心傳與耳傳。秋菊春蘭寧易地，清風明月本同天。元不著撰人《排韻增廣事類氏族大全》卷三

## 松湖和曾文清公韵

有水可為湖，栽松欲以呼。不貪魚鱉數，無取芰荷都。老杜論能擬，陶翁興不孤。風吟與雪釣，曾有畫圖無。明《永樂大典》卷二二六六

## 成父居於普寧寺鐘樓之下闢以爲齋舊名坎止近易榜曰發深省衡州舅氏書之僕爲賦四小詩以發深省齋爲韵

瓦礫何所知，説法猶咄咄。況此空洞中，孰能無啟發。

危岑百尺高，下有溪流深。高深日相激，合此無盡音。

人行冥昧中，遇坎輒自省。聞是微妙音，安得忘所警。

我有嗜睡癖，衾枕長與偕。晨昏要無失，曷日住君齋。同上書卷二五三六引《淳熙稿》

## 謝答嚴用韵送緑萼梅

按：此題原為二首，其中七絶一首已收入《淳熙稿》卷一八。

瀟湘艮玉質，淺黛拂修眉。倚竹無人問，碧雲添一涯。同上書卷二八〇九引《淳熙稿》

## 次韵何叔信二月蠟梅猶盛之作

江梅未醒如凍蠅，蠟梅先折能寧馨。江梅既開瘦欲絶，蠟梅吐香方未歇。幾思覓句攄襟期，嫌如蔬筍傷肝脾。君詩與花孱俱見，却悔臨淵祇癡羡。君因此花詩再題，過讀快若垢得篦。從渠見者不著目，亦勝長安紛市鬻。

## 詠蠟梅

蠟梅初看十日前，黄深紫鮮香欲然。要充銅瓶頓棐几，欲折罷折還加憐。蠟梅重看十日後，黄淡紫蔫香欲覆。是當雪砌與霜檐，欲開未開咸未就。山叟山居山徑荒，祇有竹樹參天長。浮花不省著老眼，此物未免搜枯腸。雪消霜熟冬行莫，凜日凝天應有數。蠟梅引破春風路，紅潔緗繁看樹樹。　以上同上書卷二八二一引《淳熙稿》

## 朱村道中

緑竹人家近小塘，暮秋村釀熟村場。我行甚亟忘休歇，孤負木犀來往香。　同上書卷三五七九引《淳熙稿》

## 爲龍泉令趙舜徒題

誠能得初心，何必返初服。有以固中扃，不須防外逐。　同上書卷七二四〇

## 獨行五首　按：其中三首七絶，已輯入《淳熙稿》卷一九。

所思終不見，渺渺政愁余。試向江頭釣，怕逢雙鯉魚。

烹魚得素書，欲讀字半漫。上如説相思，下如祝加餐。　同上書卷八六二八引《淳熙稿》

## 初八日人事少閒命車出遊因以尋詩首訪滕王閣紛然屠沽思爲之敗已過東湖得孺子亭亭閣幽邃乃陳阜卿復作者一時詩板甚多擇數知名句録之又東數步得孺子祠有像設及曾公衮書南豐所作祠堂記及沈持要重立歲月壁崩糞積殊異敬事迤邐避雨入總持寺謁澹臺子羽墓閲雷公祠墓有大篆立於其前祠有樂章無盡所作雨止絶南昌縣徑還艤舟之地作五詩　按：其中四首，一首七古，三

首五律，已分別輯入《淳熙稿》卷五、卷九。

細雨微風湖上亭，柳深荷密競青青。生平漫與形神接，客裏孤游耳目醒。題詠紛紜幾詩板，畫圖零落半幽屏。像祠只在荒墩外，小復輿籃更一經。 同上書卷八八四四引《淳熙稿》

**過貴溪數里望月巖作**

宿雨洗清秋，行行早放舟。團團正林杪，隱隱半巖幽。永謝妖蟆食，寧須玉斧修。少微并婺女，何事獨名州。 同上書卷九七六三

**公擇客於玉山簿尉之館忽有挽爲宜黄之行者公擇過余謀之作詩呈公擇兼簡簿尉**

我椐未洗閩山土，君駕柴車過茅宇。相從僅作一夕留，冒雨衝風何自苦。如君人才豈終滯，瑚璉要為清廟器。宜黄玉山俱作客，近湜何殊遠居易。我貧不得為君謀，恐君遠適關我憂。作詩寄示三徑蔣，併簡平生顧曲周。 同上書卷一一三一三引《淳熙稿》

**聞邑中燈夕頗盛作詩呈子肅**

晨起猶如欲雪天，晚來旋覺散晴煙。傳聞隘郭沸燈火，想見當筵雜管絃。鐵馬春冰期異日，賣薪買酒看今年。誰憐病叟寒窗底，獨擁殘灰整舊編。 同上書卷二〇三五四引《乾道稿》

**柳**

松菊猶存歲晚期，五株柳樹復奚為。風流不在春風日，要看秋風摇落時。 清張伯行《濂洛風雅》卷六

**句**

王家碧香釀，劉尹建安詩。《後村詩話》後集卷二

青雲道遠龍媒老，白雪詞高鬼膽寒。贈阮梅峰　元方回《桐江集》卷四

（陳曉蘭整理）

# 全宋詩卷二六四三

## 孫子肅

孫子肅，名未詳，晉陵（今江蘇武進）人（《章泉稿》卷一）。與趙蕃多有唱和。

### 句

揖仙亭上觀秋漲，坐我吴江雲水鄉。宋趙蕃《乾道稿》卷下《閏月二十日離玉山八月到餘干易舟又二日抵鄱陽城追集途中所作得詩十有二首》注

## 孫子進

孫子進，名未詳，晉陵（今江蘇武進）人（《章泉稿》卷一）。與子肅爲兄弟。和趙蕃多有唱和。

### 句

酒禄嗟予薄。宋趙蕃《淳熙稿》卷一一《子進子儀過予山居子進有詩次韵呈子進兄弟二首》注

（以上查九星整理）

## 某教授

某教授，與趙蕃有唱酬。

## 句

作法孰為凉。《淳熙稿》卷九《教授丈作黄字韵詩十首愈出愈奇而有作法孰為凉之句何耶因次韵以見窘》

# 章少隱

章少隱，名不詳。與趙蕃同時。

## 句

片片梅花隨雨脱，渾疑春雪墮林梢。《淳熙稿》卷一八《章少隱嘗有逸句云云今日雪後梅已有落者偶與公擇清坐舉似此詩欣然聯成一絶》

（以上陳曉蘭整理）

# 張王臣

張王臣，孝祥弟，與趙蕃有交。

## 句

半落半開梅好處，似無似有草生時。宋趙蕃《章泉稿》卷三《送張王臣還峽州兼屬峽守郭郎中季勇二首》注

（查九星整理）

# 李商叟

李商叟，臨川（今屬江西）人。學詩於曾幾，與趙蕃有交（《淳熙稿》卷一五《李商叟傳録臨川

……》）。曾官知州（《壽時相》「守郡深慚無報稱」）。今録詩十九首。

## 壽周益公

天佑熙朝世産賢，承平舊業至今傳。萊公少避中元日，潞國同生丙午年。翰墨獨傳千古秘，聲名崛在二公先。功成野服平園去，要伴靈龜巢碧蓮。

昨夜微雲概太清，銀河映帶壽星明。祥開碧落中元節，人頌昇平上相生。天上異恩尊帝傅，洛陽好事寫耆英。長身獨樂園中老，疑是平園舊弟兄。

袖中勳業拂雲煙，筆底文章響澗泉。已是貴為天下宰，不妨長作地行仙。蟻浮玉友秋初熟，鵲報銀河月正圓。滿引壽觴今夜看，相星重入太微垣。

宋祝穆《古今事文類聚》前集卷四四

## 疏山

忙中安得此身閒，杖策西風自往還。今日已償雲水債，籃輿帶雨下疏山。

元陳世隆《宋詩拾遺》卷一一

## 壽周益公

百年能幾見英豪，主聖臣賢未易遭。□□□新制度，宗臣當國大勳勞。三師告老恩榮備，□□藏書日月高。猶有治安貽百世，天教仙子見蟠桃。

## 壽周少保

皎皎銀河夜氣開，衆星重喜見三台。白麻詔自日邊下，紫府人從春際來。身被玉階新衮繡，手調金鼎舊鹽梅。鯫生頌德無他望，願與菁莪樂育材。

以上影印《詩淵》册六頁四四九八

## 壽吴宰

神仙風骨本巍峩，日角珠庭氣更和。絳縣丹顔長不老，灞城銅狄會重磨。風高鶴算三千遠，天闊鵬程九萬多。弱水蓬萊歸未晚，道山瀛館看先過。

清規三尺信持平，何獨聲華百里稱。易俗移風乃餘事，抑强扶弱見真能。翩翩氣岸真衡斗，湛湛心臺清映冰。為問回資封壽母，不知今昔幾人曾。

向曉親闈共舉觴，老人星出翠巖傍。狻猊奩暖沉香裊，孔雀屏開紗蠟光。霜月正當圓此夕，江梅先已發奇祥。定知與國長無極，壽考祺維頌魯章。　同上書頁四五〇六

## 壽陳左相

龜蹲印勢接靈峰，傑出真賢盛代中。玉燕昔符仙夢異，金甌果覆相名雄。兩京政擬汾陽復，六計應論户牖功。世合中興多喜色，邊頭時有捷書通。

祥風吹曉動簾旌，香裊狻猊幾縷青。佳氣遠浮黄閣滿，老人高拱紫微明。月將圓影來華席，梅放新香入寶觥。千歲定知仁者壽，喜看無汗玉枝横。

萬方名教賴薰陶，相國由來德業高。固有才華亞韓柳，豈惟功業並蕭曹。恩逢圖像登麟閣，綵戲文鳴列鳳毛。可是平生耐官職，不容車馬鬧庭臯。

愚生自幼感磨鐫，才拙慚非宅相賢。甘遯山村承素蕚，濫隨軒冕厠官聯。困魚止箔今誰念，倦鵲依巢只自憐。拜壽不辭千里遠，欲陪珠履侍陶甄。　同上書頁四五〇八

## 壽時相

龍盤虎踞王金陵，傑出天人致太平。千載精神真會聚，一朝文物益彰明。扶持直使乾坤正，指顧能令海

岱清。二紀同□□□□，□□□□□肥民。農家鼓舞總安田，億兆欣逢大有年。道路漁樵争擊壤，江鄉薪米不論錢。含淳詠德聲盈耳，易俗移風事格天。守郡深慚無報稱，但陪民社感陶甄。

同上書頁四五〇九

## 壽韓尚書

一時冠冕競加鞭，誰似先生晚節賢。鬢雪自因憂國選，顔丹端為省塵緣。山林喜近生申日，海宇争期致主年。聞道相看起安石，寧容高卧樂詩禪。

靈峰高映玉溪光，花草時薰知見香。未用胡麻金椀飯，且浮昌歜碧霞觴。松槅照北塵埃遠，澗水流南氣象長。舞鶴獨知千歲永，風雲猶欲會明良。

同上書頁四五一五

## 壽辛太尉

昭代群龍用，名家奕世昌。儲精生輔佐，挺秀誕忠良。郁郁充閭瑞，熒熒照室祥。蓮花雄址峻，竹箭慶源長。碩德宜廊廟，英材命棟梁。公清凌灝氣，嚴肅厲秋霜。寶運符千載，威名贍八荒。量陂吞玉海，言派瀉銀潢。功業彝章顯，謀猷棣萼芳。檢身金井潔，落節翠螭驤。列郡依仁牧，千英服智囊。精忠裨主聖，膏澤致時康。鄧禹重興漢，汾陽再造唐。公心平國是，勠力振朝綱。斧鉞安南服，威稜振北疆。温恭謙節著，仁惠德風揚。鸑鷟金昆盛，貔貅虎旅强。望風辭印綬，當路悚豺狼。電掃除妖孽，雷驅息叛亡。一心仁以厚，五福壽而臧。論議留青簡，勳庸紀太常。鴻恩非易報，盛德固難忘。便合持樞極，那容着海鄉。莊椿祈不老，遼鶴佇來翔。願向中書府，年年薦壽觴。

同上書頁四五四二

## 壽傅憲

李商叟

籍甚河陽地，江山秀色連。家聲自巖野，帝夢協台躔。彝鼎功鐫勒，衣冠喜接聯。相門當出相，賢父又生賢。歲必為霖雨，舟宜濟大川。渥洼龍種異，丹穴鳳毛鮮。擊甕知奇略，惜陰起妙年。五車胸磊磊，萬卷腹便便。韓柳堪同步，班揚可並肩。千言看落紙，一掃快飛煙。未説才如錦，端知□似椽。斯文當振耀，吾道不沉綿。揮麈談噴麝，書麟思湧泉。鴒原真孝友，鴈塔壓儒先。聲價機雲上，風流王謝邊。兩科能俯拾，百行更兼全。當代江都相，今時司馬遷。紬書蓬館盛，主爵粉闈專。致主心公正，經邦力勉旃。嘉謀辰必告，宣席夜應前。遽向急流退，猶為郡紱牽。道州迎竹馬，漳浦示蒲鞭。一節方持遠，十行俄促還。雲霄知有路，雨露正無偏。復喜升華省，重聞擁使權。望塵將負弩，夾道看帷褰。善化能均被，仁風自廣宣。片雲時作雨，長夏水盈田。賦已無三窟，民今戴二天。江湖欣有歲，魚稻不論錢。爵未稱德耳，天宜厚報焉。宣勞更內外，清禁召騰騫。豈但狨遮坐，仍須錦護韉。華才方燁燁，王道正平平。草詔金門手，調羹鳳閣仙。勳華聯竹帛，儀表稱貂蟬。饋鯉嘉辰應，垂弧異氣躔。中元明日是，皓月隔宵圓。南圃開奇卉，東湖泛瑞蓮。屈卮浮蟻緑，曲篆引香旋。善頌詩三百，深祈歲八千。再摩金狄久，不許玉枝堅。鴻鴈昂霄遠，芝蘭滿砌妍。定知仁者壽，寧羨老而傳。自愧微生迹，嘗蒙先正憐。顧方紆墨綬，應念忝青氈。謄喜逢初度，將何見意虔。祺維遥獻祝，敢繼頌申篇。　同上書頁四五七八

## 句

初日放晨光。　宋亞愚《江浙紀行集句詩》卷二

（王德保整理）

# 徐恢

徐恢，生平不詳。與趙蕃（昌父）有唱和。《永樂大典》輯其詩稱《月臺集》或《月臺玉雪集》，已佚。今録詩十三首。

**登舟客有誦杜詩春水船如天上坐之句因成一絶**

暖風收拾乍晴烟，春水西湖並半船。若使杜陵輕着眼，應言直下是青天。

**讀劉賓客詩再賦**

山泉何地發輕雷，直使煙雲對面開。可惜隱侯無妙語，却教詩自雍州來。

**余夜坐必看東湖詩心悟神會非它人所與知也比來老態併見殊覺少味感而成詩**

清絶東湖舊看詩，夜窗風味許誰知。眼花頭白今憔悴，不似向來燈下時。

**蒙劉元中**沔**數示東坡詩**

無邪公文天所贊，汩汩詞源倒河漢。一篇新出紙為貴，萬國争傳金可换。晚節投荒無芥蔕，畢景著書自娱玩。天之所寶雷電取，渠不愛惜風雨散。兩河漕僚真好事，五筦遺文盡堆案。似聞傾蓋劇推許，親以削牘定真贋。分傳餉我枉銀鈎，貧室驟驚滿珠貫。無坫共推玉界尺，争求當置鐵門限。世人不識蔡伯喈，欲問圖書覓王粲。

以上《永樂大典》卷八九九引《月臺集》

**臨川洪守游南湖命予賦詩**

芙蓉堂前春水緑，芙蓉堂後春花開。芙蓉堂中醉歌舞，芙蓉堂下車如雷。輕舟弄水買一笑，遊人競逐牆陰來。浪痕不受塵滓涴，東風吹入黄金盃。鞦韆欲上綵繩穩，老翁稚子連聲催。遨頭春思濃似酒，劇飲誰能問升斗。博山香軟珠簾低，坐客請行時被肘。觥籌交錯興未已，更着山殽并野蔌。歸來門巷影散亂，舍南舍北黄埃走。輕衫短帽亦不惡，追歡豈落醉翁後。小姬顧盼揚秋波，十十五五細馬馱。紅旗夾道映斜日，金釵墜處肩相摩。旁觀定自雙眼飽，但見兩臉生微渦。從今湖上愈清好，纖腰長袖成奔梭。冥搜付與紙上語，朱顏為我商聲歌。願公歸侍玉皇側，更向西湖弄春色。　同上書卷二二六五引《月臺集》

## 寄題趙昌父發深省齋

寄語前身杜拾遺，夢回深省不須疑。鐘聲薦處渾閑事，薦起鐘聲未起時。　同上書卷二二五三六

## 紅梅

江梅閑盡臘梅稀，又是紅梅占曉枝。却憶東坡詩上語，淡粧濃抹總相宜。　同上書卷二八〇九

## 會故人二首

江南江北每淹留，懶聽寒蟬噪暮秋。句裏豈能窺鮑謝，暗中聊解識曹劉。清如老鶴翻秋露，快似神駒略九州。只恐蛟龍得雲雨，未容蓮社與僧遊。

毛郎才湧似潮頭，莫比寒蟲泣夜秋。要上蘭臺揖班馬，不聯石鼎玩侯劉。定知有道能醫國，稍喜談禪勘趙州。顧我雖無陶謝手，尚堪述作與同遊。　同上書卷三〇〇五

## 三賢堂

六井猶存記，三賢尚有堂。地連金色界，廟接水仙王。市井空陳迹，杉松只舊行。唯公識真意，此處酒難忘。　同上書卷七二三六

## 望西興偶成

痕痕雪壁隱踈烟，正是西興落日邊。潮水退黄山送碧，問人還有渡江船。　同上書卷七九六二

## 遊處州石門洞賦長句二十韵

我聞石洞今幾年，一朝來繫秋風船。大船艖舡小船遠，漁舟替涉幽澗泉。拖舟上上抵砂礫，更與略彴相夤緣。黄冠道士衣翩翩，殷勤為我臨澗邊。相逢一笑挽登岸，忽見珍館羅修椽。謝公舊隱無處問，洗眼但看山中篇。佳哉南國典刑在，大羹遺味朱絲絃。當是發興豈神助，兩峰對面攙青天。主人掉頭謂不爾，尚能飛瀑千仞懸。杖笻西下取微徑，其境過清神凛然。初疑窮冬蘊積雪，驚飈擁下陰崖巔。又疑冰綃掛林杪，薄暮縹緲摇輕煙。蔽空乍覺微雨集，墮地復作跳珠圓。謝公得爾句偏好，我今其忍相棄捐。山奇水怪世莫測，神龍定自藏九淵。龍兮汝能水下土，胡為懶惰貪晝眠。自淮以北皆故壤，犬羊爛熳疆域羶。挽河莫假壯士力，奔雷走電一洗湔。我詩雖乏漫郎語，强顔猶可供磨鐫。為君他日落此筆，千秋萬歲令人傳。　同上書卷一三〇七四引《月臺玉雪集》

## 燈夕多爲城中之約因賦此篇

春來懶倦半相仍，全似諸方怕事僧。薄有篇章堪對酒，畧無情緒要觀燈。湖山帝里夢頻往，泉石吴鄉歸未能。四海平生幾兄弟，箇般滋味更誰曾。　同上書卷二〇三五四

（于博文整理）

# 全宋詩卷二六四四

## 游次公

游次公，字子明，號西池，建安（今福建建甌）人。操子。孝宗乾道九年（一一七三）入范成大廣西帥幕（《石湖詩集》卷一三《過鄱陽湖次游子明韵》）。淳熙十四年（一一八七），通判汀州（《永樂大典》卷七八九三《汀州府志·通判題名》）。事見《宋詩紀事》卷五七。今録詩五首。

### 漁　父《詩家鼎臠》卷下題作釣磯

竹裏茅茨傍小《詩家鼎臠》作竹外溪，粼粼白石護漁磯。想應日日來垂釣，石上蓑衣不帶歸。宋劉克莊《後村千家詩》卷二一

### 早　起

銀牀露濕井華寒，自挈銅瓶汲水還。宿雨未乾池館静，凉蟬猶在棟梁間。

### 耒陽道中

山頭磴石危梯險，山下荒田野草悲。更著秋風吹兩鬢，不消幾日盡成絲。以上宋《詩家鼎臠》卷下

### 畫　虎

平生射虎裴將軍，馬獰如龍弓百鈞。手撚白羽旁無人，注虎使虎不敢奔。須臾叢薄爛斑出，人馬不知俱辟易。矢如蓬蒿弓減力，將軍得歸幾敗績。徐行爪牙元不露，眈眈垂頭若微顧。尾翦霜風林葉飛，倏忽

山頭日光暮。包家畫出真於菟，我尚不敢編其鬚。昔人作詩譏畫圖，吁嗟畫圖今亦無。　宋祝穆《古今事文類聚》後集卷三六

## 秋蟲

一氣動芒沕，鳴蟲應清商。天機發天籟，託彼蛩與螿。凄然起秋聲，感我徹肺腸。幽思不自識，遠興來何方。至音有如此，始晤韶與章。風霜入凄斷，月露皆悲凉。天地有聲樂，呻吟委寒荒。爾非絲竹奏，那得登君堂。　影印《詩淵》册四頁二七六八

（王德保整理）

# 童敏德

童敏德，一作章敏德（《江西詩徵》卷一六），臨川（今江西撫州）人。生乾道、淳熙間（《容齋三筆》卷一二）。

## 湖州題顏魯公祠堂

挂帆一縱疾於鳥，長興夜發吴興曉。杖藜上訪魯公祠，一見目明心皦皦。未説邦人懷使君，且為前古惜忠臣。德宗更用盧杞相，出當斯位誠艱辛。生逆龍鱗死虎口，要與乃兄同不朽。狂童希烈何足罪，姦邪嫉忠假渠手。乃知成仁或殺身，保身不必皆哲人。此公安得世復有，洗空凡馬須麒麟。　宋洪邁《容齋三筆》卷一二

（孟憲忠整理）

# 句昌泰

句昌泰，孝宗淳熙十年（一一八三）由户部郎中差爲左藏南庫主管官（《宋會要輯稿》選舉二一之三）。十一年，提舉浙東常平，十三年，由浙西提刑放罷（同上書職官七二之四五、食貨八之四六）。起知利州。卒于夔州路安撫使任。事見《全蜀藝文志》卷五三《氏族譜》。今録詩四首。

## 題新繁句氏盤溪

黄塵没車轂，平地得林丘。花木風光早，陂池煙雨秋。不彈長劍鋏，甘賦大刀頭。九軌利名痼，逢君應少瘳。

從俗鮮所得，九牛中一毛。强牽麋鹿性，要學豹龍韜。野服顔常好，晴窗首自蚤。向來誤應聘，塵土污吾袍。

客至輒命酌，為言花已開。青山長委髻，白骨舊生苔。不飲固癡絶，能詩宜數來。頗憂明日雨，紅紫落成堆。

勝簪不肯黑，浮頰故能紅。心寄塵埃外，春歸杖履中。徑松青謖謖，庭草碧茸茸。無術繫白日，年光如轉蓬。宋程遇孫《成都文類》卷八

（岳仁堂整理）

# 洪遼

洪遼，孝宗淳熙十年（一一八三）通判建康府（《景定建康志》卷二四）。後知桂陽軍（明嘉靖《衡州府志》卷一）。

### 句

重重山勢荆門去，衮衮江流蜀道來。宋王象之《輿地紀勝》卷七三《荆湖北路·峽州》

（陳曉蘭整理）

## 史申之

史申之（《眉州屬志》作史中之），眉州（今四川眉山）人。孝宗淳熙進士。事見清康熙《眉州屬志》卷五。

### 叙州

東樓特傑少陵詩，鎖江頡頏涪翁題。兩翁詩陣屹相向，千載名與江山齊。《輿地紀勝》卷一六三《潼川府路·叙州》

（徐永强整理）

## 釋惟謹

釋惟謹，號雪庵，永嘉（今浙江温州）人。孝宗乾道、淳熙間僧。事見《東甌詩存》卷四五、《宋詩紀事》卷九三。今録詩五首。

### 題錢過庭梅花圖

已把神傳畫譜，又看格在詩評。月落難尋清夢，雪空乃見高情。明《永樂大典》卷二八一二

### 舟泊括蒼溪口

茅店在山下，檥舟茅店邊。鐘鳴何處寺，日落滿溪船。欹枕雁初到，離家月又圓。向來曾過此，夜泊石

門前。

**答崑山李明府**

殘雲微緑一簾深，風送弦歌出畫陰。山近烟霞多變態，官清猿鶴亦歸心。錦囊剩有新詩在，庭户何妨茂草侵。元亮曾為蓮社客，許令飛舄遠相尋。以上清曾唯《東甌詩存》卷四五

**詩二首**

年方十五去遊方，終日修行學道忙。説我半生辛苦事，石人應下淚千行。

看了青燈夢不成，東風混雪落寒聲。半生客裏無窮恨，告訴梅花説到明。清錢尚濠輯《買愁集》卷下

**句**

滿徑露溥黄般若，戛簷風裊翠真如。宋史鑄《百菊集譜》卷三

## 釋文坦

釋文坦，光宗紹熙四年（一一九三）住開寶仁王寺。事見《宋會要輯稿》道釋二之一六。

**寒食野步**

寒食出重闉，郊原忽愴神。人悲新舊塚，花落古今春。名位空標史，賢愚盡委塵。斜陽回首處，壟木噪鴉頻。明李蓘《宋藝圃集》卷二二

（以上聞賢整理）

## 万俟紹之

万俟紹之，字子紹，自號郢莊，郢（今湖北鍾祥）人，寓常熟。卨曾孫。有《郢莊吟稿》，已佚。事見《江湖後集》卷一一小傳及方洪《郢莊吟稿序》。今録詩二十三首。

## 餞友宰丹陽

昔曾覘吏事，不是小規模。萬象胸中布，全牛眼底無。迅雷推敏速，片月對清孤。鐵甕城邊邑，今番凋瘵蘇。

## 傑閣

傑閣倚空闊，身高眇萬山。棟雲飛縹緲，簷鐵鬧虚閑。地步氛埃外，天威咫尺間。好風吹笑語，餘響落人寰。

## 方水滴子

質由良冶就，心向主人傾。外做片金制，中藏勺水清。兔毫芳露染，龍尾濕雲生。終令雙眸炯，曾窺妙女成。

## 陸墓寺

距城纔五里，野景自蕭然。塘水清環寺，窰烟黑翳天。市多沽酒旅，橋列賣魚船。欲酹宣公塚，淵陵幾變遷。

## 旅中

僦樓如斗大，不與嬾相便。杯酒常妨飯，瓶花亦費錢。狂蹤依客燕，短夢怯啼鵑。欲去老丘壑，無謀可買田。

## 次郊行韵

蝶怕花殘舞更忙，隨風柳絮鬬輕狂。尋芳客去馬蹄倦，試酒人歸衣汗香。過雨千林舒翠葉，護田一水露針秧。留春無計空惆悵，信手敲棋語夜長。

## 送觀書記住山

本是儒流學釋流，枝藤所寓即清幽。西山不用一錢買，北磵空為百計留。禪向静中能妙覺，詩于閑處得冥搜。秋風芳蔕甜如蜜，許我溪頭繫小舟。

## 游天平山白雲泉

踏開松徑幾層陰，一勺寒泉洗客心。高處天風吹面冷，險邊石磴警人深。祠尊范像香煙潤，碑刻唐詩蘚暈侵。鳥道更通幽絶處，恨無足力可登臨。

## 游建康碧瑶洞

洞口篔簹幾百竿，洞深襟袂易生寒。鹿眠桃塢春常在，鶴唳松梢夜未闌。瓦鼎香騰秋霧薄，石盤棋撒曉星殘。道人許换塵凡骨，同向壇前説煉丹。

## 謁曾祖提刑墓

簪纓輝映紹興間，身後清貧陋巷顔。猶有雲仍在西浙，遠思霜露拜南山。祖風三世未應息，天道百年今好還。欲去欲留松下路，藤花染淚路斕斑。

## 席上次韵

東風幾度客京華，今日飄零天一涯。無奈剛腸欺竹葉，幸因清坐對梅花。更長不覺銷銀燭，寒峭從教透碧紗。語到前朝行樂處，緑楊深院是誰家。

### 呈印主學

君世通城我石城，不堪兩處總烽塵。向時未快披雲願，今日同為避地人。襟宇光風無盡藏，杯盤夜雨有餘春。喚回十載槐黃夢，欲借靈槎去問津。

### 婢態

纔入園中便折花，厨頭坐語是生涯。不時掐數週年限，每事誇稱舊主家。遷怒故將甌碗擲，倣顰剛借粉脂搽。隔屏竊聽賓朋語，汲汲訛傳又妄加。

### 次新竹韵

籜粉飄零幹拂簷，午陰比似舊時添。棲留薄霧生秋意，勾引清風滌夏炎。弱質自同詩骨瘦，新竿也學舞腰纖。丁寧養就化龍杖，休劈輕絲織繡簾。

### 訪新城宰

野花香細緑陰成，風着征衫暑尚輕。流水有聲如學語，亂山無數不知名。柘林葉盡蠶初熟，麥隴人行雉不驚。少駐籃輿聊問俗，兒童亦説長官清。

### 餞常熟宰

籠鶴歸來到北闕，玉墀春裏趣朝班。九重定問琴川事，為奏通川一渡閒。

多幸三年依德字，喜無一事到公庭。庭前柳是公遺愛，去後相看眼更青。

### 金陵郊行

万俟紹之

快提金勒走郊原，拂面東風醒醉魂。好景流連天易晚，來朝更過杏花村。

## 冬閨怨

塑出獅毬對畫闌，笑呼女伴傍前看。宫鞋濕透猶堪着，未抵空閨繡被寒。

## 寄永興宰兄

相閲峥嶸南渡初，萬事遺緒要人扶。從知物理終無否，棠笏于今屬魏謨。
憶昔京華聚首時，大兄常念阿連癡。别來相望天涯遠，長誦對床風雨詩。

## 題扇面

起晚慵粧立小樓，杜鵑聲裏萬紅休。儂愁未逐春醒解，飛盡楊花不舉頭。　以上宋陳起《江湖後集》卷一一

## 元夕

小小茅居傍野橋，青燈一點度元宵。新詩多在景中得，宿酒都從睡裏消。繞舍菜滋春後雨，過門船趁晚來潮。休嫌不住繁華境，最喜親朋近可邀。　《永樂大典》卷二〇三五四引《郢莊吟稿》

# 岳甫

岳甫，字大用。飛孫。孝宗淳熙十年(一一八三)，知池州(《宋會要輯稿》兵二三之一七)。十二年，提舉浙東常平(同上書職官七二之四三)。十三年，知台州兼提舉本路常平茶鹽(《嘉定赤城志》卷九)，尋移知慶元府兼主管沿海制置司公事(《延祐四明志》卷二)。今録詩二首。

## 巾山曉望

角逐東來幾巨鼇，化爲奠位兩山高。江楓作意紅千疊，野水何心緑一遭。露洗松巔沈曉籟，霜明天際察秋毫。會須竹院求餘地，歲晚安閒讀楚騷。

宋林表民《天台續集别編》卷五

**淩丹亭**

石門莎徑緑回環，月掛虚簷滴露寒。自有松風時度曲，我琴高掛不須彈。

《永樂大典》卷六七〇〇引《江州志》

## 陳紹年

陳紹年，東陽（今屬浙江）人。孝宗時以布衣上書論時事，不報。歸隱西明洞，與陳亮往還講學。有《西明集》，已佚。事見清道光《東陽縣志》卷二〇。

**歸田**

咫尺天閽隔，丹心空上書。便隨遷客返，還就野人居。竹裏烟喧雀，溪頭沙汎魚。飛泉觀物性，俯仰自舒徐。

清黨金衡道光《東陽縣志》卷二六

（以上孟憲忠整理）

## 鄭鑑

鄭鑑，字自明，號植齋（《宋元學案補遺》卷三四），長樂（今屬福建）人。孝宗乾道九年（一一七三），以太學上舍生釋褐（《宋會要輯稿》輿服四之二九）。淳熙三年（一一七六），爲校書郎。四年，遷著作佐郎。五年，爲著作郎兼太子侍講（同上書職官七之三一），出知台州。事見《南宋館閣録》卷七、八，《續録》卷八。

## 香爐山

峙立交輝紫翠間，疎簾半捲鎮長閒。神仙似有祈年術，一縷青煙起博山。宋梁克家《淳熙三山志》卷三四

（查九星整理）

# 全宋詩卷二一六四五

## 馬之純

馬之純（一一四四？—？），字師文，學者稱野亭先生，金華（今屬浙江）人。弱冠登孝宗隆興元年（一一六三）進士，授福州司法參軍。寧宗慶元間，主管江東轉運司文字。秩滿，授静江府通判，未赴，卒於家。有《金陵百詠》等。《景定建康志》卷四九有傳。

馬之純詩，據《景定建康志》所録，編爲一卷。

### 焚衣街

玉指親裁五彩衣，尚方工作極纖奇。看來亡國都緣此，爇向通衢了不遺。鷸羽化為青燒去，雉頭還有紫煙隨。更須大字書華表，要使將來盡得知。

### 烏衣巷

依依燕子可憐生，相向於人真有情。不道華堂曾止息，如今窮巷莫經營。六朝盛事同流水，千載遺蹤只舊城。白日飛忙難話此，話時須等夕陽明。

### 宋帝馳道

南城來到北城隅，更北直趨玄武湖。一上雕鞍三十里，兩傍官柳數千株。六朝都邑真如此，舊日咸秦得似無。暑月行人不張盖，漫天自有翠屠蘇。

### 白楊路

此路如何名白楊，白楊林木苦非良。聞知宰樹常多種，想見墳塋在兩傍。三國英雄塵一窖，六朝興廢字千行。行人過此休惆悵，往古來今總渾茫。

### 周郎橋

周郎可是世英豪，談笑功成乃不勞。爾大阿瞞猶似此，茲時小竿定應逃。雙鞬錦領紛相逐，白羽青絲各自操。料得軍行爭看此，霜天健鶻已辭絛。

### 二十四航

秦淮二十四浮航，何似高高虹作梁。恐有兵戎來暮夜，可除扳索當城隍。淮深尚欲橫鞭渡，河廣猶將一葦杭。好是維持令有道，却將夷狄守封疆。

### 四航

要識當時朱雀航，秦淮岸口駕浮梁。既為銅雀施重屋，又作璇題揭上方。波底淨涵樓閣影，橋間望斷水雲鄉。不知此處今何在，須有遺基在兩傍。

### 麾扇渡

此扇拈來一羽輕，如何退得十千兵。百年雨露蒙君賜，一日衣冠繫賊營。正欲倒戈為向背，遠觀揮手柄分明。而今但得旌旗白，便可中原取次行。

### 雞鳴埭

臺城五里到青溪，埭在青溪西復西。向日只緣貪射雉，常時過此始鳴鷄。翬鷄用處亦無幾，羽翮貢來誰

敢稽。便是遊田須有節，如何晨夕恣荒迷。以上宋馬光祖《景定建康志》卷一六

**桂嶺**

桂花千樹占嵌巖，絶勝淮南一小山。竽籟有時吹木末，天香無限滿人間。懸知彼處有金粟，為見如今聞麝蘭。躡磴緣崖期採摘，分明如向月中攀。

**栽松峴**

鍾山山上亦僮僮，吏課何妨使種松。還似農桑分殿最，亦如榆柳計功庸。初時出土平如薺，後日横空矯似龍。每見路傍多合抱，不知手植是誰儂。以上同上書卷一七

**秦淮**

城中那有大川行，惟有秦淮入帝城。十里牙檣并錦纜，萬家碧瓦與朱甍。船多直使水無路，人鬧不容波作聲。流到石頭方好去，望中渺渺與雲平。

**玄武湖**

萬頃冥茫水拍隄，當時於此習舟師。長江天險雖堪恃，鬭艦人謀可勿施。莫使黑龍離舊窟，且教玄武入新詞。如何又作蓬瀛景，地節來遊看水嬉。

**半陽湖**一名半湯湖

一半寒泉一半湯，同為此水異炎凉。湯泉是處雖多有，鍾阜斯池特廣長。誰説吹嘘如口鼻，或云底下有硫黄。好尋舊迹重開鑿，地寶無容久瘞藏。

**燕雀湖**

在昔曾為舜帝墳，象來耕作鳥來耘。今兹封土麒麟冢，乃有銜泥燕雀羣。玉海冲融侔至性，錦江燦爛擬高文。區區羽物猶依戀，想見人情望白雲。

## 青　溪二首

人道青溪有九曲，如今一曲僅能存。江家宅畔成花圃，東府門前作菜園。登閣尚堪觀疊嶂，泛舟猶可醉芳樽。料應當日皆無恙，苕霅瀟湘不足言。

人日泛青溪，青溪曲易迷。船回波上下，簾捲日東西。景物行行見，壺觴處處携。浮航消得醉，極目水雲低。　以上同上書卷一八

## 潮　溝

潮溝溝外盡深泥，泥上潮生溝却低。直向北行連運瀆，折從東去入青溪。空中不斷檣烏過，岸上相望瓦翼齊。好是畫橋深北處，荷花盈蕩柳垂堤。

## 直　瀆

直瀆如何計得工，長江雖遠欲相通。比嘗開鑿不勝苦，已復淤填還似空。聞鬼夜中皆有語，棄泥江裏解成功。有司號令纔依此，衮衮波流漸向東。

## 善泉池

十頃青瑶浸碧流，更添景趣極深幽。帝為九洲十八島，上有五城十二樓。苕霅荷花風度曉，瀟湘蘆竹雨生秋。昭明心想知何似，好聽騎鯨汗漫遊。

## 覆盃池

當初一馬過江來，幕府山頭刈草萊。無數流離未安集，幾多政事合圖回。只應早起觀庭燎，安得時常近酒盃。江左中興仗誰力，一池春水泛新醅。

**栅塘**

六朝何處立都城，十里秦淮城外行。上設浮航如道路，外施行馬似屯營。關防直可防津渡，緩急徒能御盗兵。非是後來謀改築，如何今日作陪京。

**横塘**

如今何處是横塘，在府城南淮兩旁。魏蜀兩都皆不似，蓬萊三島足相方。烏衣巷口排金屋，朱雀橋邊立粉牆。有底繁華難説似，何妨把作畫圖張。

**景陽井**

應説兵來且莫降，急尋宫井共深藏。側身待作凌波步，仰首還成半面粧。已分葬埋依古甃，可憐牽挽出銀牀。至今汲水人皆説，猶帶烟脂舊日香。

**應潮井**

俯看滄海仰看山，相去分明霄壤間。有井無冬亦無夏，與潮俱往又俱還。想應透徹深無底，怪得浮沉轉似環。不用浙江亭上望，請君來此一憑欄。

**藏冰井**

向日周家有凌人，後來此事特相因。冬時室内收藏早，夏日宫中給賜新。但得滿盤堆水玉，不須對面着風輪。看來深闊能多少，調得陰陽冷熱均。

## 八功德水

鍾山有嶺號屏風，碧石青林一徑通。聽得山腰鳴陸續，看來海眼浄沖融。初嘗但得煩心解，再飲能令百慮空。軟美輕清無限好，經中所説正相同。

## 汝南灣

當時只號汝南灣，後有三人住此間。自謂逸民須隱約，並稱賢士想高閑。祇緣水味都殊異，且欲鄰居數往還。好是有時相就飲，不妨鐺脚對青山。

## 長命洲

如何長命作洲名，梁武當時此放生。鵝鴨成羣如市肆，雞豚無數似屯營。豈知半被狸奴食，寧免私為鶴户烹。不殺自然能不放，却將實禍博虚聲。　以上同上書卷一九

## 儀賢堂

鶴髮龐眉四老人，鶉衣躡履一何貧。堂中論事君心喜，寺裏譚經衆説新。蜀杰仉黼皆古字，角黄園綺定前身。胡為朝士無人識，惟有昭明極見親。

## 蠶　堂

桑林倒影媚晴川，中有蠶堂半燠寒。翟茀先期移過此，鞠衣拂曉定來看。未眠曲薄心方急，已洗繅盆事始寬。瞻彼北宫猶若此，田家婦子可偷安。　以上同上書卷二一

## 白鷺亭

白鷺亭前白鷺飛，山如屏障水如圍。水中獨立鸞窺鏡，沙上羣行雪滿磯。白日不來争碧樹，有時同往送

斜暉。江山得此方成畫，撩得遊人不憶歸。

### 白鷺亭和人韵

一見斯亭喜可知，風來拂拂更清微。青山坐處天開畫，白鷺飛時雪滿磯。何必搜奇效康樂，正應得句似玄暉。最憐別浦潮生後，須有征帆萬點歸。

### 東冶亭

舊時只說東西冶，今日轉為長短亭。無奈梅花臨水白，可堪柳色向人青。十分瀲灩苦難把，三疊凄凉誰忍聽。不道離愁堆滿屋，往來車馬放教停。

### 新　亭 三首

相對何庸作楚囚，一時凛凛氣横秋。定知決意誰能止，何事空言竟亦休。敢謂扶持非爾力，要須恢復有奇謀。壺漿滿路無人至，空使遺民歎白頭。

新亭見說在山頭，看見江河衮衮流。何事後人輕變改，不教遺址且存留。憐他一代稱賢相，說此諸人似楚囚。若使有人來訪舊，一番人見一番羞。

憶昔諸賢扶晉室，冠蓋多於此雲集。坐中翻作兒女悲，世換人非但陳迹。我來正值三月春，花落鳥啼春寂寂。江河雖異事略同，風景不殊今視昔。磨滅英雄得喪多，山重水複無終極。安能鬱鬱老江左，尅復神州當勠力。未論重見管夷吾，祇今誰為楚囚泣。徙倚令人三歎息，徙倚令人淚横臆。狄夷相殘春又春，時乎時乎難再得。

### 白下亭

馬之純

白下非今白下亭，府城西北舊曾城。石山四面若環合，江水一條如帶横。庾亮憑高臨賊騎，安都間道走齊兵。地形峻極真如此，全勝當時却月營。

## 勞勞亭

誰把勞勞目此亭，從來於此送人行。三盃别酒傾桑落，一曲離歌唱渭城。此到伊邊還幾日，不知何日是歸程。分携更復憑高望，滿目青山萬疊横。

## 不受暑亭

驅車曾向暑中來，望見塵襟已豁開。裊裊羊腸知幾折，亭亭鳳翅與俱回。渭川沮洳何如此，佛國清涼亦快哉。久坐不禁清霧濕，却須酒力唤春回。

## 鳳凰臺

鳳凰不見祇空臺，底事臺存鳳不來。應到緱山還且住，定游阿閣不能回。江山不改當時舊，賓客何妨盡日陪。待作簫聲勾唤處，有時飛舞下雲堆。

## 雨花臺

居士室中天女現，生公臺上雨華懸。只因妙語傾人聽，非有真花墮我前。却似文章稱錦麗，亦如咳唾説珠圓。不知誰向癡人道，令望虚空眼欲穿。

## 烽火臺

此到西陵路五千，烽臺列置若星連。欲知萬騎還千騎，只看三烟與兩烟。不用赤囊來塞下，何須羽檄報軍前。如何向日緣褒姒，無事蓬蓬火又燃。

## 獨足臺

無端獨足上高臺，以咮縱橫作字來。茂草為灰猶可解，朱門傍水直難猜。宫城後向煙中盡，府第還當洛口開。洪範五行劉向傳，莫言其説盡迂迴。

## 齊雲觀

高高真是與雲齊，直到青霄不用梯。三閣連延須在下，層城突兀亦居低。俯看落雨自天半，平視流星從屋西。好是嬪嬙遊翠輦，却如僊子駕青霓。

## 層城觀

人世佳期惟七夕，星躔至巧是天孫。直從樓上將身乞，所欠雲間着手捫。聞得鵲聲云報喜，看來蛛網似傳言。工夫只是憑心手，此外冥茫不足論。

## 古華林苑

當時園上想歡娱，不見當時見畫圖。縹緲神僊來絳闕，分明人世有蓬壺。庭花唱斷風生砌，蓮蕩歸來月滿湖。萬點華燈星似綴，明朝簪珥得青蕪。

## 古芳林苑

昔日曾為府署來，誰人都把插桃栽。不聞華屋笙簫響，但見芳林錦繡堆。幾度劉郎來觀裏，半年阮客住天台。如今此地知何在，桑柘成陰撥不開。

## 古南苑

當時南苑最新奇，勝似其他東復西。多少園亭行不到，從横石徑動成迷。香風十里荷花蕩，翠影千行柳

樹隈。伊被何人曾借住，端如誤入武陵溪。　以上同上書卷二二

**詠臺城**

吴時後苑晉宫城，見得當時似玉京。往事茫茫同水遠，長郊渺渺與雲平。珠璣常向耕鋤得，禁禦今為陌路行。只有月華還似舊，徘徊花上聽寒更。

**石麒麟**

石虎石羊還石人，此間獨有石麒麟。定應側近藏陵墓，仗此威靈護鬼神。一石琢成高且大，兩頭相望儼如真。參天宰木知何在，今與漁樵作四鄰。

**斷碑**

百尺豐碑立路南，盡停車馬試來看。不知神道是誰墓，為問康王何代官。初謂流傳須永永，安知磨滅已漫漫。姓名不足標青史，休把將來碇石看。

**鍾山**

石城為虎此為龍，都邑無如此地雄。萬壑千巖皆拱北，三江七澤盡朝東。埋金依舊祥光現，鑿浦仍前地脈通。吴晉六朝嘗已驗，如今留鑰比關中。

**石頭城**

幾年聞説石頭城，初謂堅牢似削成。只是一拳如卓望，初非四面有樓棚。依山最好防車騎，舉眼何防矙賊營。為問區區徒自守，何如席卷向宸京。

**幕府山**

當初一馬過江來，幕府權宜向此開。萬里封疆吾舊物，一時賓客爾多才。建臺此事雖堪羡，掩泣其人更可哀。相視不曾言及此，欲教天意此時回。

**靈和殿前蜀柳**

此柳栽從蜀郡移，宫中諸柳不能垂。祇緣草木根靈異，非是乾坤雨露私。輕似行雲清似水，軟於吹絮細於絲。風流可愛如何比，最是風生月上時。

**天闕山**

不知象魏欲何為，布政頒條總在兹。凡有往來須仰視，庶幾衆庶可周知。後來江左當新造，好向城隅踵舊規。却指牛頭作天闕，此言多少被人嗤。

**清暑殿**

見説當持百尺梁，四圍修竹翠雲長。正當盛暑都無熱，不有薰風亦自涼。那與人間同日月，直疑天上兩陰陽。有時更取龍皮浸，凛凛如飛六月霜。

**梅梁殿**

太極初時欠一梁，漂流偶見石城傍。曾聞禹廟還如此，可見川祇欲效祥。不但千年無朽蠹，能令滿殿有芬香。要將盛事傳來世，畫出梅花十丈長。

**潛鶴鼓**

板木為腔冒以皮，其中寧有鶴來棲。如何音響聞西洛，未必源流自會稽。既被兵人都擊破，却云禽鳥不鳴嘶。分明偽妄無人辨，可笑諸人識見迷。

**促粧鍾**

禁鼓城頭報五更，景陽樓上打鍾聲。祇疑髣髴天將曉，不省徘徊月尚明。閃閃青燈星户綴，鬆鬆緑鬢霧窗横。蜂黄蝶粉都描得，那有鴉兒畫不成。

**銅螭署**

洛陽當日鑄銅螭，徒得形模怪且奇。玉刺口中藏不見，蟲居腹内出無時。移來建業尚如此，徙在江陵無復兹。此説流傳真誕妄，便當不信不須疑。

**金城柳**

金城四面柳為營，此日征西路再經。憶昔僅能高咫尺，如今端可拂青冥。清眸漸隔花中霧，緑髮俄懸鏡裏星。功業未成多少事，攀枝挽葉淚淋零。

**東山謝安**

人物江南第一流，居常不肯利名求。壯年甘向東山隱，暇日須將妓女遊。既與斯人嘗共樂，固應有患即同憂。後來一為蒼生起，破敵成功祇坐籌。

**披香殿**

繡楣藻井柏為梁，翡翠簾櫳映璧璫。寶篆煙雲凝馥郁，華林錦綺競紛芳。荷花永晝湘江静，桂子西風陌路長。最是春衣裁已就，領巾飄動盡天香。

**古越城**

府城西北瓦棺東，尚有遺基在此中。旋折纔方二里許，規模不得小邦同。正當進取争彊霸，聊作屯營備敵衝。老范智謀曾不識，却云争似建康宫。

**西州城**

運瀆居東西冶城，西州遺迹甚分明。多言東晉緫經始，或説孫吴已創成。池苑春風羅綺市，樓臺夜月管絃聲。入門盡是嬉遊地，惟有羊公不顧行。

**王導宅**

當時一馬渡江來，幕府山頭刈草萊。四海紛披都似此，一時締創亦艱哉。朝綱治具提還挈，國本人心壅更培。輔佐中興功第一，應須千尺上雲臺。

**陸機宅**

只聞二陸住華亭，却有書堂在秣陵。如此弟兄無比擬，翕然京洛有聲稱。辯亡著論真難及，受命專征若易能。十萬河橋俱潰散，儒生虚語不堪憑。

**沈約宅**

飽觀明月雙溪水，偏倚清風八詠樓。但見遺蹤留婺女，安知故宅在昇州。文章至好雖堪羨，節行全虧亦可羞。看得齊梁相禪際，只宜稱隱不稱侯。

**江總宅**

青溪第宅鬬鮮妍，最是江家宅可憐。路上行人争指處，橋邊遺跡尚依然。南冠辭住長安日，北客歸來建鄴年。惜此屋廬還似舊，不知曾讀黍離篇。

**三　山**

九華境上曾親歷，五老峰前亦屢過。不似三山殊媚好，何須千仞極嵯峩。翠圍宛似屏間畫，緑折全如水上波。況與滄江苦相近，見來心眼定如何。　以上同上書卷三七

### 卞壺墓

當時風俗尚清談，笑道公心瓦石含。臨難此曹皆處女，惟公一箇是奇男。一門忠孝真難得，六代衣冠孰與參。墓草没頭人不見，令人惆悵極無堪。

### 謝安墓

中興江左百餘年，人物誰如太傅賢。桓賊尋常思問鼎，苻秦百萬已臨邊。笑談解折姦雄鋭，指顧能摧敵陣堅。平昔經綸纔試此，依然賫恨向重泉。

### 冥漠君墓

經營東府役紛紛，掘土城壕得古墳。便見雙棺垂欲朽，不知何世了無聞。遂令移殯北墉上，仍與號為冥漠君。萬事到頭成幻滅，祭時猶讀惠連文。　以上同上書卷四三

### 蔣帝廟二首

一尉為官亦已輕，後來封爵一何榮。骨青相貌由來異，羽白威神儼似生。嘗遣陰兵隨義旅，不從私鑄長姦萌。自當血食鍾山上，仍與鍾山换却名。

爵以封王從六代，謚為莊武自南唐。緣何血食垂千祀，為有威靈庇一方。魏有鍾離尋敗走，秦屯淝水輒奔亡。蟲生火起徒妖怪，載記還應擇未詳。

### 晉謝將軍廟

苻秦親自到淮淝，真有回山倒海威。只遣八千精鋭去，能令百萬敗亡歸。雖從太傅求方略，要是將軍識事機。廟食如今知幾歲，英風隱隱動窗扉。

### 晋陰山廟

相君一日到郊坰，步騎俄逢十數兵。拂曉見來殊隱約，中宵夢此極分明。陰山血食當知我，晉帝南巡適從行。事既奏聞因立廟，坡坨亦復享嘉名。以上同上書卷四四

### 蔣山太平興國禪寺

凌晨同作蔣山游，細雨絲輕霧不收。謝得東風如有意，故教晴色漸盈眸。松陰十里青絲障，石磴千層白玉樓。彌望寬平如有此，故應常作帝王州。

### 清凉廣惠禪寺二首

出郭無多遠，登山有許高。舊游曾到處，此地足稱豪。日月真雙轂，關河等一毫。松篁知我意，故與北風鏖。

舊時月過女牆頭，風雨摧頹廢不脩。地老天荒無處問，松聲灘響替人愁。祥刑使者來何暮，弔古詩篇清更幽。收拾江山入懷袖，却歸講席進鴻疇。

### 天禧寺阿育王塔

兩山回處是為干，有塔亭亭高似山。不但裝嚴增梵刹，可能形勝助城闕。燈明星斗掛林木，鈴動天風吹佩環。陌上行人遥見此，有時東往又西還。

### 佛窟寺

馬之純

牛頭山上有深限，佛窟何人向此開。過去辟支還示見，分明彌勒又生來。刀如敝盡鋒何在，形若銷亡氣莫回。死復受形胎可入，一本作明不滅有無真妄使人猜。

以上同上書卷四六

## 祀馬將軍竹枝辭并序

馬氏，吾宗老言自會稽來也。夫自會稽以來，豈昔之為會稽太守名臻者之裔邪？時世已久，莫得詳也。至所謂馬將軍，非余祖邪？將軍之廟實在松山已久，松山之馬祖將軍不疑。吾縣中馬，蓋熙寧後始行差役法，吾高祖應役，自松山以出，其祖將軍亦可以不疑也。所不知者，松山初無馬氏，將軍會稽人，自會稽徙居耶？抑將軍之上世徙居松山已久，其上世會稽人也。將軍之名謂何，仕為何官，中更變亂，失其傳矣。廟有扁榜，書節度都押衙、監門衛上將軍、御史大夫，不知何如也，流傳至今，當必有自。比有族人言曰，善治鄉黄彈阬之原有我同姓者細人家，將軍之誥命在焉，蓋名高。後一日不遠道里往問，誠有是焉否也。余為唐之季世，巢賊徧天下，所至野無青草。按諸史傳，其陷婺也，道從嚴陵，一時松山之人其恟懼糜沸何如也，將軍乃能不愛死，力率衆以拒之，今指將軍巖為當時戰地，當不止是巖也。今廟中有二筆，指痕隱然，當時戈矛五兵之屬宜無不用，不止二筆也。既擊敗之，戰多上聞，褒寵狎至，故老謂無恙時誥軸填委，既死，遂以廟食。將軍雖死，猶睠焉不忘此土，水旱癘疫，有禱輒應，是何偉岸慷慨，情若此其厚也。凡曰馬氏為其子孫者，祭享以時，奉事惟謹，無後吾言也。凡爾松山之人，盍常自言我豈非向之不死於巢賊者之子孫，微向之所以不死者，伊誰之力歟？則亦祭享以時，奉事惟謹。其屋也，修之使勿壞，其象也，新之使勿舊，其四旁之木，勿剪拜之，使益茂，使得以自庇，以無忘吾將軍之德其可也。吾聞歲時來祀者，有牲酒而無歌舞之樂章，闕陋已甚。荆楚之人祀神者，有辭曰竹枝，余為製《竹枝》八首，使歌以侑之，其辭曰：

草頭無數入松山，一遇將軍都敗還。試問當初戰何所，將軍巖下水猶殷。

白羽青絲手自持，雙鞬錦領步兵隨。幾番欲到伊吾北，笑殺曹兒行路迷。

曹州孽火遍燒天，不見兵車只漢川。若得將軍把關要，鴉軍不用過山前。

麥隴桑疇溪路斜，溪南溪北自千家。當年戰守知誰力，好把寒泉薦菊花。

桑麻影裏千餘户，絃管聲中百許年。但見年華今日好，也須回首看巖前。

松山父老至今思，嘗問將軍歸不歸。巖頭草木成戈戟，雨後溪聲聽鼓鼙。

倒指於今四百年，竹間祠宇尚依然。藤蘿掛木長如旆，苔蘚侵堦碧似錢。

幾年精爽尚依依，水旱只須來禱祠。勸汝鄉人宜善事，祀時同唱竹枝辭。

清黨金衡道光《東陽縣志》卷一一

## 擬峴亭詩

吾縣西峴峰，亭以擬峴名。嘗見父老説，寺中有碑銘。昔晉殷仲文，作郡有政聲。去而人思之，屐齒有餘榮。余聞諸老説，此事不可憑。臣子從弑逆，罪合五鼎烹。桓玄在荆州，世為晉公卿。一朝睨漢鼎，舉兵向金陵。是時殷仲文，實守新安城。棄郡以從玄，惟欲事逆成。策命九錫文，未至先經營。桓楚既竊位，寢所地忽崩。仲文於此時，巧言如簧笙。其後玄事敗，奔走向南荆。以上四句原缺，據《宋詩紀事補遺》卷五〇補仲文憂不免，奉二后還京。叛晉復叛玄，鼠雀同偷生。寄奴後代晉，又欲居朝廷。出為東陽郡，怏怏無好情。嘗覽鏡自照，不見頭顱形。豈非從逆者，未誅先受刑。無忌牧荆州，仲文嘗趨迎。便道不過府，無忌殊不平。言于宋武帝，此輩謀舉兵。宋武盡族誅，流血幾成坑。襄陽羊叔子，當世之豪英。不當擬其名，流傳污吴寧。疑别一牧守，偶與同名稱。此名若果然，山鬼怒非輕。緬想唐戴令，政聲極鏗鍧。曾有長源碑，在夫子廟庭。曷易口戴峴，庶以慰編氓。稱之名義當，兼可怡山靈。嘗讀晉宋書，抵掌氣填膺。安得仍擬峴，千載愚民生。

同上書卷二三

（李更整理）

馬之純

**圖書在版編目(CIP)數據**

全宋詩（49）/北京大學古文獻研究所編.-北京:北京大學出版社,1998.12

ISBN 7-301-03966-2

Ⅰ.全…　Ⅱ.北…　Ⅲ.古體詩-中國-宋代-總集　Ⅳ.I222.744

書　　名：**全宋詩**第四九册
著作責任者：北京大學古文獻研究所
責任編輯：張弘泓
標準書號：ISBN 7-301-03966-2/I.0511
出　版　者：北京大學出版社
地　　址：北京市海淀區中關村北京大學校内　100871
電　　話：出版部 62752015　發行部 62559712　編輯部 62752032
排　版　者：北京華倫公司排版部 62756343
印　刷　者：中国科学院印刷厂
發　行　者：北京大學出版社
經　銷　者：新華書店
850×1168 毫米　32 開本　20.5 印張　536 千字
1998 年 12 月第一版　1998 年 12 月第一次印刷
定　　價：40.00 元